Yaşar
Kemal

Das
Unsterblich-
keitskraut

Zu diesem Buch

Wieder sind die Bauern aus den Taurus-Bergen auf die Baumwollfelder der Çukurova gezogen. Aber dieses Jahr ist alles anders geworden. Die steinalte Meryemce mußte im verlassenen Dorf zurückbleiben. Taşbaşoğlu, der Dorfheilige des letzten Winters, hat vor seinem Verschwinden einen Fluch über den Amtmann gesprochen, und seither richtet keiner mehr ein einziges Wort an Sefer, weder dessen Frau noch die Kinder.

Da kehrt Taşbaşoğlu zurück – krank, erschöpft und kraftlos. Die Bauern weisen ihn ab, seine Familie weigert sich, ihn aufzunehmen: Nein, das kann er nicht sein, der Mann, den sie zu ihrem Heiligen gemacht haben. Ungestraft gießt der Amtmann seinen Spott über dem Wehrlosen aus, bis der beschließt, sich zu töten, um die Verehrung des Dorfes wiederzugewinnen.

Aber zum Schluß erfüllt sich auch am Amtmann das Schicksal: Er wird zum Opfer des Geringsten unter all jenen, denen er Schmach antat.

Der Autor

Yaşar Kemal wird der »Sänger und Chronist seines Landes« genannt. Er ist 1923 in einem Dorf Südanatoliens geboren. Als einziges Kind in seinem Dorf lernte er Lesen und Schreiben, arbeitete als Tagelöhner auf Baumwollfeldern und Reisplantagen, war Traktorfahrer, Fabrikarbeiter und Straßenschreiber. Kemal schöpft aus jahrhundertealten Legenden und Mythen, die bis heute lebendig sind und verknüpft sie mit den Lebensproblemen der Gegenwart, die er aus eigener Erfahrung kennt. Kemals Werke erscheinen in zahlreichen Sprachen und wurden mit internationalen Preisen ausgezeichnet.

Im Unionsverlag sind lieferbar: »Töte die Schlange«, »Auch die Vögel sind fort«, »Memed mein Falke«, »Die Disteln brennen«, »Der Wind aus der Ebene«, »Eisenerde, Kupferhimmel« sowie »Das Unsterblichkeitskraut«.

Yaşar Kemal

Das Unsterblichkeitskraut

Aus dem Türkischen von
Cornelius Bischoff

Unionsverlag
Zürich

Die türkische Originalausgabe erschien 1968
unter dem Titel *Ölmez Otu* im Verlag Ant Yayinlari, Istanbul

Unionsverlag Taschenbuch 35
Erste Auflage 1993
© by Yaşar Kemal 1968
© by Unionsverlag 1986
Rieterstrasse 18, CH-8059 Zürich, Telefon 01-281 14 00
Alle Rechte vorbehalten
Umschlaggestaltung: Heinz Unternährer, Zürich
Bild: Mehmet Güler (Unter dem Traumbaum, 1983)
Druck und Bindung: Clausen und Bosse, Leck
ISBN 3-293-20035-4

1 2 3 4 5 - 96 95 94 93

I

*Wie Memidiks Zorn von Tag zu Tag wächst und
schließlich unerträglich wird.*

Memidik zog blitzschnell sein Messer aus der Scheide;
die Klinge, rank wie das Blatt einer Weide, blitzte im
Mondlicht und zog einen weiten, bläulich glitzernden Bogen. Sein Körper spannte sich bis ins Knochenmark, bereit, wie ein Falke auf die Beute zu stürzen. Memidik
sprang – und blieb dann zitternd auf ausgestreckten, steifen Beinen stehen. Seine Glieder schienen sich vom Scheitel bis zur Sohle in Bleiklumpen zu verwandeln, so
schwer.

Die Nacht war mondhell. In silbernem Glanz schienen
Bäume, Gräser, Bodenwellen und Hügel zu schwanken,
sich zu dehnen, länger zu werden. Fahles Licht füllte Bäche und Schluchten, warf die Schatten des Anavarza-Felsens auf die Wasser des Ceyhan, die silbern, träge und still
durch die endlos schimmernde Ebene dahinflossen, lautlos in die Schatten der Felsen tauchten und nach einer
Weile hinter ihnen wieder in glänzenden Windungen da-
hinströmten.

Die Schritte, unter denen die Kiesel am Bache knirschten, kamen immer näher, und je näher sie kamen, desto
mehr straffte sich Memidik. Das Geräusch rollender
Steine dauerte an, wollte nicht aufhören, hallte wider im
Mondlicht. Eine Weile schienen die Schritte von weit her

aus der Tiefe zu kommen, dann wieder waren sie ganz in der Nähe; zum Greifen nahe. Die Schritte verhielten, und eine unheimliche Stille breitete sich aus. In der Ferne raschelte trockenes Laub unter dem Gewicht einer Schleiereule, die sich von Zweig zu Zweig schwang. Plötzlich tauchte der Schatten auf, gewaltig und achtunggebietend. Wie der Blitz hechtete Memidik hinter den nächsten Busch.

Der Schatten bewegte sich gemächlich schwankend vorwärts, wurde immer länger, breiter, mächtiger, fiel wieder in sich zusammen, blähte sich auf, schnellte empor, stürzte, erhob sich, dehnte sich, streckte sich lang über die Erde, bäumte sich plötzlich und sprang wie der leibhaftige Zorn auf Memidik zu. Je näher er kam, desto mehr löste sich Memidiks Spannung, entkrampfte sich sein Körper.

Angst kroch in ihm hoch, ganz langsam, wie auflaufendes Wasser. Arme und Beine versagten ihm den Dienst. Das Messer, seit Einbruch der Nacht fest umklammert in seiner Faust, fiel zu Boden. Die Hand war taub geworden, das Blut darin stockte. Jetzt begann die Haut zu brennen und zu kribbeln. Er bückte sich und tastete in den Stoppeln nach seinem Messer, bis er es gefunden hatte. Als das Mondlicht auf die Klinge fiel, blitzte sie blau schimmernd ganz kurz auf. Memidiks Hände flatterten so heftig, als wollten sie davonfliegen. Dann begann der ganze Körper zu zittern. Der Schatten kam immer näher und ging an ihm vorbei. Memidik sah nur zwei lange Beine, die groß und weit geschmeidig ausschritten. Große, schwarze Beine bewegten sich fort, kamen zurück, schwankten und bauten sich wie eine schwarze Wand vor ihm auf. Memidik konnte sich nicht mehr aufrecht halten, seine Knie wurden weich, ganz langsam glitt er neben dem Busch zu Boden.

»Zur Hölle mit dir, Messer!« fluchte er in sich hinein,

»zur Hölle mit dir, Messer... Zur Hölle mit dir, Angst!
Auch diesmal hat es nicht geklappt.«

Erst als der Schatten sich längst entfernt hatte, konnte
Memidik sich wieder fangen.

So spielte es sich immer ab. Jedesmal mußte er sich damit abfinden, daß Hände und Beine, ja sein ganzer Körper ihm den Gehorsam verweigerten. Und somit konnte
Memidik Sefer nicht töten; einzig und allein aus diesem
Grund.

Ein verschneiter Wintertag fiel ihm ein. Er war von
der Jagd heimgekehrt und wartete unter dem Maulbeerbaum vor Sefers Haustür. Wartete und wartete, die
Handflächen brannten, so spannte sich die Haut. Doch
als Sefer endlich herauskam, wurde er wieder schwach.
Auch damals begann er zu schwitzen, bis schließlich sein
ganzer Körper in Schweiß gebadet war.

Er kauerte im Gestrüpp und zitterte immer noch. Zittert und umklammert mit aller Kraft den Schaft seines
Messers. »Diese Nacht muß ich den da töten. Diese
Nacht, diese Nacht... In dieser Nacht wird Schluß gemacht... Wenn der Mann nicht stirbt, gibt es für mich
keine Erlösung.« Er spürt ein Ziehen in seinen Fußsohlen, in seinen Hoden und Knien. Ihm wird übel, und er
würgt.

Die Prügel damals gingen ihm nicht aus dem Kopf.
Nicht einen Augenblick. Wegen Taşbaşoğlu hatten sie
ihn geschlagen, wegen des Heiligen mit den sieben Licht-
kugeln groß wie Pappeln im Gefolge, der die Nächte in
Tage verwandelte, dessen Antlitz so rein war wie klares
Wasser und der verschwand, um in den Kreis der Vierzig
Glückseligen einzugehen.

Sefers Gefolgsmann, der ungeschlachte Ömer, hatte
ihn geprügelt. So schlimm, daß Memidik Blut pißte und
drei Monate lang das Bett nicht verlassen konnte. Kann
man einen Menschen denn so mörderisch schlagen? So-

gar das Ungeheuer Ömer wäre nicht so weit gegangen, wenn dahinter nicht Sefer gesteckt hätte, Taşbaşoğlus Todfeind.

Die Nachbarn hatten sich um sein Krankenlager geschart. »Das übersteht er nicht, das bringt Memidik um«, sagten sie, »gottverdammter Sefer!« Seine Mutter weinte nur noch.

Memidik ist nicht gestorben. Er ist nicht gestorben, aber seitdem ist er auch nicht mehr derselbe. Nachdem er das Bett verlassen hatte, konnte er keinen Schritt mehr ins Dorf tun und niemandem ins Gesicht sehen. Er trieb sich nur noch in den Bergen, den Schluchten und in der Steppe herum. Zum Glück war er Jäger, stellte dort dem Wild nach und hatte nicht das Bedürfnis, zwischen Menschen zu sein. Vor Scham konnte er nicht einmal seiner Mutter in die Augen schauen. »Solange Sefer nicht tot ist, kann ich mich davon nicht frei machen. Ich muß ihn töten, damit ich mich wieder zwischen Menschen bewegen, ihnen ins Gesicht sehen kann.« Tagelang schliff er sein Messer, dessen Klinge rank war wie ein Weidenblatt. Schliff es, bis es bei der geringsten Berührung ein Haar zerschnitt.

Viele Nächte hindurch wartete er im hohen Schnee vor Sefers Tür. Das Blut in seiner Handfläche stockte, und das mit Perlmutt eingelegte Messer vereiste in seiner Faust. Wie oft traf er in jenen Winternächten auf Sefer, standen sie sich Aug in Aug gegenüber. Doch jedesmal zitterte Memidik, war er wie gelähmt, glitt das Messer aus seiner Hand und fiel in den Schnee. Er konnte Sefer nichts tun. Und der Zorn in ihm wurde immer wilder.

»In so einem Winter, solcher Kälte, solchem Frost wird ein Mensch ja vom Warten wie gelähmt«, sagte er schließlich, »aber an dem Tag, an dem wir in die Ebene hinunterziehen, werde ich ihn dort auf der Erde der Çukurova niederstrecken; bei meinem Leben!« Er war ganz sicher, daß in der Çukurova seine Knie nicht weich werden würden.

Sie wurden es doch. Memidik stieß an eine riesige Wand ohne Ende, er stand am Rand der Verzweiflung. »Ich muß mich selbst töten«, sagte er, »ich werde mich töten.« Und wenn seine Glieder ihm im Augenblick der Selbsttötung auch den Dienst versagten?

Er schlug die Richtung ein, in die der Schatten verschwunden war. Nach zweihundert, höchstens dreihundert Schritt war er mitten in einem Gestrüpp Stechginster. Die Dornen schrammten seine Beine, rissen seine Pluderhosen an. Von irgendwoher kam der herbe Geruch der Scheindahlie; der Duft von Minze vermengte sich mit dem Moder aus den Sümpfen, es roch nach brandigen Stoppelfeldern und nach Wegerich. Gerüche, Nacht, Mondschein: alles troff vor Nässe.

Plötzlich, wie ein Blitzschlag, durchfuhr ein Schauer Memidiks Körper. Erschrocken verharrt er eine Weile. Als er weitergeht und den Geruch trockenen Getreides einatmet, kommt er langsam wieder zu sich, kehrt die Spannkraft in seinen Körper zurück.

Als er bei den Maulbeerbäumen anlangte, hatte er sich völlig in der Gewalt, war sein Körper wieder prall und straff. Memidik folgte dem schmalen Pfad bis zum Bach und erklomm einen Hügel. Auf dessen Rückseite lag ein alter Friedhof. Er durchquerte ihn mit geschlossenen Augen. Als er aufblickte, war er wieder am Bach. Die weite Fläche, bedeckt mit weißen Kieseln, mußte die Furt sein. Das Wasser war bestimmt nicht tiefer als bis zu den Knöcheln, denn die Fische, die in Schwärmen flußaufwärts zogen, schienen mit ihren schillernden Bäuchen aus dem Wasser herauszuschnellen.

Der Mann kauerte an der Furt auf einem Stein und hatte die Füße ins Wasser getaucht. Sein Rücken war Memidik zugewandt. Was hatte er nur für breite Schultern! Wie die Schultern eines Riesen. »Bürgermeister Sefer ist doch nicht so massig«, sagte sich Memidik, »wer weiß, warum, im Mondlicht sieht es so aus. In der Dunkelheit wachsen die Menschen vier-, ja fünffach. Vielleicht bin auch ich jetzt zehnmal größer.« Diesen Satz flüsterte er immer wieder vor sich hin, bis er sein Selbstvertrauen wiedergefunden hatte.

Dicht neben dem Schatten stand eine Ulme mit ausgehöhltem Stamm. Auf Zehenspitzen glitt er hinter den Baum. Er umklammerte den Griff seines Messers; doch als er sich auf den Schatten stürzen will, verlassen ihn wieder die Kräfte; es schüttelt ihn wie im Fieber, und er sinkt zu Boden.

Vor dem Schatten schnellte ein großer beschuppter Fisch in drei Sätzen über das Wasser. Sein Bauch schimmerte silbern im Mondlicht. Der Schatten hob den Kopf. Dann warf er einen Kieselstein in die Richtung, in die der Fisch gesprungen war.

Memidiks Wut wurde immer größer. Er verfluchte sich. Ach, wenn ihm jetzt Arme und Beine doch nur gehorchten, wenn ihm doch nur nicht so kalt wäre, daß er zitterte! Könnte er doch jetzt hin und jenem das Messer bis ins Heft in den Rücken stoßen, genau über dem Herzen... Sein Blut würde in das Wasser fließen und es rot färben.

Der Schatten rührte sich nicht mehr. Jetzt auf Zehenspitzen näher gehen... Ganz leise...

»Oh, Mutter, wehe mir!« Der Schrei kommt vom Schatten dort und stürmt kurz darauf von allen Seiten auf Memidik ein. Mit aller Kraft versucht er, hinter dem Gebüsch auf die Beine zu kommen, aber es gelingt ihm nicht. Er kriecht zum Wasser hinunter und versucht zu trinken. Seine Glieder zittern so heftig, daß er das bißchen Wasser in der hohlen Hand über seinen Kragen schüttet. Es gelingt ihm nicht einmal, seine Lippen zu benetzen. Als er den Kopf hebt und nach links späht, ist der Mann, der eben noch dort saß, verschwunden. Von einem Augenblick zum andern nicht mehr da. Ist der Kerl ein Geist –

oder ein Teufel? Doch kaum daß der Mann verschwunden war, fing Memidik sich wieder. Das Zittern legte sich. Er sprang auf die Beine und rannte los. Wenn Sefer ihm jetzt, in diesem Augenblick, in die Hände fiele, würde er seinen dreckigen, niederträchtigen Körper mit unzähligen Stößen durchlöchern. Er rannte am Bachufer entlang, daß die Kieselsteine unter seinen Füßen nur so stoben; aber niemand war zu sehen. »Ach, wenn ich ihn jetzt erwischte . . . Jetzt, in diesem Augenblick!« Weder würden seine Hände zittern noch seine Knie weich werden.

Seine Fußsohlen schmerzten, die Zehen brannten wie Feuer. Als Ömer ihn verprügelte, war er ohnmächtig geworden . . . Sefer hielt ihm daraufhin sein flammendes Feuerzeug an die Zehen. Was hatte er da für einen Satz gemacht, trotz seiner Ohnmacht . . . Fast wäre er an die Stalldecke gesprungen. Es ist genau ein Jahr her, seit dem Tag, an dem Sefer mich getötet hat, überlegte er. »Nein, Sefer tötete mich vor einem Jahr und drei Monaten«, sprach er laut vor sich hin, »ein Jahr und drei Monate; auf den Tag. Da hat er mich getötet; getötet!« Schmerzen durchzuckten seinen Körper wie an jenem Tag. Jedesmal, wenn er an den Tag dachte, an dem er geprügelt, an dem er getötet wurde, war das so. Er blieb stehen, krümmte sich, konnte nicht weiter, drückte beide Hände gegen die Leisten, legte sich hin, rieb und knetete und war eine Zeitlang wie von Sinnen.

Als er wieder zu sich kam, wehte eine schwache Brise, und der Mond war hinter den Wolken verschwunden. Schilfrohr raschelte irgendwo. Memidik stand auf, machte kehrt und lief hinunter zum Wasser. »Sefer hat mich getötet . . . Und ich werde ihn auch, ich auch, ich werde ihn auch . . .« Als er die Furt erreichte, blieb er wie angewurzelt stehen. Der Schatten war dort, an der alten Stelle; die Füße wieder im Wasser, stand er so da. Zwischen ihm und Sefer keine fünfzig Meter. »Los!« sagte er sich. »Sefer ist mit seinen Gedanken in einer anderen Welt, er rührt sich nicht. Jetzt oder nie!« Bei diesen Worten überkam Memidik wieder diese Schwäche in den Gliedern; er sackte zusammen. Sefer sah sich nicht um. Ein großer Fisch sprang vor ihm dreimal aus dem Wasser, sein silberner Bauch blitzte im Mondlicht. Sefer erhob sich, streckte die Arme aus, reckte sich; seine Knochen knackten. Dann ging er beinahe über Memidik hinweg. Als Sefer fast über ihm war, wollte Memidik mit letzter Kraft aufstehen und sein Messer in diesen Mann hineinstoßen. Aber er kam nicht auf die Beine. Sefer ging weiter und verschwand hinter den Myrten.

»Verdammter Leib!« fluchte Memidik. »Was ist mit dir nur los? Kerl, ich besorge es deiner Mutter und deinem Weib. Ist denn so was möglich? Nur zu, tu, was du willst, brich zusammen oder nicht, ich werde Sefer töten!« Er schimpfte noch, da kam Sefer zurück, hockte sich an seinen alten Platz und warf wieder mit Kieseln nach den springenden Fischen. Je länger Memidik den Schatten beobachtete, um so massiger wurden dessen Umrisse, und je riesiger sie wurden, desto mehr wuchs in Memidik die Angst. »Dieser Sefer hat etwas Geheimnisvolles, etwas, das nicht mit rechten Dingen zugeht. Was kann ich also dafür, wenn er nicht zu packen ist? Wie Wasser... Wie der Teufel... Wie ein Kobold. Ich töte ihn eben nicht. Was soll's, ich töte ihn nicht, basta!«

Da ist was dran. Hat man denn je erlebt, daß einer getötet wird, nur weil er ein bißchen geprügelt und Knochen gebrochen hat? Ein Leben für eine Tracht Prügel... Ist das nicht zuviel?

»Aber ich kann immer noch keinem einzigen Menschen ins Gesicht sehen. Wenn mich die Leute anschauen, will ich in Grund und Boden versinken. Mich in Zilhas Nähe wagen und ihr mein Herz öffnen? Ich kann ihr ja nicht einmal in die Augen schauen. Und ich sehe keinen Ausweg.

Ich schaffe es nicht, weil meine Kraft nicht reicht. Oh, Gott, wie soll das enden? Mein Körper versagt; und dann diese Angst.«

»Es ist keine Angst! Es ist keine Angst!« hört er eine Stimme rufen. Er horcht. Die Stimme verstummt.

Sie standen sich gegenüber. Die Entfernung zwischen ihnen ist aufgehoben, sie verharren Aug in Aug, hören das Wasser plätschern. Der Lärm eines Treckers in der Ferne hallt durch die Nacht, die Scheinwerferkegel eines Autos züngeln über den Anavarza-Felsen. Eine Zeitlang standen die beiden in grellem Licht, waren beide geblendet. Sie sahen sich nicht, sahen weder das dahinströmende Wasser noch das Schilfrohr und auch nicht die Platanen. Wie eine schwarze Wolke flog über ihnen ein Schwarm Vögel durch die Lichtkegel. Memidik schüttelte das Fieber. Es stieg und stieg. Vom Zittern ist sein Körper wie zerschlagen.

Der Mond ging unter. Die Erde, als atme sie, seufzte tief und zornig; sie bebte, dehnte sich und schwankte. Memidiks Körper brannte.

Sefer, in der Dunkelheit noch gewachsen, stand auf. Er reckte sich. Das Knacken seiner Knochen war zu hören. Dabei streckte er seine Arme in die Dunkelheit wie ein Adler seine mächtigen Schwingen. Als er die Flügel herunterzog, machte er einen riesigen Schritt gegen Memidik. Memidik konnte sich nicht rühren, konnte nicht fliehen und blieb so zwischen Sefers Beinen liegen.

Die Äste der Platane waren wie das Dunkel so gewachsen. Sie bedeckten Memidik und den Himmel. Der Fisch im Wasser schnellte dreimal an die Oberfläche. Dreimal schoß ein Blitz zum Himmel auf.

Sefer stand über Memidik und wurde immer größer. Dann entfernte er sich.

Von weit her kam eine Stimme: »Hischt, hischt! Bruder Memidik! Hischt, hischt! Bist du's? Was suchst du hier? Sprich doch mit mir! Niemand will mit mir sprechen. Sprich du! Taşbaşoğlu hat das Gespräch mit mir verboten. Kein Geschöpf spricht mit mir. Nicht einmal Wolf und Vogel. Taşbaşoğlu ist ja gar kein Heiliger ... Wäre er ein Heiliger, könnte doch der eisige Bora ihn nicht töten, wäre er doch nicht erfroren. Taşbaşoğlu ist tot. Tot!«

Augenblicklich hörte Memidik auf zu zittern, war er mit einem Sprung auf den Beinen; wie ein Falke, so schnell. Er umklammerte das Heft seines Messers, daß die Adern seiner Hand hervorquollen. »Taşbaşoğlu ist nicht tot!« schrie er mit aller Kraft. »Und das ist kein Traum, das ist die Wahrheit. Kein Traum! Kein Traum! Er ist nicht gestorben. Ich habe ihn gesehen. Er ging dahin, hinter ihm so groß wie sieben Berge sieben Kugeln aus Licht. Sie strahlten in seinem Gefolge, und ich sah, wie er lächelte.«

Sefers Stimme war leise, weich, als streichelte sie Memidik voller Liebe: »Er ist tot, mein Kleiner; tot. Die Lichter sind tot und Taşbaşoğlu auch ... Glaub du mir und sprich mit mir! Er ist tot. Lichter sterben, die Erde stirbt, die Gewässer ... Und auch die Heiligen.«

Plötzlich, wie eine schwarze Wand, reckte sich vor ihm, größer noch als Sefer, ein Schatten auf. Seine Arme streckten sich in die Nacht wie die Flügel eines mächtigen Adlers. Nacht, Flügel, Äste, Licht und Schatten verschwammen ineinander. Memidik fand keine Zeit zu weichen oder zu fallen. Das Messer in seiner Hand schoß hervor, blitzte auf und zog einen weiten roten Bogen, der schlanker war als eine Flamme, durch das Dunkel. Der schmale, scharfe Stahl drang in das weiche Fleisch, das regungslos auf der Erde lag; immer und immer wieder. Von der Klinge und von Memidiks

Händen troff bis zum Morgengrauen Tropfen für Tropfen Blut auf die Erde. Der sandige Boden sog es auf.

2

Wie Halil der Alte auf der Suche nach seinen
Dörflern durch die Baumwollfelder zieht.

Als die Bauern aus dem Dorf Incecik zur Baumwollernte hinunter in die Ebene zogen, setzten sie Halil den Alten auf ein Pferd. Das Tier war alt und mager, aber immerhin, es brachte Halil den Alten bis in die Çukurova. Sie hatten dem Pferd auch noch einen Tscherkessensattel aufgelegt. Auch der war alt, das Leder abgewetzt, und die Verzierungen waren lange schon abgefallen, aber er war immer noch daunenweich.

Halil der Alte ritt kerzengerade an der Spitze des Zuges. Die Peitsche in seiner Hand war auch schon alt, und wie die Berittenen aus alten Zeiten stützte er sie auf sein linkes Knie. Stolzgeschwellt strömte er über vor Freude. »Sieh, so sind Männer, die diesen Namen verdienen, und so sehen brave Menschen aus: Wie diese Dörfler aus Incecik. Nicht wie jene Niederträchtigen, bei denen ich lebte und die meinen Wert nicht würdigten. Denen ich ausgeliefert war, wie dieser Hure von Meryemce, dieser auf sieben Erdteilen Verrufenen, diesem rotznäsigen, niederträchtigen Sefer und diesem Trottel Taşbaşoğlu. Nie wieder kehre ich in mein Dorf zurück, bei Gott! Nie wieder werde ich diesen Hunden ins Gesicht sehen, Gott bewahre mich... Bewahre mich tausendmal!«

Jetzt, hoch zu Roß, an der Spitze des Zuges, hätte ihn

von seinen Dörflern wenigstens Meryemce sehen müssen. Wenn sie doch auf dem Weg hinunter in die Çukurova an irgendeiner Kreuzung auf die Leute aus seinem Dorf stoßen würden. Das wäre schön! Groß wie Tassen würden sich Meryemces Augen weiten. Wer weiß, vielleicht... In freudiger Erwartung gab er dem Pferd die Peitsche.

Sie erreichten die Çukurova, ohne daß Halil der Alte diese Hoffnung auch nur eine Minute aufgegeben hatte und ohne auf die anderen Dörfler zu stoßen. Der Grauschimmel, der Tscherkessensattel, die Peitsche, auch daß er sich kerzengerade wie ein Schößling auf dem Pferderücken gehalten hatte, alles, aber auch alles umsonst...

Die große Farm des Agas lag in der Gegend von Kösreli. Hier pflückten die Dörfler aus Incecik die Baumwolle immer zuerst. Früher waren es die Ländereien von Yüreğir. Die Baumwollfelder quollen über. Groß wie eine Faust drang der Bausch aus jeder geplatzten Kapsel. Die Çukurova war so weiß, als hätte es geschneit.

Halil der Alte blickte über die Ebene. »Freund, diese Welt hat sich eigenartig verändert«, sagte er, »findest du nicht auch, Cabbar? Wenn in unserer Jugendzeit so viele Kapseln so riesig aufgebrochen wären und die Çukurova von einem Ende zum anderen so weiß, wir hätten am Tag hundert Kilo gepflückt.«

»Das ist der Fortschritt«, antwortete Cabbar. »Auch der Mensch der Çukurova ist gewachsen. Früher war jeder von denen nicht größer als ein Däumling, stimmt's?«

»Sogar in meinem jetzigen Zustand schaffe ich zwanzig Kilo«, frohlockte Halil der Alte. »Ich auch«, sagte Cabbar.

Nachdem Halil der Alte über den Langen Bach aus dem Dorf geflüchtet war, verschnaufte er erst, als er Incecik erreicht hatte. Wie er den Langen Bach überquert und ohne zu erfrieren, im Dunkel der Nacht, hin und her gestoßen vom Bora, das Dorf Incecik und dann noch die Tür seines

Freundes Cabbar gefunden hatte? Er kann sich an nichts, an rein gar nichts erinnern. Nur Cabbars lachendes Gesicht fällt ihm ein, der sich mit einem dampfenden Glas Tee in der Hand über ihn beugt, als er die Augen aufschlägt. »Was war mit mir, Cabbar?«

»Was war mit dir, Halil?«

»Wie lange bin ich schon hier?«

»Na, so zehn, fünfzehn Tage.«

Gleich am selben Tag war er aufgestanden. Und am selben Tag hatte sich das ganze Dorf Incecik um ihn versammelt. Und Halil der Alte begann zu erzählen: »Die Dörfler dort sind verrückt geworden. Von sieben bis siebzig alle verrückt. Adil ist verrückt, Taşbaşoğlu ist verrückt und auch Bürgermeister Sefer. Und Meryemce gebärdet sich erst recht wie tollwütig. Solltet ihr in Kürze hören, daß sie sich gegenseitig aufgefressen, umgebracht, ausgerottet haben, solltet ihr über kurz oder lang erfahren, daß in dem Dorf keine Fliege übriggeblieben und alles leer und verlassen ist, so wundert euch überhaupt nicht.«

Jeden Tag erfand er eine andere witzige Geschichte über das Dorf, und die aus Incecik platzten vor Lachen. Aber je lächerlicher er das Dorf auch machte, seine Wut gegen Yalak stieg, wurde wilder von Tag zu Tag. Das Wort »Yalak« allein genügte, ja, es war mehr als genug, um Halil den Alten stundenlang zum Reden zu bringen. Und jeder Wortschwall endete mit der Feststellung: »Was Taşbaşoğlu sagte, wird geschehen. Auf jenes Dorf werden Schlangen regnen, riesengroße Schlangen; und jeden Bewohner Yalaks wird eine riesengroße Schlange verschlucken. Auch Meryemce und Taşbaşoğlu auch.«

Die in Incecik löcherten ihn immer wieder mit ihren Fragen, doch es gelang ihnen nicht, den Grund seiner grenzenlosen Feindseligkeit und seiner Wut herauszufinden. »Wer weiß, was diese hergelaufenen Leute von Yalak dem armen Alten angetan haben, daß er in so einem Zustand ist und daß er, den Tod vor Augen, den eisigen Bora nicht scheute. Wer weiß?« sagten sie und ließen es damit bewenden.

Halil der Alte schlug sein Lager am Kamin auf und machte keinen Schritt vor Cabbars Haus. Immer wieder sah er ängstlich zur Tür, schreckte zusammen oder sprang auf. »Diese Yalaker, diese Niederträchtigen, diese Pharaonen werden mich töten«, rief er, und keine Ecke war klein genug, ihn zu verbergen. In den letzten Tagen fand er auch keinen Schlaf, und einmal in der Woche verabschiedete er sich von jedem Einwohner Inceciks: »Ich kam zu euch. Kam hierher, wo Yoghurt und Milch im Überfluß und wo der Honig fließt. Kam in dieses Dorf, das schöne violette Felsen umgeben, bedeckt von Kiefern und dunklen Tannen, wo die Menschen liebenswürdig sind, Freundschaft pflegen und Streit meiden. Hier dachte ich, meine Haut zu retten; aber es ist mir nicht gelungen. Cabbar ist mein Freund, ist mir wie ein Bruder, und es gab keinen besseren, wenn es galt, Pferde zu stehlen. Keinen besseren als ihn und mich. Seht, ich kam und suchte in seinem Hause Unterschlupf und konnte mich doch nicht retten. Konnte mein süßes Leben nicht aus den Klauen der Yalaker befreien. Erlaßt mir die Sühne, falls ich gegen euch gefehlt habe; wenn nicht heute, dann werden sie mich morgen töten. Ihr kennt sie nicht, diese Ungeheuer. Ich führte sie zu spät auf die Baumwollfelder. Sie gaben mir nämlich kein Pferd. Wie sollte ich denn in meinem Alter zu Fuß bis in die Çukurova laufen, nicht wahr? Ich brachte sie dafür zu spät in die Ebene. Als sie dort ankamen, hatten die aus den Nachbardörfern die guten Felder längst untereinander aufgeteilt; und sie konnten sich die Handflächen lecken. Nicht einmal ein Kilo Baumwolle pflückten sie zusammen. Sie suchten mich, wollten mich töten, wollten mich in Stücke reißen. Ich flüchtete ins Dorf und versteckte mich hinter dem Verschlag der Vorratskammer.

Und da findet mich doch der rotznäsige Hadschi, der mein Sohn sein will? Er findet mich, und kaum hat er mich gefunden, gibt er im ganzen Dorf bekannt, daß sein Vater im Dorfe sei und sich in der Vorratskammer verstecke. Und die Dörfler rotten sich um mich zusammen, Kind und Kegel, Frau und Knecht... Und hast du nicht gesehen, zogen sie mich aus. Ich war splitternackt. Und was erblicke ich? Mitten im Dorf haben sie einen Scheiterhaufen, hoch wie das Getreide auf dem Dreschplatz, angezündet. So nackt wie ich war, wollten sie mich ins Feuer werfen. Mit Allah! brülle ich, reiße mich los und laufe davon. Das ganze Dorf Yalak, mit Meryemce, der Hure der sieben Erdteile, an der Spitze, war hinter mir her. Doch sie konnten mich nicht einholen. Ich rannte schnurstracks in meine Höhle und verkroch mich. Dann kam ich hierher. Versteckt mich, versteckt mich...«

So verging der Winter; und auch die Dörfler von Incecik begannen Halil des Alten Ängste zu durchleben. Auch sie verfielen dem Wahn, daß eines Nachts Tausende von Männern das Dorf überfallen, zuerst Halil den Alten und dann sie selbst abschlachten würden. Der Sommer ging vorbei, jedermann lebte in Angst, die Angst wurde immer größer. Viele machten sich über Halil des Alten Ängste und über ihre eigenen lustig. Doch einmal in ihrem Innersten eingenistet, konnten sie diese damit auch nicht verscheuchen.

Eine Woche bevor die Baumwollkapseln aufbrachen, zogen sie zu Tal. Als sie die Çukurova erreichten, war die Ebene ein einziges makelloses Weiß unter leichtem Dunst, der wie ein heller Schleier darüber lag.

In der Nacht ihrer Ankunft schlief Halil der Alte wohl seit einem Jahr wieder zum ersten Mal tief, ohne aufzuschrecken. Als er erwachte, begann der Morgen gerade zu grauen. Jeden Augenblick mußte die Sonne aufgehen. Die Dörfler hatten am Feldrand mit ihrer Arbeit begonnen, ihre Hände bewegten sich wie Maschinen so schnell. Kaum hatte Halil der Alte die Augen aufgeschlagen, und ohne sein Gesicht zu waschen und auszutreten ... Dabei hätte er sich so gerne so richtig entleert ... Dort zum Ufer hinuntergehen, sich am Bach hinhocken, den Duft der Tamarisken einatmen und so richtig nach Lust und Laune abprotzen ... Eine Stunde, zwei Stunden sitzen bleiben, dabei die betäubenden Blätter der Tamariske kauen ... Jedes Jahr am Tag seiner Ankunft in der Çukurova hielt er es so. Zum ersten Mal brach er mit seinem Brauch, ging hin und reihte sich in die Kolonne der Baumwollpflücker ein, ohne sich entleert zu haben.

So geschickt seine Hände waren, wenn es galt, die am festesten geschnürten Fußfesseln zu lockern und die Pferde loszubinden, so geschickt waren sie auch beim Pflücken der Baumwolle. Der größte Haufen am Mittag war der von Halil dem Alten. Jedermann schaute immer wieder voller Bewunderung zu ihm herüber.

»In diesem Alter diese Schnelligkeit!«

»In diesem Alter diese Kraft!«

»Ja, ja, alte Erde!«

Und Halil der Alte pflückte drei Tage lang, ununterbrochen, ja er nahm sich nicht einmal die Zeit, so nach Herzenslust auf die Erde der Çukurova zu scheißen.

In der Nacht des dritten Tages schlich er von seinem Lager am Bach hinter die Baumwollhaufen und blieb dort eine Weile liegen. Dann stand er auf und packte seine Baumwolle auf die seines Freundes Cabbar. Er machte einige Schritte rückwärts, betrachtete den Haufen, der jetzt doppelt so hoch geworden war, drehte sich um und ging. Seine Füße versanken bis zu den Knöcheln im kühlen Staub, der den Weg, den er jetzt einschlug, bedeckte. Ein trauriges Lied kam ihm immer wieder in den Sinn; eine seltsame Leere ergriff ihn, er kam sich verlassen vor, verwaist. Als der Morgen dämmerte, schnürte es ihm die

Kehle zu wie eine Faust. Tränen kullerten ganz kurz nur über seine Wangen. Er lächelte in sich hinein: »Du bist ja schlimmer geworden als ein Weib, Großer Halil, schlimmer als ein Weib.«

Im nahen Feld pflückten Dörfler, denen man an der Kleidung ansah, daß sie aus dem Taurus gekommen waren. Er bog vom Weg ab. Es war heiß, er schwitzte, und auch die Tagelöhner waren in Schweiß gebadet. Als er ihnen einen Gruß zurief, richteten sie sich auf und blickten zu ihm herüber. Dann bückten sie sich nieder und arbeiteten weiter. Halil, wieder sich selbst überlassen, näherte sich einem älteren Pflücker. »Bruder«, sagte er, »ich muß dich etwas fragen.« Der Mann richtete sich auf: »Nun, Freund, dann frag!« Halil der Alte lächelte. Doch plötzlich erstarb das Lächeln; sein Gesicht bekam einen Zug von Bitterkeit, hellte sich aber gleich wieder auf, und lächelte glücklich und zufrieden. »Hast du schon einmal vom Dorf Yalak gehört? Mich nennt man dort Halil den Alten. Ich suche meine Dörfler. Weißt du, wo sie Baumwolle pflükken? Kam dir etwas zu Ohren?«

»Du bist Halil der Alte?« fragte der Mann etwas erstaunt, aber auch mit einem Anflug von Bewunderung. »Jener Große Halil, der auch die unentwirrbaren Knoten von Fesseln an Pferdehufen lockern kann, der die schwersten Tore zertrümmert, der die Hengste der Schahs und Sultane und selbst die Reittiere des großen Räubers Köroğlu entführte?«

Daß der Mann ihn so beschrieb, schmeichelte Halil dem Alten. Gleichzeitig schnürte es ihm die Kehle zu. Ihm war zum Weinen zumute, und er schluckte. »Ich bin es«, konnte er nur hervorbringen. Noch ein Wort, und er hätte losgeheult. Er drehte sich um und eilte mit großen Schritten davon. Der alte Mann und die übrigen Baumwollpflücker, die sich wieder aufgerichtet hatten, verfolgten seine Flucht, bis er aus dem Feld herausgelaufen war. Als

21

er den Weg erreichte, lief er immer noch; lief und weinte. »Großer Halil, Adler der Berge, soweit mußte es also mit dir kommen. Oh, grausame Welt, Gott verdamme dich!« Jammernd setzte er seinen Weg fort, als ihm ein junger Mann entgegenkam, das Hemd weit geöffnet über der schwarz behaarten Brust, mit dunklem, krausem Bart, großen Augen, grimmiger Miene, braungebrannt, kräftig und mit einem Körper, der vor Gesundheit strotzte. Halil der Alte beneidete ihn, der daherkam, als stampfe er die Erde, die unter seinen Schritten bebte, während seine Füße den Staub in alle vier Himmelsrichtungen wirbelten.

»Ja, ja, Großer Halil, so warst du auch einmal, lang ist es her«, murmelte Halil der Alte, »wie ein Adler warst du, und heute dreht sich keiner nach dir um. Ja, du bist für sie nicht einmal Manns genug, den Tod aus ihrer Hand auf dich zu nehmen. Ich werde es niederbrennen, werde dieses Dorf niederbrennen; und dann werden wir ja sehen, ob sie mich für voll nehmen. Wir werden ja sehen!«

Der Wanderer kam näher. Halil der Alte wich ihm aus bis an den Wegrand. Als der Mann an ihm vorbeiging, rief er: »Halt an, Bruder!«

Der andere blieb stehen. Er war von hohem Wuchs. Sein Gesicht strahlte Selbstsicherheit aus. Die rechte Spitze seines Schnurrbarts hing tiefer als die linke, fast bis zum Kinn. Das war Halil dem Alten gleich aufgefallen. Auch die schwarze Locke, die sich auf seiner Stirn kringelte. Sie gab dem stolzen, harten, grimmigen Gesicht einen Hauch von kindlicher Einfalt.

Halil des Alten Herz klopfte. Er riß sich zusammen: »Gott segne dich, Wanderer, daß du stehengeblieben bist...« Der Gesichtsausdruck des Mannes wurde weicher. Er atmete einige Male tief durch; seine Stirn war schweißbedeckt.

»Wo pflücken die Leute aus Yalak Baumwolle? Ich bin Halil der Alte aus diesem Dorf.«

Das Gesicht des Mannes wurde so streng wie vorher: »Ich habe noch nie etwas von dem Dorf Yalak gehört, woher soll ich also wissen, wo seine Einwohner Baumwolle pflücken!« Er machte eine Handbewegung, als wolle er Fliegen verscheuchen.

»Hast du auch noch nie den Namen von Halil dem Alten vernommen, der die Pferde der Schahs und Sultane, der Agas und Beys, ja sogar des Recken Köroğlu entwendet; dem keine Tür standhält, und vor dem keine Fußfessel sicher ist?« Flehentlich sah Halil dem Mann in die Augen, die sehr grün waren und feindlich blickten.

Der Fremde war einen Augenblick verblüfft, fing sich aber schnell und lächelte. Lächelte breit und herzlich. »Nie gehört«, sagte er. »Ich habe auch noch nie einen Pferdedieb gesehen. Und Fußfesseln kenne ich auch nicht.« Er machte wieder diese wegwerfende Handbewegung, als verscheuche er Fliegen, und ging weiter. Seine Hand war pechschwarz ölverschmiert. Auch das war Halil dem Alten nicht entgangen.

»Sieh dir den an!« sagte er laut. »Sieh dir den an, den Lügner da, der in seiner ganzen Länge fallen möge! Sieh dir seine öligen, dreckigen Hände an. Er will weder vom Dorf Yalak noch vom Großen Halil je gehört, noch Fußfesseln je gesehen haben. Sieh dir den an, diesen Esel! Wie kannst du nur mit so einem Verstand in dieser Welt herumlaufen? Streunender Köter! Kein Wunder, daß du ölverschmiert und allein auf der Landstraße bist... Mit diesem Verstand wirst du noch lange verdreckt und einsam herumstrolchen, mit diesem Unwissen noch lange verlassen auf der Straße liegen. Hä, hä! Hände und Gesicht ölverdreckt, kennt nicht einmal das Dorf Yalak. Und vom Großen Halil hat er auch noch nichts gehört. Mann, entweder hast du keinen Verstand, oder du bist ein Esel. Nun, dann mußt du eben auf der Landstraße herumlungern. In der Çukurova, Gesicht und Hände voller

Schmiere. Und ganz allein . . .« So haderte Halil der Alte mit dem Mann, bis dieser weit weg war und er ihn aus den Augen verlor. Er schimpfte so heftig, daß ihm der Schaum vor den Mund trat.

Da kam ein Wagen aus der Richtung, wo der Mann verschwunden war. Im Wagen saß ein Jüngling um die Sechzehn, in der Hand eine Traube, von der er Beere für Beere in den Mund schob. »Spring, Onkel! Los, steig auf!« rief er Halil zu, als er in seiner Höhe war. Mit der Gewandtheit eines Jugendlichen sprang Halil der Alte auf den Wagen. ›Ein braunes und ein graues Pferd‹, ging es ihm durch den Kopf, ›Fuchs und Grauschimmel im Gespann bringen Glück! Na, du spinnst ganz schön‹, dachte er dann und fügte nach einer Weile hinzu: ›Vielleicht stimmt es ja doch; wir wissen schließlich nicht, was es auf dieser Welt gibt und was nicht, und wir wissen auch nicht, was uns Glück bringt oder nicht.‹

Der Jüngling hielt ihm eine Traube hin. Halil der Alte nahm sie und musterte seinen Nachbarn. Dieser verhielt von Zeit zu Zeit, blickte um sich und schob sich jedesmal eine einzelne Weinbeere in den Mund. Halil der Alte machte es genauso wie er.

»Woher kommst du, wohin gehst du, Onkel?« fragte der Jüngling. Ihm zu antworten: Ich bin der Große Halil und suche die Dörfler aus Yalak, brachte Halil der Alte nicht über sich. Diesen Jüngling hatte er auf Anhieb ins Herz geschlossen, und er wollte jede Mißstimmung zwischen sich und ihm vermeiden. Der Bursche hatte so strahlende Augen, voller Freude und Hoffnung. Große, strahlende Augen. In seinem Gesicht leuchtete wohlige Zuneigung. Ohren und Schirmmütze waren staubbedeckt, die Haare fielen ihm in die Stirn, sie waren von der Sonne gebleicht, daß sie fast rot waren.

Wie ein Orkan wuchs in Halil der Zorn. Einen einzigen wie diesen Jüngling in seinem Dorf, und sein Leben wäre niemals in Gefahr. »Ich bin auf der Flucht«, sagte er, »Freund, sie werden mich töten. Sie werden mein Blut trinken und mir die Haut abziehen. Der Feind ist furchtbar, Freund, und ich, mein Freund, bin in Gefahr.« Und dann erzählte er in allen Einzelheiten, wie die Dörfler ihn splitternackt ausgezogen hatten, daß sie ihn ins Feuer werfen wollten und wie er im Dorf Incecik Zuflucht fand. Anschließend beschrieb er auch noch die Einwohner dort: »Es war Mitternacht... Fünf Männer, ungeschlacht wie Hünen, suchen mich. Fünf dunkle Gestalten kommen auf mich zu, Gestalten, daß Gott erbarm. Der eine sagt: ›Laßt ihn laufen, er ist alt und sucht Schutz in unserem Dorf.‹ Daraufhin der andere: ›Wir haben den Dörflern von Yalak unser Wort gegeben; und weil wir es versprochen haben, müssen wir ihn töten.‹ Ich verkroch mich sofort im nächsten Tamariskenbusch. Sie kamen näher, schauten herum, wo ich eben noch war, und fanden niemanden. Ich glitt von einem Gestrüpp zum anderen; als der Morgen kam, hatte ich mich bis zur Landstraße geschlichen. Seitdem war ich unterwegs, bis du mit deinem Wagen daherkamst. Gute Menschen wie du werden nie zu Boden gehen, denn unser Vater, der Prophet Elias, ist immer auf der Seite der Gütigen. Und wenn der sich einmal für einen wie dich entschieden hat, kannst du sicher sein, daß er dir hilft. Und wenn du mich fragst, woran man das erkennt; nun, es hat sich gefügt, daß eines deiner Pferde braun ist und das andere grau. Das bedeutet Glück.«

»Und wohin willst du jetzt, Onkel?« fragte der Jüngling.

Halil der Alte stutzte und dachte nach. Dann lachte er lauthals und glücklich. »Ich suche einen Ort, an dem es keinen Tod gibt, wohin der Tod nicht kommen kann«, seufzte er, und sein Gesichtsausdruck veränderte sich im selben Augenblick. Es bekam einen schmerzhaften Zug, einen Ausdruck von Trauer. Seine Hände und seine Lippen begannen zu zittern.

»Wohin der Tod nicht kommen kann?« wiederholte der Jüngling. Er überlegte eine Weile; dann gab er es auf und fragte: »Wo ist denn dieser Ort, wohin der Tod nicht kommen kann, he?«

Halil des Alten Miene hellte sich wieder auf: »Wenn ich's nur wüßte, ich würde mich sofort auf den Weg machen«, antwortete er und lachte.

Sie aßen beide ihre Weintrauben auf.

Halil der Alte war im Zwiespalt. Sollte er den Jüngling nach seinen Leuten aus Yalak fragen? Während er noch schwankte und mit sich rang, sah er in der Ferne eine Gruppe Tagelöhner, die Baumwolle pflückte. Mit einem Satz sprang er vom Wagen und rief: »Ich gehe zu den Dörflern dort hinüber. Vielleicht ist das der Ort, wohin der Tod nicht kommen kann.«

Der Jüngling griff in den Korb neben ihm, nahm eine große Traube und reichte sie Halil dem Alten. »Nimm!« sagte er. »Du bist zu mager. Wenn du so weitermachst, kann der Tod sehr schnell schon zu dir kommen.«

Halil der Alte machte kehrt und nahm die Weintrauben. »Geh in Frieden und mit Gesundheit, mein Sohn!« sagte er. »Und möge kein Stein deinem Fuß im Wege sein, solange du lebst. Ich küsse deine Augen!« Dann ging er mit schnellen Schritten zum Baumwollfeld.

3

*Wie die Einwohner des Dorfes Yalak in die
Çukurova hinunterziehen.*

Ballen flammend roten Dornengestrüpps, die Torkelnden Disteln, waren von der Ebene heraufgeweht und zwischen die Häuser gerollt, wo sie sich in den Gassen auf-
türmten.

Das Dorf Yalak war in Aufbruchstimmung und machte
sich für den Zug in die Çukurova bereit. Von sieben bis
siebzig waren die Dörfler in Aufruhr; lärmten, polterten,
hasteten hin und her . . . Im Dorf war die Hölle los. Jedes
Jahr, wenn es in die Ebene zur Baumwollernte geht, ist in
den Dörfern die Hölle los.

Nur einer im Dorf nimmt an diesem Rummel nicht teil,
bleibt ferner Zuschauer dieses Trubels: Ali der Lange. Er
macht keinen Finger krumm, rennt nicht hierhin und
dorthin, ist weder aufgeregt noch sonst aus der Ruhe zu
bringen. Wie ein Schlafwandler schlendert er durchs
Dorf. Niemandem fällt sein Zustand auf; jeder ist ja mit
sich selbst beschäftigt und sieht über seine Nasenspitze
nicht hinaus . . .

Ökkeş der Bergwolf bemerkte diese Veränderung in
des Langen Verhalten zuerst. Nach einem Stoßgebet
stellte er ihn zur Rede: »Was ist mit dir los, Ali?« fragte er.
»Morgen früh vor Tagesanbruch macht sich das Dorf auf
den Weg, und du stehst da mit verschränkten Armen
herum. Oder gehst du in diesem Jahr nicht in die Çukurova hinunter? Du weißt, daß Adil einem die Augen aus-
kratzt, die Hose vom Hintern und das letzte Hemd, ja die
Haut vom Leibe zieht. Er reißt uns die Dächer über den
Köpfen ein.«

Es dauerte nicht lange, da war es in aller Munde: Ali der

Lange zieht dieses Jahr nicht in die Ebene. Jeder suchte eine Erklärung. Zuerst hielten sie es für eine List, dachten an böse Absichten. Ali mußte schließlich einen Grund haben. Irgend etwas mußte ja für ihn dabei herausspringen. Sein Verbleiben im Dorf mußte ihm bestimmt mehr einbringen als die Arbeit in den Baumwollfeldern. Aber wie? Und woher? Sie überlegten hin und her, fanden aber weder eine naheliegende noch eine weit hergeholte Erklärung.

Nur einer kam auf den Gedanken, der nicht von der Hand zu weisen war: Der Lange und Taşbaşoğlu mochten sich doch sehr. Folglich blieb Ali der Lange dieses Jahr im verlassenen Dorf zurück, um auf Taşbaşoğlu, unseren Herrn, zu warten.

»Wenn wir Dörfler in die Çukurova ziehen, wird Taşbaşoğlu, unser Herr, ins Dorf kommen und Ali dem Langen Reichtum und Segen bringen.«

»Ali erwartet ihn. Warum sollte er nicht; schließlich hat er einen großen Heiligen zum Blutsbruder. Taşbaşoğlu, unser Herr, würde eher seine Mutter, seinen Vater und sein Weib vergessen als seinen Bruder Ali den Langen.«

»Des Heiligen Tugend ist, daß er den Freund nicht vergißt.«

»Soll er doch auf Taşbaşoğlu warten. Soll Taşbaşoğlu doch ins Dorf kommen. Soll er doch kommen und Segen und Reichtum, Glück und Gesundheit bringen. Soll er doch kommen, unser Herr!«

Ali sprach mit niemandem, und niemand stellte an ihn noch Fragen.

Noch bevor der Morgen graute, erhob sich im Dorf mit ohrenbetäubendem Lärm ein wüstes Durcheinander. So laut, daß es durch die Steppe hallte. Dieser Krach dauerte in voller Stärke eine Weile an – und war plötzlich wie abgeschnitten. Dann war vereinzelt vom unteren Bach nur noch blechernes Geklapper zu hören, das sich immer weiter entfernte.

Ali horchte hinaus, bis auch das letzte Geräusch verhallt war. Alles versank in endlos atemloser Stille. Er verließ das Bett und ging nach draußen. Der Mondschein war hell wie das Tageslicht. Kristallrot schimmerten zwischen den Häusern Haufen Torkelnder Disteln. Der Morgenwind trieb sie hin und her. Ali betrachtete den Weg: ein weißes Band, das wie ein schmales, glänzendes Wasser zum Fuß des Abhangs schlängelte. Dort, wo der schroffe Hügel seinen Schatten über den Weg warf, senkte sich gemächlich eine Staubwolke nieder, die der lange Zug der Dörfler aufgewirbelt hatte. Der Morgenwind streifte sanft Alis Gesicht. Ihm war, als käme er jetzt erst zu sich. Er hockte sich auf einen Stein nieder und nahm den Kopf zwischen die Hände. So blieb er sitzen, bis der Tag anbrach.

Elif hatte sich bis zum Morgengrauen nicht von der Stelle gerührt. Sie lag im Bett und horchte mit zusammengebissenen Zähnen auf Meryemces Ächzen und Wimmern. Als sie jetzt hinausging und ihren Mann erblickte, wie er dort gebeugt auf dem Stein hockte, ging sie zu ihm und stieß ihn an: »Ali, Ali, steh auf!«

Ali nahm die Hände vom Kopf und drehte sich zu seiner Frau um: »Was sagst du, Elif?« fragte er, und seine Stimme hallte eigenartig hohl in der Stille des Morgens.

»Deine Mutter wimmerte bis in den Tag hinein. ›Mein armer Junge‹, hörte ich sie immer wieder stöhnen, ›meinetwegen konnte er seine Schulden nicht bezahlen, hat er sich vor aller Welt mit Schande bedeckt. Und meinetwegen kann er in diesem Jahr nicht zur Baumwollernte in die Çukurova hinunter. Meinetwegen werden seine Kinder Hunger haben und nackt sein. Das beste wäre, ich brächte mich um!‹ Deine Mutter ist eine Frau von Ehre. Sie bringt es fertig und tötet sich. Was meinst du, he, Ali?«

»Ich weiß nicht«, antwortete Ali.

»Wenn wir nicht in die Çukurova ziehen, wird sich deine Mutter töten.«

Kurz darauf, gestützt auf ihren Stock, kam Meryemce heraus, und die beiden brachen das Gespräch ab. Meryemces Gesicht war aufgeblüht wie eine Blume, und sie wirkte frisch und jugendlich wie vor fünfundzwanzig Jahren. In ihren Augen leuchtete die Freude, und ihr Körper hatte sich gestrafft. Meryemce stand aufrecht da. Ihren Stock, so schien es, hielt sie nur aus Gewohnheit; als sei er völlig überflüssig.

Sie ging zu Ali und stellte sich vor ihn hin. »Mein Ali«, sagte sie, »mein Sohn, den Gott behüten möge, schau her! Schau mich an! Wie findest du mich? Steht deine Mutter nicht gereckt da wie eine Gazelle?«

Ali wußte nicht, wie ihm geschah. War diese hoch aufgerichtete Frau, schlank wie ein Reh, rank wie eine Braut, wirklich seine Mutter? War sie es? Immer wieder rieb er seine Augen, wollte ihnen nicht glauben. Er wußte vor Freude nicht, was er tun sollte. Zuerst stotterte er ein bißchen, brachte nicht über die Lippen, was er sagen wollte. Doch dann sprudelte es aus ihm heraus: »Wie eine Gazelle bist du, wie eine Gazelle... Ich kann es nicht fassen. Hast du Wasser aus dem Jungbrunnen getrunken, Mutter? Wie der Grauschimmel des Köroğlu? Du bist wie eine Gazelle, Mutter, kerzengrade.«

Meryemce ging leichtfüßig im Hof von einem Ende zum anderen, lief, sprang und hüpfte. »Ali, mein Kind, was hast du denn gedacht? Ja, so ist sie, deine Mutter. Ich kann so bis in die Çukurova gehen, und wenn es sein muß weiter bis ans Mittelmeer. Bleibe also meinetwegen nicht im Dorf. Ich werde dir nicht zur Last werden und dir keine Kopfschmerzen bereiten. Vergiß, was im letzten Jahr geschah. Es geht doch nicht an, daß ein Mann nicht in die Çukurova zieht, daß einer hierbleibt, während sich das ganze Dorf auf den Weg macht. Sieh doch, sieh deine Mutter an!« Sie warf auch den Stock weg und lief noch einmal hin und her. »Danket Gott und sagt unberufen! Wie Eisen bin ich; wie reiner Stahl. Seht, meine lieben Kinder, die Gott beschützen möge, seht mich an!«

Sie geriet außer Atem, war kurz davor, zusammenzubrechen und fühlte sich sterbenselend; aber Meryemce riß sich zusammen, besiegte ihr Alter und ihre Schwäche. Sie bot ihre letzte Kraft auf. Niemand sollte etwas merken. »Ihr habt es gesehen... Habt gesehen... So werde ich... Genauso... Werde ich in die Ebene hinunterziehen, flink wie das Pferd eines Speerkämpfers. Voriges Jahr wurde ich dir zur Last, mein schönes Kind, mein Recke. Doch es war nicht mein Alter; mein Zorn gegen diesen Unhold, den Gott verdammen möge, war der Grund. In diesem Jahr wirst du mit mir keine Schwierigkeiten haben...« Sie schwankte, schnappte nach Luft, konnte sich nicht mehr auf den Beinen halten... Wie ein Blasebalg hob und senkte sich ihre Brust. »Dir... Zur Last... Schau... Schau... Speer... Çukurova...« Sie machte noch einige Schritte, dann knickten ihre Knie ein. Noch im Fall stützte Meryemce sich mit den Händen am Boden ab, kam wieder hoch und eilte ins Haus. Halb ohnmächtig ließ sie sich auf ihr Lager fallen.

Ali konnte es nicht ertragen. »Mutter!« schrie er auf. »Mutter, quäl dich nicht. Daß ich hierbleibe, ist nicht deinetwegen. Ich lege die Hand auf das Buch, ich schwöre beim Leben meiner Kinder, daß es nicht deinetwegen ist...« Er ging zu ihr, beugte sich ganz dicht über sie, und als vertraue er ihr ein großes Geheimnis an, flüsterte ihr ins Ohr: »Hab Geduld, Mutter, ein wenig nur! Es hat einen besonderen Grund, warte ab!« Dann sah er argwöhnisch um sich und hielt seinen Mund ganz dicht an Meryemces Ohr. »Hör mir gut zu, Mutter!« raunte er. »Hör mir gut zu und verrate unser Geheimnis keinem Men-

schen, niemandem, weder Wolf noch Vogel, noch
Ameise!«

Meryemces Gekeuche legte sich, ihre Erregung ließ
nach; die tiefen Kerben in ihrem Gesicht begannen sich zu
glätten, ihre matten, trüben Augen bekamen wieder
Glanz, und ganz allmählich stieg ein rosiger Schimmer in
ihre Wangen. Sie war nur noch Neugier.

»Ich warte auf Taşbaşoğlu«, sagte Ali. »Ich sitze hier
und halte Ausschau nach unserem Heiligen. Es könnte ja
sein, daß ihn sein Weg hier vorbeiführt und er unser Elend
sieht. Vielleicht bekommt er Mitleid und hilft. Und dann
warte ich noch auf unseren Freund Ahmet den Umnachteten.«

Meryemce stemmte sich mit beiden Ellenbogen hoch
und sah Ali dem Langen fest in die Augen. Wie der leibhaftige Zorn schaute sie ihren Sohn eine Weile an. Plötzlich brüllte sie: »Hör mal, hör mal, meinst du denn, du
könntest mich reinlegen? Mich?« Dann schwieg sie und
fiel entkräftet auf ihr Lager zurück. Sie atmete einigemal
tief ein und stöhnte: »Ach, ach! Taşbaşoğlu ist doch nur
ein Menschenkind wie du und ich. Und wer weiß, wo Ahmet der Umnachtete, mein Kleiner, mein Augapfel,
meine Gazelle, ist.«

»Auf ihn warte ich doch, Mutter! Auf ihn...«

Meryemce lächelte insgeheim und mit leichtem Spott.
Doch Ali bemerkte es, und er verspürte im Innern einen
unerklärlichen Schmerz. Er schämte sich und konnte seiner Mutter nicht mehr in die Augen sehen.

Meryemce hatte nichts von alledem geschluckt. Ali
mußte zu einer anderen List greifen. Er stand auf, ging
einigemal hin und her, legte die Hände auf den Rücken,
reckte sich wippend, kicherte erst einmal vor sich hin und
begann lauthals zu lachen: »Ha, ha!«

Meryemce sah seinem kindlichen Treiben zu. »Mutter!« rief er und hob die Hand. »Ha, ha! Weißt du, warum

ich nicht in die Çukurova gehe und hierbleibe? Nun –
rate mal!« Dann schwieg er, machte wieder einige
Schritte und begann von neuem: »Los, rate mal! Rate,
warum ich mich nicht auf den Weg gemacht habe.
Rate...« Er ging hinaus, kehrte zurück und fragte:
»Nun? Rate!« Mit freudigen Augen, als wüßte er um die
letzten Geheimnisse, stand er vor seiner Mutter und sah
sie an. Dann erhob er seine Stimme: »In diesem Jahr gibt
es in der Çukurova keine Baumwolle. Schädlinge fraßen
die ganze Ernte auf. Die Ebene ist völlig ausgetrocknet,
alle Wasserläufe sind versiegt. Und brauchtest du für
deine Heilkräuter nur ein einziges grünes Blatt, du fän-
dest es nicht in der Çukurova. Ich weiß es, und jeder
Bauer weiß es. Sie wissen es und gehen trotzdem. Sag,
sollen wir deswegen auch gehen? Sollen wir wie diese
Bauerntölpel auch hingehen und uns quälen? Du wirst
sehen, schon bald, wenn nicht diese Woche, dann in der
nächsten, werden sie alle wieder hier sein; erschöpft und
elend. Sag, sollen wir auch gehen? Hingehen und mit leeren Händen und geschwollenen Füßen, erschöpft und
elend wieder zurückkommen? Sag!«

Meryemce stützte sich wieder auf ihre Ellenbogen:
»Laß uns gehen, Kind«, sagte sie, »jaaa, laß uns gehen.
Auch in der Not ist der Treff aller zur Hochzeit ein Fest.
Und wenn die Baumwolle nicht wächst, der Reis nicht
sprießt, die Gewässer versiegen und alles zu Asche verdorrt, die Çukurova ist und bleibt die Çukurova, die
Ebene voller Segen und Überfluß. Aus diesem Grund
darf man nicht zurückbleiben, muß man dort hinunterziehen, darf man die Tage nicht verstreichen lassen und
der Zeit keine Gelegenheit geben, daß sie sich gegen einen wende.«

»Und ich gehe nicht!« brüllte Ali, so laut er konnte.
»Ich bin nicht so verrückt wie diese blöden Dörfler. Ich
bin nicht verrückt, bin nicht verrückt, bin nicht verrückt!

Nichts als dürre Öde ist Çukurovas Erde in diesem Jahr; verdorrtes, graues, knochentrockenes Land. Und davon haben wir auch hier mehr als genug.«

Meryemce ließ sich wieder rücklings auf ihr Lager fallen. »Man muß gehen«, wimmerte sie, »man darf den Brauch nicht brechen. Auch wenn es verbrannte Erde ist und am Ende des Weges der Tod wartet, wir müssen hin.«

Wie leblos ließ Ali seine Arme hängen. »Oh, Mutter, oh«, stöhnte er, »oh...« Er rannte aus dem Haus und schlug die Richtung zu den verkarsteten Hängen ein. Die Beine wollten ihm nicht gehorchen, und er schwankte, als er den Bach entlangging. Kreischend schwärmten Vögel über ihn hinweg. Er blieb stehen und sah ihnen zu, wie sie sich hoben und senkten, gleich Wellen von einem Ufer zum anderen, bis sie seinen Augen entschwunden waren. Und so torkelten auch rote Distelballen auf und ab von einer Richtung in die andere. Hinter dem Hügel fiel steil eine Senke, eine Quelle floß am Hang zu Tal. Dort, wo sie entsprang, stand ein alter, blattloser Baum. Niemand wußte, was es für einer war, denn seit es ihn gab, war er kahl und verkrüppelt. Ali wollte zur Quelle. Er überquerte eine hennafarbene Bodenwelle und stieg in eine tiefblaue Schlucht hinunter. Gelbe Blumen mit roten Dornen wuchsen überall verstreut auf der blaufarbenen Erde. Nachdem er eine schroffe Felswand hochgeklettert war, gelangte er zur Quelle. Mit dem Rücken gegen den kahlen Baum gelehnt, setzte er sich hin. Er schloß die Augen. Die Erde, grau und tiefblau, rot und grün; mit ihren schroffen Felsen, Blumen, torkelnden Disteln, den Vögeln und weißen Wolken drehte sich in seinem Kopf, die Einöde um ihn hallte in seinen Ohren. Am liebsten wäre er aus ihr ausgebrochen, weggelaufen, ohne zurückzublicken, hätte er Haus und Hof, Meryemce und die Kinder, Vögel und plätschernde Quellen, diese heulende Steppe samt torkelnden Disteln und Wolfshöhlen hinter sich gelassen.

Angstvoll öffnete er seine Augen. Er spürte Schmerzen wie Messerstiche, sprang auf die Beine und rieb sich die Augen. Als er um sich blickte, war er eine Weile wie geblendet. Dann lief er dem Hügel zu und stieg auf den Kamm. Der weiße Weg, der sich da unten zur Çukurova schlängelte, lag im Dunst. Der Tag, an dem er zum ersten Mal das Meer sah, fiel Ali ein. Es grollte wild, war sehr groß und majestätisch. Salzgeruch mengte sich jetzt unter den Steppenduft. Wie das Meer atmete auch sie ganz tief, und wie das Meer ist auch die Steppenerde salzig. Die Steppe ist dem Meer sehr ähnlich.

Bis in den Nachmittag hinein blieb er dort oben auf dem Hügel stehen, aufrecht mit geschlossenen Augen. Unter seinen Füßen knisterten flammend rote torkelnde Disteln. Die Sonne, der Pfad, graue Steppenerde, Felsen, die nach wildem Thymian dufteten... Irgendwann kam er wieder zu sich, erwachte er wie aus einem tiefen Schlaf. Er schwankte, wäre beinahe hingefallen, dann fing er sich. Er setzte sich auf die Erde. Wie in einem Wachtraum, im Dämmer seines Gehirns und irgendwo in der Nähe seines Herzens, zog die Çukurova an ihm vorüber, mit der Meeresküste, dem Meersalz, der Baumwolle, den Reisfeldern, den ölverschmierten Traktoren, den Tausenden, Abertausenden barfüßigen, kahlgeschorenen Tagelöhnern, die wie Haufen zerfetzter Lumpen über die Landstraßen strömen; die Çukurova voller Staub und Rauch, blitzende Limousinen und der Geruch von Benzin. Der stechende Schmerz in seinem Inneren und die Trauer, die wie Gift auf ihm lastet, sind wie weggeblasen. Vor Sehnsucht zittert er, drückt seine Rechte in die warme Erde. Auf der Landstraße, die in die Çukurova führt, hob sich ferne der Staub, wirbelte immer wieder empor. Wind kam auf, trieb die Staubwolken von den Wegen in die Ebene und weiter in den Wald, vermischte sie mit seinem Grün, seinem Blau und seinem Violett. Dahinter lagen die Baumwollfelder der staubbedeckten, dunstigen Çukurova . . .

Ein rosiges Lächeln lag auf Alis blassem, ovalem, stoppeligem Gesicht, als er den Abhang hinuntereilte. Ganz außer Atem erreichte er den Fuß des Hügels und überquerte die Bodenwelle. Als er zu Hause ankam, konnte er sich kaum auf den Beinen halten. Noch vor der Tür rief er: »Elif, Elif! Elif, komm heraus, schnell!« Und Elif kam ins Freie gelaufen. Sie erschrak, als sie das Gesicht ihres Mannes sah, faßte sich aber so schnell, daß es niemandem auffiel. Ali nahm sie bei der Hand und zog sie in eine Ecke vom Nachbarhaus: »Wir müssen in die Çukurova. Wir haben keine Wahl.«

»Ja, und was machen wir mit Mutter Meryemce? Nehmen wir sie mit, läuft sie keinen Schritt, und du kannst sie nicht wieder wie voriges Jahr auf deinem Rücken tragen.«

Ein kalter Schauer überlief Ali. Ihn fröstelte bis ins Knochenmark. »Ich habe einen Weg gefunden . . . Habe ihn gefunden, aber . . .«

In freudiger Erregung weitete die Frau ihre Augen. »Was für einen Weg?« rief sie. Ali legte seine Hand auf Elifs Mund. »Sei still«, sagte er. »Schrei nicht so! Sprich leise!« Dann neigte er seinen Mund dicht an Elifs Ohr: »Hör mir gut zu und denke nach, bevor du dich aufregst. Wir lassen Mutter hier im Dorf zurück. Bis wir wiederkommen . . .«

»Ganz allein? Allein im menschenleeren Dorf . . . Ohne Kraft in den Armen und schwach auf den Beinen, auf Gedeih und Verderb ihrem Schicksal und den Wölfen überlassen . . . Wenn wir zurückkommen, werden wir nicht einmal ihre Knochen vorfinden«, meinte Elif.

Ali wiegte traurig den Kopf: »Sie hat keine Kraft, ist schwach auf den Beinen. Nun gut, wir geben auf und bleiben hier. Soll Adil Efendi doch kommen und sich mit meiner Seele begnügen.«

»Wenn wir sie hier zurücklassen«, meinte Elif, »und sie hinter uns herkommt, stirbt sie doch unterwegs, oder? Und wenn sie hierbleibt, wird sie ihren Kopf gegen die Felsen schlagen.«

»Ich weiß nicht, was ich tun soll«, antwortete Ali.

»Ich auch nicht«, sagte Elif, »und wir werden durchdrehen, wenn wir hier auf die Rückkehr der Dörfler warten.«

»Aus Beklemmung«, antwortete Ali, »ein leeres Dorf ist wie ein Friedhof.«

Das Dorf lag verlassen da. Die Öde des Todes. Man konnte das Summen der Fliegen hören, und nur die Katzen und Hunde gaben dem Dorf ein bißchen Leben. Bald würden auch sie das Weite suchen. Die Lehmhäuser waren nicht viel höher als einen Meter, vom Boden bis zum Dach. Die Schornsteine ragten wie die Stümpfe eines abgeholzten Waldes. Das Dorf glich einer staubigen, hellen Kuppe. Dazwischen kristallrot Büschel entwurzelter Disteln in den Gassen. Zuhauf. Als hätte seit Bestehen noch keines Menschen Fuß das Dorf betreten, ein Stück Natur, das noch keines Menschen Hand berührte ... Einsam wie die Steppe, öde und windig wie der Gipfel eines Berges. Diesen Zustand konnten auch die Hunde und Katzen nicht ändern, ja, es schien, als sähe das Dorf durch sie noch trauriger aus, noch verlassener. Ihre Bewegungen, ob sie sich streckten, einen Buckel machten oder das Fell sträubten, verstärkten nur noch diesen Eindruck. Als frören sie in ihrer Verlassenheit. Ein Ort der Katzen und Hunde. Seit die Welt erschaffen, scheint es, ist dieser Ort ihr Wohnsitz, haben sie sich hier niedergelassen, gehört das Dorf ihnen.

Drei Tage streifte Ali durch das Dorf, durch diese Einöde, ohne zu essen und zu trinken. Er dachte nach.

4

*Halil der Alte hockt im Baumwollfeld und wartet
auf die Dörfler.*

Memidik sah ihn zuerst. Er hielt ihn für einen Stroh-
sack, den die Tagelöhner im vorigen Jahr hier vergessen
hatten. Er ging hin, und als er nahe bei ihm war, gewahrte
er zwei glühende Augen. Erschrocken stockte er im
Schritt. Sein Herz pochte. Schreckgespenster wurden vor
seinen Augen lebendig. Wer konnte dieses dunkle Wesen
mit den zwei glühenden Löchern sein? Er ging noch ein
bißchen näher heran und erkannte, daß es ein Mensch war.
Aber dieser Mensch bewegte sich nicht. Bewegte nicht
einmal seine Augen. Da bekam es Memidik mit der
Angst, er drehte sich um und rannte zu den Nomadenzelten. Die Bauern hatten sie am Rande des Baumwollfeldes
aufgeschlagen und waren dabei, ihre Sachen unterzubringen. Der Tag ging zur Neige. »Ich habe ihn gesehen!« rief
Memidik ganz außer Atem. »Mit diesen meinen Augen,
die erblinden sollen, wenn es nicht wahr ist. Genau dort,
mitten im Feld, pechschwarz, etwas Geballtes. Nur, dieser
pechschwarze Ballen hat zwei Augen. Sie glühen wie
Feuer. Genau dort... Hockt da, regungslos wie ein Stein.
Hab ich mich erschrocken.« Das Feld war so weiß, als
hätte es geschneit. Es erstreckte sich bis ins Dickicht am
Ufer des Ceyhan und verlor sich unter den Bäumen, die
wie Kuppen aus dem Buschwerk herausragten.

Die Bauern zögerten, überlegten, schließlich erhob sich
Habenichts. »Mann«, sagte er, »nicht daß du wieder Gespenster gesehen hast. Waren hinter dem Schatten nicht
auch sieben Lichtkugeln so groß wie sieben Berge?«

»Lichtkugeln habe ich nicht gesehen, aber die Augen
waren wie zwei Feuer.«

Habenichts stemmte beide Hände in die Hüften und blickte eine Zeitlang zum Feld hinüber. Die anderen Dörfler taten es ihm gleich. Dann faßte Habenichts Memidik um die Schulter und sagte: »Los, geh und zeige mir den Weg, du Unglücksrabe! Dieser Scheißkram entspringt nur deinem Gehirn. Das Märchen Taşbaşoğlu, die Geschichte vom Gewehr des Hocas, aus dem Lichtstrahlen schießen, Blumen sprießen, ob Winter oder Sommer, an jedem Stengel sieben Farben und sieben verschiedene Blüten; all das kommt nur aus deinem Gehirn. Los Mann! Geh schon . . .«

Habenichts ging mit langen, forschen Schritten auf das Feld. Eine Hand an Memidiks Nacken, hatte er den Jungen gepackt wie der Jäger die Läufe des Hasen, hielt ihn so hart, daß Memidik vor Schmerzen das Gesicht verzerrte und es vor lauter Falten nicht mehr zu erkennen war. Als Habenichts losmarschierte, ließen auch die Dörfler Arbeit Arbeit sein und machten sich, ob Jung oder Alt, mit Kind und Kegel hinter ihm her.

Amtmann Sefer hockte mit gesenktem Kopf, den Rükken an einen Baum gelehnt, in Gedanken versunken da. Als er sah, wie die Dörfler geschlossen auf das Feld gingen, sprang er sofort auf und folgte ihnen.

Als Habenichts von weitem die dunklen Umrisse der Gestalt erblickte, ging er ein bißchen langsamer. Er bekam Angst. Auch die Dörfler ließen die Augen nicht von dem dunklen Etwas, gingen jetzt bedächtiger, sahen sich vor. Plötzlich verhielt Habenichts den Schritt. Auch die Bauern blieben stehen. Sie rückten zusammen. So tief und so laut er konnte, brüllte Habenichts dröhnend: »Wer bist du? Erhebe dich! Bist du lebendig oder tot? Tot oder lebendig? Bist du Kobold oder Fee? Teufel oder Engel? Steh auf!«

Die dunkle Gestalt rührte sich nicht. Aber auch die Dörfler gegenüber standen bewegungslos. Nur Habenichts wagte ab und zu einen Schritt. »Nun steh schon auf und komm zu uns herüber!« sagte er. Dann, zu Memidik gewandt: »Mensch, Memidik, Bruder; du, der größte unter den Jägern, der nachts auf die Pirsch geht, du, ein Gefährte der Finsternis, was für ein Wesen ist dieses dunkle Etwas, geh doch mal hin!« Dabei schubste er ihn von hinten in die Richtung des Schattens.

Die Angst hatte Memidik jetzt erst richtig gepackt. Er war sehr erregt. Krampfhaft dachte er darüber nach, wer dieser dunkle Umriß sein könnte, und immer wieder kam ihm Taşbaşoğlu in den Sinn. Solch glühende Augen hat allenfalls Taşbaşoğlu, unser Herr.

Habenichts', Memidiks und der anderen Dörfler Angst wurde immer größer, die Geister, die in ihren Köpfen spukten, immer zahlreicher. Angefangen von Taşbaşoğlu und dem Hoca mit dem wundersamen Gewehr, dem Drachen der Çukurova und den Kobolden bis hin zu den Elfen und Gespenstern.

Die Dunkelheit senkte sich, und ganz langsam begann der Schatten zu wachsen, wurde immer länger. »Memidik«, sagte Habenichts, »Mensch, was bist du nur für ein Angsthase. Streifst du so auch durch die Berge? Geh doch mal da hin! Für einen Oberjäger wie dich muß es doch ein Kinderspiel sein, an so einen läppischen Schatten ranzugehen.« Und er stieß ihn mit solcher Kraft vorwärts, daß Memidik durch den Schwung erst fünfzig Schritte vor der Gestalt zum Stehen kam. Dabei schien diese sich leicht bewegt zu haben, und Memidik machte schreiend kehrt und lief zurück. Wutentbrannt ging Habenichts auf ihn los: »Feigling, feiger Hund! Wenn dir deine Seele so teuer ist, warum ziehst du dann als großer Jäger durch Berge und Steppe? Und erzählst dann den Dörflern von deinen wundersamen Begegnungen da draußen, wie?«

Von den anderen kam nicht ein einziger Laut. Habenichts aber brüllte mit seiner kräftigen Stimme zu dem

Schatten hinüber, zappelte, drohte, doch dort regte sich nichts. Und immer wieder machte er Anstalten loszustürmen, aber als wäre er festgebunden, sprang er auf der Stelle.

Habenichts wurde müde. Seine Stimme war heiser geworden. Schließlich drehte er sich den Dörflern zu und sagte kaum hörbar: »Diese Çukurova ist nicht geheuer. Jede ihrer Fliegen ist ein Kobold, jede Biene ein Teufel und jede ihrer Schlangen ein Drache. Man muß sich da heraushalten, allem aus dem Wege gehen. Wer weiß, wessen Gespenst das dunkle Wesen da drüben ist. Habt ihr in eurem Leben jemals so glühende Augen gesehen? Solche Augen können nur dem Sultan der Kobolde gehören. Los, Brüder, laßt uns gehen! Kümmert euch nicht um diese dunkle Gestalt. Morgen ist der ganze Spuk vorbei. Denn die Sultane der Kobolde meiden das Tageslicht. Täten sie es nicht, würden sie zu Staub zerfallen. Ein einziger Lichtstrahl schon jagt ihnen Angst ein. Die Sultane der Kobolde sind auch die Herrscher der Finsternis. Los, gehen wir zu den Zelten!«

Am Lagerplatz brannten bald die Feuer. Um sie herum saßen die Dörfler mit gesenkten Köpfen. Das Essen wurde gar. Schweigend verzehrten sie ihr Abendmahl. Von den fernen Brachen hallte der Lärm der Traktoren herüber, ihre Scheinwerfer leuchteten wie Sterne am Horizont. Als plötzlich in der Nähe ein Trecker tuckerte, horchten alle auf und hörten ihm zu.

Jedermann dachte unentwegt an das dunkle Ding da mitten im Feld, dessen Augen wie Feuer glühten. Aber auch wenn es nicht dort säße; immer wieder erfaßte sie bei ihrer Ankunft in die Çukurova eine seltsame Scheu, überliefen sie Schauer, verspürten sie Angst, bis sie sich nach und nach an die Umgebung gewöhnt hatten. Sich gewöhnen ist leicht dahergesagt, denn ganz konnten sie diese Beklommenheit nicht abwerfen. Wie würde es weitergehen?

Wird sich die Gestalt bei Anbruch des Tages in nichts auflösen? Oder ist es doch ein menschliches Wesen? Wenn ja, warum bewegt es sich denn nicht? Und was ist mit diesen glühenden Augen? Jeder machte sich seine eigene Legende über das Geschöpf im Felde, spann sie weiter und schmückte sie aus. In jener Nacht fand außer den Kindern niemand so richtigen Schlaf. Ob Einbildung oder Traum, die glühenden Augen glitzerten in jedermanns Kopf bis in den frühen Morgen.

Die Çukurova ist nicht ganz geheuer. Sie ist eine Ebene ohne Anfang und Ende. Sie ist Sumpf, Dickicht, Flüsse und Meer. Moskitos kommen in Wolken... Çukurova ist unendliches Weiß, ist Staubsäulen, die sich wie Riesen erheben, in den Himmel recken und in tausend Farben über die Ebene schreiten, als flögen sie dahin. Çukurova ist gelbe Hitze, ist Staub und Dunst, ist versengte, verfluchte Erde ohne Gras und Baum, ist Sumpffieber und Siechtum, Schmerzen und rinnender Schweiß, ist Kraftwagen, Trecker und Mähdrescher, ist übermenschliches Wesen, das in der Reihe der Pflücker einsam aufschreit, ist Baumwollhand und Seidenhaar, Strohhut, weißes Gewand und schwarze Augen. Sie ist nicht ganz geheuer, nein, nicht geheuer... Ist ein grüner fauchender Drache, der wie eine Wolke vom Himmel herabsteigt. Dem Bauern aus den Bergen des Taurus ist nicht wohl, er ist voller Angst, solange er ihr nicht den Rücken gekehrt hat. So schnell er kann, will er seine Arbeit machen und zurück in seine Berge, seine Steppe. Denn schon am zweiten Tag nach seiner Ankunft beginnt in ihm das Heimweh zu brennen.

In jener Nacht legte Memidik sich nicht schlafen, er kreiste um das Feld, wo mittendrin der dunkle Schatten hockte, und beobachtete ihn von weitem. Obwohl er seine Furcht nicht überwinden konnte, siegte seine Neugier doch über die Angst. Als hätte man ihn dort festgebunden und ließe ihn nicht mehr los. Aber in die Nähe der Gestalt wagte er sich nicht.

Bei Tagesanbruch machten sich die Dörfler auf, um Baumwolle zu pflücken. Ein sanfter Morgenwind wehte, die Kinder fröstelten. Keiner mochte den Kopf wenden und auf das Feld blicken. Nicht einmal die Kinder. Als die Sonne gerade aufgegangen war, kam Memidik angelaufen. Vor Aufregung überschlug sich seine Stimme: »Ein Mensch, ein Mensch! Nicht Kobold noch Elfe, ein Mensch!« Dann drehte er sich um und rannte wieder aufs Feld. Auch die Dörfler, vorneweg die Kinder, dahinter die jungen Frauen und Männer, dann die Alten, eilten dorthin, wo die dunkle Gestalt hockte. Und jeder, der dort ankam, verhielt zunächst mit leichtem Schreck, kreuzte dann die Arme und nahm eine achtungsvolle Haltung an. Das dunkle Etwas aber wurde immer kleiner, schrumpfte in sich zusammen und zitterte. Dabei ließ es die immer noch glühenden Augen auf jedem einzelnen eine Weile ruhen, bevor es den nächsten musterte. Zwei Glitzer wie Stahl, unbeweglich, starr.

Nach und nach waren alle angekommen, und sie bildeten einen Kreis um das Dunkle. Eine Zeitlang standen sie schweigend da, so lange, bis die Sonnenstrahlen zu stechen begannen. Der erste, der seine Sprache wiederfand, war Habenichts. »Allah, Allah! Allah, Allah! Onkel Halil ist nicht tot«, sagte er, ging auf ihn zu und faßte ihn an die Schulter. Dann hob er Halil den Alten auf die Beine, hakte sich bei ihm unter und schlug die Richtung zum Zeltlager ein. »Mann, Onkel Halil, was bist du nur für ein Mensch, daß du uns solchen Schrecken einjagen kannst? Das ganze Dorf hat bis morgens kein Auge zugetan. Nun, Gott sei Dank, daß du nicht gestorben bist, aber den Dörflern hast du einen riesigen Schrecken eingejagt. Und du hast Augen wie ein alter

Wolf.« Langsam gingen die Bauern hinter den beiden her. Ganz plötzlich zerriß Lärm die Morgenstille der Ebene, als sie untereinander zu reden begannen.

5

Meryemce schläft ein und bleibt allein im menschenleeren Dorf zurück.

Ümmühan und Hasan öffneten jede Tür und gingen in jedes Haus hinein. Nur eine einzige Tür ließ sich nicht öffnen: die des Köstüoğlu. Wie sehr Hasan sich auch abmühte, sie gab nicht nach. Schließlich gaben die beiden auf. Aber Hasans Neugier blieb, ja, brannte in seinem Herzen. Was konnte wohl in diesem Hause sein, daß Köstüoğlu seine Tür so verrammelte? Sie schauten auch nach den Schwalbennestern in den Häusern. Bei Taşbaşoğlu hatten genau sechzehn Pärchen genistet. »In jedem Haus ist nur ein Nest, bei Taşbaşoğlu, unserem Herrn, sind es sechzehn«, sagte Ümmühan. »Sogar die Schwalben wissen, daß er ein Heiliger ist.«

Sonst widersprach Hasan Ümmühan in allem, was sie sagte. Auch jetzt wollte er aufbegehren, aber hier ging es um Taşbaşoğlu. Und ob Heiliger oder nicht, seinen Onkel Taşbaşoğlu liebte er über alles. Grad jetzt hatte er wieder große Sehnsucht nach ihm. »Wäre Taşbaşoğlu doch kein Heiliger! Wäre er doch kein Heiliger gewesen und im Dorf geblieben! Ich habe solche Sehnsucht nach ihm. Sehe ihn vor mir. Daß er ein Heiliger werden mußte. Was hat er denn nun davon? Nichts... Wir können ihn nicht einmal sehen. Sie sagen, er sei im Kreise der Vierzig Glückseligen, habe sich in ihre Höhle begeben und sei dort verschwunden...«

»Diese Vierzig«, meinte Ümmühan, »sollen sämtlich grüne, glitzernde Gewänder tragen... Auch ihre Hände, Gesichter, ihre Haare und Füße sollen ganz grün sein.«

»Schweig!« schrie Hasan sie an. »Ob grün oder nicht, das geht dich gar nichts an. Ich habe so eine Sehnsucht nach Onkel Taşbaşoğlu... Hätte er sich den Vierzig nicht angeschlossen, trüge er jetzt keine grünen Unterhosen, würde er uns bestimmt nicht allein im Dorf zurücklassen. Er bliebe hier bei uns.«

»Auf dem Gipfel des Berges Tekeç brennen jede, aber auch jede Nacht sieben Lichtkugeln; siehst du die Pappeln dort, dreimal so groß... Und auch sie leuchten grün, in einem reinen Grün. Ja, ja, das hat mir Großmutter erzählt«, brüstete sich Ümmühan.

»Lügen«, sagte Hasan und gab ihr einen Stoß, »Lügen, Lügen, dreckige Lügen! Hat Großmutter etwa nicht geschworen? Spricht sie vielleicht mit irgend jemandem im Dorf? Nicht mal mit einer Ameise! Denkst du denn, sie bricht ihren Schwur, nur um mit dir zu sprechen?«

»Großmutter spricht jede Nacht mit mir«, antwortete Ümmühan mit derselben Selbstgefälligkeit wie vorhin. »Wenn wir im Bett sind, flüstert sie mir alles ins Ohr. Sie hat gesagt: Auch wenn ich geschworen habe, mit niemandem im Dorf zu sprechen, hat sie gesagt, mit meiner Enkelin spreche ich im Bett, wenn es sein muß, die ganze Nacht. Jaa, was hast du denn gedacht? Und hat sie vor kurzem etwa nicht mit Vater gesprochen? Tsss, nicht mit Ameisen sprechen!«

Hasan wurde wütend. »Geh mir aus den Augen, du Schlampe! Du tausendundeine Plage Gottes! Ihr macht uns sowieso nur Sorgen, du und deine Großmutter.«

Ümmühan senkte den Kopf. »Stimmt«, sagte sie weinerlich. »Es stimmt, wir machen euch nur Sorgen. Unseretwegen könnt ihr nicht in die Çukurova, werdet ihr den ganzen Winter hungern. Und dann wird auch noch Adil kommen und uns alles wegnehmen. Einen ganzen Winter ohne Futter und Essen... Und nichts zum Anziehen. Könnten wir doch sterben, dann hätten wir unsere Ruhe, und ihr wärt eure Sorgen los. Großmutter und ich wollen ja sterben, aber... Sterben ist schwer. Wenn wir dann tot sind, könnt ihr in die Çukurova ziehen...«

Ümmühans Jammer ging Hasan sehr nahe. Er war gerührt. Tipp ihn an, und er heult! »Wir sind nicht wegen Großmutter im Dorf geblieben. Vater wartet hier auf seinen Bruder Taşbaşoğlu. Solange noch jemand im Dorf war, konnte Taşbaşoğlu nicht kommen. Die Heiligen zeigen sich nicht den Dörflern. Vater wartet auf Taşbaşoğlu, unseren Herrn. Sag meiner Großmutter, sie soll sich überhaupt keine Sorgen machen, ja?«

»Mach ich«, antwortete Ümmühan voller Freude. »Ich gehe gleich hin und sage es ihr. Dann wird sie sich nicht mehr grämen. Auch sie hat Taşbaşoğlu, unseren Herrn, sehr gern. Hasan, soll ich dir mal etwas sagen?«

»Sag! Los, sag schon!« platzte Hasan heraus.

»Du versündigst dich!«

Hasan warf den Kopf in den Nacken: »Wieso Sünde?«

Ümmühan beugte sich zu ihm hinüber, und als verrate sie ihm ein großes Geheimnis, sagte sie: »Hasan, mein Bruder, gehört es sich, einen Heiligen Onkel zu nennen? Zu einem Heiligen sagt man ›unser Herr‹. Taşbaşoğlu, unser Herr, war früher dein Onkel. Jetzt ist er unser Herr.«

»Du hast ja so recht«, entgegnete Hasan, »aber mein Mund hat sich nun einmal daran gewöhnt, die Worte ›unser Herr‹ wollen mir nicht über die Lippen. Ja, ich müßte zu meinem Onkel Taşbaşoğlu ›unser Herr‹ sagen.«

Sie gingen daraufhin zu Taşbaşoğlus Haus hinüber und hockten sich am Fuße der Mauer nieder. »Seine Frau hat nicht auf unseren Herrn Taşbaşoğlu gewartet«, sagte Ümmühan, »sie ist mit den andern in die Çukurova gezogen. Wird Taşbaşoğlu, unser Herr, sie nicht vermissen, wenn er kommt?«

Die Unterröcke haben keinen Glauben, keine Religion, wollte Hasan antworten, doch er beherrschte sich, um Ümmühan nicht zu verärgern. »Unser Herr Steinschädel liebt uns. Er tut alles für uns. Wer von den Vierzig Glückseligen aufgenommen wird, soll bis zum Tag des Weltuntergangs nicht sterben.« Ein kalter Schauer lief über Hasans Rücken. Gehörte ich doch auch zu den Vierzig, dachte er, doch dafür muß man viel fasten und viel beten. Man muß den Armen immer Gutes tun. Wenn ich groß bin, werde ich sehr oft fasten, sehr oft beten, sehr viel Gutes... »Bevor Taşbaşoğlu, unser Herr, ein Heiliger wurde, hat er da eigentlich viel gebetet?«

»Schweig!« entsetzte sich Ümmühan. »Versündige dich nicht! Großmutter hat gesagt, man dürfe sich nicht um die Angelegenheiten der Heiligen kümmern.«

Bis zum Abend gaben sie sich am Fuße der Hausmauer von Taşbaşoğlu ihren Wunschträumen hin. Unzählige Male kam Taşbaşoğlu ins Dorf. Dann lichtete sich das Dunkel, bog sich die Tischplatte unter der Last fetter Speisen. Ein Zimmer voller Schuhe, ein Zimmer voller Kleider... Ein Zimmer voller Kirschbaumschößlinge und eines voller Zündhölzer...

»Was willst du denn mit Kirschzweigen?« wandte Ümmühan ein. »Tauschst du sie nicht gegen Zündhölzer? Davon hast du doch schon ein Zimmer voll.«

»Und wenn schon«, beharrte Hasan. »Ich liebe die Zweige der Kirsche. Als ich sie damals weggab, wurde mir das Herz ganz schwer, aber ich konnte nicht anders, denn Zündhölzer wünschte ich mir noch mehr. Wenn also Taşbaşoğlu, unser Herr, mir jetzt ein Zimmer voll frischer Kirschzweige gibt, nehme ich sie selbstverständlich.«

»Das ist etwas anderes«, meinte Ümmühan. »Nimm sie! Die Zweige der Kirsche sind schön . . .«

Und außerdem kommt Taşbaşoğlu mit tausend, zweitausend, ja hundertmal tausend Regenpfeifern im Gefolge. Rauschend bezieht sich der Himmel mit stahlblauen, schnellen, schillernden Vögeln. »Nicht nur so ein oder zwei Stück. Wie Wolken bedecken sie das Firmament, folgen Taşbaşoğlu, unserem Herrn, steigen empor, gleiten dahin . . . Wie Wolken am Himmel. Wenn Taşbaşoğlu kommt, dann nur so.«

»Schweig!« rief Ümmühan. »Gleich, wie er kommt, wenn er nur kommt.«

»Gleich, wie er kommt, wenn er nur kommt«, lenkte Hasan ein. Dann ging er zur Tür, bückte sich und küßte die Schwelle. »Küß du sie doch auch, Ümmühan.«

Ümmühan ging hin, beugte sich über die Türschwelle und küßte sie.

»Eine Sehnsucht habe ich nach meinem Onkel, eine Sehnsucht! Er geht mir nicht aus dem Sinn . . . Wäre er doch nur kein Heiliger geworden im Kreise der Vierzig. Er war mir sogar lieber als mein Vater.«

»Bist du still!« empörte sich Ümmühan. »Du versündigst dich schon wieder. Nennst unseren Herrn Onkel.«

»Was besagt es schon: Er ist unser Herr? Ist er etwa nicht mein Onkel? Dann soll er die Heiligkeit sein lassen und herkommen. Soll er mir doch den Mund verbinden, soll mich doch sein Bannstrahl treffen, mein Auge erblinden, ich nenne ihn Onkel. Und sage auch Taşbaşoğlu. So, worauf wartet er!«

Ümmühan lächelte verschmitzt: »Du weißt, daß er dich liebt. Du kannst sagen, was du willst, er wird dir nichts Böses tun. Darauf verläßt du dich . . . Sei nicht so sicher. Bei Heiligen weiß man nie.«

»Und wenn schon«, antwortete Hasan leise, »soll er mich doch treffen, wenn er will.« Vor seinen Augen wurde Taşbaşoğlus Gesicht lebendig. Mit weichen Zügen, freundlichem Lächeln. In Grün getaucht, inmitten zahlloser Lichtkugeln blickte es ihn an. »Mach dir keine Sorgen, Ümmühan, auch wenn man bei den Heiligen nie weiß, woran man ist. Taşbaşoğlu, unser Herr, liebt mich wie sein Leben.«

Die Wonnen einer Märchenwelt taten sich ihnen auf. Sie waren berauscht von Taşbaşoğlus Traumwelt voller Vögel, Blumen und Liebe, wo alles so unendlich leicht war.

Trunken vor Freude und mit einem glücklichen Lächeln auf den Lippen schwankten sie nach Hause, und dort wurden sie so nüchtern, als wären sie in eiskaltes Wasser gefallen. Meryemce lag auf ihrem Lager und wimmerte wie im Todeskampf. Elif hastete ununterbrochen hin und her, Ali der Lange stand mit dem Rükken zur Wand, hatte den Kopf wie leblos auf die Brust gesenkt und rührte sich nicht. Geballtes Distelgestrüpp trudelte an seine Knie, er merkte es nicht.

Hasan spürte in sich den unwiderstehlichen Drang wegzulaufen. Ihm war, als müsse er ersticken. »Los, Ümmühan, laß uns gehen«, sagte er, »und von zu Hause wegbleiben, bis Taşbaşoğlu, unser Herr, kommt.« Ümmühan, heilfroh über diesen Vorschlag, denn sie fühlte sich noch elender als Hasan, sagte: »Ja, wegbleiben.« Auf Zehenspitzen schlichen die beiden hinters Haus.

Elif stand schon früh auf. Die ganze Nacht hatte sie keinen Schlaf gefunden. Sie ging hinaus. Kein einziger Schornstein rauchte. Da fiel ihr ein, daß sie im Dorf allein waren. Diese Stille tat weh, beklemmte ihr das Herz. Jetzt erwachte auch Ali. Er ging hinaus, holte einen Armvoll trockenen Holzes, das vor Hasan des Blinden Haus lagerte, und legte es in den Kamin. Dann ging er wieder los, brachte einen Ballen Disteln und zündete sie an. Er legte das Backblech über die Feuerstelle. Elif schüttete einen halben Sack Mehl in ein Becken und begann zu kneten. Nach einer Weile leerte sie den Rest Mehl aus und arbeitete weiter.

Meryemce beobachtete sie. Still und ohne sich zu rühren. Als Elif den Teig auszurollen begann, stand Meryemce auf, nahm das Flachholz und wendete die dünnen Fladen, die Elif auf das heiße Blech legte. Ein starker, erregender Duft frisch gebackenen Fladenbrotes breitete sich aus.

Hasan konnte nicht widerstehen. Er zog einen Fladen vom Backblech und rollte weißen Magerkäse und Zwiebeln in den heißen Teig.

»Ümmühan, hol dir Käse und Zwiebeln, und du auch, Ali. Und bringt für Mutter ein bißchen Butter mit«, sagte Elif. Jeder hielt einen eingerollten Fladen in der Hand und aß mit Heißhunger. Voller Zuneigung sah Meryemce einige Male ihre Schwiegertochter an. Doch dann besann sie sich und schaute weg, als habe sie sich ertappt.

Als es Abend wurde, hatten sie den ganzen Teig verbacken. Meryemce und Elif waren in Schweiß gebadet. Sie standen auf und klopften sich das Mehl aus der Kleidung.

Meryemce wußte; und sie stellte keine einzige Frage an ihre Schwiegertochter, sagte auch nicht: »Warum so viele Brotfladen?«

Hasan kam und stellte sich neben den Stapel. »Oha!« rief er verwundert. »Größer als ich.«

Was ihr Sohn und die Schwiegertochter da vorhatten, ziemt dem Menschen nicht, aber Meryemces Stolz gestattete ihr nicht, auch nur ein Wort zu sagen. Sie war nur neugierig darauf, wie die beiden es anstellen würden. Die Fladen wurden in den großen Weidenkorb geschichtet und in der Mitte des Raumes an die Decke gehängt. Mit starrem Blick sah Meryemce zu.

Die Sonne ging unter, und noch hatte niemand ein Wort gesprochen. Sogar die Kinder blieben stumm. Verwirrt und traurig hockten sie in ihrer Ecke. Sie spürten, daß da etwas Schreckliches vorging, konnten aber keine Erklärung finden.

Dann breitete Elif das Nachtlager aus. Zuerst legte sich Meryemce hin. Danach Ümmühan und als letzter Hasan. Schon immer schliefen die drei in einem Bett.

Ali und Elif saßen sich eine lange Zeit still gegenüber. Erst als der Hahn von Ökkeş dem Bergwolf, der ihm entwischt und ins Dorf zurückgelaufen war, krähte, standen beide auf. Ali ging zu Meryemce und horchte, wie sie atmete. »Mutter ist eingeschlafen«, flüsterte er Elif zu.

Doch Meryemce hatte es gehört. Wieg du dich nur in dem Glauben, ich schliefe, langer Ali, der in seiner ganzen Länge fallen möge, dachte sie. Mir kannst du nichts vormachen. Wir werden ja sehen, ob Allah auf deiner oder meiner Seite ist.

Ali und Elif trugen zusammen, was sie in die Çukurova mitnehmen wollten. Meryemce spähte unter der Decke hervor und sah ihnen zu. Bis in die frühen Morgenstunden packten sie alles in ein großes Bündel. Ali nahm es auf die Schultern und ging hinaus.

Der flüchtige Hahn von Ökkeş dem Bergwolf krähte noch einmal. Elif schlich an Meryemces Nachtlager. »Mutter, Mutter«, sagte sie leise. Meryemce antwortete nicht. Obendrein gab sie einige Schnarchtöne von sich.

»Ali, Mutter schläft. Nimm vorsichtig die Kinder auf. Leise!«

Vorsichtig! Leise! Du Hure von Schwiegertochter. Ihr wollt mich also ganz allein in dieser Dunkelheit, in diesem verödeten Dorf den Wölfen und Vögeln zum Fraß zurücklassen. Geht nur! Denkt ihr denn, ich folge euch nicht, kaum daß ihr einen Schritt vor das Dorf gemacht habt, und bin auf kürzeren Wegen nicht eher in der Çukurova als ihr und pflücke dort mehr Baumwolle als alle anderen?

Vorsichtig zog Ali Hasan aus Meryemces Arm, trug ihn hinaus und lehnte ihn an den Stamm des Maulbeerbaumes. Dann holte er Ümmühan.

Nimm sie, Ali, langer Ali, nimm auch noch deine Kinder von meiner Brust!

Als die Kinder fort waren, überkam Meryemce eine unglaubliche Leere.

Ali schulterte das Bündel. Jetzt hat er es aufgehoben, sagte sich Meryemce. Und jetzt treibt Elif die Ziegen aus dem Stall und vor die Kinder. Die Kinder torkeln noch halb im Schlaf. Wie kann dieser gottlose Lange die Ziegen von den müden Kindern antreiben lassen! Die Schritte entfernen sich. Jetzt müssen sie vor dem Hause des Amtmanns Sefer sein.

Meryemce sprang aus dem Bett. Eine Zeitlang sah sie die Schatten in der Dämmerung, die sich wie Gespenster ausdehnten. »Geht nur«, sagte sie laut, »geht bis in den Grund der Hölle!«

Die Kinder hatten nichts mitbekommen. Schlaftrunken wankten sie durch die Dunkelheit. Bis zum Sonnenaufgang war es noch lange hin. Sie kamen an den Fuß des Großen Hügels. Er lag noch im Dunkeln. Die Qual in Alis Innerem wuchs. Auch er wankt in der Dunkelheit, stolpert, als wollten seine Füße zurück. Seine Gedanken sind im Dorf, bei seiner Mutter. Er befürchtet, daß er umkehrt, alles stehen läßt und ins Dorf zurückgeht. Er beginnt zu laufen. Die Last auf seinen Schultern wippt auf und ab. Auch Elif läuft, und die Kinder treiben die Ziegen zur Eile. Ali läuft und blickt sich immer wieder um. So hasten sie über den Großen Hügel, zum Bach hinunter und schlagen den Weg zum Wald ein, laufen, bis Ali keine Luft mehr bekommt. Sie sind alle außer Atem.

»Sie wachte und wachte nicht auf. Ich habe noch nie erlebt, daß sie so tief geschlafen hat. Sollte sie uns getäuscht haben, war es vielleicht der Schlaf des Schakals?« Alis Herz flimmerte plötzlich. »Vielleicht ist sie dahintergekommen und hat sich nur nichts anmerken lassen. Es hätte ihren Stolz verletzt.«

»Vielleicht«, seufzte Elif, »seit zehn Jahren sah ich sie nicht so tief und fest schlafen.«

Ümmühan spitzte die Ohren, hörte zu, was da gesprochen wurde, versuchte ein bißchen mitzubekommen, sich einen Reim daraus zu machen. Jetzt erst konnte sie sich diese Leere da drinnen erklären. »Mutter«, fragte sie, »und Großmutter?«

Bestürzt verschloß Elif dem Mädchen den Mund. Sie warf einen Blick auf Hasan, der da vorne pfeifend die Ziegen antrieb, und antwortete erregt: »Sei still! Laß es Hasan nicht hören.«

Ümmühan erschrak und schwieg.

Im Osten klarte es auf. Ein fahler Schleier legte sich auf die Gipfel der hohen Berge. Zwischen zwei Abhängen strömte eine Weile Licht, dann erschien ein Zipfel Sonne, und die Welt wurde hell von den Zinnen bis hinein in die Schluchten. Im Licht der Sonne fielen die Schatten von Ali, Elif, den Kindern und den Ziegen eigenartig verzerrt auf die staubige Erde, und sogar an seinem Umriß war Alis Schmerz zu erkennen: Lang und massig sprang der Schatten von Stein zu Stein und schien sich zu krümmen.

Jetzt erst dämmerte es Hasan. »Wo ist Großmutter? Warum ist sie nicht mit uns gekommen?« greinte er und schaute zurück in die Richtung des Dorfes.

»Sei still!« bedeutete ihm Elif wieder erregt und ängstlich. »Laß es Vater nicht hören!«

Hasan sah zu seinem Vater hinüber, erkannte, in welchem Zustand dieser war, und schwieg.

»Geht bis zum Grund der Hölle«, sagte Meryemce noch einmal. »Hat je ein Sohn, seit diese Welt sich dreht, seiner Mutter das angetan? Hat jemals ein Sohn seine Mutter, die nicht Arme noch Beine hat, ganz allein in einem verödeten Dorf den Wölfen und Vögeln zum Fraße zurückgelassen?« Sie kehrte ins Haus zurück, zog ihre gefütterte Joppe an, ging an ihre Truhe, kramte das Bündel mit den Wertsachen hervor und machte sich im Laufschritt auf den Weg. Sie läuft und hält Selbstgespräche. »Meine Kinder, meine Lämmer, haben auch eure gottlosen Eltern mich dem Tod ausgeliefert, warum seid ihr denn fort, habt ihr euch von eurer Großmutter getrennt? Warum auch ihr, warum?«

Irgendwann kam ihr der Gedanke, hinter ihnen herzurufen, doch dann verzichtete sie darauf. Sie lief bis zum Großen Hügel, ohne außer Atem zu geraten. Doch dort versagten ihre Beine, und sie fiel zu Boden. Ihr Gesicht war schweißnaß, staubverschmiert und voller Bitterkeit.

»Mußtest du mir das antun, mein Ali? Mit Wiegenliedern hab ich dich großgezogen, mit weißer Milch gesäugt, mein Ali, und das mußtest du mir antun?«

Bis zum Mittag mühte sie sich ab, doch sie kam nicht auf die Beine. Dann gab sie auf und blieb auf einer kleinen Bodenwelle hocken. Es dauerte eine Weile, bis sie aufstehen konnte und mit langsamen Schritten in Richtung Çukurova weiterging. »Und doch werde ich mich auf den Weg in die Ebene machen. Auch wenn ich zum Fraß der Wölfe und Vögel werde. Und wenn ich unterwegs sterbe, ja sterbe, mein Ali, was wird dann die Welt von dir sagen? Werden nicht alle sagen: Er hat seine Mutter den Wölfen und Vögeln überlassen? Wird es nicht böse heißen: Er hat seine Mutter getötet und ihre Leiche den Kötern vorgeworfen? Ja, ich werde in die Ebene gehen und unterwegs sterben. Ich weiß, daß ich es nicht schaffen kann und unterwegs sterben werde. Dir zum Trotz werde ich sterben.

Du hast Freunde, aber auch Feinde. Und deine Feinde, werden sie dir nicht ins Gesicht spucken? Nein, ich kehre nicht um, ich werde hier, hier auf diesem Weg sterben. Und wenn dann das gesamte Dorf zurückkommt, werden die Dörfler etwa nicht erraten, wessen Gebeine da liegen? Oh, mein törichter Ali, oh! Mit diesem Verstand wirst du noch viel Schwierigkeiten bekommen. Junge, schon an meinem Stock werden sie mich erkennen!«

Sie schritt wieder rüstiger aus, eilte ihrem Tod entgegen... Weit hinter ihr im Dorfe Yalak heulten auf einmal aus irgendeinem Grund die Hunde. »Jault nur, Köter von Yalak. Und ich gehe ganz allein in die Çukurova. In dem Dorf da vorne werde ich um Brot bitten. Elif wird Augen machen, wenn sie mich sieht. Soll sie doch staunen, diese Hure.«

Das Heulen der Hunde wurde schwächer und erstarb nach vereinzeltem Gebell. Alles versank in eine stille Leere. Als gäbe es keine Lebewesen mehr auf der Welt, keinen Windhauch, keine gleitenden Sternschnuppen, ziehenden Wolken, rauschenden Wälder... Alles war ausgelöscht, als wäre die Erde verlassen; ein düsterer, riesiger Baum... Mit dunklen Blättern in der Nacht... Wolken, Flüsse, Mond, blühende Bäume pechschwarz... Finsternis. Alles war ineinander aufgegangen. Eine dunkle Nacht floß dahin. Fließt ohne Unterlaß, mit dunklen Sternen.

Über dem Hügel ist die Sonne feuerrot. Feuerrot die Wolken, die sie umgeben. Im nächsten Augenblick wird sie untergehen. Meryemce fröstelte. »Es ist Abend«, sagte sie und spürte, wie hungrig sie war. Ihre Knie zitterten, sie konnte nicht mehr und kauerte sich nieder. Eine Zeitlang kroch sie in Richtung Çukurova weiter. Das gefiel ihr. »Ach, wenn jetzt doch die Dörfler kämen! Kämen und mein Elend sähen! Und würden dann Ali den Langen samt Elif zuscheißen und über sie das Maul aufreißen bis an das Ende ihrer Tage...«

Der Tag versank, und es wurde empfindlich kalt.
Große Sterne bevölkerten das Himmelszelt. Meryemce
kroch weiter, ruderte im Staub der Landstraße der Çukurova zu. Rechts und links und vor ihr im Wald begannen
die Schakale zu heulen. Meryemce schauerte. »Tote werden von den Schakalen zerrissen... Aber ich gehe nicht
zurück in das verlassene Dorf. Ich kehre nicht um!«
Auf Händen und Füßen im Staub... Der Staub auf dem
Weg ist kühl geworden... Sie ist einer Ohnmacht nahe.
Ihre Arme können den Körper nicht mehr halten. Sie hält
an und versucht, sich auf die Beine zu stemmen. Erst nach
großen Anstrengungen kann sie sich aufrichten. Mit gekreuzten Beinen hockt sie sich mitten auf den Weg. Dann
beugt sie sich vor, krümmt sich und rollt sich zusammen.

6

Memidik schleppt den Toten hierhin, dorthin, von
einem Versteck zum andern.

Lang ausgestreckt, das Gesicht nach oben, lag sein Körper auf der Erde, Arme und Beine weit gespreizt. Eine
Blutlache dehnte sich über den Sand, aufgesogen und geronnen. Sein Hemd war von der rechten Schulter bis zum
Bauch zerfetzt, in der braunen Haut klaffte ein Schnitt,
eine eitrige Wunde, die in der Sonne trocknete. Die linke
Körperhälfte war voller Blut, hart geronnen auf dem
durchtränkten, steifen Hemd. Fliegen bedeckten das Gesicht, einige, groß, grünlich schillernd, mit breiten Flügeln, schnellten über den Toten hin und her, zerrissen
manchmal wie kleine Blitze das Tageslicht.

Die Sonne stieg und brannte immer heftiger. Die weit geöffneten Handflächen des Toten sind naß, und auch die Kiesel, die Tamarisken, die Blätter der Platane und der Oleander sind von Nässe überzogen. Die grauen Haare in der Stirn des Toten sind kraus, auch sie bedeckt mit Fliegen. Der halbe Kopf liegt bis über das rechte Ohr im Wasser, ruht auf einem geäderten Kiesel wie auf einem steinernen Kissen. Winzige Jungfische in Schwärmen umkreisen ihn, stupsen am Ohr, stieben blitzschnell auseinander, ein Wirrwarr entsteht, dann kommen sie wieder, heften sich ans Ohr, um im nächsten Augenblick erneut ... Das Wasser liegt ruhig da. Die Sonne scheint bis auf den Grund. Die Kieselsteine sind glatt wie die Rücken der Fische, von Adern durchzogen; auf manchen wächst Moos. Je höher die Sonne steigt, desto heißer wird es. Von den Kletten strömt ein bitterer Duft, breitet sich in der Hitze überall aus, dringt ins Wasser, in Bäume und Gras.

Eine große, grüne, stählern glänzende Fliege kommt angriffslustig herangeflogen und läßt sich klatschend auf Memidiks Schläfe nieder. Dieser kauert gut versteckt in einem Keuschlammstrauch und beobachtet mit starrem Blick den Toten, der da ausgestreckt am Ufer auf den Kieselsteinen liegt. Nichts entgeht seinen Augen. Das Gesicht des Toten verändert sich von einem Augenblick zum andern. Die schläfrig heruntergezogenen spöttischen Falten in seinem rechten Mundwinkel werden immer tiefer. Auf der Nasenspitze liegt ein Lichtfleck, winzig wie ein Stecknadelkopf. Drei Fliegen kommen, setzen sich hin, fliegen wieder auf und schwirren nebeneinander über die Platane hinweg zum Maulbeerbaum. Dunstschwaden wogen auf dem Wasser, wachsen, anstatt sich mit steigender Sonne zu lichten. Im Glast der Sonne wechseln der Anzug, die Schuhe, die Hände und das Gesicht des Toten die Farbe, je dichter der Nebel wird.

So liegt er da in der Hitze des dunstigen Morgens. Und

Memidiks Augen springen aus den Höhlen wie die eines jagenden Wolfs. Er mustert den Toten vom Scheitel bis zur Sohle, prägt sich alles ein. Der Schnürsenkel am rechten Schuh ist offen. Wieviel Messerstiche waren es, wieviel Löcher hat er im Rücken? Fünf Rinnsale haben den feinen Sand leicht eingebuchtet, als das Blut ins Wasser floß. Fünf Löcher hat er im Rücken. So liegt er da in der Hitze des Morgens.

Ein riesengroßer, goldgelber Schmetterling, buntgemustert, mit schwarzem Kopf, setzt sich auf die linke Hand. Wie zwei Fächer legt er die Flügel zusammen und beginnt auf dem Handrücken zu dösen. Kerzengrade. Seine Flügel zittern, als habe er einen Traum. Er senkt die Flügel, streckt sie. Schwarz fällt ihr Schatten auf das Blut. Die Augen des Toten liegen tief in den Höhlen. In ihnen sitzen Fliegen, bedecken die Lider völlig.

Die Hand des Toten bewegte sich, als wollte er sie heben und winken. Der Schmetterling schoß hoch, flog davon, aber nicht sehr weit, setzte sich auf die lilafarbene Blüte einer wilden Minze ganz in der Nähe und begann zu schaukeln. Die Hitze stieg, alles war wie tot, dunstiger Sonnenglast brütete über Gräsern, Bäumen und Wasser.

Memidik schreckte hoch. Ein Frosch war mit einem mächtigen Satz in den nahen feuchtwarmen Tümpel gesprungen. Aufgescheucht glitten Wasserschildkröten, die sich in ihren verkrusteten Panzern am Ufer sonnten, mit Getöse in den Fluß. Memidiks Herz pochte. Ein Reiher schwebte heran, landete und stakste mit seinen dünnen Beinen unbekümmert am Toten entlang, streifte noch seinen Kopf, tauchte den langen Schnabel ins Wasser und blieb so eine Weile ruhig stehen.

Die Schwaden wurden dichter. Wie dünne, dunkle Schleier legten sie sich über den Toten. Er bewegte sich. Geduckt schnellte Memidik auf die Beine und hetzte gebückt zu den Feldern. Er rennt um sein Leben und schaut sich immer wieder um. Auf einem Acker mit hohen Stoppeln, zwischen denen Disteln wuchern, bleibt er stehen. Erst als der Dolch in seiner Faust im Sonnenlicht aufblitzt und ihn blendet, kommt er wieder zu sich und steckt ihn in die Scheide. »Mensch, Memidik, was treibst du da«, sagte er zu sich. So stand er mitten auf dem Feld. Weit und breit war niemand zu sehen. Eine verlassene Welt, dachte er und rührte sich eine Weile nicht. Hier und da sprangen Heuschrecken, prallten auf sein Gesicht, an seine Hände und knallten auf den harten Boden.

Er rannte wieder zum Fluß, bückte sich, ergriff die Beine des Toten und zerrte ihn ins Wasser. Dabei betrachtete er den halb getauchten Körper, den schlingernden Kopf, der bei jedem Stoß von den Kieselsteinen an die Oberfläche schwingt, die Haare, die ausfächern und sich kräuseln, die Ohren, die wachsen und schrumpfen, wenn sie untergehen und auftauchen, das Gesicht, das sich verzerrt; und all das berührte ihn eigenartig, während er mit ganzer Kraft den Toten flußabwärts schleifte.

Er schleppte den Leichnam, bis er völlig außer Atem war. Dann löste er den abgewetzten Strick von seinen Hüften, der an vielen Bruchstellen zusammengeknotet war, und schnürte ihn um die Füße des Toten. Die Tamariske war sattgrün. Wasser umspülte die Stelle, wo sie aus dem Boden geschossen war. Einer ihrer Äste erstreckte sich bis zur Mitte des schmalen Flusses. Memidik schlug den Strick noch einmal um die Füße des Toten. Die Blätter des Brombeergestrüpps, das sich um den Stamm der Tamariske geschlungen hatte, schienen rot. Ein leuchtend kristallenes Rot. Memidik bückte sich tief, kroch bis zum Fuß des Baumes in das schlammige Wasser. Wie ausgefranste Adern lagen die Baumwurzeln. Memidik schlang das Ende des Stricks um den Stamm und zog mit aller Kraft, bis die Füße des Toten an den Baum stießen. Er zog weiter, und sie ruckten mit den Sohlen nach oben an der

Tamariske hoch, bis schließlich auch die Beine fest am Baumstamm anlagen. Jetzt hing nur der Kopf des Toten im Wasser. Seine Augen waren weit geöffnet. Jedesmal wenn eine der glitzernden Wellen sie überspülte, schienen sie um das Fünffache zu wachsen und sich zu verzerren. Dann, plötzlich, verschwanden sie völlig. Ein dunkler, undurchdringlicher Schatten legte sich über sie und den pendelnden Kopf. »So ist es gut«, sagte Memidik und atmete auf. »Hier kann ihn niemand sehen. Später komme ich her und begrabe ihn.«

Wer ist dieser Mann? Und wie kommt es, daß er Sefer so ähnlich sieht? Warum war er so still geblieben, hatte er nicht einmal aufgestöhnt? Wie eine morsche Platane war er in sich zusammengefallen und gestorben. Ob er wohl Angehörige hat? Vielleicht ist es doch Sefer, sagte er sich dann. Tote sehen anders aus als Lebende . . .

Memidik watete ans gegenüberliegende Ufer. Sein nasses Zeug klebte am Körper und dampfte in der stechenden Sonne. Ihn fror. Wie leichtes Ziehen ging ein Schauer durch seinen Körper. Es dauerte nicht lange, und die heiße Erde verbrannte fast seinen Hintern. Er hielt es nicht mehr aus, stand auf und suchte sich einen anderen Platz. Von hier aus konnte er sehen, wie sich der Kopf des Toten unter den Tamariskenzweigen hin und her bewegte. In Strähnen schlängelten die Haare mit den Wellen auf und ab. Einen Moment sah er in die aufgerissenen leeren Augen des Toten. Seine Arme schlingerten gereckt in der Strömung wie Adlerschwingen im Flug, als wollten sie etwas umarmen, und griffen dabei ins Leere. Ein länglicher Fisch, pfeilförmig, dicht beschuppt und glänzend, schnellte aus dem Wasser, blitzte wie ein großer Funke auf und blendete Memidik. Einen Augenblick konnte er nichts sehen.

Sein Zeug trocknete am Körper. Es wurde hart, klebte auf der Haut und knisterte. Memidik springt auf, bindet den Mann von der Tamariske los und zieht ihn, so schnell er kann, weiter flußabwärts. Er stürzt ständig und rappelt sich immer wieder hoch. Als seine Füße erneut über die großen Kieselsteine stolpern, fällt er auf den Toten, dessen Arm schlingt sich um seinen Hals, und Memidik gelingt es nicht, ihn abzuschütteln. Das Wasser wird dunkler, tiefer und weitet sich zu einem schaumbedeckten, schwarzen Pfuhl. Memidik versinkt mit dem Toten, und als er wieder auftaucht, hat er dessen Hand in der seinen. Als wäre der Tote zum Leben erwacht, versuchen beide, dem schäumenden Strudel zu entrinnen. Endlich liegen sie nebeneinander auf dem nassen Sand, dicht bei dicht ausgestreckt in der Sonne. Das Zeug klebte an ihren Körpern fest, die Sonnenstrahlen stachen glühendheiß. Im Nu waren ihre Kleider trocken und hart wie Krusten.

Memidik hob den Toten auf seine Schultern. Feiner Sand dehnte sich überallhin, am Ufer wuchs kein einziger Halm. Weit und breit nichts als Strand, und überall Spuren von großen und kleinen Vögeln. Eine Welle schwappte über den Sand, breitete sich in seichten Rinnsalen immer weiter aus, bis hin zu der Böschung da drüben. Ganz seicht floß es, hauchdünn wie feiner Nebel...

Er nahm den Toten von seiner Schulter, bettete ihn nicht auf die Erde, sondern setzte ihn vorsichtig hin, legte die Hände des Mannes auf dessen Knie und ließ sich neben ihm nieder. Seine Füße, die in der Sonne trockneten, wurden brennend heiß, auch sein Hintern. Er faßte in den Sand und verbrannte seine Finger. Was man auch berührte, war wie Feuer.

Mit bloßen Händen grub er ein großes Loch in die Erde. Es füllte sich mit Wasser. Er grub weiter, knietief, und legte den Toten hinein. Dann ging er bis zu einem abgelegenen Feld, pflückte einen Armvoll Herzgespannblüten, kam zurück, legte sie auf den Toten und setzte sich neben ihn.

7

*Hasan schneidet im Tal der Kirschen Schößlinge
von den Bäumen, kurz bevor er zum Steilhang
Süleymanli kommt.*

Über dem Tal der Kirschen lag der Nebel wie ein
grauer Bodensatz auf dem Grund eines Gewässers. Als die
Sonne aufging, wurde er noch dunkler, und sie schob ihn
noch tiefer in die Senken. Ein dichter Nebel wie die
Nacht, wie eine Wolke. So dicht, als könne man ihn greifen.

Wann Hasan aufgestanden, in das Tal der Kirschen hin-
abgestiegen und im Nebel verschwunden war, wußte niemand. Vielleicht war er in den Wald gehuscht, als die
Mondsichel am Himmel aufstieg, vielleicht schon am frühen Abend. Als Ali der Lange noch vor Tagesanbruch erwachte und die Glieder reckte, daß sie knackten, suchten
seine Augen zuerst Hasan. Ali hatte sich nachts auf dem
feuchten Boden gewälzt, und bis zum Morgen waren
seine Glieder stocksteif gefroren. Es dauerte eine ganze
Weile, bis er sich frei bewegen konnte.

Etwas später erwachte auch Elif, und dann Ümmühan.
Elifs Augen waren geschwollen, ihre Füße rissig geworden. Sie sah sehr alt aus. Ümmühans Augenlider waren
vom Schlaf verklebt, und wie immer mühte sie sich eine
Zeitlang, bis sie sich öffneten. Sie folgte der Mutter in die
Senke, wo am Fuße einer großen Zeder, umgeben von
kniehoher Minze, das Wasser einer Quelle über schneeweiße Kiesel in eine langgestreckte, verwitterte, bemooste
Rinne aus roh gezimmertem Tannenholz floß. Elif wusch
mit gestrecktem Kopf Gesicht, Hals, Ohren und ihre langen, struppig gewordenen Haare. Sie wusch sich, bis die
Sonne aufging. Ümmühan stand da und wartete.

Ali hatte die Arme gegen die Sonne ausgebreitet und sich mit gespreizten Beinen an einen Felsen gelehnt. Das Kinn lag auf der Brust, er rührte sich nicht. Über seine Schultern, Arme und Beine krochen winzige Eidechsen mit feuerroten Zünglein und reckten sich kaum sichtbar für das menschliche Auge in der Wärme des aufkommenden Tages. Ali der Lange bemerkte sie nicht.

Auch Ümmühan wusch sich das Gesicht. Ihre Augen wurden klar. »Wo ist Hasan? Er ist nicht da«, sagte sie.

Ali hob den Kopf, rieb sich die Augen und stellte sich aufrecht. Dann streckte er noch einmal die Beine, reckte seine Arme, so weit er konnte, blickte um sich, musterte die Felsen, die bemooste Rinne, die nebelverhangene Schlucht und die schneebedeckten Berge in der Ferne, so, als sähe er alles zum ersten Mal. »Wo ist Hasan?« fragte er.

Elif hatte ihre wirren, strähnigen Haare in der Sonne auseinandergebreitet. Sie waren sehr lang. Lang, schwarz, mit einem grünlichen Schimmer. Wie das Schwarz eines Raben im Sonnenlicht. Als habe sie Alis Frage nicht gehört, wiederholte sie: »Wo ist Hasan?«

»Ich weiß es«, antwortete Ümmühan. »Gestern erzählte er mir... Er sprach von Kirschzweigen...« Dabei zeigte sie in die Schlucht. »Er ist da hinunter.«

Ali wurde wütend und schrie: »Meine Füße sind schon geschwollen, ich bin halbtot, und jetzt noch der Junge mit seinen Kirschbaumzweigen. Ich habe es satt, bei Gott! Jetzt können wir hier warten, bis er zurückkommt. Ein Unglück kommt nicht allein. Sogar das Kind der eigenen Lenden wird zur Plage.« Er drehte sich zur Schlucht und legte seine Hände wie ein Rohr um seinen Mund. Die Nebelschwaden krochen immer tiefer in die Senken hinein, verdichteten sich und glitzerten mehr und mehr. Baumkronen tauchten aus dem Dunst auf, daß es aussah, als gehörten sie zu einer riesengroßen Bürste.

Ali brüllte voller Wut so laut er konnte: »Hasan, Hasaaan! Hasaaan, Hasan! Gib Laut!« Von Schlucht zu Schlucht, von Fels zu Fels hallte seine Stimme eine lange Zeit wider. Ali verstummte, wartete, bis das Echo seiner Rufe verebbte. Kaum war Stille eingekehrt, stieß er ein erneutes »Hasan, Hasaaan!« aus und wiederholte den Ruf, bis dieser sich in vielfachem Echo fortsetzte. Dann horchte er still, wie seine Stimme in nicht enden wollender Folge von Berg zu Berg weiterhallte. War sie endlich verklungen, setzte er von neuem an: »Hasan, Hasaaan!« Schließlich war er vom Echo seiner Stimme so hingerissen, daß er den Jungen völlig vergessen hatte. Er rief und brüllte und lauschte nur noch den vollen, langgezogenen, klagenden Rufen. Bis ihm seine Mutter einfiel. Plötzlich war alles wie weggewischt. »Oh, arme Mutter!« sagte er mit tonloser Stimme. »Oh, Mutter! Wie mag es ihr jetzt in dem einsamen Dorf ergehen, allein zwischen Wölfen und Vögeln...« Und die Wut stieg wieder in ihm hoch: »Als reichte das alles nicht, jetzt auch noch dieser Junge...« Er brüllte los, so laut er konnte. Wie Geschosse prallten seine Rufe gegen die Felswände und zerbarsten in vielfachem Widerhall. Er schlug mit den Händen auf seine Schenkel: »Wo kann der Junge nur hingegangen sein, wohin? Und was ist, wenn ihn die Wölfe reißen, wenn er zum Fraß der Vögel wird?«

Ihm war zum Heulen. Kraftlos sackte er zu Boden und lehnte sich mit dem Rücken gegen eine schmächtige Tanne, die sich unter seinem Gewicht zur Seite neigte. Dann schwieg er. Elif hatte aus drei großen Steinen eine Feuerstelle gebaut und kochte Yoghurtsuppe. Das Feuer loderte so hoch, daß der Topf in den Flammen fast verschwand. Es dauerte nicht lange, und der leckere Duft gesottener Butter breitete sich aus, der sich bald mit dem Geruch von Minze mischte, bis es schließlich so herrlich nach dem mit Yoghurt gesäuerten Teig roch, daß es Ali schwindelte. Der Heißhunger verdrängte sogar seinen Zorn. Vergessen waren Hasan und die Mutter; er sprang auf, schnappte sich einen Napf, eilte zum dampfenden Topf in der Morgensonne und füllte sich ein, kaum daß Elif die Suppe vom Feuer genommen hatte.

»Sie ist sehr heiß«, warnte Elif.

»Sehr heiß«, bestätigte Ali und begann, ständig pustend, die Suppe hastig zu löffeln.

Eine leichte Brise kam auf, und der Schatten einer Wolke glitt über den Wald. In weiten Abständen kreisten fünf Adler über dem Tal der Kirschen. Die Sonne hatte den Nebel in den Senken aufgelöst; vielleicht war er auch vom aufkommenden Wind verweht.

Ali schleuderte den leeren Napf zur Seite, sprang auf die Beine und sagte mit zusammengebissenen Zähnen: »Ich breche auf. Soll der Welpe doch dableiben und verrecken. Warum soll's ihm besser ergehen als der Mutter . . .« Dann ging er zu seiner Traglast, hob sie in der Hocke auf die Schulter und stand eilig wieder auf. »Macht euch auf den Weg, geht mir voran!« befahl er und schritt aus. Elif und Ümmühan starrten verdutzt hinter dem Zornigen her. »Warte, Ali, geh nicht. Bleib stehen, ich bitte dich!« sagte Elif mit erstickter Stimme.

Ali hielt an. »Im vorigen Jahr wären wir fast verreckt, euretwegen fast verhungert, weil wir nicht rechtzeitig dort ankamen. Sollen wir auch in diesem Jahr wieder . . .« Und zwischen den Zähnen, als spie er: »Soll er verrecken, verrecken!«

»Warte, ich flehe dich an«, bat Elif. »Ein Kind wie einen Däumling kann man doch nicht in den Bergen zurücklassen und weggehen.«

Ali setzte seinen Weg fort; fast lief er. »Doch, man kann. Und zwar so. Soll er bleiben und sterben. Man kann weggehen, wie du siehst.« So redete er, aber seine Beine wurden dabei immer langsamer. Nicht nur langsamer, sie blieben schließlich stehen. Schleppend schlurfte er zu Elif, warf ihr polternd und scheppernd seine Last vor die Füße, hockte sich daneben, schloß seine wütenden, müden Augen und schwieg. So blieb er eine Weile, sprang dann auf die Beine, rannte wie ein Verrückter hin und her und brüllte: »Hasaaan, Hasan!«

»Ich würde dich schon in diesen Bergen zurücklassen, aber...« Ganz plötzlich war seine Wut verflogen. »Frau!« sagte er. »Dem Jungen wird doch nichts zugestoßen sein?«

»Woher soll ich das wissen, ach, woher soll ich das wissen«, sagte sie und kauerte sich entsetzt hin, als wären ihr die Knie weich geworden. Die Sonne stieg, und es wurde heiß. Unaufhaltsam plätscherte das Wasser in die hölzerne Traufe. Insekten glitten darüber und schossen wie Blitze hin und her.

Hinten bei den Felsen raschelte es. Ali wendete den Kopf, sah Hasan, sprang auf und stürzte sich mit Grimm auf den Jungen. »Bitte, Ali«, wimmerte Elif, »faß den Jungen nicht an.« Ali hörte es nicht. Wutentbrannt war er mit einem Satz bei Hasan, hob die Hand, während der Junge ruhig dastand, ihn mit leeren Augen verdutzt anschaute und überhaupt nicht begriff, was da vor sich ging. Alis Hand blieb ausgestreckt. Das Bündel Kirschzweige auf Hasans Rücken war fast doppelt so hoch wie er selbst. Er war schweißbedeckt und sein Zeug zerrissen. Das Gesicht pechschwarz verschmiert, Hände und Füße von Dornen zerkratzt und mit Blut verkrustet, sah Hasan aus, als kehrte er vom Kampfgetümmel eines Schlachtfeldes heim.

Ali machte noch einen Schritt, nahm mit beiden Händen die Kirschzweige von Hasans Schultern und warf sie am Fuße des Felsens auf die Erde. »Du Narr«, sagte er, »was willst du mit so vielen Schößlingen anfangen? Diese Massen schleppt ein Mensch keine zwei Meter weit, geschweige denn in die Çukurova. Los, geh und iß! Elif, ist noch Suppe da?«

»Ja!« rief Elif voller Freude.

Auch Ali freute sich, daß noch Suppe übrig war. »Guck dir den an, wie der aussieht! Wegen ein paar Zweigen . . .«

Hasan hockte sich schweigend neben den Topf und begann mit Vaters Löffel, der groß war wie eine Kelle, seine Suppe zu essen. Elif, Ümmühan und Ali beobachteten von weitem, wie seine Hand gleich einer Maschine vom Topf zum Mund hin und her schwenkte.

Nachdem Hasan auch den letzten Tropfen aus dem Topf in den Löffel geschüttet hatte, nahm Ali seine Traglast wieder auf. »Na, dann los!« sagte er und machte sich auf den Weg.

Blitzschnell war Hasan an der Felswand bei seinen Kirschbaumzweigen, hockte sich davor und mühte sich vergeblich, sie auf seine Schultern zu heben. Mit flehenden Augen sah er zu Ümmühan hinüber, als wolle er sagen: Bist du nicht meine schöne Schwester? Ümmühan ging zu ihm und schob ihm das Bündel gleichgewichtig auf den Rücken. Hasan krümmte sich unter der Last. Schwankend setzte er einen Fuß vor den anderen, und es schien, als sei jeder Schritt sein letzter.

Als es Abend wurde, erreichten sie die Hänge des Süleymanli. Ümmühan stand neben ihrer Mutter. »Was ist mit Großmutter?« fragte sie wieder.

»Schweig, daß es Hasan nicht hört«, antwortete Elif aufgeregt. Kurz darauf kam Hasan. Völlig erschöpft von der Last, mit rabenschwarz verdrecktem Gesicht fragte er laut: »Was ist mit Großmutter?«

»Schweig, daß es Vater nicht hört!«

Auch Hasan schwieg.

Als letzter kam Ali. Er setzte die Last auf den Boden. Ein durchdringender Schweißgeruch stieg ihm in die Nase. Dann setzte Hasan sein Bündel ab. Auch er war verschwitzt wie sein Vater. Ali knuffte Hasan leicht in den Rücken: »Was wirst du eigensinniger Kerl denn diesmal mit den Zweigen machen, die du auf Biegen oder Brechen in die Çukurova schleppst?«

Über Hasans Gesicht huschte kaum wahrnehmbar ein glückliches Lächeln: »Diese Schößlinge werde ich gegen Zündhölzer eintauschen. Diesmal genau zwanzig Schachteln.«

Ümmühan lag es auf der Zunge, aber sie hielt sich zurück. »Und was ist mit Adil Efendi?« wollte sie sagen.

Es wurde immer dunkler. Wind kam auf, der Wald dröhnte, das Wasser rauschte. Steil reckte sich der Hang des Süleymanli schroff ansteigend gegen den Himmel.

»Großer Ringkämpfer Hasan«, sagte Ali, »morgen früh bei Sonnenaufgang ist dieses Übel zu überwinden. Kannst du dich noch an diese Steigung erinnern? An den Steilhang des Süleymanli?«

»Ich erinnere mich«, antwortete Hasan. »Großmutter...« Er stockte und schwieg. Im selben Augenblick flackerte Elifs Feuer auf, loderte immer höher, und der Geruch von brandigem Harz breitete sich aus. Vom Flußufer her duftete es nach wildem Majoran.

8

*Die Bauern von Yalak pflücken Baumwolle
in einem schönen, fruchtbaren Feld am Ufer
des Ceyhan.*

Die Çukurova schlief noch unter verblassenden Sternen, die nach und nach verschwanden. Dicht wie Regen war Tau gefallen. Memidik war bis zu den Knien so durchnäßt, als sei er durch Wasser gewatet. Die nackten Füße versanken im kühlen Staub der Landstraße, auf der sich seine Spuren wie zwei endlose Linien nebeneinander abzeichneten. Der Staub, der von seinen Füßen rieselte, tat den schmerzenden Fußsohlen gut. Von weitem war der Lärm knarrender Pferdegespanne zu hören und, nicht auszumachen woher, klang leiser Gesang durch die Nacht. Drei Lastwagen rumpelten über die Landstraße und verschwanden. Ihre Scheinwerfer warfen unzählige Lichtketten auf das Wasser des nahen Ceyhan. Der Fluß war spiegelglatt, keine Welle kräuselte ihn, ganz still lag er da. Nicht ein Windhauch regte sich. Memidik war in Schweiß gebadet. Er setzte sich an den Straßenrand, griff in ein Brombeergestrüpp und drückte zu. Es schmerzte, seine Hand begann zu bluten. Doch Memidik ließ den Dornenzweig nicht los. Seine Erregung wuchs. Plötzlich lockerte er den Griff, sprang auf und grub seine Füße wieder in den kühlen Staub. Dann zog er seine Spur weiter. Er nahm seine Mütze ab, und in der feuchten, klebrigen Luft breitete sich ein säuerlicher Schweißgeruch aus.

Er geriet in eine Wolke von Mücken, setzte die Mütze sofort wieder auf und bedeckte mit den Händen Ohren und Gesicht. Seine Hände waren sehr groß. Die Mücken fielen über ihn her. Memidik zog die Füße aus dem Staub und begann zu laufen. Er rannte, bis er nicht mehr konnte.

Dann hielt er an, kauerte sich am Wegrand in den Staub, und während er mit den Händen die Mücken verscheuchte, dachte er nach. Eine schwere Last war von seinen Schultern. In Zukunft, nachdem der da tot war, konnte er wieder leben. Außerdem konnte er jetzt zu Zeliha gehen und ihr sagen, wie es in seinem Herzen brannte. Immer wenn er an ihn dachte, schmerzten ihm Fußsohlen, Rücken, Nacken und Beine, immer wenn er an ihn dachte, pißte er Blut, wurde er bettlägerig. Jetzt gab es ihn nicht mehr. Unbändiger Stolz durchströmte Memidik bis ins Innerste. Immer wütender griffen die Mücken an, ihre feinen Stechrüssel drangen durch Hemd und Pluderhose. Sefer ist nicht mehr! Sefer ist tot! Es sprach ja ohnehin niemand mehr mit ihm. Seit Taşbaşoğlu, unser Herr, vor seinem Verschwinden, vor seinem Einzug in den Kreis der Vierzig Glückseligen sagte: »Niemand! Niemand! Kein Diener Gottes, weder Mensch noch Ameise, noch irgendein von Allah geliebtes Geschöpf wird je den Mund öffnen und das Wort an diesen Amtmann Sefer richten!« Und niemand sprach mehr mit ihm. Er hat einen Haufen Frauen. Viele haben nicht eine einzige. Er hat drei, und sie sind schön. Was heißt schön? Mensch, nimm zum Beispiel die Tochter von Ismail dem Grauhaarigen. Des Grauhaarigen Tochter mit den breiten, wollüstigen Hüften, splitternackt... Memidik bedeckte das Gesicht mit seinen riesigen Händen, sofort stürzten sich Hunderte Mücken darauf und stachen zu. Sie gebärdeten sich wie wild, summten, griffen immer wieder an und stachen zu.

Memidik ist müde. Zu einer anderen Zeit wäre er nicht mehr auf die Beine gekommen, so erschöpft war er. Aber diese neue, unerwartete Freude gab ihm wieder Auftrieb. Unzählige Männer sind schon über des Grauhaarigen Tochter gestiegen. Sie ist stark und wild. Mit so tollen Frauen wird man nicht fertig. Wen sie jetzt wohl nimmt? Sehr jung, sehr stark muß er sein, der Mann, den sie heira-

tet. Oder wird sie wieder von Dorf zu Dorf ziehen und
sich mit allen Männern hinlegen? Sie ist ein heißes Weib.
Sogar die Erde, auf die sie tritt, erschauert unter ihrer
Hitze. Nicht nur Männer, die in ihre Nähe kommen;
selbst Hund und Katze, Vogel und Ameise, Käfer, Fliegen
und wer auch immer, werden geil und ganz wild darauf,
jemanden zu finden, um sich zu paaren.

Bevor er in den Kreis der Vierzig eingegangen ist, sagte
unser Herr Taşbaşoğlu, daß niemand mit diesem niederträchtigen Hund sprechen dürfe. Und ihn zu töten, sei in
Gottes Augen Pflicht... Ihn zu töten, sei Pflicht. Niemand, nicht einmal eine Ameise im Dorfe Yalak, hat mit
ihm gesprochen. Auch nicht seine Frauen, seine Verwandten; niemand hat mit ihm gesprochen. Sollen sie es
doch einmal wagen! Sollen sie doch mit ihm reden, wenn
sie den Mut dazu haben. Taşbaşoğlu, unser Herr, würde
zornentbrannt vom Berg der Vierzig herabfahren. Herabfahren und dem, der mit diesem Elenden spräche, aufs
Haupt schlagen, würde seine Augen blenden, die Zunge
knebeln, seine Hände und Füße lähmen. Sollen sie's doch
einmal wagen! Plötzlich fiel ihm ein, daß ja niemand mehr
mit Sefer sprechen kann... Wo ist Sefer denn jetzt? Unter
Wasser, am Fuße der Platane, in einem tiefen Loch, bedeckt mit dreißig Kieselsteinen groß wie Menschenköpfe.
Der Fluß fließt über ihn hinweg. Niemand kann ihn finden. Niemand! Und was werden sie morgen früh sagen?
Taşbaşoğlu, unser Herr, hat Sefer geholt, werden sie sagen. Niemand wird erfahren, was mit Sefer geschah. Und
wie sein Blut spritzte. Daß Fluß, Kiesel, Fische, Brombeeren, Platane, Herzgespannblüten und Ameisen davon besudelt waren, sein Grab volllief und die Baumwurzeln drin
schwammen. Wasser fließt darüber hinweg, niemand
wird ihn finden. Niemand, niemand, niemand mehr...
Und sollten sie ihn finden, sieht der Tote Sefer ja nicht
ähnlich... Memidik krümmte sich. Tausende Mücken

stachen seinen Rücken... Sie summen so laut, daß man taub werden könnte. Rücken, Hände, Füße, Nacken, Nase und Ohren bluten. Wie wild kratzt er Knöchel, Beine und Schultern. Seine langen, schmutzigen Fingernägel reißen Wunden in die Haut. Tote sehen nicht aus wie Lebende. Sie verändern sich, sehen sich überhaupt nicht ähnlich. Der tote Sefer sieht nicht im geringsten so aus wie der lebendige Sefer. Nicht im geringsten. Tote sehen aus wie alle Toten, Tote sehen aus wie tot...

Heiß ist es. Der Atem geht schwer. Er stand auf, zog sich aus und ging ins Wasser. Es kam ihm eiskalt vor. Blut ist doch warm. Ihm schauderte. Er fror erbärmlich, die Arme und Beine wie gelähmt. Bibbernd glitt er flußabwärts bis unter die Platane. Der Tote lehnte mit weit aufgerissenen Augen rücklings am Baum. Memidik zog ihn weg und legte ihn ausgestreckt in die Grube. Als er ihn mit Zweigen bedeckte, raschelte es hinter ihm. Er drehte sich um und sah, wie ein riesiger, pechschwarzer Mensch über ihn gebeugt zuschaute. Memidik schrie auf und warf sich zu Boden. Seine Hand stieß an die kalten, blutig schwammigen Schenkel des Toten. Ihm wurde speiübel, aber es gelang ihm nicht, die Hand zurückzuziehen. Ganz plötzlich leuchtete Mondlicht am Himmel auf, und es wurde taghell. Memidik schlotterte neben dem blutverschmierten, splitternackten Toten. Ängstlich wendete er langsam den Kopf und schaute hinter sich. Der Schemen war verschwunden. Memidik sprang auf die Beine und begann hastig, Amtmann Sefers Leiche abzudecken, mit Erde, Dornengestrüpp, Stroh, Herzgespannstauden, Asche und Staub... Dann stürzte er sich ins Wasser. Wie Senkblei schoß er auf den Grund, kam keuchend wieder hoch, stieg aus dem Wasser und zog sich an.

Es rumorte in der Ebene. Ölig, dieselgeschwängert, heiß, dunstig, verschwitzt, mit dem Geruch von Verbranntem wie am Schlund eines Hochofens erwachte die

Çukurova. Noch war sie müde, lag ausgestreckt, atmete schwer und grollte. Brennend heiß, wollüstig, tollwütig, träge und lebhaft: ein ungebärdiger, tausendköpfiger Drache wurde wach, ein öliges, in der Sonne versengendes brandiges Gelb... Der Schlund eines Hochofens, der glutrote Flammen und wirbelnde Staubwolken speit.

Am Rande des Baumwollfeldes blieb Memidik stehen. Drei Schatten bewegten sich dort auf und ab, mit weichen Bewegungen, vorsichtig, ängstlich; mehr in der Hocke, mit aufgerichteten Knien, die Hände hin und her, unermüdlich.

»Eine dieser Gottlosen ist die Zalaca... Die andere Bekir des Krakeelers Weib... Und die da rechts... Da rechts...« Memidik erkannte Menschen ebenso an ihren Bewegungen wie an ihren Stimmen, Gesichtern und Größen. »Und die da rechts ist die Frau von Taşbaşoğlu, unserem Herrn...«

Memidik hatte sich wieder gefaßt. Seine Muskeln, ja seine Knochen strafften sich zum Bersten, er zitterte vor Begierde; bittere, unersättliche Lust durchströmte seinen Körper. Er stieß einen leisen Pfiff aus. Fast gleichzeitig erhob sich die Frau in der Mitte. Memidik pfiff noch einmal, leiser und tiefer, und die Frau kam gelaufen. Memidik konnte nicht still stehen. Seine Haut spannte sich, als müßte sie platzen. Er hätte sonst nie gewagt zu pfeifen, aber jetzt fühlte er sich eigenartig beschwingt. Er stieß noch einen Pfiff aus. Voller Sehnsucht, Wollust und Tollheit.

Memidik hatte noch mit keiner Frau geschlafen. Und die Frau von Bekir dem Krakeeler machte es mit jedem Jungen im Dorf, kaum daß er geschlechtsreif war.

»Bist du's, Memidik?« fragte die Frau mit zitternder Stimme. »Ich habe dich erwartet, frage mich schon seit langem, wann er mich wohl haben will. Ich wurde schon ganz wild...« Sofort zog sie sich aus, legte ihre Kleider auf die Erde, streckte sich rücklings auf den Boden und spreizte die Beine. Im Mondlicht zeichneten sich ihre weichen, vollen Hüften noch fülliger ab. Ihre Elfenbeinschenkel hatte sie hochgezogen, und ihre prallen, spitzen Brüste reckten sich steil.

Memidiks Hände zitterten so, daß er sich nicht ausziehen konnte.

»Beeil dich, Memidik«, stöhnte die Frau, »mach schnell, komm!«

Sie krallte sich in die heiße, weiche Erde: »Mach schnell!«

Memidik war wie von Sinnen. Er legte sich auf die Frau. Ihre Haut fieberte, brannte auf der seinen wie Glut.

Ihr Schweiß schlammte die Erde, und als Memidik die Frau bei der Hand nahm und aufrichtete, waren ihre Hüften lehmverschmiert. Sie glühte noch immer. Memidiks Knie zitterten, und mit tiefem Wohlbehagen ließ er sich auf die Erde sinken. Die Frau neigte sich über ihn, nahm seinen bebenden Rücken zwischen die Beine, rieb ihre heißen, feuchten Schenkel an seinen Schultern und drückte sie an seinen Hals. Dann lief sie nackend zum Fluß und rief wimmernd vor Gier: »Memidik, komm!« Memidik, wie gebannt, ging zu ihr. Wasser troff von ihrem erhitzten, dampfenden Körper. »Memidik, komm!«

Memidik war wie verzaubert. Ihre Körper vereinigten sich zu einem, wälzten sich in bodenloser Sinnenlust. Memidiks Lippen brannten, rissen auf. Sein Knie bohrte sich in den Sand, dann glitt er ins Wasser. »Memidik, komm!« Er brannte wie im Fieber. Sie preßte ihn in ihren Armen, daß seine Knochen knackten. Ein Lastwagen kam vorüber, seine Scheinwerfer strahlten bis auf den Grund, der Schein huschte grell über ihre Körper. Sie merkten es nicht.

»Stehst du jede Nacht um diese Zeit auf?« fragte Memidik.

»Jede Nacht.«

»Pflückst du viel?«

»Sehr viel. Aber deswegen stehe ich nicht auf. Ich warte. Die Zalaca auch . . .«

»Zalaca?«

»Zalaca hat Angst vor dem Einschlafen, hat Angst davor, zu träumen. Eine Schlange soll ihr zu schaffen machen. Jede Nacht kommt sie an ihre Brust. Sie ringelt sich und schläft mit ihr. Zalaca sagt, sie habe dieses Lustgefühl noch mit keinem Mann gehabt. Sagt: Ich tausche meine Schlange nicht gegen tausend Männer.«

»Das ist gelogen . . . Ja, gelogen. Sie lügt, weil sie Angst hat. Sie hat Angst vor Männern. Ich hab's selbst gesehen.«

»Und die Frau von Taşbaşoğlu. Sie kommt um vor Sehnsucht. Sie wartet auf Taşbaşoğlu. Wir drei warten; warten jede Nacht, warten hier nach Mitternacht . . .«

»Ich habe Taşbaşoğlu, unseren Herrn, gesehen. Er ist auf dem Berg der Vierzig. Dort ist es kühl, so kühl. Was hat er hier schon verloren, in dieser Hitze voll Mücken und Fliegen? Ich komme nicht, hat er mir gesagt. Aber ich kann dafür sorgen, daß es kühler wird in der Çukurova. Und wenn ihr wollt, kann ich euch auch Regen schikken . . .«

Zalacas Hände bewegten sich schnell wie eine Maschine. Drei große Körbe voll Baumwollkapseln hatte sie schon gepflückt. Memidik war auch flink. Er hatte zwei Kiepen geschafft. Bekir des Krakeelers Frau lag still auf dem Rükken, schaute in den Sternenhimmel und durchlebte noch einmal die Lust von vorhin. Taşbaşoğlus Frau sprach kein Wort. Sie grübelte. Ihre Hände, Füße, Haare, Brüste, Hüften, ihre Kleidung, der Korb in ihrer Hand, alles an ihr schien in Gedanken versunken.

»Memidik, komm! Komm, ich flehe dich an! Einen wie

dich, Memidik, habe ich noch nicht erlebt. Komm, komm, komm!«

»Schweig, liederliches Weib!« schrie die Zalaca.

Der schimmernde Streif im Osten wurde heller. Eine leichte Brise kam auf. Der Morgenwind streichelte die Wangen, stimmte die Menschen heiter. Als könnten sie im Freudentaumel davonfliegen ... Irgendwo wurde ein Lied angestimmt, voller Übermut.

Wer sich einen Kübel, einen Korb, gegriffen hatte, verschwand im Baumwollfeld. Sie bildeten eine Kette; bald erfüllte Lärm und Tumult die Ebene. Es wurde hell. Und die Tagelöhner pflückten die taufrischen Kapseln. Jutesäcke, Leinenbeutel, Körbe und Schürzen füllten sich. Je mehr die Schlaftrunkenheit von den Pflückern abfiel, desto hurtiger wurden ihre Hände. Wer am meisten schafft, bekommt den höchsten Lohn. Und am meisten pflückt die schnellste Hand im besten Feld.

Dieses lag am Ufer des Ceyhan und gehörte dem Bey Muttalip. Wohl tausend Morgen vom besten Boden der Çukurova. Jede Kapsel prall wie eine Faust, und die Sträucher kniehoch, ja bis zum Bauchnabel. An jedem Hunderte von Früchten. Sie hingen wie Trauben. Dieses Jahr stand die Baumwolle in der ganzen Ebene gut. Sogar die Pflanzen auf den Feldern des Sohnes vom Obristen. Die Dörfler würden alle ihre Schulden bezahlen und noch was übrig haben. Ihre Füße versanken in der weichen Erde. Die großen, feuchten, aufgeplatzten Kapseln strömten von den Sträuchern in die Hände, von den Händen in Säcke, Röcke und Körbe.

Vom nächtlichen Tau ist die Baumwolle naß. Darum sammeln die Pflücker die Kapseln und drücken sie feucht in die Säcke, noch ehe die Sonne steigt. Später, wenn die Hitze kommt, setzen sie sich in den Schatten der Lauben oder Zelte und zupfen die Wolle aus den Kapseln. Denn die Blätter am Hüllkelch, besonders ihre kleinen Spitzen, brechen nicht, solange sie naß sind, und die Baumwolle bleibt sauber, weiß wie Milch, fleckenlos. Pflückt man in der Hitze die schon trockenen Kapseln, zerbröseln die Blätter und verschmutzen die Fasern, wenn man sie aus der Kapsel zieht. Unreine Baumwolle aber ist nicht gefragt.

Memidik arbeitete sehr schnell. Noch nie waren seine Hände so flink. Noch nie war Memidik so glücklich.

Die Pflücker bildeten eine lange Kette, manche in der Hocke, manche gebückt, viele auf den Knien... Memidik entdeckte Halil den Alten, tief gebeugt, am andern Ende der Reihe. Ganz schemenhaft schien er, als humpelte er. Sein Haufen war wohl doppelt so hoch wie die der andern Dörfler.

Jetzt, sagte sich Memidik, jetzt werden sie Sefer vermissen. Wo ist er, werden sie sich gegenseitig fragen, werden ihn suchen und suchen und nicht finden... Nach drei Tagen wird seine Frau, die Tochter von Ismail dem Grauhaarigen, zu weinen beginnen und die Totenklage anstimmen, und niemand wird wissen, wie und wo Sefer verschwunden und abgeblieben ist. »Sefer hielt es nicht mehr aus«, werden sie sagen. »Soviel Erniedrigung ertrug er nicht und legte Hand an sich. Er stürzte sich in den bodenlosen Blinden Brunnen, stürzte sich in die reißenden Wasser des Ceyhan... Nicht einmal seine Leiche wurde gefunden...«

Plötzlich erfaßten Schauer Memidiks Körper, lähmten Arme und Beine. Wenn jemand den Toten in der Grube gesehen hatte? Und was ist, wenn Adler, Geier und Falken über ihm kreisen? Wenn er den Toten nicht gut vergraben hatte und er noch zu sehen ist... Seine Hände werden schneller, bald ist sein Korb voll; er geht hin, leert ihn in den Sack, kommt zurück, und nach wenigen Augenblicken hat er den Korb wieder gefüllt.

Die Sonne begann zu brennen. Die Erde schon trocken,

die Kapseln aber noch feucht – es ist wohl ein bis zwei Stunden nach Sonnenaufgang. Was wohl aus dem Toten geworden ist? Daß ihn nur keiner sieht. Und wenn sie ihn entdecken... Sie werden das Messer erkennen, das in seinem Herzen steckt. Bruder, was bist du doch für ein Esel, sagte sich Memidik, läßt das Messer in seiner Brust. Jedermann weiß, daß es dir gehört. Seine Hand greift zur Scheide an seiner Hüfte. Und er verspürt eine sonderbare Erleichterung.

In der Sonne war es jetzt wie vor einem offenen Backofen. Mit dem Morgenrot war auch das Sirren der Mücken verstummt. Sie verschwinden, wenn es hell wird, ziehen sich in schattiges Dunkel zurück. An ihrer Stelle kommen die Fliegen. Schwarz und winzig, nicht größer als ein Stecknadelkopf. In der Hitze des Tages kommen sie zu Tausenden und setzen sich auf den Gesichtern der Pflücker fest, daß diese ganz schwarz aussehen. Sie wegwischen oder totschlagen ist vergebliche Mühe. Sie dringen in die Augenlider der Pferde, Esel, Kühe, Ochsen und aller anderen großen Tiere.

In Memidiks Gesicht, in seinen Haaren, wimmelt es von Fliegen; nur seine Zähne glänzen hell. Er spürt es nicht, denkt voller Angst an den Toten und entsetzt sich bei dem Gedanken, jemand könnte ihn gefunden haben. Immer wieder will er von seiner Arbeit weg zum Toten, doch er bringt es nicht über sich. Wenn ihn jemand beobachtet? Na, dann... Wo ist eigentlich Ömer? Der niederträchtige Köter, Sefers Kettenhund? Laß mich erst einmal Sefer beiseite schaffen. Wenn der von der Bildfläche verschwunden ist, dann, mein Löwe, dann ist die Reihe an dir...

Die Dörfler waren erschöpft. Je mehr die Hitze stieg, desto stärker wurde der Geruch von Erde und brandigem Gras. Dazu mischte sich der Geruch von Schweiß und der bittere Geruch von Baumwolle unter glühender Sonne.

Der Schweiß rann Memidik über den Rücken, bildete helle Salzflecken auf seinem Hemd, tropfte von seiner Stirn auf die Erde.

Irgendwo lachte eine Frau. Bekir des Krakeelers Weib ging dicht an Memidik heran, ihr Rock stülpte sich kurz über Memidiks Kopf, ihm wurde ganz schwindelig vom Geruch ihrer Haut. »Komm, Memidik, komm! Einen Mann wie dich habe ich noch nicht erlebt. Ich kannte viele Männer, aber keinen wie dich.«

Memidik sah Zeliha. Zeliha, ein lebhaftes Mädchen mit rosigen Wangen, vollen roten Lippen, straffem Busen, langgezogenen, schwarzen Augen, verführerischen Hüften, zwanzig Jahre alt, die Tochter der Witwe Eşe. Sie sprühte vor Weiblichkeit, und Memidik war verrückt nach ihr. Aber er schämte sich, konnte ihr nicht ins Gesicht sehen. Sie ging ihm nicht aus dem Sinn, die Zeliha, nie. Auch in seinen Träumen war er wild nach ihr, der Memidik.

Er stand auf, vergaß sogar, die Fliegen aus seinem Gesicht zu verscheuchen, und ging die Reihe entlang, ging zu Zeliha, den betäubenden, betörenden Geruch der Frau von Bekir dem Krakeeler noch in den Nüstern. Zum ersten Mal sah er Zeliha offen ins Gesicht, ja, er schaute ihr sogar in die Augen. Das Mädchen war ganz überrascht, denn Memidik tat noch etwas, worauf ein Mensch niemals gekommen wäre, und dächte er hundert Jahre darüber nach. Memidik sagte mit stockender, schwerfälliger Zunge: »Zeliha, ich habe meinen Teil schon gepflückt, jetzt werde ich dir helfen.«

Zeliha war so verwundert, daß sie kein Wort über ihre Lippen brachte. Memidik stellte sich neben dem Mädchen in die Reihe. Zeliha rührte sich nicht. Die langen Wimpern warfen Schatten auf ihre leuchtenden Augen.

Jeder, das ganze Dorf wußte, daß Memidik der Zeliha verfallen war, aber nicht wagte, sich ihr zu nähern, ja, daß er nicht einmal den Kopf heben konnte, sie anzuschauen. Als Memidik jetzt bei ihr stehenblieb und auch noch mit ihr sprach, richteten sich alle Pflücker auf und schauten zu. Memidik kümmerte sich keinen Deut darum, er hielt den Kopf gebeugt, gefangen von Zelihas Weiblichkeit; und von unendlicher Lust überwältigt, zuckten seine Muskeln.

Die Frau von Bekir dem Krakeeler machte sich an seiner Rechten zu schaffen. »Memidik, Memidik, komm zu mir! Einen wie dich... Memidik, Memidik...« raunte sie ihm fortwährend zu.

Zeliha rührte sich immer noch nicht. Memidik hob den Kopf, sah sie mit leuchtenden Augen an und lächelte glücklich. Im Handumdrehen war der Korb voll, er ging hin, schüttete ihn in Zelihas Sack und eilte zurück. Alle sahen ihm zu, als wäre er splitternackt. Und Zeliha ließ ihn keinen Augenblick aus den Augen.

»Memidik, Memidik, komm...«

Die Erde war heiß, wohin man auch faßte.

Zeliha stützte sich mit beiden Händen ab und ließ sich auf den heißen Acker nieder. Ihr Fleisch berührte die Erde. »Memidik...« sagte sie glücklich. »Mein lieber, mein braver Memidik, daß ich diesen Tag erlebe!« Ihr Körper glühte. Als die Erde unter ihren Schenkeln abkühlte, rückte sie ein Stückchen weiter. Ihre Haut, ihre am Boden aufgestützten Hände brannten.

Kein Blatt regt sich. Auf den Feldern der baumlosen, schneeweiß blühenden flachen Çukurova glitzert die Sonne, blendet die Augen und legt einen leichten, dunstigen Schleier über die Ebene. Alles ist weiß und gelb. Nur ein schmaler grüner Streifen schlängelt die Windungen des Ceyhan entlang und verliert sich in den dunklen Vertiefungen des Flusses. Im Westen, wo er einen Bogen macht, ragt dunkel der Wald aus mächtigen Bäumen und Gestrüpp, und über dem schilfigen Dickicht am Ufer steigen in der Hitze dichte Dunstwolken. Memidiks Kreuz begann zu schmerzen. Die meisten Dörfler saßen schon im Schatten ihrer Zelte und Laubdächer, hatten die Säcke geöffnet und zupften die Fasern aus den Kapseln. Memidik, beide Hände in die Hüften gestemmt, schaute in die Weite. Dann bückte er sich und pflückte weiter.

»Genug jetzt, genug! Es ist mehr als genug, Lieber... Memidik, genug. Wie soll ich denn soviel Baumwolle zupfen? Und wären wir zehn, schafften wir's nicht...«

Memidiks Hände erstarrten, der Korb fiel und rollte über den Boden. Zeliha erschrak. Memidiks Gesicht färbte sich gelb, wurde schneeweiß und dann aschgrau. Die Hände begannen zu zittern. Wo er eben noch stand, sackte er auf seinen Hintern.

»Soll ich dir Wasser bringen?« fragte Zeliha, lief zum Wasserkrug, füllte einen Becher, eilte zurück und drückte ihn Memidik an die Lippen. Vergeblich versuchte dieser, das Gefäß zu halten. Seine Augen starrten auf den, der da kam, hefteten sich fest auf Sefer, ließen ihn nicht mehr los, als würde der Mann verschwinden, wendete er auch nur für eine Sekunde den Blick von ihm. Ob es sein Geist ist, fuhr es Memidik durch den Kopf. Dann fragte er sich wohl ein dutzendmal: Wer war der Tote, wer war der Tote, wer nur?

Sefer hielt in der einen Hand ein doppelläufiges Jagdgewehr, in der anderen zwei Rebhühner und einen Hasen. Die Schuhe an seinen riesigen Füßen hatten Gummisohlen aus Autoreifen. Mit ausladenden Schritten ging er gewichtig und kerzengerade durch die Reihen der Dörfler zu den Laubdächern. Er wird jetzt dorthin gehen, bis ans äußerste Ende des Feldes, wird die Jagdbeute eigenhändig rupfen und ausnehmen, wird ein Feuer anzünden, das fette Wildbret salzen und über die Glut legen. Der Wind wird den Duft von Gebratenem zu den Dörflern hinübertragen, die seit einem Jahr oder zwei kein Fleisch mehr zwischen den Zähnen hatten. Ein Geruch! Ein Geruch, der den Menschen ganz verrückt macht vor Eßlust.

Die Dörfler sprechen nicht mit ihm, halten sich daran, seit Taşbaşoğlu ihnen befahl, nie wieder das Wort an ihn zu richten. Und so rächt er sich eben an ihnen. Indem er fette, die Sinne verwirrende Schwaden von Bratenduft über Dörfler ziehen läßt, die seit Jahren kein Fleisch mehr gesehen haben, indem er vor ihren Augen, vor Kind und Kegel das granatapfelrot geröstete Wildbret verschlingt.

Wenn Sefer dann das Fleisch gebraten hat, nimmt er ein ganzes Rebhuhn in die ausgestreckte Hand, dreht und wendet und betrachtet es lang und breit von allen Seiten; dann erst setzt er sich nieder zum fetten Mahl. Der Saft trieft von seinen Lippen, quillt ihm durch die glänzenden Finger, die er mit lautem Geschmatze immer wieder ableckt. Und während er so gespreizt das geröstete Wild vor den Augen der Bauern verzehrt und mit den Lippen schnalzt, ist drüben bei den Dörflern der Teufel los, brüllen die Kinder nach einem Bissen Fleisch. Nacht für Nacht essen die Bauern in ihren Träumen geröstete, fetttriefende Rebhühner, bis sie durch das Gejammer der Kinder: »Mutter, ich will Fleisch!« hochschrecken. Denn Sefer gibt von seinem Wildbret keinen Fingerhut voll ab, weder seinen Frauen noch seinen Kindern, noch den Kranken. Die Reste bewahrt er für sich auf, oder er schleudert sie in die Fluten des Ceyhan, und dabei schaut er den Dörflern gerade in die Augen.

Memidik ließ den Korb, wo er lag, und schlug die Richtung zu den Laubdächern ein. Jetzt wird er Zeliha nie mehr ins Gesicht sehen können, wird nie mehr unter Menschen sein. Der ganze Körper begann zu schmerzen, am meisten die Stellen, wo Sefer ihn verletzt hatte. Es schmerzte, und es juckte unerträglich. »Er ist nicht tot, doch ich werde ihn töten.« Wer aber ist der Tote? Träumte er? Oder sah er Gespenster?

Sie zupften Baumwolle aus den Kapseln. Auf den Feuern köchelte die Weizengrütze. Über den Wegen hob sich der Staub, bildete stellenweise schneeweiße Wolken. Etwas abseits trällerte Amtmann Sefer ein Lied vor sich hin; er hatte im Sonnenglast ein Feuer angezündet und rupfte die Rebhühner. Gleich würde auf die Laubdächer ein fetter Duft niedergehen, daß die Menschen meinten, sie müßten vor Hunger sterben.

Plötzlich drehten sich alle Köpfe zur Landstraße. Tief gebeugt unter seiner Last kam Ali der Lange daher, hinter ihm Elif, Ümmühan und Hasan.

Ein Geraune ging durch das Lager.

»Meryemce fehlt, Meryemce fehlt!«

»Ali der Lange hat Meryemce getötet.«

»Er hat sie erst begraben und sich dann auf den Weg gemacht.«

Amtmann Sefer ließ das Rebhuhn beim Feuer liegen und lief Ali dem Langen entgegen. Vielleicht würde er in der Aufregung ja mit ihm sprechen, und dann würden die Dörfler schon sehen, daß man weder zum Krüppel noch zum Ungläubigen wurde, wenn man mit Sefer redete. »Was hast du mit Meryemce gemacht?« schrie er. »Ist sie gestorben? Mein Beileid!«

Ali, schwarz vor Staub unter seiner Traglast, sah ihn lange an, drehte ihm dann den Rücken zu und sagte: »Friede mit euch, Nachbarn, ich grüße alle!«

Hasan hatte genau sechsundzwanzig Schachteln Zündhölzer in eine Plastiktüte gestopft und drückte den Beutel fest an seine Brust. Diesmal hatten sich die Kirschzweige bezahlt gemacht, in der Tat; aber bis er sie hergeschleppt hatte, hing ihm auch die Seele aus dem Leib. Die Schultern waren voller Wunden, der Rücken arg zerkratzt, und alles tat weh. Das würde den ganzen Sommer über nicht heilen, nicht in dieser Çukurova.

Zalaca stand auf. »O weh! Sie haben Meryemce getötet!

Haben sie getötet und sich dann hierher auf den Weg gemacht«, sagte sie. »Das war nicht anders zu erwarten.«

Halil der Alte erhob sich und ging mit schwankenden Schritten zu Ali. Dieser hatte seine Last noch nicht abgesetzt und schaute verwundert in die Runde. Halil der Alte schluckte, doch dann brachte er kein Wort über die Lippen.

Jetzt sprang Habenichts auf. »Oh, ihr Unbarmherzigen, oh, ihr Gottlosen!« legte er los. »Laßt den Mann doch erst einmal seine Last abwerfen, bevor ihr ihm euer Beileid aussprecht. Gott gebe ihr die ewige Ruhe, Ali. Unser aller Mütter und Väter sind gestorben. Schließlich hatten sie ja auch nicht vor, sich in diese Welt für immer einzurammen...« Dann legte er selbst mit Hand an, und gemeinsam setzten sie die Last auf den Boden. Einige junge Burschen kamen herbei und begannen für Ali ein Laubdach zu zimmern; aus Reisigresten und Gras...

Memidik legte den Kopf in den Nacken; in der Weite des Himmels kreisten nebeneinander drei Adler. Da konnte er nicht anders, er sprang hoch und rannte los.

9

Eine sternbesäte, stickige, feuchtheiße Nacht ohne
Schlaf und voller Mücken in der Çukurova.

Seit dem Abend brüllte und fluchte der Klimawechsler. Er hatte wieder seine Magenkrämpfe, die ihn um den Verstand brachten. »Verdammte Bauern, man sollte eure Mütter und Weiber, jeden von euch, ob klein wie Hirse oder groß wie der Taurus, sollte man... Verdammtes

Landvolk, was reitet dich denn, daß du jedes Jahr in diese
Hölle kommst... Kerle, bleibt doch in eurem wunder-
schönen Dorf, wo eiskalt das Wasser fließt und die Quelle
über schneeweiße Kiesel plätschert! Mensch, habe ich
Bauchschmerzen, Mensch, ich verrecke vor Krämpfen.
Schleppt mich weg von der Çukurova, bringt mich in
meine Hochebene. Mensch, Mensch, Mensch, man sollte
eure Mütter, eure Weiber... Mann o Mann... Die Baumwolle steht gut dieses Jahr, he? Ach, wenn diese Schmerzen mich nicht umbrächten...«

Nach und nach kamen die erschöpften Dörfler und versammelten sich am Lager des Klimawechslers. Ob in der
Çukurova oder zu Hause, ein- oder zweimal die Woche
wurde er von diesen Krämpfen heimgesucht. Allein Mutter Meryemce konnte ihm helfen und mit ihren Kräutern
seine Schmerzen lindern.

»Wo ist Mutter Meryemce, wo ist sie, ihr Gottlosen!«
brüllte Klimawechsler um so lauter, je mehr ihn die
Krämpfe plagten. »Ihr habt sie umgebracht, habt sie getötet, damit der arme Klimawechsler vor Schmerzen verrecken soll, nicht wahr? Warum hast du mir so böse mitgespielt, Ali Aga? Was habe ich dir getan, daß du meine
einzige Hoffnung und Hilfe vernichtet hast? Sieh, ich
sterbe... Verdammtes Bauernpack, daß ich nicht eure
Weiber und Mütter, von der kleinsten bis zur... Verdammt...«

In der feuchten, schweißtreibenden Schwüle regt sich
kein Hauch, bewegt sich kein Blatt. Große, funkelnde
Sterne erhellen die Nacht, leuchten wie Mondschein...
Insekten zirpen, im fernen Sumpf quaken Tausende Frösche im Chor. Die Luft ist schwer und stickig... Wolken
von Mücken tanzen, sirren, rauschen dumpf. Das ganze
Dorf kratzt sich und stöhnt. So viele Mücken hat man
noch nicht erlebt. Die Tagelöhner haben sich um ein riesiges Feuer gelagert. Zwar vertreibt der Rauch die Mücken,

aber den Dörflern ist, als brieten sie in der Glut. Im Rükken die feuchte, klebrige Hitze und vor sich die sengenden
Flammen, so sitzen sie da. Sie wickeln sich in Bettücher
und Decken, kriechen in Säcke und Bezüge, nichts hilft,
weder das lodernde Feuer noch der Rauch, noch die Säcke,
in die sie geschlüpft sind... Über ihnen das Gesurr, auf
der Haut die stechenden Rüssel der Mücken, und es juckt
zum Verrücktwerden.

»Allah, Allah!« schrie Halil der Alte. »Allah, Allah...
Diese Çukurova soll in Grund und Boden versinken! Hat
man je so ein Land gesehen! Allmächtiger Gott!«

Dem kleinen Hasan war, als müsse er ersticken, als sei er
von den kühlen Bergen plötzlich in einen Kessel der Hölle
gefallen. Er holte eine Schachtel Streichhölzer aus seinem
Plastikbeutel, klemmte sie zwischen die Knie und rieb das
erste Zündholz in Brand. Hingerissen starrte er auf die
Flamme, bis sie verlöschte. Dann stand er auf, verließ das
Lagerfeuer, ging der Landstraße zu, suchte sich einen
Stechdornbusch, hockte sich dahinter und begann,
Streichhölzer zu zünden. Wie im Rausch schaute er zu, bis
das Hölzchen verkohlte und ihm die Fingerkuppen verbrannte. Ab und zu stand er auf und vergewisserte sich, daß
die Dörfler ihn nicht beobachteten. Die würden ihn doch
für verrückt erklären, weil er Zündhölzer verschwendete,
einfach so, nur um zu sehen, wie sie brannten.

Halil der Alte rückte unauffällig in Alis Nähe, ergriff
seine Hand und sagte mit weinerlicher Stimme: »Oh, Meryemce, oh! Sie tat so, als könne sie mich nicht leiden;
glaub das ja nicht! Es war nur äußerlich. In Wirklichkeit
liebte sie mich aus ganzer Seele und aus tiefem Herzen.
Nicht einmal sich selbst mochte sie eingestehen, daß sie
mich gern hatte. Wäre ich gestorben, sie hätte meinen Tod
keine zwei Tage überlebt, so wie ich ihren nicht verwinden kann... Nachdem sie tot ist, werde ich ihr wohl bald
folgen...« Er begann zu weinen, schluchzte, zog wie ein

kleines Kind die Nase hoch und schlug sich mit den Fäusten gegen seine Brust.

Vergessen waren Mücken und Hitze, die Dörfler versammelten sich um Halil den Alten. »Der Arme weint um Meryemce, weint mit dem Kopf auf den Knien des gottlosen Ali...« Zalaca war's, die das sagte. »Ich sah's in meinem Traum. Mir träumte – mein Gott, wenn ihr wüßtet, was mir träumte. Den Dolch in der Faust, hatte Ali der Lange Meryemce an den Haaren gepackt, ihr die Klinge in den Nacken gedrückt und schnitt hinein. Ich warf mich auf ihn, aber es war schon zu spät. Das Blut spritzte, der Kopf fiel zur einen Seite, der Körper sank zur anderen. Ich sah's in meinem Traum, in meinem Traum. Und ich dachte, er bedeute etwas Gutes, legte ihn zum Segen aus. Plötzlich wate ich in einem See von Blut. Die Sonne ging auf und trocknete ihn aus. Überall platzte die Erde auf. Ich kann mich nicht bewegen. Meine Füße kleben am rissigen Boden, ich mühe mich ab, doch ich kann mich nicht befreien. Dann sehe ich Ali mit seiner Traglast auf dem Rücken allein auf dem Weg in die Çukurova. In der Hand Meryemces blutigen Kopf, er hält ihn an den mit Henna gefärbten Haaren, und ich erkenne das Ringlein an ihrem Nasenflügel. Und Meryemces Kopf lacht in einem fort.«

Die Zalaca schlug sich mit den Händen auf die Knie und begann eine lange Totenklage. »Sie war mein Weggefährte, mein Leidensgenosse, meine gleichgesinnte Freundin. Jetzt bin ich allein, einsam wie der Stein im tiefen Brunnen. Allein blieb ich zurück, allein...«

Die Mücken stürzen sich auf die Tagelöhner, stechen sie, ihre spitzen Rüssel dringen durch Pluderhosen, Röcke und Umhänge, saugen das bißchen Blut ihrer ausgedörrten Körper.

Ali der Lange nahm Halil den Alten bei der Hand und richtete ihn auf. »Komm, Onkel Halil«, sagte er, »komm mit mir beiseite, komm, ich habe dir etwas zu sagen.«

Dann zog er ihn mit sich zur Landstraße, dorthin, wo Hasan im Gestrüpp saß und Streichhölzer zündete. »Hör zu, Onkel Halil«, fuhr er fort, »gräme und quäle dich nicht, und höre, was ich dir jetzt sage: Mutter ist nicht tot.«

»Was sagst du da? Nicht tot?« Halil ergriff Alis Hand und hielt sie zitternd fest.

»Ja, sie ist nicht tot. Meryemce und sterben? Wir sahen, daß sie zu schwach auf den Beinen war, und da haben wir für drei Monate Fladenbrot gebacken und sie im Hause zurückgelassen. Sie hat zu essen und zu trinken, bis wir zurückkommen. Und wenn wir wieder da sind ... Außerdem ist sie im Dorf nicht allein. Ahmet der Umnachtete ist auch dort. Und vom Berge der Vierzig soll Taşbaşoğlu kommen. Taşbaşoğlu liebte meine Mutter sehr. Wenn er erfährt, daß sie allein im Dorf ist, steigt er sofort vom Berg herab und geht zu ihr ...«

Halil des Alten Hände zitterten nicht mehr, sie wurden kalt wie die eines Toten. »So ist das also, Meryemce ist also nicht tot!« Am Dornbusch, wo er gerade stand, sank er zu Boden. Im selben Augenblick zündete Hasan ein Streichholz. Die Flamme beleuchtete Halil des Alten tränenfeuchten Bart. Halil krümmte sich und schlug die Hände vors Gesicht.

Von weit her hallte die Stimme von Habenichts durch die Nacht: »Meine Vorfahren bauten Burgen aus Schädeln, gaben ihre Habe den Armen und hatten deswegen kein Hemd mehr am Leib. Mein Urgroßvater ... Daher nannte man unsere Sippe Habenichts ... Sie vergossen Blut ... Wehrtürme haben sie aus Schädeln ihrer Gegner ... Und sogar diese Sippe könnte nicht übers Herz bringen, was Ali Meryemce angetan ...«

»Was ist schon dran«, ließ sich Köstüoğlu vernehmen. »Es war richtig, daß Ali Meryemce getötet hat. Von einem gewissen Alter an, besonders wenn die Beine nicht mehr wollen und einen nicht mehr in die Çukurova tragen können, ist es besser, wenn der Mensch stirbt. Sein Leben wird überflüssig. «

Die Mitternacht war schon vorüber. Seit dem frühen Abend hatte jeder, Kind und Kegel, jung und alt, nur noch von Meryemces Tod gesprochen. Niemand kam auf den Gedanken, daß sie im Dorf zurückgeblieben sein könnte, daß sie noch am Leben sei. Bis auf Halil den Alten.

Der kleine Hasan zündelte unter dem Dornbusch und dachte angestrengt nach. Mein Vater hat Großmutter getötet. Hat sie getötet, damit er sie nicht auf seinem Rücken in die Çukurova tragen muß. Dabei liebte ihn Großmutter doch über alles. Nun ist sie tot, ist sie dahin. Wie schade . . . Leise weinte er vor sich hin und zündete auch keine Streichhölzer mehr an. Sein Gesicht ist klitschnaß und sein Körper von Mückenstichen geschwollen. Es juckt, und wo er kratzt, brennt die verschwitzte Haut, als habe man Salz auf eine Wunde gestreut. Nachdem er sich eine Zeitlang ausgeweint hatte, schlief er ein, so, wie er da saß.

Dann war das große Feuer niedergebrannt, der Tratsch verstummte, die kratzenden Hände wurden langsamer, und jeder, ob er nun wollte oder nicht, überließ seinen Körper den anstürmenden Moskitos. Die Menschen waren müde. Sie legten sich auf die warme Erde, und die Mücken saugten Blut, soviel sie konnten.

Zwei schliefen nicht. Ali war der eine, Bekir des Krakeelers Frau die andere. Der Lange dachte an seine Mutter. Würde sie noch am Leben sein oder schon tot, wenn sie zurückkommen? Starb sie inzwischen, war er verloren. Diese Dörfler würden ihn mit Haut und Haaren verschlingen, würden ihn lebendig verbrennen und seine Asche in alle Winde verstreuen. Sollten sie Meryemce tot vorfinden, könnte er im Dorf nicht bleiben. Angst beschlich ihn. Kann eine so alte Frau, dazu noch schwach auf den Beinen, zwei, drei Monate allein in einem Dorf überleben? Nichts richtiges zu essen und zu trinken, nur trokken Brot? Und niemand, der ihr Wasser reicht, wenn sie krank wird? Das hält sie nicht aus und stirbt. Vielleicht ist sie jetzt schon tot.

Vor seinen Augen sah er den Leichnam seiner Mutter aufgedunsen in der Hitze liegen. Ihre hennagefärbten Haare, vermengt mit Staub, bedeckten die Erde. Sie hatte die Arme von sich gestreckt und die Hände zum Himmel geöffnet. Hunderte grünliche Fliegen stürzten in der strahlenden, glühenden Sonne wie stählerne Glitzer auf sie nieder und schossen blitzartig wieder hoch. »Und sie sollte nicht tot sein? Bestimmt ist sie tot! Unmöglich, das überlebt sie nicht. Wie konnte ich nur? Wie konnte ich ohne sie herkommen...« Ihm war, als müßte er vor Reue sterben. Hätte er doch nur seine Mutter nicht allein zurückgelassen. Er begann mit sich zu hadern. Starb seine Mutter dort, konnte er hier auch nicht weiterleben. Er würde hier bestimmt sterben.

Vielleicht überstand sie es. Sie hat Brot und Wasser. Auch Hühner und Hähne, die beim Abtrieb geflüchtet waren, gab es im Dorf. Dazu noch die Bienenkörbe von Ökkeş Dağkurdu. Ob sie daran denkt, sie zu öffnen? Würde sie in den Wald gehen und der Kiefernrinde die Innenhaut abziehen? Reichten dafür ihre Kräfte? Wenn sie wenigstens auf den Gedanken käme, Kiefern zu schälen. Baumrinde hält am Leben, mehr noch, macht sie jünger, macht sie jung wie ein Mädchen von zwanzig, diese Kiefernrinde.

Ob Taşbaşoğlu, unser Bruder Memet, wohl ein Heiliger geworden ist? Aufgenommen in den Kreis der Vierzig? Oder wurde er vom Schnee begraben und erfror? Wenn er nicht tot ist und wenn er sich im Kreise der Vierzig Unsterblichen befindet, eilt er dann seiner Mutter Meryemce zur Hilfe, wenn er erfährt, daß sie in Not ist? Mutter Meryemce hat ihn doch sehr geliebt. Schon wenn sie nur »mein Taşbaş« sagte, war es, als klinge der Name tausendfach im Raum... Ob ein Mensch, der zum Heiligen wird und in den Kreis der Vierzig eingeht, das alles vergißt? Und Ahmet der Umnachtete, wenn unser Ahmet, der Schwiegersohn des Elfensultans, in unser Dorf kommt und Mutter Meryemce vorfindet, wird er sie auf sein Elfenschloß mitnehmen?

»Oh, oh!« sagte er zu sich. »Oh, ich spinne!« Er lächelte. Schwiegersohn des Elfensultans, Taşbaşoğlu auf dem Berg der Vierzig... Das alles ist doch nicht möglich! Wer weiß, wo der arme Taşbaşoğlu steckt. Vielleicht sogar im Irrenhaus. Sie haben ihn zugrunde gerichtet, diese niederträchtigen Dörfler! Der letzte Tag fiel ihm ein, der Tag, an dem die Gendarmen Taşbaşoğlu im eisigen Bora und Schneetreiben abführten. Wie ein Opferlamm trottete er vor dem Gefreiten Cumali her. Nur als er den Dörflern sein Vermächtnis verkündete, keiner im Dorfe dürfe jemals wieder das Wort an diesen Amtmann richten, nicht Hund noch Pferd, da war er furchterregend, war er majestätisch wie ein geharnischter, mächtiger Prophet. Und was war dann? Was gab der Gefreite seinem Hauptmann zu Rapport? Eine Kugel aus Licht, eine riesige Flamme schoß empor, und Taşbaşoğlu, unser Herr, glitt aus der Höhle und verschwand. Eine Kugel aus Licht, eine riesige Kugel... Groß wie ein Baum... Er flog zu den Bergen, schwebte zum Himmel. Und was sagte der Gefreite Cumali noch? »Bei Allah, ich sah's mit diesen meinen Augen. Ach, aaach! Sollte ich ihm noch einmal begegnen, werfe ich mich ihm zu Füßen und flehe um seine Fürbitte. Ich habe mich selbst blind gemacht, und Taşbaşoğlu, unseren Herrn, entkommen lassen«, sagte der Gefreite Cumali.

Bruder Taşbaşoğlu mag ein Heiliger sein, ist er wohl auch, ich frage mich nur, ob die Auserwählten an Menschenkinder wie mich denken. Würden sie sich an ihre

Mutter Meryemce erinnern? »Eile mir zu Hilfe, Bruder Taşbaşoğlu, mein Augapfel, meine Seele, hilf!«

Bekir des Krakeelers Eheweib spürte noch Memidiks junges, warmes Fleisch in ihrem Fleisch. Heiß, betörend, aufpeitschend. Sie war voll wilder Gier... Wälzte sich nackt auf der warmen Erde. Es gab in diesem Dorf keinen Mann, bei dem sie nicht schon gelegen hatte. Doch einmal mit ihm geschlafen, wollte sie nichts mehr von ihm wissen; aber nach diesem winzigen, drei Handbreit großen, ausgemergelten Memidik war sie ganz wild. Memidik jedoch, Memidik war verschwunden. Seit dem Abend suchte sie schon und konnte ihn nicht finden. Sie hatte sich splitternackt ausgezogen und überließ ihren Körper den schwärmenden Mücken. Sie klebten an ihrer Haut, stachen sie auf und drangen in ihr ein, doch die Frau scherte es nicht. Gäbe es in dieser Nacht auch keine Mücken, hielte es Bekirs Weib, wollüstig und rasend wie sie war, in dieser Hitze nicht aus und würde mittendurch – peng! – platzen und sterben. Durch die Moskitos, die sich auf ihren Körper stürzen, ihn blutig stechen, und indem sie sich verbissen kratzen muß, findet sie wenigstens ein bißchen Befriedigung, kommt sie halbwegs wieder zu sich.

Ali hob den Kopf und erblickte drei dunkle Schattenrisse auf dem Feld. Er erkannte alle drei. Und in der Ferne, sehr weit weg, konnte er noch drei Schatten ausmachen, die unter den hohen Bäumen im Gehölz hervorkamen.

Ali stand auf, ging zum Fluß, stieg ein Stück die Böschung hinunter, hockte dort eine Weile; jählings entleerte er sich. Als von oben Geschepper und Geschrei herüberschallte, stand er auf, band hastig seine Unterhosen zu, schüttete sich einige Handvoll Wasser ins Gesicht und ging zu den Dörflern aufs Baumwollfeld. Dort stellte er sich neben Elif auf und begann zu pflücken. Sein Nebenmann zur anderen Seite war Ökkeş Dağkurdu. Darüber war er froh. Warum er sich so freute, wußte er selbst nicht. Noch lagen die Berggipfel im Dunkel, nur die Ränder der Wolken im Osten hatten einen leichten Schimmer, schmal, langgestreckt und kaum sichtbar. Der sternbesäte Himmel warf sein Licht über das weiße Baumwollfeld, erleichterte den fingerfertigen Pflückern die Arbeit.

Ich muß viel Baumwolle sammeln, überlegte Ali, ich muß arbeiten, darf mich nicht kümmern, ob Tag ist oder Nacht. Spätestens in einem Monat muß ich im Dorf sein. Einen Monat früher als die anderen... Vielleicht stirbt Mutter bis dahin nicht. Einen Monat hält es der Mensch aus, auch wenn er allein ist, und sei er noch so alt.

Seine Hände flogen. Er pflückte so schnell, daß er sich selbst wunderte. Diese flinken, kreisenden Hände, sind es wirklich die eigenen?

10

*Memidik will das Gesicht des Toten sehen, den er
an die Wurzel der Platane festgebunden hat und
über den das Wasser hinwegfließt. Er richtet ihn
auf, lehnt ihn an den Baumstamm, bückt sich und
schaut ihm ins Gesicht, kann ihn aber nicht erkennen. Die ganze Nacht über befaßt er sich mit dem
Toten. Da ist etwas, das er nicht begreifen kann.
Als die Sonne aufgeht, läßt er den Toten so, wie er
ist, den Rücken an der Platane, die Hände flach auf
den Knien, zurück und geht aufs Baumwollfeld.
Am Kopf des Toten fingergroß an die sechzehn
Aasfliegen; schnell wie der Blitz schießen sie
kreuz und quer. Ihr Gebrumm übertönt alles andere unter der riesigen Platane. Wie Memidik
Baumwolle pflückt und dabei sich den Toten nicht
aus dem Kopf schlagen kann . . . Und wie außerdem drei weiß gekleidete Männer mit breitkrempi-
gen Strohhüten und pechschwarzem, nach Benzin
riechendem, staubigem Auto den Toten suchen.*

Memidik kauerte in einem Dornengestrüpp und
starrte von weitem den Toten an, der mit weit aufgerissenen Augen an der Platane lehnte. Sah er denn diesen
Toten zum ersten Mal? Es kam ihm so vor. Warum
hatte er ihn sich bisher noch nicht angeschaut? Der Tote
trug einen dünnen Schnurrbart, dessen Enden lang her-
unterhingen. Seine Unterlippe kräuselte sich, er hatte sie
vorgeschoben, als sei er über irgend etwas sehr erstaunt.
Die Haare waren ihm leicht nach rechts in die Stirn gefallen und bedeckten sie halb. So triefnaß, sah er aus, als
lebte er, als sei er im Begriff, aufzustehen und davonzu-
gehen.

Und dann, hin und wieder, wurde der Tote zu Sefer, genauso vergrämt, so hart und verlogen...

Eigenartig, sagt sich Memidik, dieser da ist doch Sefer, sieht genauso aus... Wer kann es sonst sein, wenn nicht Sefer? Und den haben wir gerade gesehen. Der andere war auch Sefer.

Eine stahlgrüne Fliege stieg hoch bis zu den Ästen der Platane und stürzte dann blitzschnell zurück auf den Toten. Einen Augenblick blieb eine glänzend grüne Lichtspur zwischen dem Toten und den Zweigen stehen. Die Fliege schnellte ununterbrochen weiter, spannte stählern glänzende Lichtfäden zwischen Baum und Leichnam. Auch die anderen Fliegen flitzten hin und her, woben ein schimmerndes Netz.

Als Memidik den Kopf streckte, war das Stahlnetz auf einmal weggewischt, an seiner Stelle war nur noch blendende, gelb flimmernde Hitze.

Memidik erhob sich aus dem Busch, stemmte seine Hände in die Hüfte; er war rundum steif geworden und reckte sich.

Er mußte dichter an den Toten heran, wollte ihm aus nächster Nähe ins Gesicht sehen und feststellen, ob er tot war oder noch lebte. Staksend machte er einige Schritte zur Platane hin und blieb stehen. Sechzehn grüne Fliegen schillerten in der Sonne noch greller, schossen wie stählerne Blitze ihre Bahn. Diese unheimliche Schnelle machte ihn schwindelig, ihm wurde schwarz vor Augen, fast wäre er gestürzt. Mal verschwand das stahlgrüne Lichternetz, dann leuchtete es wieder auf. Er machte noch einige Schritte, jetzt wankte er nicht, noch drohte er zu fallen. Ihm war, als richte sich der Tote auf. Angst schnürte ihm die Kehle. Er war nicht imstande, sich zu rühren... Konnte keinen Schritt tun, weder nach links noch nach rechts, weder vorwärts noch rückwärts. Wie festgenagelt stand er da.

Der Tote richtete sich auf, und ihm war, als käme er auf

ihn zu. Memidik schloß die Augen und machte sie gleich wieder auf. Der Tote lag da wie immer. Ein großes Blatt mit gelben Adern löste sich von der Platane und fiel kreisend zu Boden, dorthin, wo der rechte Fuß des Toten ruhte.

Plötzlich macht Memidik kehrt; er hat sich wieder in der Gewalt und flüchtet, verkriecht sich im Gestrüpp, duckt sich so tief er kann, macht sich ganz klein. Sein Herz pocht. Er will weg von hier, sich retten, aber er findet einfach die Kraft nicht, sich von diesem Ort zu trennen. Wenn er sich doch nur dem Toten nähern könnte, ihn einmal mit dem Zeigefinger berühren, feststellen, ob seine Haut kalt ist oder warm.

Er ist ganz versessen darauf, aber seinen ganzen Körper bis in die Fingerspitzen hat eine Angst gepackt, die ihn lähmt.

Es war heiß. Sie trugen breitkrempige, weiße Strohhüte, ihre Hosen waren gebügelt, und auch in dieser Hitze, in dieser prallen Sonne, hatten die Männer Krawatten um. Sie befragten jeden, der ihren Weg kreuzte. Ihr staubbedecktes Auto schimmerte schwarz im Sonnenlicht. Staub wirbelte auch über die Ebene, und es roch nach Benzin.

Einer der Männer war sehr lang. Sein Gesicht durchzogen Falten bis hinunter zum Hals. Der kleine Schnurrbart, nicht breiter als ein Finger, war weiß. Der zweite war dick, seine Augen traten hervor und erinnerten an einen schielenden Frosch. Er war ganz in Schwarz gekleidet. Sein Strohhut war wohl doppelt so groß wie die der anderen. Der dritte war sehr jung. Nur Haut und Knochen, hatte er ein ganz kleines Gesicht, ein winziges Kinn, hohle Wangen und schmale Lippen.

»Habt ihr Şevket Bey gesehen? Ist jemand unter euch,

der Şevket Bey gesehen hat? Şevket Bey...« In der ganzen Ebene hatten sie nach Şevket Bey gefragt.

»Ich habe ihn noch nie gesehen«, sagte Zalaca. »Aber geträumt habe ich von ihm, geträumt ... Sie haben ihn dahingeschlachtet. Gesehen habe ich ihn nie.«

»Wir haben ihn nicht gesehen.«

»Şevket Bey, Menschenskinder ... So ein großer; mit Schnurrbart.«

»Haben wir noch nie gesehen. Noch nie.«

Sie gingen zu Sefer. Er kauerte in einer Mulde vor dem Dickicht und lauerte auf einen Hasen. Das Gewehr im Anschlag. Als er die drei Männer erblickte, sprang er auf.

»Hast du Şevket Bey gesehen, Şevket Bey?«

»Er ging dort hinunter, der Şevket Bey. Mit weißen Sandalen an seinen Füßen, sehr großen Füßen ... Şevket Bey ... Ich sah auch Taşbaşoğlu. Er hat's verboten. Er hat es verboten, und niemand spricht mit mir. Sogar meine Frauen, sogar mein Augapfel Ömer, der Dorfoberwächter ... Niemand im Dorf spricht mit mir. Jeder hat Angst, daß ihn der Fluch trifft. Seht selbst! Traf euch etwa jetzt der Schlag? Wäre Taşbaşoğlu ein Heiliger, müßte doch auf der Stelle das Unglück über euch kommen. Er ist eben kein Heiliger. Ich schwöre bei Gott, daß er keiner ist. Der und heilig! Ein Köter war er und nichts anderes. Sogar der Hundesohn eines Köters. Es heißt, er sei in die Runde der Vierzig eingezogen. Das kann unmöglich wahr sein. Er soll sich in eine Lichtkugel verwandelt haben und zum Himmel aufgestiegen sein. Gefreiter Cumali will es mit eigenen Augen gesehen haben. Unmöglich, meine Herren, unmöglich. Zum Heiligen werden, noch dazu zum Heiligen aus Licht, ist ja nicht so leicht, oder? Ich kann nicht daran glauben, und stünde er jetzt vor mir, ich spuckte dem heiligen Taşbaşoğlu wieder ins Gesicht, rief empört tuuu! und spuckte ihm mitten auf die Stirn, voll in die Augen. Mit Gewalt haben diese Bauern ihn zum Heiligen gemacht; der Arme wollte es ja gar nicht... Mit Gewalt... Und stürzten ihn ins Unglück. Ich weiß genau, wie es war: Taşbaşoğlu ist unterwegs geflohen oder erfroren. Gefreiter Cumali erfand die Geschichte mit den Lichtkugeln nur, um seine Haut zu retten. Na hört mal, Brüder, wie kann dieser rotznäsige Taşbaşoğlu ein Heiliger werden? Ist das möglich? Das kann nicht sein. Und da sagte Taşbaşoğlu, als er ging: Ich werde euch mit einem Schlag lähmen, wenn ihr mit Sefer redet. Seitdem richtet niemand mehr ein Wort an mich...«

Er begann zu jammern: »Sagt mir einige Worte, Brüder. Sagt meinen Namen. Das allein genügt. Sagt ein paarmal ›Amtmann Sefer‹, das reicht schon. Bei Gott, das reicht. Es ist schon ein Jahr vergangen, vielleicht auch mehr, und niemand hat seitdem nur einmal meinen Namen in den Mund genommen. Ich werde noch wahnsinnig. Und wenn ich nicht durchdrehe, werde ich mich umbringen. Seid heute meine Gäste. Seht her, ich habe drei Rebhühner geschossen, schön fett.« Er packte die Vögel, hob einen nach dem anderen hoch und zeigte sie ihnen. »Seht ihr? Und bis heute abend schieße ich noch zwei Hasen. Ich habe auch noch eine große Flasche Raki, die es wert ist, geleert zu werden. Paßt hervorragend zu den gebratenen Rebhühnern. Seid ihr heute abend meine Gäste, finde ich für euch Şevket Bey. Wenn es sein muß, auch noch Vater, Mutter, Töchter und Stuten, Sippe und Stamm. Ich bitte euch, kommt. Glaubt mir, ich habe Şevket Bey gesehen. Er ging dort hinunter vor kurzem. Ich sagte noch: ›Şevket Bey, Şevket Bey‹, und er antwortete: ›Warte, ich komme gleich zurück.‹«

Die Männer rührten sich nicht.

»Warte hier«, sagte der Hochgewachsene, »Baumwolle pflücken ist eine gute Sache, verflucht sei Taşbaşoğlu! Er ist es, den Şevket Bey sucht. Ich werde ihn

finden, ich werde ihn finden, sagte er uns immer wieder.
Der Teufel soll Taşbaşoğlu holen!«

Im Laufschritt eilten die drei zum Ufer hinunter, schlugen sich durchs Dickicht, suchten überall.

Memidik sah sie kommen, und kaum hatte er sie erblickt, packte ihn solche Angst, daß er zu Boden sackte. Und alle sechzehn Fliegen brummten wie wild und begannen ein stahlgrünes Netz aus Licht zu weben, Leuchtfäden in die Kreuz und die Quere, schimmernd wie Stahl. Die Männer kamen näher. Unter den Füßen des Langen wirbelte der Staub, stob wie kleine Wolken.

Memidik bot alle sein Kräfte auf, streckte sich zu dem Toten hinüber, der ihn mit weit aufgerissenen blauen Augen anstarrte, stieß mit seinem Finger gegen dessen Schenkel, der Finger drückte sich ins Fleisch. Die Schritte kamen näher. Memidik rappelte sich auf und hechtete wieder ins Gebüsch. Außer dem Schlag seines Herzens konnte er nichts mehr hören.

Die Männer näherten sich und blieben unter der Platane stehen. Sie schauten sich um. Einer von ihnen ging zu dem Gestrüpp, in dem Memidik kauerte, und verharrte dort. Die andern standen neben dem Toten und riefen ihm etwas zu. Als keine Antwort kam, verhielten sie dort reglos eine Weile.

Westwind kam auf. Eine kurze Brise brachte etwas Kühlung. Dann wehte es stärker. Auf den Wegen hob sich der Staub zu Säulen, die leuchtend über die Ebene kreiselten. Eine von ihnen wirbelte heran; sie schimmerte bläulich und hüllte die Platane, den Toten, die grünlichen Fliegen, die Männer und Memidik ein. Als sie vorüber war, hatten die Manner keine breitrandigen Strohhüte mehr. Der Tote war unter dem Staub verschwunden, und die Blätter der Platane waren so grau, als sei der Baum aus Asche. Auch die Fliegen waren nur noch kleine Staubkugeln. Nichts mehr vom blitzenden Grün, und auch kein stählernes Leuchten mehr, das so ungestüm im Sonnenlicht blendete. Staubbällchen senkten sich zum Toten nieder und flogen zu den Zweigen hoch.

»Der Teufel soll's holen!« sagte der Lange. »Şevket Bey wird seinen Taşbaşoğlu nicht finden. Nie mehr! Taşbaşoğlu ist in den Bergen, sagt man. Auf dem Berg der Vierzig. Er verwandelte sich in eine Lichtkugel und flog davon. «

»Und wenn wir diesen Mann festnehmen?« fragte der kleinste der drei.

»Gib's auf«, antwortete der andere, »was haben wir davon, wenn wir ihn schnappen? Meinst du, dann käme Şevket Bey zurück?«

»Nein, der kommt nicht zurück«, sagte der Lange, »sehen wir zu, daß wir unsere Strohhüte wiederfinden . . . Woher zum Teufel kam diese Windhose?«

Die Sonne ging unter, die Männer zogen davon. Das Baumwollfeld schimmerte fahl im Sternenlicht; zu Hunderttausenden flogen Glühwürmchen von Pflanze zu Pflanze. Herrlicher Duft gebratenen Fleisches fuhr Memidik in die Nase, gleich danach der Geruch von Raki . . . Dann roch die Nacht nur noch nach Feuchtigkeit, nach Brackwasser und Sumpf.

»Wohin nur mit diesem Mann? Was soll ich bloß tun?« jammerte Memidik. »Bei Gott, er wird mir zur Plage. Wohin ich ihn auch bringe, sie werden ihn finden und mich aufbaumeln. Dann quillt meine Zunge heraus, eine Handbreit und violett . . .« Er sah seinen Leichnam am Strick hängen. Baumelnde Beine, die gelben, schmutzigen Zehen mit den rissigen Nägeln berühren fast den Boden. Seine Füße sind häßlich, verdreckt, unförmig. Memidik schauderte.

Mit dem Toten auf dem Rücken ging Memidik am Fluß Ceyhan entlang. Diesseits des Dickichts, wußte er, befand sich ein stillgelegter Brunnen. Gegen Morgen fand er ihn.

Er war abgedeckt und mit einem großen Stein beschwert. Memidik schuftete bis Sonnenaufgang und konnte schließlich den Stein zur Seite wuchten. Dann warf er den Toten in den dunklen Schacht. Endlich konnte er aufatmen. Eine unbändige Freude packte ihn. Wie im Flug eilte er aufs Baumwollfeld. Er stellte sich neben seiner Mutter auf und begann zu pflücken. Zu seiner Linken erblickte er Ali den Langen, dessen Hände so schnell waren, daß man sie nicht sehen konnte.

11

Memidik befindet sich in einem sonderbaren Zustand der Verwirrung, windet sich hilflos in einem eigenartigen Wachtraum. Er ist nicht sicher, ob es Traum ist oder Wirklichkeit, weiß nicht, ob er schläft oder wacht. Er ist nur sicher, daß eine schreckliche Hitze herrscht. Und Wolken von Mücken . . . Dazu noch diese Last, dieses Unglück dort im Brunnen . . . Immer muß er daran denken, und seine Angst wächst und wächst.

Es war kurz vor Sonnenuntergang. Die Oberfläche des Ceyhan färbte sich zuerst aschfarben mit blauem Schimmer, veränderte sich ganz langsam und ging in ein mild flammendes Dunkelblau über, wie von innen beleuchtet. Auch die Pflanzen an der Böschung, die Brombeeren, das Dickicht, das entlegene Gehölz und das schneeweiße Baumwollfeld überzog ein bläulicher Glanz. Auf dem Ceyhan nicht das kleinste Gekräusel, das Wasser ein spiegelglattes, hingegossenes Blau. Still wie ein ruhender See.

Darüber in leichtem Dunst schimmernde Helle. Im Süden zuckte ein Lichtstrahl wie ein Pfeil, verwandelte den Fluß in eine leuchtende Gasse und erlosch. Blutrot. Dreimal leuchtete dieses rote Licht auf. Und am Himmel kreuz und quer verstreut Hunderte schwarze Fleckchen flink wie Geschosse: die Schwalben. Vor Memidiks Nase flitzten sie firrrt firrrt! hin und her. Sie foppen ihn, doch er weiß, daß er dagegen machtlos ist. Mag sogar ein Pferd noch so weit ausholen, wie zum Trotz sausen die Schwalben firrrt firrrt! im Zickzack vorweg. Und wenn das Pferd schon völlig ausgepumpt ist, sind die Schwalben noch putzmunter. Dasselbe Spiel treiben sie auch mit den Autos. Ob sie es auch mit Flugzeugen aufnehmen können?

Man müßte den Toten in ein Flugzeug setzen. Wie sollten die Leute schon drauf kommen? Er ist vornehm angezogen, und seine Augen sind offen. Sie sind hell wie Glas. Wie große Stücke Glas. Starren ohne Lidschlag. Und er hat Schuhe an den Füßen... Sein Zeug ist ein bißchen zerknittert, aber das fällt niemandem auf. So sitzt er da im Flugzeug, aufrecht, den Rücken an der Wand... Wer dieser Tote wohl sein mag? Bestimmt einer von ihnen, ein Aga. Unter den geweiteten Augen verzieht sich sein Gesicht zu einem spöttischen Lächeln, fast ein bißchen verächtlich. Die Enden des Schnurrbarts hängen herab. Sie sehen aus wie die vom Ökkeş Dağkurdu. Der Schnurrbart eines guten Moslems; ein braver Mann, einfältig, trotzig, unbefriedigt... Und das Flugzeug nimmt ihn mit, und von ganz hoch über einem Wald... Nein, nein, über einem riesigen Meer, mitten hinein... Nein, nein... Über einer Wüste... In ein Meer, eine Wüste, einen Wald...

Memidik seufzte. »Woher ein Flugzeug nehmen, Bruder?« sagte er laut. »Ach, woher ein Flugzeug nehmen.«

Wer kann den Toten im Brunnen entdecken? Jeder. Und wie? Die Hunde finden ihn. Und die Gendarmen. Und wenn der Tote anfängt zu verwesen und der Geruch

vom Brunnenschacht über die ganze Çukurova zieht?
Alle Tagelöhner werden sich die Nase zuhalten. Der Gestank wird ihre Nasenwände durchlöchern. Und jeder
wird zum Brunnen rennen. Tausend, zweitausend, fünf-
tausend, hunderttausend Menschen. Wer auch immer sich
in der Çukurova befindet, Kind und Kegel, jung und alt,
alle werden sich am Brunnen versammeln.

Eine Schwalbe ließ etwas, das sie im Schnabel trug, ins
glatte Blau des Wassers fallen. Die Oberfläche kräuselte
sich leicht, und winzige Wellenkreise dehnten sich immer
weiter.

Der Brunnen war dunkel. Tief unten erblickte Memidik etwas Rundes wie einen Spiegel. Es weitete sich, je
länger er hinsah. Und mitten in diesem Rund erschien ein
bleiches Gesicht mit hängendem Schnurrbart und hervorquellenden gläsernen Augen, die Memidik aus der Tiefe
des Brunnens anstarrten. Memidik schauerte.

»Da!« sagte er. »Wer auch immer da hineinschaut, wird
ihn entdecken. Und jedermann überkommt Neugier bei
einem stillgelegten Brunnen . . . Es gibt keinen, der nicht
in einen alten Brunnenschacht hineinguckt. Sie betrachten
ihre Gesichter auf dem Grund da unten. Die sind besser zu
erkennen als in einem Spiegel.«

Memidik musterte sein Gesicht neben dem Kopf des
Mannes mit den hängenden Schnurrbartspitzen. Es war
klein, sonnenverbrannt, fast zur Faustgröße geschrumpft,
hohlwangig mit tief in den Höhlen liegenden Augen. Das
Kinn zitterte. »Ich habe Angst«, sagte Memidik zu dem
Mann im Brunnen. »Gott verfluche dich, du bist mir zur
Plage geworden. Was soll ich nur tun, wohin soll ich dich
bringen? Wohin auch immer, sie werden dich finden. Was
ich auch tu, sie werden wissen, daß ich dich getötet habe.
Was mache ich nur mit dir? Was soll ich tun, sag du mir,
was ich tun soll. Sag es mir, bitte!« Er fing an zu weinen.
Und auch sein Spiegelbild auf dem Grund des Brunnens

hatte die Lippen wie ein Kind heruntergezogen, die Augen zusammengekniffen und heulte.

Memidik sah die Reiter schon von weitem. Sie preschten in einer Staubwolke heran, die noch lange hinter ihnen in der Luft hing. Ihre Umrisse spiegelten sich im grasgrünen Ceyhan, der so ruhig dalag wie ein stiller See. Einer der Männer ritt einen Fuchs, der andere einen Falben und der dritte einen Grauschimmel. Sie ritten barfuß, waren ganz in Weiß und hatten rote Tücher um ihre Köpfe geschlungen. Die Pferde waren ungesattelt, hatten weder Zaum noch Zügel noch Halfter.

Memidik warf sich mit aller Kraft gegen die Steinplatte. Es war nicht leicht, sie zu bewegen. Er stemmte sich dagegen, mühte sich ab, schürfte sich die Hände blutig. Die Reiter sind auf dem abgeernteten Feld und kommen in gestrecktem Galopp. Die Hufe ihrer Pferde blitzen auf den schimmernden Stoppeln wie Spiegel in der Sonne. Memidik ist in Schweiß gebadet... Er rinnt ihm über das Gesicht und in dicken Tropfen von der Nase. Klitschnaß klebt das Zeug an seinem Körper. Die Reiter kommen näher, Memidik schuftet. Er strengt sich so an, daß plötzlich sein Hüftgelenk knackt. Er kann sich nicht aufrichten.

Sie jagen geradewegs auf den Brunnen zu. Memidik läßt die Steinplatte fahren, hechtet in das Gestrüpp des nächsten Lorbeerbaumes und duckt sich tief. Er zittert, und seine Hüfte schmerzt unerträglich. Die Reiter kamen heran und setzten über ihn hinweg. Es war sehr heiß, glühend heiß. Die Pferde schwitzten, waren vom Schweiß fast schwarz geworden. Auch die Kleidung der Reiter war jetzt dunkel und klebte ihnen am Rücken.

Die Reiter kamen im Galopp zurück und setzten wieder über das Lorbeergestrüpp. Dann sprangen die Tiere über den Brunnen hinweg dem anderen Flußufer zu. Nur ein Reiter rutschte vom Rücken des Pferdes, als es an der Steinplatte war. Kaum hatte er den Boden berührt, sprang er zum Brunnen und sah hinein. Die anderen hielten an, glitten gemächlich von ihren Pferden, banden sie an das Gestrüpp des Lorbeerbaums, gingen zum Brunnen, knieten nieder und beugten sich auch über den Schacht.

Memidik zitterte noch heftiger, zitterte wie Espenlaub. Seine Augen hefteten sich auf die schweißtriefenden Männer, die mit hochgestreckten Hintern, als neigten sie sich zum Gebet, ihre Köpfe in den Brunnen gesteckt hatten und sich nicht rührten. Das war die Gelegenheit, reißaus zu nehmen; während die da zu Stein erstarrt kauerten. Doch seine Beine waren wie gelähmt. Der Teufel hole sie! Auf allen vieren kroch er aus dem Gestrüpp, und plötzlich, o Wunder, wollten die Beine wieder, und Memidik richtete sich auf. Vor ihm der Ceyhan. Er rannte los und sprang hinein. Alles war in Blau getaucht, auch seine Arme und Beine. Er watete ans gegenüberliegende Ufer. Dort versank er bis zu den Knien im Staub, der sich schlammig um seine Haut legte.

Als er zum Baumwollfeld kam, brannte dort schon ein großes Feuer. Die Hitze war unerträglich. Bleischwerer, bitterer Geruch von Klettfrüchten hing in der Luft, und vom nahen Reisfeld wehte ein Duft wie frisches Gras von den vollgesogenen, grünen Pflanzen herüber, vermischte sich mit dem Modergeruch des Sumpfes. Die Mücken sirrten, und der Kahle Barde sang. Sang ein altes trauriges Lied jahrtausendelangen Leides, ein Lied, so alt wie das Land... In der Dämmerung schimmerten die Erde, die Baumwollhaufen, die Felder und das sternenglitzernde stille Wasser des Ceyhan in fahlem Licht. Eine magische, verzauberte Welt...

Das Dröhnen der Trecker, Lastwagen und Autos hallt durch die Nacht.

»Wie geht's dir, Bruder Durmuş?«

»Gar nicht gut. Es hat wieder angefangen. So ganz

leicht begann ich heute abend zu zittern. Mich fror, aber dann war's vorüber. So fängt es immer an.«

Memidik ergriff Durmuş' Hand: »Los, laß uns zum Wasser gehen!«

»Ich gehe nicht«, weigerte sich Durmuş, »ich habe satt, es auf die Erde zu machen. Da liege ich lieber vor Bekir des Krakeelers Weib fünf Tage auf den Knien.«

»Ich muß mit dir etwas besprechen«, sagte Memidik. »Es geht nicht um das. In diesen Tagen ist Bekirs Frau willig. Sie enttäuscht niemanden. Komm erst einmal mit...«

Memidik hatte noch Hemmungen. Durmuş war der gute Freund, dem man am meisten trauen konnte. Er erzählte ihm alles. Es gab nichts, was Memidik wußte und Durmuş nicht von ihm erfuhr. Sie gingen zum Flußufer und setzten sich unter einen Lorbeerbaum.

»Bruder Durmuş«, begann Memidik, »ich sah zwei Männer. Meine Augen sollen herausfallen, wenn ich sie nicht gesehen habe. Hier diese Augen, die wie Kienspan brennen, sahen zwei Männer.«

»Einer von ihnen war Taşbaşoğlu«, unterbrach ihn Durmuş.

»Der nicht«, antwortete Memidik kühl und fuhr ruhig fort: »Diesen Mann habe ich vorher nie gesehen, noch seinen Namen gehört. Einer der beiden Männer sieht mir ähnlich; ganz klein, mager, nur Haut und Knochen. Er kommt um vor Angst. Der andere ist sehr groß. Wie Amtmann Sefer. Der Mann, der so aussieht wie ich, hat eines Nachts Amtmann Sefer getötet. Ich hab's gesehen.«

»Sei still, sag's niemandem! Du bekommst nur Ärger.«

»Ich hab's gesehen. Der kleine Mann, der mir ähnelt, nahm den Getöteten auf den Rücken und brachte ihn weg. Er will ihn verstecken. Was soll er tun?«

»Vergraben.«

»Hat er getan. Ihm war dabei nicht ganz geheuer, da hat er ihn wieder ausgegraben, aus Sorge, sie könnten ihn finden. Denn wenn sie ihn finden, werden sie den kleinen Mann hängen. Den, der so aussieht wie ich...«

»Sie hängen ihn«, schrie Durmuş erregt, »da fackeln sie nicht lange. Was hat er denn jetzt mit dem Toten gemacht?«

»Den hat der kleine Mann noch immer auf seinem Rükken.«

»Wie kann er denn einen so riesigen Toten tragen?«

»Er trägt ihn. Was soll der Arme denn tun?«

Durmuş seufzte tief: »Ja, was soll er da tun! Er hat es schwer. Was soll er da tun, ja, ja... Er kann ihn aber nicht bis an sein Lebensende auf seinem Rücken tragen... Am Ende wird ihn irgend jemand sehen...« Durmuş dachte nach. Das Geschick des kleinen Mannes rührte ihn.

Memidik redete in einem fort, sprach von der Schwere des riesigen Mannes auf dem Rücken des kleinen, wie dieser ihn versteckt und wieder hervorholt, weil ihm kein Ort sicher genug ist und er sich nicht einmal auf seine eigenen Augen verläßt.

»Und wo ist dieser Mann jetzt?«

»Sie sind beim Brunnen«, antwortete Memidik und berichtete von den drei Männern, die sich über den Brunnenrand beugen. »Wer könnten diese Männer sein, Durmuş?« fragte er.

»Das sind die Brüder des getöteten Mannes«, antwortete Durmuş. »Sie bewachen den Toten im Brunnen. Sie wissen, daß der kleine Mann kommen wird, seinen Toten zu holen. Sie wissen, daß der kleine Mann niemandem traut, nicht einmal seinen eigenen Augen. Sie warten... Der kleine Mann wird kommen, sie werden ihn fangen, und dann werden sie ihn hängen...«

»Aaach!« seufzte Memidik. »Und dann werden sie ihn hängen... Ich habe so ein Mitleid mit dem kleinen Mann... Es zerreißt mir das Herz.«

Durmuş stand auf: »Los, gehen wir zum Brunnen!«

sagte er. »Wir gehen hin und sagen dem kleinen Mann, daß er sich dem Brunnen nicht nähern darf, solange sie dort sind.«

Der Ceyhan glitzerte wie der Sternenhimmel. Ein gelb leuchtender Lichtbogen. Die beiden gingen über die Brücke und kamen an eine felsige Halde. Die Erde war aufgesprungen, das Gestein noch so heiß, daß man es nicht anfassen konnte. Es dampfte. Schlangen glitten von Fels zu Fels, von einem Schlupfloch ins andere.

Als sie zum Brunnen kamen, graute der Morgen. Die Männer standen über dem Schacht gebeugt. Ihre Pferde fraßen frisches Gras, das vor ihnen aufgehäuft lag und duftete.

»Sie bewegen sich überhaupt nicht, was ist denn mit denen los?« fragte Durmuş. »Und wo ist der kleine Mann?«

»In den Lorbeersträuchern dort drüben...« In der Morgensonne war der Lorbeer zu einem riesigen Strauß rosafarbener Blüten aufgegangen und strömte einen eigenartigen, leichten Duft aus. »Sagen wir dem kleinen Mann, daß er flüchten soll«, meinte Durmuş. Plötzlich bemerkten sie, wie sich die drei Männer aufrichteten. Sie nahmen ihre Beine in die Hand und rannten um ihr Leben.

12

*Das Baumwollfeld, auf dem sie pflückten, war
sehr ergiebig. Als sie in die Çukurova hinunterzo-
gen, trafen sie auf einen kleinen Mann mit
Schnurrbart und Bauch, der ihnen sagte: »Dieses
Jahr werdet ihr mein Feld abernten.« Die Dörfler
gingen hin, sahen sich das Feld an und stellten fest,
daß es reichen Erntesegen versprach. Jede Kapsel
so groß wie eine Faust. Außerdem maß es einen
Morgen. Über dieses Feld muß Taşbaşoğlu seine
Hand gehalten haben. Wer sorgte dafür, daß dieser
Mann ihren Weg kreuzte? Taşbaşoğlu! Die Dörfler sind auf diesem fruchtbaren Feld sehr glücklich.
Es ist heiß, es wimmelt von Fliegen, aber sie sind
glücklich. Nur drei von ihnen sind es nicht: der
vom Schicksal so hart getroffene Sefer, mit dem
niemand spricht, Memidik, dem die Vorsehung
übel mitgespielt, und Ali der Lange mit seinem
schweren Los.*

Ali der Lange war auf dem Boden ganz steif geworden.
Er versuchte wach zu werden, sich aufzurichten; es gelang
ihm nicht, und er schlief wieder ein. In seinem Traum –
halb träumte er, halb war er wach – pflückten seine Hände ununterbrochen Baumwolle. Sein ganzer Körper
schmerzte, die Muskeln verkrampften sich, und er war
steif wie ein Brett.

Ali öffnete die Augen und sah in den Himmel. Im Osten
noch nicht der kleinste Streif. Nur der riesige Morgenstern stand dort wie ein Stückchen Sonne flimmernd über
den Bergen. Ganz leicht wehte der Morgenwind, strich
Ali erfrischend übers Gesicht, und er fühlte sich wieder erleichtert und froh. Wie schlimm es den Menschen auch er-

gehen mag; wenn sie früh im Morgenwind erwachen und er ihnen sanft das Gesicht streichelt, erfüllt unbeschreibliche Freude ihr Inneres, und sie fühlen sich wie neugeboren.

Ali raffte sich auf. Die Bauern schliefen noch. Vom Laubdach des Habenichts tönte furchterregendes Geschnarch, die Zalaca träumte laut, ihre Lippen bewegten sich ununterbrochen, und auch Memet der Klimawechsler träumte rücklings auf einer dünnen, härenen Decke. Arme und Beine weit von sich gestreckt, wimmerte er und schniefte.

Das Baumwollfeld verlor sich fahl in der Morgendämmerung wie eine schneebedeckte, endlose Steppe und erhellte wie diese das noch nächtliche Dunkel. Ali reckte seine steifgefrorenen Glieder, daß die Gelenke knirschten. Dann ging er an den Feldrain und stieg in den angrenzenden Graben. Aus einiger Entfernung hörte er jemanden stöhnen. Er horchte und erkannte an ihrem Keuchen die Frau von Bekir dem Krakeeler. Wenn sie sich hingab, atmete sie stoßweise ächzend, als würge man sie zu Tode. So auch jetzt. Sie glitt rücklings auf der Erde. Wer wohl der Mann war? Ali spitzte die Ohren, konnte ihn nirgends unterbringen. Keuchend rutschte die Frau näher. Keine zwei Meter vor sich sah Ali ihre aufgerichteten, prallen Beine, und ganz verschwommen erkannte er jetzt auch den Mann, der zwischen ihren Schenkeln lag, an seinem krausen Haar. Die beiden merkten überhaupt nicht, daß jemand neben ihnen stand. Sie stöhnten in einem fort.

»Ein toller Kerl, dieser Memidik«, sagte Ali zu sich. »Er macht seine Sache sehr gut. Wie es sich für einen rechten Mann geziemt.«

Die Frau und der Mann hatten sich so ineinander verschlungen, als gehörten ihre Körper zu einem einzigen Menschen.

Ali war von den beiden ganz hingerissen. Behutsam entfernte er sich, ging so weit am Graben entlang, bis er ihr Atmen nicht mehr hören konnte. Dann drehte er sich dem Morgenstern zu und pinkelte lang und ausgiebig. Als er nach rechts hinüberschaute, sah er dort einen tief geduckten Schatten.

»Onkel Halil, bist du's?« fragte er.

»Ich bin's«, antwortete Halil der Alte mit rasselnder Stimme, während er mit zitternden Fingern versuchte, sich eine Zigarette zu drehen. Schließlich gelang es ihm, und er steckte sie sich zwischen die Lippen. Dann zog er ein faustgroßes Feuerzeug aus der Tasche, legte den Zunder über den Feuerstein und zündete. Es glühte sofort und verbreitete in der Frische der Morgenbrise einen so herrlichen Duft, daß Halil der Alte und Ali der Lange wie betäubt waren.

»Mein kleiner Ali«, begann Halil mit seiner zärtlichsten und wärmsten Stimme, »Ali, mein Sohn, komm mal her, ich habe einige Worte mit dir zu reden.« Sie gingen zum Fluß hinunter, dessen dunkelgrünes Wasser sich im kühlen Morgenwind kräuselte.

Halil der Alte ergriff Alis Hand, zog ihn an die Böschung, setzte ihn hin und legte seine Rechte auf dessen Schulter.

»Mein Kleiner«, hob er mit einem tiefen Seufzer an. »Ali, mein Bruder, das hast du nicht richtig gemacht. Amtmann Sefer wird nicht lockerlassen, bis sie dich hinter Gitter gebracht haben. Bevor Taşbaşoğlu, unser Herr, in den Kreis der Vierzig einging, befahl er, daß niemand mit diesem Sefer, dessen Tötung nach allen vier heiligen Büchern geboten ist, sprechen darf. Bravo, meine Dörfler, bravo, hunderttausendmal bravo! Ich küsse ihre schwarzen Augen. Sie sprechen ja auch nicht mit mir. Und wenn du fragst warum, nun, weil ich diese niederträchtigen Bauern im vorigen Jahr zu spät auf die Baumwollfelder brachte. Aber nur, weil ein Riesendorf nicht in der Lage war, für mich ein einziges Pferd aufzutreiben. Was taten dagegen in diesem Jahr die Dörfler in Incecik? Sie gaben mir sogar ein arabisches Vollblut. Nimm es, großer Halil, sagten sie, und reite auf ihm in die Çukurova! Sie halfen mir in den Sattel und küßten einer nach dem andern meine Hand. Unsere Dörfler sprechen kein Wort mit dieser Mißgeburt von Sefer, nicht so die Regierung in der Kreisstadt. Sie hört nicht auf den heiligen Taşbaşoğlu und hat für Sefer ein offenes Ohr. Sollen sie mit ihm reden, mein Taşbaşoğlu wird es diesen ungläubigen Efendis schon zeigen, mein Taşbaşoğlu, mein Herr! Hör mal, Ali, erzähle mir in Gottes Namen, wie unser Taşbaşoğlu zum Heiligen geworden ist.«

»Ich weiß nicht, wie«, antwortete Ali, »das weiß Gott allein.«

Halil der Alte ging dicht an Ali heran und ergriff seinen Arm.

»Hör mich an, mein Ali«, sagte er, »Amtmann Sefer wird jetzt zur Regierung gehen und wird der Regierung sagen: Höre, Bruder Regierung!, wird er sagen, Ali der Lange hat seine alte Mutter getötet. Denn seine Mutter schaffte den Weg in die Çukurova nicht mehr, und da hat er seine alte Mutter getötet und begraben. Und dann wird die Regierung dich packen und in den Eselskäfig werfen. Wie konntest du das tun? Warum hast du's getan? Kann ein Mensch denn seine Mutter töten? Zumal eine Mutter wie Meryemce? Ist es nicht schade um sie? Wie konntest du so etwas über dich bringen! Fünfzig Jahre waren Meryemce und ich wie Hund und Katze. Wir kabbelten uns, aber weder konnte sie ohne mich auf dieser Welt leben noch ich ohne sie... Wie konntest du nur Hand an Meryemce legen, mein Ali, wie konntest du?«

Halil der Alte begann zu weinen. Ali redete auf ihn ein, doch er hörte nicht zu, schluchzte in einem fort, zog dabei wie ein Kind die Nase hoch, und bald war sein Bart tränennaß. Schließlich konnte Ali sich Gehör verschaffen. »Ich habe meine Mutter nicht getötet, Onkel Halil«, sagte er. »Meine Mutter ist im Dorf. Ich sagte es dir kürzlich. Warum hast du mir nicht geglaubt? Sie ist aus freien Stükken im Dorf geblieben. Sie sagte mir: Ali, mein Sohn, sagte sie mir, geh du nur in die Çukurova. Backt mir einen Korb Fladenbrot, damit haushalte ich, bis ihr wieder zurück seid.«

Halil der Alte dachte lange nach. Jetzt war er sicher, daß Meryemce noch lebte. Peinlich berührt nahm er Alis Hand in die seine. »Mein Ali«, sagte er, »ich habe an dich eine große Bitte, die du mir erfüllen mußt. Gib mir dein Wort. Ich war der beste Freund deines Vaters Ibrahim; im Namen seiner schönen Gebeine in der Gruft erfülle meine Bitte.«

Freundschaftlich nahm Ali des Alten Hände in seine Rechte und drückte sie. »Onkel Halil, welche Bitte habe ich dir denn bis heute nicht erfüllt?«

Halil der Alte war froh. »Dann verrate Meryemce nicht, daß ich vor kurzem und auch heute vor dir geweint habe, ja? Sag's nicht!«

»Ich werde ihr nichts sagen«, antwortete Ali. »Aber die Dörfler?«

»Habe ich dein Wort? Die Dörfler wissen nicht, warum ich geweint habe. Für sie werde ich mir etwas ausdenken.«

»Du hast mein Wort«, sagte Ali.

»Dann schwöre!«

»Ich schwöre, sag mir nur, wie!«

Halil der Alte zog einen kleinen Koran aus der Tasche. »Leg deine Hand drauf!« sagte er.

»Habe ich.«

»Ich werde beim Leben meiner Kinder keinem Menschen erzählen, daß Halil der Alte Meryemces Tod beweint hat. Niemand, weder Wolf noch Ameise, Wurm oder Käfer, weder Stein noch Baum noch Fluß, wird je etwas darüber aus meinem Mund erfahren. Ich schwöre es, Amen!«

»Ich schwöre es, Amen«, wiederholte Ali und nahm seine Hand vom Koran.

Halil der Alte atmete hörbar auf, als er das Buch in seine Brusttasche steckte. »Bis wir andern aus der Çukurova ins Dorf zurückkommen, stirbt Meryemce, sofern du sie nicht schon vorher getötet hast. Ganz allein im Dorf, um sich herum nur Wolf und Vogel, das hält ein Mensch in ihrem Alter nicht aus und stirbt. Hat sie nichts anderes als trocken Brot?«

»Da ist noch ein bißchen gesäuerter Teig für eine Suppe. Mutter sagte: Geht ihr ruhig in die Çukurova, und ich gehe für eine Weile in das Schloß des Elfensultans, kümmere mich um die Kinder Ahmets des Umnachteten. Vielleicht kam er ja schon vorbei und nahm sie mit aufs Elfenschloß.«

»Eeeselll!« fluchte Halil der Alte zwischen den Zähnen. »Denkst du denn, sie nehmen deine Mutter im Elfenschloß auf? Und wenn sie es tun, werden sie sie etwa nicht erwürgen? War ich vielleicht nicht im Schloß des Elfensultans? Nur mit größer Mühe konnte ich mein Leben retten. Ahmet der Umnachtete sagst du? Ahmet der Spinner! Nichts als Lügen. Wer ist schon Ahmet der Umnachtete, daß der Elfensultan ihn zum Schwiegersohn nimmt?«

Ali der Lange war drauf und dran, für Ahmet den Umnachteten eine Lanze zu brechen, doch er hielt sich zurück. Lange Zeit war es still zwischen den beiden. Dann brach Halil der Alte das Schweigen und sagte: »Du mußt so schnell wie möglich zu deiner Mutter zurück. Bis wir dort sind, ist sie tot, falls du sie nicht schon getötet hast.«

»Wie kann ich denn zurück?« antwortete Ali weinerlich. »Wie kann ich ein so üppiges Baumwollfeld verlassen? Seit zehn Jahren hatten wir kein so ergiebiges Feld

unter unseren Händen. Wir können Adil alle Schulden bezahlen und ihn endlich loswerden. Wie kann ich mir das
entgehen lassen und heimkehren, Onkel Halil?«

Halil der Alte reckte den Kopf und sagte entschlossen:
»Solltest du deine Mutter nicht getötet und in schwarzer
Erde begraben haben, Ali, gibt es für dich nur eins zu tun:
Du mußt doppelt soviel wie die andern arbeiten, mußt alles aus dir herausholen und zweimal, dreimal, fünfmal
mehr Baumwolle pflücken als die andern, mußt das Geld
dafür einstecken und in spätestens fünfzehn Tagen ins
Dorf zurück. In fünfzehn Tagen stirbt eine Meryemce
nicht, und falls du sie nicht getötet und in schwarzer Erde
begraben hast, wirst du rechtzeitig bei ihr sein. Und denk
dran, Ali, du hast mir geschworen, deiner Mutter nicht zu
erzählen, daß ich ihren Tod beweint habe. Du hast es mir
beim Leben deiner Kinder mit der Hand auf dem Koran
geschworen. Doch in diesem Jahr werde ich dir helfen.
Und sage nicht, was kann dieser alte Halil schon für mich
tun. Halil der Alte, der große Adler der Berge, kann dir
sehr gut helfen; und du wirst deine Mutter vor dem Tod
bewahren, die schöne Meryemce mit dem goldenen Herzen, tapfer und stolz. Falls du sie nicht getötet hast, bevor
du kamst...«

Ali ergriff die Hand des alten Halil, küßte sie und führte
sie an seine Stirn. »Leben sollst du, Onkel Halil!« sagte er.
»Ich werde so schnell arbeiten, wie ich kann, und zu meiner Mutter eilen. Ich pflücke viel.«

»Und ich werde dir dabei helfen«, antwortete Halil der
Alte.

Oben im Feld schepperte es blechern. Gehuste drang an
ihre Ohren, Stimmen wurden laut, und schließlich ging
alles in Lärm über. Von den fernen Reisfeldern waren
Schüsse zu hören, zehn oder fünfzehn.

»Los, beeile dich«, drängte Halil der Alte, »das Landvolk ist aufgewacht. Wir müssen uns am Riemen reißen.

Dieses Jahr werde ich nicht für meinen Sohn, den rotznäsigen Hadschi pflücken, sondern meine Baumwolle dir geben.«

Ali ergriff seine Hand: »Das geht nicht, Onkel Halil«, sagte er. »Deine Baumwolle gehört dir, ich will sie nicht. Ich werde schon rechtzeitig bei meiner Mutter sein. Und du wirst mir auf der Stelle versprechen, daß du nicht für mich pflücken wirst. Sonst kehre ich nicht ins Dorf zurück.«

Halil dem Alten gefiel Alis Stimme gar nicht. Sie klang trotzig, und es wäre falsch, jetzt dagegenzuhalten. »Schon gut«, sagte er, »dieses Jahr werde ich nicht für dich arbeiten. Aber du pflückst das Dreifache, Fünffache, ja Hundertfache!«

»Verlaß dich drauf«, antwortete Ali und ging los.

»Und du wirst so schnell, wie du kannst, zu deiner Mutter gehen.«

»Das werde ich«, sagte Ali.

»Und du wirst rechtzeitig dort sein und sie vor dem Tod bewahren. Denn sollten die Dörfler bei ihrer Rückkehr den Leichnam deiner Mutter vorfinden, werden sie dich nicht verschonen. Sie werden dich zugrunde richten. Um Gottes willen, Ali, beeile dich. Sei rechtzeitig dort und rette deine Mutter!«

»Ich werde rechtzeitig dort sein und sie retten.«

Ali machte kehrt und entfernte sich. Er schwankte, kämpfte mit den Tränen, und ihm war, als schnüre eine Faust seine Kehle. Bei den Menschen weiß man nie, dachte er. Jedermann meint, Halil der Alte und meine Mutter bekämpfen sich bis aufs Messer. Seit ich sie kenne, kratzen sie sich gegenseitig die Augen aus. Wenn es auf dieser Welt jemals zwei unerbittliche Feinde gegeben hat, dann diese beiden; und wenn die Menschheit jemals eine verbissene Feindschaft erlebt hat, dann die der beiden – sollte man meinen. Und jetzt? Halil der Alte stirbt fast vor

Kummer. Oh, Gott, du meine Zuflucht, wie ist das möglich? Wenn Mutter stirbt, überlebt sie Halil um keinen Tag, das ist sicher ...

Im frühen Zwielicht der Morgendämmerung schälten sich nach und nach die Bewegungen der schlaftrunkenen Pflücker aus dem Dunkel. Die Hände gingen hin und her und füllten die Beutel. Von fernen Wegen und Feldern schallt Stimmengewirr herüber. Die Kleider der Tagelöhner sind vom nächtlichen Tau wie durchgeregnet, sie kleben auf der Haut, die im frischen Morgenwind fröstelt. Weit weg die Giaurenberge wie verschwommene Schleier in fahlem Blau. Über ihren Gipfeln flimmern drei große Sterne, darunter der strahlend blinkende unruhige Morgenstern. Dahinter ein schmaler Lichtstreif, kaum sichtbar, der unmerklich heller wird.

Ali der Lange arbeitet wie im Zorn. Sein ganzer Körper ist angespannt ... Er würde das ganze Baumwollfeld an sich reißen, wenn er könnte. Er pflückt so schnell, daß seine Hände nicht zu sehen sind. Im Nu hat er seinen Sack mit Kapseln gefüllt und auf eine riesige Bastmatte geschüttet, die unter einem Laubdach vor den Nomadenzelten ausgebreitet ist. So wie er arbeitet nur noch mit tief gebeugtem Rücken Halil der Alte. Niemand hatte Halil, den Bandenführer, den Feind der Meryemce, den Deserteur von den Schlachtfeldern des Jemen, jemals so arbeiten sehen, so hart arbeiten, als ginge es um sein Leben.

Hin und wieder richteten sich die Pflücker auf und beobachteten verblüfft Alis wirbelnde Hände. Während all der Jahre, in denen sie auf den Baumwollfeldern ihre Arbeit verrichteten, haben sie ihn nicht so erlebt, noch irgendeinen, der so schnell pflückte wie er.

Alis Kreuz schmerzt, sein ganzer Körper verkrampft sich. Wenn er gleich ins Schwitzen kommt, werden die Schmerzen erst einmal nachlassen, doch sowie der

Schweiß abkühlt, um so unerträglicher sein. Das ist es, wovor Ali Angst hat.

Memidik arbeitete langsam. Er stand neben seiner Mutter, hob immer wieder den Kopf und schaute in den bewölkten Himmel. Über ihm, sehr hoch, hört er Flügel schlagen... Riesige Adler streichen in der Morgendämmerung über das Röhricht in der Biegung des Flusses Ceyhan. Nicht nur einer oder fünf... Nein, sie fliegen in Wellen, und wenn ihre Flügel aneinanderschlagen, hört er das klatschende Geräusch...

Die Mutter drehte sich ihrem Sohn zu, der da mit langsamen Bewegungen wie leblos Baumwolle pflückt. »Was hast du, Kind?« fragte sie. »In diesem Jahr kenne ich dich überhaupt nicht wieder. Du machst die Nacht zum Tage und den Tag zur Nacht.« Mindestens einmal täglich stellte sie ihrem Sohn diese Frage. Manchmal antwortete Memidik, meistens schwieg er. Wenn er aber antwortete, sagte er, was ihm gerade so einfiel, und die Mutter verstand überhaupt nichts mehr.

»Nichts ist, Mutter, nichts. Ich habe nur so eine Sehnsucht nach Taşbaşoğlu, unserem Herrn. Gestern nacht sah ich ihn im Traum. Schimmernd in einem Meer von Licht stand er neben einer kühlen Quelle, die nach Minze roch, über ihm die Tannen; Wald und Wiesen blühten, und die Berge wiegten sich in betäubendem Duft. Taşbaşoğlu, unser Herr, hielt traurig den Kopf gesenkt, sein Gesicht war bleich wie das eines Toten, doch voller Milde. Ich wachte auf und hörte die Quelle. Eine weiß schäumende Quelle... Unmöglich, die Hand auch nur für einen Augenblick einzutauchen. Ich wachte auf und...«

»Ist es das, mein Kind?« fragte die Mutter wieder.

»Also, das ist es... Gebe Gott, daß Taşbaşoğlu, unser Herr, bald kommt und deine Sehnsucht gestillt wird und er uns hilft... Er wird uns wenigstens von diesen Fliegen und dieser drückenden Hitze befreien.«

Anakiz, das späte Mädchen, rückte in die Nähe der beiden, pflückte und hörte ihnen zu. Nehmt es nicht wörtlich, daß man sie Anakiz nannte, sie war noch jung. Ihr Mann wurde beim Waldfrevel ertappt – er hatte einige Bäume gefällt –, konnte aber entwischen, verließ das Land und ward nicht mehr gesehen. Denn niemand fürchtete sich so vor dem Gefängnis wie der Mann von Anakiz. Als sie am Morgen jener Nacht, in der ihr Ehemann geflohen war, aufstand, waren ihre Haare weiß. Sie grämte sich so sehr, daß sie ein halbes Jahr lang niemandem die Tür öffnete noch bei jemandem anklopfte. Ein junges Weib, die Anakiz, mit weichem Kinn, großen, schwarzen, mandelförmigen Augen, mit rosiger, seidenweicher Haut und blutroten, sinnlichen Lippen. Sie war hochgewachsen und hatte breite, runde, wiegende Hüften. Daß ihr Mann sie verlassen hatte, konnte sie nicht verwinden, so sehr schämte sie sich. Doch mit der Zeit vergaß sie ihn . . . Ging wieder unter die Leute. Und wurde von Heiratsanträgen überschüttet. Ob aus dem Dorf Yalak, ob aus den umliegenden Ortschaften, die Anträge regneten nur so auf sie nieder. Anakiz lehnte alle ab. Sie hielt sich auch keinen Gespielen, und es kam auch nicht vor, daß sie einem Mann schöne Augen machte. So etwas hat man noch nicht erlebt noch jemals von Ähnlichem gehört.

»Fünfzehn Jahre schon pflücke ich in dieser verfluchten Çukurova die Baumwolle, und ich habe weder so eine Hitze noch so viele Fliegen erlebt.«

»Auch nicht soviel Baumwolle, Schwester Anakiz«, murrte Memidik, den Kopf im Nacken und die Augen bei den dahinsegelnden Adlern. »In Jahren reicher Baumwollernten ist es immer so heiß, gibt es immer so viele Fliegen. Durch Hitze und Regen wird die Baumwolle erst, wie sie sein soll. Sieh dir doch diese Kapseln an, Schwester: wie meine Faust. Wenn unserem Dorf jedes Jahr so ein Feld beschert wird und die Baumwolle jedes

Jahr so üppig wächst, werden unsere Bauern reich. Und wir hätten keine Schulden mehr bei Adil. Schuldenfrei... Oh, wie täte das gut! Taşbaşoğlu, unser Herr, ist es, der in diesem Jahr die Baumwolle so sprießen läßt. Jaaa, was habt ihr denn gedacht! In Zukunft werden alle Baumwollfelder, auf denen wir arbeiten, wie dieses sein.«

»Gebe Gott, daß dieser Sefer erblindet«, sagte Anakiz, »gebe Gott, daß er die Wundrose bekommt, die Haut anschwillt und sein Fleisch abfällt... Niemand spricht mit ihm, von seinen drei Frauen alle drei nicht, und auch nicht seine Kinder... Sollen sie es nur einmal wagen, dann werden wir ja sehen. Taşbaşoğlu, unser Herr, wird sie mit Lähme schlagen. Den ganzen Winter wollte Sefer seine Frauen und Kinder zwingen, mit ihm zu sprechen, verprügelte sie mit dem Stock und brach ihre Knochen, doch sie machten den Mund nicht auf, sprachen mit ihm kein einziges Wort. Wir sind ja Nachbarn. Von morgens bis abends hat er Taşbaşoğlu, unseren Herrn, verflucht. Gott, wie hat er geschimpft, und Flüche, wovor Gott unsere Ohren und Zungen bewahren möge! Er ließ kein gutes Haar an Taşbaşoğlu, unserem Herrn. Und wißt ihr, was er jetzt behauptet? Nun, was erzählte er wohl den Efendis, die vor einigen Tagen aus der Stadt kamen, denen er Rebhühner briet und Raki zu trinken gab, während der Duft von Gebratenem über uns hinwegzog... Er sagte, und ich hörte es mit diesen meinen beiden Ohren... Mit diesen beiden... Er sagte: Taşbaşoğlu ist tot, ist erfroren. So wie wir diese Rebhühner hier verspeisen, haben die Wölfe Taşbaşoğlu gefressen und ihn dann auf den hohen Gipfeln der Berge in den Schnee geschissen, hat er gesagt. Und er sagte noch: Diese schwachsinnigen Dörfler beten Taşbaşoğlu, die Scheiße der Wölfe, an. Wenn Taşbaşoğlu ein Heiliger ist, wäre er nicht zur Scheiße der Wölfe geworden... Die Städter schüttelten die Köpfe und lachten. Er sagte ihnen, die Wölfe haben Taşbaşoğlu gefressen, die

Wölfe haben ihn ausgeschissen, und dennoch habe ich mich bis jetzt von ihm nicht befreien können. Taşbaşoğlu hat die Hände um meinen Hals gelegt und drückt mir die Luft ab. Ich kann nicht einmal mehr in die Kreisstadt, ja in die Kreisstadt gehen. Denn dort lacht jeder über mich. In der Çukurova hat jeder davon gehört, daß die Dörfler nicht mit mir sprechen. Auf Befehl des Taşbaşoğlu. Er ist gestorben, ist verreckt, aber diese ehrlosen Bauern, diese ehrlosen Bauern werden mich noch umbringen! Ja. Diese Dörfler sind nichts wert... Ach, wären sie echte Kerle, würden sie nicht nur nicht mit mir sprechen, sie würden mich in Stücke...«

Schweigend, als gehe es sie gar nichts an, pflückte Memidiks Mutter ununterbrochen die taufeuchten Kapseln, die wie Rispen weißen Flieders an den Sträuchern hingen. Nur hin und wieder hielt sie inne und reckte sich. Dann schaute sie zu Anakiz hinüber, deren Gesicht sie im Dunkel kaum ausmachen konnte. Gesicht und Hände, Arme, Beine und Hüften waren vom Tau triefend naß.

»Anakiz, Schwester«, sagte sie selbstgewiß und ruhig, »meinst du wirklich, die Dörfler hätten ihn nicht in Stücke gerissen und jedes einzeln den Hunden vorgeworfen? Sie hätten es getan. Was aber sagte ihnen Taşbaşoğlu, unser Herr? Ihr werdet diesem Köter kein Haar krümmen, sagte er. Werdet eure Hände nicht mit dem Blut dieses Hundes besudeln. Ihr werdet nicht mehr mit ihm sprechen, dann wird er platzen, wird ohne euer Zutun platzen und sterben. Das hat er gesagt. Sonst hätten sie ihn schon in Stücke...«

»Hätten ihn in Stücke...« wiederholte Memidik zwischen zusammengebissenen Zähnen. Seine Hände schmerzten. Wohin fliegen diese Adler, fragte er sich, wohin wohl? Irgendwo da drinnen, in seinem Herzen, war eine Leere.

Hasan und Ümmühan standen links außen am Ende der

Reihe. Die Kette der Tagelöhner erstreckte sich über fünfhundert Meter, und die Pflücker arbeiteten Ellenbogen an Ellenbogen.

Habenichts war wütend auf Ali. Er stand rechts neben ihm, aber der Lange pflückte so behend, daß er ihn drei bis vier Meter hinter sich ließ, dann zurückkam und auch noch die Sträucher vor ihm leerpflückte. Das reizte Habenichts zur Weißglut; er murrte, grollte, schrie und schimpfte, Ali hörte es nicht.

»Der Kerl ist kein Mensch, sondern ein Goliath. Er verschlingt die Baumwolle. Gib ihm freie Hand, und er erntet das ganze Feld ab. Wenn dieser Mann so weitermacht, pflückt er am Tag hundertzwanzig Kilo, bei Gott, das schafft er...« Im Kopf rechnete er Alis Tagelohn aus und wurde dabei ganz wild. Ein Kilo macht zwanzig Kuruş... Hundert Kilo: zwanzig Lira... Und dreißig Kilo: sechs Lira... Also sechsundzwanzig Lira. Sechsundzwanzig Lira am Tag! Ein Mann pflückt soviel wie eine Familie... Wenn er so weitermacht, schafft er auch hundertfünfzig Kilo. Was verdient er dann? Genau dreißig Türkische Lira... Er schüttelte den Kopf. »Mann o Mann!« stieß er mit lauter Stimme aus. »Verdammter Kerl, dessen Mutter und Weib...« Die Mücken sirrten um ihn herum und stachen seinen Rücken wund. Das kragenlose Hemd war schon blutbefleckt, denn er hatte eine überempfindliche Haut. Was kann man von einem Muttermörder schon Gutes erwarten? Etwa Menschlichkeit von einem Kerl, der ohne ersichtlichen Grund seine Mutter getötet hat?

Habenichts, der sich schon über jede Kleinigkeit aufregte, konnte nicht anders: »Gott verdamme ihn tausendmal, diesen Muttermörder!« schimpfte er, nahm seinen Beutel, ging ans rechte Ende der Menschenkette, stellte sich neben Bekir dem Krakeeler auf und pflückte dort weiter. »Der Kerl geht einem auf den Geist, Bruder. Das sind keine Hände, sondern Schnellzüge... Der pflückt nicht, der schlingt! Gott verfluche ihn!«

Bekir der Krakeeler lachte und rief laut: »Früher war er nicht so. Damals war er einer wie du und ich und pflückte dreißig, vierzig, höchstens fünfzig Kilo. Aber in den letzten zwei Tagen ist sein Haufen so hoch wie der von fünf Sammlern. Seit er seine Mutter getötet hat, ist er ein anderer.«

Am äußersten Ende der Reihe stockten plötzlich die Hände der Kinder. Ümmühan und Hasan drehten sich zueinander. Sie konnten ihre Gesichter kaum erkennen.

»Ich wußte es«, wimmerte Hasan, »ich wußte, daß mein Vater so etwas tun würde... Im vorigen Jahr hat er sich ja mit Großmutter auf dem Rücken einen Wolf getragen. Wenn er nur ihren Namen hörte, sträubten sich ihm die Haare, wurde sein Gesicht ganz gelb. Ach, Großmutter, ach!«

»Mein Vater hat meine Großmutter getötet«, sagte Ümmühan. »Ich hab's mit eigenen Augen gesehen. Er hat sie im Bett erwürgt. Legte seine riesigen Hände um ihren Hals... Und Großmütterchen war auf der Stelle tot, die arme.«

»Warum hast du mir nicht Bescheid gesagt? Vielleicht hätte ich sie retten können...«

»Ich habe ihn gesehen, als er sie tötete. Ich sah plötzlich, wie er seine blutigen Hände von ihrem zerfetzten Hals nahm.«

Hasan seufzte tief. In aller Stille, so unauffällig, daß es niemand merkte, weinte er, und die Tränen rannen ihm über die Wangen auf die Brust. »Genauso, wie du es beschreibst, hat es die Zalaca im Traum gesehen, und sie erzählt jedem, wie Vater die Großmutter getötet hat«, sagte er. »Hätte Vater es doch nur nicht getan und wären wir dieses Jahr bloß nicht in die Çukurova gekommen.«

»Ob wir gekommen wären oder nicht, Vater hätte

Großmutter sowieso getötet«, meinte altklug Ümmühan. »Ich hörte, wie er mit Mutter darüber sprach. Mit diesen meinen Ohren. Vater sagte: ›Ich habe diese Frau satt. Mit ihr habe ich nichts als Sorgen am Hals. Ich werde meines Lebens nicht mehr froh. Und sie stirbt ja nicht, daß man endlich aufatmen kann . . .‹« Dann fing auch sie zu weinen an.

»Sei still, Ümmühan!« befahl Hasan. »Niemand darf merken, daß wir Großmutters Tod beweinen. Sonst holen sie Vater, bringen ihn ins Gefängnis, und wir sitzen da in der Ebene, ohne Vater, arm und verwaist.«

Ümmühan brach auf der Stelle ihre Totenklage ab und trocknete sich die Tränen. »Niemand hat mich weinen hören, Hasan, sei unbesorgt«, sagte sie.

Hasan weinte vor sich hin, aber er ließ es sich nicht anmerken. »Was habe ich denn jetzt von meinen Streichhölzern?« sagte er. »Nichts! Großmutter wird sie nie sehen. Du warst selbst dabei, als ich so viele Schößlinge auf meinem Rücken herschleppte. Meine Schultern sind noch immer wund, mein Rückgrat ist gebrochen, meine Füße sind geschwollen, und ich bin tot. Wozu das alles, wenn Großmutter nicht mehr da ist und meine Zündhölzer nicht sehen kann . . . Ich werde sie alle wegwerfen.«

»Tu das ja nicht!« erregte sich Ümmühan. »Bist du verrückt? Gib sie mir.«

»Mach weiter!« blaffte Hasan. »Deinen Mund kannst du bewegen, aber deine Hände dürfen nie stillstehen. Ja, für eine Handvoll Baumwolle hat mein Vater die Großmutter getötet. Und sieh dir seine Hände an, wie schnell sie sind. Nachdem er seine Mutter getötet hat . . . Wegen der Baumwolle . . . An der läßt er jetzt seine Wut aus. Er pflückt und pflückt, daß die Dörfler ganz wild werden. Sie platzen vor Neid. Mein Vater pflückt an einem Tag fünfhundert Kilo. So viel wie fünf Männer zusammen.«

Ümmühan rückte ängstlich an Hasan heran und berührte seinen Arm. »Hast du diese Männer gesehen?« fragte sie ihn. »Ob Tag oder Nacht, sie sind immer unterwegs. Sie tragen große Strohhüte und weiße Anzüge... Und an den Hüften Pistolen. Sefer gab ihnen fette Wachteln zu essen. Das sind Männer wie die Regierung. Dreimal schon habe ich sie zu Pferde gesehen. Dreimal in den Feldern... Dreimal im Fluß... Sie sind immer auf der Suche... Nach meinem Vater, der seine Mutter getötet hat. Sie wollen ihn mitnehmen. Und weil der Amtmann sein Feind ist...«

Hasan wurde wütend: »Eeesel!« sagte er. »Die suchen doch meinen Vater nicht. Was hätten sie dann wohl in den Feldern und im Fluß verloren? Sie suchen Şevket Bey. Jaaa, Şevket Bey...«

»Wer ist Şevket Bey?«

»Ist eben Şevket Bey, sagte ich doch«, brauste Hasan auf. »Şevket Bey! Los, pflück deine Baumwolle. Die Sonne geht bald auf, und unser Sack ist noch leer. Was wird Mutter dann sagen.«

Nach einer Weile tat es ihm leid, daß er zu Ümmühan so grob gewesen war. Schließlich hatte die Ärmste ihre Großmutter verloren. Nur deswegen heult sie. Auch sein Vater weint. Er hat seine Mutter getötet, die er wie sein Leben liebte. Wer weiß, warum er es getan hat. Was Menschen so tun, ist nicht zu begreifen... Wegen der Armut wird er seine Mutter getötet haben. Verflucht sei die Armut... »Hör zu, Ümmühan, es reicht, weine nicht mehr. Mit den Toten, Schwester, stirbt man nicht. Und Großmutter war sowieso schon sehr, sehr alt. Mit einem Bein in der Grube... Morgen früh gehen wir zusammen ins Gehölz. Dort sehen wir nach unserem Vogel und seinem Nest vom vorigen Jahr. Dann zünden wir noch unsere Streichhölzer an. Wenn du willst, gebe ich dir fünf Schachteln ab. Nachdem Großmutter nicht mehr ist...«

»Großmutter«, sagte Ümmühan, und es schnürte ihr die

Kehle zu. Sie weinte von Krämpfen geschüttelt, pflückte und schluchzte. Auch Hasan schüttelten Weinkrämpfe. Er brachte sich das Bild der Großmutter vor Augen und weinte, erinnerte sich an ein liebes Wort von ihr und weinte noch mehr.

Ümmühan stieß Hasan an: »Schau, Hasan, drei Berittene! Ihre Pferde sind ohne Zaumzeug und Sättel. Sie suchen Şevket Bey.«

Die drei Reiter ließen ihren ungesattelten Pferden freien Lauf und preschten auf dem staubigen Weg längs des Flusses nach Norden.

»Sie finden ihn nicht«, murmelte Hasan ganz überzeugt, »sie werden ihn niemals finden. Şevket Bey hat sich versteckt.«

»Şevket Bey hat sich nicht versteckt«, sagte Ümmühan, »jemand hat Şevket getötet und vergraben. Die Zalaca hat's im Traum gesehen, im Traum... Zweitausend Hunde um ihn im Kreis... Und im Maul eines jeden ein bißchen Şevket Bey, nicht mehr als ein Stecknadelkopf... In ihrem Traum hat's die Zalaca gesehen. Und auch die drei Reiter...«

»Sei still«, sagte Hasan, »sie kommen. Şevket Bey hat sich verkrochen. Sie spielen Verstecken.« In gestrecktem Galopp kamen die drei Reiter an ihnen vorbei. Memidik sprang auf die Beine, und auf Zehenspitzen schaute er so lange hinter ihnen her, bis er sie in der Dunkelheit aus den Augen verlor.

Kaum waren die Reiter verschwunden, erschien Amtmann Sefer. Das Gewehr über der Schulter, um die Hüften Patronengurt und Jagdtasche, ging er mit großen Schritten an den Dörflern vorüber.

Memidik durchzog eine so schreckliche Wut, daß seine Arme und Beine zitterten. »Dich... Dich muß man zu Hackfleisch machen... In Stücke reißen... Schade um den anderen Mann. Ach, wie schade um ihn. Deinen Kadaver vor die Hunde... Geschieht dir recht, daß niemand, aber auch niemand mit dir spricht...«

Weit weg, westlich der Sümpfe, am Rande des Dikkichts, kreisen unter weißen Wolken Adler, Raben und Geier in der Morgendämmerung. Memidiks scharfe Augen unterscheiden auch aus dieser Entfernung die Vögel, die dort schwärmend ihre Kreise ziehen. Unruhe hat ihn gepackt. »Sie werden ihn finden. Diesmal werden sie ihn finden«, sagt er sich. »Warum habe ich den Armen auch in den Brunnen geworfen... Aber konnte ich denn ahnen, daß die Vögel über einem kreisen, der im tiefen Brunnen liegt? Ach, sie werden ihn finden. Und dann werden sie auch den finden, der ihn getötet hat. Sie werden ihn am Strick aufbaumeln, und Amtmann Sefer wird weiterleben.«

Er biß die Zähne zusammen. Biß so fest, daß sie knirschten. Wenn er sich jetzt aufmachte und im Zwielicht der Morgendämmerung den Toten herausholte... Zum einen wäre es schon hell, wenn er am Brunnen ankäme. Und schaffte er es noch vor Tagesanbruch, wie könnte er ihn so schnell da herausholen, und vor allem, wohin mit ihm? Würden über dem neuen Versteck nicht auch die Adler kreisen?

Seit geraumer Zeit schon klammerte er sich an einen Gedanken, den er aber nicht in die Tat umzusetzen wagte. »Wenn ich den Toten heraushole und in einen Jutesack stecke... Nein, lieber in einen härenen, denn Jute fault zu schnell. Und ihn ganz fest einnähe... Und dann einen Stein, so riesig, daß ich ihn gerade noch tragen kann, an den Sack befestige und ihn an der tiefsten Stelle des Ceyhan, am Ali-der-Schwimmer-Wehr versenke... Dort findet ihn niemand, von dort kann ihn niemand herausholen, und ich komme endlich los von diesem Mann.«

Die Augen auf Köstüoğlus Sack aus Ziegenhaar geheftet, beschließt er, den zu stehlen, überlegt, wie er es noch in dieser Nacht anstellen kann. Doch dann gibt er den Gedanken wieder auf. Manchmal findet er einen Grund, um von einem Einfall Abstand zu nehmen, meistens sucht er nicht einmal nach einer Rechtfertigung. Es geht nicht, man kann doch einen Toten nicht auf den Grund des Wassers, in den Schlamm schicken, sagt er sich und läßt es dabei bewenden. Was wäre außerdem, wenn er den Toten sehen oder auch sonst finden müßte . . . Aber warum sollte das denn erforderlich werden? Wozu braucht der Mensch denn einen Toten? Nun, falls es nötig wäre, wie sollte Memidik dann den Toten aus den Tiefen heraufholen? Aber wo versteckst du denn in dieser riesigen Çukurova-Ebene den Toten? Du packst ihn unter der Platane ins Wasser, es bringt nichts. Du gräbst eine tiefe Grube, schleppst ihn ins Dickicht, in den Sumpf, wirfst ihn in den Brunnen, und es bringt wieder nichts. Finde dich damit ab, in dieser riesigen Çukurova findet der Tote keinen Platz. Er findet ihn eben nicht. Und nun noch diese Adler. Wie konntet ihr verdammten Vögel nur den Toten so tief im Brunnen ausmachen?

Sirrend stürzten sich die Mücken auf ihn, zerstachen ihm Hände, Füße, Gesicht und Rücken. Memidik kratzte sich wie wild. Und während er sich kratzte, dachte er immer wieder an den Toten.

Die Dörfler sehnten das Tageslicht herbei. Wenn die Sonne aufgeht, wird die Hitze auf sie niedergehen und alles versengen. Die Hitze der Çukurova ist tödlich, aber auch die Mücken sind nachts und in der kühlen Morgendämmerung nicht zu ertragen.

Memidik drehte sich zu Taşbaşoğlus Frau um. »Schwester«, sagte er, »diese Mücken scheinen Knochen zu haben . . . Ihre Stechrüssel sind wie Degen . . . Wenn nur zehn von ihnen fünfzehn Minuten auf einem Menschen klebten, ihm bliebe, bei Gott, kein Tröpfchen Blut in den Adern. Sie würden ihn aussaugen.« Es gab in der Tat keinen Dörfler mehr, der nicht wundgestochen war. Und genauso erging es allen Tagelöhnern in der weiten Çukurova.

Taşbaşoğlus Frau seufzte . . . »Ich kann mich nicht mehr auf den Rücken legen«, sagte sie traurig, »er ist ganz wund. Ich ziehe schon seit Jahren in die Çukurova, aber solche Mücken habe ich noch nicht erlebt.«

Ganz allmählich wurde es hell; plötzlich ging die Sonne auf, und alles ertrank im Licht. Der Tau auf Kapseln und Blättern verdunstete, die feuchte Erde wurde trocken und warm. Staub setzte sich auf die Blätter und überzog nach und nach die Baumwollpflanzen mit einer dünnen Schicht. Ohne Übergang war die Hitze da, versengte den Boden, verwandelte ihn in einen Glutofen, der unter den nackten Fußsohlen brannte. Wer in der kühlen Morgendämmerung noch hoffte, darauf verzichten zu können, zog jetzt seine alten, abgetragenen Schuhe an.

Am Ufer des Ceyhan standen angepflockt drei Pferde. Zwei Grauschimmel und ein Fuchs. Die Tagelöhner blickten auf, als Ali der Weichling aus der Richtung kam, wo die Tiere standen. »Die Pferde sind voll Blut«, rief er. »Da unten sind die Mücken schlimmer. Seht meine Hand an; ich wollte den Pferden nur über den Rücken streichen.« Er zeigte auf seine Hand, sie war blutverschmiert.

Immer mehr Adler kreisten über dem Brunnen. »Diesmal werden sie ihn finden«, stöhnte Memidik. »Ach, sie werden ihn finden.«

Die Sonne brannte. Ein lodernder Ballen Glut. Grauer Dunst hatte sich über die Çukurova gelegt. Die Ebene versank unter einem dichten, schimmernden Schleier. Auch der Anavarza-Felsen glich einer blinkenden Nebelbank. Die Felder dampften glitzernd, daß man keine hundert Schritte weit sehen konnte. Das Wasser des Ceyhan floß träge dahin, schwelend, glänzend, wie geschmolzenes Silber. Und in der Hitze die Tagelöhner, denen der Schweiß in den Wunden brennt, quälen sich schwerfällig, fast bewegungslos.

Halil der Alte hockt tief gekrümmt, aber er arbeitet schnell. Auch Ali des Langen Hände wirbeln, daß man sie kaum sehen kann. Und da ist noch Memidik, der unermüdlich pflückt. Dabei läßt er die Adler nicht aus den Augen...

Am dunstig grauen Himmel, in der stickig feuchten, flimmernden Hitze fliegen die Adler hin und her, dunkle Punkte, kommen näher, entfernen sich und werden immer zahlreicher; schwarze, gemächlich kreisende Punkte im Sonnenglast. Und während Memidik sie beobachtet, schlägt ihm vor Angst das Herz bis zum Hals. Pechschwarze Flecken, getaucht in dunstiges Licht... Kreisende, in den Himmel gestreute schwarze Blitze. Zu Hunderten fallen ihre Schatten auf die glühende Erde... Gleitende Sprenkel auf schimmernden Stoppelfeldern.

»Wer wird schon bei der Hitze den Brunnen suchen, wo doch jeder den Kopf einzieht? Und falls ihn doch einer entdeckt, wer käme schon darauf, daß da unten ein Toter liegt.« Dieser Gedankengang beruhigt ihn ein bißchen, er vergißt eine Zeitlang den Toten im Brunnen, bis die Erinnerung ihn wieder aufrüttelt und ihn erneut die Zweifel plagen. Er schreckt hoch, aber er kann nicht mehr tun, als eine Zeitlang die Adler aus der Ferne zu betrachten, die über dem Gehölz ihre Kreise ziehen.

Sein Herz krampft sich zusammen; er geht zu Durmuş hinüber; schweißtriefend pflücken die beiden eine Weile wortlos nebeneinander. Durmuş ist ein umgänglicher, braungebrannter junger Bursche. Sein Gesicht ist oval mit weichen Zügen. Er hat glänzende, nachdenklich blickende Augen, zwischen den Brauen klafft eine Narbe. Immer wieder dreht er das schweißnasse Gesicht Memidik zu und schaut ihn mit seinen schwarzen Augen fragend an.

»Hör mich an«, sagt Memidik, »Durmuş, hör mich an!
Du weißt doch, der Tote dort im Brunnen... Den Toten
haben wir ganz vergessen. Einfach vergessen. Niemand
wird den Toten finden. Der Tote liegt da. Wenn aber hundert, ja tausend Adler, Krähen und kahle Gänsegeier über
dem Brunnen kreisen und wenn die drei Reiter immer
wieder nach dem Toten suchen, werden sie nicht irgendwann darauf kommen, daß der Tote im Brunnen liegen
könnte?« Damit Durmuş ja nichts auffällt, schaut Memidik nicht einmal zu den kreisenden Vögeln hin.

»Ich weiß nicht«, antwortete Durmuş verwundert,
»vielleicht kommen sie drauf, vielleicht auch nicht. Adler
kreisen ja auch über Tierkadavern...« Er hob den Kopf:
»Schau dorthin«, sagte er. »Da, ganz weit weg... Schau
doch hin, da ziehen Adler ihre Kreise. Siehst du's denn
nicht? Hundert, ja tausend Adler.«

Schützend legte Memidik die Hand über seine Augen
und blickte in die Richtung des Brunnens. Die Zahl der
kreisenden Adler hatte sich verdoppelt, wenn nicht ver-
dreifacht. Sie werden den Toten finden, werden den Toten im Brunnen finden, ging es ihm im Kopf herum. »Ich
kann nichts sehen«, sagte er, »wo sind denn die Adler? Ich
kann überhaupt nichts sehen.«

»Es ist zu diesig, deswegen siehst du nichts«, antwortete Durmuş. »Heute wird es sehr heiß werden. Vor Hitze
wird alles bersten, und wir werden keine Luft kriegen.«

Die Sonne stach und sengte, aber dafür gab es keine
Mücken mehr. Sie waren alle in schattiges Dunkel geflüchtet.

»Wer sucht schon in dieser Hitze einen Toten im Brunnen...«

Ängstlich besorgt sah Durmuş Memidik an. Sollte der
Junge nicht ganz richtig sein im Kopf? Redet nur von Toten und Brunnen.

Die drei Reiter kamen im Galopp vom Ufer des Ceyhan, hinter ihnen wirbelte der Staub. Die Männer jagten zum Gehölz der Füchse. Memidiks Herz pochte wie wild, doch als er sah, daß auf den Kruppen der Pferde nichts Menschenähnliches lag, beruhigte er sich.

Diese Adler werden dort drei Tage, eine Woche und länger kreisen. Dann wird irgendwer kommen und nach einem Kadaver Ausschau halten... Wenn er keinen entdeckt, wird er in den Brunnen gucken und im Wasserspiegel die gläsernen Augen des Toten erblicken... Und wenn er ihn sieht, holt er ihn auch heraus. Und wenn er ihn herausgeholt hat, wird er ihn erkennen. Dann wird er nachforschen. Und wenn er nachforscht, wird er es herausfinden. Wer streift nachts durch diese Gegend? Nur Sefer und Memidik. Wer hat also den Toten getötet? Memidik hat ihn getötet...

Er sah nach dem Stand der Sonne. Sie hatte nicht den halben Weg zum Mittag zurückgelegt. Und um den Toten zu holen, muß es dunkel sein. Bis zur Nacht ist es noch sehr, sehr weit. Könnte bis dahin nicht jemand kommen und den Toten entdecken?

Gegen Mittag wurde die Erde rissig, so sengte die Sonne, dörrte die Hitze den Boden aus. Über Yumurtalik hob sich eine dünne Staubsäule, wanderte einige Kilometer und sank wieder in sich zusammen. Lastwagen, Autos, Pferdegespanne, Trecker mit Anhängern fuhren so schnell sie konnten über die Landstraße längs des Anavarza-Felsens, wirbelten Wolken von Staub auf, die lange noch in der heißen, flimmernden Luft hingen, wo sich kein Windhauch regte.

In der endlosen Ebene blitzen Kanister auf, blenden, wenn die Sonnenstrahlen auf sie fallen... Während der heißesten Stunden zupfen die Tagelöhner die in Säcken gesammelte Baumwolle aus den Kapseln und gehen am Nachmittag, wenn der Westwind aufkommt, wieder in die Baumwollfelder. Jetzt pflücken sie die Kapseln nicht mehr von den Sträuchern, sondern strippen die Fasern gleich aus der Frucht, die sie leer an der Staude hängen lassen. Sie arbeiten, bis die Sonne untergeht.

»Sogar den Vögeln hängt das Zünglein zum Schnabel heraus, bis mittags werden sie – plumps! – vom Himmel fallen. Gehen wir nachher schwimmen!«

»Gehen wir«, antwortete Durmuş.

Habenichts' kräftige Stimme ließ sich vernehmen: »Los, Leute, die Fasern sind trocken. Es wäre Sünde, jetzt noch zu pflücken. Vor Schmutz sähe man keine Baumwolle mehr. Schade drum, los, macht Schluß!« Sie griffen ihre Säcke, Körbe oder Kanister und eilten zu den Laubdächern. Die Zalaca im Laufschritt vorweg, gefolgt von Ökkeş Dağkurdu, dessen Haare so weiß sind wie die Baumwolle.

Nachdem sie sich ein wenig ausgeruht hatten, öffneten sie ihre Säcke und begannen die feuchten Baumwollfasern zu zupfen. Mit diesem Feld war jeder zufrieden. Die Sträucher gingen bis zum Bauch, die Kapselfrüchte, faustgroß, hingen wie Dolden an jeder Pflanze. Alle freuten sich darüber, waren erschöpft und freuten sich. Auch der schwerfälligste Lohnarbeiter mit den ungeschicktesten Händen konnte hier am Tag auf dreißig, vierzig Kilo kommen.

Der Kahle Barde stimmte seine Saz und begann ein Lied. Das Lied, voller Wärme, pflanzte sich gleich Wellen ein Stückchen fort, dann, als versinke es in tiefem Wasser, rieselte es ganz langsam auf die Baumwollfelder nieder. In dieser flimmernden Hitze klang es merkwürdig dumpf, fast lautlos.

Der Kahle Barde verstummte, legte seine Saz neben sich. »Ein Gruß an meinen Ahnen Karacaoğlan«, rief er. »Ein Gruß von der Gehenna Çukurova, von ihrer würgenden Hitze, von ihren mörderischen Mücken! Ein Gruß den kühlen Brunnen, ein Gruß dem Hochland und seinen grünen Tannen, Merhaba!« Dann machte er sich an seine Baumwolle. Mit ihm seine Frau, seine Schwägerin und sechs Söhne. Wie er spielen alle sechs die Saz und singen dazu ihre Lieder.

Der bitter brandige Baumwollgeruch vermischte sich mit dem aschigen der dürren, rissigen Erde. Schon nach kurzer Zeit loderten die Feuer, wurden die Suppentöpfe aufgesetzt, köchelte die Grütze in der prallen Sonne.

Ali der Lange schaute weder rechts noch links; den Kopf gesenkt, gab er sich gedankenversunken dem Gleichtakt seiner schnellen Hände hin. Vor ihm zwei riesige Säcke, prall gefüllt bis an den Rand. Jeder fragt sich, wie er bis zum Nachmittag so viele Kapseln schafft. Tag für Tag pflückt Ali soviel, und jedesmal sagen sie sich: Unmöglich, diese Mengen schafft er nicht. Doch Tag für Tag ist Ali eher als alle durch den Berg von Kapseln durch, geht dann noch hin und hilft Halil dem Alten.

Memidik vergeht fast vor Ungeduld. Im Handumdrehen hat er die Baumwolle gestrippt; dann eilt er zu Durmuş, läßt sich nicht einmal Zeit für eine Suppe. »Los Durmuş!« sagt er. »Los, Bruder, gehen wir. Gehen wir, stürzen wir uns erst einmal ins kalte Wasser.« Noch zwei Burschen schlossen sich ihnen an. Bleibt hier! mochte ihnen Memidik nicht sagen...

Memidik konnte die Augen nicht von den Adlern wenden. Als er die Reiter in gestrecktem Galopp über die Landstraße hetzen sah, war er vor Entsetzen wieder wie gelähmt. »O weh!« sagte er sich. »Weh mir! Sie werden den Brunnen finden, sie werden ihn finden. Diese verdammten Adler! Wenn sie nur einmal einen Kadaver gewittert haben...«

Er lief so schnell, daß die andern nicht Schritt halten konnten. Am Ufer angekommen, zog er sich sofort aus, sprang ins Wasser und schwamm hastig über den Fluß. Drüben war er ganz außer Atem. Nachdem er sich kurz verschnauft hatte, schwamm er wieder zurück. Von dem Lärm aufgeschreckt, flohen schlammbedeckte Schildkröten, die sich am Ufer sonnten, ins Wasser. Memidik streckte sich in den Sand, ließ den Himmel nicht aus den Augen, der diesig grau war in der sengenden Hitze. Ein einzelner großer Adler flog mit mächtigem Flügelschlag dem Brunnen zu. »Flieg«! sagte Memidik. »Damit du ja nicht zu spät kommst! Nun flieg schon und entdecke den Toten im Brunnen... Flieg hin, damit sie ihn finden... Ihn finden und mich umbringen.«

Als käme sie aus der Tiefe der Erde, vernahm er eine dumpfe Stimme: »Ich verbrenne, Bruder«, wimmerte Memet der Klimawechsler. Er zitterte am ganzen Leib und schrie gleichzeitig: »Ich brenne!« – »Soll ich ins Wasser springen?« fragte er Memidik. »Spring!« antwortete dieser. Ohne sich auszuziehen, ließ Klimawechsler sich ins Wasser gleiten. Lange Zeit trieb er bewegungslos am seichten Ufer, dann kam er heraus und legte sich ins Grün der Böschung. Kurz darauf fing er an zu wimmern: »Ich friere, ich sterbe vor Kälte, Brüder, ich sterbe. Rettet mich, Brüder, deren Mütter und Frauen ich...« Das Gesicht verzerrt, die Lippen gesprungen, Perlen von Schweiß auf der Stirn, klapperte Klimawechsler mit den Zähnen, krümmte sich, richtete sich wieder auf, reckte sich und zitterte. »Brüder, helft mir, Brüder, deren Mütter, deren Weiber und gesamte Sippschaft ich...«

Memidik ist voller Angst und Sorge. Immer mehr Adler kreisen am Himmel, bedecken ihn fast. Wenn die Angehörigen des Toten so viele Vögel beisammen sehen, schauen sie dann nicht irgendwann einmal in den Brunnen?

Ausgerechnet jetzt kam Zeliha. Vor Aufregung zog Memidik den Kopf ein. Er sah noch, wie das Mädchen ihm herzlich zulächelte. Sie liebt mich, dachte er, liebt mich, aber... Sefer erschien vor seinen Augen. Memidiks Körper, alle Narben begannen stechend zu schmerzen.

Zeliha ging eilig an ihm vorbei. Memidiks Herz pochte wild. Im selben Augenblick fiel ihm Bekir des Krakeelers Weib ein, das wie Feuer brannte. Das ist kein Weib, das ist eine Flamme. Und auch diese knackige Frau liebte ihn. Es gab nur wenige, mit denen sie zweimal nacheinander geschlafen hatte. Dreimal schon gar nicht. Und alle Männer, die einmal bei ihr gelegen hatten, waren verrückt nach ihr; aber ein zweites Mal ließ sie nur wenige an sich heran. Und ein drittes Mal, wie gesagt...

Memidik blähte sich auf. »Sie liebt mich«, sagte er. »Mit mir würde sie dreimal schlafen, und auch fünfzigmal.« Wie unter Zwang lenkten ihn seine Füße zum Zelt von Bekir dem Krakeeler... Drinnen saß die Frau und zupfte Baumwollfasern. Ihr Mann lag dicht neben ihr. Gebückt ging Memidik unter das Zeltdach und setze sich neben sie. Beider Knie berührten sich.

»Uiii!« stöhnte die Frau. »Zieh dein Knie von meinen Beinen! Mach mich nicht wild!« Von einem Augenblick zum andern hatte sich der ganze Körper der Frau in Glut verwandelt. Nicht anzufassen, so heiß. »Los, geh, Memidik! Geh sofort! Heute nacht, dort unterm Baum.«

Memidik vergaß den Toten, die Adler, die Baumwolle, Sefer, Klimawechsler und alles andere um sich herum. Als er sich entfernte, summte er ein Lied, das er bisher noch nie gesungen hatte.

13

Fünfzehn Gendarmen, ein Gendarmerieoberleut-
nant, sechs Polizisten und die drei Männer mit den
großen Hüten auf den ungesattelten Pferden kom-
men zum Baumwollfeld und verhören die Dörfler.
Und die Dörfler bekommen es mit der Angst.

Es war gegen Nachmittag. Westwind kam auf, wob wie
eine Spinne sein Netz über die Çukurova und wirbelte den
Staub auf den Wegen, schleuderte ihn manchmal zu hohen
Säulen auf, schob sie nach Osten, bis sie wieder zusam-
menfielen.

Die Tagelöhner zupften Baumwollfasern, der kühle
Westwind erfrischte sie, ließ ihren Puls höher schlagen, als
wären sie aus bleiernem Schlaf erwacht. Flügel verfinstern
den Himmel überm Brunnen, vom Anavarza-Felsen strömen die Adler herbei. Vom Süden her, vom Mittelmeer,
ziehen Wolken auf, werfen ihre kühlenden Schatten kurze
Zeit auf die Felder und gleiten weiter zum Taurus. In der
Ferne staksen mit ihren roten Schnäbeln langbeinige Störche über die Äcker.

Die Pflücker, in langer Reihe gegen Norden gewandt,
still, in sich gekehrt, nur die Hände sind in ständiger Bewegung.

Allein Memidiks Gedanken sind ganz woanders, sind
bei den kreisenden Adlern über dem Brunnen. Anstatt
weniger werden es immer mehr.

Plötzlich erhob sich über der Landstraße so viel Staub,
daß man meinen könnte, eine Armee käme heranmar-
schiert, und dann, nach einer Weile, kamen aus der Wolke
zwei Lastwagen gefahren, ohne Verdeck, der eine blau,
und rot der andere.

Auf den Ladepritschen standen Gendarmen und Polizisten, die metallenen Teile ihrer Uniformen blinkten in der Sonne.

Die Laster hielten am Feldrand. Gendarmen, Polizisten und die anderen Männer waren von einer grauen Schicht überzogen, sogar ihre Augenbrauen verschwanden darunter, und nur die blitzenden Zähne waren zu sehen. Sie sprangen von den Pritschen und klopften eine Weile ihre Kleider ab. Dabei staubten sie wie Mehlsäcke.

Gerndarmen, Oberleutnant, Obergefreiter, Zivilisten, Polizisten, sie alle verschwanden im Baumwollfeld.

»Hört auf zu arbeiten und versammelt euch!« sagte der Oberleutnant.

Die Dörfler erschraken, duckten sich, rückten ganz dicht aneinander und flüsterten.

»Tötet man denn seine Mutter? Tötet man denn eine unschuldige Meryemce, die wohl einen Mund hatte, doch nie ein böses Wort?«

»Sie sind gekommen, Ali den Langen zu holen.«

»Reißt der großen Meryemce den Kopf ab, wirft ihren Leichnam Vögeln und Wölfen zum Fraß in die Schluchten und kommt dann zur Baumwolle in die Çukurova! Ja wo leben wir denn? Meint man denn, die Regierung sieht das nicht?«

»Daß sie den Muttermörder in der Çukurova nicht findet?«

Ihre Köpfe wendeten sich Ali zu, jeder seiner Bewegungen wurde Bedeutung beigemessen, sie waren neugierig, wie er sich den Gendarmen gegenüber verhalten würde. Alle waren versammelt, nur Ali hatte den Ruf des Oberleutnants nicht gehört. Vertieft in seine Arbeit, pflückte er pausenlos weiter, nicht ahnend, was da vorging.

»He, dich meine ich, Baumwollpflücker! He, langer Mann, komm doch mal her!« rief der Leutnant mit tiefer, voller, befehlsgewohnter Stimme.

Ali hörte wieder nicht.

»Der und hören!«

»Macht auf weiß von nichts!«

»Schlauer Ali!«

»Meryemces Blut versickert doch nicht ungesühnt.«

»Reißt denn ein Mensch, der Mensch ist, seiner Mutter den Kopf ab?«

»Seht euch den an; seht ihn euch an! Es schert ihn nicht im geringsten. Tut so, als habe er Meryemce gar nicht getötet.«

Der Leutnant ging zu Ali und stieß mit der Spitze seines Stiefels gegen seine Nieren. Ali schrak zusammen. Als er vor sich den Leutnant sah, schnellte er auf die Beine und nahm Haltung an.

»Zu Befehl, mein Oberleutnant!« brüllte er völlig durcheinander, bleich, mit verdutztem Gesicht. Seine Lippen zitterten.

Wie Ali so verdattert und stramm dastand, das gefiel dem Leutnant. »Geh zu den andern!« sagte er. Ohne seine Haltung zu lockern, die Hände fest an der Hosennaht, ging Ali zu den Dörflern, wo er in Habachtstellung verharrte.

In königlicher Gelassenheit ließ der Leutnant seine jungen langbewimperten Augen blitzend über die versammelten Dörfler schweifen.

In diesem Augenblick kamen auch die Männer mit den großen Strohhüten und stiegen von ihren ungesattelten Pferden. Einer von ihnen ging zum Oberleutnant, zog den Hut und verbeugte sich. Seine feuerrote Glatze schimmerte in der Sonne. Die Lider seiner grünen Augen waren entzündet und blutunterlaufen.

»Das sind sie, Herr Oberleutnant«, sagte er. »Unsere tagelangen Ermittlungen haben ergeben, daß alles hier begann und hier sein Ende nahm. Wir müssen jeden einzelnen, die Kinder eingeschlossen, verhören.«

Memidik betrachtete die Adler, wie sie vom Anavarza-

Felsen zum Brunnen strömen. »Das werden sie bestimmt sehen«, sagt er sich. »Mein Gott, leg einen Schleier über ihre Augen! Wenn sie sich doch nur ein bißchen verringern täten... Wenigstens für eine kurze Zeit wegfliegen würden... Und erst zurückkämen, wenn die da weg sind... Dann können sie meinetwegen so zahlreich kommen, wie sie wollen.«

Des Oberleutnants Augen ruhten auf Ali dem Langen. Er hatte ihn auf Anhieb gemocht. Dieser Bauer gehörte zu den Männern, die die Wahrheit sagten, wenn sie etwas wußten. Ali stand immer noch stramm, die Hände klebten an den Schenkeln, und seine Beine zitterten.

»Rühren!« sagte der Oberleutnant. »Steh bequem und komm mit!«

Hinter ihm die beiden in Zivil, der Obergefreite vorweg, gingen sie zu den Bäumen am Ufer des Ceyhan. Dort begannen sie mit dem Verhör.

»Gelogen!« sagte Ali. »Eine Verleumdung. Ich habe niemanden getötet. Ein Mensch tötet doch nicht seine eigene...«

»Wir haben nicht gesagt, daß du getötet hast«, antwortete der Beamte in Zivil. »Wir fragen, wer es war.«

»Niemand hat sie getötet. Niemand... Brot für zwei Monate... Geröstet dazu, Fladenbrot purpurn wie Granatäpfel. Und ein riesiger Hahn. Und Kirschen im Tal... Hätte ich sie mitgenommen, wäre sie mir unterwegs gestorben. Wie könnte ich ihr denn ein Leid antun? Ich bin doch nicht wahnsinnig! Geht hin, und ihr werdet sie so vorfinden, als hättet ihr sie eigenhändig dort untergebracht...«

»Wo finden wir sie?«

»In unserem Dorf, in meinem Haus. Sie ist nur ein bißchen einsam, aber sie tat den Mund sowieso nicht auf, um mit jemandem zu sprechen...«

»Wo ist euer Dorf?«

Ali zeigte auf die Bergkette des Taurus, der wie ein dünner, bläulicher Schleier hinter der dunstigen Ebene lag. »Da, hinter den Bergen liegt unser Dorf, und in dem Dorf steht unser Haus...«

Merkwürdig, was dieser Mann da redete. Von dem war nichts zu erfahren. Diese Dörfler sind doch die wunderlichsten Geschöpfe auf dieser Erde. Ja, ein eigensinniger Menschenschlag, dieses Landvolk, verschlossen und auf beiden Ohren taub.

»Şevket Bey!« brüllte da der Beamte in Zivil. »Was geht mich deine Mutter an, was kümmert mich, warum du sie im Dorf zurückgelassen hast und wie du hergekommen bist! Was ist mit Şevket Bey?«

»Ich habe ihn nie gesehen und weiß nichts über ihn«, sagte Ali und senkte den Kopf. »Ich bin später als die andern in die Çukurova gekommen und kenne Şevket Bey nicht. Ich habe sein Gesicht noch nie gesehen.«

Sie ließen Ali gehen. Ihm war ganz seltsam zumute, und er hatte schreckliche Angst. Erst als er sich unter die anderen mischte, beruhigte er sich ein bißchen.

»Nach meiner Meinung hat er sie getötet«, sagte Habenichts zum Oberleutnant, »hat sogar ihren Kopf vom Körper getrennt. Alles Lüge, alles gelogen. Sagt, er habe seine Mutter im Dorf zurückgelassen; habe sie mit einem Krug Honig und einem Krug Butter, mit achtunddreißig Hähnen und Hennen, mit sechzehn Ziegen und mit Brotfladen für zwei Monate im Dorf zurückgelassen. Glaub ihm nicht, glaube ihm um Himmels willen nicht! Er hat seine Mutter getötet. Hätte er Meryemce nicht getötet, sie wäre schon längst aufgebrochen und in die Çukurova gekommen. Meryemce ist tot. Schade um sie. Gab es jemals eine wie Meryemce? Sie hatte das Gesicht eines Engels und war wie eine Rose. Wärst du ihr begegnet, du hättest ihr die Hand geküßt. Hättest gar nicht anders können und ihr ehrfürchtig die Hand geküßt. Er hat sie getötet, und sie ist dahin. Meryemces goldene Zunge ist verwest. Seit wir hier in der Çukurova gehört haben, daß Meryemce getötet wurde, mögen wir nicht einmal mehr Baumwolle pflücken. Ein ganzes Dorf trauert. Jedermanns zwei Augen zwei Brunnen, von sieben bis siebzig. Er hat Meryemce getötet, den Vögeln und Wölfen zur Beute. Laß dich nicht von Ali täuschen, wenn er den Kopf hängen läßt. Er ist ein Heuchler. Vor dir steht er stramm, küßt den Boden zu deinen Füßen; aber kaum drehst du ihm den Rücken, lacht er dich aus. Oh, Meryemce, Vay Meryemce!

Was mich betrifft, mein Kommandant, ich bin ein Nachfahr der Spahis. Die Söhne der Hemdlosen nannte man uns. Der Anführer der Spahis, mein Ahn, der große Ritter, schenkte sogar sein Hemd den Armen und kehrte halbnackt heim. So soll er es immer gehalten haben. Sah er einen Bedürftigen, zog er sein Hemd aus und kleidete den Armen. Aus diesem Grund, mein Kommandant, und weil der Rücken meines Ahn selten ein Hemd gesehen, nannte man ihn Hemdlos und seine Nachfahren Söhne des Habenichts. Der Fortbestand dieses Geschlechts ruht nur noch auf meinen Schultern. Eine schwere Verantwortung, mein Kommandant, aber ich trage sie . . . «

»Gut und schön, nun zu Şevket Bey.«

»Die Barmherzigkeit meines Ahn war grenzenlos wie das Meer. Hab noch ein bißchen Geduld, damit ich zu Ende erzähle. Meine Sippe der stolzen Spahi, die Habenichts genannt wurde wegen ihrer Güte und die edler Herkunft ist, türmte Burgen aus den Schädeln ihrer Feinde, zierte damit ihre Mauern. Wenn es dir recht ist, mein Kommandant, hänge Ali den Langen nicht. Es ist nicht gut, daß Menschen an den Galgen kommen. Schicke ihn aber ins Gefängnis. Bringst du ihn nicht hinter Mauern, wird jeder seine Mutter töten. Denn die

Mutter ist eines jeden Last. Ist einmal freigemacht der Weg, bleibt es dabei und wird so zum Brauch, daß sogar du noch deine Mutter tötest. Auch ich würde bedauern, meine Mutter nicht getötet zu haben.«

»Schön, schön ... Und Şevket Bey?«

»Şevket Bey? Ach ja. Şevket Bey ist nie auf diesem Feld gewesen. Denn wer auch immer dieses Feld besucht, kommt erst einmal schnurstracks zu unserem Sonnendach. Undenkbar, daß er es nicht täte. Ganz unmöglich. Auch in der Çukurova, in dieser Gehenna der Mücken, auf dieser lodernd heißen Erde, kann niemand meine Gastlichkeit mit Füßen treten und in ein anderes Zelt gehen. Das heißt also, das Şevket seinen Fuß nicht auf diese Erde setzte. Şevket Bey? Wir haben ihn nicht gesehen, nicht gehört noch gekannt. Und außerdem ist er nicht hier. Der lange Ali, der ist da, aber das ist nicht meine Sache.«

Memidiks Augen sind immer noch bei den Adlern. Ein einziger nur, mit langen Flügeln, trennte sich von dem kreisenden Schwarm und flog mit kräftigem Flügelschlag nach Osten zu den Giaur-Bergen. Fast sah es so aus, als habe er die Flucht ergriffen. Mit einem Auge ist Memidik aber auch bei den Gendarmen. Der kleingewachsene da ist ein fuchsschlauer Bursche, der nicht stillstehen kann, dabei immer freundlich, mit gewinnendem Lächeln. In ausweglosen Lagen, an sorgenvollsten Tagen, schau solchen Männern ins Gesicht, und dein Kummer ist verflogen. Du vergißt deine Sorgen und schöpfst wieder Hoffnung. Auch der kleine Gendarm beobachtete den Adler, der da ganz allein davonflog. Zwischen all den Leuten dort nur einer, der sich mit dem Adler befaßt, und das ist dieser kleine Gendarm. Wenn Memidik ihm ins Gesicht sieht, packt ihn Unruhe, gleichzeitig hofft er wieder und spürt, wie seine Angst nachläßt. Nur die Sorge um Ali bleibt.

»Sie werden Ali hängen«, sagt er sich, »werden Ali hängen, wie sie es im vorigen Jahr mitten auf dem Maraş-Markt vor den Läden der Antiquitätenhändler mit Klarinetten-Veli, dem Muttermörder, getan haben.«

Daß sich nur niemand über den Brunnen beugt. Im Spiegel des Wassers glotzen weit aufgerissen zwei glitzernde gläserne Augen in die Sonne. Quellen aus den Höhlen, riesengroß. Auch Schwärme kreisender Adler spiegeln sich im Wasser, und die Augen des Toten starren im Gegenbild unzähliger Adler.

»Würde denn eine Armee von Gendarmen jemanden verfolgen, der seine Mutter nicht getötet hat? Was meinst du, Bruder? Na ja, die Meryemce war ja auch ein starrsinniges Weib... Zum Töten wie geschaffen. Streitsüchtig, widerwärtig. Nehmt Ali gleich mit. In dieser Hitze kocht euch noch das Gehirn, und ihr werdet krank. Wie Klimawechsler, den ihr ja gesehen habt. Beeilt euch, sonst bratet ihr in dieser Hitze... Giftiges Fieber... Sie fällt euch, die Sonne... Schwer wie ein Stein sind ihre Strahlen. Wer nicht daran gewöhnt ist, den töten sie. Und die Mücken zerstechen euch. Steigt schnell auf eure Wagen und rettet euer Leben. Die Adler dort? Hier kreisen überall Adler. Sie lieben den Himmel der Çukurova. Er ist schön und weit. Seht, ein Adler hat die anderen verlassen und fliegt davon. Das Volk der Adler ist wie die Herde von Schafen. Die da noch kreisen, werden gleich hinter ihm herfliegen und sich auch davonmachen. Bestimmt zu den Giaur-Bergen, zu den Felsen der lila Hyazinthen. Kümmert euch nicht um die Adler. Şevket Bey? Keine Ameise könnte der Ali töten, keine Fliege, keinen Wurm, und wäre er noch so klein. Seine Mutter hat er getötet, das ist etwas anderes. Nehmt Ali mit euch, bevor ihr einen Sonnenstich bekommt und krank daniederliegt. Ali hätte auch seine Mutter nicht getötet, sie lag ja schon im Sterben und quälte sich. Der Ali sollte mit uns in die Çukurova kommen. Er hätte doch nicht tagelang bei seiner Mutter wachen können, die in den letzten Zügen lag. Da quälte sich ja nicht jemand wie du und ich – kümmert euch nicht um die Adler, sie fliegen bestimmt zu den Giaur-Bergen... den lila Felsen –, sondern Meryemce. Ihr Todeskampf hätte einen Tag oder zwei oder auch hundert Tage dauern können. Und hätte ihre Seele gewollt, auch ein Jahr... Was sollte Ali also tun, jaaa, was sollte er da tun? Er konnte doch nicht abwarten. Bis zu seiner Ankunft in der Çukurova wäre keine Kapsel mehr am Stiel gewesen. Sie wäre sowieso gestorben, die Meryemce, wenn nicht heute, dann eben morgen; also hat Ali ihr die Kehle zugedrückt. Und jetzt kreisen Adler über ihr. Alle Adler des Taurus. Als Ali kam, erzählte er mir die ganze Geschichte. Und was habe ich gesagt? Sie hat es verdient, Ali, habe ich gesagt. Es ist rechtens. Ali kann Şevket Bey gar nicht töten, hat ihn auch nicht getötet. Trug Şevket Bey denn eine Waffe, wenn er umherwanderte?«

»Nein.«

»Unsere Bauern erheben ihre Hand nicht gegen einen unbewaffneten Mann, also hat niemand aus unserem Dorf Şevket Bey getötet. Zu Befehl, mein Kommandant!«

Es war brütend heiß, der Boden brannte, wenn man ihn berührte. Kein Blatt bewegte sich. Bleischwer lastete die Hitze, nahm einem den Atem, brachte Gräser, Bäume und Erde zum knistern.

Ali der Lange schwitzte. Der Schweiß rann von seiner Stirn, seinem Gesicht, seinen Händen und Beinen, strömte aus den Achselhöhlen und schlammte den Staub in seinen Kleidern. Auch der Oberleutnant schwitzte, mit ihm die Gendarmen, die Bauern, die Kinder und Polizisten bis hin zum Weidenstamm am Flußufer. Plötzlich wirbelte eine Bö den Staub auf, türmte ihn zu Säulen, schob ihn zu einer riesigen Windhose zusammen, die nach und nach über jedes Feld hinwegzog, auf einem abgemähten Acker Häcksel und Stroh emporschleuderte, um die

Dörfler kreiste, sie einhüllte, eine Weile so kreiselte und dann weiterwanderte. Als sie endlich abgezogen war, ließ sie die Menschen wie in Staub geformte Standbilder zurück. Jeder räusperte sich, und das Gekrächze in den verschiedensten Stimmlagen hielt an, bis die Kehlen frei waren.

Die Sonne glänzte wie eine gläserne Scheibe. Sie war hart und stechend und blendete die Augen. Die dunklen Schatten der Wolken zogen über das Baumwollfeld. In seiner Weiße brannte die Sonne noch stärker.

Der Oberleutnant bat um Wasser. Als sie es brachten, schüttete er sich die heiße, schlammige, brackig riechende Brühe über den Kopf. Trinken konnte er sie nicht, so speiübel wurde ihm. Einer der Polizisten hatte sich unter einem Busch ausgestreckt. Die Zunge hing ihm aus dem Mund wie einem hechelnden Hund.

Die Zalaca hatte den Kittel bis hin zu ihren schlaffen Brüsten geöffnet, die strähnigen Haare klebten an ihrer schweißnassen, faltigen Haut. »Ich habe ihn gesehen«, sagte sie. »Ich habe ihn mit diesen meinen schönen schwarzen Augen gesehen. Es war dunkel. Ich ritt auf einem Hirsch. Da barst mitten in der Nacht strahlendes Licht. Ein riesiger Mann, ähnlich unserem Amtmann Sefer, wimmerte. Taşbaşoğlu, unser Herr, hatte das Messer an dessen Kehle gesetzt und tötete ihn. Der Mann unter ihm bäumt sich auf. Plötzlich schießt das Blut wie aus einem Brunnen zum Himmel empor. Dann erschlaffen die Arme und Beine des Mannes, strecken sich, und er liegt da wie erstarrt.«

»Wo hast du's gesehen?«

»Na, wo schon? In der Çukurova. Da waren viele Fliegen. Mücken so stark, als hätten sie Knochen. Ihre Stechrüssel wie Nadeln... Nadeln mit giftigen Spitzen. Sie stürzten sich auf den riesigen Mann. Der Mann war splitternackt. Sie fraßen ihn auf. Nur sein Gerippe blieb übrig.

Ein Haufen bleicher Knochen, so weiß wie diese Baumwolle. Die Mücken haben den Mann aufgefressen.«

Quellwolken zogen vom Mittelmeer herüber, stiegen
wie schimmernde, weiße Segel am Himmelszelt immer
höher. Die Adler über dem Gehölz kamen näher. Aufgeteilt in drei Schwärme, der größte kreiste über dem Brunnen.

»Er ging immer umher. Von Sonnenuntergang bis
Sonnenaufgang. Wie nanntet ihr ihn? Şevket Bey. Er war
der eine und Amtmann Sefer der andere. Beide wuchsen
nachts um das Doppelte, Drei-, Vier-, Fünf-, Sechs-, ja
Zehnfache. Şevket Bey wurde sehr groß. Eines Tages sah
ich Şevket Bey da so liegen. Über ihm kreisten die Adler.
Da flüchtete er, so schnell er konnte, bis ans Meer und
sprang hinein. Über ihn floß das Wasser hin.«

»Er ist ins Wasser gegangen?«

»Er ist ins Wasser gegangen.«

»Bei Allah, das ist eigenartig. Şevket Bey fürchtete sich
vor Wasser.«

»Er kam wieder heraus, ging unter die Bäume in der
Senke... Der Brunnen... Brunnen... Ein Schwarm Ad-
ler... Şevket Bey verschwand in Richtung Mittelmeer.
Ich sah's mit diesen meinen Augen. Und der Amtmann
folgte ihm. Amtmann Sefer. Taşbaşoğlu, unser Herr, wie
ihr wißt, mit den sieben Kugeln aus Licht im Gefolge,
wurde von den Gendarmen abgeholt. Als sie unseren
Herrn abführten, sagte unser Herr: Niemand von euch
wird bis zu seinem Tode mit Sefer sprechen. Und wird
Sefer auch nicht töten. Diese Strafe reicht ihm. Diese
Strafe reicht ihm eben nicht!... Denn Sefer hat ja nicht
Taşbaşoğlu, unseren Herrn, so lange verprugelt, bis dieser
über drei Monate Blut pißte... Ich habe Blut gepißt, ich bin
es, der den Menschen vor Scham nicht ins Gesicht sehen
kann, und ich bin es, der sich vor Zeliha versteckt. Amtmann Sefer hat jede Nacht mit Şevket Bey gespro-

chen. Fs, fs, fs und fs . . . So tuschelten sie bis in den Morgen. Von den Anavarza-Bergen dort kamen hundert, zweihundert, ja tausend Hunde. Eine ganze Herde. Sie jaulten in einem fort. Şevket Bey redete und redete . . .«

»Bei Allah, das ist eigenartig, Şevket Bey war doch so schweigsam . . .«

»Taşbaşoğlu, unser Herr, kam eines Nachts von Osmaniye, von den Hängen der Giaur-Berge herüber. Hinter ihm sieben Kugeln, jede von ihnen strahlendes Licht so hoch wie ein Minarett. Şevket Bey stand auf und sagte: Allah, Allah, das ist eigenartig . . .«

Hasan schnitt einen Weidenzweig. Trennte ein daumenstarkes Stück heraus und schnitzte daraus eine prächtige Flöte. Darauf blies er sehr schön. Wie der Kahle Barde. Für ihn schnitzte Hasan eine zweite. Als Hasan die frische grüne Flöte zwischen den Fingern hielt, wurde es kühler. Die Sonne brannte nicht mehr so heiß.

»Mein Vater hat meine Großmutter getötet. Was sollte der Arme auch tun? Halil der Alte kennt Şevket Bey gut. Ich habe schon so eine Sehnsucht nach Onkel Taşbaşoğlu. Für ihn werde ich auch eine Flöte schnitzen . . . So eine Sehnsucht . . . Vergebung! Taşbaşoğlu ist nicht mein Onkel, er ist unser Herr. Jetzt ist er im Kreise der Vierzig in der Hochebene, wo kühle Quellen rieseln, deren Rinnsale nach wildem Majoran duften. Vierzig bärtige Männer. Sie sterben nie. Der Bart unseres Herrn Taşbaşoğlu ist auch grau geworden. Das sagt jeder. Woher soll ich das wissen . . . Ich habe solche Sehnsucht nach meinem Onkel Taşbaşoğlu. Wäre er doch nicht unser Herr, aber dafür bei uns. Nichts von all den schlimmen Dingen wäre uns geschehen. Was haben wir denn davon, daß er unser Herr geworden ist? Was haben wir schon davon, daß ihm ein langer Bart gewachsen ist? Halil der Alte hat Şevket Bey getötet. Meine beiden Augen sollen auf die Erde fließen, wenn ich es nicht gesehen habe. ›Şevket Bey, Şevket Bey, du wirst durch meine Hand zu Tode kommen!‹ sagte Halil der Alte. Dann hob er den Arm und stieß mit dem Dolch zu ... Şevket Bey stürzte wie ein riesiger Baum. Was er mit dem Leichnam tat? Ach, daß ich eurem Verstand auf die Sprünge helfen muß! Nun, es ist Halil der Alte, Anführer aller Diebe, dessen Tod nach allen vier heiligen Büchern geboten, Deserteur aus dem Jemen ... Er band ein Seil um den Hals des Toten und warf ihn dort ins Flußbett. Şevket Bey haben die Fische gefressen.«

»Şevket Bey fraßen die Fische? Allah, Allah, das ist eigenartig!«

Der Klang der Hirtenflöte, schwermütig und fröhlich in wechselndem Spiel, drang weithin über die anderen Felder. Die Hände in den Hüften, richteten die Baumwollpflücker sich auf, drehten die Köpfe, wollten sehen, was da vor sich ging. Dann bückten sie sich und pflückten weiter. Nach geraumer Weile werden sie sich wieder rekken und die Hände in den Hüften voller Neugier herüberspähen.

Bekir des Krakeelers Weib zählt die Mannsbilder: fünfzehn Gendarmen und ein Offizier macht sechzehn, dazu sechs Polizisten, macht zweiundzwanzig. Die drei mit den großen Hüten: fünfundzwanzig. Macht fünfundzwanzig Nächte. Doch sie verspürt eine eigenartige Angst, wie Ekel, wie Scham vor etwas Niederträchtigem ... Die da kommen aus einer anderen Welt.

»Şevket Bey? Der schlief immerzu. Er griff meine Hand – meine Hand brannte. Er schlief immerzu. Er umarmte mich, meine Knochen knackten, er schlief immerzu. Im Handumdrehen zogen wir beiden uns aus, er schlief immerzu. Wir legten uns auf die Erde, nebeneinander, umschlangen uns, die warme Erde wurde naß von unserem Schweiß, sie bebte und ächzte. Wir streckten uns so, daß sich unsere Gelenke spannten, als wollten sie reißen, und verloren die Sinne ... Er schlief immerzu. Wir verkeilten uns ineinander, schwollen und leerten uns, er zuckte und zuckte... Auch ich zitterte; er schlief immerzu. Wir gingen ins Wasser, tauchten unter, er schlief immerzu. Ich habe Şevket Bey nicht mehr gesehen.«

»Allah, Allah, das ist eigenartig. Şevket Bey schlief nie...«

Es wurde Abend, die Sonne ging unter. Die nachtdunkle Erde dampfte und verbreitete einen bitteren, brandigen Geruch. Wolken von Mücken schwirrten heran. Jedermann bedeckte sein Gesicht mit den Händen, zappelte, schlug um sich, vergebens. Die Mücken stachen, waren nicht aufzuhalten.

»Bindet meine Hände los«, sagte Halil der Alte. »Bindet meine Hände los, damit ich mich gegen diese Plagegeister wehren kann. Ich töte doch keine Menschen. Ich stehle, fliehe aus dem Jemen, ich lüge, ich bete und faste nicht; aber ich töte keine Menschen!«

Und alle Dörfler riefen wie aus einem Mund: »Halil der Alte tötet keine Menschen!«

Da banden sie Halils Hände los. »Schnell«, brüllte er »bringt Stauden! Sonnenblumenstauden, Maisstauden, Getreidehalme... Türmt sie zu einem großen Haufen, hierher, dicht ans Flußufer!« Die jungen Burschen taten, wie ihnen geheißen.

Dicht am Wasser schlugen die Flammen so hoch wie die Pappeln. Westwind wehte. »Jetzt in den Windschatten... In den Windschatten, Mücken mögen keinen Rauch«, sagte Halil der Alte.

Sie setzten sich diesseits des Feuers, wohin der Wind den Rauch trieb. Heiße, stickige Schwaden zogen herüber. Nun gab es keine Mücken mehr, dafür die Hitze der Rauchwolken, und die war noch schlimmer.

»Erledigt«, sagte der Oberleutnant, »das wär erledigt. Wir haben mit jedem gesprochen. Şevket Bey war demnach nicht hier. Laßt uns gehen, sonst ersticken wir noch.«

Sie rannten zu den Lastwagen und schwangen sich auf die Pritschen. Im selben Augenblick heulten die Motoren. Der Westwind, der ihnen ins Gesicht wehte, war so heiß wie der Fahrtwind.

Die mit den großen Hüten sprangen auf ihre Pferde und ritten in die Nacht hinein. »Und Şevket Bey ist hier«, sagte einer von ihnen. »Warum gaben sie uns wohl Geld, damit wir ihn suchen, wenn er nicht hier ist, wenn er niemals hierher gekommen sein soll?« Sie lenkten die Pferde wie immer zum Gehölz. Bis in den Morgen hinein würden sie reiten und sich so vor der Hitze und den Mücken schützen. Sie schliefen tagsüber.

In dieser Nacht werden die Dörfler ruhig schlafen. Das Feuer war niedergebrannt, zwei große Weidenstämme rauchten ganz gemächlich in der Glut. Auch der Wind war stärker geworden und fegte die Mücken hinweg.

Memidik war zu Tode erschöpft. Einige Male wollte er aufstehen und zum Brunnen gehen, aber er kam nicht hoch. Sein Körper schmerzte so, als wären alle Knochen gebrochen. Doch hin mußte er. Heute war er noch einmal davongekommen, Gott oder Taşbaşoğlu, unser Herr, hatte die Gefahr abgewendet. Die Adler aber wurden immer zahlreicher... Irgendwann werden es so viele sein, daß irgendein Schlaukopf auf den Gedanken kommen wird, in den Brunnen zu schauen. Er versuchte es noch einmal, seine Gelenke knackten, und er kam wieder nicht auf die Beine.

Da war ihm, als hörte er vom Feldrand zu seiner Linken ein Geräusch. Er drehte den Kopf und sah einen riesigen Schatten vornübergebeugt mit großen Schritten dahineilen. Sein Herz pochte. Sollte er es sein?

Memidik sprang auf und lief etwa fünfzig Meter an den Mann heran. Der Mann blieb stehen und sah sich um. Auch Memedik folgte ihm. So gingen sie, der Mann vorweg, Memidik hinterher, im nächtlichen Dunkel zum

Brunnen. Der Mann setzte sich auf den Brunnenrand, Memidik blieb nicht weit vor ihm stehen und rührte sich nicht. Immer mehr Adler kreisten am Himmel, schlugen die Schwingen aneinander, ihr klatschendes Geräusch erfüllte die Nacht.

14

Ali der Lange ist in einer verzweifelten Lage. Wie alle andern glaubt er fast selbst, seine Mutter getötet zu haben. Ob sie wohl starb, nachdem sie das Dorf verlassen hatten? Dieser Zweifel nagt und quält. Seine Gedanken sind nicht mehr bei der Arbeit. Hier das Gespräch, das er und seine Frau, nachts am Feldrand hockend, bei Mondlicht führen.

Er kaute auf einem bitteren, dürren Baumwollstengel, dabei schäumte sein Mund, als habe er Seife zwischen den Zähnen. Dann spuckte er genüßlich den glitschigen Sud wieder aus.

Das ganze Dort hatte nichts anderes im Kopf, als über ihn zu reden. Niemand, nicht einmal die ihm nahestanden, würdigten ihn eines Blickes. Taten sie es dennoch, dann von oben herab, wie man einen bösen Menschen, eben einen Mörder mustert: mitleidig, mehr angeekelt. Sefer war es, der sie hinter vorgehaltener Hand aufhetzte, Amtmann Sefer, mit dem niemand spricht. Hielt sich auch jeder an Taşbaşoğlus Vermächtnis, nicht ein Wort mit ihm zu wechseln, hören tun sie alle auf ihn. Denn als Taşbaşoğlu von den Gendarmen abgeführt wurde, hatte er ihnen wohl aufgetragen, mit Sefer kein einziges Wort zu reden, er hatte ihnen aber nicht befohlen, ihm nicht zuzuhören; geschweige denn, nicht zu hören, wenn er etwas sagte... Sefer sprach mit jedem, bekam aber nie Antwort. Aber wenn er sie auch nicht bekam, so konnte er doch jeden gegen jeden ausspielen. Am meisten von allen, ja mehr noch als Ali, war Memidik darüber empört.

Angst beschlich Ali den Langen. Der Dörfler Haß gegen ihn wuchs von Tag zu Tag. Sogar wer Meryemce früher zum Teufel wünschte, brach jetzt in Tränen aus, wenn nur ihr Name fiel. Und wann fiel der nicht... Wie und mit welchen Foltern Ali seine Mutter getötet haben soll, darüber kam ihm täglich tausendundein Gerücht zu Ohren. Jeden Tag hatten sie sich etwas Neues ausgedacht, starb Meryemce fünf bis zehn verschiedene Tode. Die Hirngespinste unterschieden sich voneinander je nach Gefühlslage des Erfinders, ob er Ali in Freundschaft zugetan oder Meryemce feindlich, ja voller Haß gedachte.

Und die Zalaca träumte jede Nacht mindestens drei Träume von Meryemces Tod. Jedermann, von sieben bis siebzig, das ganze Dorf hatte keinen Zweifel, daß Ali Meryemce getötet hatte. Und keiner kam auf den Gedanken, sich zu fragen: Ist so etwas denn möglich? Warum sollte Ali seine Mutter töten?

Besonders eine Fassung machte Ali rasend. Wer sie sich ausgedacht hatte, konnte er beim besten Willen nicht herausfinden. Gelänge es ihm, würde er sich diesen bösen Lügner schon vorknöpfen, koste es, was es wolle.

»Elif«, sagte er, »Elif, was habe ich den Dörflern denn getan, daß sie mir dies antun?«

Auch Hasan und Ümmühan stehen mit Ali auf Kriegsfuß. Ihre Blicke sind wie die der Bauern feindlich, verletzend. Vom ganzen Dorf schauen ihn nur noch zwei Augenpaare freundschaftlich wie früher und voller

Liebe an: Klein wie Knöpfe unter buschigen Brauen die von Halil dem Alten, groß, bernsteinfarben, liebevoll und ohne Arg die von Elif, seiner Frau.

Elif schwieg. Tief bekümmert, weil sie nicht wußte, was sie ihrem Mann antworten, wie sie ihm helfen konnte.

»Meinst du, daß meine Mutter bis zu unserer Rückkehr nicht durchhält und stirbt?« fragte er sie.

Elifs Augen blickten traurig. Im fahlen Mondlicht waren die tiefen, bitteren Falten, die der Kummer in ihr Gesicht grub, deutlich zu sehen.

»Nach meiner Meinung stirbt sie nicht«, sagte sie. »Sie stirbt nicht, könnte sich aber töten. Wenn wir dann zurückkommen, werden wir ihren Leichnam dort finden, wo er für alle Dörfler gut zu sehen ist.«

»Und du meinst, sie tötet sich?«

»Wenn sie erfährt, daß die Dörfler hier mit dir so umspringen und daß sie dich in Stücke reißen würden, tötet sie sich. Ist sie aber der Meinung, du und die Leute scheren sich einen Deut um sie, finden wir sie gesund und munter vor. Jung geworden wie ein Mädchen von fünfzehn.«

»Reicht das Brot?«

»Wenn sie es will, reicht es.«

»Wird sie sich Essen kochen?«

»Wenn sie will, auch das.«

»Und was macht sie sich zu essen?«

»Im Dorf sind jetzt mindestens fünfzehn bis zwanzig entlaufene Hühner. Wenn Sie sich jeden Morgen eines einfängt, schlachtet und kocht...«

»Wie soll sie in ihrem Alter denn Hühner fangen?«

»Wenn sie will, fängt sie.«

»Der Gemüsegarten vor dem Haus... Weiter unten das Melonenfeld... Und im Wald frische Baumrinde...«

»Mach dir keine Sorgen, auch Ahmet der Umnachtete wird kommen. Vielleicht nimmt er sie mit auf das Schloß seines Schwiegervaters, oder er leistet ihr im Dorf Gesellschaft. Sie sind dann zu zweit... Ein Narr und eine gebeugte Alte... Bis wir zurück sind, finden wir im Dorf kein Huhn mehr vor.«

»Wenn du wüßtest, Elif, was ich mir auf dieser Welt am meisten wünsche...«

»Was wünschst du dir denn?« fragte neugierig Elif.

»Wenn man mir sagte: Ey, langer Ali... Wenn der Sultan der Elfen käme oder der Prophet, unser Herr... Oder Taşbaşoğlu, unser Bruder, und sagte mir: Ey Ali, geliebter Diener Gottes, unseres Herrn, wünsche dir, was auch immer... Weißt du, was ich mir wünschte? Ich wünschte mir, antworte ich, daß meine Mutter uns bei der Rückkehr am Dorfrand mit den Worten begrüßt: ›Seid willkommen, meine Dörfler, seid mir willkommen! Was habt ihr mir aus der Çukurova, der gesegneten Erde, mitgebracht?‹«

»Ich auch«, seufzte Elif, »ich würde mir auf dieser Welt auch nichts sehnlicher wünschen.«

»Und dann würde ich mich vor die Dörfler hinstellen, würde von einem zum anderen gehen und einem nach dem anderen in die Augen spucken.« Er war so in Gedanken versunken, daß er die Mücken nicht spürte, die sein Gesicht und seine Hände bedeckten, ihm den Rücken zerstachen und sein Blut saugten.

Bald darauf zündeten die Dörfler die großen Feuer am Ufer des Ceyhan an und setzten sich in den Windschatten unter die Rauchschwaden. Bis in den Morgen hinein werden die Feuer jetzt immer brennen, und alle werden ruhig schlafen, unbelästigt von den Mücken. Jede Nacht wird einer von ihnen wachen und das Feuer bis zum Morgen nicht ausgehen lassen. Memidik hatte die erste Nachtwache. Wie sehr er auch versuchte, sich davor zu drücken, gelang es ihm doch nicht, die Dörfler von seinem Anliegen glaubhaft zu überzeugen.

155

Während Memidik das Feuer schürt, macht er vor Angst fast in die Hose, zerspringt ihm vor Beklemmung fast das Herz. Seine Augen starren in den Himmel über dem Brunnen; bis hierher hört er den Flügelschlag der Adler. Ob der Mann noch auf dem Brunnenrand sitzt? Hat er vielleicht den Toten herausgeholt? Morgen, ganz in der Früh, stehst du auf, und der ganze Himmel über der Çukurova ist bedeckt mit Adlern, daß du die Sonne nicht siehst. Wenn es so weitergeht wie bisher, gibt es darüber gar keinen Zweifel. Von überall werden sie in Wellen herbeiströmen und da oben kreisen. Ist schon ein eigenartiger Zauber, wenn sie im Mondlicht da oben am Himmelszelt pendeln . . . Wie ein langer, wiegender Schleier schweben sie im Wind, schimmern ihre Flügel in der mondhellen Nacht. »Die Dörfler halten mich hier fest. Absichtlich. Sie wissen warum . . . Jeder weiß es, beobachtet mich und lacht sich ins Fäustchen. Unmöglich, daß sie nichts wissen . . . Unmöglich!«

Ali ergriff Elifs Hand: »Die Niedertracht dieser Dörfler! Kann ein Mensch so niederträchtig sein? Wenn ich an sie denke, bekomme ich das Kotzen. Kein anderer Bauer brächte über sich, was sie mir antun. Schufte sind es, ganz gemeine Schufte. Gehen hin und zeigen mich bei der Regierung an. Es hätte nicht viel gefehlt, und ich wäre am Galgen gelandet. Gott sei Dank war der Korporal ein gescheiter Bursche. Auch der Oberleutnant mochte mich.«

»Wie war das alles möglich? Wie konnten die Leute von der Regierung nur . . .«

»Der Korporal ist aus Antep. Menschen aus Antep sind gut, mutig und klug. Wäre ich doch nur einer von ihnen, dann blieben mir diese Dinge erspart. Wenn jetzt noch meine Mutter gestorben ist . . . Stell dir vor, wir kommen ins Dorf, und sie liegt da, lang ausgestreckt, tot . . . Ein Arm von ihr im Rachen eines Hundes . . . Dann, na dann erst . . .« Beide schwiegen.

Sirren und Zirpen erfüllte die Nacht. Der Wind war abgeflaut, schwüle, schweißtreibende Hitze breitete sich aus, wellte aus der erhitzten Erde und leckte wie Flammen über ihre Gesichter.

»Vielleicht wurde Bruder Taşbaşoğlu wirklich ein Heiliger und ist schon in der Höhle der Vierzig im Kreise der Unsterblichen. Vielleicht trägt er eine Krone, schimmernd wie die Sonne, und vielleicht ist sein Bart schon ergraut und so lang geworden, daß er wie ein Lichtstrahl auf seiner Brust liegt. Gott gebe, daß Taşbaşoğlu, unser Herr, seine Mutter Meryemce unter seine Fittiche nimmt und sie jetzt beschützt. Gebe Gott, daß er von meinem Kummer weiß . . . Gebe Gott, daß mein Bruder Taşbaşoğlu ein Heiliger geworden ist, Inşallah . . .«

Elif grollte selten, noch seltener ließ sie ihrer Wut freien Lauf. Jetzt aber brauste sie auf. Noch nie hatte Ali sie so bebend vor Wut gesehen. »Hüte deine Zunge, Ali!« donnerte sie ihn an. »Nenne ihn unseren Herrn! Er war eine Zeitlang dein Freund. Na und? Er ist ein Heiliger, und du bist ein gewöhnlicher Sterblicher. Wenn du dich nicht so benehmen würdest, sondern ihn anflehtest, dann würde er Mutter Meryemce unter seine Fittiche nehmen, sie sogar in seine Höhle bringen. Aber du mit deiner dreisten Zunge! Bruder Taşbaşoğlu hier, Bruder Taşbaşoğlu da. Er ist nicht dein Bruder, sondern unser Herr.«

Die Dörfler unter den Rauchschwaden hörten Elifs Gebrüll. »Ich habe es in meinem Traum gesehen, Nachbarn, ich hab's gesehen«, sagte die Zalaca. »Wie ihr wißt, tötete Ali seine Mutter . . . Da schlachtete er noch Elif und die Kinder. Mein Herz wurde so schwer, daß ich aufschrie und erwachte. Auch Elif schrie geradeso wie jetzt. Lauft hin und rettet sie aus den Händen dieses Unholds. Lauft und rettet sie . . .« Niemand rührte sich.

Etwas abseits vom Feuer bewegte sich ganz leicht das schneeweiße Moskitonetz von Sefer im sanften Wind, wehten die Klänge eines Liedes herüber, das er mehr murmelte als sang. Und Amtmann Sefer dachte: Ali, Hundesohn... Solange ich lebe, wirst du noch viel Ärger bekommen... Dir werde ich heimzahlen, daß meine Sippe samt Kind und Kegel, meine Frau und mein Dorfwächter nicht mit mir reden. Im ganzen Dorf werde ich dich in Verruf bringen. Ich weiß, daß du Meryemce nicht getötet hast, aber bis wir ins Dorf zurückkommen, wird sie sterben... Wird sterben, sterben, Meryemce wird sterben! Und die Bauern werden im Dorf feststellen, daß sie gestorben ist... Denn nur ihr Schädel und ihre Hände werden noch da sein. Diese Wildsau von Weib, diese Meryemce wird sterben. Und du, du, du wirst es auch... Niederträchtiger Langer Ali... Euer Scheißheiliger, diese Scheiße Taşbaşoğlu ist auch verreckt, wurde den Wölfen und Vögeln zum Fraß... So auch du, Langer Ali, auch du! Auch du wirst sterben, und sterben wird Meryemce... Ihr quält mich, ja? Meint ihr, Amtmann Sefer wird diese Rechnung nicht begleichen? Der Sohn Hidirs des Vorstehers? Mein ganzes Vermögen gäbe ich dafür her, und wenn es sein muß, mein Blut. Ich werde Meryemce töten lassen. Dann kannst du meinetwegen den Felsen am Hang des Süleymanli dein Leid klagen und beteuern, du habest deine Mutter nicht umgebracht. Meinst du nicht auch, daß unser ganzes Dorf von sieben bis siebzig das Gegenteil bezeugen wird? Und zu guter Letzt werden sie wieder mit mir sprechen. Ich werde sie schon zum Reden bringen, komme, was wolle, und koste es, was es wolle, diese Bauern werden mit mir sprechen. Entweder werden sie's tun oder großen Ärger kriegen. Bei diesem Kampf habe ich alles auf eine Karte gesetzt. Zuerst Taşbaşoğlu, sagte ich mir, und sorgte für seinen Tod, und jetzt bist du an der Reihe, Langer Ali! Habe ich denn verdient, was ihr mir antut? Gab es jemals im gesamten Taurus so einen Bürgermeister wie mich? Und ihr behandelt mich so? Ich trage für mein Dorf meine Haut zu Markte, und ihr macht mir diesen Ärger! Setzt mir aus dem Nichts einen Heiligen vor die Nase. Verdammt, wie soll ein Mensch das ertragen? Wie kann ein Mensch denn leben, ohne ein Wort zu hören, das vom Herzen kommt, sei es warm und brüderlich, sei es feindselig, haßerfüllt, ja tödlich. Taşbaşoğlu ließ mich nicht töten und erreichte damit, daß mein Leben schlimmer wurde als der Tod. Aber verlaßt euch darauf, ich werde euch zum Sprechen bringen, werde alles daransetzen und euch zum Sprechen bringen. Und über Ali des Langen Kopf werde ich ein Netz knüpfen, ein Netz, sage ich euch, daß ihm Hören und Sehen vergeht. Ich werde ihm schon klar machen, was es heißt, sich mit mir anzulegen. Verdammte, niederträchtige Dörfler, das alles mir, ja? Sogar meine drei Frauen... die mich lieben wie ihr Leben, kriegen ihren Mund nicht auf, nicht für ein winziges Wort, auch nicht wenn wir beischlafen. Habe ich das verdient? Sogar meine Kinder, schön wie Rosen... Doch ihr Mund bleibt verschlossen. Einen Tod will ich gerne sterben, aber das sind tausend Tode, tausend! Meint ihr denn, ich finde mich damit ab? Und jetzt, Langer Ali, fällst du mir in die Finger, und da soll ich dich nicht erledigen? Denkst du, deine Tränen rühren mich? In diesem Jahr hattet ihr Glück. Denkt ihr denn, euch gerät jemals wieder so ein Feld unter die Hände?...

Memidik, der das Feuer schürt, erschauert. Plötzlich verstummen die Frösche, die eben noch im fernen Sumpf quakten.

Am dunklen Himmel kreisen unter vollen Sternen ruhelos die Adler wie fahle Schatten. Wird denn der Mann auf dem Brunnenrand den da unten im Spiegel des Wassers nicht sehen? Ihm bricht der Schweiß aus. Die Luft ist schwer und feucht, dazu das lodernde Feuer, die heiße Erde, die Fliegen. Memidik überlegt, was der Mann auf der Umfassungsmauer wohl tut, wenn er den Toten im

Wasserspiegel des Brunnens entdeckt. Was wird er tun? Na, was schon! Memidik beruhigt sich. Warum, dachte er, sollte der Mann auf der Mauer denn in den Brunnen gucken. »Morgen ganz früh... Nein, morgen nacht gehe ich hin und ziehe den Mann aus dem Wasser.«

Ali der Lange seufzte tief. »Elif, hast du in den letzten Tagen Sefers Gesicht beobachtet? Er schaut mich immer wieder an und lächelt. Und als er gestern an mir vorbeiging, rief er mir zu: ›Man sagt, du hättest Meryemce auf offenem Feuer geröstet. Dir traue ich es zu.‹ Ich konnte ihm ja nicht antworten... Das war nicht richtig von Taşbaşoğlu, unserem Herrn, Gott verzeih mir, denn Sefer kann jedem an den Kopf werfen, was ihm einfällt, doch niemand kann den Mund aufmachen und ihm die Meinung sagen. Mir ist, als führe er etwas gegen mich im Schilde. Kommt es dir nicht auch so vor?«

»Sein Lächeln ist böse«, antwortete Elif, »und die Dörfler stecken mit ihm unter einer Decke. Du mußt so schnell wie möglich zu deiner Mutter, bevor ihr etwas zustößt.«

»Du siehst doch, wie ich Baumwolle pflücke. Ich bin selbst überrascht, wie es mir von der Hand geht. Kaum bin ich im Feld, ist der Sack auch schon voll.«

»Und gerade das macht sie rasend. Weil du das Doppelte und Dreifache schaffst, werden sie wild vor Wut. Das empört sie mehr als der Mord an deiner Mutter. Den schieben sie nur vor...«

»Sollen sie doch tun, was sie nicht lassen können, wenn ich nur unsere Schulden bezahle und rechtzeitig bei meiner Mutter bin.«

Alle waren eingeschlafen, das Feuer brannte nieder, nur kleine Flammen züngelten noch. Ein leichter Wind kam auf. Allmählich lichtete sich das Dunkel. Auf der fernen Landstraße fuhr ein Lastwagen; seine Scheinwerfer erhellten die Nacht, und das Motorgebrumm hallte vom Anavarza-Felsen wider. Alis Augen verfolgten den Wagen eine ganze Weile. Grell tasteten sich die Scheinwerfer über die pechschwarzen Eukalyptusbäume im Gehölz.

»Elif, Elif!« sagte er, doch sie war eingeschlafen. Die Arme hat's nie leicht gehabt, dachte er. Erschöpft von der Arbeit, dazu der Ärger mit den Dörflern und die Sorge um meine Mutter. Das erträgt kein Mensch, und sei er aus Stein...

Seine Mutter ausgestreckt im Staub der Straße. In der einen Hand eine Kardenwurzel. Fest umkrallt. Der andere Arm fehlt. Er ist am Schultergelenk abgerissen. Von weither kommt ein ausgemergelter, alter Wolf mit hängender Zunge in wiegendem Lauf den verkarsteten, steinigen Abhang herunter. Er hat Witterung aufgenommen. Bald wird er Meryemce zerfleischen.

Ali versucht, diese Vorstellung zu verscheuchen, den mörderischen Wolf und den Leichnam seiner Mutter aus seinem Kopf zu verjagen. Aber als wäre nichts geschehen, läuft der Wolf wieder den karstigen Abhang herunter, torkelt auf der steinigen, ausgedorrten, dornigen Erde zum Leichnam der Mutter. Dann verharrt er neben der Toten, reißt sein riesiges Maul auf, bleckt die mächtigen Zähne, schnappt nach ihr, aber vergebens. Beharrlich nähert er sich der Toten, und jedesmal findet er sich mit hängender Zunge auf dem dürren, steinigen Abhang wieder. Dann läuft er pendelnd zwischen verdorrten Karden aufs neue hinunter.

»Ich muß auf schnellstem Wege zu meiner Mutter«, sagte Ali und drückte den Kopf ins Kissen. »Wenn ich bloß da wäre, bevor sie stirbt... Und wenn ich mich morgen schon auf den Weg mache?« überlegte er noch und zog sich das Leintuch über. Plötzlich stürzte sich sirrend eine Wolke von Mücken auf ihn. Er war so müde, daß er sie nicht mehr verscheuchte und einschlief.

15

Ununterbrochen erzählen die Dörfler Geschichten
darüber, wie Meryemce getötet wurde, erzählen sie
alle beim Baumwollpflücken an einem Nachmit-
tag, der auch noch so heiß ist, daß er fast den Atem
nimmt.

Es war sehr heiß. Kein Hauch wehte, und keine Quell-
wolken über dem Mittelmeer. Der helle, gleißende Him-
mel war leer, nicht ein einziger Vogel flog. Auch vom
Anavarza-Felsen stieg keiner auf. Die Hänge, lilafarbene
Glut, dampfen in der Hitze. Auch die Erde dampfte, die
Stoppelfelder, das wie flüssiges Silber glänzende Wasser
des Ceyhan und die wie scharfe Klingen schimmernde
Baumwolle.

Die Erde war heiß wie Glut.

Elif stellte ihren Korb ab, ging zum Faß am Feldrand,
füllte einen Napf mit Wasser und schüttete es sich über
den Kopf. Das Wasser war warm wie Blut, gelb und
schlammig. Elif trank davon Schlückchen für Schlückchen.

Fast bewegungslos zogen die Tagelöhner träge mit ihren Fingerspitzen die Baumwollfasern aus den Kapseln.
Nicht der kleinste Halm bewegte sich, als wäre alles in geschmolzenes Metall getaucht und nicht in Sonnenlicht.
Auch Alis Hände wurden träge, paßten sich dieser reglo-
sen Umgebung an. Sogar die Çukurova hatte eine so la-
stende Helle bis heute nicht erlebt.

Elif zählte die Kapseln vor ihr am Strauch. Achtundzwanzig, sagte sie zu sich selbst. Gott sei gepriesen
für tausendfachen Segen! Schleppend, ohne sich zu rühren, pflückte sie nach und nach alle achtundzwanzig Kapseln.

Etwas weiter stand eine große Staude, an der blutrote Tomaten reiften. Elif erblickte sie zuerst. Die Staude hing bis zur Wurzel voller Früchte. Das gibt einen schmackhaften Pilav, frohlockte Elif... Doch als sie sich gerade aufmachen wollte, sah sie zwei Frauen herbeispringen und blieb wie angewurzelt stehen. Im Nu hatten die beiden alle Tomaten zusammengerafft, und die Staude, eben noch leuchtendes Rot, war nur ein kahler, schwarzer Strunk.

Als Elif noch eine Staude entdeckte und hin wollte, eilten diesmal zehn Frauen herbei. Je weiter sie sich vorarbeiteten, desto häufiger tauchten diese Stauden auf. Bald pflückten alle Tagelöhner Tomaten. Wäre Hasan nicht gewesen, Elif hätte mit ihrem Soll-ich-oder-soll-ich-Nicht? für heute keine Tomaten im Grützpilav. Zum Glück entdeckte Hasan, zwischen den grünen Baumwollpflanzen verborgen, noch eine Staude... Im nächsten Augenblick hatte er sie geleert.

Die Tomatenernte brachte wieder Leben in die Reihe der Pflücker. Sie arbeiteten jetzt schneller. Doch niemand ließ Alis Hände aus den Augen. Alle kochten vor Wut. »Die Hände eines Mannes, der seine Mutter tötet, werden also zu Maschinen«, sagten sie.

Zalaca hielt ihren faltigen Hals gestreckt. Ihr weißes Kopftuch, das sie auf die Schultern rutschen ließ, gab ihre hennagefärbten, spärlichen Strähnen frei; ihr Zopf, dünn wie der Schwanz einer Katze, baumelte über ihre rechte Brust herunter. Die Haut war übersät mit Schweißtropfen.

»Satilmiş hat's erzählt. Nachdem er von der Truppe weggelaufen war, habe ich im Dorf haltgemacht. Wäre ich nur nicht vorbeigekommen, sagt er. Er kam gestern und ist heute wieder fort. Wäre ich doch weggeblieben und hätte dieses Elend nicht gesehen, sagt er. Ich bin die Berge herabgestiegen... Das ist meine sechzehnte Fah-

nenflucht... Seit zwölf Jahren bin ich Soldat, und nur
einen Monat habe ich gedient. Immer in Angst vor den
Gendarmen. Na ja, wenn ich den Abstieg nicht schaffe,
schafft es keiner. Und ich brenne vor Durst. Bin wie
ausgedörrt. Die Rosenquelle ist ganz in meiner Nähe.
Niemand nennt sie so, ich gab ihr diesen Namen. Sie
fließt über weiße Kiesel. Ihr Wasser ist eiskalt. Wirf eine
Melone hinein, und krack! spaltet sie sich nach einer
Minute mittendurch. Nicht eine Minute kannst du deinen Finger eintauchen. Er gefriert. Das Volk nennt sie
Çelikbuyduran, ich nenne sie Rosenquelle. Ich komme
also dorthin. Hätte ich den Ort doch gemieden. Plötzlich höre ich ein Gewimmer und erstarre. Ali hat den
Kopf seiner Mutter unter das Wasser gedrückt und läßt
ihn nicht los. Mutter Meryemces Körper ragt aus dem
Wasser, ruckt, wirft sich hin und her, und ihre Beine
zappeln. Und ich, ganz entsetzt, starre wie gelähmt.
Meryemce windet sich noch ein-, zweimal. Doch Ali ist
ein starker Mann, ein sehr starker Mann. Er ließ Meryemces Kopf nicht aus dem Wasser. Dann, sagt Satilmiş, erlahmte Meryemce, zitterte, reckte sich, zitterte
noch einmal und streckte sich ganz lang aus. So hat es
Satilmiş erzählt. Er sagt, wären meine Augen doch
blind, daß sie das nicht gesehen hätten. Satilmiş sagt
auch, daß Ali dann den Kopf seiner Mutter aus dem
Wasser zog, daß er sie neben die Quelle legte, die Hände
in den Seiten eine Weile um sich blickte, den Strick von
seinen Hüften losband, um die Füße seiner Mutter
schlang und sie den Hang hinunterschleifte. Der Kopf
der armen Meryemce schlitterte über den Boden, ihre
Haare verdreckten von Staub und Erde. Ich aber folgte
ihnen, sagt Satilmiş, wohin sie auch gingen, als hätten
sie mich in ihren Bann geschlagen. Plötzlich drehte Ali
sich um, und wen sieht er? Mich. Seine Augen werden
wild, sie treten aus den Höhlen, sind blutunterlaufen

und starren mich an. Ich erschrecke und renne weg. Er hinter mir her. Ich flüchte, und er jagt mich. So rannten wir eine Nacht und einen Tag. Schließlich warf ich mich in den Ablaufkasten vom Schöpfwerk im Granatapfelgarten und konnte mich retten. Ich wußte, daß Ali sich dem Mühlgraben nicht nähern würde, weil er sich fürchtet. Die Schlange vom Schöpfwerk verschlingt einen Menschen. Zwei Tage wachte Ali unter den Granatapfelbäumen, ohne zu essen und zu trinken. Auch ich wartete. Wäre ich hinausgegangen, er hätte mich getötet. Eine große schwarze Schlange kam und legte sich vor den Ausgang des Kastens. Und dann sehe ich, wie sich eine andere Schlange am anderen Ende der Traufe zusammenrollt. Jetzt bin ich vor Ali in Sicherheit und den Schlangen ausgeliefert. Versuche mal, aus dem Wasserkasten herauszukommen, wenn an beiden Enden Schlangen liegen. Da hatte ich einen guten Einfall. Mensch, sagte ich mir, Ali muß ja gegangen sein, und vor Hunger kleben meine Magenwände aneinander; also muß ich nur noch hier raus, aber wie? Wie ich so dachte, hob die Schlange am Eingang den Kopf, drehte mir wie ein Vogel eines ihrer Augen zu, sah mich eine Zeitlang an und schlängelte dann ganz gemächlich davon, die gute... Satilmiş sagt: Ich bin aus der Wasserrinne herausgekrochen und habe mich gleich auf den Weg in die Çukurova gemacht. Als er gestern morgen Ali den Langen gewahr wurde, überkam ihn das große Zittern. Nicht einmal oder zweimal, nein, immer wieder zitter, zitter, zitter... Er zitterte von morgens bis abends, zitterte mit zusammengebissenen Zähnen und verkrampften Beinen. Als die Sonne unterging, hob er den Kopf, schaute eine Weile in den Himmel und machte sich plötzlich davon. Gott hilf mir! brüllte er, als er wegrannte, Hilfe, Ali der Lange kommt, Gott hilf!«

Zalacas Gesicht ist zerfurcht. Ihre Haut, verbrannt von

der Sonne, ist wie Saffian. Und ihr Hals wird immer länger.

»Zum Teufel mit dieser Hitze!« sagte sie. »Die Hitze, meinetwegen, aber dieses blutwarme Wasser bringt den Menschen um. Zum Teufel mit diesen Mücken, mit dieser Çukurova! Zum Teufel mit Taşbaşoğlu, unserem Herrn. Wenn er schon in den Kreis der Vierzig eingezogen ist, könnte er doch etwas für unseren Lebensunterhalt deichseln, daß wir dieser Hölle von Çukurova entrinnen...«

Weit im Norden, ganz flach, liegen die Berge des Taurus, getaucht in Licht und Dunst umringen sie die Ebene, schließen sie ein, schemenhaft, aschfarben, als müßten sie gleich verbleichen, sich auflösen wie eine dünne Wolke, die sich auf die Çukurova gesenkt hat und wieder verschwindet.

Die Tagelöhner sind schweißbedeckt. Ihre Zungen ständig auf der Unterlippe, blicken sie immer wieder nach Süden, aufs Mittelmeer hinaus. Die weißen Wolken wollen nicht erscheinen, nicht auch nur einen kleinsten Zipfel zeigen. Wenn sie wie schimmernde Segel am Himmel aufziehen, kündigen sie baldigen Westwind an.

»Es ist schon sehr heiß«, sagte Habenichts, »heut werden wir geröstet. Geht es noch ein, zwei Stunden so weiter, fangen wir an einem Ende an zu brennen.« Wer eine Schirmmütze trug, nahm sie ab, die Frauen entledigten sich ihrer Kopftücher, sogar die Taschentücher verschwanden von den Köpfen. Die Kragen wurden geöffnet, und ein schwerer, säuerlicher Schweißgeruch stieg auf, legte sich dann über das Feld und vermischte sich mit dem bitteren Duft der Baumwollpflanzen.

In einiger Entfernung, auf einem Zweig ein Schimmer; leuchtet auf, erlischt, leuchtet auf, erlischt, strahlt und glitzert. Hasan lief hin. Ein Käfer! Dick gepanzert, groß, mit quellenden Augen. Sein Hautpanzer in tausendundeiner

Farbe... Grün, dann ein knallroter Strich, ein fahles, kristallenes Blau, verschiedene Gelb... Er fühlt sich hart an, aber zerbrechlich. Hasan nahm den Käfer in die Hand, betrachtete ihn von allen Seiten. Dann setzte er ihn auf einen anderen Baumwollstrauch. Auch dort schillerte der Käfer. Hasans Augen füllten sich mit Tränen.

Der Kahle Barde hatte sich zusammengekauert, als wollte er zur Saz greifen. Er schaute weder links noch rechts, bewegungslos wie ein Standbild pflückte er die Baumwolle. Seine langen grauen Brusthaare quollen durch das weit geöffnete Hemd.

Ümmühans Augen waren voller Tränen.

Die Wangen der Tochter von Ismail dem Grauhaarigen waren purpurrot angelaufen. Stramm, von der Sonne gebräunt, sah sie noch begehrenswerter aus. Die kräftigen Hüften wiegten sich wollüstig unter ihrem Rock. Ihre Augen glitten über die Reihe der Pflücker, machten bei jedem Mann halt, ruhten eine Weile auf ihm, und ihr Körper glühte vor Verlangen.

»In der Grotte im Tal der Elfen flehte Meryemce: ›Ali, bist du nicht mein Sohn? Hast du nicht aus diesen Brüsten die Muttermilch gesaugt? Ali, wie kann ein Sohn Hand an seine Mutter legen? Töte mich nicht, Ali! Ich bleibe auch ganz allein im Dorf zurück, bis du wiederkommst...‹ So beschwor sie Ali, an einem Morgen bis zum Mittag, von einem Abend bis zum Morgen. Und Ali tötete sie nicht. Er tötete sie nicht, sondern fesselte die arme Meryemce mit einem riesigen Strick ganz fest an eine Tanne vor der Höhle. ›Mutter, bleib du hier, bis wir aus der Çukurova zurückkommen. Dann werde ich dich sofort, noch am selben Tag, von diesem Baum losbinden.‹ – ›Ali, Ali, ist das nicht schlimmer als der Tod? Nimm mir die Fesseln ab, Aliii!‹ Aber Ali entfernte sich, war schon über alle Berge und hörte ihre Stimme nicht, die durch das Tal der Elfen schrillte, von den Hängen widerhallte. Es wurde Nacht, die Sterne gingen auf, und in jeder Schlucht heulten die Wölfe . . .«

»Wer hat das gesehen? Wer war der Niederträchtige? Warum hat er denn Meryemce nicht vom Baum losgebunden?«

Lange Zeit herrschte Totenstille. Jeder war wie erstarrt. Keine Hand bewegte sich.

»Ich hab's gesehen!« platzte eine Stimme heraus.

»Ich hab's gesehen!« wiederholte eine andere.

Alis Tatkraft kehrte zurück, seine Hände begannen wieder zu kreisen, bald wird der Sack voll Baumwolle sein.

Mit lautem Fauchen zogen Kampfflugzeuge, die vom Fliegerhorst Incirlik aufgestiegen waren, dicht über ihre Köpfe dahin, saugten die ganze Luft ein, flogen dem Taurus zu und waren im nächsten Augenblick im Dunst der Berge verschwunden. Gleich danach raste noch eine Kette über sie hinweg. Jedesmal richteten sich die Pflücker auf und blickten hinter den Fliegern her, bis diese in die Schwaden über dem Taurus eintauchten und verschwanden. Erst dann wandten sie sich wieder ihrer Arbeit zu. Bis abends brausten die Maschinen immer wieder über sie hinweg und verloren sich im diesigen Glast der Berge.

Die Tagelöhner arbeiteten dem Taurus zugewandt. Die Bergkette löste sich im Nebel auf, verschwand völlig und umringte dann die Ebene wie ein flacher, dünner Gürtel von fahlem Blau . . . So war es immer bei großer Hitze; mal versanken die Hänge, dann tauchten sie wieder auf.

Die Tagelöhner bildeten eine lange Kette. Aufgereiht wie bunte Perlen eines Rosenkranzes . . . In der flachen Weite der Ebene erscheinen die Menschen nicht größer als Ameisen. Betrachtet man sie von weitem, scheint es, als bewegten sie sich nicht. Ein farbenfroher Strich, nicht mehr; ohne Leben, regungslos und still. Als seien sie zu nichts anderem da, als der gelblichen, dunkelgrünen, schimmernden, staubigen, diesigen Ebene zusätzliche Farbtupfer aufzusetzen.

»Blut quillt aus Meryemces Nase, fällt Tropfen für Tropfen auf den staubigen Weg, tropf, tropf, versinkt in der Erde. Meryemce kriecht. Bis zu den Handgelenken kriecht sie im Staub, bis zu den Fesseln versinkt sie im Staub, ihr Gesicht ist voll Staub, und vor Staub ist ihr Kleid nicht zu sehen. Wie aus einem Brunnen tropft ununterbrochen Blut aus ihrer Nase. Vielleicht ergießt sich bald platsch! ihr ganzes Blut auf die Erde. Um den Hals trägt Meryemce ein Halfter, das Ende hält Ahmet der Umnachtete in der Hand. In der anderen eine Peitsche aus rohem Rindleder. Er zerrt Meryemce hinter sich her, und wenn ihm danach ist, dreht er sich um und peitscht sie. Sie kommen auf felsiges Gelände, Ahmet der Umnachtete schleift Meryemce über die Steine. Meryemce reißt sich an den scharfen Kanten die Hände blutig. Die beiden stürzen den Felshang hinunter. Meryemce ist über und über mit Blut besudelt, es läuft ihr vom Nacken, von den Armen, aus den aufgeplatzten Fußsohlen, steht ihr wie Schaum vorm Mund. Meryemce rollt vom Gipfel in die Schlucht, kommt auf die Beine, bricht über einem weißen Felsblock zusammen, kratzt den Stein, krallt sich mit den Fingernägeln in ihn hinein. Dann richtet sie sich auf, ihre Augen treten aus den Höhlen, glotzen wie ein Frosch... Ihr Rückgrat ist verrenkt, ihr Körper zerschunden... Das Blut rinnt, und um den Hals das Halfter... Nicht weit von ihr hockt Ahmet der Umnachtete auf einem Stein, grinst breit und behäbig über Meryemces Elend. Auf einem anderen, kerzengerade, steht Ali der Lange. Meryemce erblickt ihn, doch kein Laut kommt über ihre Lippen. Sie fleht ihn an und bleibt doch stumm. Und warum? Was sagt Meryemce, die da fleht und deren Stimme nicht zu hören ist? Doch dann vernimmt man sie ganz schwach. Die Felsen färben sich lila, beginnen zu glühen, daß du die Hand nicht auflegen kannst. Meryemces Blut tropft auf die lilafarbenen Felsen und verdunstet im Nu. Meryemce fleht.

Ahmet der Umnachtete, wütend, packt Meryemce an den Füßen, und hau sie, gib's ihr! schlägt er sie gegen den Felsen. Hau sie! Gib's ihr! Hau sie! Meryemce ist quickle-bendig, nur ihre Augen treten aus den Höhlen wie bei ei-nem Frosch. Ihr Blut verdunstet, sie sitzt auf einem Felsen, um den Hals das blutige Halfter, dessen Ende in Ahmet des Umnachteten Hand . . . Ali der Lange steht abseits, die Arme auf der Brust verschränkt. Meryemce, die noch nie-manden beschwor, denn sie ist stolz, Meryemce fleht ihn an. Geht es denn nicht ums Leben, das der Teufel hole? Und das Leben ist sehr süß. Was gibt es denn sonst noch auf dieser Welt, wofür sich bitten lohnte, und darum fleht der Mensch um sein Leben. Es wäre besser, er täte es nicht. Wie gut wäre es doch, wenn er für nichts den Rücken beugte, nicht einmal für sein Leben. Meryemce fleht. Aber sie bleibt stumm. Und Ahmet der Umnachtete lacht wie ein Wahnsinniger. «

»Ali, Ali, hast du ein Herz, Ali?«

»Alis Herz ist Stein und Eisen. «

»Meryemce stirbt nicht . . . Wird dir zur Plage. Bevor sie sich für das, was du ihr angetan, nicht gerächt hat, stirbt sie nicht . . . Du kannst sie zerbrechen, niederma-chen, verbrennen, zerstören, zerschneiden, Meryemce stirbt nicht, sie ist unsterblich wie Gras, die Meryemce, unsterbliches Gras. Ali, Ali, weißt du denn, was Mitleid ist?«

»Alis Herz ist Stein und Eisen. «

»Ali, Ali, reichst du jemals an Meryemce heran? Sie, die Mutter der Mütter, ist es wert, auf Händen getragen, mit Güte behandelt zu werden, ist es wert, daß man ihr jeden Morgen, jeden Abend die Hände küßt. Kann man denn eine Meryemce den Wölfen und Vögeln zum Fraße vor-

werfen? Ali, Ali, hast du in deinem Herzen noch ein bißchen Menschlichkeit bewahrt?«

»Alis Herz ist Stein und Eisen.«

»Sie machte sich auf den Weg, wollte nicht im Dorfe
bleiben, schleppte sich über die Landstraße. Nachts kletterte sie auf einen Baum. Eines Abends taumelte sie in den
Verlassenen Friedhof. Unter dem Walnußbaum der Opfergaben schlief sie ein. Sie öffnete die Augen, und was
sieht sie? Der Heilige Walnußbaum ist in Licht getaucht,
er schillert und strahlt, macht die Nacht zum Tage, erhebt
sich und wandelt den Taurus hinunter. Meryemce fand
sich morgens mitten im Verlassenen Friedhof wieder und
begann zu laufen. Sie lief und lief, doch sie fand den Ausgang nicht; so rannte sie drei Tage und drei Nächte und
fand den Ausgang noch immer nicht. In Todesangst lief
sie mit heraushängender Zunge im Friedhof hin und her.
Dann brach sie am Fuße eines mächtigen Grabsteins unter
einer ausgehöhlten Platane zusammen. Der Stamm ist
ganz schlank, wie eine fingerdicke grüne Wand. Auch die
Zweige, die Blätter sind leuchtendes Grün. Und um einen
grünen Ast der Platane hat sich eine schwarze Schlange
geringelt. Eine lange, sehr lange Schlange; sie windet sich
um den Stamm, schlängelt sich herunter, tiefer und tiefer.
Nur der Schwanz schlingt sich noch um den Ast. Der
Atem der Schlange schlägt Meryemce ins Gesicht, die
Zunge züngelt wie drei Zinken einer Gabel, eine Zunge
wie rote Flammen. Meryemce will schreien, aber sie kann
nicht, ist ja so erschöpft, könnte nicht einmal fliehen, auch
wenn sie es wollte. Und der Atem der Schlange schlägt ihr
wie Flammen ins Gesicht. Die Schlange rollt sich zu einem
Ball, zu einem pechschwarzen Ballen und fällt wie der
Blitz, wie ein schwerer Stein auf Meryemces Brust. Meryemce kann kein Ach mehr sagen und haucht ihre Seele
aus ... Ali, Aliii, hast du keinen, überhaupt keinen, nicht
den kleinsten Gottesglauben, hast du denn kein Mitleid,

keine Liebe? Ali, Alii, wird die weiße Milch deiner Mutter nicht über dich kommen und wie Gift in deinen Adern kreisen?«

»Alis Herz ist Stein und Eisen.«

Über die Kimm steigen hier und da ganz kleine weiße Wolken, wie aus dem Meer gewachsen. Dann kommt eine ganz leichte Brise auf, kühlt die Haut der Pflücker ein wenig, wirbelt feinen Staub hoch, der bald wieder auf Wege und Landstraßen niederrieselt, die das Land wie ein Spinnennetz durchziehen. Aber dieser Windhauch genügte schon, die Lebensgeister der Tagelöhner aufs neue zu wecken. Durmuş begann ein Lied zu singen, und die Hände wurden wieder schneller. Im Süden, über dem Mittelmeer, quollen die weißen Wolken, wurden größer, immer zahlreicher und stiegen höher.

Halil der Alte drückte die Rechte auf seine weißen Brauen und blickte in den Süden: »Heute wird der Westwind kühl. Er wird die Wolken hertreiben und weiß Gott auch Regen bringen.«

»Beschwöre das Unheil nicht, Alter Halil, im Sommer fällt kein Regen auf die Çukurova.«

Die Quellwolken wurden immer größer, immer dichter; sie stiegen und bedeckten bald den ganzen Himmel über dem Meer. Ganz plötzlich fegte der Westwind heran, türmte den Staub der Landwege zu Säulen auf, trieb sie dem Taurus-Gebirge zu und trocknete den Schweiß der Tagelöhner.

Alis Gesicht verfinsterte sich. Es ist sonnenverbrannt, die glänzende Haut zerfurcht, die Züge bitter verzerrt, die Lippen beben. Auch seine Hände zittern, und seine Augen sind blutunterlaufen. »Ich habe meine Mutter nicht getötet«, sagt er, »bei Gott«, sagt er, »ich habe sie nicht getötet. Kann ein Mensch denn seine Mutter töten? Nehmt eure Klauen von meinem Hals, verschlingt mich nicht bei lebendigem Leibe. Ihr kennt mich so viele Jahre, bin ich

denn ein Mann, der fähig ist, seine Mutter zu töten? Ich
sagte ihr: O Mutter, Mutter Meryemce, komm mit uns in
die Ebene, ich trage dich wie im vorigen Jahr auf meinem
Rücken hinunter. Bleibst du im Dorf, frißt mich das
Landvolk mit Haut und Haaren; doch sie wollte nicht mit-
kommen. Was geht mich der Bauer an, sagte sie, was geht
er mich an. Ich bleibe in meinem Dorf, da lebe ich bequem. Zum Teufel mit dem Brauch, die Alten mitzuneh-
men. So sprach meine Mutter und weigerte sich. Elif buk
Fladenbrot für zwei Monate. Ich plünderte zwei Bienenkörbe, schlachtete zwei Milchzicklein, brachte ihr dreißig
Hühner und einen Bottich reine, gelbe Grasbutter... genau das richtige für Alte... Und der Wald ist voller Äpfel
und Birnen, alle reif, dazu am Brunnen mannshohe
Minze... Und Mutter blieb im Dorf. Außerdem ist Ahmet der Umnachtete dort... Zwei Seelen im Dorf, sie essen, trinken und halten ihren Plausch. Einen Finger im
Honig, einen in der Butter und einen dritten in der Milch,
nein, Brüder, glaubt mir, ich habe meine Mutter nicht getötet. Außerdem werde ich in der Çukurova das Ende der
Baumwollernte nicht abwarten. Ich pflücke so schnell,
schufte mir die Seele aus dem Leib, um bald bei meiner
Mutter zu sein. Sowie ich genug Baumwolle zusammen-
habe, um meine Schulden bei Adil zu bezahlen, bin ich in
einigen Tagen bei ihr. Weder Berg noch Geröll werden
mich davon abhalten, auf schnellstem Weg meine Mutter
zu erreichen. Sie ist jetzt zu Hause, am Brunnen, wo es
nach Minze duftet, unter den Tannen, brät Hühner in der
Glut, trinkt eiskalten Ayran, trinkt Ayran und ißt gebratenes Fleisch, trinkt Ayran und ißt ein fettes Huhn... Die
Tannen duften, es ist frisch... Es weht eine leichte
Brise... kühl und erquickend. Nicht einmal die Sonne
brennt. Und keine einzige Fliege. Uff, hier ist es warm wie
Blut. Wie gut, daß meine Mutter nicht gekommen ist.
Und dann wird sie noch der Heilige der Heiligen besu-

chen; Taşbaşoğlu, unser Herr, wird kommen und Meryemce die Hand küssen. Mutter Meryemce wird sich mit
ihm unterhalten; wenn sie auch mit einem Sterblichen wie
mir nicht spricht, mit einem aus dem Kreise der Vierzig
redet sie. Könnten wir, könnte ich doch an ihrer Stelle
sein. Aber so gut werde ich's nie haben.«

Eine Staubsäule kam, eine riesige Windhose, drei Minaretts hoch, und hüllte die Pflücker eine Weile ein. Ali der
Lange redete ununterbrochen von seiner Mutter. Mund
und Nase, sein ganzer Körper waren voller Staub, er war
fast am Ersticken... doch er redete pausenlos. Die Staubsäule zog weiter, nahm Baumwollblätter, Maisblätter und
dürres Gras mit. Und Fatmalis Kopftuch. Nahm es mit
und legte es auf das Wasser des Ceyhan. Die Pflücker waren weiß geworden. Brauen und Wimpern, Hände und
Füße, Haare und Kleider waren voll Staub, sie waren weiß
vom Scheitel bis zur Sohle.

»Alis Herz ist Stein und Eisen...«

Es ist heiß... Auf violette Felsen tropft das Blut. Tropf,
tropf, fällt es auf den Stein und verdunstet, kaum daß es
ihn benetzt.

16

*Tief und unheilbar verletzt denkt Amtmann Sefer
voller Rachsucht ununterbrochen darüber nach,
was er Ali dem Langen und den Dörflern Böses antun, wie er ihnen Fallen stellen kann. In dieser
Welt denken bösartige Menschen immer über Bos-
heiten nach und tun sie anderen Menschen auch an.
Ihre Fallstricke sind wirksam. Die Erde der heuti-
gen Welt ist fruchtbar für die Saat der Leiden, der
Niedertracht, der Infamie, die diese bösen Menschen ausstreuen, sie sprießt und gedeiht. Sefer
greift zu unvorstellbaren, niederträchtigen Mit-
teln, um Ali den Langen in die Enge zu treiben,
um ihm den letzten Stoß zu versetzen. Mit den
Dörflern wird später abgerechnet, denn Amtmann
Sefer stirbt eher, als daß er verzeiht. Sollen die
Bauern doch nicht mit ihm sprechen. Sie werden
schon noch was erleben.*

Folge mir!« donnerte Sefer. »Folge mir, denn ich
habe dir einige Worte zu sagen. Und diesmal wirst du
tun, was ich dir auftrage. Hättest du damals auf mich
gehört, wären wir von dieser Plage Taşbaşoğlu verschont geblieben, wäre ich nicht in dieser bedauerlichen
Lage.«

Er schritt aus und redete, ohne sich umzudrehen. Ömer
ging hinter ihm her, trat in seine Fußstapfen und dachte
nach. Er war sehr gespannt, denn jedesmal, wenn Sefer
ihn rief und sich mit ihm zurückzog, hatte er etwas Wichtiges vorzuschlagen. Kletten verhakten sich in ihren Pluderhosen, als sie durch das Gestrüpp zum Ufer des Ceyhan hinuntergingen. Der Fluß ruhte wie ein stiller, dunkler, grüner See. Ja, eigenartig grün, wie Gift, lag das Was-

ser im Schatten der Bäume. Sie gingen um die Brombeer-
büsche herum die Böschung hinunter bis zum Sandstrei-
fen.

Sefer vorweg, Ömer hinterher, schritten sie den Strand
entlang. Kreuz und quer zogen sich Abdrücke durch den
Sand; Hasen, Hunde, Schakale, Ottern und verschiedene
Vögel hatten ihre Spuren hinterlassen... Ömer betrachtete sie, am meisten aber die Fußstapfen von Sefer, denen
er folgte.

»Die ganze Çukurova ist im Bilde, ich kann niemandem ins Gesicht sehen. Vor der ganzen Schöpfung habe
ich mich lächerlich gemacht. Von Istanbul bis Ankara,
von Ankara bis London, von London bis ans Ende der
Welt. Lächerlicher geht es gar nicht. In Adana sollen sich
die Leute nur noch darüber unterhalten und ausschütten
vor Lachen. Wo ich hinkomme, wo auch immer man
mich erkennt, prusten sie los. Sie halten sich den Bauch
und lachen. Da ist keiner mehr in dieser großen Çukurova, der noch nicht von mir gehört hat. Von sieben bis
siebzig kennt mich jedermann. Als Legende beflügle ich
die Zungen, werde ich schon überliefert. Als der Amtmann, mit dem seine Dörfler nicht sprechen. Sogar seine
Frauen, Kinder und Verwandten sollen nicht mit ihm reden. Denn als der Heilige der Heiligen, Taşbaşoğlu, unser
Herr, in den Kreis der Vierzig einging, hätte er den Dörflern befohlen, um Gottes willen nicht ein einziges Wort an
diesen Jemand zu richten. Das erzählen sich die Leute in
der Çukurova und lachen über mich. Bringt mich diese
Schande etwa nicht um, Ömer? Mein Neffe und leiblicher
Bruder, der mir mehr bedeutet als alle meine Kinder,
meine Verwandten, meine Frauen, mein Haus, mein Hof
und was ich sonst noch habe: Dein Onkel wurde jedermanns Zeitvertreib, hörst du? Zeitvertreib! Wie kann ich
mich je wieder davon reinwaschen? Von diesem schändli-
chen Ruhm... Wird dieser Ruhm nicht von einer Genera-

tion zur anderen weitergereicht werden? Werden sie nicht erzählen von dem Mann, der Bürgermeister war und mit dem bis zu seinem Tode niemand sprach? Werden die Geschichtsbücher nicht davon berichten? Große Bücher, Bücher der Regierungen... Auch die Menschen der Çukurova sprechen nicht mit mir. Verdammte Trottel, hat dieser törichte Taşbaşoğlu euch oder meinen Dörflern geboten, nicht mit mir zu sprechen? Was geht euch das also an, ihr Hunde der Çukurova! Was geht euch das an, was wohl, was? Siehst du, hätten wir doch in jener Nacht bloß Taşbaşoğlu, unseren Herrn, getötet...«

Er blickte um sich, drehte sich dem Wasser zu und spie einen großen Qualster hinein. »Laß uns hier anhalten«, sagte er, »laß uns hier anhalten, denn ich habe dir einige Worte zu sagen, Bruder, du einziges Licht meiner Augen, du starker Sproß meiner Sippe.« Er hockte sich auf einen Erdhügel und sagte: »Ömer, setz dich mir gegenüber hin.« Seine Stimme war zärtlich, weich und herzlich. So klang sie immer, wenn er von einem Menschen etwas erwartete.

Eine Weile blickte er Ömer starr ins Gesicht, ohne die Augenlider zu bewegen. Eine alte Angewohnheit von ihm.

Ömer hielt den Kopf gesenkt und erwartete diesen wichtigen Vorschlag voller Neugier und Ungeduld.

Sefer streckte den Arm aus und ergriff Ömers Hand. Seine eigene war glühendheiß. »Mein Ömer, mein Bruder, niemand spricht mit mir, niemand spricht mit mir, tu du es wenigstens. Ich bitte dich, sprich! Ich werde noch wahnsinnig, bitte sprich! Sprich, denn ich habe dir einen Vorschlag zu machen. Wir haben in dieser Welt noch etwas zu erledigen. Los, sprich mit mir, sag Onkel Sefer zu mir, sei doch so gut!«

Er schwieg, wartete ab. Ohne seine Augenlider zu bewegen blickte er Ömer wieder ins Gesicht. Doch dieser sagte nichts, war stiller als ein Stein.

177

»Sieh, Ömer, dieser Taşbaşoğlu war kein Heiliger. Den hat der Bauer erfunden. Als er in seiner Not einen Zweig suchte, an den er sich klammern konnte, fiel ihm Taşbaşoğlu in die Hände. Er nahm ihn und setzte ihn auf den Heiligenthron. Dann redete er sich so lange den Heiligen ein, bis er daran glaubte. Kann denn ein Heiliger erfrieren? Sag, kann ein Heiliger sterben?«

Spräche Ömer mit Sefer, würde Ömer brüllen: Taşbaşoğlu ist nicht gestorben! Würde Ömer sagen: Hast du denn nicht gehört, was der Gefreite Cumali erzählt hat? Daß Taşbaşoğlu zu Licht wurde und zum Gipfel der Berge aufgestiegen ist? Aber er mußte es für sich behalten, und das ärgerte Ömer.

Sefer wartete ab und redete, redete und wartete ab, forderte Ömer heraus, reizte ihn, aber dieser machte den Mund nicht auf. »Du wirst also nicht sprechen, ich verstehe«, seufzte Sefer verständnisvoll. »Alle sind mir feindlich gesinnt, ich sollte mich umbringen, dann hätte ich Ruh...«

Ömer bekam Mitleid mit ihm. Wie ein Adler war einst mein Onkel Sefer. Legt sich der Mensch aber auch mit einem Heiligen an! Wirft man einem Heiligen denn Knüppel in die Speichen? Da sehen wir's, die Heiligen machen ihn dann so zum Gespött der Welt, daß er seines Lebens überdrüssig wird. Bis zu deinem Tode wird niemand mit dir sprechen, Onkel Sefer. Du hast nicht gut getan, hast einen großen Heiligen Gottes beleidigt, hast unseren Sultan mit dem Gesicht einer Rose erniedrigt.

Als Sefer merkte, daß seine Worte bei Ömer Wirkung zeigten, sich sein Gesichtsausdruck veränderte, sprach er weiter: »Ich hätte mich schon längst töten sollen, hätte mich nicht mit so einem erbärmlichen Leben abfinden dürfen; aber die Seele ist süß... Der Teufel soll sie holen, man hängt an ihr. Ach, ich hätte mich töten sollen.« Er sah, daß Ömers Augen feucht wurden, sich mit Tränen füllten, und dennoch sprach der Junge nicht. Sieh dir diese Macht von Taşbaşoğlu an!

Plötzlich packte Sefer die Angst. Sollte Taşbaşoğlu wirklich ein Heiliger sein? Wenn ja, bin ich in dieser und jener Welt keine fünf Para wert. Dann spucken mir nicht einmal mehr die Hunde ins Gesicht. Sofort verwarf er diesen Gedanken. Gott bewahre! Einen Augenblick meinte er, Ömer habe seinen Gedanken erraten, und er schrie entsetzt: »Taşbaşoğlu konnte nie ein Heiliger sein. Aus so einem Hund, so einem Widerling, so einem Niederträchtigen kann unmöglich ein Heiliger werden. Unmöglich! Niemals!«

Seine Wut wuchs, sein ganzer Körper zitterte: »Das kann nicht sein! Unmöglich, das kann nicht sein!« Abgehackt, mit schwacher Stimme, wiederholte er immer wieder: Das kann nicht sein! Unmöglich, das kann nicht sein! Kaum hörbar, nur in sich hinein: Das kann nicht sein, kann nicht sein! Um dem Gedanken von vorhin zu entkommen, klammert er sich an dieses Das-kann-nicht-Sein wie an einen Rettungsring.

Dann hob er den Kopf und lächelte: »Das kann nicht sein, mein Lieber, niemals! Das kann nicht sein!« Er beruhigte sich, wischte sich den Schweiß, brach vom nahen Mönchspfefferstrauch ein Stückchen ab, steckte es in den Mund und begann darauf zu kauen.

Eine Zeitlang war es still zwischen ihnen. Ömer wußte aus Erfahrung, daß jetzt Wichtiges bevorstand, wußte es und wartete gespannt darauf.

Sefers langes, gelbes Gesicht war noch länger geworden, noch bleicher.

Schließlich blickte Sefer auf, spuckte das Holz aus, machte eine Handbewegung, als verscheuche er eine Fliege, schluckte, senkte wieder den Kopf, grübelte eine Weile, schaute auf und sah Ömer fest in die Augen. Eine Weile starrte er ihn so an, hart und durchdringend. Ömer wich ihm immer wieder aus, aber es nützte ihm nichts. Er spürte Sefers Augen auch weiterhin auf sich lasten.

Die Zweige der Tamariske strichen über das Wasser. Zwischen den Ästen, die der Böschung zugewandt waren, wimmelten summende Bienen über honiggelben Waben.

Sefer schlug mit der Hand auf die Erde: »Bruder Ömer«, sagte er, »du wirst ins Dorf gehen und Meryemce töten! Das verlange ich von dir. Ali hat Meryemce nicht getötet. Meryemce ist im Dorf und wartet auf uns, wartet auf irgendein lebendes Wesen. Du wirst dich jetzt ins Dorf begeben, wirst Meryemce töten und zurückkommen. Und ich werde in diesem Winter deine Hochzeit ausrichten. Ich werde dir auch einen Ochsen schenken. Schließlich handelt es sich nur um ein altes Weib. Hundert Lira werde ich dir auch noch geben. Und niemand wird erfahren, daß du von hier fortgegangen bist, wird es nicht einmal merken. Wie eine Schlange wirst du ins Dorf gleiten, und ehe sie sich's versehen, wieder hier sein. Wirf Meryemces Leichnam aber nicht irgendwohin in einen Graben. Er darf den Wölfen und Vögeln nicht zum Fraße werden. Wir brauchen ihn. Du wirst die Leiche in Alis Haus einschließen, damit sie uns nützen kann, damit das Landvolk sie nach der Ernte dort entdeckt und Ali den Langen an den Galgen bringt. Los, mach dich reisefertig!«

Daraufhin stand er auf, klopfte sich den Sand aus den Kleidern und machte sich auf den Rückweg. »Bleib du noch etwas hier. Sie sollen uns beide nicht zusammen sehen.«

Ömer blieb eine Zeitlang da hocken. Als er aufstand, knackten seine Knochen. Sein ganzer Körper schmerzte, als hätte man ihn geprügelt.

17

Das Unbehagen wuchs, die Stimmung wurde immer gedrückter. Als sei Ali der einzige Grund dieser Verdrossenheit, wurde alles ihm angelastet: die Mücken, die Hitze, die Streife der Gendarmen, die Sache mit Şevket Bey. Was Ali auch tat, brachte die Dörfler in Wut. Sagte er: Meine Seele, verstanden sie: Zum Teufel mit dir. Ihnen war, als müßten sie ersticken. Am schlimmsten war Hasan und Ümmühan zumute.

Ümmühan stieß Hasan an und zeigte auf ihren Vater. Mit gekrümmtem Rücken zupfte Ali ununterbrochen Baumwollfasern aus den Kapseln, und der Haufen vor ihm wurde immer höher. Kleiner als Ameisen fielen winzige schwarze Käfer aus den Kapseln auf die Erde, krabbelten geschwind hin und her, wimmelten auf Alis Hand, bedeckten seine Leinenhose.

Nicht weit davon brodelte es in einem rußgeschwärzten Kessel, und in der prallen Sonne stieg feiner weißer Dampf von der Feuerstelle in den Himmel. Der Rauch des Feuers war nicht zu sehen. Die Frau von Taşbaşoğlu hockte auf der Erde und rührte mit einem hölzernen Löffel das kochende Wasser im Topf.

Ohne seine Arbeit zu unterbrechen, schaute Ali der Lange ihr zu. Die Frau sang ganz leise eine Totenklage, die zu Herzen ging.

Es war sehr heiß. Die Mücken waren schon geflüchtet. Amtmann Sefer hatte am Feldrand große Holzscheite angezündet, ihre Glut lag weiß und farblos in der Sonne. Jetzt wälzte er ein Rebhuhn platt, salzte und pfefferte es und warf es in die Glut. Das Fleisch zischte, und sein Geruch breitete sich aus. Die Nasenflügel der Dörfler bebten vor Eßlust. Unwillkürlich stockten Alis Hände, und er zog die Luft genüßlich durch die Nase. Schwere fette Duftwolken von gebratenem Fleisch zogen über das ganze Feld. Kein Hauch regte sich in der atemlosen Stille. Eine ganze Weile hing der Duft in der Luft und senkte sich dann langsam auf die Erde.

Wieder stieß Ümmühan Hasan an und zeigte auf ihren Vater. Ali des Langen Hände bewegten sich nicht, gedankenverloren starrte er auf den zerbissenen Rebhuhnflügel zwischen Sefers Fingern. Ali schluckte.

Sefer lief das Fett von den Mundwinkeln den Hals herunter, er kaute mit seinen kräftigen Kiefern das gegrillte Fleisch und betrachtete heimlich und voller Schadenfreude die anderen. Denn alle schluckten, und ihre Nasenflügel bebten. Die nackten Füße lugten zwischen Baumwollsäcken unter den Sonnenzelten hervor, große und kleine, rissig, und rührend in ihrer Starre. Immer mehr Fliegen ließen sich auf sie nieder.

Ali der Lange war in nur wenigen Tagen abgemagert, sein Hals war länger geworden, die Haut faltiger, und seine Augen lagen tief in den Höhlen. Seine Hände zitterten. Als er nach geraumer Weile wieder zu sich kam, stürzte er sich wie der Blitz auf die Baumwollkapseln und arbeitete so schnell er konnte. Zur einen und zur anderen Seite glitten Baumwolle und Kapseln durch seine Hände getrennt zu Boden.

Von allen Haufen Baumwolle war Alis der größte. Dann kam der von Halil dem Alten, und wenn der ihn betrachtete, kugelte er sich vor Freude. Er wußte, was er damit anfangen würde. Und jetzt schon schwellte ihn der Stolz.

Und von den Zelten klangen keine Lieder.

Memidik sprang alle Augenblicke unter seinem Laubdach hervor, hielt die Hand schützend über seine Augen und sah in die Weite, zum Brunnen hinüber, wo sich ab

Minaretthöhe die Adler wie eine Säule übereinander in den Himmel schraubten, bis sie außer Sicht waren. »Allah, Allah!« seufzte er. »Allah, Allah! Was ist denn in die gefahren? Gestern noch breiteten sie sich wie eine schwarze Wolke über den ganzen Himmel aus, daß die Sonne nicht zu sehen war, und jetzt steigen sie wie eine schwarze Säule über der Çukurova empor, bis sie sich in der Unendlichkeit verlieren.«

Wie eine schwarze Säule... Türmen sich über dem Brunnen, schrauben sich immer höher.

Ganz verschwommen sah Memidik noch einen Schatten. Auf dem steinernen Brunnenrand saß der Mann, sein Umriß schien in der Sonne zu einem schwarzen Fleck geschmolzen. »Bei Gott, dieser Mann ist wahnsinnig«, sagte Memidik. »Wird er denn niemals hungrig, hat er keine Bedürfnisse, schläft ihm denn keines seiner Glieder ein? Was ist das für ein Mann? Er rührt sich auch nicht vom Fleck, damit wir unseren Toten aus dem höllischen Brunnen herausholen, bevor ihm ein weiteres Unglück geschieht, bevor ihn die Adler fressen.« Er biß die Zähne zusammen und flog vor Wut. »Der wird nicht aufstehen; dieser Halunke wird dort sitzen bleiben, als hätten sie diesen Hundesohn mit vierzig Ketten an die Mauer geschlagen. Aber ich weiß, wie ich ihn von dort verscheuche, verscheuchen werde und mehr noch, wenn es sein muß. Seinetwegen muß unser Toter noch im Brunnen verfaulen. Allah, Allah, er wird verfaulen! Hast du denn überhaupt nichts zu tun, du Nichtsnutz? Setzt dich auf die Brunnenmauer und bleibst dort hocken. Ist dein Arsch am Stein festgewachsen? Und am Himmelszelt wie angenagelt die Adler. Irgendwas ahnt ihr doch, führt ihr im Schilde. Entweder laßt ihr unseren Toten im Brunnen verfaulen, oder ihr freßt ihn auf.«

Die glühendheiße Erde brannte unter seinen nackten

Füßen. Ihm schwindelte, und er flüchtete unter sein Laubdach, machte sich über seine Kapseln her. Als seine Finger die feuchten, frischen Fasern berührten, kam er wieder zu sich.

In keinem anderen Jahr waren die Dörfler so ernst und mißgelaunt. Eigenartig! Weil Taşbaşoğlu, unser Herr, nicht mehr unter ihnen weilt, das ist es. Mit ihm schwand ihre Hoffnung dahin. Sieh doch, sie erwähnen nicht einmal mehr seinen Namen.

Ümmühan stieß Hasan an und zeigte wieder auf ihren Vater. Hasan neigte sich an ihr Ohr. »Er ist ganz in Gedanken versunken«, raunte er ihr zu. »Bald sind keine Kapseln mehr im Sack, dann gehen wir ins Gehölz. Los, zupf schneller! Warum sind deine dreckigen Finger so lahm?«

»Meine Hände zupfen schon, mach dir darüber nur keine Sorgen«, lächelte Ümmühan.

»Wir finden mein Nest vom vorigen Jahr. Dann gehen wir zur Dachsröhre. Und dann essen wir noch Brombeeren. Und dann... Weißt du noch, voriges Jahr?«

»Im vorigen Jahr waren wir ja gar nicht hier. Also können wir unser Nest auch nicht finden. Haben wir im vorigen Jahr nicht weit unten am Mittelmeer Baumwolle gepflückt?«

»Schweig!« zischte Hasan scharf wie ein Messer. »Schweig, Hure! Das Gehölz dort ist das vom vorigen Jahr. Geh doch zur Hölle, wenn du nicht mitkommst. Ich gehe ohne dich und werde mein Nest schon finden.«

Sie hatten Glück, daß ihr Vater sie nicht hörte. Gedankenversunken gab es für ihn nichts auf der Welt außer Baumwollkapseln.

»Sei nicht so böse, Hasan«, beschwichtigte Ümmühan. »Ich habe das nicht gesagt, um dich zu ärgern. Dein Nest ist in diesem Gehölz. Sogar dein Nest von vorigem Jahr. Auch der Dachs ist noch dort. Gleich nach dem Essen, wenn alle schlafen...«

Hasan lächelte: »Wenn alle schlafen.«

Draußen, in der Hitze, hatte Elif einen Topf mit Weizengrütze aufs Feuer gesetzt; sie kochte Pilav mit Tomaten. Bald brutzelte Butter in einer Pfanne wie an vielen anderen Feuerstellen auch. Ein Geruch von heißem Fett hielt sich in der schweren, schwülen Luft.

Elif lief mit dem dampfenden Pilav unter das Sonnendach und stürzte den Topf auf die kleine Tischplatte am Boden: »Haut rein mit euren Löffeln, los! Mit viel Tomaten schmeckt's besonders.« Alle vier machten sich über den Pilav her. Kaum hatten sie gegessen, legte Ali seinen Kopf in die Armbeuge und schlief.

»Mutter«, sagte Ümmühan, »wenn ihr schlaft, werden Hasan und ich am Flußufer Brombeeren pflücken. Hasan wird auch sein Nest vom vorigen Jahr suchen.« – ›Sein Nest vom vorigen Jahr‹ sprach sie sehr gedehnt und sah ihrer Mutter dabei in die Augen. Als Elif darauf nicht einging, wiederholte Ümmühan: »Hasan will sein Nest vom vorigen Jahr suchen; er will nachsehen, wieviel Junge geschlüpft sind. Sein Nest von vorigem Jahr ...«

»Geht schon, aber nicht zu weit«, antwortete Elif. »Und klettert auch nicht auf Bäume, ihr könntet herunterfallen. Wenn der Westwind aufkommt, lauft ihr sofort wieder her. Wir müssen sehr schnell sehr viel Baumwolle pflücken, dreimal mehr als die andern. Wenn Vater in den nächsten Tagen nicht ins Dorf zurückkehrt, stirbt eure Großmutter. Und wenn eure Großmutter stirbt, fressen uns die Dörfler mit Haut und Haar. Ihr seht ja, was sie jetzt schon mit uns treiben. Also, beeilt euch!« Sie bettete ihren Kopf und war schon eingeschlafen.

Hasan und Ummühan machten sich auf den Weg. Alle Dörfler schliefen, im Lager hörte man nicht einen Laut. In der Ebene brütete die Hitze, summten die Insekten, erfüllte das Zirpen der Grillen die flimmernde Luft.

Die Kinder entfernten sich. Sie überquerten ein von

Kletten überwuchertes Feld, gingen durch einen Tamariskenhain, schlängelten sich durch Brombeergestrüpp,
tranken eiskaltes Wasser an einer Quelle und kamen
schließlich zum kleinen Gehölz am Ufer des Ceyhan.

»Schau, Ümmühan, schau!« Hasan zog sie am Arm.
»Hast du gesehen, wie schnell Memidik läuft? Das
macht er jeden Tag. Er rennt irgendwohin und kommt
dann wieder zurückgelaufen. Hast du auch sein Gesicht
gesehen? Es ist ganz eingefallen. Der Arme«, sagte er
mitleidig.

Ümmühan seufzte: »Er ist ganz dünn geworden, der
Arme. Man sagt, die Frau von Bekir dem Krakeeler läßt
ihm keine Ruh. Jede Nacht, aber auch jede, sollen sie
zusammen sein. Der Arme kommt überhaupt nicht zum
Schlaf. Er ist sowieso nur ein Häufchen Leben, der Memidik. Schade um ihn!«

»Ja, schade um den Armen«, erboste sich Hasan.
»Dieses Weib von Bekir dem Krakeeler ist aber auch
eine Plage für das Dorf. Um von ihr erlöst zu werden,
sollte man sie töten. Sonst werden noch alle Burschen
im Dorf schwindsüchtig.«

»Ach, ach, sie werden alle schwindsüchtig«, wiederholte Ümmühan. »Sieh, wie schnell er läuft! Wo er
wohl jeden Tag hinrennen mag?«

»Er hat Sorgen«, sagte Hasan großspurig, »Sorgen,
sag ich dir, Sorgen...«

»Hör zu, Hasan!« Ümmühan blieb einen Augenblick
stehen. »Soll ich dir mal was sagen? Wir laufen hinter
ihm her. Dann sehen wir, wo er hingeht und was er
dort treibt.«

Hasan zögerte eine Weile, scharrte mit dem Fuß in
der heißen Erde und dachte nach. »Los, gehen wir!«
sagte er schließlich. Sie schlugen die Richtung ein, in die
Memidik gelaufen war. »Hör mal, Ümmühan, wenn
Memidik uns nicht sehen darf, werden wir auch nicht

sehen, was er treibt; und wenn er uns sieht, wird er nicht tun, was er vorhat. Er wird sich verstecken oder flüchten.«

»Wir machen es ganz heimlich«, sagte Ümmühan und beschleunigte ihre Schritte.

So schnell er konnte, rannte Memidik, rannte wie der Wirbelwind in einer Staubwolke. Die Kinder liefen fast so schnell wie er. Memidik nahm den graden, staubigen Weg, die Kinder rannten querfeldein.

Irgendwann verschwand Memidik hinter einer Wolke von Staub. Die Kinder stutzten. Gespannt hielten sie nach ihm Ausschau und waren froh, als er wieder zum Vorschein kam. Er lief jetzt auch langsamer, lief und lief, bis an eine Stelle, wo er plötzlich anhielt. Er blieb stehen und rührte sich nicht vom Fleck. Die Kinder krochen in ein Klettengebüsch. Nicht weit von ihnen stand schwarz ein Stechdorn. Keuchend schlichen die beiden dorthin und hockten sich nieder. Sie hielten den Atem an, denn keine hundert Meter vor ihnen stand Memidik. Etwas weiter entfernt war ein Brunnen. Er war ganz offensichtlich verfallen. Der Schwingbaum stand noch, aber der Eimer fehlte. Aus dem Gemäuer waren Steine herausgebrochen, und die Tränke aus lilafarbenem Stein lag umgekippt neben einem staubüberzogenen, kümmerlichen, kahlen Maulbeerbaum.

Ümmühan hielt den Atem an, als sie flüsterte: »Er schaut in den Brunnen. Da muß etwas im Brunnen sein...«

Plötzlich wurde Hasans Gesicht aschfahl. Er stand auf, schwankte, setzte sich wieder hin und hielt sich die Nase zu. »Mir ist ganz wunderlich, Ümmühan... Dieser Geruch... Woher?«

»Dieser Geruch?...« Ümmühan zog das Gesicht in Falten. »Er bricht mir noch das Nasenbein.«

Memidik stand noch immer da, doch dann machte er

einige schnelle Schritte bis zum Brunnen und blieb schlagartig wieder stehen.

Hasan übergab sich ganz plötzlich. Ümmühan zog ihn von dem Erbrochenen weg und schob ihn einige Schritte weiter. Mit der anderen Hand hielt sie sich die Nase zu. »Komm, laß uns weglaufen. Dieser Gestank bringt uns noch um.«

Die ganze Welt war erfüllt von schwerem, fauligem Modergeruch, bitter und so eklig, daß einem übel wurde, und so dicht, daß man meinte, ihn mit Händen greifen zu können. Der üble Gestank hatte sich in der heißen Erde, in Gräsern, Bäumen, Sträuchern, ja, in den fliegenden Vögeln festgesetzt, er schien alles, sogar das Tageslicht in Verwesung gesetzt zu haben; der Geruch von Würmern wimmelnder, eitrig aufgedunsener Körper . . .

Memidik machte noch einige schnelle Schritte und blieb vor dem Brunnen stehen. Kerzengerade stand er da, ohne sich zu bewegen. Die Sonne lastete schwer, warf Memidiks Schatten wie einen pechschwarzen Kreis um seine Füße.

Beide Kinder mußten gleichzeitig husten. Die Augen auf Memidik gerichtet, versuchten sie vergeblich den Anfall zu unterdrücken. In ihren Kehlen hatte es sich festgesaugt, wie fette Blutegel, widerlich, klebrig, daß ihnen grauste. Wie Memidik rührten sich auch die Kinder nicht, standen wie erstarrt.

Die Sonne schien zu schwingen. Der Gestank wurde unerträglich. Schwindel erfaßte die Kinder. Die Büsche wuchsen, der Boden unter ihren Füßen begann eigenartig zu schwanken. Und da sahen sie, daß Memidik ausgestreckt vor dem Brunnen lag.

»Er ist gestorben«, sagte Hasan. »Er konnte den Gestank nicht ertragen und ist gestorben. Schade um Memidik. Los, gehen wir hin!« Aber er rührte sich nicht von der Stelle. Obwohl er mehrmals: Los, gehen wir! sagte, konnte keines von ihnen einen Schritt tun. Aber sie konnten ihre Blicke auch nicht von Memidik trennen, der dort auf der Mauer lag und den Kopf über den Brunnenrand hängen ließ.

Plötzlich geschah ein Wunder. Memidik sprang hoppla! auf die Beine und ließ sich in den Brunnen fallen. Schon kurz darauf kam er mit triefendnaß am Körper klebenden Kleidern wieder heraus und rannte zum Ufer des Ceyhan hinunter. Er lief so schnell, daß du seine Beine nicht sehen konntest.

»Er ist weggelaufen. Los, Ümmühan, schauen wir auch in den Brunnen!« sagte Hasan und zog sie am Arm.

Ümmühan widersetzte sich. »Laß uns auch weglaufen«, sagte sie. »Ich sterbe. Mir ist, als sei mein Nasenbein gebrochen. Hände und Füße, Mund und Haare, mein ganzer Körper riecht nach Fäule.«

Hasan wurde wütend. »Dann bleib doch hier«, sagte er, versetzte ihr einen Stoß und lief zum Brunnen. Dort legte er sich wie Memidik über den Brunnenrand und sah hinunter. Im Spiegel des Wassers sah er sich, sah seine Haare, die, von der Sonne rötlich gebleicht, wegstanden wie die Stacheln eines Igels, sah seine rissigen, verharschten Lippen und seine großen Augen. Ob er wie Memidik einmal ins Wasser tauchte? Was da drinnen wohl sein mochte! Warum war Memidik hineingesprungen? dachte er. Dann wurde ihm schwindelig. Er befürchtete, daß er rutschen und in den Brunnen fallen könnte, und erschrak. Mit Mühe kam er auf die Beine, lief zu Ümmühan, die sich nicht gerührt hatte, ergriff ihre Hand, und die beiden rannten zum Wald, als ginge es um ihr Leben... Der Gestank blieb ihnen auf den Fersen und würgte sie. Erst als sie im Gehölz waren, ließ der Geruch etwas nach, und sie kamen wieder zu sich. Erschöpft ließen sie sich gleichzeitig auf die Erde fallen. Beider Gesichter waren aschfahl. Es dauerte eine ganze Weile, und ihnen war, als kehrten sie von einer tiefen, drückenden Finsternis befreit, wieder zurück, als erwachten sie aus einem Alptraum.

»Sei leise!« sagte Hasan. »Der Gestank... Und Memidik...« Hasan vorweg, hinter ihm Ümmühan, gingen sie tiefer ins Gehölz. Unter einer Platane, die ihre mächtigen Äste weit wie eine Wolke ausgebreitet hatte, blieb Hasan stehen. »Hier muß unser Nest sein«, sagte er, »unser Nest vom vorigen Jahr.« Er zog seine abgetragenen, rötlichbraunen Stiefel aus und kletterte auf den Baum. Er suchte jeden Ast ab, bog Zweige und Blätter auseinander, während Ümmühan da unten voller Ungeduld immer wieder fragte: »Hast du's denn noch nicht gefunden? In der Beuge unter dem Ast da muß es sein. Nein, nein, unter dem da.«

Oben im Baum schrie Hasan auf: »Ümmühan, schau, ich hab's gefunden!« Er schnellte zu einem großen Ast hoch. In der Einbuchtung unter einer Bruchstelle lag ein Nest. »Ich hab's!« rief er freudig, und fast gleichzeitig: »Ach, es ist nicht unser Nest vom vorigen Jahr... Da sind keine Jungen drin.«

Keuchend kam er heruntergeklettert: »Aber es sah unserem Nest vom vorigen Jahr sehr ähnlich. Mit Jungen darin wäre es genau dasselbe. Was meinst du, ist mit unserem Nest geschehen?«

»Hasan«, erwiderte Ümmühan, »Hasan, mein Bruder, das Feld, in dem wir voriges Jahr pflückten, ist ja nicht hier. Also kann auch unser Vogelnest nicht hier sein.«

Hasan stand da, vom Scheitel bis zur Sohle der reine Zorn: »Es ist unser Nest, aber die Jungen sind ausgeflogen. Sie wuchsen auf, wurden Vögel und flogen davon. Was ein Vogel ist, der fliegt davon, wenn er groß ist. Vielleicht haben auch Schlangen unsere Jungen aufgefressen, und da hat der Vogel sein Nest verlassen. Was soll der arme Vogel auch machen? Er ist davongeflogen und hat sich im Wipfel eines mächtigen Baumes, wo die Schlangen nicht hinkommen können, ein anderes Nest gebaut. Suchen wir unser Nest in einem anderen Baum.«

Ist das Feld, wo wir im vorigen Jahr Baumwolle pflückten, denn hier? wollte Ümmühan einwerfen und hinzufügen: Es war außerdem ein Schwalbennest; doch Hasan kümmerte sich nicht um sie.

Sie gingen noch tiefer ins Gehölz. Eigenartige Blumen standen da, mit geöffneten Kelchen und riesigen Blüten. Wieder vor einer hohen Platane blieb Hasan stehen, kletterte hinauf, rutschte über mehrere Äste und kam schließlich wieder herunter. »Da sind viele Nester, aber sie sind leer. Die Schlangen haben alle Jungen gefressen. Und da haben die Vögel ihre Nester verlassen und sind geflüchtet. In diesem Gehölz lebt kein Vogel mehr. Und wird auch keiner mehr leben. Dagegen muß die Regierung etwas tun. Sie muß alle Schlangen vernichten. Aber da ist unsere Regierung ein bißchen nachlässig. Sie hat nichts gegen die Schlangen unternommen, die unsere Vögel fressen.«

Er kletterte auf die nächste Platane und kam traurig, mit gesenktem Kopf und heruntergezogenen Lippen, wieder zurück. Von jedem Baum, auf den er geklettert war, turnte er wütend wieder auf die Erde. »Die Schlangen haben alle Vögel aufgefressen«, wiederholte er, und da fing Ümmühan an zu weinen. Sie hockte sich nieder, schlug die Hände vors Gesicht und weinte. Sie schluchzte und sagte zwischendurch immer wieder: »Ich habe Angst. Ich habe Angst, solche Angst, daß die Schlangen auch uns fressen werden . . .«

Hasan setzte sich zu ihr, wollte etwas sagen, doch dann gab er es auf. Er streichelte ihre Haare, faßte sie bei der Hand; Ümmühan weinte ununterbrochen. Hasan dachte angestrengt nach, wie er ihr die Angst nehmen könnte, aber ihm fiel nichts ein. »Die Schlangen haben die Vögel aufgefressen und sind fort«, sagte er schließlich. »Als in diesem Gehölz die Vögel alle waren, machten sie sich zu einem anderen Gehölz auf. Jetzt fressen sie die Vögel dort. Die werden sie auch noch vertilgen und das nächste Gehölz aufsuchen. Und dann werden sie dort auch . . .«

Ümmühans Zittern und Schluchzen wurde schwächer. »Ach«, jammerte sie, »ach, es werden keine Vögel übrigbleiben, solange es diese Schlangen gibt. Wenn wir hingehen und Bescheid geben, daß die Schlangen alle Vögel fressen, und wenn sich dann die Bauern aufmachten und die Schlangen töten würden . . .«

Hasan seufzte: »Wer wird sich schon mit Schlangen abgeben? Und da werden die Schlangen unsere Vögel auffressen. Die Welt wird ohne Vögel dastehen. Ohne Vögel . . . Schade. Los, steh auf, wir gehen!«

Ümmühan erhob sich, wischte mit dem Ärmel die Tränen ab, und sie faßten sich bei den Händen. Das taten sie nicht immer. Nur wenn die beiden ganz große Freunde waren, streckte Hasan die Hand aus und nahm ihr kleines Händchen in die seine. Das waren für Ümmühan die schönsten Augenblicke. Sie wußte es und war jedesmal rundherum zufrieden.

Sie tranken von einer Quelle und pflückten Blumen. Die knisternde Hitze da draußen war hier nicht zu spüren. Nachdem sie noch einmal getrunken hatten, gingen sie weiter und kamen an eine alte Wasserleitung. Hasan ließ Ümmühans Hand los und lief zu der niedrigen Bogenbrücke.

»Komm schnell«, schrie er plötzlich, »beeil dich, Ümmühan! Unser Nest ist hier, und ein Vogel ist auch drin.«

Während Ümmühan noch rannte, flog ein schillernder Vogel hoch, und frrrt! schoß er pfeilschnell davon. Hasan hüpfte vor Vergnügen und lachte wie verrückt. Auch Ümmühan stimmte in sein überströmendes Freudengeheul ein. Eine ganze Weile hallte das Gehölz von fröhlichem Kinderlachen wider.

»Endlich haben wir ihn gefunden, einen, der nicht von

Schlangen gefressen ist«, sagte Hasan. »Vögel sind schlau. Die Schlangen können nicht jeden fressen.«

»Gott sei Dank, das können sie nicht«, antwortete Ümmühan. Hasan hockte sich auf das Gemäuer des Rundbogens, schloß die Augen und verharrte so eine Zeitlang. »Komm, Ümmühan, setz dich zu mir«, sagte er dann. Seine Stimme klang müde, sein Gesicht war traurig, ja verängstigt.

Ümmühan setzte sich neben ihn und ergriff seine Hand. Hasan ließ sie gewähren. Verstört sah er sie an: »Wenn wir's doch bald hinter uns hätten«, sagte er. »Vater wird noch vor Gram sterben.«

»Er wird sterben«, sagte Ümmühan.

Hasan spürte da drinnen eine große Leere, spürte sie fast körperlich. »Und dabei«, fuhr er fort, »haben wir jetzt unser Nest und auch unseren Vogel gefunden. Was wollen wir mehr!« Er dachte angestrengt nach, als wäre da noch etwas, als hätte er noch irgend etwas vergessen . . .

»Oder die Dörfler werden sich auf meinen Vater stürzen und ihn töten. Sie sind wahnsinnig vor Wut. Nur weil er mehr pflückt als sie . . . Allein Halil der Alte liebt meinen Vater.«

»Allein Halil der Alte«, wiederholte Ümmühan. »Er ist ein guter Mensch. Sein Gesicht leuchtet vor Güte.«

»Sei still!« sagte Hasan ängstlich. »Laß Großmutter ja nicht hören, was du da sagst.«

»Großmutter hat der Vater getötet. Sogar in Stücke gerissen. Ihr Arm ist im Rachen eines Wolfs.«

Die beiden verharrten in tiefem Schweigen.

»Wenn doch mein Onkel Taşbaşoğlu einmal käme«, sagte Hasan schließlich. »Er ist unsere einzige Hoffnung. Wenn er doch käme und unseren Vater und uns und unsere Dörfler erlöste!«

»Hasan, nenne ihn nicht Onkel!« sagte Ümmühan. »Wenn ein Mensch ein Heiliger wird, ist er kein Onkel mehr. Nenn ihn unseren Herrn, dann versündigst du dich nicht.« Sie sprach sanft und sehr vorsichtig.

»Wenn doch Taşbaşoğlu, unser Herr, einmal käme...« Hasan verstummte, dachte nach, und dann füllten sich seine Augen mit Tränen. »Aber ich sehne mich doch so nach ihm... Wenn Onkel Taşbaşoğlu doch nur käme!«

»Und befreite die Vögel aus der Gewalt der Schlangen«, ergänzte Ümmühan.

»Wenn er entweder käme oder mich in die Höhle der Vierzig holte. Ich würde ihnen Wasser bringen und ihren Kaffee kochen.« Hasans Stimme klang brüchig und zitterte.

»Nimm mich auch mit. Sie brauchen bestimmt ein Mädchen«, bat Ümmühan.

»Und auch ein Mädchen«, antwortete Hasan. »Es gibt auf der Welt keinen besseren Menschen als Onkel Taşbaşoğlu. Er liebt Kinder... Wenn er wüßte, daß wir hier so in Bedrängnis sind, käme er sofort. Er käme sofort und...« Er brachte den Satz nicht zu Ende, etwas schnürte ihm die Kehle zusammen, steckte da drinnen wie eine Faust.

»Wenn er wüßte, wie es uns ergeht...«

18

*Halil der Alte denkt ununterbrochen darüber nach,
wie man es anstellt, daß Ali der Lange möglichst
schnell zu Meryemce ins Dorf zurückkehren
kann. Darüber zerbricht er sich den Kopf. Schließlich findet er einen Ausweg und schlägt ihn Ali
vor. Damit beginnen für Ali Tage des Zauderns.*

Halil der Alte verging fast vor Ungeduld. Mit einem
Satz sprang er auf die Beine. Er hatte sich sowieso nicht
ausgezogen, hatte sich, so wie er war, auf seine Ziegen-
haardecke im trockenen Gras ausgestreckt und sich mit einer zweiten zugedeckt. Die Tagelöhner hatten auch kein
Feuer gemacht und sich schon früh schlafen gelegt. Seit
heute morgen wehte der Westwind und wurde von
Stunde zu Stunde kräftiger. In dieser Nacht würde es
keine einzige Mücke geben, denn bei starkem Wind können sie sich nicht halten. Bei drückender Schwüle, wenn
sich kein Hauch regt, dann senken sie sich wie Wolken
über die Çukurova. Wenn die Luft aber so ist wie heute,
schlafen die Pflücker ein, kaum daß sie ihre Köpfe aufs
Nachtlager betten. Keine Mücken und keine Hitze. Es ist
angenehm kühl. Gäbe es diese Nächte nicht, hielten die
Baumwollpflücker nicht durch, brächen sie zusammen,
gingen sie kaputt. Das sind die berüchtigten Jahre, die in
der Erinnerung eines jeden Taurus-Dorfes als Jahre, in denen die Pflücker kaputtgingen, fortleben: Wenn während
der ganzen Ernte die Tage und Nächte drückend heiß
waren und nie der Westwind wehte.

Leicht wie eine Feder schlich Halil der Alte auf Zehenspitzen am wellenden Moskitonetz des Amtmanns Sefer vorbei zum Laubdach von Ali dem Langen. Kreuz und quer schliefen die Tagelöhner im Mondlicht neben ihren Baumwollhaufen. Manche schnarchten, als würden sie ersticken, andere, als summten sie ein Lied, wieder andere reckten und spannten sich im Schlaf. Das waren die Jungen. Und dann waren noch welche, die gaben Laute von sich, als weinten sie.

Die Baumwollhaufen scheinen im Mondlicht noch gewachsen, noch heller geworden; sie schimmern weiß wie Milch. Ihre Schatten strecken sich gegen Osten. Die dunstige Ebene liegt hell im Mondschein, von leichten, bläulichen Nebelschleiern überzogen, die sich im Wind wellen wie verzaubert. Gleich Edelsteinen glitzert der Anavarza-Felsen im flimmernden Licht. Verfallene Häuser, Unterschlupf von tausendundeinem Ungeheuer, eingestürzte Wälle und Mauern. Ein Hüne, fünf Mann hoch, siebenhundert Jahre alt, steigt vom Fels herunter ins Tal.

Halil der Alte blieb bei Ali dem Langen stehen, der zusammengekrümmt, zu einem Häufchen geschrumpft, auf der nackten Erde schlief. Eine Weile betrachtete Halil ihn voller Mitleid. Ali der Lange ist ein guter Mann, dachte er. Ein sehr, sehr guter. Wäre diese Schlampe von Meryemce nicht gewesen, hätte er mich sogar auf seinem Rücken getragen. Wenn ich mich nicht mehr auf den Beinen halten kann, wird sich nicht der rotznäsige Hadschi, der mein Sohn sein will, um mich kümmern... Wenn ich sterbe, würde dieser Hund von Hadschi, der mein Sohn sein will, meinen Leichnam ohne die letzte Waschung begraben... Aber der da liegt, der würde sich um mich kümmern, würde bei meinem Begräbnis über meiner Leiche den Koran lesen lassen, sogar drei Suren auf einmal. Und sollte ich in diesen schweren Tagen nach seiner Hand greifen, er würde mich auf Händen tragen. Vielleicht brächte er mich nicht einmal zu meinem rotznäsigen Hadschi, sondern in sein eigenes Haus. Und wenn ich jetzt zwischen so vielen Feinden ihm wie ein Vater die Hand freundschaftlich entgegenstrecke, wird Bruder Ali diese Tat nie und nimmer vergessen. Die eine Hand in der Butter, die andere im Honig würde ich leben.

»Bruder Ali, Bruder Ali, wach doch auf, Bruder Ali!« sagte er mit weicher Stimme. Doch Ali rührte sich nicht. Halil kniete sich neben Ali hin, berührte dessen Stirn und streichelte sie. »Wach doch auf, mein kleiner Ali, wach doch auf, mein Sohn. Steh auf, ich habe dir etwas zu sagen. Das gefällt dir wohl, so eine kühle Nacht ohne Mücken, da kannst du gut schlafen, nicht? Und wie du schläfst, tief und fest. Wach erst einmal auf und höre, was Halil der Alte dir zu sagen hat, welch gute Ratschläge er für dich bereithält. Kluge Ratschläge, sage ich dir, guter Rat... Also, steh auf, mein Kind!«

Er streichelt Ali, wagt nicht, ihn zu wecken, und wie ein Wiegenlied liebkost er ihn mit seiner Stimme. Als Ali sich stöhnend von einer Seite auf die andere wirft, steigen dem Alten Tränen in die Augen. Sieh ihn dir an, dachte er bei sich, er ist doch ein Kind. Wie kann man meinem armen Ali soviel Leid antun!

»Steh auf, mein Recke mit dem goldenen Herzen, ich habe dir in dieser betörend schönen Nacht, unter diesem gesegneten Mondlicht ein, zwei Worte über diese verdammte Çukurova zu sagen... Wach erst einmal auf und höre, was dir Aga Halil der Alte sagen wird.«

Da wurde Elif wach, erhob sich und setzte sich sofort wieder hin. Mit leeren, verschlafenen Augen sah sie in die Richtung Halil des Alten und rührte sich nicht.

»Hab keine Angst, Mädchen, ich bin's, Halil der Alte«, sagte er, streckte seinen Arm aus und ergriff Elifs Hand.

»Ach du bist es, Halil Aga, sei willkommen«, antwortete Elif und stand auf. Halil der Alte erhob sich mit ihr.

»Weck du Ali erst einmal auf, Mädchen, ich habe ihm einige Worte zu sagen. Mir ist etwas Gutes, etwas sehr Nützliches eingefallen.«

Elif bückte sich und weckte Ali. »Ali, steh auf. Onkel Halil ist deinetwegen hier. Steh auf, mach schon!« Ali reckte sich und rieb sich dabei die Augen. »Willkommen, Onkel Halil«, sagte er, »herzlich willkommen!«

»Steh auf, Ali!« antwortete der Alte selbstgefällig und kam ganz nahe an Ali heran. »Ich habe mir für dich etwas einfallen lassen, das dich freuen wird, dem du voll zustimmen und vor Begeisterung ratsch! mittendurch aufplatzen wirst. Auf, folge mir ans Ufer des Ceyhan. Aber um Gottes willen keinen Laut. Und gehe leise! Daß uns ja niemand hört, daß ja keiner von diesen Hunden aufwacht und uns belauscht. Um Gottes willen...«

Er ging dem Ufer des Ceyhan zu. Leichtfüßig und so schnell, als glitte er dahin. Elif und Ali folgten ihm. In der Ferne, am Fuße des Anavarza, heulten einige Schakale.

Halil der Alte hatte sich unter einen Oleanderbusch verkrochen und rief ganz leise: »Kommt, kommt her zu mir! Es hat euch doch niemand gesehen? Beeilt euch!«

Als Ali bei ihm war, ergriff Halil seine Hand und zog ihn noch näher an sich heran: »Setz dich erst einmal hierher. Und du, Elif, siehst nach, ob auch niemand kommt, ja?«

»Es hat uns niemand weder gesehen noch gehört. Das Volk schläft wie tot. Zum ersten Mal weht heute so ein Wind, gibt es keine Mücken. Wie die Toten...«, antwortete Elif und hockte sich zu ihnen.

Am Ufer gegenüber fuhr ein Auto entlang; eine Weile saßen sie im Kegel seiner Scheinwerfer. »Da haben wir's«, sagte Halil der Alte, »wir sind ertappt.«

»Das Auto ist am anderen Ufer, Onkel Halil«, beschwichtigte ihn Ali, »fürchte dich nicht.« Doch Halil der

Alte blieb ganz starr sitzen, so lange, bis das Licht über sie hinweggeglitten war.

Als sie wieder im Dunkeln saßen, erhob sich Halil der Alte und begann zu sprechen: »Das Leben alter Menschen ist brüchiger als ein Baumwollfaden, vergänglicher als ein Lichtstrahl. Das merke dir gut, mein Ali. Freund, du hast mir versprochen, Meryemce nicht zu verraten, daß ich ihren Tod beweint habe, und du wirst dein Versprechen halten. Ich vertraue dir, mein kleiner Ali. Wenn nur ein Wind weht, sterben die Alten schon, ach, sterben sie. Bist du nicht in einigen Tagen bei deiner Mutter, wird sie so allein im Dorf nicht länger leben können und sterben. Deswegen habe ich mir etwas ausgedacht, mein Ali. Denn solange du nicht genug Baumwolle gepflückt hast, um deine Schulden bei Adil zu bezahlen, kannst du nicht zu deiner Mutter, auch wenn sie sterben müßte. Deswegen habe ich einen guten Einfall gehabt, demzufolge du sowohl genügend Baumwolle pflücken als auch in wenigen Tagen zu deiner Mutter zurückkehren kannst. Dazu wirst du Meryemce vorm Tode und deinen Hals vorm Strick bewahren. Mein Gedanke ist folgender: Ich, du und Elif, wir werden, noch bevor die anderen aufwachen, kurz nach Mitternacht, wenn das Volk noch in tiefem Schlaf versunken, aufstehen, zu dritt auf das Feld gehen und an den besten Stellen Baumwolle pflücken, werden pflücken und pflücken... und kurz bevor die anderen aufwachen, die Kapseln auf unsere Haufen schütten... Und bei Morgenrot werden wir wie immer mit den anderen weiterpflükken. Das Doppelte, Dreifache, Vierfache...«

Halil der Alte war ganz aufgeregt, redete ununterbrochen, sprang auf, setzte sich wieder, redete weiter, rühmte seinen Scharfsinn, redete, pries das Alter und redete. Schließlich fragte er Ali nach dessen Meinung: »Was sagst du zu meinem Einfall, Ali?«

»In der Tat ein sehr guter Gedanke, Onkel Halil, aber es

geht nicht«, antwortete Ali. »Wenn die Dörfler uns überraschen, prügeln sie uns tot.«

Diese Antwort hatte nun Halil der Alte von Ali überhaupt nicht erwartet; er dachte eher, Ali würde, kaum daß er diesen Vorschlag hören werde, ihm tränenüberströmt um den Hals fallen und ihm Hände und Füße küssen. Er war fassungslos und wurde sehr böse. »Bist du verrückt geworden, Ali?« sagte er. »Hast du den Verstand verloren? Wer sollte uns denn sehen? Wer sollte uns denn sehen und totschlagen, wer? Hab doch nicht solche Angst, Ali!«

Doch Ali sagte immer wieder: »Ein guter Einfall, aber nicht recht den andern Dörflern gegenüber, ob sie uns nun totschlagen oder nicht. Es ist wie eine Art Diebstahl...«

Halil der Alte redete mit Engelszungen, beschimpfte Ali und die Dörfler, doch es gelang ihm nicht, ihn zur nächtlichen Baumwollernte zu überreden. »Hab doch keine Angst«, sagte er immer wieder, »niemand wird uns sehen. Wir werden dort am anderen Ende pflücken, nachts, wenn alle im tiefsten Schlaf sind.«

Vergebens. Dieser Hundesohn bockte. »Dann wird deine Mutter sterben, bevor wir dort sind. Falls du sie nicht schon vorher getötet hast. Und die Dörfler werden dich... Du siehst ja, wie sie dich jetzt schon... Aber dann werden sie dich in Stücke reißen. Deine Mutter wird sterben, wird sterben, sterben, sterben...«

Er schnellte hoch und war verschwunden. »Soll sie doch!« grollte er. »Soll sie doch sterben, dann wirst du was erleben, Ali mit dem Gänsehals. Falls du deine Mutter nicht schon getötet hast.«

Bei den Laubdächern angekommen, hatte sich sein Zorn ein bißchen gelegt. Er kehrte um. Ali und Elif hockten noch an derselben Stelle am Oleanderbusch. »Halil des Alten Gedanke ist ein guter«, sagte Elif gerade und versuchte, Ali zu überzeugen.

Halil der Alte ergriff Alis Hand und verlegte sich aufs

Betteln. Doch Ali sagte kein Wort. Auch Elif flehte ihn an, aber Ali ließ sich nicht erweichen. Schließlich mußte Halil einsehen, daß Ali nicht nachgeben würde, und da spuckte er ihm ins Gesicht und ging.

»Was kannst du schon von einem Menschen erwarten, der seine Mutter getötet hat! Seine Mutter... So töten... Der Hund!«

19

Meryemce ist in Yalak ganz allein. Im Dorf ist keine Menschenseele. Manchmal wächst der Zorn in ihr, gegen ihren Sohn, gegen die Dörfler, und klingt wieder ab. Dann überkommt er sie wieder und verraucht. In diesem ständigen Auf und Ab läßt sie aber die Landstraße zur Çukurova nicht aus den Augen, hält sie Ausschau nach einem Lebewesen. Sie wartet auf ihren Taşbaşoğlu, wartet auf Ahmet den Umnachteten, wartet auf die Elfen.

Sie saß zur Sonnenseite vor dem Haus. Mit dem Rücken gegen die Wand gelehnt, hatte sie das rechte Bein ausgestreckt und das linke untergeschlagen. Kaum spürbar wehte eine leichte Brise. Meryemce schloß die Augen. Die Herbstsonne wärmte, ließ ihr Blut schneller kreisen. Es war die Tageszeit, da sie sanft, ja zärtlich wurde. So überkam es sie oft an einem milden, sonnigen Morgen.

Sie dachte an die Baumwollfelder. In allen Einzelheiten zog die Çukurova an ihrem inneren Auge vorbei; schön wie ein Märchen, doch irgendwie anders. Violett der Anavarza-Felsen, auf ihm, ganz verschwommen, verfallene Gemäuer. Grün und still, mit leichtem Kräuseln wie ein Beben die Wasser des Ceyhan; blau und ungestüm, mit rasenden, von schneeweißem Schaum gekrönten Wellen das tosende Mittelmeer. Strahlende, glänzende Sonne ... Und darunter in blendendes Weiß getaucht die Çukurova-Erde ... Ölverschmierte Trecker und Lastwagen wirbeln ohne Unterlaß den Staub über das Spinnennetz der Landstraßen, Staubsäulen in allen Farben des Lichts türmen sich immer höher und stürmen den Taurus-Bergen zu ... Felder voller Tagelöhner, Wege voller Baumwollpflücker ... Mit traurigen Augen, arm und hungrig, wimmeln sie in der Çukurova wie Ameisen mit riesigen Händen ...

Ali kam, blieb vor ihren Augen stehen. Ein bißchen vornübergebeugt, mit gramzerfurchtem Gesicht, die Augen geschlossen, beide Hände in den Hüften.

»Halt aus, Mutter«, sagt er, »ich flehe dich an, halte aus! Stirb nicht, bevor die Dörfler aus der Çukurova heimkommen. Wenn diese niederträchtigen Bauern bei ihrer Rückkehr deinen Leichnam entdecken, werden sie mir großen Ärger machen. Du weißt es, Mutter. Stirb nicht, ich bitte dich. Es ist schwer für einen Menschen, einsam zu sterben. Ohne jemanden, der ihm einen Schluck Wasser reicht. Ich bitte dich, Mutter ...«

Meryemce streckte Ali ihre rechte Hand entgegen: »Ich sterbe nicht, mein Sohn, mein Recke, ich sterbe nicht, bevor du keimkehrst. Ich kenne die Dörfler besser noch als du. Und ich weiß auch, was sie dir antun werden, wenn sie im Haus meine Leiche finden, ich weiß es, mein Kind. Warum sollte ich denn sterben? Ich hungere nicht und habe zu trinken. Das Brot, das ihr mir hiergelassen habt, liegt noch unberührt. Es fehlt mir an nichts. Nur, mein Ali, möge Gott niemandem die menschenleere Einsamkeit aufbürden. Hätte ich jetzt nur einen Menschen bei mir, nur meinen Hasan oder meine Ümmühan, würde ich auch ein Jahr, sogar zehn Jahre im Dorf hier auf euch warten. Warum hast du nicht daran gedacht, eines der Kinder bei mir zu lassen? Du hast ja recht, mein Sohn, ein Kind pflückt zwanzig Kilo Baumwolle am Tag. Hätte ich aber nur eine Menschenseele bei mir, wäre ich nicht so einsam. Auch Taşbaşoğlu ist nicht gekommen. Ich bin auf die Berge gestiegen, habe ›Mein Taşbaşoğlu, mein Memet!‹, gerufen. ›Mein Kleiner, du Heiliger der Heiligen, Augapfel der Vierzig Glückseligen, komm doch zu mir, mein Kind, bis die Dörfler aus der Çukurova-Ebene zurück sind!‹ Aber er macht sich rar, ist weder gekommen, noch hat er sich nur einmal blicken lassen. Soll er! Irgendwann werden ihn schon meine irdischen Augen erblicken, wird er mir in die Hände fallen. Dann werde ich's ihm schon zeigen, werde ich schon wissen, was ich ihm zu sagen habe.«

Sie stand auf und nahm ihren Stock zur Hand. »Hab du keine Angst, mein Ali, ich sterbe nicht. Ich werde nicht sterben und dich vor diesen niederträchtigen Dörflern zum Narren machen und in Verruf bringen. Sollte ich aber sterben, dann vor den Augen dieser Bauern. Dann sollen sie platzen, sollen sie sehen, daß Meryemce ihren Sohn liebt, mehr als ihr Leben. Ach, ach, ach! Wäre doch ein Mensch nur hier. Ein einziger. Meinetwegen auch Amtmann Sefer oder der, den zu töten nach allen vier heiligen Büchern Pflicht, der Anführer der Diebe, der Deserteur der jemenitischen Schlachtfelder, der Rebell gegen die Regierung, ja gegen Gott, Halil der Alte, der schlechteste unter den Menschen. Ich würde meinen Mund auftun und sprechen. Und sei es der Mörder meines Vaters, ich spräche mit ihm. Und sei es ein Heide mit zwei Religionen. Denn nichts ist schlimmer, als ohne Menschen zu leben. Ohne Menschen sein ist das schlimmste, mein Ali. Wenn die Dörfler erst einmal aus der Ebene zurück sind, ach, wären sie doch schon da, werde ich von einem zum andern gehen und mit jedem sprechen. Ob Rabauke oder Räuber, ob Köter oder Hund, ich werde mit ihm sprechen. Nichts ist schlimmer als Einsamkeit, mein Ali. Ohne Menschen ist's am schlimmsten. Schlimm, schlimmer, am schlimmsten. Laß die Dörfler erst einmal aus der Ebene zurück sein, und ich falle jedem um den Hals, werde sie herzen und beschnuppern, beschnuppern, bis ich satt bin, satt bis oben hin. Lebe ohne Menschen, mein Ali, dann weißt du, wie schwer das ist, welch eine Plage, mein Ali.«

Sie hob drohend ihren Stock: »Mach dich an die Arbeit, geh zurück in die Ebene. Du bist kein Mensch, du riechst nicht danach. Du bist ein Traumbild, mein Ali, ein Traum...«

Sollen die Dörfler erst einmal zurückkommen, Meryemce wird von ihnen keinen mehr verletzen. Jeden, auch Halil den Alten, wird sie lieben wie ihr eigenes Enkelkind Hasan. Mit den Dörflern nicht sprechen, ihnen gar grollen, was soll denn das heißen! Da hast du's, behandelst du die Menschen so, dann sorgt der Herrgott schon dafür, daß du vor Sehnsucht nach dem Geruch eines Menschen vergehst. Er läßt dich sogar den Geruch Halil des Alten mit der Kerze suchen. Schließlich nennt man ihn Allah, Gott mit den blauen Augen und dem langen Bart!

Auf dem Feuer köchelte die Yoghurt-Suppe, in der Hitze stieg der Dampf aus dem verrußten Topf in das flimmernde Sonnenlicht. Meryemce wartete ungeduldig darauf, daß die Suppe garte und sie ihrem Tagewerk nachgehen konnte. Sie hatte überhaupt keine Zeit.

Meryemce nahm den Topf vom Feuer. »Genug gekocht«, sagte sie, »ob gar oder nicht, der Teig wird mir schon keine Löcher in den Magen reißen.« Sie kippte die Suppe in einen großen Napf, breitete mit der anderen Hand eine Matte aus und stellte das Gefäß darauf. Dann schöpfte sie dampfende Suppe in einen klobigen Holzlöffel, pustete und begann zu essen. Trotzdem verbrannte sie sich den Mund. Soll es doch brennen! Meryemce war in Eile.

Ihr Mund brannte wie Feuer, als sie ihren Stock griff und sich auf den Weg machte. Sie kam zum Haus des Köstüoğlu und blieb vor der Stalltür stehen. Behutsam... vorsichtig... Als berührten ihre Füße kaum den Boden. Sie hielt ihr rechtes Ohr an die Tür und horchte eine lange Zeit. Von drinnen kam kein Laut. Er schläft, dachte sie, dieser gesprenkelte Giaur schläft. Diesmal wird es einfach werden, ihn zu fangen, denn er ist in tiefem Schlaf. Er hatte nachts keine Ruhe gegeben und vom Abend bis in den Morgen hinein gekräht.

Als der Treck in die Çukurova zog, konnte Köstüoğlus gesprenkelter Hahn sich draußen vor dem Dorf aus dem Staub machen. Sie verfolgten ihn, rannten hin und her und ließen ihn schließlich laufen. Meryemce sprang freudig auf, als sie am Morgen nach ihrer Rückkehr ins Dorf von einem Hahnenschrei geweckt wurde. Seitdem hatte sie sich vorgenommen, den gesprenkelten Hahn zu fangen. Wieviel Verkleidungen hatte sie nicht schon versucht, welche List nicht schon ausgeheckt, war Tag und Nacht hinter ihm hergewesen, hatte sich auf ihn gestürzt, als er schlief, doch alles vergeblich. Zweimal hatte sie ihn schon gegriffen, aber der kräftige Hahn schlug wie wild mit den Flügeln und flüchtete. Wenn sie ihn jetzt in die Hände bekam, wird sie ihn schon halten, so gedrillt war sie. Diesmal entkam er nicht. Jung war der Hahn, noch nicht zäh, und so fett, daß sein Fleisch Meryemce für eine Woche reichte. Wie ein Lamm.

Ohne Knarren öffnete sie die Tür und huschte wie ein Schatten hinein. Sie machte nicht das leiseste Geräusch. Eine Weile blieb sie mit geschlossenen Augen mitten im Stall stehen, öffnete sie langsam und wartete, bis sie sich an das Dunkel gewöhnten. Der Hahn hockte rechts in der

Ecke auf einer hölzernen Sprosse, ließ die Flügel hängen und döste. Meryemces Herz hüpfte vor Freude. Gefaßt und ohne Hast ging sie auf den Hahn zu. Drei Schritte vor ihm blieb sie stehen. Sie kannte ihn, diesen gesprenkelten Heiden. Er ließ sie herankommen, und erst wenn sie die Hand nach ihm ausstreckte, nahm er Reißaus.

Meryemce spannte die Muskeln, nahm ihre ganze Kraft zusammen und machte noch einen Schritt. Plötzlich, wie von einem stählernen Bogen geschnellt, stürzte sie sich auf den Hahn, ihre Hand berührte ihn, da schlug er mit den Flügeln, und weg war er. Alles war in Staub gehüllt, Federn wirbelten überall, der gesprenkelte Hahn war frei und entwischte durch die offene Tür. Und Meryemce lag lang auf dem Boden. Ihr rechter Arm schmerzte, als sei er gebrochen, und sie beschimpfte den Hahn mit Ausdrük-ken, die man eigentlich nicht in den Mund nimmt. Mit Mühe kam sie auf die Beine, suchte ihren Stock, fand ihn schließlich und ging hinaus.

»Hätte ich mich nur nicht auf ihn gestürzt, sondern die-sen gesprenkelten Giaur mit dem Stock heruntergeschla-gen. Na, morgen werde ich's ihm schon zeigen, diesem hundertmal gesprenkelten Heiden ...«

Morgen oder schon heute nacht, wenn er schläft, wird sie sich an ihn heranschleichen, wird ihren Stock auf sei-nen Kopf heruntersausen lassen, wird ihn greifen, wenn er am Boden taumelt, wird ihn schlachten und dorthin in die Ecke werfen. Dann wird sie den Hahn rupfen, wird ihn schön waschen und salzen, wird ein schönes Feuer ma-chen, das wird zu einem großen Haufen Glut verbrennen, auf diese rote Glut wird sie den Hahn legen, und duften wird es ... Gebratenes, granatapfelfarbenes Hühner-fleisch, fett ... »Ach!« seufzte Meryemce, »zu Gift soll es werden; denn während meine Kinder in der Hitze der Çu-kurova brennen und von Mücken gefressen werden, sitze ich hier in der Kühle der Hochebene und esse fettes, gebratenes Hühnerfleisch. Zu Gift soll es werden!« Doch sie schmatzte und leckte sich immer wieder die Lippen.

Meryemce prüfte den Stand der Sonne. Bis zum Abend ist es noch weithin, sagte sie sich, ich sollte ins Tal der Elfen gehen und nach Ahmet dem Umnachteten rufen. Vielleicht ist er heute gekommen und hört meine Stimme.

Sie machte sich auf den Weg.

Morgen, nein übermorgen ist Donnerstag. Die Nacht auf den Freitag ist die Nacht der Zusammenkunft. Gute Geister und die Vierzig versammeln sich auf den Gipfeln der Berge. Und Taşbaşoğlu ist seit seiner Heiligsprechung ja auch ein Gerechter und wird an dem Treffen der Glückseligen teilnehmen. Aber auf welchem Gipfel? Da will Meryemce sich nicht festlegen. Jeden Tag entscheidet sie sich für einen anderen Berg, doch dann wird sie wieder unsicher. Sie dachte nach, überlegte hin und her, welchen Berg Taşbaşoğlu, als er noch ein Mensch war, wohl besonders geliebt haben könnte. Wenn sie das herausfände und Taşbaşoğlu in die Finger bekäme, nur einmal ... Sie würde ihm nur zwei Worte sagen, zwei Worte und nicht mehr.

Sie war voller Hoffnung. Als sie das Tal der Elfen erreichte, war schon später Nachmittag. Am Fuße des Felsens, wo sie immer saß, hockte sie sich hin, lehnte ihren Rücken gegen die Felswand, schloß die Augen und horchte dem Plätschern des Wassers, das weit unten in der Schlucht dahinfloß. Das Tal duftete nach Tannen und Zedern, nach Minze, Heidekraut und Vergißmeinnicht. In diesen Duft des Waldes mischte sich ein leichter Geruch nach Erde. Den liebt Meryemce am meisten, und nur darum beneidete sie die Elfen, die hier lebten. Nachdem sie sich eine Weile ausgeruht hatte, öffnete sie die Augen, stand auf und rief ins Tal hinunter. Das tat sie jeden Tag.

»Mein Ahmet der Umnachtete, mein Kind, sie haben mich im Dorf allein zurückgelassen, komm ins Dorf...

Deine Mutter Meryemce wartet auf dich. Ich brauche dich. Komm, mein Ahmet, komm! Komm und bringe mich ins Schloß der Elfen. Du brauchst dich meiner nicht zu schämen, du wirst durch mich dein Gesicht nicht verlieren, ich bin nicht wie die anderen Menschenkinder. Bestimmt nicht! Bis die Dörfler aus der Ebene zurück sind, kann ich mich um deine Kinder kümmern. Sei unbesorgt, ich vertrage mich gut mit Feen und Elfen. Ich bin überhaupt nicht so wie die anderen Menschen. Auch der Sultan der Elfen soll meine Worte hören! Auch er soll erfahren, daß Mutter Meryemce nicht so ist wie die anderen Menschen. Gib Laut, mein Ahmet, gib Laut! Ahmet, Ahmet, Ahmeeet...«

Sie horchte, war ganz Ohr. Das Echo brach sich einigemal im Tal, doch dann wurde es wieder still wie zuvor. Außer dem Plätschern des Wassers und dem Rascheln der Blätter war nichts zu hören.

Meryemce senkte die Stimme und lächelte verschmitzt: »Hör zu, mein Ahmet, falls du zu mir kommen willst und die Elfen dich nicht weglassen, dann komm heimlich zu mir, heimlich in der Nacht, wenn sie schlafen. Ich habe große Sehnsucht nach dir, mein Ahmet, glaube mir, große Sehnsucht.«

Sie spitzte die Ohren, horchte eine ganze Weile. Als von Ahmet keine Antwort kam, humpelte sie auf ihren Stock gestützt den Pfad wieder hoch. Die Abendnebel senkten sich ganz langsam zu Tal, jeden Augenblick würde die Sonne untergehen.

20

*Memidik kann den Pfahl in seinem Fleisch, den
Toten, auch im Brunnen nicht versteckt halten.
Ihm kommt es vor, als bedeckten die Adler der ganzen Welt den Himmel über der Çukurova und verdunkelten die Sonne. Nicht alle Menschen sind
schließlich Esel. Irgendeinem wird irgendwann
einfallen, daß man auch in einem Brunnen, über
dem die Adler kreisen, nach dem Toten mit den
hervorquellenden Augen suchen sollte, und dann
werden sie ihn finden. Wie Memidik den Toten
aus dem Brunnen herausholt.*

Memidik kam zu den Getreidehaufen. Im Mondlicht
erschienen sie ihm so hoch wie kleine Hügel. Sie bedeckten eine Fläche von drei oder vier Dreschplätzen.

Er überlegte, ob es Getreide oder Stroh sein könnte,
denn Getreide um diese Zeit, das war nicht anzunehmen.
Bestimmt war es Stroh, Stroh für Häcksel. Er nahm ein
Büschel Halme und breitete sie im Mondlicht aus. Es war
Getreide. Sogar guter Weizen aus der Çukurova. Volle,
rötliche Ähren mit dunklen Grannen. Genug, um das
ganze Dorf zu ernähren.

»Schade um das Korn, vay!« murmelte er und griff in
die Tasche seiner Pluderhose. Heimlich hatte er aus Hasans Plastikbeutel eine Schachtel Zündhölzer gestohlen,
und er wunderte sich, daß er darüber so stolz war. Jetzt
suchte er danach. Sie waren noch da.

Plotzlich erschrak er und blickte in den Himmel. Der
war dunkel, bedeckt mit Adlern, und das Rauschen ihrer
Flügel hallte durch die Nacht. Das Himmelszelt war in
brodelnder Bewegung, wie verzaubert, als schwebte es
dahin mit tausend Schwingen. Memidik rannte los. Als er

ganz außer Atem den Brunnen erreichte, war die Stunde des Nachtgebets schon vorüber. Er zog sich schnell aus und ging an den Brunnenrand, um hinunterzusteigen. Doch seine Angst war so groß, daß seine Beine und Hände nachgaben und er zusammensackte. Ihm schwindelte und ihm war, als sei sein ganzer Körper gelähmt. Sein Atem kam keuchend und stoßweise.

Er verharrte eine Weile, und als er wieder zu sich kam, sprang er sofort in den Brunnen, stieg zu dem Toten hinunter, bevor ihn ein neuer Schwächeanfall überraschen konnte. Der Tote war riesengroß geworden. Memidik griff ihm unter die Achseln, hob ihn hoch und stellte ihn hin. Der Tote füllte den ganzen Brunnen aus. Es wurde so eng, daß Memidik sich nicht bewegen konnte. Er packte den Toten bei den Schenkeln, und da bohrten sich seine Finger in das schwammige Fleisch. Memidik mußte würgen und erbrach sich. Eine Zeitlang konnte er seine Finger nicht aus dem wabbligen Fleisch herausziehen. Ihm wurde schwindlig. Er bückte sich, tauchte ins Wasser, steckte seinen Kopf zwischen die Beine des Toten, hängte sie über seine Schultern und richtete sich auf. Dann begann er mit dem Toten auf dem Rücken die Brunnenwand hochzuklettern.

Der Tote war schwer, und Memidik mußte sich sehr anstrengen. Er drückte jedesmal seinen Fuß in eine Vertiefung der Mauer, suchte sich dann mit seinen Händen einen Halt und zog sich langsam hoch, immer weiter. Und über ihm herrschte ein Tohuwabohu, klatschten die Flügel, schien die Welt unterzugehen. Der Lärm schwoll an, je näher er dem Brunnenrand kam.

Als er endlich oben war und der Kopf des Toten bis zu den Schultern aus der Öffnung herausragte, entstand ein fürchterliches Rauschen, schlugen tausend Flügel... Es klang wie Gewitter, es donnerte, als sei eine Bergwand eingestürzt. Der Tote rutschte, glitt zur Seite und fiel wie-

der in den Brunnen hinein. Das Wasser spritzte mannshoch.

Memidik sah über sich Hunderte schwarzer Schnäbel
von Adlern auf sich zuschießen, sah Hunderte pechschwarzer Flügel in der Luft. Die Greife waren auf dem
Boden gelandet und drängten zum Brunnenrand. Immer
mehr. Hätte er nicht augenblicklich den Kopf eingezogen,
sie hätten ihn zerhackt.

Er stieg wieder hinab, hob den Toten wieder auf die
Schultern, schleppte ihn an den Brunnenrand und
schwitzte dabei Blut und Wasser.

Und wieder strömten die Adler herbei, und wieder ließ
Memidik den Toten in den Brunnen fallen. Das Wasser
schoß mannshoch über den Brunnenrand auf die lauernden Adler.

Dreimal schleppte Memidik den Toten aus dem Brunnen, und dreimal fiel er wieder hinein.

Die Adler wurden klatschnaß.

Schließlich holte Memidik den Toten heraus. Hinter
ihm ein Schwarm Adler, lief er zum Dreschplatz und legte
den Toten sofort zwischen die Getreidebüschel. Über
dem Dreschplatz lärmten die schlagenden Flügel, Tausende Adler verdunkelten den Schein des Mondes, bis dieser selbst nicht mehr zu sehen war. Memidik rannte zum
Brunnen, zog sich an und eilte zum Dreschplatz zurück.
Und da sieht er, daß Hunderte Adler sich auf den Getreidehaufen niedergelassen haben und ihre Schnäbel hinein-
schlagen. Und Tausende kreisen über ihnen. Himmel und
Erde brodeln, ein Aufruhr von Adlern.

Memidik zog die Streichhölzer aus seiner Tasche, zündete einige und steckte das Getreide in Brand. Die trockenen Halme fingen sofort Feuer, die Flammen schossen nur
so in die Höhe. Wären die Adler nicht aufgeflogen, würden sie jetzt auch brennen. Die Flammen fraßen sich weiter und züngelten bald überall. Über der Çukurova lo-

derte ein Flammenberg, so hoch wie drei Minaretts übereinander.

»Er brennt, er brennt, ich bin frei!« jauchzte Memidik und verspürte im selben Augenblick eine unerträgliche Leere da drinnen, fühlte sich plötzlich so einsam, daß er zum Toten sprang, ihn aus dem Stroh zerrte, über die Schultern legte, zum Ceyhan hinunterlief und in einer Senke am Ufer stehenblieb.

Der Schein vom Dreschplatz beleuchtete taghell die Umgebung. Memidik sah das Gesicht des Toten deutlich. Es war größer geworden. Auch die Augen. Wohl dreimal größer. Das Gesicht war jetzt rot angelaufen, kupferrot. Er bettete den Toten in die Senke, brach Zweige vom nächsten Keuschbaum, breitete sie über den Leichnam aus und bedeckte hastig alles mit Sand.

Memidik ging ein Stück die Senke hinauf und setzte sich. Rundherum war alles in helles Licht getaucht, war jede Einzelheit zu erkennen. In einiger Entfernung lag der Schuh des Toten. Memidik stand auf, nahm den Schuh und wollte ihn schon ins Wasser werfen, doch dann besann er sich, kehrte um, grub den Fuß des Toten aus dem Sand, zog den Schuh darüber und deckte alles wieder zu. Dann setzte er sich wieder an seinen alten Platz.

»Beinahe hätte ich meinen Toten verbrannt...«, murmelte er, »beinahe... Was für eine Dummheit, was für ein Frevel... Und wenn mein Toter nun verbrannt wäre?« Eine wohlige Müdigkeit überkam ihn. Langsam erhob er sich und stieg den Pfad hinauf. Das Feuer auf dem Dreschplatz wurde immer größer. Die Flammen loderten gegen den Himmel, erleuchteten alles taghell bis hin zum Anavarza-Felsen.

Als er zum Baumwollfeld zurückkehrte, war es kurz vor Morgenrot. Alle Dörfler waren wach; und gemächlich, als wäre nichts geschehen, ging er zu ihnen und knotete dabei seine Pluderhosen zu. Dann drehte er sich wie die andern zum brennenden Dreschplatz. Niemand sprach. Die Flammen reckten sich in die Höhe, rissen sich los und verschwanden im Dunkel des Himmels.

»Heute nacht haben wir überhaupt nicht geschlafen. Niemand, nicht einmal die Kinder.«

21

Seit jenem Tag kommt Halil der Alte bei jedem Morgenrot, Ali den Langen zu wecken, und drängt ihn, an den ergiebigsten Plätzen des Feldes Baumwolle zu pflücken, noch bevor die Dörfler erwachen. Wie Halil der Alte ein weiteres Mal Ali den Langen weckt.

Steh auf, Ali, mach schon«, sagte Halil der Alte, »ich werde nicht lockerlassen, Ali!«

Ali wachte zur gleichen Zeit, in der Halil der Alte ihn zu wecken kam, von selbst auf, so sehr hatte er sich daran gewöhnt. Er setzte sich auf und rieb sich die Augen. Daraufhin erwachte auch Elif und nach ihr die Kinder. Seit einigen Tagen ging das so. Und Halil der Alte begann wie immer mit denselben Worten: »Deine Mutter quält sich zu Tode. Steh auf, damit wir dir Baumwolle pflücken und du rechtzeitig bei Meryemce mit dem rosigen Gesicht sein kannst. Eile und rette meine Meryemce mit dem rosigen Gesicht!«

Dann begann er schniefend zu weinen: »Da hinten wächst so viel Baumwolle, daß ein Mann, und sei er schwerfällig wie ein Mühlstein, fünfzehn Kilo in der

Stunde pflücken kann. Und wir stehen jede Nacht, aber auch jede, so frühzeitig auf. Nicht einmal der Teufel unter den Dörflern würde uns zu dieser Stunde hören. Dann schleichen wir ganz leise ins Feld, pflücken und pflücken, bis du mehr Geld zusammen hast als deine Schulden hoch sind. Nach vier, fünf Tagen machst du dich schnurstracks auf den Weg zu deinem Mütterlein und rettest Meryemce mit dem rosigen Gesicht vor dem Tod. Wenn es wie bisher weitergeht, kannst du niemals vor den anderen im Dorf sein. Deine Schulden sind zu groß. Was würdest du aber dann zu Hause vorfinden? Nicht einmal die Knochen von Meryemce mit dem rosigen Gesicht. Und was werden die Leute sagen? Nun, was werden sie sagen? Sprich's doch aus, mein langer, törichter Ali. Sag's doch!«

»Die Baumwolle dort habe ich auch gesehen«, sagte Elif. »Wie Trauben hängen die gesprungenen Kapseln. Halil Aga sagt die Wahrheit.«

»Ich kann nicht«, ächzte Ali. Wie jedesmal ließ er sich auf den Rücken fallen und legte sich lang.

Der Mond ist untergegangen. Es herrscht ein Zwielicht, als werde die Dunkelheit aus weiter Ferne fahl beschienen. Noch ist der schmale Streifen, der über den Bergen die Nacht vom Tage trennt, nicht zu sehen, und am Himmel über den Giaur-Bergen blinkt der Morgenstern wie flackernde Glut. Es ist, als wiege die Nacht sich über dem Weiß der Felder in der sanften Brise des Morgenwinds. Überall Stille, alles ruht. So still, daß Halil des Alten Gehuste wie Schüsse über die Ebene hallt. Auch die Wolken hoch oben regen sich nicht, schimmerndes Weiß am Himmel über der Nacht.

Halil der Alte packte Ali am Handgelenk. »Steh auf, Hundesohn!« schrie er wutentbrannt. Ihm war Alis Vater eingefallen. Darüber freute er sich mächtig. Hatte Ali mit seinem Vater etwa keine Ähnlichkeit? Natürlich war er nach seinem Vater geraten. Also mußte man ihn hart angehen. »Los, steh auf, Plage Gottes mit dem Gehirn einer Maus, steh auf! Wenn nicht, mache ich so einen Krach, daß die Erde bebt und das halbe Dorf hier zusammenläuft.«

Ali richtete sich wieder auf. »Aber Onkel Halil«, sagte er, »ist es nicht Diebstahl, was wir vorhaben?«

»Deine Mutter stirbt in den Bergen«, brüllte Halil der Alte. »Meryemce mit dem rosigen Gesicht stirbt! Ob Diebstahl oder nicht, was schert es mich! Wenn es Diebstahl ist, um so besser. Soll es meinetwegen Diebstahl sein.« Er stand auf, ließ aber Alis Handgelenk nicht los, so daß Ali auch hochkommen mußte. Und Halil der Alte zog ihn behutsam weiter. Dabei machte er nicht das leiseste Geräusch. Wie eine Schlange glitt er zum Feldrain.

»Ganz ruhig«, sagte er zu Elif, die ihm gefolgt war, »ganz ruhig... Und nehmt die Säcke und Körbe mit, die Säcke und Körbe...« Die hatte Elif schon längst geholt und auch den Kindern einige in die Hände gedrückt.

Tief gebückt schlichen sie zum Ufer des Ceyhan. Halil der Alte hatte Alis Handgelenk noch immer nicht losgelassen. »Jetzt könnt ihr euch frei bewegen«, sagte der Alte. Er drehte sich um und schaute zu den Giaur-Bergen hinüber. »Bis zum Morgen ist es noch weit. Wenn wir so vier, fünf Tage Baumwolle pflücken, kann ich dir nur noch eine gute Reise wünschen. Mensch, Ali, hast du mir zu schaffen gemacht. Von wegen Diebstahl... Es gibt auf dieser Welt kein Geschöpf, das kein Dieb ist. Diebstahl... Sogar Taşbaşoğlu, unser Herr, ist ein gerissener, tollkühner Dieb. Ich habe den Ruf, ein Dieb zu sein. Mensch, mein törichter, langer Ali, auf dieser Erde sind alle Diebe, ob Fliegen, Fische, Würmer, Adler, Gazellen mit den schönen Augen, Wölfe oder Ameisen. Und weil jedermann stiehlt, ist der Diebstahl eine segensreiche Handlung, und der Heilige der Diebe ist der Prophet der Propheten, Halil Ibrahim. Er ist sowohl der Heilige des Glücks als auch der Diebe. Hör mir zu: Jedermann wird in der Gehenna brennen, aber diejenigen, deren Beruf der Diebstahl ist, werden geradewegs in den Himmel kommen. Wer immer auch den Ruf eines Diebes hat, wer wegen Diebstahl gepeinigt wurde, wer deswegen wie der heilige Yusuf im Kerker saß, kommt ohne das letzte Gericht gleich ins Paradies. Darum zögere nicht, Ali. Der Diebstahl, den wir jetzt begehen, ist eine segensreiche, heilige Handlung, die dich in den Himmel bringen wird. Los, bald geht die Sonne auf. Ich könnte dir noch viel erzählen, aber der Morgen graut.«

Im Laufschritt kamen sie an den Feldrain. Elif machte sich sofort über die Baumwollpflanzen her. Ihr ganzer Körper tat weh, und erst als sie zu schwitzen begann, hörten die Schmerzen auf. Ali war ohnehin in Schweiß gebadet. Zum ersten Mal in seinem Leben beging er einen Diebstahl, sofern man dieses nächtliche Pflücken so nennen konnte. Wenn ich mich schon darauf eingelassen habe, dachte er sich, muß ich jetzt auch hart arbeiten. Halil der Alte hat schon recht. Ein Halunke, der Mann, aber klug. Er hat über das Gute und Böse in der Welt viel nachgedacht. Und wie er pflückt, wie schnell sich seine Hände in dieser Dunkelheit bewegen. In seinem Alter! Er muß hundert, zweihundert Jahre alt sein.

»Was ihr gepflückt habt, füllt in den Sack!« sagte Halil der Alte. »Zum Haufen werde ich es bringen. Keinen Laut werden sie hören, wenn ich die Kapseln ausschütte und mich davonschleiche. Wenn die Dörfler euch dabei erwischen, würden sie euch totschlagen. Darum ist es besser, wenn ich...«

Zu fünft hatten sie den Sack im Nu gefüllt. Halil der Alte warf ihn über die Schulter und ging los. Er flog vor Freude.

Plötzlich hielt Elif beim Pflücken inne und richtete sich

auf. Sie ergriff Alis Arm. »Schau, Ali, schau dorthin«, sagte sie und zeigte auf den Rand des Feldes, wo sich einige Schatten bewegten. »Die machen's wie wir, Ali.«

Halil der Alte leerte auch den nächsten Sack und kam zurück. Vom Tau waren ihre Kleider völlig durchnäßt. Im Baumwollfeld waren sie auf zwei riesige Wassermelonen gestoßen. Eine davon hatten sie sofort aufgeschnitten und gegessen. Ihren Duft spürten sie noch immer zwischen Kehle und Gaumen, und sie fühlten sich wieder frisch.

»Beeilt euch, bewegt eure Hände, es wird bald Tag«, mahnte Halil der Alte immer wieder. »Wir werden auch morgen herkommen und übermorgen auch.«

Langsam wurde es hell. »Es reicht«, sagte endlich der Alte. »Auch kleine Gier kann großen Schaden machen! Los, laßt uns gehen, bevor die Dörfler aufwachen. Wir verschwinden und wachen nachher gemeinsam mit den blöden Bauern wieder auf, um weiterzupflücken. Los, gehen wir schlafen, damit sich unsere Knochen ein bißchen ausruhen können. Dem Menschenkind, dem größten Dieb der Schöpfung, gebührt ein wenig Ruhe. Sonst schmerzen diesem Hundesohn seine empfindlichen Gebeine. Ich nehme jetzt den Sack Baumwolle und gehe voraus. Sollten sie mich schnappen, können sie mir nichts antun. Wenn doch, so pfeife ich drauf… Das wäre mir schnuppe.«

Er setzte den Sack, den er schon geschultert hatte, wieder ab. »Setzt euch da hin«, sagte er, »ich will nur mal nachsehen, wer diese Schatten dort sind. Darauf bin ich sehr gespannt.«

Nach kurzer Zeit war er wieder zurück. »Großer Gott«, murmelte er, »großer Gott! Ökkeş Dağkurdu mit Frau und Kindern… Und nicht weit von ihnen des Amtmanns Sefer Weiber samt Kindern… Das halbe Dorf ist auf den Beinen und klaut der anderen Hälfte Baumwolle. Ökkeş

Dağkurdu fiel vor mir auf die Knie. ›Tu's nicht, Onkel Halil‹, flehte er und küßte mir die Füße. ›Ich hab's für den Herrgott getan‹, sagte er und weinte. ›Wenn ich auch in diesem Jahr nicht nach Mekka pilgern kann, schaffe ich es bis zu meinem Tode nicht und muß befleckt von Sünde sterben‹, jammerte er. ›Verrate mich nicht‹, sagte er und wimmerte. ›Weine nicht, Ökkeş‹, habe ich geantwortet, ›ob du nach Mekka pilgerst oder nicht, jetzt steht für dich im Paradies ein Schloß bereit, aus Diamanten, Perlen und Kristall. Und siebzig Huris stehen dir zu Diensten. Jede von ihnen mit breiten, vollen Hüften. Nachdem du heut gestohlen hast, ist unser Halil Ibrahim Efendi dein Heiliger. Stiehl nur ruhig so weiter. Der Himmel liegt den Dieben zu Füßen. Auf denn, gesegneter Mann, der Heilige der Diebe, unser Halil Ibrahim Efendi beschütze dich!‹ Außer ihm pflückte auch Amtmann Sefer. Das tat er doch in den letzten Jahren nie. Oder hast du es jemals erlebt, Ali?«

»Nein, das habe ich noch nie gesehen.«

»Demnach hat der gute Mann nachts gepflückt und tags geschlafen. Jahrelang. Und wir dachten, er mache nie einen Finger krumm. Ich arbeite nicht wie ein gemeiner Bauer, sagte er immer und plusterte sich auf. Dabei arbeitete er schwerer als wir, nämlich im Dunkeln.«

»Im Dunkeln«, seufzte Ali.

»Los, los, beeilt euch...« Halil ging zu den Laubdächern und leerte den Sack auf Alis Baumwolle. Dann betrachtete er den Haufen eine Weile. Er war dreimal so hoch wie die anderen.

»Sehr gut, sehr gut!« sagte er laut, legte sich dann schnell auf sein Lager und zog die Decke über den Kopf.

Ob Meryemce wohl sterben würde oder schon tot war? Oder schwingt sie jetzt im Dorf am kühlen, schäumenden, nach Minze duftenden Wasser die Hüften? Ginge es wie bisher weiter, würde Ali rechtzeitig bei Meryemce mit dem rosigen Gesicht sein. Plötzlich durchfuhr es ihn wie ein Blitz: Wenn Meryemce stirbt, lebe ich nicht weiter! Er lächelte in sich hinein. Sein Kopf ruhte auf seinem rechten Arm; Halil drehte sich auf die linke Seite. Wenn ich sterbe, lebt auch Meryemce keinen Tag länger und stirbt. Bleibt Meryemce am Leben, schächte ich für sie einen Opferhahn, sogar einen bunt schillernden. Großer Gott, daß sie ja nicht stirbt und ich sie mit meinen irdischen Augen noch einmal sehen kann . . .

Ali der Lange lag auf dem Rücken; er konnte nicht einschlafen und betrachtete die Sterne. Vom Tau war er naß bis auf die Haut. Ihn fror, und er zitterte leicht. Immer wieder liefen Schauer über seinen Körper. Auch wenn das halbe Dorf heimlich pflückte, der Diebstahl zerrte an seinen Nerven. Andererseits war er auch froh. Wenn es so weiterging, würde er bald das Geld für seine Schulden zusammen haben und sich auf den Weg machen können.

Kaum hatten sich Elif und die Kinder hingelegt, waren sie auch schon eingeschlafen.

Ali hatte seine alte, sieche Mutter vor Augen. Wie konnte ich nur so etwas tun? Wie kann man nur eine alte Frau in einem verwaisten Dorf zwischen Wölfen und Vögeln zurücklassen? Mutterseelenallein! Hände und Beine kraftlos, ohne rechtes Feuer, ohne Herd. »Ach, wenn ich doch nur rechtzeitig bei ihr sein kann, bevor ihr etwas zustößt, bevor sie stirbt . . . Auf Händen würde ich Meryemce, Mutter aller Mütter, tragen; Meryemce, schönste aller Mütter, der ich keinen glücklichen Tag bescheren konnte, wie konnte ich ihr das nur antun, wie konnte ich?« Auf seine Ellenbogen gestützt, richtete er sich auf und betrachtete die Tagelöhner in der Morgendämmerung, wie sie erwachten, sich reckten und die Augen rieben. Der schmale, grün schimmernde Streifen über den Giaur-Bergen wurde immer breiter. »Aber ich hatte keine Wahl. Wäre ich bei ihr im Dorf geblieben, müßten wir alle, sie und die Kinder eingeschlossen, sterben.«

Die Pflücker, schlaftrunken und still, gingen mit Körben und Säcken in den Händen aufs Feld.

»Elif, steh auf!« sagte er leise und stieß sie an. Elif schreckte hoch. »Die Leute gehen aufs Feld.« Und Elif versuchte, die Kinder zu wecken. »Laß die Armen hier«, meinte er und strich mit seinen großen Händen den beiden übers Haar.

»Das geht nicht«, widersprach Elif, »heut ist heut! Wenn sie uns jetzt nicht bei der Arbeit helfen, wann sonst?« Hart rüttelte sie die Kinder wach: »Hasan, Ümmühan!«

Als die Kinder die Augen öffneten, krampfte sich vor Mitleid ihr Herz zusammen.

22

Daß Ali der Lange nachts aufstand und an den besten Plätzen des Feldes pflückte, hatte sich im ganzen Dorf herumgesprochen. Dabei gab es wohl keinen unter den Tagelöhnern, der die andern nicht hinterging und heimlich in der Nacht Baumwolle pflückte. Ausgenommen einige Alte und Kinder. Die Dörfler waren über Alis Täuschung ungeheuer aufgebracht. Als wenn er in diesem Dorf der erste war, der die anderen benachteiligte. Sprachen sie von Alis Diebstahl, regten sie sich so auf, daß sie vor Wut schäumten. Wie die Pflücker den Beschluß fassen, Ali auf frischer Tat zu erwischen und dafür unter der Hand Vorbereitungen treffen.

Ich hab's gesehen«, sagte Bekir des Krakeelers Weib. »Ich war aufgestanden, um Wasser zu lassen, und was sehe ich? Halil der Alte und Ali der Lange und Elif und die Kinder pflücken Baumwolle im Feld, wo die größten Kapseln hängen, Baumwolle, sag ich euch... Und Ali der Lange... Als wolle er das ganze Feld verschlingen. Jaaa, so war es. Sein Haufen ist schon mannshoch. Wäre er es wohl, wenn Ali nicht bei Nacht und Nebel zu unserem Nachteil pflückte?«

»Sein Haufen ist schon mannshoch, hat die Zalaca gesagt.«

»Dieser abgefeimte Dieb!«

Und Habenichts brüllte: »Sie haben auch Şevket Beys Getreide angesteckt. Nun wissen wir, wer sich nächtens herumtreibt und des Dörflers Unglück ist. Auch wir haben Kind und Kegel, auch wir haben Schulden. Und wir haben unsere Mutter nicht getötet, haben sie nicht umgebracht und zum Trocknen in die Felsen von Yalak gehängt. Ist denn niemand im Dorf, der diesem Mann Halt gebietet? Gibt es denn keinen Menschen, der seine Rechte verteidigt?«

Amtmann Sefer winkte Apti den Klebrigen zu sich. Und den Dorfwächter. Die beiden hefteten sich an seine Fersen.

Bei den Tamarisken am Ufer des Ceyhan blieb der Amtmann Sefer stehen.

»Meine Augäpfel, meine Brüder«, begann er. »Ich weiß, daß ihr nicht mit mir sprecht, weil Taşbaşoğlu es euch befohlen hat; aber ich weiß auch, daß ihr mich liebt, mehr noch als euer Leben... Weil und insbesondere ich euch auch mehr liebe als meine Seele. Ich weiß also, daß ihr nicht mit mir sprecht, aber ich weiß auch, daß ihr euch von mir nichts zweimal sagen laßt.«

Mit ihren Blicken bestätigten die beiden seine Worte.

»Nun, meine Freunde, gestern nacht konnte ich nicht schlafen. Ich stand auf und sagte mir: Mach einen kleinen Rundgang! Und was sehe ich? Steht da nicht der, den sie Ali den Langen nennen, Busenfreund des rotznäsigen Heiligen Taşbaşoğlu, im Feld und pflückt Baumwolle? Oh, du gewissenloser Schurke, oh! sagte ich mir. Aber was kann man schon von einem Menschen Segensreiches erwarten, der seine eigene Mutter getötet hat. Jemand, der seine Mutter umbringt, ist von allen Geschöpfen das niederträchtigste. Seht, ich sage euch wo, und als hätte ich ihn selbst dahingestellt, werdet ihr ihn heute nacht dort finden. Verbreitet unter den Dörflern, daß da ein rücksichtsloser Gauner die Baumwolle, unser Recht auf den Pflückerlohn, stiehlt. Und welche Strafe steht darauf? Er wird es jede Nacht wieder tun. Daß er ja keinen Verdacht schöpft; dann bekommt er Angst und geht nicht ins Baumwollfeld. Ertappt ihn beim Pflücken, aber gebt ihm nicht einen Klaps, sondern haltet Abstand. Das werden die Dörfler schon besorgen und ihn fertigmachen. Aber ordentlich aufhetzen müßt ihr sie, verstanden?«

Beide nickten mit den Köpfen. Das war also ihre Aufgabe. Und wie sie die Dörfler aufpeitschen würden! Bis sie rot sehen und sich wie wild auf Ali stürzen. Zermalmen werden sie Ali, dieses Ungeheuer, das seine Mutter getötet hat.

Mit Händen und Füßen, Grimassen und Augenrollen versuchten sie es Sefer klarzumachen, wollten sie ihm bedeuten: Sei unbesorgt, wir machen das schon.

»Ich vertraue dir, Bruder Apti«, sagte Sefer. »Und dir, Oberwächter, küsse ich deine schwarzen Augen, du berühmtester Dorfwächter des Taurus, dessen Ruhm sich über Kontinente erstreckt bis hin nach England, nach Rotchina und dem Land des ruhmreichen Castro. Ihr sprecht nicht mit mir, meinetwegen, dennoch seid ihr meine Augäpfel. Los denn, Gott helfe euch, und viel Erfolg! Ich aber gehe heute hin und schieße für euch zwei fette Rebhühner. Die könnt ihr dann in glühender Holzkohle braten, damit den Dörflern das Wasser im Munde zusammenläuft. Und wenn ihr sie vor ihren Augen eßt, müßt ihr so schmatzen, daß ... Also, geht frohen Mutes ...«

Apti und der Dorfwächter machten sich gleich an die Arbeit. Die Pflücker in der Reihe sprachen im Flüsterton nur noch darüber. »Laßt euch nichts anmerken«, mahnte der Klebrige immer wieder. »Laßt euch nichts anmerken, damit er nicht mißtrauisch wird. Wir dürfen keinen Verdacht erregen und müssen ihn auf frischer Tat ertappen.« Ali argwöhnte wohl etwas, beruhigte sich dann aber wieder; schließlich spürte er diese Feindseligkeit schon seit seiner Ankunft. Ihr Groll, ihre wütenden Blicke, und daß einige dabei vor ihm ausspuckten, war für ihn schon gang und gäbe.

Es war heiß. Eine schwere, flimmernde Hitze. Ungeduldig, wie ein einziger Körper, der nicht stillhalten konnte, bewegten sich die Pflücker. Sie warteten auf einen Funken, einen ganz kleinen Funken nur. Am Himmel war nicht eine Wolke. Er glühte hinter grauen Schwaden, als stünde er in Flammen. Die Tagelöhner schwitzten und waren ganz benommen.

»Diese Nacht!« flüsterte der Klebrige ihnen ins Ohr.

»Um Gottes willen habt Geduld! In dieser Nacht werden wir ihn erwischen und ihm geben, worauf er ein Recht hat. Nur jetzt keinen Krach! Um Gottes willen...«

Und einer flüsterte es in des anderen Ohr.

»Jeder soll seinen Zorn unterdrücken.«

»Um Gottes willen keinen Streit.«

»Heute nacht, wenn der Gauner Baumwolle pflückt...«

Drei Gewehrschüsse hallten in der Ferne. Grauer Pulverdampf stieg auf und blieb wie drei Wölkchen in der flimmernden Luft hängen. Die Tagelöhner wurden noch unruhiger, und ihre Wut stieg. Als die große Hitze kam und sie sich unter ihre Laubdächer zurückzogen, begann ein dauerndes Hin und Her, tönten Schreie und Flüche aus den Zelten.

Bald darauf kam Sefer. An seinem Gürtel hingen zwei Rebhühner. Er lachte, steckte seinen Kopf unter die Laubdächer, wünschte den Pflückern frohes Schaffen, nichts weiter, und zeigte dabei seine weißen Zähne.

Als wollten sie die Erde streifen, flogen im Tiefflug amerikanische Düsenjäger, die am Fliegerhorst Incirlik aufgestiegen waren, über sie hinweg. Zu jeder anderen Zeit wären sie alle aufgesprungen, hätten die Flugzeuge mit ihren Augen verfolgt, bis sie verschwunden waren. Jetzt hoben sie nicht einmal den Kopf. Keiner von ihnen. In rasender Geschwindigkeit glitten die Schatten der Maschinen über das flache Land der Çukurova, zogen schwarze Streifen in die helle Erde...

Memidik starrte in den Himmel über dem Brunnen und ließ die Adler nicht aus den Augen. Einmal sammelten sich die Greife zu einem riesigen, brodelnden Ballen, dann stoben sie wieder auseinander wie eine Herde Schafe, in die der Wolf eingefallen war, und verteilten sich über den weiten Himmel von Anavarza. Das wiederholte sich so eine ganze Weile.

Memidik stand da, unfähig, eine Hand zu rühren, und betrachtete diesen Tanz der Adler, wie sie zusammenströmen und ausfächern, und er wartete mit ungeduldiger Neugier auf den Ausgang dieses Spiels. Was würde jetzt geschehen? Würden die Adler den Himmel über dem Brunnen räumen? Da senkte sich der Schwarm bis dicht über die Erde herunter, die Vögel flogen so niedrig, als wollten sie landen. Einige setzten auf. Mit offenen Schwingen hüpften sie um den Brunnen, und ohne die Flügel anzulegen, flogen sie wieder auf, langsam, zögernd, und schraubten sich immer höher in die Weite des Himmels. Dann zerstreuten sie sich, schwebten weiter bis zum Anavarza-Felsen. Der linke Flügel des Schwarms im Osten der Ebene schwenkte wie eine schwarze Fahne, dann löste sich ein Teil, sammelte sich über Dumlu, flog auseinander und verschwand wie ein dunkler Schatten im flammenden, grauen Licht des Himmels.

Freude erfaßte Memidik: »Sie verschwinden! Über der Stelle, wo ich den Toten begraben habe, werden sie nicht mehr kreisen.«

Doch plötzlich wurde er traurig. Was mag wohl aus dem Toten geworden sein? Hatte er ihn im Dunkeln auch gut vergraben? Nur schemenhaft konnte er sich an die gestrige Nacht erinnern, an den Brunnen, den Toten, an das brennende Getreide, wie er mit Todesverachtung den Leichnam aus den Flammen rettete: das alles erschien ihm weit weg wie ein Traum. Das Getreide schwelte noch, kerzengrade stieg der Rauch in den Himmel, hoch oben knickte er ein und verwehte am Himmel wie eine leichte Wolke.

»Und wenn dem Toten etwas zugestoßen ist? Und wenn die frisch aufgeworfene Erde ihn verrät?«

Die Adler, der Tote, die grollenden Dörfler, die etwas im Schilde führten – all das trug dazu bei, daß Memidik sich vor Ungeduld wand... Und wenn sie den Toten in der lockeren Erde finden? Und wenn die Adler auf das Grab niedergehen und ihn ausgraben? Und, und, und... Was hatte ihn nur geritten, daß er den Toten aus den Flammen zerrte? Er wäre jetzt schon verbrannt, und Memidik hätte alles überstanden. Da siehst du, was du dir eingebrockt hast! Da kann dir nicht einmal Taşbaşoğlu, unser Herr, helfen.

Wenn er nicht sofort das Grab aufsucht, verliert er noch den Verstand. Er reckte sich in wilder Wollust, daß seine Knochen knackten.

Die Adler zogen wie ein langer, dunkler Streifen von Anavarza nach Süden zum Mittelmeer. »Diese Adler sind bestimmt verrückt geworden«, murmelte Memidik. »Meine Mutter soll mein Weib sein, wenn jemand, seit es diese Welt gibt, schon einmal Adler gesehen hat, die wie an einer langen Schnur hintereinander fliegen.«

»Das hat noch niemand gesehen«, vernahm er dicht an seinem Ohr eine Stimme. »Seit ich mich erinnern kann«, sagte Halil der Alte, »habe ich noch nie einen Schwarm Adler wie einen Bindfaden fliegen sehen. Die Reiher fliegen so aufgereiht, die Wildgänse und auch die Wildenten. Adler aber ziehen Kreise über der Erde. Sie kreisen und kreisen in einem fort.«

»Über diese Adler muß ich mich wundern, Onkel Halil«, sagte Memidik.

»Ich auch...« antwortete Halil.

Die Schnur von Adlern riß in der Mitte. Die auf der

226

Seite zum Meer hin flogen, sammelten sich zu einem dichten Schwarm, erschienen wie ein dunkler Fleck auf den Quellwolken, der sich bald in ihnen verlor. Die anderen flogen nach Anavarza. Memidik beobachtete, wie der Schwarm langsam dahinglitt, und konnte sehen, wie die Adler einer nach dem andern auf die Felsen niedergingen.

Der Himmel war jetzt klar und ganz rein, von keiner Wolke getrübt.

Als Memidik den Kopf nach rechts drehte, sah er vom Hemite-Berg einen einzelnen abgeirrten Adler mit müdem Flügelschlag herüberfliegen. Offensichtlich ein sehr großer, schwerer, alter Vogel. Es war schon später Nachmittag, und er flog ziemlich niedrig über sie hinweg. Schon an seinem Schatten, der an ihnen vorbeiglitt, konnte man erkennen, wie riesig der Adler war. Memidik hatte sich nicht geirrt. Der Adler flog über Dumlu hinweg, doch bei der Dumluburg wendete er und kam zurück. Dann schlug er die Richtung zum Mittelmeer ein.

»Das ist ein abgeirrter Adler, Memidik, mein Sohn. Tausendjährige Adler irren immer ab«, sagte Halil der Alte, kraulte seinen Bart, während er den Flug des Adlers verfolgte. »Dieser Einzelgänger gehört zu denen, die sich vor der Einsamkeit nicht fürchten. Der alte und mächtige Vogel dort wird sich den andern nicht mehr anschließen. Bis zu seinem Tod wird er ganz allein am weiten Himmel kreisen. Kein Lebewesen wird sich ihm mehr nähern, und dieser mächtige Adler wird nirgendwo mehr niedergehen. Auf keinen Baum, keinen Felsen, kein Feld... Ich achte sie sehr, diese alten, abirrenden Adler, verstehst du, Memidik, mein Sohn? Diese mächtigen Greife sterben am Himmel. Wenn der Tod naht, schrauben sie sich höher und höher, schweben sie bis in den siebten Himmel, und dort erst sterben sie. Tot fällt ihr Körper dann vom höchsten Himmel auf die Erde der Çukurova. Sie fliegen so hoch und immer noch höher und genießen die Freude der unendlichen Weite des Himmels. Sie steigen, bis ihre Flügel in der größten Höhe, im tiefsten Blau aufhören zu schlagen. Dann gleiten sie von einem Ende des Firmaments zum andern, von West nach Ost, von Ost nach West. Alte Adler sterben am Himmel, am fernsten Himmel, mein Memidik, dort, wo die Sterne sind. Und ein alter Mensch stirbt kriechend wie ein Wurm, Memidik, kriechend. Nicht auf der Erde, sondern in der Weite des Himmels zu sterben, das ist der Tod, der eines Adlers würdig ist. Jeder andere wäre schändlich, vor Gott, vor dem Himmel, der Erde, vor den Menschen und allen anderen Lebewesen. Sieh dir die Adler gut an, Memidik, mein Sohn, behalte sie immer im Auge, es sind edle Geschöpfe.«

Er trennte sich von Memidik, ging ans andere Ende des Feldes und stellte sich zwischen Habenichts und Zalaca auf. Habenichts wandte sich ab, kehrte ihm den Rücken zu, und Zalaca tat es ihm gleich.

Halil der Alte war wütend. »Oh, daß ich nicht eure Mütter und Weiber, eure Sippe und Ahnen... Verdammt! Was habe ich euch Gottlosen denn getan?« grollte er, packte Korb und Sack, verließ die Reihe der Pflücker, ging an den äußersten Rand des Feldes und arbeitete dort allein weiter.

Memidik beunruhigte das Benehmen der Dörfler. Es war offensichtlich, daß sie etwas verheimlichten, auf etwas warteten. Kein Zweifel, dachte er, es besteht nicht der geringste Zweifel, sie haben den Toten entdeckt. Am ersten Tag schon wußte es jeder. Seitdem beobachten sie mich. Beobachten und lachen über mich. Sie wissen auch schon, wo ich den Toten jetzt begraben habe. Wußte Halil der Alte vielleicht nicht, warum ich nach den Adlern Ausschau hielt? Natürlich wußte er. Es sind ja nicht alle Menschen Trottel. Ach, ach, ach! Wäre der Tote doch Amtmann Sefer, würde ich ihn bis an mein Lebensende auf

meinen Schultern tragen, ach! Und bis an mein Lebensende könnten die Dörfler mich beobachten...

Irgend etwas tat sich bei den Bauern, doch Memidik
kam nicht dahinter. Entweder ging es um ihn oder um Ali
den Langen, der seine Mutter getötet hatte. Irgend etwas
tat sich da, irgend etwas, aber was...

Nun, der Tote war nicht weit, aber er war hier. Weder
konnte Memidik hingehen, noch konnte der Tote herkommen. Sein Herz zersprang fast vor Sorge. Er stellte
den Korb ab und erschrak über das nachdenkliche, blei-
che, wütende Gesicht seiner Mutter. Bei jeder Schicht unterbrach er seine Arbeit und ließ sie allein pflücken. Seit
Tagen mied er ihren Blick, konnte er ihr nicht ins Gesicht
sehen. Auch nicht der Zeliha. Kaum erblickte er sie,
schlug er eine andere Richtung ein. Eines Nachts war sie
an sein Lager gekommen, wollte ihn wecken, rüttelte und
rüttelte, aber Memidik wachte nicht auf. Es war der Schlaf
des Schakals. Was hätte er der Zeliha auch sagen sollen?
Etwa: Ich habe anstelle von Sefer, der mir die Knochen
brach, mich sechs Monate lang Blut pissen ließ, mich fast
totschlug und erniedrigte, einen anderen Mann getötet,
den ich gar nicht kannte? Und jetzt weiß ich nicht wohin
mit der Plage? Zeliha hatte sich bis zum Morgenrot abge-
müht, hatte gebettelt, ihre großen Brüste auf sein Gesicht
gelegt; sie waren heiß und bebten... Machten Memidik
fast verrückt. Er zitterte vor Wollust, sein Fleisch, seine
Knochen spannten sich zum Bersten, aber er öffnete die
Augen nicht. Als der Morgen graute, war Zeliha verzweifelt gegangen. Memidik schaute hinter ihr her. Groß und
schlank erschien sie ihm in der Dämmerung. Ihre Schultern zuckten, bestimmt weinte sie. Als er sie so sah, ging es
ihm wie ein Dolchstoß ins Herz. Und da schwor er noch
einmal: Ich werde Sefer töten, und dann werde ich Zeliha
bei der Hand nehmen und mit ihr in ein fernes Land gehen.

Die Tagelöhner, manche aus den Augenwinkeln, ganz heimlich, andere unverhohlen, beobachteten Ali, ließen ihn nicht aus den Augen. Ali fühlte sich unbehaglich. Was immer er auch tat, sein Unbehagen wuchs. Den Kindern und Elif war noch elender zumute. Jedermann betrachtete Ali wie ein Opferlamm, wie einen Todgeweihten. Und niemand sprach ein Wort. Es herrschte tiefe Stille, sie lastete schwer wie ein Fels. Die Dörfler räusperten sich nicht einmal. Allein die Hände arbeiteten schneller. Und am schnellsten war Ali. Feindliche Blicke, Augen wie Messer ruhten auf seinen Händen.

Als der Tag sich neigte, sagte Hasan: »Mutter, ich fühle mich nicht wohl, dürfen wir zum Ceyhan hinunter?«

»Nun geht schon«, seufzte Elif. Die Kinder liefen zu den Tamarisken am Flußufer. Mit weit aufgerissenen Augen sagte Hasan: »Sie werden meinen Vater töten.« Da fing Ümmühan an zu weinen.

In jener Nacht konnten die meisten Dörfler kein Auge zutun. Sie warteten auf den Augenblick, an dem Ali aufstehen und zum Baumwollpflücken aufs Feld gehen wird.

Wie immer vor Morgengrauen schlich Halil der Alte herbei, um Ali zu wecken. Jetzt wurden auch die Dörfler wach, die noch geschlafen hatten, und lauerten darauf, daß Ali sich aufmacht. Heute nacht hatte sich niemand zum heimlichen Baumwollpflücken ins Feld geschlichen.

»Nimm's mir nicht übel, Ali, daß ich so spät komme«, sagte Halil der Alte. »Aber die Dörfler warten nur darauf, daß wir ins Feld gehen ... Sie wollen uns überraschen. Hast du verstanden?«

»Ich habe verstanden.«

»Und du weißt, was sie dann mit uns machen?«

»Ich weiß. Sie werden sich auf uns stürzen und in Stücke reißen.«

»Sie rasen vor Wut. Aber der alte Halil, Adler der Berge, läßt sich nicht hinters Licht führen. An ihren Augen sehe ich, was sie vorhaben. Darum bin ich hier. Ich wollte dir sagen, daß du nicht aufstehen sollst, Ali. Ich gehe wieder, und du schlafe! Schlafe tief und fest, damit diese Hunde von Dörflern platzen. Bleib gesund! Bis morgen früh, wenn nicht, bis übermorgen.«

Und Halil der Alte kroch durchs Dunkel zurück auf sein Nachtlager.

Die Ohren gespitzt, die Augen weit geöffnet, lauerten die Dörfler wie ein Mann darauf, daß Ali sich bewegt. Sie hielten den Atem an.

So wachten sie bis zum Morgengrauen, bis sich ein Strom von Licht von den Giaur-Bergen ins Tal ergoß. Doch niemand stand auf, niemand ging auf Diebesfahrt ins Feld.

»Er hat Lunte gerochen«, jammerte der Klebrige. »Ein Mann wie ein Wolf. Könnte er seine Mutter denn töten, wenn er kein Mann wie ein Wolf wäre? Warum töten wir wohl unsere Mütter nicht? Der geht nie wieder heimlich pflücken.«

Die Haufen Baumwolle und die offenen Kapseln an den Pflanzen schimmerten schemenhaft im diesigen Licht, das von den Bergen schien. Frischer, durchdringender Geruch brandigen Grases erfüllte die Luft.

Klopfenden Herzens hatten die Dörfler bis jetzt ausgeharrt. Seit die Spannung nachgelassen hatte, dösten sie erschöpft und enttäuscht vor sich hin.

Bis plötzlich Habenichts Stimme ertönte: »Los, Leute, an die Arbeit! Auf, auf, nicht so faul!« Die Ausgebufften waren im Nu im Feld.

Auch Ali zog sich Strümpfe an, schnürte seine Opanken und schüttete sich zwei Handvoll Wasser ins Gesicht. »Auf denn, Elif«, sagte er. »Sind die Kinder denn schon wach?« Weder Ümmühan noch Hasan hatten ein Auge zugetan. Sie konnten nicht einschlafen und hatten besorgt darauf gewartet, wie ihr Vater getötet werden würde.

Als Ali auf das Feld kam, richteten sich die Dörfler auf und betrachteten ihn eine Weile mit starren Blicken, als sei er ein eigenartiges Wesen, das sie noch nie gesehen hatten.

Die Sonne begann zu brennen. Die Pflücker standen in langer Reihe. Sie kochten vor Wut. Beim kleinsten Anlaß würden sie sich auf Ali stürzen. Ali spürt die schreckliche Last ihres Zornes, er weiß nicht, was er tun soll, weiß nicht wohin, er hat Angst, kommt fast um vor Angst, doch seine Hände bleiben in Bewegung.

Halil der Alte kam dicht an ihn heran: »Ali, geh unter dein Laubdach. Pflücke jetzt nicht weiter. Die Bauern haben den Verstand verloren. Sie könnten dir etwas antun.« Dann hakte er sich bei ihm ein. »Er ist krank«, rief er und schob den wankenden Ali zum Lagerplatz. Eine Zeitlang ließen die Pflücker ihre Hände ruhen und starrten auf das Dach, unter dem Ali verschwunden war.

23

*Memidik ist auf dem Weg zur Kreisstadt. Er geht
und läuft abwechselnd. Es gibt für ihn keinen anderen Ausweg, sich von dem Toten zu befreien, als
bei der Regierung vorstellig zu werden. Er wird
hingehen und ihr sagen: Ich habe einen Toten gefunden. Nehmt ihn mir ab. Schlecht und recht habe
ich euren Toten eine ganze Weile in meine Obhut
genommen. Während er sich der Stadt nähert, be-
hält er den abgeirrten Adler am Himmel im Auge.
Dabei sorgt er sich um den Toten. Ob ihm bis zu
seiner Rückkehr etwas zustoßen kann? Seit er seinen Entschluß gefaßt hat, sind seine Schultern von
einer schweren Last befreit. Memidik fühlt sich so
leicht wie ein Vogel.*

Şevket Bey war Schlafwandler. Er hat niemandem jemals Böses getan. Drei Frauen hatte er. Eines Tages ver-
stieß er nach einem Wutanfall alle drei. Er hat sechs Kinder, vier von ihnen besuchen Privatschulen in Istanbul. In
der Kreisstadt besitzt er kein Haus, dort wohnt er zur
Miete. Sein Landhaus ist groß wie ein Hangar. Es hat riesige Zimmer.

Die Landwirtschaft ist in der Anavarza-Ebene am Ufer
des Ceyhan zum Mittelmeer hin. Man sagt über Şevket
Bey, er habe in jungen Jahren drei Menschen getötet: seine
Mätresse, seinen Diener und Turna, eine kurdische Magd,
die dabei war, als er die andern beiden umbrachte. Turnas
Sohn war seinerzeit bei den Soldaten. Als er hörte, daß
Şevket Bey seine Mutter umgebracht hatte, nahm er seine
Waffe und floh in die Berge. Um Şevket Bey zu töten.
Nach zwei, drei Tagen brachte man ihn um, bevor er Şev-
ket Bey umbringen konnte. Şevket Bey hat fünf Geschwi-

ster, zwei davon sind Mädchen. Eines der Mädchen ist die reichste Frau der Çukurova. Sie ist eine willensstarke Frau und mit einem Mann vornehmer Abstammung verheiratet. Auch ihre Geschwister besitzen große und kleine Güter. Şevket Bey wurde Schlafwandler, nachdem er die drei Menschen getötet hatte.

Sein Anwesen umfaßt zehntausend Morgen fruchtbaren Bodens. Ein Erbe seines Vaters. Şevket Bey durchstreifte nachts die weite, warme Erde der Çukurova, tagsüber prahlte er und log in einem fort. Wie alt er war, wußten weder er noch irgendein anderer. Er sah sehr jung aus. Und er war sehr freigebig. Auch wofür er sein Geld ausgab, wußte weder er noch irgendein anderer. Das Land brachte ihm bei jeder Ernte viel ein. Aber das Geld war schnell wieder ausgegeben. Er war wohlgestaltet. Wenn er schlafwandelte, sah er noch besser aus, dann leuchtete sein Gesicht.

Seine Abwesenheit fiel noch nach fünf Tagen niemandem auf. Schließlich fragte einer seiner Landarbeiter: »Was ist eigentlich mit Şevket Bey?«

Daraufhin fragten auch andere: »Wo ist Şevket Bey?«

Seine Leute, Brüder, Kinder, Neffen und weiteren Verwandten schwärmten aus und suchten Şevket Bey in der Ebene. Es gab keinen Winkel am Fuße des Anavarza, den sie nicht durchsucht, kein Geschöpf, das sie nicht befragt. Şevket wurde nicht gefunden. Sie benachrichtigten Polizei und Gendarmerie. »Ein Großgrundbesitzer ist verschwunden, man nimmt an, daß er einem Verbrechen zum Opfer fiel«, stand auch in den Zeitungen. Fotos von Şevket Bey erschienen in großer Aufmachung. Wäre Şevket Bey noch am Leben, hätte er beim Anblick seiner Bilder vor Freude den Verstand verloren.

Noch immer suchen sie Şevket Bey. Zu Pferd, zu Fuß; Polizisten und Gendarmen, doch sie finden ihn nicht.

Das brennende Getreide erhöhte nur noch die Verwirrung, brachte erst recht alles durcheinander.

Vom Verschwinden Şevket Beys erfuhr man zuerst durch Nevzat, den Gehilfen des Traktorfahrers. Nevzat war sehr groß und hatte einen Gänseblick. Vor vier oder fünf Monaten hatte ihn Şevket Bey so verhauen, so schrecklich verhauen, daß er Blut pissen mußte. Als aber das Getreide brannte, war man sich nicht mehr so sicher. Der Verdacht richtete sich jetzt nicht mehr ausschließlich gegen Nevzat. Wenn, dann konnten das nur die landlosen, feindseligen, haßerfüllten Bauern aus den umliegenden Dörfern getan haben. Und seitdem ist in diesen Dörfern der Teufel los. Gendarmen, Polizisten, Verwandte, Nachkommen und Bedienstete von Şevket Bey... Besonders die Nachkommen erlebten das Verschwinden ihres Vaters wie einen spannenden Kriminalroman.

»Wo ist Şevket Beys Haus? Hat er keine Söhne, keine Knechte und kein Weib? Ich will zu ihnen.«

»Şevket Bey ist tot«, bekam Memidik zur Antwort.

Er stand auf der Brücke, die zur Kreisstadt führte, und schaute aufs Wasser hinunter. Sein Spiegelbild war verschwommen. Es bewegte sich. Die Oleanderbüsche blühten. Rosarot. Zu Hunderten standen sie am Ufer über den Kieseln wie ein kleiner Wald. Ein gelber, bernsteingelber Schwarm junger Bienen hatte sich in einem Maulbeerbaum festgesetzt. Das Wasser des Flusses war hell, in schimmernden Kringeln spiegelte es sich auf den weißen Pfeilern der Brücke wider. Der Schwarm Honigbienen hob sich ab, stieg auf wie ein Ball, glänzte im Sonnenlicht und flog in schwerfälligem Zickzack über der Stadt.

»Und Şevket Beys Haus?«

»Sie haben Şevket Bey getötet. Haben auch sein Getreide verbrannt. Es hätte für den Wintervorrat eines ganzen Dorfes gereicht. Mehr als genug. Sie taten gut daran, ihn zu töten.«

»Taten gut daran?«

»Natürlich taten sie gut daran, was hast denn du gedacht? In Istanbul hat er drei Wohnhäuser. Er hat Pferde
herdenweise, das Geld auf der Bank und die Finger in der
Regierung... Und acht Konkubinen. An seiner Tafel
fehlt nicht einmal Vogelmilch; er hat Freunde, und er hat
Feinde! Sein verbranntes Getreide qualmt noch. Jeden Tag
hatte er ein paar neue Schuhe an den Füßen. Und die er
einmal getragen hatte, zog er nicht mehr an. Sie haben ihn
getötet, als er schlief. Er schlief sowieso Tag und Nacht.
Wenn man jemanden im Schlaf tötet, merkt er es gar
nicht. Es waren also gute Menschen, die ihn getötet haben. Und sie haben gut daran getan.«

Er schaute ins Wasser. Vom Grund schossen in silbernem Licht Fische an die Oberfläche. Einer von ihnen, arm-
dick und riesengroß, sprang dreimal über das Wasser. Memidiks Augen waren vom Glanz des Fisches wie geblendet.
Er sah nur noch verschwommene Schatten, sie hatten die
Umrisse von Fischen. Es war sehr heiß. Wenn Memidik die
steinerne Brüstung berührte, brannten seine Hände. Der
Schatten der Brücke lag dunkel auf dem Wasser. Drüben,
auf der anderen Seite, grasten drei Esel in einem verwilder-
ten Garten. Eingehüllt in Staub lag die Kleinstadt da. Keine
Menschenseele war zu sehen; die Straßen waren völlig ver-
ödet. Die Blätter des Feigenbaumes sind von Staub überzogen. Sein Schatten, sein Geruch sind drückend, heiß und
durchdringend, nehmen einem die Sinne.

»Ist das hier Şevket Beys Haus?«

»Şevket Bey ist nicht da. Sie haben gestern nacht sein
Getreide verbrannt.«

»O Gott, o Gott! Entschließt sich das Unglück erst einmal, einen Menschen heimzusuchen, dann gründlich.«

»Sind denn keine Angehörigen im Haus?«

»Sie sind zum Dreschplatz. Das Getreide brennt, sie
wollen das Feuer löschen.«

Der Garten quoll über von halbverwelkten, faustgro-
ßen Amaranten. Die wilden, riesigen Blüten waren von
erdrückender Schwere.

»Grüßt Şevket Bey von mir.«

Die Amaranten verbreiteten einen bitteren Duft.
Schwer. Heiß. Die Blüten waren zur Hälfte mit Staub bedeckt. Staub bedeckte auch das Dach des unverputzten,
einstöckigen Hauses, lag auf den Fensterscheiben und den
mit Glasscherben bewehrten Mauern des Innenhofes.

Die Polizeiwache, ein zweistöckiges Gebäude, war oh-
ne Putz; Mauersteine, Träger und die Treppe lagen frei.
Im weiträumigen Innenhof wuchsen überall wilde Feigen,
Eselsgurken und Mannstreu. Dazwischen die Hühner des
Kommandanten der Wache, gefolgt von ihren Küken. In
der Mitte ein großer Marmorstein, darauf ein Relief mit
Gestalten. Halbnackte Männer, sie tragen Schilde. Der
Stein ist von fleckenlosem Weiß, vielleicht so makellos,
wie man noch keinen gesehen hat, seit es diese Welt gibt.

Memidik hockt sich auf den Stein. Am Fenster sieht er
einen breitschultrigen Offizier mit feistem Nacken, der
ihm den Rücken zukehrt. Er bewegt sich überhaupt nicht,
ist wie versteinert. Seine Ohren sind grau vor Staub. Irgendwann zuckte er mit der rechten Schulter, und Memidik bekam Herzklopfen. Ein Gendarm kam so hastig die
Treppen heruntergelaufen, daß sie krachten, als brächen
sie auseinander. Unter seinen Füßen bogen sich die brü-
chigen Bretter der alten, grauen Treppe. Im Laufschritt
verließ der Gendarm den Hof und kam wenig später mit
zwei Begleitern zurückgelaufen. Alle waren außer Atem.
Durch das danebenliegende Fenster sah Memidik sie in
den Raum kommen, wo sich der Offizier aufhielt.

In der heißen Sonne schwitzte Memidik am ganzen
Körper. Der Schweiß tropfte von seinen Fingerkuppen,
von seiner Nasenspitze, seine Füße schwammen in den
Opanken.

Jetzt zuckte auch die linke Schulter des Offiziers, und hopp! begann Memidiks Herz wieder zu klopfen.

Ein Mann in Handschellen wurde gebracht. Sie hatten die Fesseln um seine Daumen gekettet. Er krümmte sich. Seine weiße Pluderhose hing in Fetzen, darunter waren seine zerrissenen weißen Unterhosen zu sehen. Das Blut im Gesicht des staubigen Mannes war geronnen, seine Augen blinzelten ununterbrochen.

»Ich hörte von Şevket Bey. Warum ich hier sitze? Warum nicht? Wen störe ich denn? Ich kann mich hinsetzen, wo es mir gefällt. Außerdem werde ich den Kommandanten aufsuchen. Den leitenden Kommandanten.«

»Hast du gedient? Wenn ja, wo und bei welcher Waffengattung? Kannst du mir deine Stammrolle aufsagen?«

»Ich habe gedient. Gefreiter bin ich. War bei den Pionieren. Meine Stammrolle... Memidik Delibaş, geboren 1940, Sohn des Osman Delibaş... Ja, Delibaş. Jeder fragt mich danach, warum ich Hitzkopf heiße... Mustafa, der Krämer, gab meinem Vater diesen Namen. Osman, sagte er, du bist ein Hitzkopf. Also solltest du auch unter diesem Namen in das Buch der Regierung eingetragen werden. Der große Atatürk hatte es befohlen. Jeder solle einen Nachnamen haben. Hadschi dem Blinden haben sie einen gegeben... Es schickt sich wirklich nicht, ihn hier zu wiederholen. Beinahe hätte er Amtmann Sefer umgebracht, so wütend war er. Du fandest also diesen Namen für mich angemessen, sagte er nur und nichts weiter. Welchen Nachnamen hat Şevket Bey? Stahlkopf; das ist ein starker, ein sehr starker Nachname.«

Eine Frau mit bloßen Brüsten, die Kleider zerrissen, das Gesicht blutverschmiert. Mit ihren Fingernägeln zerkratzt sie es immer mehr. Sie kreischt. Ihre Füße sind nackt. Bei jedem Schritt hinterläßt sie eine blutige Spur. Auch die Frau ging in das Zimmer des Kommandanten. Wieder zuckte seine rechte Schulter, und sonst bewegte er sich nicht.

Kurz darauf sprang die schreiende Frau zur Treppe, konnte sich nicht halten, fiel hinunter, blieb unten liegen und war still.

»Weiß ich nicht; ich habe Şevket Beys Gesicht nie gesehen. Wer? Woher soll ich das wissen? Warum? Keine Ahnung. Bei Gott, Efendi, ich weiß es nicht. Wenn du willst, tötet mich. Hängt mich auf. Ich sage, wie ich es weiß und was ich weiß. Was hättet ihr denn erfahren, wenn ich nicht freiwillig hergekommen wäre?«

Eine Tür ging auf. Aneinandergekettet kamen fünfzehn in Lumpen gehüllte Männer ins Freie, nebenan wurde ein Gitter geöffnet, und man stieß die Männer sofort wieder dort hinein. Darüber, auf der Mauer, gingen zwei Wachposten auf und ab. Sie schwitzten in der Hitze, der Schweiß hatte den Rücken ihrer Uniformen durchnäßt. Ihre Gesichter glänzten und waren von der Sonne so verbrannt, daß die beiden aussahen wie Neger.

Memidik erhob sich von der Steinplatte und ging zur Wachstube. Den Kommandanten am Fenster ließ er nicht aus den Augen. Schleppend und ängstlich setzte er einen Fuß vor den anderen.

Ein plötzlicher Windstoß wirbelte Unmengen Staub auf. Memidik konnte um sich herum nichts mehr erkennen und blieb stehen. Der Wind wurde stärker und kühler. Memidik fröstelte. Vom Norden, vom Taurus, zog eine riesengroße Wolke auf und bedeckte den Himmel über der Çukurova. Es wurde dunkel. Als die Regenwolke stillstand, fielen einige dicke Regentropfen klatschend auf die Erde. Der Staub, der in der Luft hing, senkte sich langsam nieder. Fern und nah rollte heftiger Donner, in schneller Folge flammten Blitze auf, Fensterscheiben klirrten. Ein schwerer, harter Regen entlud sich über der Stadt, schwemmte die Erde aus und trommelte auf die Zinkdächer der Häuser.

Memidik stand wie angewurzelt, konnte keinen Schritt

tun, weder vorwärts noch zurück ... Der mächtige Körper des Kommandanten bewegte sich, und hopp! machte Memidiks Herz einen Sprung. Der Kommandant stand auf und drehte sich zum Fenster. Memidiks Herz klopfte bis zum Hals, sein ganzer Körper erschlaffte. Er kehrte dem Kommandanten den Rücken, stolperte mit eingeknickten Beinen davon und entfernte sich krumm wie ein Bettlägeriger, der das Gehen verlernt hat, von der Polizeiwache. Kaum zum Hof hinaus, kam er wieder zu sich und warf einen Blick zurück aufs Fenster. Der Kommandant schaute auf den Hof hinunter und reckte sich. Da rannte Memidik, so schnell er konnte. Wie der leibhaftige Zorn peitschte der Regen.

»Şevket, Şevket Bey ... Şevket, Şevket Bey ...« Seine Ohren dröhnten.

»Der Tote! Der Tote bei diesem Regen«, sagte Memidik. »Daß dem Armen nur nichts zustößt. Ich komme morgen her und erzähle es dem Kommandanten. Punkt für Punkt. Auch wenn ich's nicht täte, sie wissen doch schon alles. Sie warten darauf, was ich jetzt unternehme, und sie beobachten mich. Was wohl mit dem Toten geschehen ist, mit dem Toten! Der Arme. Soviel Erde hatte er ja nicht. Bei so einem Regen!«

Es regnete, als stürzten Bäche vom Himmel. Und Memidik ging zur Stadt hinaus.

24

*Ömer ist unterwegs. Er hat Savrungözü schon
weit hinter sich gelassen und ist auf der Landstraße
nach Çamurlu. Im großen Wald, wo es stockfinster
ist, gerät er in einen Regen. Er hat es eilig.
Schließlich muß er auf schnellstem Wege ins Dorf,
dort die Sache mit Meryemce hinter sich bringen
und so früh wie möglich wieder zurück sein. Deswegen sucht er keinen Schutz und geht weiter,
ohne das Ende des Regens abzuwarten.*

Wildwasser füllten die Schluchten. Bäume und Steine,
und was sich ihnen sonst noch in den Weg stellte, rissen sie
mit. Von Blättern, Stämmen und Felsen rann der Regen,
die Berge schienen in einem riesigen Meer zu versinken.
Überall schlugen Blitze in die Zinnen, fuhren in die Kro-
nen der hohen Bäume und legten sie krachend um. Ömer
klebten die Kleider am Körper, schwappte das Wasser an
den Füßen.

Er verliert seine Opanken, greift hinter sich, zieht sie
wieder an und schnürt sie ganz fest. Sein Rücken dampfte.
Der Regen hörte nicht auf.

In einer Senke war das Wasser bis an den Rand gestiegen. Unmöglich, da durchzukommen; aber Ömer war in
Eile. Er ging in den Wildbach hinein. Wäre er nicht so
kräftig, die Strömung hätte ihn mitgerissen. Drüben angekommen, streckte er sich einer Ohnmacht nahe auf dem
Felsen aus und blieb dort eine Weile liegen. Er begann zu
frieren. Lange konnte er dort nicht bleiben, es war zu kalt.
Ohrenbetäubendes Krachen erfüllte den Wald, so laut, als
habe er sich mit Stock und Stein in die Çukurova aufgemacht. Ömer stand auf und schüttelte sich. Seine Kleider
waren schwer vom Wasser, das an ihnen herunterrann.

Nach einigen Schritten schon klebte das Zeug an seinem Körper.

Vom Himmel war nichts zu sehen. Statt Regen schienen Bäche herabzustürzen, türmten sich wie eine Wand aus Wasser vor Ömer, der keinen Schritt weit sehen konnte und sich tastend fortbewegte. Dichter Dampf steigt überall, und Ömer ist, als ginge er durch dunkle Nacht, wären da nicht die pausenlosen Blitze, die alles erhellen.

Ob ich in einer Höhle Schutz suche? fragt er sich. Dann fällt ihm ein, daß er nicht eine Stunde verlieren darf, und schlägt sich diesen Gedanken aus dem Kopf. Wir müssen unsere Sache schnell erledigen und sofort in die Çukurova zurückkehren. In die unheilvolle, von Mücken geplagte, tödliche Çukurova.

Wenn diese Sache nicht wäre, würde er niemals heiraten können. Wer im Dorf konnte sich schon eine Hochzeit leisten, daß es ausgerechnet ihm vergönnt sein sollte? Denn wer eine Tochter sein eigen nennt, besteht auf unerschwinglichem Brautgeld. Warum auch nicht? Er hat schließlich ein Mädchen großgezogen. Bürgermeister Sefer aber wird ihm erstens hundert Lira geben. Zweitens ein Gespann Ochsen... Kaum zu glauben! Nicht einmal Sefer selbst hat ein Ochsengespann. Er spannt Esel an. Wo wird er denn die Ochsen besorgen? Wenn nicht, so ist es auch nicht schlimm. Der Hunderter ist sicher. Er hat viel Geld.

Hundert gibt er mir, auch zweihundert, wenn ihm danach ist! Und ein Mädchen wird er mir auch verschaffen. Entweder mit Geld oder mit Drohungen. Die Dörfler haben vor Taşbaşoğlu Angst, weil er ein Heiliger ist. Aber ohne sich's anmerken zu lassen, fürchten sie auch Amtmann Sefer. Nichts muß er ihnen zweimal sagen. Sie mögen ihn überhaupt nicht. Fiele er ihnen in die Hände, sie rissen ihn in Stücke; aber sie fürchten ihn... Bevor Taşbaşoğlu in den Kreis der Vierzig einging, hatte er ihnen gesagt: Sprecht nicht mit Amtmann Sefer! Seitdem spricht niemand mit ihm. Aber auch die Angst, er könne ihnen etwas antun, steckt ihnen in den Knochen. Er macht mit ihnen ja auch, was er will. Jetzt hat er es auf Ali den Langen abgesehen, und früher oder später wird er ihn zur Strecke bringen.

Er wird Ömer auch die Hochzeit ausrichten. Sefer Aga macht die besten Hochzeiten. Fünfzig von den hundert Lira sind für vier Ziegen... hennafarbene Ziegen. Diese rotbraunen geben die meiste Milch. Dazu ein Esel, dazu eine Kuh, und...

Für das alles reichen doch hundert Lira nicht! Schulden habe ich nicht. Und das Geld für die Baumwolle? Gott gebe, daß dieser Regen nicht auf die Çukurova niedergeht. Der versaut die ganze Baumwolle. Sie verschlammt. Das bringt mehr auf die Waage, aber dafür kürzen sie auch den Pflückerlohn um die Hälfte.

Die Sippe des Kahlen Barden kann mich nicht ausstehen. Warum, weiß ich nicht, aber sie mochten mich noch nie. Sie kannst du also vergessen, auf deiner Hochzeit werden sie nicht singen. Es bringt Unglück, wenn nicht einer von ihnen auf einer Hochzeit singt. Sollen sie es nur wagen, nicht zu kommen! Da können sie sicher sein, daß ihr Dach über ihren Köpfen einstürzt, ha! Spiele auf, Kerl! wird Sefer ihm befehlen, spiel, Kahler! Spiel auf der Hochzeit meines Neffen deine Saz! Sing deine Lieder, denn er ist mein Augapfel. Hast du verstanden, du niederträchtiger Kahler Gottes! Soll er doch wagen, nicht zu singen. Wage es doch...

Bedriye schlief in seiner Nähe. Halb im Schlaf, halb mit Absicht streckte er seine Hand aus und ergriff ihren Fuß. Der war heiß wie eine Flamme. Ömers ganzer Körper verkrampfte sich. In jener Nacht konnte er bis morgens nicht schlafen, und seit jener Nacht ist er wie gelähmt, er-

schauert sein Körper, wenn er Bedriye erblickt. Jeder im
Dorf weiß, daß er Bedriye liebt, jeder. Sogar die Vögel am
Himmel wissen es. Deswegen kann er sich mit ihr nicht
treffen, darf er mit ihr nicht allein sein. Wie haben die Bauern nur von seinem Feuer für Bedriye erfahren? Er hat es
doch niemandem erzählt . . . Es sind Bauern, sie wissen es.
Dörfler sind eine Plage; sie wissen, was in eines Menschen
Herzen vor sich geht. Sie wissen und sagen es einem nicht
ins Gesicht. Werden sie etwa nicht wissen, wer Meryemce
getötet hat? Sie werden es wissen. Aber nicht einmal sich
selbst werden sie es eingestehen. Sie werden es wissen und
werden es nicht sagen. Bauern sagen nur das, was für alle
offensichtlich an den Tag kommt. Der Rest setzt sich in
ihren Herzen fest. Wissen sie etwa nicht, daß Ali seine
Mutter nicht getötet hat? Sie wissen es. Warum also sind
sie gegen Ali so aufgebracht? Wären sie es denn, wenn er
seine Mutter umgebracht, ja vor ihren Augen getötet
hätte? Kein Härchen hätte sich ihnen gesträubt. Sie wollten in Wut geraten, und da kam Ali ihnen zupaß. Wäre er
nicht gewesen, sie hätten einen anderen gefunden. Und
liefe ihnen zu gelegener Stunde niemand über den Weg,
kehrten sie ihre grundlose Wut gegen sich selbst.

Ömer lächelte ganz leicht und wischte sich das Wasser,
das in seine Augen troff, aus dem Gesicht.

Zu seiner Hochzeit werden viele Menschen kommen.
Bedriye ist ein Mädchen mit feinen Gliedern, schlank und
hochgewachsen.

Was hat ihre Mutter gesagt? Eher sterbe ich, als daß ich
diesem Waisenjungen meine Tochter gebe! Wir werden ja
sehen. In der ganzen Welt vertriebe Amtmann Sefer sie
aus seinen Ländereien.

Und ihr Körper ist weiß wie Schnee. Ganz weich.
Wenn ihre Füße schon so heiß sind, wie feurig mag sie da
an den anderen Stellen ihres Körpers sein? Schauer überliefen Ömers nasse Haut. Mit nackten Schenkeln erschien

Bedriye vor seinen Augen und verschwand nicht mehr. Unbändige Wollust ergriff seinen Körper. Bald war es soweit. Diese kurze Zeit noch. Zurück von der Baumwollernte, würde gleich die Hochzeit sein.

»Es lebe Mutter Meryemce«, murmelte Ömer. »Bei Gott, sie lebe hoch! Gäbe es sie nicht, bekäme ich bis in alle Ewigkeit keine Frau zu Gesicht. Sie hat ein letztes gutes Werk getan. Sogar das beste aller guten Werke. Noch der Tod eines guten Menschen wird einem anderen zum Segen. Und Mutter Meryemce ist die beste der Guten, die vornehmste der Edlen. Ein bißchen dickköpfig ist sie, eine Plage von Weib, das mit niemandem spricht; aber sie ist beherzt, hat niemandem Böses getan, hilft jedem, ob Vogel oder Wolf, ob Ameise oder sonstigem Geschöpf. Und jetzt hilft sie mir noch in ihrem Tod. Sie stirbt, um einem Menschen zu helfen. Nicht nur so für nichts... Es lebe Mutter Meryemce! Gibt es auch nur eine wie sie?«

Stell dir vor, du kommst dort an, öffnest die Tür und siehst Mutter Meryemce tot daliegen. Auf ihr hocken grüne Fliegen. Nicht eine, nicht fünf, vor grünen Fliegen ist Mutter Meryemces Gesicht nicht zu sehen. Ameisen haben ihre Augen ausgehöhlt. Und aufgebläht ist sie... Wie eine Trommel. Überall gelbe Ameisen, Ratten... Die gelblichen Ameisen haben sich auf ihrer Zunge niedergelassen. Die Münder der Toten sind immer offen. Meryemces Ohren haben die Ratten gefressen. Ihr Blut am Boden ist geronnen. Die Erde hat es aufgesogen, und dann hat sie Risse bekommen. Eine riesige Spinne hat zwischen den hennagefärbten Haaren und der Wand ein großes Netz gewoben. Hunderte grüne Fliegen haben sich darin verfangen und Tausende gelbliche Ameisen. Eine riesige Spinne mit weißen Streifen.

Nachdem du einen Blick auf sie geworfen hast, machst du die Tür gleich wieder zu. Du rührst sie gar nicht an. Der Verwesungsgeruch hängt ohnehin überall in der Luft.

Er wird uns schon entgegenschlagen, wenn wir uns dem Dorf nähern.

»Schön wär's«, sagte er laut vor sich hin. »Wenn es doch so wäre... Auf schnellstem Wege muß ich ins Dorf und noch am selben Tag zurück. Ohne Rast.«

Keine zehn Schritte vor ihm fuhr ein Blitz in den Felsen, tauchte die Umgebung in so grelles Licht, daß Ömer geblendet war. Eine Weile konnte er überhaupt nichts sehen, und er sackte in die Knie, wo er gerade stand. Vor ihm, neben ihm schlugen schnell aufeinander Blitze in die Erde, es krachte, als wollten sie den ganzen Wald aus den Angeln heben.

Ängstlich öffnete Ömer die Augen, dann schloß er sie, rieb sie sich vorsichtig und schlug sie wieder auf. Im strömenden, dampfenden Regen sah er auch die nächsten Bäume nur schemenhaft. Ob er nicht doch lieber Schutz suchte, bis der Regen vorüber war? Aber wann war er denn vorüber? Es sah so aus, als würde es nie mehr aufhören zu regnen.

Wenn Mutter Meryemce tot ist und jedermann nach der Rückkehr aus der Çukurova ihren Leichnam gesehen hat, müßte man ihr ein Grabmal setzen, eine Türbe wie die des Hasan Dede, ja, eine noch schönere. Dann müßte ich noch einen Traum haben, in dem Mutter Meryemce in den Kreis der Vierzig eingeht, damit jedermann zu ihrer Türbe pilgert, dort betet und Hähne opfert.

Plötzlich, er wußte nicht, wie ihm geschah, überraschte ihn das Wildwasser. Es riß ihn mit und schlug ihn immer wieder gegen die Felsen. Er klammert sich an Baumwurzeln und Felsvorsprünge, doch das Wasser ist so gewaltig, daß alles nichts nützt und er weggeschwemmt wird. »Ich sterbe, ich sterbe!« brüllte er. Wenn du hingehst, einen unschuldigen Menschen zu töten, dann macht der Herrgott eben das mit dir. »Ich sterbe, ich sterbe. Hilfeee!«

Er wußte, daß von nirgendher Hilfe kam. Die Wildwasser schlugen ihn von Fels zu Fels, von Baum zu Baum. Plötzlich blieb er mit einem Bein an der Wurzel eines riesigen Baumstammes hängen, und die Fluten strömten über ihn hinweg. Er war kurz vor dem Ertrinken, als er einen Knorren erwischte, sich hochzog, einen Ast greifen konnte und sich daran festklammerte. Er zitterte erbärmlich, und seine Zähne schlugen aufeinander. Eine Höhle mußte er finden, eine Höhle. Aber wie von dem Baum loskommen? Unter ihm schoben die tollwütigen Wassermassen Felsbrocken, Geröll und Erdreich vor sich her. Nur verschwommen konnte er seine nächste Umgebung ausmachen. Weiter vorne, am Ende des Astes, sah er eine Felsplatte, wenn er sich dort hinunterließe, wäre er gerettet. Aber wie hinkommen? Bricht der Ast, bevor er das Ende erreicht hat? Er legte sich flach hin und robbte Stück für Stück weiter. Der Zedernast hielt, und als er über der Felsplatte hing, hangelte er sich herunter. Dabei brach der Zweig, an dem er sich festhielt. Das Holz duftete betäubend nach Zeder und Regen.

Ömer zitterte wie Espenlaub. Ganz in der Nähe stieß er auf eine kleine Höhle und schleppte sich mit letzter Kraft hinein. Er holte Zunder und Zündhölzer aus seinem Plastikbeutel. Die Streichhölzer waren trocken geblieben. Dann zündete er Laub und Reisig an, das weiter hinten in der Höhle lag. Es brannte sofort lichterloh. Ömer wärmte sich ein bißchen auf. Je wärmer ihm wurde, desto mehr wuchs die Angst in ihm. Sollte Gott...? Sofort verbannte er diesen Gedanken. Er ging hinaus in den Regen, sammelte Holz und warf es ins Feuer. Die Flammen prasselten. Ömer zog sich aus und breitete sein Zeug über die Felsplatten. Die Kleider begannen zu dampfen.

Der Regen wurde noch stärker, überall fuhren Blitze in Bäume und Felsen. Als ihn die wohlige Wärme umfing, tat sich ihm eine traumhafte Zauberwelt auf.

Meryemce war sicherlich noch am Leben. Das war ein

Unglück. Er würde sie töten müssen. »Was wäre schon dabei, wenn du jetzt sterben würdest, Mutter Meryemce«, murmelte Ömer und lächelte selig. »Stirb doch jetzt, und ich baue dir eine Türbe, schmücke sie mit Blumen und Weihgaben. Als Dank für deine gute Tat, mit der du mir geholfen hast. Schönes Mütterlein, warum bist du nicht gestorben, warum hat dich Ali der Lange nicht getötet?«

Einen guten Menschen muß man töten, wenn er schläft. Wenn er in tiefem Schlaf ist... Hik! drückst du ihm die Kehle zu, und im selben Augenblick haucht er in tiefem Schlaf seine Seele aus; weiß nicht einmal, ob er noch schläft oder schon tot ist. Bis zum Tag des letzten Gerichts wird er nicht wissen, daß er gestorben ist, sondern wird denken, er habe ununterbrochen geschlafen. Was für ein schöner Tod! Und die beste der Guten, Mutter Meryemce, ist so eines Todes würdig. Mutter Meryemce soll nicht sterben, sie soll immer schlafen.

Und als er so dachte, war er beruhigt.

25

Es ist sehr heiß. Noch nie war es so heiß wie an diesem Tag. In der Çukurova gibt es alle zwei Jahre, höchstens jedes Jahr einmal diese Höllen-hitze, die so schrecklich ist und einem den Atem nimmt. Ali der Lange ist heute niedergeschlagen und von Ängsten geplagt. Auch die Arbeit geht ihm schwer von der Hand. Wohin er auch schaut, sieht er sich von wütenden Augen umringt, die ihn mit Verachtung böse mustern; wütender, verächtli-cher als je zuvor.

Halil der Alte hob beim Pflücken immer wieder den Kopf, blickte in die Runde und bekam es mit der Angst. »Heute werden die irgendeine Scheiße ausfressen«, dachte er.

Niemand gab einen Laut von sich, es herrschte eine be-drückende, verhalten brodelnde, gereizte Stimmung. Al-les lastete schwer wie der heutige Tag. Schwer und lang-sam sind die Bewegungen der Dörfler und bitter ihre Zungen. An diesen schweren, vor Hitze knisternden Ta-gen haben die Menschen immer einen Geschmack, als hät-ten sie Gift im Mund, und sie fallen in eine bodenlose Hoffnungslosigkeit.

Halil der Alte war besorgt. Sie werden den Jungen um-bringen. Der Gedanke bedrängt ihn. Auf frischer Tat konnten sie ihn nicht erwischen, und sie wissen auch, daß sie ihn nicht mehr überraschen können. Hinzu kommt, daß die Gendarmen ihn auch nicht mitgenommen haben. All das macht sie rasend. Ohne Vorwand können sie auch nicht auf Ali losgehen, das steigert noch ihre Wut. Sie werden den Jungen umbringen.

Unauffällig schob er sich immer weiter an Ali heran.

Dessen Hände wollten heute nicht so recht, er pflückte nur wenig. Aber auch die andern kamen nicht voran. Sie, die bisher über Alis hurtige Hände so böse fluchten, schafften jetzt nichts mehr, denn ob sie wollten oder nicht, hatten sie sich der Arbeitsweise Alis angepaßt. Auf den ersten Blick sah es so aus, als bewegten sie sich überhaupt nicht, als wären sie mehr tot als lebendig. Auch keine Vogelstimme, nicht einmal das Summen eines Käfers war zu hören.

Es schien, als habe die Sonne, schwer wie ein Fels, jeden Laut in die Erde gedrückt. Die Çukurova sah noch flacher aus, und sie war ohne Glanz. Dagegen an anderen Tagen – da strahlte sie und glitzerte wie der bunte, harte, metallisch schimmernde Panzer eines Käfers. Kein einziges Blatt bewegte sich, und von den Gebirgsketten, die sich um die ganze Ebene schlossen, war nichts zu sehen. Als habe eine riesige Hand sie aus ihrer Verankerung gerissen und fortgetragen. So schien sich die Ebene flach bis in die Steppen Mittelanatoliens auszudehnen.

Ein einziges Lebewesen war am Himmel: der riesige Adler. Er hatte sich nach Osten gewendet, und, die Flügel gestreckt, stand er in der Luft, ohne sich zu bewegen. Erst wenn man seinen mannsgroßen pechschwarzen Schatten auf der Erde verfolgte, konnte man erkennen, daß er flog. Ganz langsam, kaum merklich, verschob sich der Umriß nach Osten und schlug dann, wieder kaum sichtbar, einen großen Kreis. Der Adler schwebte in dreifacher Pappelhöhe. Wie festgenagelt stand er da oben, als habe man ihn dort angeklebt.

Ohne aufzufallen, war Halil der Alte dicht an Ali herangekommen und pflückte neben ihm eine Weile, ohne sich um ihn zu kümmern. »Ali, Ali, hör mir zu! Hör gut zu! Die werden dich umbringen. Verschwinde! Finde einen Vorwand und mach dich davon! Die töten dich. Ich kenne sie. Tu, was ich dir sage. Laß es sie nicht merken, verschwinde!« Dann bewegte er sich von Ali fort ans andere Ende.

Ali erschauerte und begann zu zittern. Daß diese Stille der Ausdruck verhaltener Wut gegen ihn war, wußte auch er. Er wußte es und fürchtete sich. Wo soll ich hingehen, wohin flüchten? überlegte er. »Wenn sie mich töten wollen, sollen sie es doch«, murmelte er verschreckt und kauerte sich hin.

Mit dünner, kaum hörbarer Stimme, die voller Angst war, fragte Elif: »Ali, was ist mit dir?«

Wie aus einer Ohnmacht erwachend antwortete Ali: »Wenn sie mich töten wollen, sollen sie es doch tun. Ich rühre mich nicht von der Stelle, nicht einen Schritt. Sollen sie mich doch töten, dann habe ich endlich Ruh.« Er war niedergeschlagen, er war am Ende. Mit zitternden Händen griff er nach einer Kapsel und strippte die Baumwolle mit spitzen Fingern.

Auf einmal fiel aus Norden eine eisige Brise ein und kühlte die verschwitzten Körper. Jetzt kam auch Bewegung in die Schwingen des Adlers. Er rüttelte, pendelte ein wenig und segelte dann wieder auf der Stelle gegen den Wind. Böen kamen auf, wehten von allen Seiten, bliesen von Westen, Osten und Süden, wirbelten immer ungestümer durcheinander, immer schneller heran; eisige Windstöße, daß alles in der Ebene vor Kälte erschauerte, wechselten sich ab mit heißen Wellen, die alles wieder erhitzten. In kurzer Zeit war die Luft so staubig, daß nichts mehr zu erkennen war. Der riesige Adler am Himmel segelte auf der Stelle, verschwand hinter Wolken von Staub, kam wieder zum Vorschein und tauchte im nächsten Augenblick wieder ein.

Der Wind wurde zusehends härter. Er riß die Kopftücher der Frauen mit sich, fegte Laubdächer und Zelte fort, brach Äste von den Bäumen. Auf dem Ceyhan, der ruhig dalag wie ein See, gingen Wellen hoch, begannen zu schäumen und schlugen ans Ufer. Die Böen türmten eine Wassersäule auf und schleuderten sie über die Böschung. Die Çukurova tobte. Garben, Stroh, Baumwollkapseln flogen durch die Luft... Ein einziges Durcheinander. Der Staub verdunkelte das Tageslicht, keiner konnte seinen Nebenmann erkennen, und jeder verharrte wie angewurzelt auf seinem Platz. Niemand sprach ein Wort, jeder kauerte sich nieder, wo er gerade stand.

Von weit her, aus dem Norden, kam eine pechschwarze Wolke über den Taurus und hüllte alles in nächtliches Dunkel. Sie bedeckte bald den ganzen Himmel und jagte weiter bis hin zum Mittelmeer. Dann flammten einige grelle Blitze auf, es donnerte, daß die Erde bebte und tap, tap! kamen die ersten warmen, dikken Tropfen herunter, und wo sie hinfielen, höhlten sie die Erde aus. Eine heiße Böe fegte heran, ihr folgte ein eisiger Windstoß, und dann begann es zu regnen. Auf einmal stürzte es wie Wildwasser vom Himmel, senkten sich Wände wie Katarakte herab.

Die Tagelöhner rührten sich nicht. Reglos hockten sie im Regen, der ihr Tod war, denn Schlimmeres kann es für einen Baumwollpflücker nicht geben. Der Regen riß die Baumwolle von den Pflanzen, schüttete sie auf die Erde, wo sie verschlammte. Verdreckte Baumwolle aber, man konnte sie reinigen, soviel man wollte, blieb schlammig und schwer. Sie hatte wohl mehr Gewicht, aber dafür ließ sie sich mühsam zupfen, zum anderen bezahlte der Eigentümer des Feldes keine zwanzig Kuruş für das Kilo, sondern je nach Lust und Laune fünfzehn oder zehn.

Wo eben noch fruchtbare, ertragreiche Pflanzen standen, brausten die Winde übers Feld. Die Dörfler bissen die Zähne zusammen, und niemand dachte daran, seinen Platz zu verlassen. Als wären sie durch den Fluß gewatet, hockten sie von einem Augenblick zum andern völlig durchnäßt da.

Mit gestreckten, triefenden Schwingen schwebte der große Adler an seiner Stelle. Der strömende Regen schien ihn nicht zu bekümmern.

In kurzer Zeit bildeten sich Pfützen, und bald stand jeder Baumwollstrauch in einer kleinen Lache. Gegen Nachmittag liefen Gruben und Gräben über, traten Flüsse und Seen über die Ufer, überschwemmten Wildbäche die riesige Ebene, standen die Bäume in den Senken bis zur Hälfte im Wasser, das bald darauf über die Hügel und von den Felsen von Anavarza und Hemite schwappte. Am späten Nachmittag war überall Land unter, und der Regen goß in Strömen unbarmherzig weiter. Ein echter langbeiniger Herbstregen, wie man sagt.

Ali der Lange reckte seine langen Arme, daß die Knochen knackten. Er wollte seine erstarrten, vor Kälte wie betäubten Glieder lockern, die Gunst der Stunde nutzen und im Schutze des Regens fliehen. Er ahnte, daß die Folgen des Unwetters – Tage der Leere und Untätigkeit – über ihn hereinbrechen würden.

Die Schatten der Nacht legten sich über den Regen, es begann zu dunkeln. Alle hielten die Köpfe gesenkt. Ali wußte, daß jetzt jeder an ihn dachte, insgeheim voller Grimm mit ihm haderte. Er wußte auch um dieses schreckliche, wütende Schweigen. Hat dieser Zorn erst einmal den Menschen gepackt, Recht oder Unrecht, schlägt er alles kurz und klein.

Halil dem Alten fuhr der Schreck in die Glieder, als er Ali mit ausgestreckten Armen sich so recken sah. »Um Gottes willen«, sagte er sich, »nimm um Gottes willen deine Arme runter! Hoffentlich hat es keiner von denen da beobachtet. Die warten nur auf eine kleine Bewegung von dir, um sich auf dich zu stürzen... Auf eine ganz kleine Bewegung nur.«

In diesem Augenblick stand Ali auf und schlug die Richtung zum Fluß ein, und im selben Augenblick ertönte eine Stimme: »Haltet ihn, er flieht!«

Wie von der Sehne geschnellt, rannten die Dörfler auf einmal los. Auch Ali lief zum Fluß hinunter. Im Nu hatten sie ihm den Weg abgeschnitten und stürzten sich auf ihn. Ein einziger Ballen, pechschwarz, ein Knäuel von Menschen türmte sich über Ali wie ein kleiner Hügel, zog sich auseinander und türmte sich wieder. Außer dem Rauschen des Regens hörte man keinen Laut. Im nächsten Augenblick zerstreute sich die Menge, zurück blieb im Schlamm lang ausgestreckt der Umriß eines Menschen. Wohin diese große Menschenmenge plötzlich verschwunden war, auch Halil der Alte wunderte sich. Er beugte sich sofort über Ali den Langen und legte sein Ohr auf dessen Brust. »Sie konnten ihn nicht töten, er lebt«, flüsterte er voller Freude Elif ins Ohr.

Hasan und Ümmühan weinten nicht mehr. Ihre Tränen waren versiegt, und ihre Angst hatte sich gelegt. Sie betrachteten den verschlammten Mann aus Lehm, ihren Vater, der da lang ausgestreckt auf der Erde der Çukurova lag.

»Elif, heb Ali an, du nimmst ihn unter einen Arm, ich unter den anderen. Los, wir bringen ihn unters Laubdach und trocknen ihn ab!«

Sie hoben Ali hoch. Sein Körper hing schlaff wie der eines Toten. Er wog schwer. Als sie ihn wegschleppten, erschien Habenichts. Er stieß Elif beiseite und hakte sich bei Ali unter. »Ist er tot, Onkel Halil?« fragte er traurig. »Er war ein guter Mensch, unser Ali, Schicksal . . .«

Dabei war er es, der sich als erster hinter Ali hergemacht und den ersten Faustschlag auf Alis Kopf gelandet hatte. Jetzt kam er um vor Mitleid, verfluchte sich und bereute tausendmal.

»Du hast ihn schnell erwischt, hast mit deiner Faust sei-

nen Kopf auch gut getroffen! Du bist es, der in seiner Blut-
schuld steht.«

Sie brachten ihn zu seinem Lager, doch das Laubdach
war längst fortgeweht.

»So geht es nicht«, sagte Habenichts. »Bringen wir ihn
unter die Platane, dort schlagen wir ein Zelt auf und machen Feuer.«

Ali lag langgestreckt im nächtlichen Regen. In der Çukurova rauschten die Wildwasser, die zum Ceyhan strömten.

In wenigen Stunden hatte Habenichts ein Zelt aufgerichtet und darinnen ein Feuer angezündet. Sie kochten
eine Yoghurtsuppe und flößten sie Ali ein. Er keuchte vor
Atemnot und konnte kaum sprechen.

Habenichts wachte an seinem Lager bis zum Morgen,
und bis morgens hielt der wolkenbruchartige Regen an,
hallte das Tosen der Wildwasser durch die Nacht.

26

Ohne anzuhalten läuft Memidik durch den Regen.
Und was muß er sehen, als er am Ziel angelangt
ist ... Der Ceyhan ist über die Ufer getreten, hat
Felder und Senken überschwemmt. Es regnet mit
unverminderter Heftigkeit. Dunstschleier steigen
dicht wie Wolken aus der Erde. In diesem Regen
macht sich Memidik auf die Suche.

Er hockte sich in den Schlamm. »Hier muß es sein«,
sagte er und schaute sich um, konnte aber in diesem Regen
keine zwei Schritte weit sehen. »Wir hatten ein gutes Feld,

konnten nach Lust und Laune Baumwolle pflücken, hätten Adil unsere Schulden bezahlen können und noch Geld übrigbehalten. So ein gutes Feld kam den Dörflern seit fünfzehn Jahren nicht mehr unter die Hände. Und nun dieser Regen, der alles zunichte macht... Und wir finden unseren Toten nicht. Was soll ich bloß tun?«

Er stand auf, versuchte, sich an die Stelle zu erinnern, wo er den Toten begraben hatte. Am Kopfende des Grabes hatte ein schmächtiger Maulbeerbaum gestanden, umringt von Brombeersträuchern. Eine Zeitlang hastete er von einem Dickicht zum andern, doch nirgends fand er das Gestrüpp, das er suchte. Er kam an eine Senke, wo das Regenwasser bis an den Rand gestiegen war, verfolgte den Wasserlauf, durchquerte ein Bocksdorndickicht, einen Tamariskenhain und ein von Kletten überwuchertes Feld. Dahinter entdeckte er die Brombeerhecken. Man hatte dort als Weihgabe einige bunte Tücher festgeknotet. Memidik rannte zu der Stelle, wo er den Toten begraben hatte. Sie war überschwemmt, der Leichnam fehlte, und die Grube war voll Wasser gelaufen. Memidik sprang hinein, tastete den Boden ab, der Tote war nicht da.

Er wußte nicht warum, aber plötzlich verfiel er in einen Freudentaumel, war er ganz außer sich vor Glück. »Wie gut, daß der Regen kam, wie gut, daß es regnete und ich nicht zum Kommandanten gehen konnte, daß ich ihm nicht sagen konnte: Ich bin es, der Şevket Bey getötet hat; ihm nicht sagen konnte: Da, nehmt euren Toten. Hätte er nicht geantwortet: Wo ist denn der Tote, Memidik?«

Er hockte sich neben die Grube. Seine Schultern waren von einer schweren Last befreit. Zeliha fiel ihm ein, und er liebkoste sie in Gedanken. Jetzt, da er vom Toten befreit war... Bravo dem Memidik, der sich vom Toten freigemacht! Gäbe es diesen Regen, diese Überschwemmung nicht, Memidik hätte sich bis zu seinem Tode vor diesem Toten, vor diesem armen Şevket Bey nicht retten können.

Wenn dieser Regen die Dörfler auch vernichtete, Memidik hatte er befreit.

In der Tat, was hätte er mit dem Toten nur anfangen sollen, wenn die Wildwasser nicht zu Hilfe gekommen wären? In wessen Obhut hätte er ihn denn geben können, wenn sie nach der Baumwollernte ins Dorf zurückkehrten? Memidik lächelte über sich selbst. Was anfangen, in wessen Obhut geben... Den Hunden hättest du ihn vorgeworfen. Schließlich ist der Tote ja nicht deines Vaters Sohn... Aber erst einmal nachsehen, ob er wirklich weg ist, diese Plage meiner Tage. Vielleicht ist er stromab im Gestrüpp hängengeblieben und wartet auf mich. Meiner beiden Augen Stern, mein Herz und meine Seele, mein lieber Şevket Bey, du gibst mich doch nicht so ohne weiteres frei?

Er stemmte beide Hände auf den Boden, und sie sanken im aufgeweichten Erdreich ein. Dann stand er auf. Sein Körper war wie vom Stößel zermahlen, sein verkrampfter Rücken schmerzte. Der Regen wurde immer stärker. Memidik folgte der Strömung, schaute hinter jeden Busch, jeden Baum und in jeden Graben, bis hinunter zum Fluß.

Der Ceyhan floß purpurrot. Gestrüpp und Abfälle trieben auf ihm, Schaum, Tannenrinde und entwurzelte Bäume samt Ästen und Blättern... Der aufgewühlte Ceyhan trug mit Erde und Geröll eine ganze Welt davon. Ein bitterer, durchdringender Geruch nach Schlamm stach Memidik in die Nase. Jedesmal, wenn der Ceyhan über die Ufer trat, roch es so nach Sumpf, nach Brackwasser, nach vermoderten Bäumen.

Kadaver von Rindern trieben vorbei. Sie lagen auf dem Rücken, waren aufgedunsen und hatten die Beine steif von sich gestreckt. Um sie herum Tannenrinde, Stroh, Müll und roter Schaum. Es schwamm vorbei und verschwand.

»Şevket Bey war auch so aufgedunsen, hatte Arme und

Beine von sich gestreckt und trieb so ins Meer«, murmelte Memidik.

Der Ceyhan stieg immer höher, strömte immer stärker über seine Ufer. Memidik schaute zu, wie der Fluß im strömenden Regen von einem Augenblick zum andern anschwoll. Wenn es so weiterging, würde er in dieser Nacht noch die umliegenden Felder, Dörfer und einen großen Teil der Ebene überschwemmen. Die Regentropfen schäumten tausendfach auf dem roten Wasser des Flusses, blähten die Oberfläche zu immer wiederkehrenden Mustern auf.

Memidik öffnete seine Hände. »Das wäre auch überstanden«, sagte er, »unser Toter hat uns verlassen, er ist auf und davon.« Als er das sagte, überfiel ihn tiefe, bittere Traurigkeit. Im strömenden Regen, inmitten der Çukurova, fühlte er sich mutterseelenallein auf der Welt. Eine unendliche Leere senkte sich gallenbitter in sein Herz. Suchend blickte er um sich. Irgend etwas hatte er unwiederbringlich verloren, aber was? Er dachte angestrengt nach, doch vergebens. Und ganz unwillkürlich trugen ihn seine Füße stromabwärts. Die Augen auf das Wasser geheftet, suchte er hartnäckig das Ufer hüben und drüben ab. Auf einmal wurde ihm bewußt, daß es der Tote war, der in ihm diese Leere verursacht hatte. Jetzt lief er jedesmal so schnell er konnte los, wenn er an irgendeinem Gestrüpp, einem Baum oder in einer Vertiefung nur einen Schattenriß gewahrte; er lief hin und mußte feststellen, daß es nicht sein Toter war, sondern ein Baumstamm oder ein Korb oder der Kadaver eines Esels, eines Rindes, einer Ziege, eines Pferdes.

Es wurde Nacht, und eine pechschwarze, undurchdringliche Finsternis senkte sich herab. Memidiks Magen knurrte vor Hunger, doch er folgte von weitem dem Lauf des Ceyhan, ging in strömendem Regen durch die Felder und lauschte dem bedrohlichen Tosen des Wassers.

Der Ceyhan fließt ins Mittelmeer. Wirft er den Toten nicht irgendwo ans Ufer, nimmt er ihn mit und übergibt ihn der See. Und dort werden die Fische ihn mit Haut und Knochen auffressen. Erst dann ist der Tote richtig tot...

Als der Morgen graute, regnete es noch immer. Memidik kam an ein Dorf. Es war menschenleer und stand zur Hälfte unter Wasser. Bestimmt hatten sich die Einwohner auf den Hügel da drüben geflüchtet. Er ging von Haus zu Haus. In einem fand er ein bißchen Brot und einen großen Topf Yoghurt. Im Nu hatte er alles verschlungen. Er machte Feuer und trocknete seine Kleider. Schlief er jetzt ein, würde er vor Müdigkeit drei Tage durchschlafen, da war er sicher. Er legte sich nicht hin. Als er hinausging, regnete es noch immer. Die roten Wasser des Ceyhan, bedeckt mit Hausrat, Körben, Baumrinde, Stroh und Gestrüpp, Bäumen mit aufragenden Ästen, waren weiter gestiegen und ergossen sich über die Ebene. Sie sah aus wie ein uferloses Meer.

An diesem Tag war Memidik bis zum Abend auf den Beinen. Erst als es dämmerte, hörte der Regen auf, kam die Sonne zum Vorschein. Von den Giaur-Bergen spannte sich in allen sieben Farben deutlich sichtbar ein Regenbogen bis zum Gülek-Paß. Die Bergkette am Rande der Ebene rückte so greifbar nahe, daß man meinen könnte, sie stünde einem dicht vor der Nase. Kurz darauf hüllten Nebelschleier die Çukurova ein.

Memidik versank bis zu den Knien im Schlamm, der aber weich war wie Wasser, so daß er ohne Mühe gehen konnte.

Nach einem Kilometer erreichte er ein Dorf, wo er wieder etwas zu essen fand. Er hatte ein zweistöckiges Haus mit Zementmauern gewählt, wo er aß und Feuer machte. Aber auch dieses Haus stand einen Meter unter Wasser. Der Regen hat aufgehört, es wird nicht mehr einstürzen, sagte er sich, kochte eine Yoghurtsuppe und schlang sie heiß herunter. Dann zog er sich aus und trocknete seine Kleider am Herdfeuer. Er holte eine dicke Matratze, eine geblümte Decke, ein geblümtes Kopfkissen aus dem Bettenschrank und breitete sein Nachtlager auf dem Fußboden aus. Es war kühl, und mit dieser unüberwindlichen, bedrohlichen Leere im Innern schlief er ein.

Memidik erwachte im Morgengrauen und verspürte als erstes wieder dieses Gefühl unerträglicher Verlassenheit. In dieser Verfassung machte er sich auf den Weg. Das Wasser war gefallen. Die weite Ebene war mit rotem Schlamm bedeckt und glänzte. Er ging wieder zum Fluß und hoffte immer noch, daß der Tote irgendwo hängengeblieben war. Die Leere in seinem Innern wuchs und wuchs... Eine flammende Sonne ging auf, ein Tag nach dem Regen begann in der Çukurova, glitschig, schlammig, klebrig heiß, der die Glieder lähmt, mit einer Luft, so schwer und breiig, daß man kotzen könnte.

In dieser neblig trüben Luft ging Memidik seines Weges. Er war müde. Ihm war, als gehöre sein Körper nicht zu ihm, als schwanke er zwischen Traum und Trugbild. Er sah wieder seinen Taşbaşoğlu. Sah ihn wieder mit sieben Lichtkugeln, hoch wie sieben Pappeln, im Gefolge. Er wandelte in der lichtdurchfluteten Ebene auf dem Wasser des Ceyhan. Hinter ihm Tausende schönäugige Gazellen, über ihnen Tausende weiße Tauben, dahinter Störche, Adler, Regenpfeifer, Stare, Ringeltauben und viele andere Vögel... Neben den Gazellen Wölfe, Schakale, Bären, Hirsche, Leoparden und viele andere Tiere, auch schöne Pferde, Araber, weiß, braun, schwarz, grau... Ohne Reiter, wunderschön... Alle in hellem Licht. Schillernde Käfer in tausend Farben, Schmetterlinge, mannsgroß, die Flügel in den Himmel gestreckt. Gelb, grün, blau, orange, rot, weiß... tauchen sie den Himmel in tausendundeine leuchtende Farbe. Und Taşbaşoğlu, unser Herr, geht inmitten dieser brodelnden Vielfalt über die Ebene. Er lacht wie das Licht. Kein Traum, sondern Wirklichkeit... Er kommt und bleibt vor Memidik stehen, lacht wie das Licht, lacht wie das leuchtende, schimmernde Licht.

»Memidik!«

»Zu Diensten, unser Herr!«

»Ich bin mit den Dörflern zufrieden. Sie haben mit ihm nicht gesprochen. Geh hin und sag es ihnen! Der Tote ist ins Meer getrieben, ihn haben die Fische gefressen. Şevket Bey mußte sterben. Was unterscheidet denn einen schlafenden Menschen von einem Toten? Gräme dich deswegen nicht.«

»Ich gräme mich nicht, mein Taşbaşoğlu.«

»Memidik, ich habe dir einige Worte zu sagen.«

»Zu Befehl!«

»Du wirst diesen Ungläubigen aus dem Weg schaffen. Solange er lebt, bist du tot, und ich auch...«

»Zu Befehl!«

»Mein Auge ruht auf dir. Meine Hand ist deine Hand. Gib mir deine Hand.«

Memidik streckte seine Hand aus.

»Şevket Bey hatte zu sterben. Ich war es, der ihn dir in den Weg stellte. Töte Sefer und wirf seine Leiche in den Brunnen. Wenn ihr aus der Ebene ins Dorf aufbrecht... Am letzten Tag. Niemand wird es sehen. Und niemand wird dich verdächtigen.«

»Zu Befehl!«

»Ich gab dir meine Hand, Memidik. Mit meiner Hand wirst du ihn töten. Die Hand, die ihn tötet, ist meine Hand.«

»Deine Hand, mein Taşbaşoğlu.«

»Das Mädchen Zeliha ist für dich in Liebe entbrannt. Sie versteht nicht, daß du sie überhaupt nicht beachtest. Sie begreift nicht, daß du ihr nicht in die Augen sehen kannst, solange Sefer nicht tot ist. Töte Sefer, nimm Zeliha bei der Hand und führe sie in dein Haus. In diesem

Winter wirst du Marder jagen und viel Geld verdienen. Meine Hand ist deine Hand.«

Memidik beugte sich vor und ergriff wieder Taşbaş-oğlus Hand.

»Wenn du willst, kannst du jedem erzählen, daß du mich gesehen hast. Aber erzähle niemandem, daß ich dir meine Hand gab und du ihn töten wirst. Sag meinen Dörflern, daß ich eines Tages in mein Dorf heimkehren werde. Segen und Glück werde ich dem Dorf bringen. Krankheiten und Siechtum wird es nicht mehr geben. Grausamkeit wird es nicht mehr geben. Niemand wird niemanden erniedrigen. Brüderlichkeit werde ich euch bringen. Sag meinen Dörflern, daß ich eines Tages so ins Dorf zurückkehren werde. Eines Tages werde ich kommen, eines Tages werde ich kommen, eines Tages . . . Habt nur noch ein wenig Geduld.«

Es war wie am ersten Tag der Schöpfung, es war wie am Tag des letzten Gerichts. Es war wie ein Festtag aller Geschöpfe. Mit unzähligen brodelnden, flügelschlagenden, im Licht schillernden Lebewesen ging Taşbaşoğlu freundlich lächelnd und sieben Lichtkugeln im Gefolge über das Mittelmeer, wo er verschwand. Er trug eine grüne Hose. So ein Grün hatte die Welt noch nicht gesehen.

»Ich werde Freundschaft bringen . . . Niemand wird mehr hungrig sein und arm, niemand ohne Kleidung. Ich werde euch das Füllhorn Halil Ibrahims bringen, das Füllhorn Halil Ibrahims . . .«

Über dem Mittelmeer zerbarst ein Licht. Der weite Himmel über dem Mittelmeer und die segelnden weißen Wolken leuchteten noch lange in diesem Licht.

Vor Müdigkeit wie ein Betrunkener schwankend, kam Memidik aufs Feld. Jedermann saß vor seinem Laubdach und rührte sich nicht. Auch sprach niemand ein Wort. Memidik sah, daß sie verwundert zu ihm aufschauten. Sie

262

starrten ihn an, ohne mit den Augenlidern zu zucken. Memidik lächelte sie an. Nicht einer verzog auch nur ein bißchen das Gesicht. Alle waren durchnäßt, und das Zeug klebte an ihren Leibern. Sie saßen da mit wirren, strähnigen Haaren und ließen sich von der Sonne trocknen. Ein feuchter, scharfer Geruch wie nach Schweiß hing in der Luft. Die Baumwolle lag ausgebreitet in der Sonne. Erde, Menschen, Baumwolle, Sonne, Sträucher und der Ceyhan dampften. Über dem Fluß hing eine langgestreckte Wolke. Bis hin zum Mittelmeer.

Diesmal empfing Memidiks Mutter ihn mit schweren Vorwürfen. »Du nichtsnutziger Jäger, wo warst du? Du Nachkomme eines Schweines, wo warst du? Läßt man so seine alte Mutter mitten in der wüsten Çukurova allein zurück?« schrie und schimpfte sie.

»Ich habe ihn gesehen«, antwortete Memidik voller Freude. »Wieder war ich es, der ihn sah. Er lachte wie das Licht.« Memidik lächelte glücklich. Lächelte mit der Fröhlichkeit derer, die um ein großes Geheimnis wußten und es nicht preisgaben.

»Du bist hungrig, nichtsnutziger Jäger«, sagte seine Mutter. »Iß erst einmal deine Suppe.«

Lächelnd tauchte Memidik seinen Löffel ein. »Ich habe ihn gesehen.«

Die Nachbarn scharten sich um ihn.

»Wen hast du gesehen?« fragte seine Mutter.

Memidik lachte und gab keine Antwort.

Die Menge murmelte: »Wen hat er gesehen?«

Und wieder fragte ihn die Mutter: »Wen hast du gesehen?«

Gespannt wartete die Menge.

Und Memidik sagte nur: »Ich habe ihn gesehen.«

Schnell löffelte er seine Suppe, legte sich einen Jutesack unter den Kopf und streckte sich aus. Kaum lag er da, schlief er ein.

263

Die Menschenmenge wurde immer größer, und jeder, der dazukam, fragte: »Was ist geschehen?«

Und er bekam zur Antwort: »Memidik hat ihn gesehen, Memidik hat ihn gesehen.«

Und als hüteten sie ein Geheimnis, lächelten sie ganz verstohlen. Genau wie Memidik.

27

Noch bevor der Morgen graut, versammeln sie sich beim schlafenden Memidik und warten darauf, daß er aufwacht. Sie wagen nicht, ihn zu berühren. Ihre zerknitterten, vom Schlamm verdreckten Kleider sind noch nicht ganz trocken. Aus ihren Gesichtern spricht unsägliche Hoffnungslosigkeit. Sie reden nicht, haben die Arme verschränkt und stehen da, als hätten sie Trauer. Und vom erwachenden Memidik erhoffen sie sich Hilfe.

Der Kahle Barde war ein Mann, der in seiner eigenen Welt lebte. Er steckte seine Nase nicht in Angelegenheiten anderer und mischte sich auch nie unters Volk. Er fiel im Dorf nicht auf, außer wenn er seine Lieder sang. Doch heute wartete auch er mit tellerrunden Augen und vor Aufregung zitternden Gliedern beim schlafenden Memidik. Er ging auf und ab, rieb sich die Hände, beugte sich lauschend über den tief atmenden Memidik und hatte keine Ruhe. Schließlich hielt er es nicht länger aus und kniete sich neben Memidik nieder.

»Sohn Memidik, wohlgefälliger, schöner Diener Gottes, mein Recke, wach auf!« sagte er. »Wach auf und gib uns Kunde vom Heiligen der Welten, Taşbaşoğlu, unserem Herrn mit den sieben Lichtern im Gefolge. Wach auf, mein Recke, wach auf!« Ganz verhalten streichelte er mit seiner rechten Hand Memidiks Haar.

Memidik öffnete zwischendurch die Augen, dann schloß er sie wieder und schlief weiter.

Regungslos, in zerknitterten, schlammbedeckten Kleidern warteten alle darauf, daß Memidik erwachte. Auch ihre Haare, Mützen und Kopftücher waren schlammverschmiert, das Zeug von vielen noch nicht trocken; so standen sie mit eingezogenen Schultern, die Hände über die Brust verschränkt, tief gebeugt da. Keiner sprach ein Wort, aller Augen ruhten auf Memidik. Der dichte Nebel, der sich wie eine weiße Wolke über die Çukurova gelegt hatte, begann langsam zu steigen. Noch reckten sich die Baumkronen über die Dunstschleier, und das Gehölz sah so eigenartig aus, als stünden Sträucher im Wasser.

Auf einmal schlug Memidik die Augen auf, sah verwundert in die Runde, erschrak, sprang wie von der Sehne geschnellt auf die Beine und versuchte zu fliehen. Die Dörfler hatten einen Ring um ihn gebildet und starrten ihn an. Als er sah, daß er nicht flüchten konnte, lächelte er die Umstehenden verwundert an, ging zum Wasserfaß, das auf einem Wagen festgezurrt war, und wusch sich mit einer Kelle das Gesicht. Er versuchte vergeblich, sich mit seinem schmutzigen, zerknüllten Taschentuch abzutrocknen, es war noch feucht, und sein Gesicht blieb naß.

Die gesamte Baumwolle lag auf der Erde, und was an Kapseln noch am Strauch hing, war von schlammigen Spritzern verdreckt. Jetzt würde die Ernte in der Çukurova für die Tagelöhner zur Qual werden. Die verschlammte Baumwolle klauben und pflücken, reinigen, in die Körbe schichten und für das Kilo nur noch die Hälfte bekommen! Ein hoffnungsloses Unterfangen. Außerdem würden sie heute und morgen nicht pflücken können, so lange dauerte es, bis dieser Schlamm trocknete. Die Sonne, sogar die Sonne der Çukurova, brauchte nach so einem Regen zwei Tage dafür.

Memidik war schnell dahintergekommen, worum es ging, und er genoß es. Seit Morgengrauen wachten die Dörfler an seinem Lager, warteten gespannt, daß er aufwachte. Wie schön! Man müßte sie noch drei oder vier Tage so anstehen lassen, aber das würde er leider selbst nicht aushalten. Wenn er soviel Geduld aufbrächte, mein Gott, wäre das schön! Aber das hier war auch nicht zu verachten.

Mit untergeschlagenen Beinen setzte er sich auf die Bastmatte und tauchte seinen Löffel in die dampfende Yoghurtsuppe, die ihm seine Mutter vorgesetzt hatte. Ohne die erwartungsvoll erstarrte Menge zu beachten, aß er gemächlich seine Suppe und stand erst auf, als der Teller leer war. Dann tat er so, als sei er noch unschlüssig. Die Dörfler schauten auf ihn, er schaute auf die Dörfler.

Der Kahle Barde löste sich von der Menge und ging drei Schritte auf Memidik zu. Memidik warf den Kopf in den Nacken und gewahrte den Adler, dessen Flügel in der Sonne glänzten. War das ein riesiger, war das ein mächtiger Adler! Memidiks Gesicht wurde aschfahl.

»Nun erzähl schon, Meister der Jäger, was hast du gesehen?« fragte der Kahle Barde. »Seit gestern abend warten diese Menschen auf dich, starren in deinen Mund hinein, und du schläfst und furzt. Sag, was hast du gesehen?«

Memidik ließ seine Blicke über die Anwesenden schweifen. Auch Amtmann Sefer stand in einiger Entfernung und wartete darauf, daß er redete. Vor Wut hatte er die Zähne zusammengebissen, Memidik erkannte es an der Haut, die sich über die Kiefer spannte. Schon um Sefers Wut noch mehr anzustacheln, um ihn bis zur Weißglut zu treiben, mußte Memidik sprechen, und er begann, als richteten sich seine Worte nur gegen Amtmann Sefer, gegen den Niederträchtigsten der Niederträchtigen.

»Ich habe unseren Herrn gesehen«, begann er, räusperte sich und spuckte in hohem Bogen auf die dampfende, dunstige Erde. »Diese meine beiden Augen sollen erblinden, sollen hier auslaufen, wenn es nicht stimmt. Ich habe Taşbaşoğlu, unseren Herrn, den Heiligen der Heiligen, den Sultan der Sultane, gesehen.« Bei den Worten »Sultan der Sultane« durchbohrte er Sefer mit seinen Blicken. »Ich ging so für mich hin, dem Mittelmeer zu. Regen fiel wie der leibhaftige Zorn, aber ich gehe weiter. Aber wohin ich gehe, wohin mich meine Füße tragen, wer sie lenkt, ich weiß es nicht. Rastlos, ohne zu ermüden eile ich wie im Fluge, als berührte ich den Boden nicht, diesen Ceyhan entlang stromabwärts. Der Regen strömt, und der Ceyhan tritt blutrot über die Ufer. Es wird Nacht. Plötzlich höre ich es donnern, daß Himmel und Erde erbeben. Als ich aufschaue, ist das Mittelmeer vor mir, seine Wellen hoch wie Minarette. Sie türmen sich in den Nachthimmel und branden gegen den Strand. Der Sturm weht von See, er ist salzig. Die Wellen rollen dicht an dicht. Jedesmal, wenn eine ans Ufer schlägt, erzittert die Erde. Wie bei einem Erdbeben. Dann hört es auf zu regnen. Plötzlich legt sich auch der gewaltige Sturm. Auch die Wellen glätten sich, das Mittelmeer streckt sich friedlich aus und schläft ein. Auf einmal lag die ganze Welt so da. Und dann sehe ich, wie von weitem über das Meer Lichter auf mich zukommen. Ich zähle sie, es sind vierzig Kugeln, jede so hoch wie ein Pappelbaum. Über das Mittelmeer gleiten sie, kommen sie geflogen. Ich schaue in den Himmel, er brodelt. Tausend, zweitausend, zehntausend, hunderttausend Vögel, wieviel du zählen kannst, soviel Vögel folgen dem Licht. Ich schaue noch einmal hin, alle Geschöpfe, soviel du zählen kannst, so viele Wölfe, Gazellen, Hirsche,

Schakale, Pferde, Käfer und Insekten... Die Welt hat alle ihre Geschöpfe um sich versammelt und sich zu den vierzig Lichtkugeln gesellt. Die Lichter kommen über das Mittelmeer geglitten, fließen heran, kommen ganz nah, reihen sich am Ufer auf, und die Erde wird hell wie am Tage. Als wären vierzig Sonnen aufgegangen, so hell. Und krach! spaltet sich der Himmel mittendurch, teilt sich das Meer in zwei Hälften. Ein dünner Lichtstrahl hat das Himmelszelt in zwei Teile getrennt. Ich habe mich zu Boden geworfen, öffne die Augen und sehe, daß die vierzig Lichter, jedes so hoch wie vierzig Pappeln, sich auch zu Boden geworfen haben. Mit ihnen alle Vögel und alle übrigen Geschöpfe. Man hört keinen Laut. Es herrscht atemlose Stille, nicht eine Fliege summt. Und da sehe ich, wie aus dem Spalt, der den Himmel geteilt hat, Taşbaşoğlu, unser Herr, mit langem Bart und in grünschimmernden Gewändern hervortritt. Er legt mit lichtem Lächeln seine Hand auf meinen Kopf und sagt: ›Steh auf, Memidik!‹ Dann nimmt er mich bei der Hand und richtet mich auf. Auch die vierzig Lichtkugeln, eine jede vierzig Pappeln hoch, die am Boden lagen, erheben sich. Die Vögel fliegen auf, und auch die übrigen Geschöpfe springen auf die Beine. ›Geh hin zu meinen Dörflern‹, sagt er, ›und berichte ihnen, daß ich ihnen das Füllhorn Halil Ibrahims bringen werde. Sie werden nicht mehr in Armut leben. Wohin ich auch meinen Fuß setzen werde, wird der Mensch den Menschen nicht mehr töten. Der Mensch den Menschen... Der Mensch den Menschen... Ich werde für sie die Erde zum Paradies machen. Wem diese Erde nicht zum Himmel wird, dem wird es auch das Jenseits nicht. Geh hin und sage meinen Dörflern, ich werde eines Tages kommen, und dann wird es den Menschenkindern an nichts mangeln...‹ Und plötzlich sehe ich, daß unser Herr mich mitten auf die Ebene gestellt hat und sich entfernt. Ich strecke meine Hand aus, und sie greift ins Leere.

›Wartet auf mich, Memidik, eines Tages werde ich kommen‹, sagte er noch, bevor er verschwand. Und ich sah, wie die vierzig Lichtkugeln die Hänge des Giaur-Berges erreichten. Die drei ersten Lichter und unser Herr leuchteten einmal, fünfmal, hundertmal heller als alle anderen. Vierzig Sterne leuchteten an den Hängen des Giaur-Berges. Das habe ich mit diesen Augen gesehen... Er sagte: ›Wartet auf mich, eines Tages werde ich kommen...‹«

»Er wird kommen«, sagte der Kahle Barde überzeugt. »Er wird eines Tages kommen, wird den Kranken Genesung bringen und alle Wunden heilen. Heey, Heiliger der Heiligen, Sultan der Sultane, Taşbaşoğlu, unser Herr...«

Diese Worte waren Balsam für die Herzen der hoffnungslosen, vom Unwetter gebeutelten, erschöpften Menschenmenge.

»Es gibt keine Wunder«, murrte Ökkeş Dağkurdu. »Taşbaşoğlu ist ein Mensch wie du und ich. Er ist kein Heiliger. Er ist keiner, aber dieser Bruder Memidik kann gut erzählen. Er spinnt sehr schön. Taşbaşoğlu kann niemals ein Heiliger sein. Er kann es nicht, doch ob ich will oder nicht, warte auch ich auf seine Wiederkehr.«

Keiner kümmerte sich um das, was Ökkeş Dağkurdu da sagte, und die ihn hörten, sahen ihn verwundert an, als wollten sie sagen: Was dieser Mann da redet!

»Habe ich euch nicht schon immer gesagt, daß Taşbaşoğlu, unser Herr, uns bei diesem Regen und diesen Mücken nicht im Stich läßt? Er ist der Abgesandte in diesen schweren Zeiten. In unserem Dorf wurde er geboren, in unserem Dorf wurde er zum Heiligen, und von unserem Dorf ging er ein in den Kreis der Vierzig. Taşbaşoğlu wird kommen. Und wenn wir wieder in die Çukurova ziehen, werden die Baumwollfelder dreifache Frucht tragen, wird es keine Mücken mehr in der Ebene geben, denn Taşbaşoğlu, unser Herr, der sieht, wie wir unter ihnen leiden, wird ihre ganze Sippe ausrotten. Vollständig...«, frohlockte Habenichts und glaubte fest daran.

Während die Menschen sich in Gruppen über Taşbaşoğlu unterhielten, bahnte sich Memidik, aufrecht wie ein General, der seine Feinde in die Flucht geschlagen, einen Weg und ging geradewegs zu Ali des Langen Lager.

Ali lag lang ausgestreckt unter einer von Schlamm verkrusteten Baumwolldecke, seine verschränkten Hände waren ganz gelb, sahen aus wie Bernstein. Eines seiner Augen war verbunden, das andere war frei, aber dick angeschwollen. Nur mit Mühe konnte er es einen Spalt öffnen und sah Memidik an.

»Es möge überstanden sein, Ali, mein Aga!« sagte Memidik. »Daß diese Ungeheuer dich so zurichten würden, war vorauszusehen. Die Schnelligkeit deiner Hände machte sie rasend. Denkst du, sie wissen nicht, daß du deine Mutter nie im Leben töten kannst? Daß wohl jeder, sogar Taşbaşoğlu, unser Herr, seine Mutter umbringen könnte, nur du nicht? Sie konnten deine Hände nicht ertragen und haben dich fast totgeschlagen.« Dann setzte er sich zu ihm und beschrieb ihm in allen Einzelheiten das Erscheinen von Taşbaşoğlu, nicht ohne das bereits den Dörflern Erzählte mannigfaltig auszuschmücken.

Mittlerweile hatten die Dörfler das Zelt umringt. Die Frauen hockten auf der Erde, die Männer standen daneben. Als Memidik herauskam, fragte die Zalaca: »Wie geht's Ali?«

»Er sieht überhaupt nicht gut aus«, antwortete Memidik.

»Ich war es, der den Jungen so zurichtete«, jammerte sie. »Ich habe Alis Knochen gebrochen, mit diesen Händen, die gelähmt sein und verdorren sollen!« Dann ging sie hinein.

»Es möge überstanden sein, Bruder Ali. Die Bauern waren ihres Lebens überdrüssig, und an dir haben sie ihre Wut ausgelassen. Vergib uns!«

Und sie legte einen verschrumpften, aber duftenden Holzapfel auf sein Krankenlager.

»Gott segne dich, Schwester Zalaca«, antwortete Ali mit kaum hörbarer Stimme. Dabei lächelte er bitter.

Dann kamen, einzeln oder zu zweit, die ihn am schlimmsten zugerichtet, ihn fast totgeprügelt hatten, setzten sich zu ihm, sagten, es möge überstanden sein und daß so etwas schon einmal vorkomme, er möge es den Dörflern doch nicht nachtragen . . . Und jeder brachte ihm ein kleines oder größeres Geschenk, ergriff seine verbundene Hand, sah ihm in die Augen, wünschte ihm gute Besserung, bat ihn, nicht nachtragend zu sein, und entschuldigte sich.

Ali war jetzt sehr stolz. Aber er konnte sich diesen Umschwung der Dorfmeinung nicht erklären, zerbrach sich den Kopf darüber, fand keine Antwort darauf und dachte voller Angst, sie verhielten sich so, weil sie ihn später töten wollten.

Dann kam Halil der Alte ins Zelt und legte mit erhobener Stimme los: »Daß ich nicht ihre Mütter und Weiber . . . angefangen von den kleinsten, und seien sie kleiner als ein Korn, bis hin zu den größten, und mögen sie größer sein als der Taurus! Ihr verdammten Dörfler! Erst prügelt ihr den Mann fast tot, brecht ihm die Knochen, schlagt ihn zum Krüppel, und dann kommt ihr her, wünscht ihm Gottes Segen und gute Besserung. Ali, mein Sohn, ich gehe. In einigen Tagen werde ich wieder hier sein. Komme ich nicht zurück, so wisse, daß ich mich ins Jenseits aufgemacht habe, ins Dorf der Holzkisten. Dann vergib mir, falls ich gefehlt habe. Was diese niederträchtigen Bauern betrifft, werde ich mich von ihnen weder verabschieden noch sie um Vergebung bitten. Sollen sie mir

meinetwegen nicht verzeihen, ich erlasse ihnen auch nicht
ihre Schuld. Ich wünsche dir baldige Genesung . . . Werde
gesund. Und fürchte dich nicht. Es wird dir nichts geschehen. «

Er machte kehrt, verließ das Zelt, lief über das Feld und
machte sich entlang dem Ufer des Ceyhan auf den Weg.
Er ging barfuß und trug seine Schuhe in der Hand, entfernte sich, ohne die Dörfler eines Blickes zu würdigen,
weder freundlich noch böse. Der große Adler kreiste gemächlich am Himmel, sein schwarzer Schatten glitt über
die dampfende Erde.

28

Schon seit geraumer Zeit saust Ahmet der Um-
nachtete wie der Blitz durchs Dorf und verschwin-
det in den Bergen. Jedesmal ruft Meryemce hinter
ihm her, bittet ihn stehenzubleiben, beschwört ihn,
er möge doch zu Mutter Meryemce kommen, denn
Mutter Meryemce hat ihm sehr Wichtiges zu sa-
gen . . . Ahmet der Umnachtete schert sich nicht,
dreht sich nicht einmal zu ihr um. In seinen zer-
lumpten Kleidern irrt er durch die Steppe.

Es war ein schöner Tag. Am klaren, schimmernd
blauen Himmel stand nicht der Zipfel einer Wolke. Aus
der Steppe wehte ein weicher, warmer Wind. Der Hahn

von Ali dem Weichling hockte regungslos in einer Ecke des Heustadels, seine bunten, sichelförmigen Schwanzfedern schillerten in allen Farben. Er trug den Kopf aufrecht, schaute überhaupt nicht zu Boden. Meryemce war geduckt hinter das Gebäude geschlichen und näherte sich ihm. »Jetzt hab ich dich, mein gesprenkelter Hahn«, flüsterte sie in sich hinein. »Jetzt hab ich dich und drehe dir den Hals um, rupfe deine bunten Federn und brate dich rundherum in deinem Fett auf weißglühender Kohle, daß du rot wirst wie ein Granatapfel... Und zwei Tage lang esse ich mich satt, mein gesprenkelter Hahn. Warte nur ab!« Dabei kam sie immer dichter heran. Ganz nahe war sie schon, doch den Gockel schien es nicht zu bekümmern, er rührte sich nicht. Um die Ecke war Meryemce schon herum, ihr fehlten noch drei Schritte. Vorsichtig machte sie einen, der Hahn merkte es nicht.

Mein Armer, er ist seines Lebens überdrüssig, dachte Meryemce, er ist es leid, jeden Tag gejagt zu werden, und ergibt sich in sein Schicksal, gibt sein süßes Leben auf.

Sie machte noch einen Schritt, und als sie sich gleich darauf auf ihn stürzte, schlug sie schon lang hin, ohne den Hahn auch nur berührt zu haben. Der stob davon und blieb etwas weiter, am Stall von Bayram, stehen. Ohne sich zu rühren, starr wie ein Stein, stand er wieder da.

»Du foppst mich, du spielst mit mir, nicht wahr? Du niederträchtiger Hahn eines niederträchtigen Bauern. Ich werde es dir schon noch zeigen. Du wirst schon sehen, wie man mit mir sein Spielchen treibt; wenn auf glühender Holzkohle dein Fett brutzelt und raucht, dann wirst du dein Spiel erleben. Denkst du denn, ich kriege dich nicht? Spiel nur weiter, spiel nur! Ich kriege dich noch!«

Vielleicht merkt er diesmal nichts. Wenn ich zwei Schritte vor ihm bin, muß ich noch schneller sein. Dieses

Schwein von Hahn muß sein Spielchen dem Ziegenmelker abgeguckt haben. Dieses Ferkel! Na warte, gleich habe ich dich!

Und wieder schlich sie geduckt und mit angehaltenem Atem an den Hahn heran. Als sie um die Ecke vor Bayrams Haus herumgeschlichen war, standen sie sich Aug in Aug gegenüber, und sie stürzte sich sofort auf den Hahn. Während sie fiel, stob der Hahn davon. Mit dem ganzen Schwung, den sie in den Sprung hineingelegt hatte, war Meryemce lang hingeschlagen, war mit ihrem ganzen Gewicht auf ihren Arm gefallen und mit dem Ellenbogen auf einen Stein geprallt. Der Schmerz war unerträglich, und Meryemce schrie so laut sie konnte. Ihre Verwünschungen, ihr durchdringendes Geschrei hallte durchs Dorf und erfüllte Steppe und Schluchten.

Mit dieser Wut stand sie auf, griff einen großen Stein und schleuderte ihn auf den Hahn, der in einiger Entfernung stehengeblieben war. Doch der Stein war so schwer, daß er nicht einmal in die Nähe des Hahnes fiel. Und noch einen Stein, und noch einen, und noch mehr Steine . . . Um den Hahn herum regnet es Steine. Meryemce dreht vor Schmerzen durch, stürzt sich auf den Hahn, beschimpft ihn, doch der scheint sich nicht zu rühren. Erst wenn die Steine dichter als fünf Meter fallen, bewegt er sich, geht gemächlich ein Stückchen weiter, flattert auf einen Holzklotz und bleibt dort hocken. Meryemce rennt ihm nach, sammelt im Lauf Steine auf, wirft und läuft weiter. Der Hahn immer vorneweg. Er flieht, und sie jagt. Bis sie ganz außer Atem ist und fast zusammenbricht, jagt sie den Hahn und wirft nach ihm mit Steinen.

In Schweiß gebadet, verdreckt und staubbedeckt, ging sie vor Ökkeş Dağkurdus Tür keuchend zu Boden. Eine lange Zeit war sie ganz benommen und blieb in der Sonne liegen. Der Hahn stand in einiger Entfernung, als wenn er sie beobachtete. Er machte einige Schritte, dann kehrte er wieder um und äugte erneut nach Meryemce. Das brachte sie noch mehr in Wut. »Verdammt, ich werde es dir zeigen, du spitzpantoffelnäsiger Hahn eines niederträchtigen Bauern. Auch dieser Taşbaşoğlu soll verdammt sein. Seit er ein Heiliger ist, setzt dieser rotznäsige Hundesohn keinen Fuß mehr in sein altes Viertel. Mensch, Taşbaşoğlu, mein Sohn, wenn du ein Heiliger geworden bist, dann sieh doch einmal her, was dieser niederträchtige Hahn eines niederträchtigen Bauern mit mir treibt. Wenn du schon ein Heiliger bist, dann komm gefälligst von deinem Berg der Vierzig herunter und fange mir dieses widerspenstige Tier, das mit mir seine Spielchen treibt. Komm gefälligst her, Mann, du Hundesohn von einem Heiligen. Ich schwöre bei Allah, wenn du kommst und den Hahn fängst, mache ich ein schönes Feuer, warte, bis der Herd voll Glut ist, und brate den gesprenkelten Hahn granatapfelrot, mein Taşbaşoğlu. Granatapfelrot! Das Fett wird nur so an ihm herabtriefen. Und bei Gott, ich schwöre bei deinem so schönen allerheiligsten Kopf, daß ich davon keinen Bissen, nicht einen Fingerhut voll anrühren werde, sondern den ganzen gesprenkelten Hahn dir zu essen gebe. Du bist zwar ein Heiliger geworden und in den Kreis der Vierzig eingezogen, aber du bist doch ein friedlicher, einfältiger Mann, einer von denen, dem man nur auf die Finger klopfen muß, um ihm den Bissen vom Munde zu nehmen. Dort oben in den Bergen bist du bestimmt hungrig. Komm, mein Taşbaşoğlu, komm! Komm, mein Heiliger, damit ich dich füttern kann, bis du schön satt geworden bist. Komm und höre, was deine Mutter Meryemce dir alles zu sagen hat. Langweilst du dich denn nie zwischen diesen vierzig unglückseligen Plagen, die nie gestorben sind und niemals sterben werden? Wer weiß, wie hochnäsig deine vierzig unsterblichen Freunde sind, weil sie niemals starben und nie sterben werden. Ist deine Nase auch in die Höhe gewachsen? Bestimmt bist du auch so selbstgefällig geworden, daß du nicht einmal zurückkommst, um nach dem Befinden deiner Mutter Meryemce zu sehen. Ist es möglich, daß der Mensch aus einem herausschlüpft, wenn man ein Heiliger wird? Ist der Mensch auch aus Taşbaşoğlu herausgeschlüpft?«

Irgendwie hatte sie auf einmal Mitleid mit Taşbaşoğlu. Sie sah ihn wieder vor sich, wie er, den Kopf gesenkt, mit Handschellen – hatte man sie ihm überhaupt angelegt? – vor den Gendarmen herging. Gelb wie Safran war sein Gesicht, als ginge er in den Tod, als schritte er zum Galgen. Da hatte er nichts von einem Heiligen an sich, rein gar nichts. Wie ein Kind, das etwas ausgefressen und eine Tracht Prügel bekommen hatte, verzog er seine Lippen. Nur einmal, als er sich nach Sefer umdrehte, als er den Dörflern befahl, ihn nicht zu töten, ihm kein Haar zu krümmen, aber bis zu seinem Tode nicht mehr mit ihm zu sprechen, da war er majestätisch, wuchs er über sich hinaus, sah er wirklich aus wie ein Heiliger. Dann brachten ihn die Gendarmen fort, und die Dörfler weinten hinter ihm her, stimmten Klagelieder an. Seitdem hat er sich nicht mehr sehen lassen, weiß niemand, was aus ihm geworden ist. Er sei in der Kälte umgekommen, sei erfroren, sagen die einen. Aufgenommen in den Kreis der Vierzig, genieße er das süße Leben auf ihrem Berg, behaupten die anderen. In grünen Gewändern, sagt man. Er sei das Oberhaupt der Heiligen. Taşbaşoğlu soll einen weißen, wallenden Bart tragen, du meine Güte, wie ein Wasserfall bis zu den Knien! Und gewachsen ist Taşbaşoğlu auch. Er ist jetzt viel größer. Wohin er seinen Fuß setzt, beginnt es zu grünen, wohin sein Blick fällt, blühen üppige Damaszenerrosen... Woher soll ich wissen, was damit gemeint ist, es werden Rosen der Heiligen sein... Ob Sommer oder Winter, über ihm schwebt eine weiße Wolke, folgt ihm auf Schritt und Tritt, schützt ihn vor der Sonne.

Wenn jetzt Taşbaşoğlu mit diesem sieben Fuß langen

weißen Bart, in grünen Gewändern unter einer Wolke daherkäme, Meryemce würde sterben vor Lachen. Wer bräche beim Anblick Taşbaşoğlus in dieser Verkleidung nicht in Gelächter aus? Taşbaşoğlu selbst täte es, wenn er sich so sähe. Wenn er käme, würden sie sich gegenüberstehen und Tränen lachen. Es wäre ja niemand im Dorf, durch dessen Zeugnis er an seiner Heiligkeit Schaden nehmen könnte.

»Mann, Taşbaşoğlu, nun komm schon! Komm schon, du nichtsnutziger Heiliger Gottes!«

Und dann die sieben Lichtkugeln in seinem Gefolge, jede so hoch wie sieben Minarette. Wohin er in der Nacht geht, folgen sie ihm wie Köter an der Leine. Ja, genau so ist es.

Ihr Arm schmerzte sehr. Mit Mühe kam sie auf die Beine. Wenn er gebrochen ist, werde ich ihn schienen, werde ich mir eine gute Salbe rühren, überlegte sie. Wenn nicht, geht es bald vorüber. Der Schmerz war schon etwas abgeklungen. Sie ging zum Weg, der in die Çukurova führte. Dort wollte sie sich verstecken, sich auf Ahmet den Umnachteten stürzen und ihn festhalten, wenn er vorbeilief. Wo sie ihm auflauern wollte, war eine enge Senke. Ob Ahmet der Umnachtete von unten oder von oben kam – da mußte er durchlaufen.

Am Rande des Weges stand der hohle Stumpf einer alten, mächtigen Platane. Sie war schon lange verschwunden, nur ein Rest ihres Stammes ragte noch empor; aber jeden Frühling wuchs ein Schößling, der im Winter wieder verdorrte. Jeden Frühling, aber auch jeden, ein grüner Zweig... Meryemce ging nach Hause, rollte weißen Käse in einen Fladen fest ein und biß mit Heißhunger hinein. Genüßlich kauend kam sie zum Baumstumpf, trank am nahen Brunnen einen Schluck Wasser, kroch in die Aushöhlung des Baumstamms und blieb dort hocken. »Nun versuch doch, mir zu entkommen, Elfensultans Schwiegersohn, versuch's doch!« Sie lehnte sich zurück. Das Innere der Platane war feucht und roch durchdringend nach morschem Holz. Bald hatte sie sich an den Geruch gewöhnt, ja, er gefiel ihr sogar.

Ich werde mir den Umnachteten greifen. Ich muß . . . Sie malt sich aus, wie sie den Umnachteten überredet, ihr den Weg zum Elfenschloß zu verraten, wie sie die strahlende Sultanstochter, die Frau des Umnachteten, kennenlernt und ihre Kinder hütet. Und eines Tages wird sie mit dem Sultan selbst bekannt. Er hat gehört, da sei eine Sterbliche in das Land der Feen und Elfen gekommen, sie sei auch die Mutter von Ahmet dem Umnachteten. Nicht seine leibliche, aber da es sich um ein aufrechtes, braves Weib handle, soll sie der ganze Taurus, ja die ganze Çukurova Mutter nennen. Der Sultan sagt also zu Ahmet: Ahmet, sagt er, ich habe von Mutter Meryemces Ruhm gehört. Mutter Meryemce, sagt der Sultan. Jaaa, auch er sagt Mutter. Sie soll eine noch mutigere Frau sein als Hürü, die Mutter von Memet dem Falken, sagt er. Im allgemeinen ist mit dem Geschlecht der Menschen ja nicht viel los, sagt er. Sie machen Kriege, sagt er, töten sich gegenseitig, sagt er, kratzen sich gegenseitig die Augen aus. Sie mißachten das Recht des anderen, quälen ihn, tun ihm Schlimmes an, knechten sich, stürzen den Nächsten in Hunger und Not. Sie sind feige, und weil sie feige sind, verehren sie die Mutigen, unterdrücken sie den Schwachen und beugen sich dem Starken. Es ist nicht viel mit ihnen los, aber es gibt zwischen ihnen auch solche mit Ehre, wie Mutter Meryemce. Ahmet, bringe diese Meryemce her, wir wollen doch einmal sehen, was für eine Mutter sie ist. Falls sie es wünscht, geben wir ihr das Schloß nebenan. Wir wollen ihr unsere Achtung erweisen und ihre gesegneten Hände küssen.

Und zu guter Letzt findet das Treffen statt. Der Sultan ist von Licht umflutet. Alles an ihm, von Kopf bis Fuß, ist menschenähnlich. Er ist ein großer, stattlicher Mann. Sein Gesicht ist so schön und weich wie das ihres verstorbenen Ibrahim. Nur daß der Sultan der Elfen kein Nasenbein hat. Kaum erkennbar. Wenn man nicht genau hinsieht, merkt man es nicht. Und der Sultan der Elfen bietet ihr den Platz neben seinem Thron an. Neben seinem goldenen Thron! Er nimmt sie bei den Händen, küßt ihre Hand, er sagt: Du bist der Menschen Ehrenrettung, du bietest ihren Schändlichkeiten die Stirn. Und deswegen achte ich von allen Menschen nur dich allein.

Dann wird eine riesige Tafel gedeckt, vielleicht für hundert Gäste. Gebratene Wachteln, Gänse und Enten. Gefüllte Tomaten... Und Halwa... Die ganze Tafel ist von einem Ende zum anderen voll süßem Halwa. Und Brot, schneeweiß, wie es die Städter essen. Außer Vogelmilch fehlt nichts. Es ist alles da, aber nichts geht über das Brot der Städter und Halwa... Meryemce gelüstet so nach Halwa, daß sie tief seufzen muß. Der Elfensultan leckt einmal an seinem Ring, und die Tafel verschwindet. Ein riesiger Neger steht plötzlich da, eine seiner Lippen stößt an den Himmel, die andere hängt bis auf die Erde herunter. Der Sultan der Elfen befiehlt ihm...

In diesem Augenblick erschien unten am Weg Ahmet der Umnachtete mit langem, struppigem Bart und wirrem Haar. Er humpelte, kam langsam näher und setzte sich auf die Tränke vor dem Brunnen. Meryemces Herz klopfte bis zum Hals. Ahmets Pluderhosen waren zerlumpt, seine Füße voller Wunden, und sein Hemd hing in Fetzen. Meryemce überkam tiefes Mitleid. Wie kann einer so jämmerlich daherkommen, wenn er mit dem König der Elfen verwandt ist? Oder ist alles, was man sich so über ihn erzählt, gelogen? Dieser Gedanke gefiel ihr gar nicht, und sie verbannte ihn sofort wieder

aus ihrem Kopf. Vielleicht kleiden sich die Schwieger-
söhne der Elfensultane immer so. Vielleicht tragen sie ja
Gewänder, die ein Sterblicher nicht sehen kann. Das Herz
wurde ihr eng, als sie das Versteck verließ. Ahmet kehrte
ihr den Rücken zu und betrachtete seine wunden Füße.
Behutsam, auf Zehenspitzen, ging sie zu ihm und ergriff
seinen Arm. »Lauf nicht weg, Ahmet, mein Kleiner, ich
bin deine Mutter.«

Ahmet rührte sich nicht. Verwundert sah er sie mit seinen großen, glänzenden, schwarzen Augen an. Dann lächelte er, verzog anschließend angsterfüllt das Gesicht, lächelte zwischendurch, bekam wieder Angst und begann
zu zittern. Plötzlich weinte er. »Was habe ich dir denn getan, Mutter, daß du mir das antust, mir das, mir das, mir,
mir, mir . . .« Je länger er weinte, desto heftiger schluchzte
er, je heftiger er schluchzte, desto öfter schniefte er, je öfter er schniefte, desto herzzerreißender wurde sein Gejammer.

Meryemce streichelte sein Haar und tröstete ihn. Sie
sprach mit ihm wie mit einem Kind von fünf Jahren.
»Weine nicht, mein Kleiner, weine nicht«, sagte sie. »Was
einem zustößt, muß man ertragen. Sieh, auch mich haben
sie ganz allein hier zurückgelassen. Dieser niederträchtige
Ali hat mich verlassen, damit ich hier sterbe und zum Fraß
der Vögel und Wölfe werde. Jaaa, mein Kind, also weine
nicht. Haben dir die Elfen etwas getan? Hast du Streit mit
deinem Schwiegervater, dem Elfenkönig?«

Während Meryemce ihn streichelte und auf ihn einre-
dete, wurde Ahmet ruhiger, schließlich hörte er ganz auf
zu weinen. Dann lachte er glücklich, breit und strahlend
wie ein Kind.

»Sieh mal, mein Junge, wenn dein Schwiegervater dir
Vorwürfe gemacht hat, so nimm es dir nicht zu Herzen, er
ist schließlich dein Schwiegervater. Auch wenn er der
Sultan der Elfen ist. Gräme dich also nicht. Wie geht es

deinen Kindern, sind sie gewachsen? Geht es deiner Frau gut? Sie liebt dich, der Rest ist unwichtig.«

Ahmet war jetzt entkrampft und schmolz vor Liebe dahin. Meryemces Reden klang ihm wie ein Wiegenlied.

»Bring mich ins Land der Elfen, in das Schloß deines Schwiegervaters. Ich will deine Frau sehen, deine Kinder und deinen Schwiegervater. Befürchte nichts, ich bin Mutter Meryemce und kann mich benehmen, ob im Dorf oder im Schloß. Wie du weißt, war ich in meiner Jugend bei einem Großgrundbesitzer in der Çukurova. Und was sagte die Dame des Hauses? Meryemce, du würdest auch im Schloß des Sultans geachtet, sagte sie. Hab also keine Angst, du brauchst dich meiner auch nicht vor den Elfen und vor deiner Frau zu schämen. In zwei Tagen habe ich die Sitten und Gebräuche im Land der Elfen gelernt. Und deinen Kindern bringe ich bei, wie man ein ordentlicher Mensch wird. Auch wenn sie Elfen sind, zur Hälfte bleiben sie doch Menschen. Was soll denn aus ihnen werden, wenn eines Tages der Schwiegervater stirbt und die andern dich mit Frau und Kind aus dem Land der Elfen jagen, weil du ein Mensch bist? Sag, was soll dann aus ihnen werden?« Sie sprach immer lauter und stieß Ahmet dabei an, so hatte sie sich erregt. »Sag, was soll dann werden?« Sie knuffte ihn wieder, und Ahmet erschrak. »Sag!«

»Was soll dann werden?« brüllte Ahmet, so laut er konnte.

»Schrei nicht so«, sagte Meryemce. »Wer dich hört, wird denken, man schneidet dir die Eier ab! Was werden wird? Sie werden wie Elfen unter den Menschen leben und verhungern.«

»Sie werden sterben?« fragte Ahmet jetzt mit ganz weicher Stimme.

Meryemce ergriff seine Hand: »Sie werden sterben, Ahmet, mein Junge, ja, sie werden sterben. Und deswegen, zum Wohle deiner Kinder, mußt du mich ins Schloß der Elfen bringen, und ich werde dort bleiben, bis das Dorf aus der Çukurova zurückgekehrt ist.«

Verblüfft starrte Ahmet sie mit kreisrunden Augen an.

»Los, bring mich hin!«

Plötzlich wurde sein Gesicht aschfahl, begann er am ganzen Leib zu zittern, liefen seine Lippen blau an. Er sprang auf die Beine, griff seinen langen Stock, der neben ihm lag, schwang sich rittlings darüber, legte seinen Kopf in den Nacken und peitschte hinter sich. Dann wieherte er endlos und so laut, daß seine Stimme in der Steppe widerhallte. »Vrrr vrrr lülü, vrrr vrrr lülü, vrrr vrrr lülü«, brüllte er und trieb seinen Stecken durch das Dorf.

»Ahmet, mein Junge, fange erst einmal den gesprenkelten Hahn, bevor du dich davonmachst«, rief Meryemce hinter ihm her. »Dann kannst du laufen, wohin du willst. Warte, mein Ahmet, ich habe dir einige Worte zu sagen. Du bekommst auch die Hälfte vom Fleisch ab. Und die Federn kannst du deinem königlichen Schwiegervater bringen. Er kann sich damit ein Kissen stopfen. Könige lieben Federkissen.«

Ahmet rennt, Meryemce verfolgt ihn, fällt, steht auf, fleht und versucht ihn einzuholen.

Ahmet der Umnachtete ritt auf seinem Steckenpferd eine Weile durchs Dorf, wieherte, bäumte sich auf, dann gab er ihm die Peitsche, preschte im gestreckten Galopp in die Steppe hinaus und verschwand. Meryemce, schweißgebadet, setzte sich mit weichen Knien auf den steinernen Tritt vor Sefers Haus und blieb dort hocken.

»Friß Gift statt Hühnerfleisch, du Hundesohn! Auch Taşbaşoğlu, der Heilige der Schweine, soll Gift statt Hähnchen essen. Reines Gift! Und der Schwiegervater, diese Elfenscheiße, soll seinen Kopf auf einen Düngerhaufen statt auf ein Federkissen legen. Geschieht ihm recht, diesem großen Elfendreck, wenn er einen Hundesohn wie dich zum Schwiegersohn nimmt. Wenn du mir noch einmal, nur ein einziges Mal, in die Hände fällst, du rotznäsiges Schwein! Ein einziges Mal...«

Sie blieb auf dem Stein sitzen und fluchte bis in den späten Nachmittag.

29

Sein Körper war klitschnaß. Die Beine wollten nicht mehr, von der Hüfte abwärts war er wie gelähmt. Von dort kroch die Kälte weiter bis zum Bauch. Und der Schlaf... Als er sich seiner Schläfrigkeit gewahr wurde, erschrak er. Der Tod klopfte an seine Tür. Taşbaşoğlu spürte, wie der Schnee seinen Körper bedeckte. Er schüttelte ihn ab und kroch mit letzter Kraft zur Höhle. Der Hund rührte sich nicht von seiner Seite, auch er bewegte sich kriechend weiter. Irgendwann fühlte Taşbaşoğlu die Zündholzschachtel in seiner Tasche. »Hasans Streichhölzer«, flüsterte er, »sein Geschenk an mich«, und ihm wurde ganz warm ums Herz.

Taşbaşoğlu erinnert sich immer wieder an diese Nacht des Todes. Er schließt die Augen, und Schauder ergreifen seinen Körper. Diese Nacht war die Hölle, war die Nacht seines Todes und seiner Auferstehung. Er kann sich nur noch erinnern, daß er die Höhle erreichte und zusammenbrach, an nichts weiter. Dann wurde alles dunkel, ein großes, pechschwarzes Loch. An den Tag kann er sich in allen Einzelheiten erinnern: Wie die Dörfler sich von ihm verabschieden, wie sie jammern, sich kasteien und ihn weit

283

über die Dorfgrenze hinaus begleiten, wie Gefreiter Cumali mit dem Gewehrkolben dem Amtmann Sefer fast die Knochen bricht, dazu des Amtmanns abscheuliches, verlogenes Gesicht; wie Hasan ihm die Schachtel Zündhölzer schenkt und wie er darüber so gerührt ist, der eigene Zwiespalt über seine Heiligkeit, die Zerrissenheit seiner Gefühle, die Höllenqualen, als er daran dachte, daß er dem Hauptmann Rede und Antwort stehen muß – welch eine Erniedrigung... Wie er nachts den schlafenden Gefreiten Cumali in der Höhle zurückließ und flüchtete, wie er in den Schneesturm, den tödlichen Bora geriet... Wie er im Bora den Weg verfehlte, mit dem gelben Hund zuerst nach Norden lief, dann nach Süden, wie er herumirrte und mit letzter Kraft die Grotte der Erfrorenen suchte... Sie fand und sich einem tiefen Schlaf, dem Tod überließ... Er erinnert sich an jede Einzelheit. Doch der Rest ist ein unendliches, schwarzes Loch.

Dann erscheint eine rußgeschwärzte Zimmerdecke vor seinen Augen. Pechschwarz und wie Trauben hängen Spinnweben herunter; dann sieht er eine mächtige Säule... Breit wie ein Mann. Ein Stützbalken, verziert mit Schnitzereien, sehr alt, die Kerben von Holzwürmern zerfressen. Ein großer Kamin, darinnen aufgehäuft rubinrote Glut. Ein hochgewachsener Mann, weißer Bart, helles Gesicht und liebevolle Augen. Ein junges schönes Mädchen, Jünglinge, Kinder; eines von ihnen sieht Hasan ähnlich. Es hat wie er große Augen, voller Trauer und Erstaunen.

Es gelingt ihm nicht, den jungen Mann mit dem länglichen Gesicht, der sich über ihn beugt, zu fragen, wo er sich befindet.

Wieder hat er die Grotte der Erfrorenen vor Augen...

Taşbaşoğlu liegt zwei Monate. Die Leute pflegen ihn gut. Nicht nur die Einwohner des Hauses. Alle Nachbarn kommen und bringen ihm zu essen. Eines Tages bemerkt er, daß jeder, der hereinkommt, sich niederbeugt und die Schwelle zu seinem Zimmer küßt. Ihm fällt auf, daß alle mit achtungsvoll über dem Gürtel verschränkten Händen vor ihm stehen. Daß er fast erfroren war, hatte ihrer Verehrung zunächst ein wenig Abbruch getan, aber danach benahmen sie sich so, wie es sich vor einem Heiligen gehört.

Als er vor der Grotte der Erfrorenen zusammenbrach, ist der Hund in die Höhle gelaufen, und da sitzt mit einem Haufen Glut zwischen den gespreizten nassen Beinen der Hirte Ese, der schon am Morgen dort Schutz gesucht hat, und will gerade auf seiner Flöte spielen. Aber der Hund läuft zu ihm und zerrt an seinem Ärmel. Und so erzählt Ese den weiteren Verlauf, und er schwört, daß es die Wahrheit ist: Zuerst hielt Ese diesen riesigen, halberfrorenen gelben Hund für einen Bären, bis er feststellt, daß es ein friedlicher, häuslicher Hirtenhund ist. Er sucht Schutz wie ich, sagt er sich, soll er bleiben und sich wärmen. Der Hund aber gibt keine Ruhe und versucht ihn mit den Zähnen immer wieder ins Freie zu ziehen. Ese dämmert schließlich, daß da draußen jemand sein muß. Er hüllt sich in seinen Umhang, geht hinaus und sieht, daß da vor dem Höhleneingang ein Mensch zusammengebrochen ist und lang ausgestreckt im Schnee liegt. Ese schleppt ihn herein und stellt fest, daß er, wenn auch schwach, noch atmet. Je länger er in der Wärme liegt, desto mehr erholt er sich, aber die Augen kann er nicht öffnen. Ese fragt sich: Ich kenne diesen Mann, aber woher? Er überlegt hin und her, und dann kommt er drauf, um wen es sich handelt. Denn aus dem Gesicht des Mannes schießen fortwährend Lichtstrahlen so scharf wie Schwerterklingen. Daraufhin begann Ese am ganzen Körper zu zittern. Ist das nicht der Heilige aller Heiligen, Taşbaşoğlu, unser Herr, aus dem Dorf Yalak? Und ist der gelbe Hund daneben nicht Kitmir, der Hund der Siebenschläfer? Bald darauf begann der

Körper unseres Herrn ganz grün zu werden, und in der Höhle breitete sich ein Licht aus, grün wie die Wiesen im Frühling. Daraufhin beugte sich Ese nieder und küßte Taşbaşoğlu die Füße.

Es wurde Morgen, die Sonne ging auf, ein milder Tag begann. Weder Sturm noch Bora. Keine Spur von der letzten Nacht. Ese hob Taşbaşoğlu auf seine Schultern und brachte ihn ins Dorf, der Hund blieb ihm auf den Fersen. Dörfler aus Yalacik, sagte er, ich habe euch einen Dienst erwiesen, den ihr mir bis an das Ende der Tage nicht vergessen werdet. Ich habe euch den Heiligen der Heiligen gebracht, da, nehmt ihn! Die Dörfler konnten sich nicht einigen, schließlich beschlossen sie, den Heiligen im Hause Ümmet Agas unterzubringen, weil es das behaglichste war. Sie schickten nach den berühmtesten Heilkundigen aus den entlegensten Dörfern, riefen vor allem jene Meister herbei, die sich besonders auf Erfrierungen verstanden. Und nach drei Tagen öffnete Taşbaşoğlu die Augen. Doch es dauerte noch zwei Monate, bis er sich erholt hatte. Kaum war er wieder bei Kräften, strömten Kranke, Sieche, Fromme und Neugierige herbei. Was sollte Taşbaşoğlu nun tun? Er war ja selbst von seiner Heiligkeit überzeugt. Schließlich kann nur Gott allein einen Menschen retten, der schon erfroren ist, und nur Heilige können in dieser eisigen Kälte dem Tod entrinnen.

Der Frühling kam, und was blieb Taşbaşoğlu anderes übrig, als die Dörfler sich immer hartnäckiger gebärdeten und von nah und fern herbeiströmten, nachdem sie von dem Heiligen gehört hatten. Kranke, Sieche, Fromme und Neugierige. Das Dorf platzte aus allen Nähten, und Taşbaşoğlu bekam es wieder mit der Angst. Ausbrecher und Heiliger, wenn das der Hauptmann erfährt... Der Prophet persönlich könnte sich nicht vor dem Zorn des Hauptmanns retten.

Taşbaşoğlu schichtet eines Nachts harzige Tannenzweige um sein Lager, schüttete glühende Holzkohle drauf und verschwindet, als die Flammen züngeln. Ümmet Aga gewahrt als erster den hellen Schein, er läuft herbei und siehe da: Das Lager ist leer!

Im Nu verbreitet sich diese Neuigkeit im Dorf, und sofort machen die verschiedensten Gerüchte über Taşbaşoğlu und seine Lichter die Runde.

Veli der Blinde sagt: Meine Augen sollen auf der Stelle auslaufen, wenn ich es nicht gesehen habe. Ich suchte auf dem Flachland am unteren Dorfrand meinen entlaufenen Esel, und wie ich in die Ebene hinunterschaue, erblicke ich tausend flammende Wölfe auf einen Berg aus Licht zulaufen. Am Fuße dieses leuchtenden Berges steht ein smaragdgrüner, strahlender Mann. Wie ich in seine Nähe komme, erkenne ich Taşbaşoğlu, unseren Herrn. Die flammenden Wölfe kommen zu ihm und reiben ihre Schnauzen an seinen Füßen. Hundert, tausend flammende Wölfe bevölkern die nächtliche Ebene. Und ihr aller Hirte ist Taşbaşoğlu, unser Herr.

Nicht zu glauben! sagt die Telli bei jedem Satz und berichtet: Es war kurz vor Sonnenaufgang, und ich kam vom Abwasserkanal. Da hörte ich ein Rauschen am Himmel. Ich blicke hinauf, ein Drache! Er schwebt zu mir herunter. Nicht zu glauben! Er läßt sich vor mir nieder, füllt einen ganzen Dreschplatz aus. Ich falle fast um vor Schreck. Plötzlich verwandelt sich der Drache. Ich kann die Augen nicht von ihm wenden. Kurz darauf sehe ich, daß aus dem Drachen ein Mensch wird. Nicht zu glauben! Und dann sehe ich: Der grün schillernde Mann ist Taşbaşoğlu, unser Herr. Ich werfe mich ihm zu Füßen. Dann hebe ich den Kopf, unser Taşbaşoğlu Efendi ist nicht mehr da. Er ist verschwunden . . .

Der kleine Mustafa erzählt: Er nahm mich bei der Hand. Wer? Taşbaşoğlu, der Heilige. Dann warf er mich in die Luft. Flieg, Mustafa, flieg, rief er, fliege los! Und ich

flog und flog und fiel in einen Adlerhorst. Ringsherum
Felsen. Da nahm mich der Adler auf seinen Rücken. Und
plötzlich sehe ich neben mir den grünen Mann. Er legte
mir zehn Walnüsse in die Hand. Ich knackte sie und aß sie
auf, knackte sie und aß sie auf; er gab mir noch zehn Walnüsse, ich knackte sie und aß sie auf, knackte sie und aß sie
auf, und noch zehn Walnüsse... Wieviel Walnüsse ich
auch haben wollte, der Mann gab sie mir...

Molla Ahmet gab zum besten: Gestern nacht kam ich
von den Bergen herunter, wo ich Marderfallen ausgelegt
hatte, als ich ihm begegnete. Plötzlich wie der Wind war
er da. Glück auf den Weg, wohin so eilig? sagte ich. Vergelt's Gott, Ahmet, ich muß gehen. Man rief nach mir,
und darum kann ich nicht bleiben! Im nächsten Augenblick schon war er verschwunden. Doch kurz darauf stand
er wieder vor mir. Dieselbe Stimme, dasselbe Gesicht, nur
die Kleider waren anders. Er war in weiße Gewänder gehüllt. Wir unterhielten uns noch ein bißchen, und er lächelte. Schnell wie der Wind eilte er dann davon, und ich
sah, wie er im nächsten Augenblick über den nächsten
Hügel hinweggehuscht war. Etwas später kam er wieder
in anderen Kleidern zurück und verschwand gleich anschließend wie ein Windstoß hinter demselben Hügel. Zu
guter Letzt kam er noch einmal in rote Flammen gehüllt.
Sie loderten in der Nacht, und Taşbaşoğlu, unser Herr,
mittendrin... Wieder sprach er mit mir und flog dann
schnell wie der Wind davon. Da sah ich, wie vierzig weiße
Tauben aufflogen, Taşbaşoğlu, unser Herr, aber blieb verschwunden. Ich fiel in Ohnmacht. Als ich wieder zu mir
komme und die Augen aufschlage, was sehe ich? Drei
Marder auf einmal in meiner Falle. Da sind sie, alle drei.

Taşbaşoğlu war ja geflohen und konnte all diese Geschichten nicht hören. Aber seit dem Winter schwirrten
die Gedanken in seinem Kopf sowieso durcheinander. Er
war von den Bergen herabgestiegen in die Ebene. In die

Çukurova. Bis hierher war sein Ruhm gedrungen. Daß im Taurus ein Heiliger Wunder vollbringe, hatte jedermann vernommen, aber wenn er jemandem sagen würde, daß er dieser Heilige sei, er hätte ihn ausgelacht und für verrückt erklärt. An der Küste des Mittelmeers verdingte er sich bei einem Aga als Stallknecht, denn von Pferden verstand er etwas. Der Aga gab ihm für die Pflege dreier Tiere siebeneinhalb Lira im Monat, und dieses Geld reichte gerade für Zigaretten. Auch in diesem Dorf redete man tagtäglich über den Heiligen, der in den Kreis der Vierzig eingegangen war. Fast hätte Taşbaşoğlu selbst dran geglaubt. Eine Fülle von Legenden kam ihm zu Ohren, und Taşbaşoğlu vernahm sie mit geschwellter Brust. Jeden Abend, wenn er sich hinlegte, malte er sich diese Legenden aus und sagte: »Das bin ich.« Daraufhin schlief er glücklich und zufrieden ein.

Als die Zeit der Baumwollernte heranrückte und die Dörfler vom Taurus in die Ebene zogen, überkam Taşbaşoğlu eine fieberhafte Unruhe. Er hatte Sehnsucht nach den Dörflern, aber er wußte auch, was ihn erwartete. Der Hauptmann war zwar oben in den Bergen, in der Çukurova gab es aber andere. Auch würden die Dörfler keine Ruhe geben und ihn wieder in Schwierigkeiten bringen. Vielleicht bedeutete es seinen Tod, wenn er sich wieder in ihren Kreis begab. Aber er konnte nicht anders. Als hielte eine Hand sein Herz umklammert, zog es ihn zu seinen Dörflern. Er sehnte sich auch nach seiner Frau, war verrückt nach ihr. Und ab und zu hält er sich wirklich für einen Heiligen, glaubt er, der Gesandte Gottes zu sein, und, wieder Heiliger, findet er zu sich selbst zurück, ist er von sich überzeugt, durchströmt ihn ein Gefühl von Glück, erfüllt es ihn mit Stolz.

In solchen Augenblicken stellt er fest, daß sich auch das Verhalten der Menschen ihm gegenüber verändert. Wenn er dann wieder an seiner Heiligkeit zweifelt und zum bescheidenen, unterdrückten, ängstlichen Bauern wird, behandeln ihn auch die Menschen so.

Eines Nachts verließ er die Stallungen des Agas, ging in die Ebene hinaus und suchte die Baumwollfelder nach den Dörflern ab. Drei Tage durchstreifte er die Gegend. Während der ganzen Zeit aß er nur zweimal. Er war abgemagert und zerlumpt, sein Hals dünn und faltig, das Gesicht eingefallen, aschfahl, die Augen lagen tief in den Höhlen, und seine Lippen waren blau angelaufen. Er war kleiner geworden, fast wie ein Kind, mitleiderregend, gebrechlich, gealtert. Auf den ersten Blick würde niemand glauben, daß das Taşbaşoğlu sei.

Seit letzter Nacht hockte Taşbaşoğlu in einem Tamariskengestrüpp und wartete. Der Hunger quälte ihn, ihm war speiübel. Doch er hatte nicht das Herz, auf das Feld zu gehen. Immer wieder faßte er den Entschluß, stand auf, ging bis an den Feldrain, dann aber blieb er stehen und konnte keinen Schritt weiter. Und hätte es sein Leben gekostet. Eine Stunde und länger stand er gedankenverloren da, regungslos wie ein Baum, bis er sich nicht mehr auf den Beinen halten konnte. Dann kehrte er wieder ins Gestrüpp zurück, kauerte sich nieder und dachte nach.

Irgendwann faßte er wieder Mut, wurde alles eitel Sonnenschein. Er malte sich aus, wie die Dörfler verdattert dastehen würden, wenn er jetzt zu ihnen ginge. Von sieben bis siebzig werden alle mit Jubelrufen auf mich zulaufen, werden mir Hände und Füße küssen, werden mich wie einen Retter, wie einen Propheten empfangen. Die Dörfler wähnen mich tot, sie werden überrascht sein. Vielleicht werden sie vor Verblüffung den Mund nicht aufbekommen. Ich ein Heiliger? Kann schon sein ... Wäre ich sonst in der Grotte der Erfrorenen einem Hirten begegnet, der dort ein Feuer gemacht hatte? Und was hatte dieser gesagt? Zum ersten Mal in meinem Leben, sagte er, bin ich in diese Höhle gegangen und habe dort ein Feuer angezündet. Und da sah ich, daß der entfesselte Bora sich legte, es wurde plötzlich windstill und im Wald so friedlich wie an einem milden Sommertag. Und da sah ich, wie ein Licht leuchtete und die Nacht zum Tage wurde. Ich ging hinaus, sagte er, und draußen lag lang ausgestreckt Taşbaşoğlu, unser Herr ... Ist so ein Mensch etwa kein Heiliger? Kann so ein Mensch denn erfrieren? Erfrorene werden doch keine Heiligen. Außerdem gibt es in den Bergen noch die schützenden Höhlen der Vierzig Glückseligen.

Was habe ich denn verbrochen? Habe ich mich gegen Gott aufgelehnt, daß er mich so heimsucht und zum Spielball der ganzen Welt macht? Sie beten mich als Heiligen an, ohne daß ich einer bin. Das ist auch eine Strafe Gottes. Ich habe mein Dorf und mein Haus verlassen, wäre beinahe verhungert, zweimal fast erfroren, bin vom Tode auferstanden, mußte in fremder Leute Ställe schuften, von morgens bis abends die Beschimpfungen und Flüche dieses niederträchtigen Agas ertragen. Demnach bin ich nichts anderes als ein verstoßener Diener Gottes. Wenn ich jetzt auf das Feld gehe und die Dörfler mit mir ihr böses Spiel treiben, wenn sie sagen: Und dieser rotznäsige Taşbaşoğlu will ein Heiliger sein! Wird dann nicht Blut fließen?

Ob ich mich aufmache und davongehe? Ich habe keine andere Wahl. Ich lasse mich nie wieder im Dorf sehen ... Sonst komme ich wieder in Schwierigkeiten, und der Hauptmann wird mich ... Und dann heißt es Irrenanstalt oder Käfig. Eins von beiden. Und ich sehne mich so sehr nach der Frau. Wenn ich nur einmal ... Und wenn sie sich über mich lustig machen, wenn sie spotten: Und du willst einmal ein Heiliger gewesen sein, o Heiliger der Heiligen, Taşbaşoğlu ... Und mir ins Gesicht lachen, mich wegjagen ... Dann werde ich einen von ihnen oder mich töten. Ich bin kein Heiliger, bin nicht einmal der letzte Dreck ...

Aber ich habe das Licht gesehen, und auf meinem Haus stand der riesige Walnußbaum der Opfergaben, sprühte Licht von meinem Dach in das Dunkel der Nacht... Habe ich das nicht alles mit meinen eigenen Augen gesehen? Und die anderen Dörfler nicht auch? Und Mutter Meryemce, hat sie es etwa nicht gesehen? Würde auf eines Mannes Dach denn Licht strahlen, wenn er kein Heiliger wäre? Jede Nacht strahlen... Es ist eine Strafe. Eine Strafe für einen Heiligen, der gefehlt hat. Irgendeinen Schaden werde ich schon angerichtet haben, daß Gott mich so heimsucht... Vor der ganzen Welt hat er mich bloßgestellt und in Verruf gebracht. Ich und heilig? Von wegen. Weit davon entfernt. O Gott, erlöse mich aus dieser Schande! Ich bin ein Heiliger. Ich sollte hingehen, es laut und deutlich verkünden und mich auf den Heiligenthron setzen. In diesem Aufzug? Niemand würde mich erkennen, nicht einmal meine Frau, niemand.

Er gibt es auf, das Feld zu betreten, geht zum Ceyhan hinunter, läuft eine halbe, eine ganze Stunde, hält an, kann keinen Schritt mehr tun, bleibt aufrecht in der glühenden Sonne stehen und kehrt in das Tamariskengestrüpp zurück.

Vom Feld schallen Wortfetzen herüber. Am deutlichsten vernahm er Sefers Stimme. Er bereute, den Dörflern nicht befohlen zu haben, diesen Mann in Stücke zu reißen, und verfluchte sich. Wieder kam das Wort »Taşbaşoğlu« an sein Ohr. Worum es ging, konnte er nicht verstehen. Er horchte angestrengt und versuchte, unter allen anderen die Stimme seiner Frau, nach der er sich so sehnte, herauszuhören, doch es gelang ihm nicht. Plötzlich durchströmte ihn helle Freude. Er unterschied die Stimme seiner Frau. Doch sie klang traurig.

Er stand auf und ging mit schnellen Schritten auf das Feld. Lautes Stimmengewirr schlug ihm entgegen, Schreie und Gejammer.

Es war sehr heiß. Taşbaşoğlu schien, als hätte ihn die
Sonne ausgetrocknet. Er schwitzte überhaupt nicht. Sein
Magen schmerzte immer noch, und ihm war speiübel.
Am Feldrain kauerte er sich nieder und blieb dort hocken.
Die Sonne stach, und der Boden brannte, daß er nicht auf-
treten konnte. Er kroch zurück zu den Tamarisken.

Heiß wie Flammen wirbelte ein Windstoß Staub herüber. Bald danach zogen vom Taurus her Wolken auf und
bedeckten den Himmel über der Çukurova. Dann fegte
ein Windstoß vorüber, staubig und eiskalt. Große Tropfen fielen und versickerten in der Erde.

Wieder stand Taşbaşoğlu aufrecht am Feldrain. Noch
immer hallten Schreie, herrschte schrecklicher Lärm.
Plötzlich war es still. Dann stürzten Bäche vom Himmel.
Im nächsten Augenblick stand das Wasser überall.

Flügelschlagend torkelte ein alter Adler im stürmischen
Regen, aber es schien, als suche er keinen Schutz vor dem
Unwetter.

Wie lange der Regen andauerte, wußte Taşbaşoğlu
nicht. Auch nicht, wie lange er hier schon stand. Er weiß
nur, daß er irgendwann auf das Feld ging . . .

Bis zu den Knöcheln watete er im Schlamm. Das Zeug
klebte ihm am Körper, und die Knochen traten deutlich
sichtbar hervor. Ein Skelett, so zerbrechlich, als fiele es
gleich auseinander. Er ging mitten in die Schar der Tagelöhner hinein und lächelte sie an, lächelte jeden einzelnen
an und bekundete ihm seine Zuneigung, doch keiner
kümmerte sich um ihn. Vor der Zalaca blieb er stehen, lächelte, wartete darauf, daß sie Willkommen! sagte. Sie sah
ihn verwirrt an, und, ohne ein Wort zu sagen, kehrte sie
ihm den Rücken. Amtmann Sefer erblickte ihn und lächelte voll Haß und Überheblichkeit, als wolle er sagen:
Bist du's, Heiliger der Heiligen?

Taşbaşoğlu ging von einem zum andern, und das Lächeln gefror auf seinen Lippen. Seine Augen suchten seine

Frau, sie stand am Rand des Feldes und sah zu ihm herüber. Er ging zu ihr und blieb neben ihr stehen. Sie rührte sich nicht. Er wollte sprechen, doch seine Kehle war wie zugeschnürt. Schweigend stand er da. Die Frau wandte sich ab. Jetzt sah ihn niemand mehr an. Er beschloß, das Feld zu verlassen, schwor sich, nie wieder zu den Dörflern zurückzukehren. Doch er hatte nicht die Kraft, wegzugehen. Dummköpfe! wollte er brüllen. Habt ihr mich nicht erkannt, ich bin Taşbaşoğlu, der Heilige der Heiligen, und bin zu euch zurückgekommen, habe die Höhle der Vierzig verlassen und mich zu euch auf den Weg gemacht, bin euch zu Hilfe geeilt, weil ich sah, daß ihr in Schwierigkeiten seid! Doch er konnte nicht.

Es wurde dunkel, vor jedem Zelt und Laubdach brannten Feuer, wurde in rußigen Töpfen Yoghurtsuppe aufgesetzt. Auch Taşbaşoğlus Frau versuchte, vor ihrem Laubdach ein Feuer anzuzünden, doch es gelang ihr nicht. Das Reisig war naß. Taşbaşoğlu nahm ihr die Zweige aus der Hand, und kurz darauf züngelten die Flammen. Die Frau setzte den rußgeschwärzten Topf auf und kochte die Suppe. Sie richtete das Abendessen auf der nassen Erde an, das Brot wurde aufgeweicht. Sie aßen die Yoghurtsuppe, und Taşbaşoğlu kam wieder zu sich.

»Frau, hast du mich nicht erkannt? Ich bin Taşbaşoğlu«, sagte er. »Ich habe Schlimmes durchgemacht, aber schließlich habe ich erkannt, daß ich ein Auserwählter, ein Heiliger bin.«

Die Frau sah ihn nicht an, sprach nicht ein einziges Wort.

Auch das Bettzeug war naß wie die Erde unter dem Laubdach. Taşbaşoğlu trug den Boden ab, er grub tief, bis er auf trockene Erde stieß. »Wenn die Matratze nicht naß ist, breite sie hier aus, wo es am trockensten ist.«

Die Frau zog eine dünne Überdecke und eine kleine Matratze, die an einer Kante völlig durchnäßt war, unter

einer Bastmatte hervor und legte sie mit der nassen
Seite auf den Boden, wo er am trockensten war. Taşbaşoğlu zog sich nackt aus, legte sich auf die Matratze, deckte
sich zu und schlief sofort ein.

Seine Frau zündete einen Kienspan an und betrachtete sein mageres Gesicht, seine lang gewachsenen Bart-
haare, spärlich und struppig abstehend wie die Stacheln
eines Igels, bis die Flamme verlöschte. Seine Nase war
dünn geworden. Auch sein Hals. Die Frau erschrak. So
sahen Gesichter aus, die das Mal des Todes trugen.

Seit ihr Vater gekommen war, saßen die drei Kinder
wie verhext in einer Ecke und rührten sich nicht. Un-
verwandt starrten sie ihren Vater aus großen Augen an.
Er hatte sie bei seiner Ankunft gestreichelt und an seine
Brust gedrückt. Seitdem hockten sie nur da und schliefen erst ein, als ihr Vater sich hingelegt und die Augen
geschlossen hatte. Die Mutter zog sie aus und legte sie
neben ihren Vater.

Sie war erschöpft und verstört. Daß ein Mensch, der
aussah wie Taşbaşoğlu, todmüde und krank, sich zum
Abendessen zu ihr setzte, hatte sie ganz fertiggemacht.
Sie brachte es nicht über sich, den Mann fortzujagen,
ihm zu sagen: Du bist nicht Taşbaşoğlu, ich bin nicht
deine Frau, und die da sind nicht deine Kinder. Und du
willst dich mit Taşbaşoğlu vergleichen, ohooo! Taşbaşoğlu, unser Herr, ist jetzt auf dem Berg der Vierzig, an
kühlen Quellen, wo violette Veilchen kniehoch wachsen, wo in Wäldern Milch und Honig fließen, im Kreise
der Vierzig Unsterblichen... Und du rotznäsiges Elend
willst Taşbaşoğlu sein? Nein, sie hatte diesem Mann,
der Taşbaşoğlu ähnlich sah, nicht sagen mögen: Nun
hast du gegessen, ich bin eine verwitwete Frau, geh und
schlafe woanders. Warum konnte sie ihn nicht dazu auf-
fordern und ließ ihn in ihrem Bett schlafen? Gut, er sah
ihm ähnlich, dem Taşbaşoğlu, sogar so ähnlich, als wäre

er sein Bruder, aber wenn ich mir Taşbaşoğlu vorstelle und dann diese Rotznase sehe!

Der Arme war zu Tode erschöpft gewesen... Und wie er die Suppe geschlungen hat! Als habe er vierzig Tage gehungert. Sowie der Morgen graut, werde ich ihm sagen: Ich bin eine Frau, deren Mann nicht bei ihr ist, Bruder, geh woanders hin! Du siehst Taşbaşoğlu, unserem Herrn, ähnlich, aber ich kann dich nicht zu mir ins Bett nehmen, und auch nicht in mein Zelt. Der Bannstrahl unseres Herrn würde uns treffen. Wer weiß, vielleicht hat er dich mit dieser Ähnlichkeit auch geschickt, um mich zu prüfen. Sowie der Morgen kommt, Bruder, stehst du auf und gehst woanders zu Gast, denn ich bin eine Frau, deren Mann nicht bei ihr ist...

So murmelte sie immer wieder vor sich hin, und völlig durcheinander, in der Hölle widersprüchlicher Gefühle, die sie in Angst und Schrecken versetzten, sie vor Scham erröten ließen, wand sie sich bis zum Morgen am Nachtlager Taşbaşoğlus.

30

Die Kinder haben einen riesigen alten Adler gefangen, haben ihm eine Schnur an den Hals gebunden und ihn zu den Tagelöhnern gebracht. Der Adler ist ganz naß, er läßt die Flügel hängen, und ihre Spitzen schleifen im Schlamm.

Mein Vater pflückte viel mehr Baumwolle als sie, das konnten sie nicht ertragen, da wurden sie neidisch. Deswegen wollten sie ihn töten. Wenn ich groß bin, wenn ich richtig groß bin, werde ich sie einen nach dem andern greifen und einen nach dem andern töten. Wart nur bis ich groß bin, dann wirst du schon sehen! Wart nur bis ich groß bin, dann können die erleben, wie man Menschen tötet!« Vor Wut biß Hasan die Zähne zusammen, daß sie knirschten.

»Schau, Hasan«, sagte Ümmühan, »Ökkeş Dağkurdu darfst du nicht töten. Alle haben Vater geschlagen, er nicht. Er ist der einzige, der nicht geschlagen hat.«

Hasan reckte sich und spannte die Muskeln. Er zitterte vor Wut. Seine Augen waren rot unterlaufen und voll Tränen. »Ich werde Ökkeş Dağkurdu nicht töten«, sagte er, »soll er am Leben bleiben.«

»Und die Zalaca mußt du ordentlich viel töten. Sie hat Vater ins Ohr gebissen. Dann ist sie noch auf ihn gestiegen und hat auf ihm gestrampelt.«

»Wie ich sie töten werde, überlege ich mir, bis ich groß bin.«

»Ich werde auch darüber nachdenken. Vielleicht fällt mir ein, wie man sie richtig gut töten kann.«

»Denke du auch nach«, erlaubte er ihr, »jeder findet seinen Meister über sich, bis hinauf in den siebten Himmel.«

Ihre Kleider waren jetzt trocken und von staubigem, verkrustetem Schlamm überzogen. Sie hatten sich am Fuße der Böschung unter die Oleanderbüsche gesetzt, geschützt vor den großen Fliegen, die immer nach einem Regen auftauchen. Der Ceyhan floß rot und schlammig. Ab und zu tauchte ein Stück Tannenrinde auf und versank. Der Fluß hatte einen den beiden ungewohnten säuerlichen Schlammgeruch. Das Wasser roch moderig nach morschen Bäumen, nach Rinde, Blättern und Gras. Die Kinder hockten im dichten, warmen Dunst. Über die Ebene hatte sich eine schwere, milchige Wolke gelegt und machte keine Anstalten, aufzusteigen. Kein Hauch war zu spüren. Je glühender die klebrige Hitze wurde, desto dich-

ter stieg der Dunst aus der feuchten Erde. Der wolkenlose
Himmel war hell und von einem grau getönten Blau.
Graublau schimmerten auch der Taurus und die Giaur-
Berge im Dunst, und auch dort waberten Nebelschwaden
über den dampfenden Hängen. Die stechende Sonne war
nicht von der üblichen roten Glut, sondern nur verschwommen sichtbar hinter Nebelschleiern...

Ümmühan kam mit ihrem Mund dicht an Hasans Ohr:
»Hast du erkannt, wer da gekommen ist?« fragte sie. »Jeder hat ihn erkannt, aber keiner will es zugeben. Sie fürchten sich. Sieht er denn nicht aus wie Taşbaşoğlu, unser
Herr? Ich meine, als er noch keinen langen, weißen Bart
hatte und seine Haare noch nicht grün geworden waren... Als er noch nicht zu den Vierzig gehörte und gerade frisch ein Heiliger wurde. Und dieser Mann da, der
jetzt gekommen ist, sieht unserem Taşbaşoğlu Efendi von
damals ähnlich, nicht wahr? Außerdem ist er in das Haus
von Taşbaşoğlu, unserem Herrn, gegangen. Sie sagen, er
habe unter dem Laubdach der Frau unseres Herrn Taşbaşoğlu geschlafen. Hast du denn nicht davon gehört? Jeder
sagt, es ist schade um Taşbaşoğlus, unseres Herrn, Frau,
daß sie einen Fremden aufgenommen hat... Sie sagen,
unser Herr Taşbaşoğlu wollte sie prüfen, wollte prüfen,
ob sie auf ihn wartet oder nicht, und hat deswegen einen
Mann sich ähnlich gemacht und hergeschickt. Sie sagen
auch, die Vierzig hätten ihn verstoßen, weil er ihnen nicht
gefallen habe. Dich haben die Menschen zum Heiligen gemacht, das erkennen wir nicht an, hätten sie gesagt und
ihn davongejagt... Und durch diesen Kummer ist er so
krank geworden, daß er Blut gepißt hat. Das Oberhaupt
der vierzig Glückseligen soll ihn so geprügelt haben, daß
er Blut pißte: er habe ihn beinahe totgeschlagen, doch die
andern haben ihn gerettet. Das erzählen sie. Und daß er
Blut pißte, hat Memidik erzählt...«

Trotzig und überzeugt unterbrach sie Hasan, der in Gedanken versunken dasaß: »Er ist Taşbaşoğlu, unser Herr, und auch Taşbaşoğlu, mein Onkel. Taşbaşoğlu, mein Onkel, hast du verstanden? Er soll dort auch viel Baumwolle gepflückt haben... Bei den Vierzig. Und da haben sie meinen Onkel Taşbaşoğlu verprügelt. Genau wie meinen Vater. Wenn ich groß bin, werde ich meinen Onkel Taşbaşoğlu nach dem Ort der Vierzig fragen. Dann werde ich da hingehen und ihren Wald anstecken. Und sie werden in ihrem Wald lichterloh verbrennen. Das haben sie davon, wenn sei meinen Onkel Taşbaşoğlu verprügeln... Dieser Mann ist Taşbaşoğlu, unser Herr. Die anderen Heiligen konnten ihn nicht ertragen, sie waren neidisch. Als es Nacht wurde, hat mich Taşbaşoğlu, unser Herr, geweckt. Ich bin ich, Hasan, hat er gesagt. Was sie auch immer reden, ich bin ich. Glaube niemandem, ich bin ich! Bis in den Morgen hinein erzählte er mir, was er erlebt hat... Er hat mich gestreichelt und geherzt. Einmal hatten wir Vogelschlingen ausgelegt, und in einer hatten sich drei Stare auf einmal verfangen. Darüber haben wir auch gesprochen. Er wußte es noch. Wenn er nicht unser Herr Taşbaşoğlu wäre, wie könnte er sich denn daran erinnern, daß wir Stare gefangen hatten, he? Wie könnte er, wie denn? Und deswegen versündige dich nicht noch einmal, Ühmmühan, ja? Diese Dörfler sind sowieso zu Heiden geworden, deswegen bleib du, wie du bist, und versündige...«

»Ich werde mich nicht versündigen«, sagte ganz schnell Ümmühan.

Seit Taşbaşoğlu zurück war, platzte Hasan vor Ungeduld, ihm die Hand zu küssen, mit ihm zu reden, ihm in allen Einzelheiten zu berichten, wie schlimm es ihnen in der Zwischenzeit ergangen war, doch er wagte nicht, ihn aufzusuchen. Und deswegen hatte er bis zum Morgen kein Auge zugetan, hatte er hinübergestarrt und gehofft, Taşbaşoğlu würde zu ihnen kommen, hatte sich schon tausend Dinge ausgedacht und war den unmöglichsten Träumen nachgehangen.

Oben auf dem Feld entstand plötzlich ein ohrenbetäubender Lärm, und die beiden sprangen die Böschung hinauf. Die Dorfkinder hatten einen mächtigen Adler gefangen, ihm einen Strick um den Hals gebunden und zerrten ihn laut schreiend durch den Schlamm. Der Adler ließ die Flügel auf den Boden hängen und hielt den Schnabel fest geschlossen. Sein Kopf war fast so groß wie der eines Kleinkindes, die glasigen Augen blickten traurig wie die einer sterbenden Gazelle, und es schien, als weine der alte Adler. Die Kinder hielten ihn am Schnabel, an den Flügeln gepackt, zogen an seinem Schwanz, versuchten ihn zu reiten. Den großen Vogel schien das alles nicht zu kümmern, und als wäre nicht er der Leidtragende, stand er voller Würde im Schlamm und wartete gleichgültig darauf, entweder aufzufliegen oder zu sterben, regungslos wie ein Stein... Erst als ein Kind dem Adler einen Stock ins Auge stach, befreite der Adler seine Schwingen, zerriß er mit einem Ruck die Fesseln, schlug er einigemal mit den Flügeln, hob unter dem Gebrüll der Kinder ab, konnte sich aber nicht halten, fiel wieder zurück und blieb ausgestreckt auf der Erde liegen. Die Kinder scharten sich wieder um ihn, banden den Strick erneut um seinen Hals, stellten ihn auf die Beine und zerrten ihn zum Lager.

Memidik, die Augen beim Laubdach Taşbaşoğlus, war in Gedanken versunken, als er den Adler am Boden sah. Plötzlich erfaßte ihn tiefes Mitleid und ein Gefühl der Angst. Enttäuscht schaute er in den Himmel. Der Adler war nicht mehr da. Da fielen ihm Halil des Alten Worte ein: Abgeirrte, alte Adler sterben nicht auf der Erde. Sie fliegen bis in den siebten Himmel, geben dort ihren Geist auf und fallen tot auf die Erde. Memidiks Angst wuchs. Und Wut gegen die Kinder. Er sah noch einmal in den Himmel. Der Himmel war leer, war ein fleckenloses, graues, milchiges Blau... Vor lauter Zorn begann Memidik zu zittern. Er lief zu den Kindern und brüllte aus vollem Hals: »Laßt ihn frei!« Auf der Stelle ließen die Kinder den Vogel los und rannten davon. Der Adler blieb im Schlamm hocken, mit hängenden Flügeln und den Kopf zwischen den Fängen. Memidiks Blicke wanderten zwischen Adler und Himmel hin und her, schweiften von Norden nach Süden, von Osten nach Westen. Je länger er Ausschau hielt, desto hoffnungsloser wurde er. Zu seinen Füßen der riesige Adler, naß, schlammbedeckt, mit geknickten Federn und hängenden Flügeln... Fast hätte sich Memidik neben den Vogel hingehockt und geweint. Die Kinder, frech, schuldbewußt und außer Atem, standen in einiger Entfernung und warteten gespannt, was er mit dem Adler vorhatte.

Als Memidik wieder aufsah, hüpfte sein Herz in der Brust, und wie ein Strom von Licht erfaßte ihn die Freude. Über dem Anavarza-Felsen kam mit mächtigem Flügelschlag ein riesiger Adler geflogen. Memidik vergaß den Vogel zu seinen Füßen und verfolgte den Adler am Himmel mit seinen Blicken, bis dieser über der Burg von Hemite war. Dann schlenderte er mit schwingenden Armen zum Lager. Vor den Laubdächern brannten die Feuer, buken die Frauen Brot, und der Duft der frisch gebackenen dünnen Fladen zog über die diesige Ebene.

Kaum hatte sich Memidik entfernt, rannten die Kinder wieder herbei und stürzten sich auf den Adler.

»Sag mir, Aga, können sich zwei Menschen völlig gleichen?« fragte Memidik den Kahlen Barden. »Gott schuf die Menschen paarweise, heißt es. Er hat niemals ein Geschöpf einzeln geschaffen. Immer doppelt. Denn einzig ist nur Gott allein, und keiner kann ihm gleichen. Der Mann, der da gekommen ist, sieht Taşbaşoğlu ähnlich, aber nur ein bißchen... Denn noch gestern sah ich unsern Herrn. Hättest du ihn auch gesehen, Aga Barde, du hättest ihm

tausend Lieder gewidmet. Wenn du ihn nur gesehen hättest. Welten liegen zwischen diesem Rotznäsigen und unserem Herrn Taşbaşoğlu. Sie sagen auch, unser Herr hätte
einen geschickt, der ihm ähnlich sieht, um seine Frau zu
prüfen... Was sagst du dazu, Kahler Barde?«

Der Sänger legte die Hand auf seine eingefallene, alters-
schwache Brust: »Letzteres scheint richtig zu sein. Die
Heiligen nehmen verschiedene Gestalten an, um die Menschen zu prüfen. Das hier ist eine Prüfung. Das Dorf Yalak
muß auf der Hut sein, daß es diese Prüfung in Ehren besteht. Taşbaşoğlu, unser Herr, wird uns noch oft prüfen.
Erst dann wird er das Füllhorn über uns ausschütten wie
einen Regen von Licht. Man sollte der früheren Frau unseres Herrn – du weißt, Heilige haben keine Frauen – nahele-
gen, standfest zu bleiben und sich nicht dem Abbild unseres Herrn hinzugeben. Sonst stürzt der Herr die Dächer
über unseren Köpfen ein. Sie soll sich ihm nicht hingeben,
aber ihn als Gast bei Laune halten. Denn und überhaupt
hat ihn unser Herr schließlich als Abbild in sein Haus geschickt, damit er dort bewirtet werde.«

Als Memidik nun hörte, daß der Kahle Barde genau wie
er dachte, freute er sich. »Was du da gesagt hast, ist wahrer
als alles andere«, schrie er. »Ich werde hingehen und es in
allen Einzelheiten der früheren Frau unseres Herrn erzählen... Mal hören, was der Fremde ihr gesagt hat. Hat er
ihr die Frage gestellt: Bin ich Taşbaşoğlu? oder: Bin ich ein
Heiliger? Wir werden ja sehen.« Er hob den Kopf und
schaute wieder in den Himmel. Der einsame Adler hatte
sich hochgeschraubt, doppelt so hoch wie der Gipfel des
Hemite-Berges, und schwebte jetzt herüber. Der Himmel
war grau und dunstig, die Sonne stach.

Die Bleche, auf denen die dünnen Fladen gebacken wer-
den, sehen aus wie große Schilde. Sie werden über drei
Steine gelegt, zwischen denen das Feuer brennt. Sind die
Bleche heiß, wird der Teig auf Holzplatten ausgerollt und

mit Hilfe einer schmalen Latte draufgelegt und dann gewendet. Die hölzerne Latte sieht aus wie die Klinge eines Schwertes.

Die Flammen loderten über die Ränder der Backbleche, und die Frauen, die davor hockten, unterhielten sich über den Mann, der als Abbild Taşbaşoğlus gekommen war. Sie waren verstört. Wie sollten sie sich ihm gegenüber verhalten? Nun, der Mann, der da als Abbild Taşbaşoğlus in dessen Haus gekommen war, sah ihm ja nicht sehr ähnlich... Nur ein bißchen. Und außerdem hatte er nicht den Schein der Heiligen im Gesicht. Es ist dunkel und faltig, zerfurcht und eingefallen. Das Gesicht eines Bauern eben, verängstigt, gramvoll, bitter, ausgesetzt der Sonne seit hunderttausend Jahren.

Die Frauen fragten sich auch, ob die Frau Taşbaşoğlus wohl mit diesem Mann geschlafen hatte; sie sprachen es nicht offen aus, aber alle dachten dasselbe. Unter demselben Laubdach, splitternackt, und da sollen sie nicht miteinander geschlafen haben? Wenn ja, was würde wohl unser Herr Taşbaşoğlu auf dem Berg der Vierzig, inmitten der Glückseligen mit den grünen Bärten dazu sagen?

Vielleicht aber war dieser Mann auch der heilige Taşbaşoğlu höchstpersönlich. Ein erschöpfter, verängstigter, von der Regierung geprügelter, halb verhungerter Taşbaşoğlu. Im Innersten ahnten sie, daß dieser Mann Taşbaşoğlu selbst war. Jede von ihnen dachte so, versuchte jedoch, sich das Gegenteil einzureden. Trotzdem, sie waren unsicher, waren verstört, wußten nicht weiter. Vielleicht, ja vielleicht war ja überhaupt nichts von einem Heiligen oder ähnlichem an Taşbaşoğlu dran. Vielleicht war das Licht über seinem Haus ein Hirngespinst gewesen. Wer hatte das Licht denn gesehen? Hatte nicht sogar er selbst immer behauptet: Es stimmt nicht, ein Sünder wie ich kann kein Heiliger sein? Und

303

außerdem, kann denn ein Heiliger fast erfrieren? So dachten sie, und woran sie zuletzt gerade dachten, daran glaubten sie.

Und bei den Männern, die seit zwei Tagen untätig herumsaßen, war es nicht anders. Auch sie durchlebten dieselben Gefühle wie ihre Frauen. Nur Amtmann Sefer war ganz anderer Meinung. Der war voller Freude. Für ihn war, der da kam, leibhaftig Taşbaşoğlu. Erschöpft, ausgelaugt, die Stirn vom Tod gezeichnet. Dieses Verhalten der Dörfler hatte Taşbaşoğlu bei seiner Rückkehr nicht erwartet. Überzeugt von seiner Heiligkeit, war er zurückgekommen und hatte gedacht, die Bauern würden sich gläubiger denn je dem Heiligen zu Füßen werfen. Daß die Dörfler sich nicht um ihn kümmerten, brachte ihn um. Sefer sah die Entwicklung der Dinge in allen Einzelheiten voraus. Teils würde es ganz von selbst ablaufen, teils würde er ein bißchen nachhelfen und es vielleicht selbst in die Hand nehmen.

»Jetzt bist du in meiner Hand, Sultan der Sultane, Heiliger der Heiligen, Taşbaşoğlu Efendi. Habe ich jetzt deine Heiligkeit, dein Weib und deine Mutter... Habe ich dir deine Heiligkeit endlich in den Mund geschissen? Ich werde dem Heiligen schon zeigen, was es heißt, den Dörflern zu verbieten, mit mir zu sprechen! Sich vom ganzen Dorf anbeten zu lassen! Du hast mir mein süßes Leben gelassen, ich lasse dir das deine. Aber ich werde dafür sorgen, daß du im Staube kriechst, daß es dir tausendmal schlimmer geht als mir. Vor der ganzen Welt werde ich dich entehren, werde ich dich lächerlich machen. Bist du jetzt in meiner Hand wie ein verwundeter Vogel? Und mit dir Ali der Lange!« Er leckte die Lippen wie eine Katze, die ihre Beute verzehrt hat. Bestimmt hat Ömer Meryemce schon getötet. Ömer, mein Löwe, mein Sohn. Er wird eine Hochzeit bekommen, daß die Leute vor Staunen ihre aufgerissenen Mäuler nicht mehr zumachen.

»Ich habe ihm gesagt: Schneide Meryemce, diesem niederträchtigen, streitsüchtigen Weib, den Kopf ab und lege
ihn zwischen ihre Schenkel! Pack den Leichnam in den
Hauseingang dieses Halunken Ali und schließe sorgfältig
die Tür, damit die Gendarmen ihn abholen und geradewegs an den Galgen hängen. Muttermörder werden
immer gehenkt. Ohne Ausnahme. Gleichgültig, wie alt
sie sind. Und genau vor dem großen Basar von Maraş. Ich
werde hingehen und zuschauen, wie sie Ali aufhängen.
Taşbaşoğlu und Ali sollen erfahren, was es heißt, sich gegen mich aufzulehnen . . . Die Hunde sollen erfahren . . . Ja,
diese Hunde!«

Seine Kiefer mahlten, und seine Zähne knirschten.
»Hunnnde! Und das mir!« Daß er Taşbaşoğlu nicht
würde töten können, bedauerte er sehr.

Mit einem Riesenlärm zerrten die Kinder den halbtoten
Adler an ihm vorbei. Der Vogel versuchte, mit den Kindern Schritt zu halten, bot alle Kraft auf, um nicht zu stürzen und über die Erde geschleift zu werden. Kopf und
Schnabel waren voll Blut, und am ganzen Körper gab es
keine Stelle, die nicht schlammbedeckt war. Die Kinder
hatten ihm Flügel und Federn ausgerissen, und man sah
die verschmierte, stellenweise flaumige Haut . . . Es gibt
nichts Elenderes als einen gerupften Adler.

Sefer lachte aus vollem Herzen: »Sieh, mein Taşbaşoğlu, genau das werde ich auch mit dir machen, hast du
verstanden, mein Sultan und Efendi? Dessen Mutter und
Weib ich . . .«

Die Kinder, verdreckt bis zu den Hüften, liefen zum
sandigen Ufer des Ceyhan hinunter, und der größte unter
ihnen packte den Adler und setzte ihn auf das graue, trübe
Wasser, während die andern aus Leibeskräften brüllten.
Die Strömung trug den Adler fort, eine Weile war er verschwunden und tauchte dann wieder auf.

»Gut gemacht!« rief Sefer, der oben auf der Böschung

die Kinder beobachtete. »Diesen niederträchtigen Adlern muß man es geben.«

Ich habe die ganze Nacht kein Auge zugetan und auf Onkel Taşbaşoğlu gewartet, dachte Hasan, doch bis heute morgen ist er nicht gekommen, noch hat er nach meinem Vater gesehen. Er schaut überhaupt nicht um sich, starrt immerzu auf die Erde. Ob er nicht gehört hat, daß sie meinen Vater so zugerichtet haben? Ist mein Vater denn nicht sein Freund? Die Dörfler haben Angst vor ihm und meiden seine Nähe. Der Arme ist ganz allein. Und außerdem, ja, und außerdem betrügen sie sich selbst. Diese miesen Lügner. Sie sagen, Taşbaşoğlu, der Heilige, habe sein Abbild ins Dorf geschickt. Ich werde heute nacht zu Taşbaşoğlu, unserem Herrn, zu meinem Onkel Taşbaşoğlu gehen, um Mitternacht, wenn alles schläft, und werde ihn wecken. Ich habe so eine Sehnsucht nach ihm, möchte so gerne bei ihm sein . . . Wie gut, daß er gekommen ist. Was ist denn Besonderes an so einer Heiligkeit, was hätte er denn davon gehabt, wenn er in den Kreis der Vierzig aufgenommen worden wäre? So wie jetzt, ist es viel besser . . .

31

Zeliha ist wie verhext. Sie kann Memidiks Geba-
ren überhaupt nicht verstehen. Es quält sie. Und
ihre Liebe zu Memidik wächst. Unwillkürlich
folgt sie ihm auf Schritt und Tritt. Wo er ist, ist sie
nicht weit.

Am Himmel ziehen große, sonnenbeschienene, schnee-
weiße Wolken in alle Richtungen. Auf einen der heißesten
Tage folgt jetzt zu allem Überfluß die Schwüle nach dem
Regen. Und ununterbrochen eilen die weißen Wolken in
der Hitze dahin, gleiten ihre Schatten über die glänzende
Çukurova. Langbeinige Störche staksen über die im
Dunst glänzenden Stoppelfelder, nicken bei jedem ihrer
schnellen, federnden Schritte.

Eine pechschwarze, grünlich schimmernde Schlange
döst im Schatten eines blühenden Heidestrauchs. Bald
wird einer der wandernden Störche sie schnappen und
auffliegen. Die Schatten der Wolken gleiten dahin, dunkel
und dicht, bringen ein bißchen Kühlung, liegen wie
schwarze Flecken verstreut über der Ebene. Nicht ein
Windhauch weht. Die Sonne am Himmel glänzt wie eine
helle, silberne Scheibe.

Am Wolkenhimmel der riesige Adler in trägem Flug...
Weit hält er die Flügel gegen die Wolken gespannt, die an
ihm vorüberziehen. Sein Schatten liegt groß und schwarz
auf den schimmernden Stoppeln. Dann schwebt der Vogel unter einer weißen, von Licht durchfluteten Wolke
nach Norden, ändert die Flugrichtung, wendet sich zum
Mittelmeer, verharrt über dem Anavarza-Felsen, dreht
sich wieder nach Norden, schwebt mit gestreckten
Schwingen dahin, schraubt sich in weiten Bögen in den
Himmel, steigt und verschwindet hinter weißen Wol-

ken, kommt wieder zum Vorschein und zieht seine Kreise gemächlich, kaum merkbar höher und höher. Der Glanz der hellen, weißen Wolken spiegelt sich im klaren, frischen Blau des Himmels. Und in diesem Blau zieht der Adler seine Kreise, schraubt er sich allmählich wieder herunter und bleibt hoch über dem Baumwollfeld stehen.

Die Hitze scheint von tausend Fäden durchwirkt. Wie immer, wenn es so heiß ist, flimmert es, als hingen Abertausende, ja Millionen von Fäden in der Luft. Heißer kann es nicht mehr werden.

Die Tagelöhner stehen in Reihen. Lang gestaffelt, vielleicht dreihundert Meter. Vier Reihen von dreihundert Metern, graue, staubbedeckte, erdfarbene Menschen. Sie stehen in der Sonne, als bewegten sie sich nicht.

In der Kette zur Flußseite hin, dicht beim Ceyhan, stehen auch Taşbaşoğlu, Memidik, Habenichts und die Zalaca. Lustlos und widerwillig sammeln die zu Tode erschöpften Tagelöhner vom Regen verdreckte Kapseln, klauben sie aus der trockenen, rissigen Erde, schütteln sie aus, reinigen sie vom verkrusteten Schlamm und legen sie in die Körbe. Am Nachmittag, die Leute des Agas im Nacken...

Bleibt nur eine Kapsel liegen, zetern sie, als ginge die Welt unter, überschütten sie die Pflücker mit übelsten Flüchen. Hinter den verdreckten, schlammverkrusteten, zerlumpten Bauern stehen sie in weißen Schuhen, weißen, gebügelten Anzügen, tragen breitrandige Strohhüte und schwarze Sonnenschirme. Jeder ein Heerführer. Als wolle er sagen: Und die kleinen Berge der Schöpfung sind von mir... Mit Grimm und Abscheu sehen sie auf den Haufen herab, der da am Boden Baumwolle sammelt. Und hat einer der Pflücker auch nur eine verkrustete Kapsel übersehen, wird er mit

einem Fußtritt in die Seite darauf aufmerksam gemacht.

Durch die Regenfälle waren die Sträucher geschossen
und trieben wieder Blüten. Gelb, rot, lila und weiß leuchteten sie in kräftigen Farben und so dicht wie in einem Feld
im Frühling. Bewegte sich die Menschenkette nicht ab
und zu, könnte man sie von der dunklen Linie des Grabens
am Feldrain nicht unterscheiden.

Habenichts zeigte auf einen Strauch: »Sieh dir das an«,
sagte er zum Klebrigen, der neben ihm stand, »sieh dir
diese Fülle Gottes an!«

Auf einem hüfthohen Strauch mit tiefgrünen Blättern
hingen die Kapseln, die der Regen verschont hatte, faustgroß und rund wie Äpfel, mildgrün von roten Streifen
durchzogen. Sie waren kurz davor, aufzubrechen... Und
daneben Blüte an Blüte, dicht wie Trauben, leuchtend von
kristallenem Gelb.

»Die zweite Blüte wird so üppig wie die erste. Dreh
dich um und schau auf das Feld, das wir schon abgeerntet
haben. Es blüht wie beim ersten Mal. Bevor der Winter
kommt, werden wir nicht ins Dorf zurückkehren können.
Auch die dritte Blüte wird wie die erste sein. Gott schenkt
die Fülle. Seit Jahren komme ich in die Çukurova, doch so
ein Feld habe ich noch nie gesehen. Wenn nur dieser Regen nicht gewesen wäre... Wir sollten die verschlammten Kapseln nicht unter die anderen mischen. Vielleicht
gibt uns unser Aga dafür weniger, weil sie schwerer sind.«

»Ich habe den Aga gesehen«, antwortete der Klebrige.
»Er ist ein sehr guter Mensch. Sein Gesicht leuchtet vor
Güte. Er sagte mir: Ob verschlammt oder nicht, für alles
gibt es zwanzig Kuruş. Soll ich denn für die verschlammten nur achtzehn bezahlen und reich werden? Reich werden, hat er gesagt, genau das hat er mir gesagt, unser Aga.
Er ist ein guter Mensch.«

»Verdammter Kerl, wo und wann hast du denn den

Aga gesehen, daß du hier solche Lügen auftischst?« wies Habenichts den Klebrigen zurecht. »Seit wir auf dem Feld sind, hast du dich keine Minute von meiner Seite gerührt. Und der Aga ist auch nicht hergekommen. O du Lügner, wo hast du das gehört?«

»Stimmt«, sagte der Klebrige, »aber wer so ein schönes Feld hat, der bezahlt für das Kilo wie abgemacht auch zwanzig Kuruş. Schließlich haben ja nicht wir den Regen gemacht und die Kapseln in die Erde gesteckt... Sieh her, wie ich sie sauber mache, schau nur...«

Ali der Lange lag unter dem Laubdach, er war völlig zerschlagen und konnte sich kaum rühren. Bei jedem Atemzug schmerzt sein Körper an tausend Stellen. Er ist müde, ausgelaugt, verbittert... Ümmühan sitzt an seinem Krankenlager, gibt ihm Wasser, wenn er Durst bekommt, und verscheucht die großen Fliegen aus seinem Gesicht. Aber trotz seiner Schmerzen ruhen Alis Hände nicht. Er zupft die Baumwolle aus den Kapseln, die Elif vor ihm ausschüttet. Bei jeder Bewegung durchzucken ihn unsägliche Schmerzen, aber er arbeitet weiter.

»Taşbaşoğlu, unser Herr, ist gekommen«, sagt Ümmühan wohl zum zehnten Mal. Doch Ali bleibt ungerührt.

»Er ist ganz mager geworden. Eine Handvoll nur, und krank. Jetzt pflückt er neben seiner Frau Baumwolle. Weder seine Frau noch irgend jemand beachtet ihn. Sie sagen, Taşbaşoğlu, unser Herr, habe sich ein Abbild geschaffen, habe es an seiner Statt geschickt, um seine Frau und die Dörfler zu prüfen...«

Jedesmal, wenn Ümmühan von Taşbaşoğlu spricht, lächelt Ali ganz leicht, aber das Mädchen bemerkt es nicht.

Taşbaşoğlu stand zwischen der Zalaca und seiner Frau. Manchmal versinkt er in Gedanken, und seine Hände sind wie erstarrt; doch plötzlich fängt er sich, arbeitet ganz schnell weiter, pustet auf die Baumwollkapseln, wischt sie ab, dann hält er sie in der Hand und steht wieder regungslos da.

Die erste Verblüffung war von den Dörflern gewichen, jetzt beobachtete ihn jeder unauffällig, betrachtete ihn ängstlich aus den Augenwinkeln. Nichts entging ihnen, jeder seiner Bewegungen maßen sie Bedeutung bei...

Da erschien Sefer. Er hatte sich sorgfältig angezogen, hatte seinen dunklen Schnurrbart gezwirbelt und mit dem Saft blauer Trauben auf Hochglanz gebracht. Die gewichsten Stiefel hatte er über seine schwarzsamtene Hose gestülpt, die dicke Jacke aus geschmuggeltem englischen Stoff angezogen und zum gestreiften Hemd eine rote Krawatte umgebunden. Seine Jagdtasche baumelte über seinem linken Oberschenkel, und er trug das Gewehr geschultert. Sefer schwitzte. So baute er sich vor den Pflükkern auf, streckte seine Beine, stemmte die rechte Hand in die Hüfte, und die Zigarette in der linken, stieß er den Rauch senkrecht in die Luft. In dieser Stellung verharrte er eine Weile, dann ging er mit langsamen, doch weit ausholenden Schritten auf Taşbaşoğlu zu, stellte sich vor ihm hin und rief von oben herab mit donnernder Stimme:

»Sei uns mit Freuden willkommen, Taşbaşoğlu, unser Herr!« Er schrie, und in seiner Stimme schwang schreckliche Rachsucht und Hohn, und Taşbaşoğlu ging es durch und durch.

»Also weilt Memet Efendi wieder unter uns. Wirst du dich wieder zum Heiligen ausrufen?« Er lachte. »Seit du von uns gegangen bist, haben die Dörfler nicht mehr mit mir gesprochen. Nicht einmal meine Frau und meine Kinder. Böses tatest du mir an, Taşbaşoğlu, unser Herr. Ich habe gehört, daß der Hauptmann dich ordentlich verprügelt haben soll. Eine Woche lang sollen fünfzehn Gendarmen mit Knüppeln auf dich eingedroschen haben, sechs Monate mußtest du deswegen Blut pissen. Dann haben sie dich in den Käfig gesteckt und anschließend in die Irrenanstalt. So habe ich es gehört. Wie konntest du nur fliehen und herkommen? Meinst du, daß man hier keine Handschellen um deine schönen Handgelenke legen kann? Was meinst du dazu, mein heiliger Taşbaşoğlu? Sieh, niemand spricht mit mir, das ist das einzige Wunder, welches du vollbracht hast, war deine einzige Macht über mich. Aber sieh dich um, schaut auch dich nur ein Dörfler an? Hat dich auch nur ein einziger freundlich empfangen? Nicht einmal deine eigene Frau. Hat dich auch nur einer gegrüßt? Habe ich dir damals nicht in allen Einzelheiten vorausgesagt, was auf dich zukommen wird? Meinst du denn, sie werden jetzt noch auf dich hören, auch wenn du aufstehst und ihnen sagst: Sprecht mit Amtmann Sefer, er ist ein guter, braver Mann, ich habe micht geirrt? Denkst du, sie werden auch nur einen Finger krumm machen, wenn du ihnen jetzt sagst: Tötet Amtmann Sefer? Damals warst du der große Herr, jetzt bist du Luft für sie. Weißt du, was sie sagen? Der da kam, ist ein Abbild Taşbaşoğlus, ist eine zweite Ausfertigung. Taşbaşoğlu, unser Herr, ist auf dem Berg der Vierzig, sagen sie. Versuche doch einmal, die Bauern zu überzeugen, daß du Memet Taşbaşoğlu bist. Los, versuch es doch! Fürs erste alles Gute! Da kommt noch viel Ärger auf dich zu. Ich habe nichts damit zu tun!«

Alles schaute auf den laut redenden Sefer, dann wieder auf den wie erstarrt dastehenden Taşbaşoğlu.

Mit großen Schritten eilte Sefer zum Flußufer hinunter.

»Man will uns hinters Licht führen. Noch gestern habe ich unseren Herrn gesehen. Er sah diesem Mann da überhaupt nicht ähnlich«, schrie Memidik so laut, damit es alle hören konnten. Ängstlich schaute jeder zu Taşbaşoğlu herüber. Auch die hinteren Reihen hatten Sefers Rede gehört und auch die Worte Memidiks.

Der Klebrige sprang hervor: »Verdammte Schwuchtel«, schrie er, »hast dich als Taşbaşoğlu verkleidet und siehst überhaupt nicht wie er aus. Und wenn du auch er sein solltest, na und? Los, lähme mich doch auf der Stelle, wenn du ein Heiliger bist, los, lähme mich! Oder töte mich. Ja, töte mich!« Und während er so sprach, durchlitt er Todesängste, war sein Gesicht quittengelb. Er zitterte und geriet zusehends in Ekstase: »Bist du ein Heiliger, Rotznase? Lassen sich Heilige denn so beschimpfen? Hü! Töte mich! Verwandle meine Zunge in Holz! Los, los, los...« Und er brach in ein krankhaftes Gelächter aus. »Freund, mit dir ist nichts los, rein gar nichts. Du kannst mich nicht einmal töten. Wo bleiben denn deine Wunder?«

Er redete und redete... Erwartete jeden Augenblick zu sterben, gelähmt zu werden oder zumindest einen schiefen Mund zu bekommen, drehte fast durch vor Angst, und je mehr er durchdrehte, desto mehr forderte er Taşbaş-oğlu heraus. Aber nichts geschah. In Schweiß gebadet und völlig erschöpft, bekam er schließlich kein Wort mehr heraus. Er drehte sich um, spuckte kräftig aus und lief hinter Sefer her, der unten an der Böschung auf ihn wartete.

»Gut gemacht, Apti Aga«, sagte er. »Du hast dieses Päckchen Zigaretten verdient. Wohl bekomm's!« Völlig außer Atem, ging der Klebrige in die Hocke. Noch schlotterte er am ganzen Körper. Er zog eine Zigarette aus dem Päckchen, zündete sie an und zog den Rauch tief in die Lungen.

»Mann, hast du Angst vor dem Kerl gehabt«, sagte Sefer, »Angst davor, er könnte doch ein Heiliger sein.«

Vom Baumwollfeld kam Habenichts' Stimme: »Das gehörte sich nicht. Wenn dieser Mann Taşbaşoğlu ist, dann wird er ihren Herd zuscheißen, ihre Häuser einsturzen lassen und uns, die wir tatenlos zugesehen haben, samt unseren Müttern im Gedächtnis behalten. Wenn nicht und wenn Taşbaşoğlu uns dieses Abbild zur Prüfung geschickt hat, kommt es noch schlimmer. Und am schlimmsten wird es uns ergehen, wenn dieser Mann ein Fremder ist und sich nur in den Schutz unserer Gastlichkeit begeben hat. Behandelt man denn so einen Fremden, einen Armen, einen Schutzsuchenden! Sagt, darf man ihn so behandeln?«

Er kam zu Taşbaşoğlu und kniete vor ihm nieder: »Bruder, wer du auch sein magst, ob Taşbaşoğlu, unser Herr, oder sein Abbild oder ein Fremder, vergib uns für das, was diese Menschen dir angetan haben.«

Taşbaşoğlu sah ihn dankbar an. Er hatte Tränen in den Augen, und er schluckte.

Habenichts sprang auf: »Seht, seht!« rief er und umarmte die Nächststehenden mit seinen langen Armen. »Der Mann weint. Natürlich weint er ... Wenn man euch so beleidigte, würdet ihr auch weinen. Gott gebe, daß dieser Mann ein Heiliger ist, dann wird Sefer schon sehen, was ihm blüht, und ihr auch ... Er schaute in den Himmel. Über dem Taurus war eine schwarze Wolke aufgestiegen und zog herüber. Ein leichter, kühler Wind kam auf und legte sich wieder. »Seht nur, seht! Das habt ihr davon, wenn ihr einen Fremden beschimpft. Der Regen kommt. Wenn diese langbeinigen Regenfälle in der Çukurova erst einmal anfangen, dann seht zu, wie ihr die Baumwolle pflückt. Schimpft nur weiter so, beschimpft sie nur, die armen Fremden, die Schutzsuchenden ...«

Das habe ich gut gemacht, dachte er insgeheim. Taşbaşoğlu hat mich ja schon immer gemocht, jetzt aber wird er mich erst richtig gern haben. Ob er sich auf den Berg der Vierzig zurückzieht oder hierbleibt, mir wird es an nichts mangeln.

Und jetzt überschlug er sich fast vor Eifer: »Ihr seid keine Menschen. Wäret ihr Menschen, würdet ihr euch Heiligen und Schutzbedürftigen gegenüber nicht so benehmen. Seht ihr denn nicht, in welchem Zustand der Arme ist? Als habe er vierzig Tage gehungert, als sei er sieben Jahre krank gewesen. Habt ihr denn kein Mitleid?

Was würdet ihr jetzt machen, wenn der da der echte Taşbaşoğlu sein sollte? Würde er nicht Steine auf eure Häup-
ter regnen lassen? Warum wohl nannte man seine Sippe
die Abkommen der Steinschädel? Weil sie auf die Köpfe
der Grausamen, der Ungerechten und derer, die Böses
tun, Steine regnen ließen . . . Denn nicht nur dieser Taşbaşoğlu, sondern sein ganzes Geschlecht besteht aus großen
Männern und Heiligen.«

Dann kniete er sich wieder vor Taşbaşoğlu nieder:
»Bruder«, sagte er, »mein braver Bruder, verzeih mir und
meiner Sippe. Beschließe nicht, uns zu bestrafen. Wer du
auch seist, Bruder.« Zerknirscht und weinerlich erhob er
sich auf seine langen, schwankenden Beine. »Schaut nur,
schaut!« rief er und zeigte auf die dunkle Bergkette im
Norden. »Da zieht es herauf. Und wie es heraufzieht! Da
kommt ein Regen, ein Wolkenbruch, so heftig, daß wir
eine volle Woche keine Baumwolle werden pflücken können. Dann sind wir Bauern aus den Bergen geliefert.
Schimpft nur weiter auf den Fremden, der bei uns Schutz
gesucht hat!«

Mit seinen großen Händen stemmte sich der Kahle
Barde aus der Hocke auf die Beine. Sein schütterer Bart
war staubig und verdreckt. »Der Regen kommt«, sagte er
mit erstickter Stimme, »und noch ein Regen ist unser
Tod. Los, steht auf und laßt uns gemeinsam das Gebet gegen den Regen sprechen. Steht auf!« Die letzten Worte
brüllte er so laut er konnte. »Geht zum Ufer des Ceyhan.
Jeder nehme einen Stein und einen Erdbrocken mit. Geh
du vor, Habenichts! Und du steh auch auf, Abbild eines
Heiligen!«

Habenichts bückte sich und hob einen Stein und einen
Klumpen Erde auf. Dann dreht er sich zum Kahlen Barden um: »Die Steine sind klein, und mit der Erde ist auch
nichts los, sie zerbröckelt.«

»Dann nehmt eine Baumwollkapsel. Eine große.«

Jeder pflückte eine Kapsel und machte sich auf den Weg. Die hinteren Reihen taten es ihnen gleich. Habenichts und Taşbaşoğlu gingen nebeneinander. Taşbaşoğlu schwankte und stolperte, und man meinte, er würde umkippen, wenn man ihn nur anpustete. Als sie am Feldrain waren, konnte er nicht mehr und brach zusammen. Die anderen Dörfler stellten sich in einer Reihe am Rand der Böschung auf. Niemand sprach ein Wort. Jeder hatte eine geschlossene Kapsel in der Hand. Unter ihnen floß dunkelrot und träge der Ceyhan. Das Hochwasser war gefallen und hatte am sandigen Ufer einen Streifen von Baumrinden, Gestrüpp, Gras, Stroh, Zweigen und weißem Schaum hinterlassen.

Der Kahle Barde wendete sich gegen Norden, den Bergen zu. Dort zog eine riesige schwarze Wolke auf und kam herübergeglitten, hatte schon den halben nördlichen Himmel bedeckt und schwoll immer mehr an. Von einem Ende zum andern durchzuckten sie flammende Blitze.

»Da kommt ein Regen, mein Gott, welch ein Regen! O mein Gott, welch ein Regen! Ein Regen, den die Çukurova noch nicht erlebt hat. Kniet jetzt nieder, mit dem Gesicht zur heraneilenden Wolke, hebt eure Hände gen Himmel und sprecht im Geist die Gebete, die euch geläufig sind, fleht im Innersten: Allah, verhindere den Regen und schicke die Wolken hinter die Berge!« So sprach der Kahle Barde, hob seine Hände, drehte sich gegen Norden, riß die Augen weit auf, heftete sie auf die Wolke und begann mit donnernder Stimme unverständliche, arabisch klingende Gebete zu sprechen. Er trug sie wie Lieder vor, mit einer wehmütigen, warmen, gefühlvollen Stimme, so daß die mit erhobenen Händen knienden Dörfler immer ergriffener wurden und voller Inbrunst beteten. Wenn dieser Regen kam und auch noch zwei, drei Tage andauerte, würden sie alle krank werden,

316

schlimmer noch, sie würden nicht mehr pflücken können.
Die ganze Baumwolle läge auf der Erde. Dieser Regen
war in der Tat ihr Tod.

Als die Dörfler schon meinten, er würde nie mehr aufhören, unterbrach der Kahle Barde sein Gebet, strich mit
der Handfläche über sein Gesicht, und die Pflücker taten
es ihm gleich.

»Steht auf!« donnerte der Kahle Barde. »Seht, wie
schnell die Wolke heraufzieht, wie sie in gestrecktem Galopp daherkommt. Es wird keine Stunde dauern, und sie
ist über uns. Öffnet die Hände und sprecht mir Wort für
Wort nach: Hay Allah!«

»Hay Allah!« brüllte die Menge. Ihr Schrei schallte über
die Ebene und hallte von den Anavarza-Felsen wider.

»Hay Allah! Hay Allah! Hay Allah!« schrie der Kahle
Barde mit tiefer, durchdringender Stimme. Daraufhin
ließ die Menge den Himmel erzittern, den Anavarza-Felsen ächzen.

»Mohammed mit dem schönen Namen zuliebe, Mohammed mit dem schönen Namen zuliebe... Mohammed mit dem schönen Namen zuliebe...« Verzückt legten die Pflücker alles in ihre Stimmen hinein. Nah und
fern hatten sich alle Tagelöhner aufgerichtet und horchten
den Beschwörungen derer aus Yalak.

»Allen Propheten zuliebe, die da kamen und gingen...«
Dreimal wiederholte es die Menge.

»Im Namen der Vierzig Glückseligen, im Namen des
Propheten Elias!«
Dreimal wiederholte es die Menge.

Der Kahle Barde hielt inne und räusperte sich. Er hatte
die Hände ausgestreckt, als wolle er die Wolke, die da von
den Bergen kam, umarmen, und er sah aus wie ein großer
Vogel, der in der Ebene seine Flügel ausgebreitet hat und
zum Flug ansetzt. Die Menge tat es ihm nach. Taşbaşoğlu
kniete zusammengekauert da, aber auch er versuchte,

seine Hände oben zu halten; es gelang ihm nicht lange, dann ließ er sie fallen, und wenn sie ein bißchen ausgeruht waren, streckte er sie wieder empor. Mit ängstlicher Neugier hingen seine Blicke an den Lippen des Kahlen Barden.

Dieser schloß die Augen und schlug sie wieder auf. Die Menge tat es ihm gleich. Auch Taşbaşoğlu... Dann fuhr der Barde noch leidenschaftlicher fort: »Dem zuliebe, der mit sieben Lichtkugeln im Gefolge wandelt... Mit sieben Lichtkugeln im Gefolge... Sieben Lichtkugeln...«

Mit Leidenschaft und Inbrunst, wie im Banne eines Zaubers, wiederholte es die Menge fünfmal.

»Eine jede so hoch wie ein Minarett...«

Fünfmal wiederholte es die Menge.

»Der in lichten, grünen Gewändern...«

»Der in lichten, grünen Gewändern...«

In verzückter Begeisterung wiederholten sie fünfmal, zehnmal; und völlig erschöpft, versuchte Taşbaşoğlu mitzuhalten, spähte er heimlich in die Runde, ob man ihn beobachtete. Doch niemand sah zu ihm hin, ob er da war oder nicht, niemanden schien es zu kümmern. Die brüllende Menge, außer Rand und Band, hatte nur Augen für die Wolke, die da herankam und immer größer wurde.

»Der auf dem Berge der Vierzig zum Oberhaupt der Glückseligen gewählt wurde... Der über das Mittelmeer wandelte wie über eine wüste Ebene, dem die ganze Schöpfung folgte, ob Wolf oder Vogel, Wurm oder Käfer, Maus oder Schlange, Ameise, Pferd oder Esel, Hyäne, Gazelle und Star und Marder, der mit einem Wort die reißenden Wasser bannte, den Tod besiegte, dem Mohammed mit dem schönen Namen die Hand reichte, vor dessen Haus sich die Engel verneigten, der die Kranken heilte, ob aus der Nähe oder vierzig Tagesreisen entfernt. Dem stattlichsten von allen, aus dem edlen Geschlecht von Lokman dem Weisen, dem Sultan der Sultane, dem Heiligen der Heiligen, Taşbaşoğlu, unserem Herrn zuliebe, Taşbaşoğlu, unserem Herrn zuliebe ... zuliebe ...«

Und die Menge wiederholte, was der Kahle mit seiner schönen Stimme vortrug, so oft es ihr gerade in den Sinn kam. Doch als der Name Taşbaşoğlu fiel, geriet sie außer sich, schrie sie wie wild. Noch nie hallte solch leidenschaftliches, ohrenbetäubendes Gebrüll von den Anavarza-Felsen wider. Der Kahle Barde ruhte nicht und stachelte das Volk ununterbrochen an.

»Zu Ehren Taşbaşoğlus, unseres Herrn ... Unserem Herrn Taşbaşoğlu zuliebe nimm diese schwarze Wolke fort. Nimm sie fort, nimm sie fort ...«

Taşbaşoğlu war verblüfft. Seine Stimme versagte, und er konnte sich nicht mehr auf den Beinen halten. Ganz leise, mit lebloser Stimme sagte er noch einmal: »Taşbaşoğlu, unserem Herrn ...« Dann ließ er sich zu Boden sinken und blieb dort hocken. Niemand bemerkte es.

Der Kahle Barde und die Menschenmenge waren vom Brüllen müde. Keiner konnte mehr stehen. Ein durchdringender Schweißgeruch hing in der Luft. Nicht der leiseste Windhauch regte sich, die Hitze war zum Ersticken. Und die schwarze Wolke überzog donnernd und von Blitzen erhellt den ganzen Himmel.

»Dreht euch dem Wasser zu!«

Die Menge drehte sich um.

»Werft die Kapseln ins Wasser und ruft alle auf einmal: Nimm deine Wolke fort!«

»Nimm deine Wolke fort!«

Hunderte Kapseln klatschten aufs Wasser. Im selben Augenblick fielen die ersten schweren, warmen, großen Tropfen.

»Beeilt euch, es hat nichts genützt!« rief der Kahle Barde. »Es war schon zu spät. Hätten wir heute morgen

angefangen zu beten, Taşbaşoğlu Efendi, unser Herr,
hätte die Wolke weggezogen. Jetzt ist es zu spät. Aber
vielleicht nützt das Gebet doch noch, und der Regen geht
mit einem Wolkenbruch schnell vorüber. Lauft und deckt
die Laubdächer ab, legt Matten drauf!«

Das aber hatten die Dörfler bereits getan und die Dächer so gut es ging abgedichtet. Trotzdem liefen sie noch
einmal los und drückten Gras in die Fugen. Über offene
Stellen deckten sie Säcke, Decken und Matten.

Taşbaşoğlu war es nicht gelungen, aufzustehen, er
hockte immer noch da. Außer seiner Frau war es niemandem aufgefallen. Während sie ihr Dach mit Ziegenfellen
abdeckte, beobachtete sie ihn voller Mitleid. Was würden
wohl die Leute sagen, wenn sie hinginge, ihn unterhakte
und herbrachte? Soll es erst einmal dunkel werden, sagte
sie sich, wenn er sich bis dahin noch nicht aufgerafft hat,
gehe ich hin und hole ihn. Das muß ich.

Zuerst fielen vereinzelt einige große Tropfen, aber dann
fiel der Regen mit Macht. Es wurde stockdunkel. Als
hätte der Himmel alle Schleusen geöffnet, so regnete es
herunter.

Die Frau bückte sich, hob Taşbaşoğlu hoch und hakte
sich bei ihm ein. Seine Beine schleiften über den Boden.
Bis sie das Laubdach erreichten, waren sie klatschnaß. Sie
zog ihn sofort aus, trocknete ihn ab und legte ihn hin. Taşbaşoğlu zitterte wie im Fieber.

»Frau«, sagte er, »ich bin am Ende meiner Kraft. Sie haben mich fertiggemacht. Diese Dörfler haben mich umgebracht. Ich bin Memet, hast du mich nicht erkannt? Jeder
weiß, daß ich es bin. Hat Sefer es nicht auch gesagt? Sie
wissen es, aber sie sind wahnsinnig. Ich bin völlig ratlos.
Und seit eben begreife ich überhaupt nichts mehr. Ich und
du, wir wissen, daß ich kein Abbild bin. Auch nicht die
zweite Ausfertigung von irgend jemandem. Das wäre
eine Lüge. Ich bin auch kein Fremder. Ich bin Taşbaşoğlu Me-

met, wie er leibt und lebt. Aber wenn die Gendarmen
mich damals auch nicht mitgenommen hätten, wäre es
mir jetzt nicht anders ergangen. Auch du weißt, daß ich es
bin, nicht wahr, Mädchen?«

Die Frau antwortete nicht. Er griff nach ihrer Hand,
doch die Frau entzog sich ihm.

»Bist du wahnsinnig geworden, Mädchen? Ihr seid
euch alle einig und wollt mich umbringen. Lieber Gott,
was habe ich nur getan, daß du mich zum Feind meiner
Kinder, meines Weibes und meiner Sippe und vor der
ganzen Welt lächerlich gemacht hast? Laß von mir, Allmächtiger! Was soll ich nur tun, was soll ich nur tun. . .«

Ein gewaltiger Blitz erhellte eine Weile die ganze Umgebung. Es donnerte, der Regen rauschte, und ganz in ihrer Nähe mußte es eingeschlagen haben.

Die Frau brachte in einem großen Napf dampfende
Suppe, stellte sie vor Taşbaşoğlu auf die Decke und reichte
ihm einen großen, halbverkohlten hölzernen Löffel.

Die drei Kinder kauerten in einer Ecke und schauten
verstört zu, wie er gleich einem hungrigen Wolf die Suppe
hinunterschlang.

Der Regen hielt an.

32

*Die Fatmaca, der kleine Hasan und Memidik
schlafen die ganze Nacht nicht, denken über Taşbaşoğlu nach. Auch Taşbaşoğlu schläft nicht. In
Gedanken versunken, grübelt er über sich und die
Welt. Er findet keinen Ausweg. Schon seit geraumer Zeit fühlt er sich wie im Dunkel zwischen vier
Wänden, durch die nichts dringt, weder Kugeln
noch Atemluft. »Die Erde wurde mir zu Eisen und
zu Kupfer der Himmel. Kupfer der Himmel,
Kupfer der Himmel.« Wie ein geflügeltes Wort
kommt es über seine Lippen. Dieser ehernen Erde
und dem kupfernen Himmel kann er nicht entrinnen. Ein bedrängter Mann am Ende seiner Kraft
ist er, der seine Stirn gegen den Stein dunkelster
Hoffnungslosigkeit schlägt. Das Verhalten der
Dörfler, das er sich auch in tausend finsteren Gedanken nicht hätte ausmalen können, macht ihm
besonders zu schaffen. Verstört und vernichtet, gehen ihm sonderbare Gedanken durch den Kopf.
Irrsinnige Gedanken.*

Kurz nach Mitternacht weckte die Fatmaca ihre Tochter. »Steh auf, meine Schöne mit den Augenschatten«,
sagte sie. »Deine Mutter gebar dich in der Nacht der Of-
fenbarung, du Glückliche, denn der liebe Gott mit dem
leuchtenden Gesicht schickte uns Taşbaşoğlu, unseren
Herrn, zurück.«

Das seit Jahren gelähmte Mädchen wachte auf und
wimmerte. Ihre Arme und die linke Seite ihres Körpers
waren ohne Gefühl.

»Im vorigen Jahr machte mir dieser verdammte Heilige
schwer zu schaffen. Ich mußte Himmel und Hölle in Be-

wegung setzen, bis er dir seine Hand auflegte. Und wie hat es doch deine Schmerzen gelindert... Jetzt ist er wieder da.«

»Er soll aber nicht unser Herr Taşbaşoğlu sein... Unser Herr soll sein Abbild geschickt haben«, sagte das Mädchen. »Wie kann ein Abbild mir schon helfen? Finde du unseren richtigen Herrn und bringe mich zu ihm. Memidik sagt, er sei auf dem Berg der Vierzig...«

»Sei stiiilll!« entrüstete sich die Fatmaca. »Friß keinen Dreckhaufen, der größer ist als dein Kopf. Denkst du denn, ich kenne unseren Herrn Taşbaşoğlu nicht, wo er doch jahrelang unser Nachbar war? Von klitzeklein auf sind wir zusammen großgeworden. Von klitzeklein... Niemand anders als Sefer hat das in Umlauf gebracht. Von wegen ein Abbild unseres Herrn! Er ist es höchstpersönlich. Los, steh auf, ich bringe dich zu ihm, und wenn er dir die Hand auflegt, wirst du schon sehen, ob es unser Herr ist oder sein Abbild. Hast du noch nie in seine Augen geschaut, wie sie schillern und glühen? Kann ein Abbild solche Augen haben, du Blinde? Und sollte er wirklich ein Abbild sein... Bleib du reinen Herzens, sonst wirst du nicht gesund. Dieser Mann ist unser Herr Taşbaşoğlu selbst... Los, verscheuche die bösen Gedanken und reinige dein Herz!«

Die Fatmaca knotete den Gürtel fest um ihre Hüften, nahm die Tochter hoch und trug sie huckepack zur Tür hinaus.

Nachdem es eine oder zwei Stunden in Strömen gegossen hatte, hörte der Regen plötzlich auf. Unzählige Sterne leuchteten am Firmament, zogen funkelnd und glitzernd mit bläulichem, kristallenem Glanz ihre Bahn. Das Blau des wolkenlosen, reinen Himmels schimmerte auch jetzt noch durch die klare Nacht. Kein Geräusch, nicht der leiseste Laut störte die Stille. Die Fatmaca trug das Mädchen zu Taşbaşoğlus Laubdach. Sie bemühte sich, auf Zehenspitzen zu gehen, niemand sollte erfahren, wen sie aufsuchte.

Vor Taşbaşoğlus Nachtlager setzte sie das Mädchen ab und rief mit unterdrückter Stimme: »Dein Diener will ich sein, Herr! Nichts entgeht deinen Augen, ich weiß, daß sie auf uns ruhen. Taşbaşoğlu, mein Herr, Gott schickte dich zurück, damit du unsere Leiden linderst und uns in unserer Not hilfst.«

Sie kniet vor dem Eingang zum Laubdach im Schlamm, wiegt sich und murmelt ihre Sprüche wie eine Totenklage, und drinnen hört Taşbaşoğlu ihr zu, ist ganz stolz und wünscht sich, daß sie so weiterspricht, sagt kein Wort, um sie ja nicht zu unterbrechen.

»Bevor dich die Gendarmen fortschleppten, hast du meiner sieben Jahre siechen Tochter die Hand aufgelegt, und sie stand auf. Schau, hier ist sie! Genau an dem Tag, als sie dich mitnahmen, fiel sie wieder auf das Krankenlager, wich der Zauber. Gott strafe diesen Sefer tausendmal dafür. Seit du fortgingst, spricht niemand mehr mit ihm, schaute ihm niemand mehr in seine Schweinsaugen. Jetzt behaupten sie, du seist entweder ein Fremder oder ein Abbild unseres Herrn Taşbaşoğlu, das er uns zur Prüfung schickte. Du und ein Abbild? Du bist Taşbaşoğlu, unser Herr, und ich bin deine Dienerin. Niemand will wahrhaben, daß du es bist. Um so schlimmer für sie. Du bist du, und ich will dein Sklave sein, du Heiliger unseres Gottes mit den schönen Augen. Geize nicht wie beim letzten Mal mit deinen Gaben, komme heraus und lege deine Hand auf den Kopf meiner Tochter...«

Sie redete und redete, doch von Taşbaşoğlu kam keine Antwort.

Da packte sie die Wut. »Mensch, Taşbaşoğlu, komm endlich heraus!« schrie sie. »Verdammt, denkst du denn, ich mache dich morgen nicht vor aller Welt lächerlich und sage ihnen nicht, daß du ein Lügner bist? Komm endlich heraus, du Plage Gottes, du Heiliger, der keiner ist! Du Geizkragen, unmenschlicher! Wärst du nur ein bißchen menschlich gewesen, hättest du bei deiner Heiligkeit nicht so ins Unglück geraten können. Ich kenne dich seit deiner Kindheit, du warst schon immer einer, der sich nichts sagen ließ, und ein Trotzkopf warst du auch. Was fällt diesem Gott nur ein, daß er dich zum Heiligen macht? Hör zu, entweder kommst du jetzt heraus und legst meiner Tochter die Hand auf, oder ich mache dich morgen vor aller Welt lächerlich. Los, komm heraus! Ich schreie nicht, damit uns niemand hört. Wenn ich wollte, könnte ich das halbe Dorf hier zusammentrommeln. Komm heraus, wie es sich für einen Heiligen geziemt, du geiziger Heiliger. Komme heraus, oder ich brülle ...«

Taşbaşoğlus Herz hüpfte vor Aufregung und Freude. Also hatten die Dörfler ihn erkannt und glaubten noch an seine Heiligkeit. Fatmaca war doch das beste Beispiel.

Er kroch unter dem Laubdach hervor, erhob sich und blieb hochgereckt eine Weile im Dunkel der Nacht stehen. Seine Augen ruhten auf dem Morgenstern, der riesengroß im Osten stand. Wie eine kleine Sonne strahlte und kreiste er und schien Abertausende Funken zu versprühen.

Fatmaca warf sich Taşbaşoğlu zu Füßen, umklammerte wortlos seine Knie und rührte sich nicht.

Und Taşbaşoğlu sagte aus ganzem Herzen, voller Liebe und Inbrunst: »Mein Gott, erhöre mich in dieser stillen Nacht. Ich habe oft an dir gezweifelt, habe mich oft gefragt, ob ich ein Heiliger bin oder nicht. Ich habe mich geprüft und klar und deutlich erkannt, daß ich ein Heiliger bin. Du hast mich als deinen Gesandten geschickt, damit ich den Kranken Heilung, den Bedürftigen Hoffnung und den Schwachen Kraft bringe. Du hast mir große Aufgaben übertragen, und als ich mich meinen Pflichten entziehen wollte, hast du mich mit den schlimmsten Plagen geschlagen. Du hast recht getan. Du hast mich zur Vernunft gebracht. Aber es war zu spät. Die Menschen haben sich gegen mich aufgelehnt. Auch gegen dich. Einzig und allein diese Schwester Fatmaca glaubt noch daran, daß ich niemand anders bin als ich selbst.«

»Ja, ja, Bruder, ich bin die einzige«, unterbrach ihn Fatmaca. Sie weinte. »Nur ich habe das Vertrauen zu dir nicht verloren, und ich hatte es schon, bevor du selbst an dich glaubtest.«

»Mein Gott, nimm dich dieser guten Schwester mit dem reinen Herzen an...«

»Mit dem sehr, sehr reinen...« unterbrach ihn Fatmaca.

»Und heile ihre Tochter, die schon seit zehn Jahren gelähmt daniederliegt.«

»Acht Jahre!«

»Seit acht Jahren«, verbesserte sich Taşbaşoğlu. »Sie liegt gelähmt, nun heile sie. Ich bin dein Heiliger, dem du zum Zeichen deiner Gunst und Wahl das Licht sandtest und dem du befahlst, in den Kreis der Vierzig Unsterblichen einzugehen. Darum weise meine Bitte nicht zurück, heile dieses Mädchen, ich flehe dich an! Stehe ich denn gar nicht in deiner Gunst, du Schwarzäugiger mit dem lichten Antlitz? Amen, Amen! Du Schöpfer der Berge und Felsen, der Wölfe und Vögel, der Erde und des Himmels und aller Lebewesen... Amen, Amen, Amen...«

Und jedesmal wiederholte Fatmaca: »Amen, Amen, Amen!«

Taşbaşoğlu war erschöpft. Er schwankte, doch er war glücklich und stolz, war voll überströmender Freude. Er faßte Fatmaca so behutsam an der Schulter, als streichelte er sie.

»Deine Tochter wird gesund werden«, sagte er und richtete Fatmaca auf.

»Wird sie nicht«, widersprach Fatmaca. »So wird mein Mädchen niemals gesund.«

Taşbaşoğlu war, als hätte man siedendes Wasser über ihn geschüttet. »Warum nicht?«

»Weil du deine heilige Hand nicht auf den Kopf meiner Rose von Tochter gelegt und sie mit deinem schönen Atem nicht angehaucht hast.«

Taşbaşoğlu, erleichtert und froh, lächelte: »Gut, daß du mich daran erinnerst, Fatmaca. Du hast recht.« Er beugte sich nieder, legte seine Hand auf den Kopf des Mädchens, holte tief Luft und blies ihr seinen Atem über den ganzen Körper.

»Nimm!« sagte Fatmaca, als sie ihre Tochter auf den Rücken nahm, und reichte Taşbaşoğlu eine Prise Salz. Dann ging sie in die Nacht hinaus.

Mit ihrer Tochter auf dem Rücken tauchte die Fatmaca aus dem Dunkel vor Hasan auf. Bevor sie ihn sehen konnte, versteckte er sich hinter einen Busch. »Sie hat ihre Tochter zu Taşbaşoğlus Abbild gebracht, damit er sie gesund macht«, grübelte er. »Dabei kann ein Abbild niemals so gut sein wie das Urbild. Fatmaca ist fuchsschlau. Also weiß sie es, weiß es besser als alle anderen, und trotzdem trägt sie ihre Tochter dorthin. Sie schleppt sie zu jedem. Das ganze Jahr wallfahrt sie mit ihrer Tochter auf dem Rücken von Dorf zu Dorf, von Heiligem zu Heiligem, von Hodscha zu Hodscha, von einem gastlichen Haus zum andern. Zum Hodscha von Göktüfekli geht sie fünfmal im Monat und läßt ihr gelähmte Tochter von ihm besprechen. Ob Taşbaşoğlus Abbild oder nicht, sie würde ihre Tochter auch hintragen, wenn dieser Mann ein Fremder wäre...«

Vorsichtig kam er hinter dem Busch hervor, ging zu Taşbaşoğlus Laubdach und blieb drei Schritte vor dem Eingang stehen. Er wußte nicht, was er tun sollte, und hustete einigemal gequält. Drinnen rührte sich nichts. Er hustete noch einmal, räusperte sich, doch niemand ging darauf ein. Dann begann er mit lauter Stimme zu singen. Dem Anavarza-Felsen zugewandt, den Kopf im Nacken, sang er mit seiner hellen, messerscharfen Stimme, was das Zeug hielt. Er gab schließlich auch das Singen auf, steckte sichelförmig Daumen und Zeigefinger zwischen die Lippen und pfiff dreimal so gellend, daß sein Trommelfell schmerzte... Aber auch das nützte nichts. Daraufhin näherte er sich mit bebendem Herzen dem Eingang.

»Taşbaşoğlu, unser Herr, Taşbaşoğlu, unser Herr, komm doch ein wenig heraus«, bat er, »ich muß dir etwas erzählen, ich bin hergekommen, um dir einige Worte zu sagen, Taşbaşoğlu Efendi, unser Herr. Und wenn du nach meinem Namen fragst: Hasan, Hasan, Sohn Ali des Langen.«

Als Taşbaşoğlu dies hörte, rutschte er von seinem Lager zum Eingang und kam heraus. Dort stand Hasan, ein winziger, dunkler Schattenriß. »Bist du's, Junge?« fragte Taşbaşoğlu leise.

»Ich bin's, Taşbaşoğlu, unser Herr«, antwortete Hasan.

»Gott, war das ein Regen, nicht wahr, Hasan? Bei uns in den Bergen regnet es nicht so heftig«, sagte Taşbaşoğlu, in seiner Stimme klang Freude und Selbstgefühl.

Hasan näherte sich noch zwei Schritte: »Taşbaşoğlu, unser Herr, weißt du denn nicht, daß es diesen Regen nur in der Çukurova gibt?« Er sagte »Taşbaşoğlu, unser Herr« so innig und überzeugt, daß dieser innerlich lachen mußte. Er fühlte sich glücklich und leicht wie ein Vogel. »Ich weiß es, Hasan«, antwortete er. Es war kühl, die Nacht roch nach feuchtem Gras, nach bitterer Baumwolle, nach Kletten und frischen Baumwollblüten.

»Nun, Hasan, erzähle!« sagte Taşbaşoğlu.

»Ich hatte große Sehnsucht nach dir, Taşbaşoğlu, unser Herr.«

»Und ich nach dir, mein kleiner Hasan. Los, gehen wir

zu den Platanen am Flußufer hinunter und reden wir miteinander!« Der Ceyhan hatte bis zu den Bäumen Kieselsteine über den weiten Strand geschwemmt. Dorthin gingen die beiden und hockten sich auf einer kleinen Anhöhe hin.

»Kannst du dich daran erinnern«, begann Hasan, »wie wir zusammen Fallen ausgelegt und Stare gefangen haben? Weißt du auch noch, wie viele es waren?«

Taşbaşoğlu durchschaute, warum Hasan danach fragte, und die Anzahl hatte er noch im Kopf. »Acht Stare«, sagte er.

»Richtig, unser Herr, es waren acht«, bestätigte Hasan aufgeregt. »Im Tal der Elfen...«

»Du, Hasan, hattest Feuer gemacht. Und ich legte einen großen Holzklotz drauf... Es wurde ein riesiger Haufen Glut. Und die Stare brieten knusprig... Und fett waren sie...«

So ganz überzeugt war Hasan noch nicht. Jener da könnte die erste Frage gewußt haben. Wer im Dorf kannte diese Geschichte von den acht Staren nicht...

»Wir stießen in der Steppe auf einen Schwarm Rebhühner mit hennafarbenen Beinen...«

»Und jagten sie«, unterbrach ihn Taşbaşoğlu. »Sie flogen auf und gingen in einer verschneiten Senke nieder. Du wolltest schneller bei ihnen sein als ich und stakst plötzlich bis zum Hals im Schnee.«

»Ohne dich wäre ich erstickt. Ich sackte immer tiefer ein... Immer tiefer...« Hasan dachte nicht mehr an schlaue Fangfragen, Taşbaşoğlu nicht mehr daran, warum sie gestellt wurden. Beide überließen sich der heimeligen Wärme ihrer Erinnerungen.

»Die Rebhühner schwirrten wieder davon. Eine heiße Sonne schien. Und sie blendete wie die Sonne in der Çukurova. Und der Schnee glitzerte.«

»Aus der Senke, in der du eingesunken warst, stoben

329

die Rebhühner davon. Diesmal kamen sie nicht weit. Du warst wieder schneller bei ihnen als ich.«

»Ich bewachte sie, bis du da warst. Dann hast du deinen Umhang über sie geworfen. Wir hoben ihn an und sahen sechs Rebhühner darunter.«

So schwelgten sie in Erinnerungen. Einmal hatten sie, ohne zu schlafen, zwei Tage und Nächte vor einem Bau gelauert, in dem ein junger Marder verschwunden war, und sahen schließlich nur noch, wie er davonflitzte. Es war in einer hellen Mondnacht.

Schließlich war Hasan fest davon überzeugt, daß es sich bei diesem Mann nur um Taşbaşoğlu handeln konnte. Aber wie war es möglich, daß dieser Mann, daß so ein Mann in so eine erbärmliche Lage kommen konnte? Das wollte ihm nicht einleuchten. Und danach fragen mochte er nicht. So etwas fragt man auch nicht . . .

Taşbaşoğlu erzählte Hasan lang und breit, was ihm widerfahren war, wie er im Schnee fast erfroren wäre; erzählte von dem Hirten, wie er sich dann auf die Suche nach den Dörflern gemacht hatte. Und Hasan erzählte ihm lang und breit, was geschehen war, nachdem Taşbaşoğlu das Dorf verlassen hatte. Daß Amtmann Sefer nach den Schlägen des Gendarmen zwei Monate lang das Bett nicht verlassen konnte und daß nicht einmal die Männer der Regierung mit ihm redeten. Daß der Gefreite Cumali berichtet habe, Taşbaşoğlu sei als Lichtkugel zu den Gipfeln der hohen Berge geschwebt, und daß er Memidik bereits fünfmal erschienen sei, wie dieser jedenfalls im Dorf behauptet habe. Dann kam Hasan darauf zu sprechen, wie sein Vater verprügelt wurde, da stockte seine Stimme und wurde weinerlich.

»Sie konnten nicht ertragen, wieviel Baumwolle mein Vater pflückte, sie waren neidisch und haben ihm die Knochen gebrochen. Geh morgen früh zu ihm und lege ihm deine Hand auf, vielleicht macht der liebe Gott meinen Vater wieder gesund, weil du ein Heiliger bist. Und du, paß gut auf dich auf, denn deine Heiligkeit können die Dörfler auch nicht ertragen. Nein, sie ertragen dich nicht, und wenn du wüßtest, was sie dir alles andichten. Sogar ich selbst habe geglaubt, daß du nur ein Abbild unseres Herrn Taşbaşoğlu bist. Doch nachdem ich mit dir gesprochen habe, weiß ich, du bist unser Herr Taşbaşoğlu selbst. Vielleicht ist dein Abbild woanders hingegangen. Deswegen paß gut auf dich auf, Taşbaşoğlu, unser Herr.«

Schließlich mußte Taşbaşoğlu doch lachen: »Junge, Hasan! Dauernd nennst du mich Taşbaşoğlu, unser Herr. Sagt man das zu seinem Onkel?«

»Ich, ich hab das ja sonst auch nicht gesagt«, platzte Hasan heraus, »ich sagte immer Onkel, aber sie meinten, das wäre eine Sünde, man dürfe einen Heiligen nicht Onkel nennen. Aber sie selbst wollen dich jetzt nicht kennen. Um so schlimmer für sie. Es genügt, daß du ein Heiliger bist... Daß du auf dem Berg der Vierzig das Oberhaupt der Glückseligen geworden bist... Du bist doch ein Heiliger, nicht wahr, Onkel Memet?«

»Ich bin ein Heiliger, mein Hasan«, antwortete Taşbaşoğlu.

»Du warst doch auf dem Berg der Vierzig, nicht?«

»Nein, aber ich werde hingehen.«

»Hast du grüne Gewänder getragen?«

»Nein, aber ich werde sie tragen.«

»Sie haben dich zum Oberhaupt der Vierzig gewählt.«

»Noch nicht, aber sie werden mich wählen.«

»Mit siebentausend Lichtkugeln im Rücken sollst du durch die Welt ziehen.«

»Auch das werde ich eines Tages tun.«

»Wolf, Vogel und Ameise, fließende Wasser, wehende Winde, fallender Regen und kriechende Schlangen sollen auf dein Wort hören.«

»Eines Tages werden sie es.«

»Du sollst derjenige sein, der die Sprache aller Geschöpfe spricht.«

»Ich bin es nicht, aber ich werde es sein.«

Hasan seufzte.

»Nun, warum seufzt du, mein Junge?«

»Ach, nur so«, antwortete Hasan.

»Komm, Bruder, sag es mir«, bat Taşbaşoğlu, »bin ich nicht dein heiliger Onkel?«

Hasan beugte sich vor und ergriff Taşbaşoğlus Hand: »Bis du all das geworden bist, haben dich die Dörfler getötet, haben sie dich in Stücke gerissen.« Und er begann zu weinen. »Ich weiß es, ich habe es gehört. Sie fürchten sich vor dir. Nachdem dich die Gendarmen mitgenommen hatten, haben die Dörfler kein Auge mehr zugetan. Bis morgens saßen sie am Herdfeuer, sprachen nur von dir und warteten auf dich. Mein Vater erzählt, der Gefreite Cumali mit dem großen Schnurrbart sei gekommen und habe gesagt: Er hat sich in eine große Lichtkugel verwandelt und ist in den Himmel aufgestiegen. Jeder fürchtete sich, sprach über dich, wartete auf dich. Und meine Großmutter hat zu Ümmühan gesagt, und Ümmühan hat es mir im Wald erzählt: Gott gebe, daß Taşbaşoğlu nicht ins Dorf zurückkommt, hat sie gesagt, wenn er zurückkommt, werden ihn die Bauern töten.«

»Warum werden sie mich denn töten? Hat deine Großmutter das auch gesagt?«

Hasan dachte eine Weile nach. Taşbaşoğlu wartete gespannt. »Großmutter hat gesagt, wenn der Dörfler einen Menschen so sehr fürchtet, dann tötet er ihn am Ende, gleich, ob er ein Heiliger ist oder keiner. Und die Dörfler sollen dich so fürchten, so fürchten ...«

Taşbaşoğlu dämpfte seine Stimme: »Ich habe deine Großmutter nicht gesehen. Was ist mit ihr? Wo ist sie?«

Hasan schob seinen Mund dicht an Taşbaşoğlus Ohr: »Mein Vater hat meine Großmutter getötet. Sie war schon sehr alt geworden, und ihre Beine trugen sie nicht mehr. Sie hätte nicht in die Çukurova gehen können. Und da hat mein Vater, als sie schlief, ihr die Kehle zugedrückt. Ich habe es gesehen. Aber sag niemandem, daß ich es dir erzählt habe, ja? Wenn du auch ein Heiliger bist, so bist du doch immer noch mein Onkel Memet, vergiß das nicht, ja?«

»Ich werde es niemandem verraten«, beruhigte ihn Taşbaşoğlu. »Was war sie doch für ein mutiger, ehrbarer, guter Mensch, diese Meryemce. Gott gebe ihr die ewige Ruhe!«

»Gott gebe ihr ewige Ruhe«, stimmte ihm Hasan zu. Dann schwiegen die beiden eine lange Zeit.

Über die Gipfel der Berge dämmerte ganz langsam der Morgen herauf. Hasan unterbrach die Stille:

»Du bist viel herumgeirrt, Onkel Memet.«

»Ja, Hasan, viel herumgeirrt.«

»Und du hast überhaupt kein Geld. Du siehst so aus.«

»Überhaupt kein Geld.«

»Dann nimm dies hier«, sagte Hasan, »ich gebe sie dir. Da sind genau zwanzig Schachteln Streichhölzer drin. Sie sind viel wert. Dafür kannst du dir Zigaretten kaufen. Ich gebe sie dir. Was soll ich jetzt noch mit Streichhölzern. Du brauchst sie mehr als ich.« Er reichte ihm den Plastikbeutel mit den Zündhölzern.

Taşbaşoğlu durfte nicht ablehnen, er streckte die Hand aus und nahm sie an sich. »Leben sollst du, Hasan!« sagte er. Mehr brachte er nicht heraus, wie eine Faust würgte es ihm die Kehle, er konnte nicht länger an sich halten und weinte. Dann nahm er Hasan in die Arme und drückte ihn an seine Brust. In seinem Herzen verspürte er ein warmes Gefühl von Liebe, wie er es bisher noch nie gekannt hatte, ganz kurz nur, aber dieser Augenblick war Glück für ein Leben.

»Bitte, Onkel Taşbaşoğlu, paß auf dich auf, ich bitte

dich«, sagte Hasan. »Seit du zurückgekommen bist, schläft vor lauter Angst keiner mehr. Sie belauern dich ununterbrochen, schielen unter ihren Augenbrauen dauernd zu dir hin. Vor lauter Angst werden sie noch durchdrehen. Paß auf dich auf, ja?«

Noch einmal umarmte Taşbaşoğlu Hasan. »Mein verrückter Junge«, sagte er. »Also gut, ich werde mich vorsehen.«

In den Laubdächern wurden Stimmen laut, einige Feuer flammten vor den Eingängen auf, und die Gipfel der Berge wurden immer heller.

Am Rande des grünen Sumpfes hat eine riesige Blume ihren goldgelben Kelch geöffnet, die Blütenblätter über den Boden gefächert und strömt einen sonderbaren, ungewohnten Duft aus. Die Blume ist so groß, daß deine ausgebreiteten Arme sie nicht umfassen können. Bienen kriechen in den Kelch und verschwinden zwischen den mit dottergelbem Staub überzogenen Kronenblättern. Auf den orange glitzernden Blütenblättern perlen unzählige Tropfen. Eine Honigbiene, hell wie Bernstein, kriecht aus dem Kelch, verharrt einen Augenblick, sichert nach allen Seiten, öffnet ihre rot geäderten Flügel und schwirrt davon. Im Umkreis der Blume ist die Erde von ganz feinen Rissen durchzogen. Über die Wurzeln einer nahen Platane quirlt eine Quelle, rauscht über klirrende Kiesel, kalt und klar. Die leuchtenden Farben der riesigen Blume spiegeln sich im Wasser wider. Leblos liegen Libellen auf dem Wasser, ihre Schatten bilden kleine schwarze Punkte auf den Kieseln. Und während eine von ihnen eben noch wie tot verharrte, gleitet sie plötzlich blitzschnell quer über das Wasser. Eine andere, auch sie die langen Beine regungslos von sich gestreckt, folgt ihr im nächsten Augenblick so schnell, daß man sie kaum sehen kann. Sie ziehen kreuz und quer unzählige dünne Schattenstriche auf die weißen Kiesel, schnurgerade, wie mit der Wasserwaage gezogen. Hin und her flitzen die Libellen.

Rund um die riesige Blume summen Bienen immer lauter, bedecken in einem Augenblick zu Hunderten mit flirrenden Flügeln die Krone, kunterbunt... Im fernen Reisfeld steigt grüner Nebel, der bald aufreißt. Es riecht nach Sumpf, nach seltsamen Blumen, nach Kletten, brandigen Stoppelfeldern, verdorrtem Gras, nach Schweiß, Staub und brackigem Wasser. Memidik wird ganz schwindlig.

Vom anderen Ende der Ebene schiebt sich langsam der Schatten einer Wolke heran und bedeckt nach und nach Baumwollfelder, stoppelige Äcker, Orangenbäume, Sonnenblumen und Sesamfelder. Die Wolke am Himmel ist von Licht durchflutet. Sie bewegt sich nicht, und dennoch wandert ihr Schatten unmerklich weiter. Langbeinige Störche durchstreifen die Ebene. Über den Felsen des Anavarza und den Sümpfen von Akçasaz wiegen sich glitzernde Dunstschleier in der Hitze.

Memidik keucht. Er ist schweißbedeckt.

»Dring nicht auf mich ein, Zeliha, ich kann dir nicht in die Augen sehen. Aus gutem Grund. Bitte, laß ab von mir, ich flehe dich an.«

Spricht er, oder bewegen sich nur seine Lippen, Memidik weiß es nicht. In Zelihas Nähe ist er wie verzaubert, meint er zu träumen. Ihre üppigen Brüste heben und senken sich. Sie hat pechschwarze Augen, groß und rund. Die Schatten ihrer langen Wimpern liegen auf dem schmalen, sonnenverbrannten Gesicht. Jetzt verdunkeln sich ihre Augen. Und groß ist sie, von ebenmäßigem Wuchs. Sie geht wie eine Gazelle. Und sie ist sehr schön...

Memidik fing sich, stand auf und ging im Laufschritt weiter. Er blickte zurück, Zeliha folgte ihm. Memidik durchquerte die Uferböschung und kam an den Trockenen Ceyhan. Hier war die Erde von unzähligen Furchen

335

durchzogen. Der Trockene Ceyhan war ein breiter, sehr langer Graben, das alte Flußbett. Überall wuchsen Disteln eng beieinander wie Büsche, ganze Felder... Sie standen in voller Blüte, leuchteten lila im Sonnenlicht. Jede Pflanze leuchtend lila... Der Trockene Ceyhan rauscht lila dahin, das Rauschen violetten Stahls, strahlendes Lila, das die Augen blendet. Aus dem rissigen Flußbett des Trockenen Ceyhan quillt das Violett geschmolzenen Stahls. Der schwere Schatten der Wolke legt sich eine Weile auf das stählerne Rauschen. Plötzlich verändert sich die Farbe der Blüten. Das Violett wird dunkler und weicher, sein Fluß erstarrt, und sowie der Schatten vorübergeglitten ist, rauscht es sonnenbeschienen und dampfend im metallenen Glanz geschmolzenen Stahls unendlich schnell weiter.

Jedesmal, wenn Memidik einen nackten Fuß auf den Boden setzte, hob er ihn hastig wieder hoch. Die Erde war glühendheiß. Er bewegte sich wie in einem schrulligen Tanz. Auch Zeliha, die ihm folgte, tänzelte. Im Sommer gehen die Barfüßigen in der Çukurova immer so. Sie bewegen sich, als hüpften sie im Reigen.

Eine große Schlange glitt ins Disteldickicht. Hinter ihr eine zweite. Sie trug einen großen Frosch im Rachen. Die Schlangen waren über drei Meter lang und beide lilafarben. Ihre Rücken schillerten.

»Komme nicht, Zeliha!« ächzte Memidik. Dann ging er ins Gestrüpp hinein. Als er wieder herauskam, waren seine Beine blutverschmiert. »Ich habe meine Gründe, bleib mir vom Leib. Eines Tages werde ich zu dir kommen.« Die Augen zu Schlitzen verengt, die Lippen fest aufeinandergepreßt, so stand er da.

»Vor Scham versinke ich in den Erdboden, wenn ich dich sehe. Meine Knochen schmerzen, als risse man mir das Fleisch herunter. Ich pisse Blut. Ich kann dich nicht berühren. Ich brenne vor Liebe. Aber wer nimmt mich schon für voll, du könntest es auch nicht. Amtmann Sefer hat mir meinen Stolz genommen, Zeliha. Bevor ich meine Mannhaftigkeit nicht zurückgeholt habe, kann ich dich nicht berühren.«

In der Ferne des Himmels war der Adler nur ein kleiner Fleck. Wenn man genau hinsah, konnte man erkennen, daß er sich bewegte und sich ganz langsam in immer weiteren Kreisen herunterschraubte. Am anderen Ende des Trockenen Ceyhan reckte sich eine riesige Platane in die Höhe. Memidik lief dorthin, und wieder folgte ihm Zeliha. Während Memidik noch verschnaufte, war sie schon bei ihm und blieb vor ihm stehen.

Als es Abend wurde und die Sonne verschwand, war Memidik hinter dem Hügel, von wo der Ceyhan in die Ebene strömte. Die Zweige der großen Trauerweide hingen bis zur Quelle herunter, die am Fuße des Hügels sprudelte. Der weite Platz war mit glänzenden Kieseln bedeckt. Dazwischen sprossen Tamarisken und wohlriechende Keuschlammsträucher. Poleiminze, so hoch wie Memidik, wuchs überall bis hinauf zum Kamm des Hügels. Sie hatte blaue Blüten, war an der Quelle mannshoch, und ihr Duft drang in Wellen bis zum Weg, der sich einige Meter entfernt an der Quelle vorbeischlängelte.

Memidik wusch sein Gesicht im kalten Wasser, dann legte er sich rücklings neben die Quelle. Jetzt war alles in warmes Blau getaucht: der Himmel, die grüne Poleiminze, die weit gestreuten Kiesel, der Hügel, das helle Wasser, die graue Erde, Bäume, Gräser, die hängende Staubwolke, die Wolken, alles schimmerte in lieblichem, violettem, samtweichem Blau. Zeliha kam, wusch sich das Gesicht, streckte sich neben Memidik aus und ergriff seine Hand. Memidiks Körper straffte sich, wurde heiß. Seine Müdigkeit war verflogen. Er drehte sich zu ihr und küßte sie. Dann zogen sie sich aus. Das Blau war dunkler geworden. Memidiks Hand lag auf Zelihas Hüfte. Zeliha überliefen Schauer über Schauer. Memidik reckte sich, seine Gelenke knackten. Auch Zeliha reckte sich. Dann umschlangen sich ihre Körper und vereinten sich im Liebesrausch. Erschöpft streckten sie sich nebeneinander aus. Die zerdrückte Poleiminze roch scharf. Die beiden waren naß. Sie erschauerten wieder, umarmten einander und vereinten ihre Körper erneut. Die Schauer ihrer glühenden Körper hielten an. Dreimal fanden sie bebend zueinander, reckten ihr Glieder, gingen in Liebe auf, wurden ein einziger Körper; dreimal lagen sie erschöpft auf der Erde, leicht wie Federn, lang ausgestreckt. Und die zerdrückten Sträucher unter ihren Körpern dufteten nach Minzblüten. Nach und nach trocknete ihre schweißnasse Haut.

Als Memidik wieder zu sich kam, verspürte er tiefe Scham. »Verzeih mir, Zeliha«, sagte er. »Wenn ich dich nicht so sehr liebte, hätte ich nicht gewagt, dich zu berühren. Ich bin deiner nicht würdig, bin keines Menschen würdig, bis ich meine Mannhaftigkeit von Sefer zurückgeholt habe.«

»Dann hole sie dir von Sefer zurück. Ich werde so lange auf dich warten, und sollte ich hundert Jahre alt werden . . .«

Memidiks Knochen schmerzten, als brächen sie entzwei. Die Narben brannten, Krämpfe durchzuckten seine Leisten. Er krümmte sich. »Es ist schlimmer als der Tod. Ich hatte meine Würde schon in Händen. Aber es war ein anderer . . .«

Er sprang auf und rannte los, eilte die Böschung hinunter und hetzte am Ufer entlang. Erst viel später schaute er hinter sich, Zeliha war nicht da. Sie lag noch immer nackt auf den Minzesträuchern und keuchte mit offenem Mund. Mit glühendem Körper wartete sie auf Memidik. Schauer überliefen sie, und ihre Glieder zuckten.

»Memidik, liebe mich«, sagte sie und wimmerte, »Memidik, liebe mich!«

Er kletterte die Böschung hoch und lief weiter. Drei Berittene kamen ihm mit verhängten Zügeln entgegen. In der Nacht waren Tiere und Reiter länger und größer geworden, sie sahen aus wie Riesen. Dicht vor ihm zügelten sie die Pferde und sprangen zur Erde.

Memidik lächelte. »Habt ihr ihn gefunden?«

»Noch nicht, aber bald«, antworteten die Männer.

»Er ist mit der Strömung weggetrieben«, sagte Memidik. »Im Mondschein, riesengroß, auf ihm sechsundzwanzig Fliegen wie aus Stahl gegossen.«

»Wir müssen ihn finden«, sagte der eine.

»Die Çukurova brennt«, der andere.

»Die Pferde sind müde, ihre Trensen voller Schaum«, sagte der erste.

»Wir müssen mit ihnen noch durch diesen Fluß. In gestrecktem Galopp«, der zweite.

»Es wird wieder regnen«, sagte der erste. »Und Şevket Bey ist nicht gekommen. Wer weiß, wo er jetzt steckt.« Sie sprangen auf die Pferde, trieben sie in die dunklen Fluten und verschwanden in einer sprühenden Wolke.

Der Ceyhan floß grau und trübe. Es wurde hell. Den Fluß entlang lagen weiße Wolken auf dem Wasser. Sie schweben zum Mittelmeer. Wie ein Traumbild im Morgenrot fließen sie dahin, ununterbrochen. Über der Ebene stieg steil und dünn der Rauch von den Feuern der Tagelöhner hoch in den Himmel.

Der Kahle Barde schien in der Nacht zu wachsen. Wie ein Berg saß er mitten im Dunkel, kerzengerade, und bewegte sich nicht.

Die riesige Blume hatte sich noch weiter ausgedehnt, ihr goldenes Gelb war noch leuchtender geworden.

Die Nacht war schimmernd klar. Jedesmal, wenn man den Fuß hob, ließ er eine glitzernde Lache hinter sich. Alles um dich herum leuchtete. Der Regen fiel, er war aus Licht, und nichts wurde naß. Ein Lichtstrahl teilte die Nacht in zwei Hälften, schnitt die Nacht und die Berge entzwei. Deine Stirn legte sich in Falten. Du warst in Gedanken versunken. Die Dörfler kamen und scharten sich um dich. Rette uns, sagten sie. Seit tausend Jahren sind wir Sklaven, hat man unsere Arme und Hände in Fesseln geschlagen. Wir überquerten Felder, kamen durch Gärten und gingen in die Wälder... Tausend Kugeln aus Licht im Rücken, tausend Leuchten, tausend Strahlen. Wohin wir unseren Fuß auch setzten, blühte die Erde. Die alte Welt erneuerte sich. Sie war wie neu geboren, eine glänzende, frische Welt... So jung, als wäre sie heute morgen geschaffen. Auf den Feldern sprossen die Ähren, so schwer, daß die Halme sich bogen. Handtellergroße Ähren mit dunklen Grannen. Bienenstöcke, Felsnischen, hohle Stämme sind voll bernsteinfarbenen, sonnengetränkten Honigs. Fünfmal im Jahr schlüpft eine junge Bienenkönigin, verläßt ein Bienenvolk das Nest, Tausende bebende Flügel an den Bäumen. Die Feigen triefen vor Süße, aus aufgebrochenen Granatäpfeln leuchten rubinrote Kügelchen. Die Äcker sind bestellt und den Menschen wohlgesinnt. Fruchtbar dehnen sie sich, bedeckt mit Schweiß. Jedermann ist glücklich, niemand geht barfuß, keinen schüttelt das Fieber, nicht ein einziger wird gequält, nicht ein einziger prügelt den andern, daß er Blut pissen muß, erniedrigt ihn, beraubt ihn seiner Mannhaftigkeit. Wir zogen über die Berge und ebneten sie ein. Und über der Wüste stand eine kleine Wolke, ihr Schatten ruhte auf uns. Dir zuliebe, dir zu Ehren. So habe ich dich gesehen. Wüsten wurden Wiesen, und Quellen sprudelten überall.

»Ich bin nicht der erste, der für dich streitet, der erste, der geboren wurde. Du hast mich schon oft gesehen... oft.«

Einmal, im Morgenrot, schrittest du übers Mittelmeer. Du wurdest zum eilenden Wind, zur gleitenden Wolke, die emporstieg. Mit diesen meinen Augen sah ich es. Eine

braunäugige Gazelle ruhte zu deinen Füßen und weinte.
Flieh, Gazelle mit den schönen Augen, sagtest du.

Sie rissen die Bäume aus der Erde, klaubten die Vögel
von den Zweigen und vom Himmel, legten die Flüsse
trocken, machten die Menschen krank, da kamst du mit
einer Lichtkugel so hoch wie ein Minarett im Gefolge.

»Ich bin nicht der erste, der dir erscheint, der erste, der
geboren wurde. Du hast mich oft gesehen.«

Wir kamen in einen Wald, verirrten uns, die Dörfler tö-
teten dich. Dann erweckten sie dich wieder zum Leben;
ich sah es mit diesen Augen.

»Ich bin nicht der erste, der starb, der erste, der geboren
wurde...«

Des Kahlen Barden Gesicht wurde länger, Falten bedeckten seinen Körper von oben bis unten. Es gab keine
Welt, keinen Himmel, keine Erde, kein Wasser, es gab
keine Käfer, keine Ameisen, keine Menschen, Kobolde
und Elfen. Es gab niemanden. Dich gab es nicht und mich
gab es nicht. Es gab weder den Tag noch die Nacht... Es
gab nichts.

Wurzeln der Dunkelheit, Wurzeln des Lichts.

Nichts gab es, rein gar nichts.

Eine Gesichtshälfte des Kahlen Barden wurde dunkel,
die andere hell. Seine Stimme rollte wie Wellen über die
Ebene. Der schreckliche, leidenschaftliche, anschwellende
Schrei eines Riesen. Auch die Stimmen hatten keine Wur-
zeln. Sie hallten wider von den Felswänden des Anavarza.
Es gab auch keine Felsen.

Es gab nur eine Kugel aus Licht. Du kannst sie nicht anschauen, und tust du es doch, blendet sie dich. Zehn Millionen, hundert Millionen, Millionen von Millionen Jahren dreht sich dieses faustgroße Licht, das deine Augen
blendet, im Nichts. Es gab auch kein Nichts.

Von sechs Saiten der Saz zersprangen drei. Die Saz fiel
zu Boden. Die Wolken senkten sich über die Erde.

»Ich habe dich gesehen. Meine Augen sollen zu Boden rinnen, ich habe dich gesehen. Hier mit diesen Augen.«

»Du hast mich oft gesehen, Bruder, oft.«

Memidik setzte sich hin und weinte. Seine Wunden begannen zu brennen, Krämpfe schüttelten ihn, seine Knochen schmerzten.

Dann ergriff er Taşbaşoğlus Hand. »Du bist jener«, sagte er. »Hier, mit diesen Augen habe ich dich gesehen.«

Der Kahle Barde sang noch einmal das Lied von der leeren Welt.

Taşbaşoğlu war starr vor Staunen.

Memidik saß neben der riesigen Blume. Die riesige Blume schwitzte immer stärker, glänzte immer leuchtender in goldenem Gelb.

Taşbaşoğlu war starr vor Staunen. »Hast du mich denn nie gesehen?«

Es regnete in Strömen. Du gingst durch den Regen. Nicht ein Tropfen fiel auf dich. Knochentrocken blieb der staubige Weg, auf dem du gingst. Hier, mit diesen Augen ...

»Hast du mich denn nie gesehen?«

Ein Rudel von Hunderten Wildpferden jagte kreuz und quer über die Ebene, wie von Wahnsinn getrieben. Niemand wagte sich in seine Nähe. Die Pferde kamen zu dir und blieben stehen, eines nach dem anderen.

»Hast du mich denn nie gesehen?«

Du schlugst auf den Felsen, und da sprudelte aus ihm helles Wasser, eiskalt und weiß wie Milch. Hier mit diesen Augen ...

»Hast du denn nichts, rein gar nichts gesehen?«

Du pflücktest einen Granatapfel vom Baum, er war gespalten. Er öffnete sich, das ganze Dorf aß davon, doch er wurde nicht weniger.

»Nichts, rein gar nichts? ...«

Wir pflanzten ein einziges Samenkorn. Es ging dröhnend auf, die Ernte quoll über die Felder, die Ebene konnte die Baumwolle nicht mehr tragen. Hier, mit diesen Augen...

»Nichts, rein gar nichts?...«

Decken mit Daunen gefüllt, und Kissen.

»Nichts, rein gar nichts?...«

Das goldene Gelb der riesigen Blume leuchtete noch dunkler, sie schwitzte. Im Innern der Krone Hunderte Bienen... Ihre Flügel funkeln.

Es wurde Abend, die Sonne sank.

»Nichts, rein gar nichts?...«

Der Kahle Barde öffnete seine Arme wie Flügel gegen das Dunkel und schloß sie wieder. Wie ein Faustschlag fiel seine Hand auf den Korpus der Saz. Memidik ergriff behutsam den Mittelfinger der Hand, drückte ihn, dann küßte er die Hand und führte sie an seine Stirn.

Das goldene Gelb der Blume leuchtete noch kräftiger, sie fiel ins Leere, ganz allein.

33

*Meryemce machen ihre Angst und die Sterne zu
schaffen, und auch mit Ahmet dem Umnachteten
hat sie ihre liebe Not. Und dann denkt sie noch an
einen Räuber aus alten Zeiten. Im Morgengrauen
kräht der Hahn dreimal hintereinander. Vom Dorf
gegenüber, in weiter Ferne, antworten ihm drei
Hähne.*

Es wurde Abend, die Sonne ging unter. Meryemce
nahm trockene Fladen aus dem Korb, besprengte sie mit
Wasser und legte sie auf die Tischplatte. Der Vorrat war
zur Hälfte verbraucht. Bis die Dörfler zurückkommen,
wird es reichen, dachte sie.

Auf dem Herdfeuer köchelte Grützpilav. Meryemce
ballte die Faust und zerschlug eine Zwiebel. Aufgeschnitten kann man sie vor Schärfe nicht essen. Mit der Hand
zerquetscht, wird sie milde.

Meryemce hatte mittags nichts gegessen, hatte im Wald
nur Tannenrinde abgenagt. Das gab Kraft und machte
auch noch Spaß. Aber sie hatte trotzdem wieder Hunger.

Die Butter war alle. Sie löffelte den trockenen Pilav.

Gewöhnlich schlug sie ihr Unterbett an der Schwelle
auf und ließ die Tür einen Spaltbreit offen. Heute hatte sie
Angst, so zu schlafen. Sie stieg auf das Flachdach. In der
Dämmerung strecken sich dunkle Schatten über die
Steppe. Die Stämme verschwinden schon im Dunkel des
Waldes, während die Baumkronen noch im hellen Licht
liegen. Langsam und lautlos senkt sich die Nacht, dehnen
sich die Schatten der Berge in die Steppe hinein. Eine endlose Öde. Der Tag geht zur Neige, und Meryemce ist inmitten dieser Welt mutterseelenallein. Die Häuser sind da,
die Bäume, der Bach... Das Plätschern des Wassers,

die Vögel, die verschwenderische Erde mit tausendundeiner Blume, mit Ameisen, Schlangen und all ihren Geschöpfen... Auf tausendundeinem Bein wimmelt und
strotzt sie, quillt sie über in einer endlos fortschreitenden
Bewegung. Alles ist da, Farbe, Licht, Nacht, Stimmen,
Sterne, alles, in unendlicher Vielfalt, nicht endender Unruhe.

Und dennoch, jetzt ist die Welt gähnend leer, als gäbe es
keinen Laut, kein Licht, keine Farbe, keine Regung, keine
Blume, als gäbe es kein Lebewesen in dieser Einöde.

Unzählige Schwalbennester in jedem Haus des Dorfes... In Schwärmen fliegen sie von einem Dach zum andern. Schwalben sind Freunde. Sie sind dem Menschen
nah. Mit ihren schlanken, spitzen Schwingen zerschneiden sie die Luft... Wo sind sie? Keine Fliege fliegt, und
auf den Pflanzen keine Käfer, keine Bienen, kein Duft...
Nichts, gar nichts ist da.

Meryemce spürt die Strenge der Einsamkeit tief in ihrem Herzen. Die Leere der Welt. Die randvolle Welt, in
der alles ist, die brodelnde Welt, sie ist gähnend leer, ver-
ödet, wie tot. Und im Innersten ihres Herzens spürt sie
die Menschenleere, die Menschenleere bohrt sich wie ein
unseliger Dolch immer tiefer hinein. Die Menschen sind
es also, die unsere Welt mit Leben füllen! Alles, aber auch
alles, die ganze Welt ist der Mensch. Gäbe es keine Menschen, gäbe es auch keine Welt.

Meryemce stand auf dem der untergehenden Sonne
zugewandten Flachdach und schrie mit ihrer Menschen-
stimme: »Menschenkind, mein Leben für deinen Geruch,
Menschenkind, mein Leben dafür, daß ich deinen Geruch
noch einmal spüren darf.« Und Meryemces Stimme erfüllte die Welt wie der Schrei eines Riesen, und das Echo
hallte lange Zeit über Wälder, Steppe, Schluchten und
Flüsse.

»Mein Leben für deinen Geruch, Menschenkind!«

Wäre nur ein grindiges Kind bei ihr, gäbe es diese Öde und Leere nicht, füllte sich diese Welt randvoll. Nur ein schorfiger, rotznäsiger Junge...

»Und gäbe man mir das ganze Paradies, ohne Menschen pfiffe ich drauf, wollte ich's nicht, träfe ich Menschen dort, möge man mich in die Gehenna werfen. Zur Hölle mit einer Welt ohne Menschen.«

Er quält, tut Böses, erniedrigt den Nächsten, beraubt ihn seiner Rechte, tötet ihn, lügt; es gibt kein Laster, dem er nicht frönt. Kein anderes Lebewesen kann sich das Böse vorstellen, das der Mensch seinem Nächsten und den anderen Geschöpfen antut; aber auch das Gute. Es gab keine Welt, es gab nichts, keine Luft, kein Wasser, nicht einmal das Nichts, sagt der Kahle Barde... Es gab nichts als ein faustgroßes Stück Licht in der Welt. Aber es erhellte das Universum. Nicht mehr als eine Hand, aber so grell, daß kein Auge es anschauen konnte – es gab ja auch kein Auge, das hätte schauen können –, ohne geblendet zu werden. Eben dieses Licht war der Mensch. Eben dieses Licht war die Menschlichkeit. Und es brennt in jedem Menschen. Aus dieser Handvoll Licht entstand der Mensch. Zuerst schuf Gott Adam aus Lehm. Er gab ihm eine menschliche Gestalt und tat dann dieses Licht hinein.

»Für dessen Geruch ich mein Leben hergäbe!«

Meryemce begann sich zu ängstigen. Der Wald, die Elfenschlucht, die Felsen, die öde Steppe, alles stürmte auf sie ein. Riesige Schatten. Die Welt dröhnte.

Meryemce stand aufrecht auf dem Dach und betrachtete diese dröhnende, gähnend öde Welt; die dröhnende, schreitende, fließende, fliegende Welt. Die gähnend leere Welt.

Wölfe, Schakale und Tiere, deren Stimmen sie noch nie gehört hatte, heulten, und das Geheule aller vermischte sich. Stimmen der Schlangen und Stimmen der Eulen.

Plötzlich war die Welt voller Stimmen. Dann, auf einmal, wie mit Messern abgeschnitten, hörte man nicht einen Laut. Meryemce war ganz allein mit ihrer großen Angst. Diese Einsamkeit flüsterte ihr wunderliche Dinge zu, die sie nicht wahrhaben wollte, aber auch nicht ausdrücken konnte. Taşbaşoğlu fiel ihr ein.

»Vielleicht habe ich das von Taşbaşoğlu auch in mir«, sagte sie.

Sie sah sich über allen Geschöpfen und verspürte in sich eine unglaubliche Kraft.

»Gott bewahre, ich verliere wohl vor Einsamkeit den Verstand und halte mich für jemanden wie ihn, um Gottes willen!« Eine Zeitlang wand sie sich im Widerstreit ihrer Gefühle.

»Heute nacht, ja heute nacht wird Meryemce nicht schlafen können. Sie müßte hinuntergehen und ihr Unterbett aufs Dach holen, nicht wahr? Aber, Schwester Meryemce, wagst du es, jetzt da hinunterzugehen?« Würgende Angst befiel sie. Als lauerten da unten mit offenem Rachen hunderttausend Drachen. »Dann schläft Meryemce heute nacht eben ohne Matratze auf dem Dach. Und wenn Meryemce überhaupt nicht schläft, macht es auch nichts.« Wenn sie sich bei ihrem Namen nannte, kam es ihr so vor, als stünde jemand neben ihr. Darum begann sie jeden Satz mit Meryemce.

Sie versuchte einigemal hinunterzugehen, doch jedesmal zog sie ihren Fuß so schnell wieder zurück, als habe sie auf glühende Kohlen getreten.

Plötzlich fiel ihr die Leiter ein, die am Dach lehnte. Sie sprang hin und zog sie hoch.

»Meryemce, was bist du doch für ein Esel«, sagte sie. »Meryemce, Meryemce, wie unvorsichtig. Können Wolf und Vogel, Fee und Kobold nicht über die Leiter aufs Dach steigen, Meryemce?« Sie krümmte sich vor Angst, hockte sich in eine Ecke, und je mehr sie sich krümmte, desto größer wurde ihre Angst, je mehr ihre Angst wuchs, desto mehr krümmte sie sich zu einem kleinen Häuflein zusammen. In dieser Nacht war der Himmel klar. Er war mit Sternen übersät. Immer wieder glitten einige in alle Richtungen. Jedesmal sprang Meryemce auf, doch gleich darauf sank sie mit Herzklopfen wieder in ihre Ecke. Eine Weile schaute sie nicht mehr in den Himmel. Doch lange hielt sie es nicht aus. Jeder Stern war ein Mensch. Und jeder gleitende Stern ein Sterbender. Auch wenn sie nicht in den Himmel blickte, entging ihr keine Sternschnuppe, und jedesmal, wenn eine dahinglitt, erhob sie sich und setzte sich erst wieder hin, wenn die Sternschnuppe verschwunden war.

Gegen Morgen war sie eingenickt und schreckte beim ersten Hahnenschrei wieder hoch. Vom gegenüberliegenden Dorf krähte ein Hahn Antwort. Solange die Sonne noch nicht voll aufgegangen war, blieb sie auf dem Dach. Erst dann ging sie hinunter. Sie hatte Hunger, nahm einen ganzen Fladen, rollte Käse hinein und machte sich kauend auf den Weg in den Wald. Und sie hatte Heißhunger auf ein Stück Fleisch ... Vor ihren Augen sah sie den Hahn in der Glut, sah sie seine schmorenden, fetten, knusprigen Schenkel.

Die Sonne spiegelte sich auf dem Grund der Quelle. Meryemce bückte sich und trank von dem kühlen, lichtdurchfluteten Wasser, das nach Minze duftete. Am Vortag hatte sie eine hochgewachsene Tanne ausgemacht. Das Innere der Rinde hoher, schlanker Tannen schmeckt besonders gut. Es ist weich und duftet. Mittlerweile schälte Meryemce die Rinde schon sehr geschickt von den Stämmen. Sie hatte sich einen armlangen, flachen Ast zurechtgeschnitzt. Zuerst schnitt sie die Rinde beidseitig zwei Handbreit senkrecht und eine Handbreit waagerecht ein, klemmte das flache Holz darunter und klopfte mit einem Stein das Stück Rinde weich, bis es sich ganz leicht ablöste. Dann zog sie mit ihrem Marasch-Messer die dünne Haut im Innern der Rinde ab, schnitt sie in kleine Häppchen, steckte sie in den Mund und begann genüßlich zu kauen. Trank man darauf noch einen Schluck kühlen Quellwassers, war der Geschmack nicht zu überbieten, blieb er sogar noch eine ganze Weile auf Zunge und Gaumen haften.

Bis mittags schälte sie Baumrinde und aß das Mark. Waldfrische strömte durch ihre Adern, mit ihrem Duft und ihrer Süße. Jedesmal wenn sie Wasser schlürfte, fühlte sie sich jung wie fünfzehn, leicht wie ein Vogel, war sie außer sich vor Freude. Und sie spürte, wie ihr Atem duftete, nach Wald, nach seiner köstlichen Würze, wohlriechend wie das Mark der Tannen.

Meryemce pflückte einen Armvoll blauen Majoran und einen Armvoll Minze. Als sie die Rinde schälte, waren ihr die Zigeuner eingefallen. Die Zigeuner und der unmögliche Halunke, der schlimmste der Diener Gottes auf Erden, Halil der Alte. Nun, wie fingen die Zigeuner und Halil der Alte Hühner und anderes Federvieh? Indem sie Maiskörner auf eine feste Schnur zogen ...

Mit Majoran und Minze im Arm kam Meryemce ins Haus zurück. Sie stöberte eine Schnur auf und zog sie durch die Maiskörner. Der Hahn stand drüben auf Ali des Blinden Misthaufen, hochgereckt, ganz oben, und hatte das eine Bein an den Bauch gepreßt, so, als wolle er sagen: Ich bin der Sultan der Welt. Der Sultan bin ich, und Meryemce ist mein Untertan ...

Diese Haltung erboste Meryemce. »Na warte, du niederträchtiger Schuft«, sagte sie, »gleich wirst du was erleben. Ich werde dich den Sultan und auch den König lehren, du Halunke, du. Meryemce wird deine Seele zuscheißen, hast du gehört, du Feigling?

»Gäh, gäh«, lockte sie und warf die Körnerkette aus. Der Hahn kam angelaufen, machte sich sofort über das

Futter her und verschluckte erst einmal zwei Maiskörner. Meryemce blieb gelassen. Der Hahn schlang weiter. Meryemce spannte sich wie eine Sprungfeder und begann zu schwitzen. Dann, mit einem Ruck, zog sie plötzlich an der Schnur. Der Hahn flatterte und tobte, konnte sich aber nicht befreien. Federn, Flügel und Staub wirbelten durcheinander, Meryemce stürzte sich auf den Hahn und packte ihn. Das Tier gab nicht auf, zappelte auch in Meryemces Armen weiter. Es war ein kräftiger Hahn, und er war auch nicht müde, als Meryemces Arme nach einer Weile abschlafften. Schließlich wickelte Meryemce das andere Ende der Schnur um seine Beine und warf ihn auf die Erde.

»Meryemce hat dir die Beine so festgebunden, fester als eiserne Ketten. Nun schlag um dich, soviel du kannst. Meryemce wird dich schächten. Sie wird ein Feuer machen, vay, vay, vay Mutter vay! Und in der Glut wird Meryemce dich braten.« Sie schnupperte, und der Duft gebratenen Fleisches zog durch ihre Nase.

»Schon jetzt rieche ich dein gebratenes Fleisch, mein Hähnchen. Du genügst mir für eine Woche. Bei Meryemce wirst du nicht verderben. Hör zu, mein Hähnchen, wenn ich dich aufgegessen habe, dann, du weißt ja, dein Freund aus dem Nachbardorf, mit dem du dich immer unterhalten hast, dann werde ich den auch... Aber fürs erste wird Meryemce Ali des Blinden trockenes Holz anzünden... Es ist so trocken, als wär's verkohlt.«

Armvoll schichtete sie die Scheite auf und steckte sie an. Im Nu fingen sie Feuer. Meryemce warf noch mehr Holz auf die alte Feuerstelle. Es brannte schnell herunter und bald türmte sich ein großer Haufen schwelende Glut. Meryemce nahm einen Schleifstein zur Hand, zog ihr Messer aus der Tasche und schärfte die Klinge hauchdünn. Dann legte sie den Hahn auf den festen Fußboden neben dem Mörserstein, stellte ihren rechten Fuß auf die gefesselten Beine, den anderen auf die Flügel, nahm den Kopf des Tieres in die linke Hand und zog ihn zu sich. Der Hals vom Hahn streckte sich, Meryemce schabte die Federn von der Gurgel, setzte das Messer an und stockte. Ihr Herz krampfte sich zusammen, voller Mitleid ließ sie den Kopf des Tieres los, knotete die Fesseln auf, zog die Schnur aus der Kehle und gab den Hahn frei. Der schlug einige Male mit den Flügeln, flüchtete in den Hof und krähte laut und lange.

Meryemce betrachtete die Glut und blickte auf den Hahn: »Hähnchen, Hähnchen«, sagte sie, »Meryemces einziger Gefährte auf dieser Welt; und sollte Meryemce Hungers sterben, wird sie dich nicht schlachten und essen. Gott möge deine schöne Stimme auch weiterhin in Meryemces Ohren klingen lassen. Hähnchen, Hähnchen mit der schönen Stimme und den schönen Federn... Meryemces einziger Gefährte...«

34

Memidiks Wut staut sich auf. Sie wird unerträg-
lich. Er kann nicht länger warten. Und er denkt
immerzu an Zeliha. Aber solange es Sefer gibt,
gibt es für Memidik keine Zeliha, das weiß er nur
zu gut. Sefer ist die einzige Hürde in seinem Le-
ben. Gäbe es Sefer nicht, wäre die Welt für ihn das
Paradies, würden sich alle seine Wünsche jederzeit
erfüllen. Von Tag zu Tag wächst sein Zorn, wird
sein Körper, werden seine Gedanken zu Zorn,
wird Zorn, was er ißt und trinkt.

Memidik zog blitzschnell sein Messer aus der Scheide.
Die Klinge, rank wie das Blatt einer Weide, blitzte auf und
zog einen weiten, bläulich glitzernden Bogen. Memidik
wartete mit angespannten Muskeln. Wie ein Stück Eisen
war sein ganzer Körper; regungslos. Er zitterte überhaupt
nicht.

Diesmal wird es gelingen, sagte er sich. Diesmal wird es
gelingen.

Die Nacht war mondhell. Silberner Glanz lag auf dem
Wasser, das träge dahinfloß. Vom fernen Reisfeld wehte
der Geruch von Schlamm herüber. Pausenlos schossen die
Feldwächter auf Wildschweine, das Geknalle hallte von
den Felswänden des Anavarza wider. Bäume, Sträucher
und Gräser schienen gewachsen, unter einem Busch
strahlten Glühwürmchen wie Feuer.

Als Memidik die Augen hob, flog, wie ein Spuk im
Mondlicht, der mächtige Adler mit schwerem Flügelschlag über ihn hinweg. Riesengroß, drei-, viermal größer
als sonst. Der Adler kam zurück und glitt weiter nach
Dumlukale.

Über den Margeriten am Rand der Senke erschien Sefers Kopf. Langsam tauchte sein Oberkörper auf, und schließlich kam er in voller Größe auf Memidik zu. Auch er war gewachsen, groß wie ein Riese geworden. Memidik hatte erwartet, bei seinem Erscheinen zu zittern. Nichts dergleichen geschah. Sein Körper blieb angepannt. Sefers riesiger Umriß kam immer näher. Memidik reichte ihm gerade bis zu den Knien. Sefer trug sein Gewehr in der Hand.

Memidik erschrak. Sollte der da ihn auch suchen, um ihn zu töten?

Memidik holte mit seiner Linken nach hinten aus. Er wollte mit ganzer Kraft zustoßen, wenn Sefer an ihm vorbeiging. Falls sein Körper bis dahin nicht wieder wie gelähmt zusammensackte ...

Einen Schritt entfernt ging Sefer an ihm vorbei. Memidiks Körper erschlaffte nicht. Er blieb angespannt mit erhobenem Messer wir erstarrt stehen. Sefer entfernte sich, ging in die kleine Senke zum Bach und über die Kiesel weiter. Bei jedem seiner großen Schritte knirschten sie unter seinen Füßen. Am Ufer hockte er sich auf einer kleinen Anhöhe nieder. Dann klaubte er Kieselsteine auf und warf sie ins Wasser. Das Mondlicht schien bis auf den klaren Grund. Pechschwarz dehnte sich Sefers Schatten über das Wasser bis zum anderen Ufer. Ein großer Fisch schnellte an die Oberfläche und fiel klatschend wieder zurück.

Warum nur, rätselte Memidik, streift dieser Sefer von abends bis morgens umher, ist er nicht bei Sinnen? Oder will er mich auf die Probe stellen? Er kam hinter dem Keuschlammstrauch hervor, der im Mondlicht einen Duft von Frische ausströmte. Nachts roch auch die Erde danach, die Gräser, die Bäume, Medmidiks Körper und rank wie ein Weidenblatt das Messer in seiner Hand.

Dieser Mann hat einen geheimnisvollen Zauber, sagte sich Memidik. Ich töte ihn und töte ihn, doch er stirbt

353

nicht. Ich fiebere danach, ihn zu töten, doch es gelingt nicht. Ich bin ein Feigling. Jedermann kann Menschen töten, aber mir werden die Knie weich oder sie erstarren. Ich bin doch nicht der erste auf dieser Welt, der einen Menschen töten will. Ich habe Angst, habe Angst, habe Angst, habe Angst!

Er blieb auf der Böschung stehen. Als der Fisch hochschnellte und in weitem Bogen zurück ins Wasser klatschte, zuckte er zusammen. Seine Glieder gaben nach, ihm brach der Schweiß aus, und er sank zu Boden.

Sefer hatte ihm den Rücken zugekehrt. Memidik schäumte vor Wut. Wenn er jetzt springen würde, sich auf Sefer stürzte und einmal und noch einmal und noch einmal... Das Messer hineinstoßen, herausziehen, hineinstoßen, herausziehen... Sefer steht nicht mehr auf, sein rotes Blut sprudelt, der Bach fließt blutrot. Sefers Kopf versinkt im Wasser... Und früh am Morgen finden sie so seine Leiche. Niemand weiß, wer ihn getötet hat. Der Dreckskerl hat eben seine Reise angetreten. Aber was nützt sein Tod, wenn niemand erfährt, wer ihn getötet hat...

Jeder muß doch wissen, wer ihn getötet hat, damit sein Tod einen Sinn bekommt. Denn jeder weiß, wen er geprügelt hat, wessen Füße er angesengt, wen er zum Blutpissen brachte, also muß auch jeder mit eigenen Augen sehen, daß diese Untat ihre Rache fand.

»Monatelang konnte ich keinem Menschen in die Augen sehen, konnte ich meiner Liebsten die Hand nicht geben, habe ich das Mädchen gequält. Meinetwegen geht sie zugrunde.«

Die ganze Welt muß erfahren, wer ihn getötet hat, muß es sehen; in den Zeitungen muß es stehen. Aber dann wartet auf mich der Käfig, wartet auf mich der Strick der Regierung. Memidik stand auf und krallte den Griff seines Messers. Im selben Augenblick erhob sich auch Sefer und ging zum Wasser hinunter. Sein Schatten dehnte sich bis ans andere Ufer. Sefer verschwand im Weidengestrüpp. Memidik schreckte zurück. Da könnten Schlangen sein und Skorpione, überlegte er und ging um das Dickicht herum.

Wie ein Tiger schnellte Sefer aus dem Gehölz, und sie standen sich gegenüber. Sefer erschrak. Über Memidiks Rücken rieselten kalte Schauer. Seine Hand war am Messer, er konnte sie nicht bewegen.

»Wer bist du?« fragte Sefer, und noch während er sprach, erkannte er ihn. »Du bist es, Memidik, Meister der Jäger. Was gibt es denn nachts in der Çukurova zu jagen?«

Memidik faßte sich. »Ich bin's, Aga«, antwortete er, »ich dachte mir, vielleicht fängst du einen Schakal, ein Wildschwein oder einen Fischotter, aber da ist nichts.«

»Fischottern hausen in diesem Weidengehölz«, sagte Sefer, »geh hinein und leg dich auf die Lauer. Aber du fürchtest dich vor dem Dickicht, nicht wahr?«

Und plötzlich beugte er sich vor, packte Memidik an der Kehle und drückte mit beiden Händen zu. Sein Griff wurde immer fester. Memidik röchelte, und vor seinen Augen blitzten Sonnen auf.

»Wenn du mich noch einmal verfolgst und beobachtest, nehme ich dir dein Leben. Hast du verstanden?« Er schüttelte Memidik wie einen Lappen und stieß ihn von sich.

Memidik stürzte zu Boden, sein Kopf tauchte ins Wasser, und hätte er sich nicht so schnell gefangen, wäre er ertrunken.

Der große Fisch schnellte dreimal über das Wasser, dreimal blitzte sein schillernder Bauch im Dunkel der Nacht.

Memidik erwachte und nahm Sefers Verfolgung wieder auf. Er blieb fünfzig Schritt hinter ihm. Sefers Gewehrkolben war mit Silber beschlagen und schimmerte im Mondlicht. Der große Fisch sprang noch dreimal. Der

Bach plätscherte, und unter dem dahineilenden Wasser blinkten die Kieselsteine auf. Sefer drehte sich nach dem springenden Fisch um und betrachtete eine Weile das murmelnde, funkelnde Wasser. Dann ging er weiter.

Memidik roch nach Schweiß. In der Ferne beleuchtete der Feuerschein eines Feldbrandes den Himmel. Mit schwerem Flügelschlag flog der Adler durch die Helle, und sein Schatten fiel in die Flammen.

Memidiks Hand am Knauf des Messers entkrampfte sich. Er freute sich darüber. Auch der Adler hatte ihm Mut gemacht. Memidik lief auf Sefer zu, holte aus, doch als er mit aller Kraft zustoßen wollte, blieb sein Arm steif in der Luft. Er wendete den Kopf und sah die drei Reiter auf den ungesattelten Pferden hinter sich. Einer von ihnen hielt seine Hand fest.

Sefer lief davon. Er flüchtete ins Wasser, verschwand hinter den herabhängenden Zweigen einer Trauerweide und kauerte sich hin. Er zitterte vor Angst. Er war dem Tod entkommen.

Der Reiter ließ Memidiks Hand los. »Sag, wo ist Şevket Bey?«

»Şevket Bey?« Der Schein der Feuersbrunst blendete Memidik.

»Ja, Şevket Bey. Wir suchen ihn hier in der Öde der Çukurova.« Wolken von Mücken stürzten sich voller Gier auf sie. Ihr Gesumme schwoll an zu einem Dröhnen, Memidik kann die Gesichter der Männer nicht sehen.

»Şevket Bey? Was ist mit Şevket Bey?«

»Tote Hose ist mit ihm!«

Vom brennenden Getreide schlagen Flammen herüber, die Schatten der Pferde breiten sich aus und werden unendlich lang.

»Şevket Bey ist tot.«

Memidik senkte den Blick. »Ich habe ihn überhaupt nie gesehen«, sagte er. »Schaut in den Brunnen. Seit fünfzehn

Tagen kreisen Adler über dem Brunnen. Alle Adler der Welt.«

»Wir haben die Adler gesehen. Aber Şevket Bey ist nicht da. Wo ist Şevket Bey hin?«

»Er trieb hinter dem Kadaver eines Adlers flußabwärts zum Mittelmeer.« Memidik troff der Schweiß.

»Şevket Bey ist hier, du Lügner!«

Memidik streckte die Arme weit aus und zeigte auf das brennende Getreide. Die Hitze strahlte bis zu ihm herüber. »Seht, der Adler kreist genau über dem Feuer, zwei Handbreit über den Flammen. Der Geruch von Şevket Bey dringt bis hierher. Şevket Bey stinkt. Haltet eure Nasen zu, sonst fallt ihr in Ohnmacht.«

Amtmann Sefer kam unter der Trauerweide hervorgelaufen. »Nehmt den da fest!« brüllte er, und seine Stimme hallte von den Anavarza-Felsen wider. »Brecht ihm alle Knochen. In dieser riesigen Çukurova weiß nur er, wo Şevket Bey ist. Brecht ihm die Knochen. Schlagt ihn, bis er Blut pißt, Blut pißt, Blut pißt!«

Die Reiter lachten aus vollem Hals. Der vorderste ließ Memidiks Arm los. In gestrecktem Galopp preschten die Pferde durchs Wasser. Das Wasser spritzte bis zu ihren Mähnen.

Memidik stieß dreimal mit dem Messer zu, das Messer blitzte dreimal auf, zog einen glühenden Bogen, und dreimal leuchtete der Bogen stahlblau wie ein Blitz; Amtmann Sefer stolperte dreimal, fiel dreimal mit offenem Mund zu Boden und stand wieder auf. Sein Schatten war schwarz und groß, dehnte sich weit bis ans andere Ufer.

35

Nach Sonnenuntergang kommt Memidik mit ei-
nem Sack voll Wassermelonen zu den Laubdä-
chern. Der Weichling sieht ihn und fragt nach dem
Ort des Melonenfeldes. Der Rotznäsige Hadschi,
der Klebrige, die Fatmaca, das ganze Dorf hört da-
von. Jeder greift sich einen Sack und rennt los. Der
Feldwächter hat sein Nachtlager im riesigen Geäst
einer Platane aufgeschlagen, und läutete man da
unten das Ende der Welt ein, würde er vor Angst
seinen Sitz nicht verlassen. Er begnügt sich, zu
brüllen und mit seiner Flinte zu knallen. Memidik
brauchte drei Tage, um das herauszubekommen,
und nachdem er es spitzgekriegt hatte, hier das Er-
gebnis!

Sie gingen auf das Melonenfeld, das diesseits des Gehöl-
zes von Karabucak lag und vom Lager der Pflücker ziemlich weit entfernt war. Wie Memidik hierhergefunden
und das Feld entdeckt hatte, das weiß nur Memidik allein.
Der Feldwächter im Geäst der Platane brüllte aus vollem
Hals, als gehe die Welt unter. Hin und wieder schoß er
beide Läufe seiner Doppelbüchse auf einmal leer.

Memidik beruhigte jene, die es mit der Angst bekamen.
»Kümmert euch nicht um ihn«, sagte er. »Der schreit da
nur so herum, steigt aber nie herunter. Er fürchtet sich.
Wenn ihr wollt, bringe ich ihn zum Schweigen, seht her!«
Er klaubte einen Lehmbrocken auf, warf ihn auf eine an-
dere Platane, traf die Baumkrone, und der Feldwächter
verstummte. Als hätte sich der Mann, der eben noch einen
Mordskrach veranstaltete, in Staub aufgelöst. Kein
Mucks war zu hören.

Sollte der Mann noch einmal brüllen, würden die Erdbrocken nur so auf ihn regnen und, schwupp, würde seine Stimme sterben.

Kurz nach Mitternacht kehrten sie in ihr Lager zurück. Die Säcke waren wohlgefüllt. Und in dieser Nacht gab es Mücken in Mengen. Ganze Wolken summten, stachen und saugten. Doch niemand hatte sich darum geschert, sondern mit lauernden Augen und angehaltenem Atem auf die Felddiebe gewartet.

Nur von zwei Familien hatte sich niemand an dem Diebeszug beteiligt. Von denen aus den Häusern Taşbaşoğlu und Ökkeş Dağkurdu. Letzterer hatte seine Gebetsmatte am rechten Feldrain ausgebreitet, beugte und erhob sich in einem fort und murmelte seine Gebete. Taşbaşoğlu hockte vor seinem Laubdach und hatte sich in den Gedanken vertieft: Sollte er zum Melonenklau gehen oder nicht?

Ökkeş Dağkurdu, seine Frau und die Kinder würden von diesen Wassermelonen nicht kosten, und verschriebe man sie ihnen als einziges Gegengift. Ihr Genuß war Sünde, und ein guter Moslem hatte sie nicht anzufassen.

Und Taşbaşoğlu konnte es seiner Würde nicht antun. Durfte ein Heiliger denn einfach hingehen und Wassermelonen stehlen? Einer, auf dessen Dach Licht herniederregnete... Licht, das die ganze Welt gesehen hatte, von sieben bis siebzig? Wovon der ganze Taurus wußte? Und wenn man ihn im Feld auf frischer Tat ertappte? Der Heilige aus Yalak, auf dessen Dach Licht regnet, der in den Kreis der Vierzig Unsterblichen einging, wurde in der Çukurova beim Diebstahl überrascht. Beim Diebstahl von Melonen! Gäbe das nicht einen Aufschrei? Machte er sich damit nicht auf sieben Erdteilen zum Gespött? Und angenommen, man erwischte ihn nicht, wie könnte er den Dörflern jemals wieder in die Augen sehen? Jetzt, wo sie ihn sowieso nicht mehr für einen Heiligen hielten, wäre dieser Diebstahl erst recht das Salz in ihrer Suppe! Nein,

nein, der heilige Taşbaşoğlu in grün schimmernden Gewändern, mit sieben Lichtkugeln so hoch wie sieben Minarette im Gefolge kann nicht auf Diebeszug gehen.

Aber seine drei Kinder? Und seine Frau? Sollen sie mit dem Daumen im Mund zuschauen, während das ganze Dorf Melonen verzehrt? Kann ein Menschenherz das ertragen?

Taşbaşoğlu grübelt und schwitzt, schwitzt und kommt zu keinem Ergebnis. Er leidet Höllenqualen. Was hat sein dunkler Kopf nicht alles erdulden müssen, seit er ein Heiliger ist. Aber dies hier ist am schlimmsten. Doch seine Hände sind gebunden.

Plötzlich war Lärm und Geschrei, dann kehrte wieder Ruhe ein. Mit vollen Säcken waren die Melonendiebe zurückgekommen. Den Krach machten die Dörfler, die auf sie gewartet hatten.

Die Säcke wurden geöffnet, und jedermann nahm sein Messer zur Hand. Eifriges Geschmatze erfüllte die Nacht.

Am Feldrain reckte und beugte sich Ökkeş Dağkurdu noch immer und murmelte seine Gebete.

Auch Taşbaşoğlus drei Kinder waren wach... Mit gespitzten Ohren lauschten sie dem Schmatzen der Kinder von Osman dem Kahlen.

»Mmh! und och!« stöhnte dieser. »Gäbe es in der Çukurova keine Wassermelonen, gingen ihre Menschen ein. Gott gebe den Vätern der Pflanzer die ewige Ruh, ooooh! Mein ganzer Körper ist erfrischt, ich fühle mich leicht wie ein Vogel, ooooh! Es war ein riesiges Feld ohne Ende. Allah sei Bruder Memidik wohlgesinnt. Ooooch, wie Honig, wie Honig... Ooooch!«

Irgendwann muß ihm seine Frau etwas zugeraunt haben, daß Osman der Kahle sein Ooooch unterbrach und aufbrauste: »Nicht einen Fingerhut voll gebe ich ab. Sollen sie doch meine Galle fressen. Nichts gebe ich ihnen.

Ich habe diese Melonen einen Tagesmarsch weit auf meinem Rücken geschleppt. Für meine Kinder, für mich... Ich habe mir einen Wolf gelaufen. Anstatt sich hier als Heiliger aufzuspielen, soll er hingehen und für seine Kinder Melonen stehlen, damit sie nicht bei anderen Leuten herumlungern. Als er noch ein Heiliger war...«

»Sei still, Osman, ich flehe dich an!« beschwor ihn die Frau. »Vielleicht ist er es immer noch. Daß er nur kein Unglück auf uns lenkt...«

»Der und ein Heiliger? Aus so etwas wird kein Heiliger! Wenn diese Esel von Dörflern in der Klemme sitzen... Hat er mich denn auch nur ein bißchen beachtet, als er ein Heiliger war? Nicht einmal in seine Nähe ließ er mich kommen. Oooch, eine Melone wie Honig, schön kalt, erweckt alle Lebensgeister. Davon kann ich niemandem ein Scheibchen geben. Kann ich nicht, Weib! Nicht einem Heiligen, und käme der schöne Gott mit den schwarzen Augen selbst, gäbe ich ihm keine Scheibe ab. Einen Tagesmarsch auf meinem Rücken... Och!«

Taşbaşoğlus Frau hockte am Eingang ihres Laubdachs und rührte sich nicht. Nach einer Weile begann sie vor sich hinzureden: »Niemand kümmert sich um uns«, murmelte sie, doch so laut, daß Taşbaşoğlu sie auch hören konnte. »Wir haben niemanden... Meine Kinder sollen nicht bei anderen Leuten lungern und sich die Lippen lecken... Meine Kinder müssen darben, o Gott! Wir sind allein geblieben. Hätte es diese Heiligkeit doch nie gegeben. Sie hat unser Haus zerstört, wir sind am Ende. Was hat uns diese Heiligkeit denn gebracht außer einem armseligen Leben... O großer Gott...« So leierte die Frau ihre Klagen herunter, und drinnen schäumte Taşbaşoğlu vor Wut.

»Ich scheiße auf die Heiligkeit«, sagte er schließlich und kroch unter dem Laubdach hervor. Die Frau hatte seine Worte gehört und reichte ihm den Sack, den sie in der Hand hielt. Taşbaşoğlu ergriff ihn und machte sich auf den Weg.

Er hatte sein Schamgefühl noch immer nicht überwunden, als er ängstlich auf das Melonenfeld ging. Der Feldwächter, der seine Umrisse ausgemacht hatte, schoß oben im Geäst der Platane seinen Zwilling leer. Unwillkürlich ging Taşbaşoğlu zu Boden, und während der Wächter zeterte und brüllte, blieb er dort eine Weile liegen. Dann stand er mit zitternden Beinen auf und begann Melonen einzusammeln. Unter der Platane lagen noch sehr große Früchte. Ohne die Furcht, getroffen zu werden, ging Taşbaşoğlu hin, packte die Wassermelonen in den Sack und warf ihn über seine Schulter. Und wieder hallte laut wie Kanonendonner ein Schuß.

»Soll er mich doch treffen und erlösen«, murmelte Taşbaşoğlu in einem fort. »Wenn er mich doch träfe und ich meine Ruhe hätte. Ich mag nicht mehr. Verdammt sei die Heiligkeit bis in den siebten Kreis der Unterwelt. Sie brachte mich um mein Brot, brachte mich um meine Menschenwürde, machte mich zum Gespött. Wenn er mich doch träfe … Wenn er mich doch träfe …«

Ein lustiger Gedanke brachte ihn zum Lachen: Sein Leichnam, lang ausgestreckt mitten im Melonenfeld. Seine Dörfler aus Yalak, die Bauern aus den umliegenden Bergdörfern und die aus der Çukurova, zu denen sein Ruf gedrungen war … Sie alle stehen da und lachen, weil man den Heiligen erschossen hat. Jedermann trauert um einen Toten, jedem graust vor einer Leiche, doch über diesen Leichnam lachen sie. Der Heilige, der kam, um Melonen zu stehlen und dabei erschossen wurde! Wer weiß, was sie ihm dabei alles andichten werden. Zum Guten und zum Schlechten. Lachend verließ er mit eingeknickten Beinen unter der Last der Melonen das Feld. Die Gefahr, erschossen zu werden, war vorüber. Oben in der Platane tobte der Feldwächter wie ein Verrückter.

Taşbaşoğlu marschierte ohne zu halten bis an das Ufer des Ceyhan. Völlig erschöpft setzte er seine Last auf den Boden. Als der Schweiß getrocknet war, verließ auch die letzte Kraft seinen Körper, und er lehnte sich mit dem Rücken an den Sack Melonen. Ich muß die Last wieder aufnehmen, sagte er sich, ich muß noch vor Sonnenaufgang bei den Laubdächern sein.

Er mühte sich lange ab, bis er den Sack auf seine Schultern gehoben hatte, und ging auf schwankenden Beinen weiter. Kurz darauf begann er wieder zu schwitzen und fühlte sich gleich wohler und kräftiger, aber seine Beine zitterten und knickten immer wieder ein. Zweimal schlug er längelang hin, rappelte sich auf, sammelte die Melonen ein und stemmte den Sack wieder auf seine Schultern. Er hatte keine Kraft mehr, doch er holte noch das Letzte aus sich heraus. Vor Sonnenaufgang, bevor die Dörfler erwachen, mußte er im Lager sein. Denn man wußte nie, wie sich diese niederträchtigen Bauern verhalten würden, wenn sie ihn mit den gestohlenen Melonen sahen. Denen können Dinge einfallen, auf die ein Mensch im Leben nicht kommt.

Wenn er gar nicht mehr konnte, kauerte er sich mit dem Sack auf den Schultern hin, ruhte sich aus und ging weiter. Als das Gewicht unerträglich wurde, versteckte er drei Melonen in einen Busch am Wegrand.

Und während er sich am Flußufer entlangschleppte, ließ ihm ein Gedanke keine Ruhe: Sie werden kein Ende nehmen, diese Plagen, Beschimpfungen, Erniedrigungen, dieser tägliche Tod ... Ich sollte mich hier in den Ceyhan stürzen und mich von allem befreien ...

Die Sehnsucht nach Frieden wurde in ihm so stark, daß er stehenblieb und das Wasser betrachtete. Es war dunkel und still. Jetzt, in diesem Augenblick, den Sack abwerfen und ins Wasser hineingehen, tiefer und tiefer ... Rings um ihn verwischte sich alles, er war ganz allein in einem schrecklichen Dunkel, er bekam Angst, und sein Herz pochte so stark, als wollte es ihm die Brust sprengen. Ruckartig schüttelte er sich, die Finsternis wich zurück, und er ging weiter.

Er blickte nach Osten. Auf den Berggipfeln graute der Morgen. Er versteckte noch eine Melone hinter einen Busch, und mit der verringerten Last wurden seine Schritte etwas schneller. Jeden Augenblick mußte die Sonne aufgehen, würden die Tagelöhner erwachen... Er begann zu laufen...

Der Tag brach an. Wie der Schlund eines Hochofens flammte die Sonne auf. Taşbaşoğlu hob die Augen und schaute auf die lange Reihe der gebückten Pflücker auf dem Baumwollfeld. Sie standen keine zwanzig Schritte vor ihm. Als sie ihn erblickten, richteten sie sich auf.

Plötzlich prustete Habenichts brüllend los: »Seht euch den Heiligen an. Er kommt vom Melonenklau. Gewöhnliche Menschen stehlen nachts, unser Heiliger am Tage... Mensch, Oberhaupt der Heiligen, du bist ja ganz schwarz vor Erschöpfung. Mensch, Oberhaupt der Heiligen, sag uns doch, wer ist denn der letzte Heilige der Heilsgeschichte?«

Über die Menschenmenge erhob sich irres Gelächter wie eine Springflut. Verwundert blinkerte Taşbaşoğlu mit den Augenlidern.

Habenichts strahlte selbstgefällig: »Wer ist es, wer? Sagt Leute, wer?«

Das Gelächter verstummte.

»Wer am hellichten Tag Melonen stiehlt!«

Das dröhnende Gelächter hob wieder an.

Taşbaşoğlu sah aus wie eine Eule, die vom Tageslicht überrascht wurde. Mit dem Sack auf dem Rücken geht er weder weiter noch zurück, weder nach links noch nach rechts, dreht er nur verwirrt den Kopf in alle Richtungen und kann nichts sehen.

»Wer ist es, auf dessen Haus jede, aber auch jede Nacht ein helles Licht erstrahlt?«

Das Lachen verstummte, dann brach ein Gejohle an, und schließlich brüllten alle wie aus einem Mund: »Der am hellichten Tag Melonen stiehlt!«

»Wer ist es, der im Rücken sieben Lichtkugeln so hoch wie sieben Minarette hat?«

»Der am hellichten Tage in der Çukurova Melonen stiehlt!«

Verstört vom Gebrüll und Gelächter spürt Taşbaşoğlu, wie ihm die Knie weich werden und er zu Boden sinkt. Der Sack entgleitet seiner Hand, und einige Melonen kullern auf der Erde.

Und in diesem Augenblick gab Sefer dem Klebrigen ein Zeichen. Der schoß wie der Blitz aus der Reihe heraus. Zu Taşbaşoğlu laufen und ihn in die Nieren treten, war eins.

»Mensch, wenn du Wunder vollbringen kannst, wenn du ein Zauberer bist oder ein Heiliger, dann brich mir doch meinen Fuß oder verwandle mich in Holz, du verdammter, diebischer Heiliger. Du nichtsnutzige Scheiße, kann ein Dieb denn ein Heiliger sein? Könnte er schon, wenn auch aus einem Kinderschänder, einem niederträchtigen Menschen wie dir einer werden kann . . .«

Er versetzt ihm Fußtritte, verspottet ihn und lacht dazu. Und die Zuschauer lachen mit ihm.

»Mann, du hast keine Ehre, keine Würde, keinen Anstand, du hast nichts. Mensch, was wäre aus Yalaks Ehre geworden, wenn man dich beim Diebstahl erwischt hätte? Hieße es dann nicht, der Heilige von Yalak ist ein Dieb? Was wäre dann in der Çukurova aus dem guten Ruf unseres Dorfes geworden? Los, antworte, du beschissener Heiliger!«

Und die Dörfler lachten aus vollem Hals.

Da schnellte Hasan aus der Menge, klaubte einen kleinen Stein auf und schlug ihn dem Klebrigen auf den Kopf.

Es blutete. Der Klebrige drehte sich um und gab Hasan einen Fußtritt in den Magen. Hasan hielt den Fuß fest. Der Klebrige schüttelte den Jungen ab, drehte sich zu Taşbaşoğlu um und trat weiter.

»Mensch, Scheißheiliger, wo bleiben deine Wunder? Ich werde dir in den Mund scheißen...« Er bückte sich und streckte seinen Hintern auf Taşbaşoğlus Kopf: »So, genau so werde ich in deinen heiligen Mund scheißen, los, lähme mich, lähme mich doch, du Betrüger...«

Das Lachen der Menge erstarb, Mitleid machte sich breit. Taşbaşoğlus Frau weinte still vor sich hin, seine Kinder schrien, und seine Verwandten schwiegen bedrückt. Ein dumpfes Grollen ging durch die Menge.

»So viel ist unmenschlich«, brüllte Habenichts. »Der Hundesohn bringt den Kerl ja um...«

Der Unmut der Menge wuchs.

»Er hat den Kerl getötet!«

»Wer hat schließlich noch keine Wassermelonen gestohlen?«

»Ja, wer nicht?«

Das Murren der Menschenmenge wurde immer lauter, und langsam bewegte sie sich auf den Klebrigen zu, der verdattert dastand, zu seinen Füßen der nach Atem ringende Taşbaşoğlu...

»Ist das etwa keine Sünde?«

»Ist es nicht schade um ihn?«

»Der arme Fremde.«

»Hey, Memet Taşbaşoğlu, hey... daß man dich so beleidigt!«

Plötzlich sprang Sefer hinzu, packte den Klebrigen am Arm und schleuderte ihn mit aller Kraft zur Seite. »Du herzloser Hund du«, brüllte er, »du hast den Mann getötet. Ja, getötet. Und wenn er ein Heiliger ist? Heilige sind langmütig. Sie halten sich mit ihrer Macht und ihren Wundern zurück.«

366

Er ging drohend auf ihn zu, der Klebrige ergriff die Flucht, und Sefer verfolgte ihn so lange, bis er ihn außer Reichweite der aufgebrachten Menschenmenge hatte.

»Hau ab, Mensch!« flüsterte er ihm zu. »Die reißen dich in Stücke.« Und während der Klebrige fortlief, wandte er sich Taşbaşoğlu zu, hob ihn auf, hakte sich bei ihm unter und brachte ihn zum Laubdach.

»Ja, ja, Taşbaşoğlu, euer Hochwohlgeboren«, sagte Sefer voller Haß, »habe ich es dir im Winter nicht vorausgesagt? Habe ich dir nicht gesagt, daß dich die Bauern so behandeln werden? Wenn es ihnen nützt, setzen sie dir die Krone auf, machen dich zum Heiligen, ja zum Propheten, und wenn du ihnen zu Diensten warst, treten sie dir in den Arsch und machen dich lächerlich. Mein heiliger Bruder, dein Leidensweg hat erst begonnen...«

Einige Frauen brachten den erschöpften Taşbaşoğlu in die Laubhütte und legten ihn hin. Hasan hielt ihn bei der Hand und weinte in einem fort.

36

Taşbaşoğlus Leidensweg geht Memidik sehr nahe.
Außerdem hat er Angst. Sein Sinn für Menschen-
würde wurde verletzt, er fühlt sich gekränkt. Mit
den Mißhandlungen an Taşbaşoğlu bricht auch in
ihm etwas zusammen. Und er weiß, daß hinter al-
lem Sefer steckt. Er bittet Taşbaşoğlu um seinen
Segen.

Vor den Laubhütten aus Schilf und Zweigen, nicht breiter als zwei Nachtlager und nicht höher als ein Meter, häu-
fen sich die Melonenschalen. Bremsen, Bienen und Wespen bedecken sie. Wie glänzende Wolken senken und heben sie sich über die abgenagten Reste, als versammelten
sich vor den Laubdächern neue Bienenvölker um ihre jungen Königinnen, so aufgeregt laut klingt ihr Gesumm.
Die Bremsen sind sehr groß, rötlich mit glänzenden Flügeln. Wie Helikopter landen sie ganz langsam auf den Melonenschalen. Wieder verwandelt die Sonne die Erde in
glühendes Eisen.

Die Tagelöhner hatten sich in den Schatten verkrochen,
zupften erschöpft und lustlos die Bäusche aus den gesam-
melten Kapseln.

Die Kinder neben ihnen waren voller verschorfter
Wunden. Aber die Mücken hatten auch den Erwachsenen arg zugesetzt. Das ganze Dorf kratzte sich, als hätte
es die Räude. Sie zupften Baumwolle, kratzten sich,
zupften, kratzten sich... Ihre Rücken schmerzten, als
seien sie gebrochen. Keiner von ihnen konnte halbwegs
gerade auf seinem Hintern sitzen, und sie fühlten sich, als
wären ihre Gelenke mit Mörsern bearbeitet worden. Die
Fingerkuppen der meisten waren vom »Baumwollschrecken« befallen, die Haut war dort so abgeschürft, daß

jeden Augenblick das Blut sprudeln konnte. Wenn man etwas anfaßte, krümmte man sich vor Schmerzen, wurde einem speiübel, wünschte man sich den Tod herbei.

Ali der Lange hatte sich erholt, aber seine Finger hatten den »Baumwollschrecken«. Und die einzige, die ein Mittel dagegen wußte, war seine Mutter... Doch die war nicht da. Verdammte Qual! Und immer noch zupfte Ali mehr als alle anderen.

Die Hitze lastete feucht und schwer. Sie wurde immer drückender und nahm den Menschen den Atem.

Ali der Lange blickte in den Himmel, diese Schwüle sah nach Regen aus. »Allmächtiger«, sagte er, »mein schöner Gott, laß es nicht regnen. Ich flehe dich an! Wenigstens so lange, bis wir dieses Feld abgeerntet haben.« Er zögerte. Sollte er »Im Namen Taşbaşoğlus« hinzufügen? Schließlich verzichtete er darauf. Er hatte gehört, was Taşbaşoğlu widerfahren war. Wenn er früher etwas von seinem Herrgott erbat, tat er es immer im Namen seines besten Freundes, mit dessen Heiligkeit er sich brüstete. Damals war es für ihn selbstverständlich, daß er: »Taşbaşoğlu, unserem Herrn, zuliebe!« sagte, ob er daran glaubte oder nicht.

Hasan berichtete ihm in allen Einzelheiten: »Bei Gott, dieser Mann ist mein Onkel Taşbaşoğlu. Er ist weder seine Fotografie noch sonst dergleichen, weder ein Abbild noch ähnliches. Ich habe mit ihm gesprochen, er ist er selbst. Und er weiß alles. Auch daß wir zusammen Rebhühner gefangen und Kiefernrinde geschält haben. Wenn er nicht mein Onkel Taşbaşoğlu wäre, woher sollte er das alles wissen? Und außerdem ist er der beste Mensch auf der Welt. Wenn er mit einem spricht, bekommt man vor Freude Flügel und fliegt davon. Kann ein anderer Mensch denn so warmherzig sein wie Onkel Taşbaşoğlu? Niemals! Hast du schon mal einen Menschen gesehen, bei dessen Anblick du vor Freude fliegst? Und er weiß alles. Er wußte vorher, was auf ihn zukommt. Kann ein anderer Mann so etwas wissen?«

»Sagt er auch, daß er ein Heiliger ist?«

»Sagt er ... Ich bin ein Heiliger, hat er gesagt, ein Heiliger, einen größeren gibt es nicht.«

»Was hat er noch gesagt?«

»Der Klebrige wird mich verprügeln, weil Sefer ihn aufgehetzt und ihm Geld gegeben hat. Vielleicht wird er mich auch töten, hat er gesagt. Ich bin sehr müde, ich bin krank, hat er gesagt. Dein Vater ist auch krank, hat er gesagt. Soll der Klebrige mich doch verprügeln, hat er gesagt und gelacht.«

Ali knirschte mit den Zähnen. »Es kommen auch noch andere Tage«, sagte er. »Was noch?«

»Er sagte: Der Bauer hat mich zum Heiligen gemacht, als er in Not war. Doch als die Baumwollernte gut war, er viel pflücken konnte und die Angst vor Adil und dem Hunger von ihm fiel...«

»Was noch, was noch... Was hat er gesagt?«

»Von ihm fiel, hat er gesagt, da schämte er sich, daß er mich zum Heiligen gemacht hatte. Sie schämten sich für das, was man mir antat, und dachten, sie hätten sich alles nur eingebildet. Haben sie aber nicht. Man bildet sich keinen Heiligen ein. Ich bin schlicht und einfach ein Heiliger, und sie merken es nicht.«

»Was hat er noch gesagt?«

»Sie schämen sich sehr. Entweder sie werden mich anbeten, wie damals, oder sie werden mich auslöschen. Denn sie können meine Gegenwart nicht ertragen... Mein Onkel Taşbaşoğlu hat gesagt: Sie werden mich auslöschen. Wenn das nächste Feld auch so ergiebig sein wird...«

»Dein Onkel Taşbaşoğlu weiß überhaupt nichts«, sagte Ali. »Niemand kann ihn von seinem Heiligenthron stürzen. Jener Taşbaşoğlu ist ein Heiliger. Aber der mit dir gesprochen hat, ist dein Onkel Taşbaşoğlu, nicht der Heilige Taşbaşoğlu. Der Heilige Taşbaşoğlu ist bei den Vierzig Unsterblichen, hat sich auf den Berg der Vierzig zurückgezogen und ist verschwunden. Was noch?«

»Er ist sehr krank ... Er pißt Blut. Er ist ganz gelb, seine Hände und Füße zittern.«

»Sag ihm, er soll nachts zu mir kommen, wenn es keiner sieht.«

Die Nacht war drückend, vor Dunst konnte man keine zwei Schritte weit sehen. Die Gräser schwitzten, die Bäume, die Baumwollpflanzen, die Menschen, die Kapseln, die Vögel, die Bienen, die Käfer, die Sträucher, die Blumen, die Stoppeln, alles schwitzte. Die Erde schwitzte große Tropfen, schwitzte wie ein randvoller Wasserkrug, und ein bitterer, stechender, saurer Schweißgeruch stieg über die Laubdächer zum Himmel, daß einem schwindelte.

Am andern Ende schrie jemand auf. Der Schrei einer Frau.

»Osman des Kahlen Frau«, hieß es, »das Fieber schüttelt ihren Sohn.«

Die Frauen und Kinder versammelten sich vor Osman des Kahlen Laubdach. Sieben Jahre alt war der Junge. Er hatte die Beine an den Bauch gezogen, sich zusammengerollt und flog am ganzen Körper. Er zitterte, und seine Zähne schlugen aufeinander.

»Besorgt einen Tragsattel und legt das Kind da hinein, vielleicht hilft's. Es hat einen Malariaanfall.« Gesagt, getan, packten sie den Kleinen in den Sattel.

»Einen Doktor, einen Doktor«, wimmerte der Kahle. »Einen Doktor ...«

Ein Arzt hätte dem Jungen helfen können. In früheren Jahren, als sie nahe Adana in Karşiyaka pflückten, schüttelte das Fieber vierzehn Kinder. Die Ärzte retteten sie mit

Spritzen, und sie nannten die Krankheit »giftiges Sumpf-fieber«.

Die Dörfler ließen die Arbeit ruhen, scharten sich um das kranke Kind, ratlos, mit verschränkten Armen in der schweißtreibenden Hitze.

Bis Mittag schüttelten die Krämpfe den Jungen, zitterte er im Tragsattel, dann beruhigte er sich, bebte noch ein-mal, dann lösten sich die Krämpfe, er bewegte sich nicht mehr und starb.

Die Frauen bildeten einen Kreis um den toten Knaben und begannen schreiend mit der Totenklage.

Am Nachmittag wuschen sie das Kind.

Vom nahe gelegenen Dorf kam der Imam, und die Dörfler beugten sich in der Sonnenhitze zum Gebet für den kleinen Toten, den sie in ein Leinentuch gewickelt hatten.

Sie begruben ihn in einer Senke dicht am Ufer des Cey-han. Osman der Kahle faßte das Grab mit großen Kiesel-steinen ein. Die Hälfte der Toten von Yalak lag so in den Senken der Çukurova begraben. Die Dörfler waren es ge-wohnt, daher berührte es sie nicht sonderlich.

Es war schon weit nach Mitternacht. Vor seinem Laub-dach, im Schutz des Baumwollhaufens, hörte Taşbaşoğlu Memidik zu, der vor ihm mit achtungsvoll gekreuzten Armen kniete. »O Heiliger, unser Herr, gib mir einen Rat. Er hat dich beschimpft, und das hat er nun davon. Jeder hat gesehen, was dem Kahlen widerfahren ist. Auch der Hund von einem Klebrigen wird noch was erleben, weil es ihm an Ehrfurcht vor dir mangelt. Ich habe an dich ge-glaubt, ich vertraue dir. Der mir mit sieben Lichtkugeln im Rücken erschien, war dreimal größer als du, dennoch warst du es. Sein Gesicht schimmerte und erstrahlte in hellem Licht, dennoch warst du derjenige. Ich habe an dich geglaubt, und ich vertraue dir.«

Unfähig, ein Wort zu sagen, stand Taşbaşoğlu aufrecht

da und sah auf Memidik herunter. Im Mondlicht dehnte sich sein Schatten weithin nach Osten.

»Unser Herr, ich nehme mein Messer in die Hand und lege mich auf die Lauer. Sefer kommt, und meine Beine geben nach; ich habe keine Kraft mehr und sinke zu Boden. Vielleicht zehnmal habe ich es versucht, doch es ist mir nicht gelungen. Entweder erstarrte ich, oder ich war wie gelähmt. Töte ich diesen Mann nicht, habe ich kein Recht, auf dieser Welt zu sein. Jetzt schon ist mein Leben vergällt, zu Gift wird mir Speise und Trank, wenn ich den Mann erblicke. Könnte ich doch sterben. Ich schäme mich zu leben. Die Knochen brach er mir, damit ich dich verleugne. Ich muß ihn töten, Heiliger der Heiligen, unser Herr.« Er umschlang Taşbaşoğlus Knie und küßte sie. »Hilf mir, bete für mich, daß mein Körper nicht schwach wird, wenn ich hingehe, den Mann zu töten.«

Taşbaşoğlu ergriff ihn am Arm und zog ihn hoch. Dann legte er seine Hand auf Memidiks Kopf, ließ sie eine Zeitlang dort ruhen, drehte sich um und ging zu Ali dem Langen, der auf ihn wartete. Ali hockte auf einem Haufen Baumwolle und erhob sich, als er Taşbaşoğlu erblickte. Er war bestürzt. Sogar im Dunkel konnte er erkennen, daß Taşbaşoğlu geschrumpft, daß er klein geworden war wie ein Kind.

Er nahm ihn bei der Hand. »Komm, laß uns zum Fluß hinuntergehen«, sagte er. »Dort können wir ungestört miteinander reden.« Sie gingen über die Böschung zum Ceyhan hinunter und setzten sich unter einen Keuschlammbaum.

»Willkommen, Bruder!« sagte Ali.

»Ich freue mich, dich zu sehen!« antwortete Taşbaşoğlu.

»Was du erlebt hast, kannst du mir nachher erzählen. Seit dem Tod des Jungen fürchten dich die Dörfler noch mehr. Der Schreck ist ihnen in die Glieder gefahren. Sie sind so entsetzt, daß sie nicht einmal in die Richtung deines Laubdachs blicken mögen. Als Heiligen können sie dich auch nicht mehr anerkennen. Du bist ja auch kein richtiger.«

»Doch, ich bin ein echter Heiliger«, sagte Taşbaşoğlu barsch, »kein eingebildeter. Ich habe mich oft geprüft und festgestellt, daß es keine Einbildung ist.«

»Als unser Hasan uns dasselbe sagte, wollte ich es nicht glauben. Du bist also ein Heiliger geworden, Bruder Memet.«

»Ich bin einer geworden, Ali.«

»Nun gut, ich glaube dir. Aber jetzt wollen die Dörfler von deiner Heiligkeit nichts wissen. Die von Taşbaşoğlu erkannten sie an, deine nicht. Wärst du nur nicht zurückgekommen. Was wirst du jetzt tun? Du bist schlimm dran.«

»Ich bin schlimm dran.«

»Du mußt fort von hier. Die Dörfler werden dir Ärger machen. Sie schäumen vor Wut.«

»Ich kann nirgendwo hin«, stöhnte Taşbaşoğlu. »Du siehst doch, ich bin in einer ganz schlechten Verfassung und kann keinen Schritt weit gehen. Ich war sehr krank. Hätte sich sonst der Klebrige in meine Nähe gewagt?«

»Sie haben große Angst vor dir, Bruder. Diese Angst macht sie zu allem fähig.«

»Ich weiß«, sagte Taşbaşoğlu.

»Wenn es nur darum ginge, dich zu töten; aber sie beleidigen dich, und das hältst du nicht aus.«

»Das halte ich nicht aus«, antwortete Taşbaşoğlu.

37

Amtmann Sefer meint, daß nach den Prügeln vom
Klebrigen Taşbaşoğlus Bann gebrochen ist. Nun
werden die Dörfler mit mir sprechen, sagt er sich.
Außerdem war es ihm ja auch gelungen, Memidik
zu überlisten und zum Reden zu bringen. Wenn,
dann werden die Bauern jetzt mit ihm sprechen,
wird die Legende Taşbaşoğlu jetzt ihr Ende fin-
den. Gib der Zeit keine Gelegenheit, indem du die
Tage verstreichen läßt, sagte er sich immer wieder.
Denn Taşbaşoğlu ist ein kluger Mann, und was er
vorhat, weiß man nicht.

Amtmann Sefer hatte seine schönsten Kleider angelegt,
hatte sich auf »Fliegenglitsche« rasiert, seinen Schnurrbart
mit schwarzen Weintrauben eingerieben und die Enden
spitz gezwirbelt, daß sie wie Bleiglanz schimmerten.
Heute hatten die Pflücker zwei lange Reihen gebildet,
vielleicht tausend Meter. Nicht einmal ihre Hände schienen sich zu bewegen. Die Luft stand still, kein Blatt rührte
sich, und feuchte Staubschwaden lagen über der Ebene.
Die Hitze dampfte. Eine flimmernde, blendende Hitze. Es
gab sehr viele Fliegen; Gesicht und Hände der Tagelöhner
waren schwarz von ihnen. Kaum hatte eine klobige Hand
einen Schwarm aus dem Gesicht verscheucht, ließ sich ein
anderer darauf nieder.

Heute war auch Ali der Lange unter den Feldarbeitern.
Es war schon später Morgen. Sie sammelten die Kapseln
auf, schüttelten die Erde ab, pusteten den Rest herunter
und legten sie träge in die Körbe. Nach dem Regen stripp-
ten sie die Kapseln nicht mehr hinterher, sondern zupften
meistens die Bäusche gleich aus der Kapsel am Strauch.
Zwischendurch sammelten sie die Baumwolle, die der

Regen abgerissen hatte, von der Erde auf und reinigten sie. Diese schlammigen Kapseln waren ein Alptraum. Wenn nämlich der Eigentümer den Pflückerlohn drückte, war alle Mühe umsonst gewesen. Daher schütteten sie die nach einem Regen gesammelte Baumwolle auf getrennte Haufen. Die vom Strauch gezupfte war von schimmerndem, die gesammelte von schmutziggrauem Silber. Die Tagelöhner hätten es aber ohnehin nicht über sich gebracht, saubere und beschmutzte Baumwolle zusammenzuschütten.

Die lange Menschenkette bewegte sich in stickigem Schatten mit der Trägheit einer Schlange weiter. An solchen Tagen pflückte keiner von ihnen mehr als fünf Kilo, und wenn es so weiterging, nahm das Feld kein Ende, bekam niemand ordentliches Geld in die Tasche. Und doch schufteten sie seit Tagen unermüdlich. Ihre Hände waren aufgerauht, und ihre Lenden schmerzten, als brächen sie auseinander. Einige Tage noch würden sie so schwerfällig weiterarbeiten, und wenn sie wieder bei Kräften waren, schneller werden.

Memidiks Hände wollten überhaupt nicht. Gedankenverloren schaute er immer wieder zu Taşbaşoğlu hinüber, der fast am Boden kroch und sich abmühte, mehr zu pflücken als die andern. Er sah und hörte nichts, so emsig war er bei der Arbeit. Er sah aus wie eine Katze, der man das Rückgrat gebrochen hatte und die ihre Hinterbeine leblos hinter sich herschleppte. Es war unmöglich, unter den buschigen Brauen seine schwarzen Augen auszumachen. Er schaute niemanden an, sah nirgendwohin. Als gäbe es ihn nicht, als sei er nicht von dieser Welt, als wäre er verzaubert.

Memidik nahm seinen Korb, ging zu ihm und blieb neben ihm stehen.

Taşbaşoğlu nahm ihn nicht einmal wahr. Sein Gesicht war schmal und eingefallen, voller Falten, von grüngelber

Farbe. Die Enden seines Schnurrbarts hingen schlaff und strähnig herab. Mit prüfendem Blick betrachtete Memidik ihn aus der Nähe. Das war wohl Taşbaşoğlu; alles an ihm, seine Stimme, seine Gestalt, seine ganze Erscheinung sah aus wie Taşbaşoğlu, dennoch, dieser da war ein klitzekleiner Mann, nicht mehr als eine Handvoll. Taşbaşoğlu aber war riesig. Zwei Meter hoch. Und er leuchtete. Mit flammenden Augen. Mein Gott, vielleicht ist er so ins Dorf gekommen, um die Dörfler auf die Probe zu stellen. So sterbenskrank, mit kraftlosen Gliedern. Wenn es so ist, sind die Dörfler geliefert. Alle! Der Klebrige würde für sich nicht einmal in der Hölle einen Platz finden.

Plötzlich hallte in der Hitze wie Kanonendonner Amtmann Sefers Stimme: »Komm her, Klebriger, komm, Bruder, ich habe dir einige Worte zu sagen!«

Die Hände der Pflücker stockten. Die Dörfler waren nur noch Auge und Ohr.

Der Klebrige verließ auf der Stelle die Reihe und lief zu Sefer hinüber. Nur Taşbaşoğlu arbeitete weiter, als hätte er nichts gehört. Schwerfällig pflückten seine Hände Kapsel auf Kapsel, außer Baumwolle schien es für ihn nichts anderes zu geben.

»Ist dieser Mann da Taşbaşoğlu aus unserem Dorf oder nicht?«

Der Klebrige erstarrte zu Stein.

»Mensch, ich rede mit dir, Klebriger, du Hundekadaver, ist dieser Mann nicht Taşbaşoğlu? Los, mach den Mund auf, ist dieser Mann der heilige Taşbaşoğlu, oder ist er's nicht? Hast du gestern diesen Heiligen nicht nach Strich und Faden verprügelt und ihm in den Mund geschissen? Hast du nicht gemerkt, daß seine Heiligkeit nichts als Luft ist? Mensch, ist dieser Mann nicht Glatzkopf Taşbaşoğlu aus unserem Dorf, mit Hand und Fuß, mit Bart und Haar und mit seiner Stimme? Mann, kann es

377

denn ein Abbild eines Menschen, eine zweite Ausfertigung geben? So etwas gibt es nur auf einem Papier. Kerl, dieser Schandfleck da ist Taşbaşoğlu. Ist aus der Irrenanstalt entlaufen und hergekommen. Und hat sich in einen räudigen Hund verwandelt. Würde deine Hand nicht verdorren, wenn er ein Heiliger wäre? Sie ist aber nicht verdorrt. Und wenn sie nicht verdorrt ist, dann ist er auch kein Heiliger, sondern ein Mensch wie du und ich. Wenn es aber so ist, warum sprecht ihr dann nicht mit mir? Aus welchem Grund? Wäre er ein Heiliger, könnte ich es verstehen. Der Heilige hat's befohlen, also spricht man nicht mit mir, weil es sich nicht schickt. Aber sieh doch, der lächerliche Taşbaşoğlu kriecht vor mir wie ein räudiger Hund ohne Rückgrat. Hätte er die Macht, würde er doch zuerst sich selbst helfen. Mensch, ist dieser Mann Taşbaşoğlu oder nicht? Antworte! Wenn du schon nicht sprechen willst, sag es mir mit einem Zeichen!«

Er redete, beschwor, schäumte, drohte, doch der Klebrige war zu Stein geworden. Weder Laut noch Gebärde. Das hatte Sefer von ihm nun überhaupt nicht erwartet. Er war überzeugt gewesen, der Klebrige würde mit ihm sprechen, würde ihm sagen, daß der Mann, den er verprügelt und erniedrigt hatte, Taşbaşoğlu sei, wie er leibt und lebt, und dann würde das ganze Dorf wieder mit ihm sprechen. Er hatte sich geirrt.

»Verdammter Hund!« zischte er ihm zähneknirschend ins Ohr. »Für die Prügel bekommst du keinen Kuruş von mir, und verheiraten werde ich dich auch nicht. Los, geh zum Teufel!« Der Klebrige ging an seinen Platz zurück.

Enttäuscht rief Sefer Memidik zu sich. Dieser hatte doch überall herumerzählt, daß dieser Mann Taşbaşoğlu selbst sei. Vielleicht würde er es schon aus Trotz jetzt wiederholen.

»Memidik, Bruder«, begann er mit weicher Stimme,

»ist dieser Mann Taşbaşoğlu oder nicht? Du sagtest mir doch, daß er es sei, und darum...« Er redete und redete, aber auch Memidik brachte kein Wort über die Lippen. Auch bei ihm zerschlug sich Sefers Hoffnung.

Er befragte Taşbaşoğlus Frau, dessen Kinder und jeden, der ihm über den Weg lief. Doch niemand antwortete ihm. Wutentbrannt ging er schließlich zu Taşbaşoğlu und baute sich vor ihm auf: »Mensch, Taşbaşoğlu Efendi, du hast mir in den Mund geschissen. Hast dich angeschissen und mich auch... Sieh, bis ich sterbe, wird niemand mit mir sprechen, nicht einmal meine Kinder und Frauen. Und über dich werden sie sich lustig machen, werden dich verspotten und erniedrigen... Schließlich werden sie auch dich vernichten. Du bist in Zukunft ein Spielzeug, Taşbaşoğlu, ein Spielzeug der Bauern. Heute scheißen sie dir noch in den Mund, nach drei Tagen machen sie dich wieder zum Heiligen und beten dich an, wenn sie in der Klemme sind. Leben sie wieder im Überfluß, stecken sie ihre Finger in deinen Arsch, weil es ihnen peinlich ist, dich zum Heiligen gemacht zu haben... Du bist für sie ein riesiges, unsterbliches Spielzeug. Ich spucke auf dich, tuuu, ich spucke auf dich... Du bist so gut wie tot, so gut wie tot, du räudiger Hund du...«

Dann spuckte er in hohem Bogen vor Taşbaşoğlu aus und ging. Es schüttelte ihn, als weinte er. Den Kopf gesenkt, ging er zum Ceyhan hinunter. Das Wasser lag still wie im Schlaf. Er war ohne Hoffnung, alle Mühen waren umsonst gewesen, Dunkel umgab ihn, wohin er auch blickte.

Es wurde Abend, die Sonne ging unter. Sirrend kamen die Mücken und stürzten sich auf die Dörfler. Sie kratzten die verschorften Wunden wieder auf, die Wunden begannen zu bluten. Erst lange nach Sonnenuntergang kam der Westwind. Die Dörfler, die sich bis zum Abend in der Hitze gequält und mit den Fliegen herumgeschlagen hatten, konnten endlich aufatmen und einschlafen. Der Wind wurde heftiger und vertrieb auch die Mücken.

Alles schlief. Nur zwei waren wach: Taşbaşoğlu und Sefer. Taşbaşoğlu hatte schon seit drei Tagen kein Auge zugetan. Er fühlte sich eigenartig, ihm schwindelte, und ihm war, als tauche er immer wieder in ein endloses Dunkel, als würde er bis zu seinem Tode nie mehr schlafen.

Amtmann Sefer hatte Angst. Diesmal gab es keine Rettung vor Taşbaşoğlu. Nachdem ihn auch noch der Klebrige verprügelt hat, wird er mir niemals verzeihen, er kann mich von den Dörflern zerreißen lassen. Und Taşbaşoğlu wird es tun. Ein kleiner Funke genügt, und die Dörfler liegen ihm wieder zu Füßen. Und von Ömer keine Nachricht. Der müßte doch schon längst aus den Bergen zurück sein. Sollte etwa, sollte auch Ömer? Am ganzen Körper brach Sefer der Schweiß aus.

Memidik schreckte aus dem Schlaf, sprang auf, seine Hand ging zum Messer, das rank war wie ein Weidenblatt. Er hörte ein Rauschen am Himmel und hob den Blick. Zu einer schwarzen Kugel geballt kam der Adler aus großer Höhe wie der leibhaftige Zorn zur Erde geschossen. In Baumhöhe über dem Boden öffnete er seine mächtigen Schwingen, strich im Mondlicht über die weite Ebene und verschwand in den weißen, schimmernden Wolken über dem Mittelmeer.

38

Seit dem Tag, an dem Halil der Alte fortging, hat
man nichts mehr von ihm gehört. Und niemand,
weder sein Sohn noch Ali der Lange, machte sich
auch nur einmal Gedanken darüber, was aus ihm
geworden sein könnte. Halil der Alte wurde Ver-
gangenheit. Es war einmal ... Als wäre dieser
Mann nie auf die Welt gekommen. Wüßte Halil
der Alte davon, er würde vor Kummer kurz hick!
sagen und sterben.

Ein großer gelber Hund hatte sich an Halil des Alten
Fersen geheftet. In der Çukurova werden die Hunde, von
welcher Rasse auch immer, nie so groß. Sie bleiben, wie
die Menschen dort, stumpige Bastarde. Nur Gräser, die zu
nichts nütze sind, und Mücken wachsen in der Çukurova
ins Unermeßliche. Und jede dieser Mücken schien Knochen zu haben und einen Stechrüssel aus Stahl. Des Taurus
Menschen Tod kommt aus der Çukurova.
Der gelbe Hund hatte einen rötlichen Schimmer und einen Streifen Rot vom Kopf bis zum Schwanz. Über seine
Lefzen hing eine riesige Zunge. Seit Halil der Alte denken
konnte, mochte er keine Hunde, fürchtete er sie, war er
der Meinung, sie brächten Unglück. Deswegen hatte er
sich nie einen Hund gehalten. Er scheuchte das Tier einigemal, der Hund blieb stehen, sah ihn knurrend an und
rührte sich nicht. Ging Halil weiter, trottete er wieder hinter ihm her.
»Irgend etwas ist an diesem Hund nicht ganz geheuer,
möge Allah alles zum Guten wenden!« murmelte Halil
der Alte.
Das brandige Gras, ausgetrocknet von der Sonne, war
vergilbt, auf baumhohen Sträuchern verwelkten die Blü-

ten. Die Çukurova knisterte in der Hitze, war ausgedörrt wie Reisig. Ein Streichholz, und die ganze Ebene stünde in Flammen.

Ein silberner Vogel mit weit ausgedehnten Flügeln und langgestrecktem Hals schwebte in Mannshöhe dem Taurus zu, wo blaue Dunstschleier aufstiegen. Auch vor diesem Vogel, der aussah, als suche er etwas auf der Erde, fürchtete sich Halil der Alte. Diese Vögel beginnen mit ihrem Tiefflug über die Ebene schon weit draußen an der Meeresküste, gleiten gemächlich bis zum Taurus und fliegen dann wieder zurück zum Mittelmeer. Sie gleiten sogar ein Stück über die Küste hinaus, denn das Meer dehnt sich so flach wie die Çukurova, und die Vögel merken gar nicht, daß sie nicht mehr über Land fliegen. Bis sie schließlich Gräser und Bäume vermissen und verwundert umkehren.

Der Tag ging zur Neige. Heute war in dieser verdammten Çukurova alles anders. In einem Augenblick waren Steine, Erde, Flüsse, Bäume, Anavarza-Felsen, Baumwollhaufen, Dreschplätze, Pferde, Rinder, Lastwagen, Trecker, weiße Quellwolken über dem Meer, war die ganze Welt in flimmerndes rotes Licht getaucht. Ein Rot, das wie die Schneide eines Messers blitzte. Auch vor diesem scharfen Rot erschrak Halil der Alte. Dann wechselte alles in Blau über, ein Kristallblau, das eines Menschen Innerstes mit Freude erfüllte. Die Bergkette des Taurus rückte ganz nah, zum Greifen nah; du streckst nur die Hand aus und brichst einen Zweig von den Bäumen... Der ganze Taurus dampfte in leuchtendem, glitzerndem Blau. Auch das erschreckte Halil den Alten. Denn auch der Hund hinter ihm war jetzt tiefblau, und auf seinem Rücken schimmerte ein dünner, leuchtend blauer Streifen wie die Schneide eines Rasiermessers. Da erschrak Halil der Alte noch mehr. Sein Schritt stockte, und auch der Hund blieb stehen. Halil der Alte brüllte und tobte, bückte sich, klaubte Erdbrocken auf und warf damit nach dem Hund. Das Tier rührte sich nicht von der Stelle. Der Hund erstarrte zum Standbild eines Hundes. Schließlich war Halil der Alte vom Brüllen, Toben und Werfen ganz erschöpft. Sich dem Hund zu nähern, wagte er nicht, also ging er weiter. Der Hund, als wäre nichts geschehen, trottete sechs Schritte entfernt hinter ihm her.

Halil der Alte hob den Kopf. Das scheidende Sonnenlicht spiegelte sich auf den Felswänden des Anavarza und glitt über die alten Gemäuer. Der Anavarza-Felsen lag wie eine lichte Insel in der dunkelnden, von Schatten überzogenen flachen Ebene, aus der hier und da Nebelschwaden aufstiegen. Noch waren die Reste der zerfallenen Stadt zu erkennen, die hohen Brückenbögen der Wasserleitungen, die Ruinen und Ringmauern. Nachts, besonders im Mondlicht, sah der Anavarza aus wie eine stolze Galeone auf hoher See, die, alles Tuch gesetzt, mit geblähten Segeln hart am Wind in schwindelerregender Fahrt dahinrauscht. Viele Schlangen leben auf dem Anavarza. Rostbraun, die Rücken sandfarben gefleckt, wimmeln sie in den Felsspalten. Ihre Augen sind quicklebendig, sind freundlich und leuchten wie Sterne. Kein Geschöpf hat so warmherzige Augen wie die kalte Schlange. Freundlich wie die Sterne am Himmel der Çukurova.

Halil lehnte sich mit dem Rücken gegen einen Baum. Er war in Schweiß geraten. Dicht vor ihm lag ein Haufen Baumwolle. Der Hund kam und legte sich mit dem Kopf zwischen den Pfoten zu Halils Füßen hin. Diesmal ärgerte er sich nicht über das Tier. Vielleicht hat es auch sein Gutes, sagte er sich. Sollen die Tagelöhner erst einmal schlafen. Oder der Feldwächter. Dieser Riesenhaufen mitten auf den Feldern ist Baumwolle, für die der Pflückerlohn bereits ausgezahlt war. In seinem ganzen Leben hatte Halil der Alte nur solche Baumwolle gestohlen. Niemals die, welche in qualvoller Arbeit in gelber Hitze von den Tagelöhnern gepflückt und noch nicht abgerechnet war. Darauf war er stolz, und damit brüstete er sich. Denn in Gottes Augen wiegt das Recht des Tagelöhners schwer; und wäre es auch nur ein Kuruş, bringt er dem Missetäter keinen Segen. Fünfzig Jahre lang hat er gestohlen. Meistens Baumwolle. Seit sechs Jahren schaffte er es nicht mehr. Wäre Ali der Lange nicht in so einer mißlichen Lage und ginge es nicht um Meryemce da oben in den Bergen, würde er es jetzt auch nicht wagen. Aber ein Sack Baumwolle konnte Meryemces süßes Leben retten.

Es wurde Nacht, Halil der Alte machte sich auf, und der Hund folgte ihm. Ohne das geringste Geräusch näherten sie sich dem großen Haufen. Halil der Alte nahm den Sack von seinen Schultern und begann, die Baumwolle hineinzustopfen. Gelassen, als wäre es das Gut seines Vaters. Der Feldwächter saß in der Nähe unter einem Baum und löffelte seine Suppe. Halil der Alte erkannte es an dessen rechten Arm, der sich auf und ab bewegte.

Im Handumdrehen hatte Halil der Alte den Sack gefüllt, über die Schulter geworfen und das Feld verlassen. Er war noch auf dem Feldrain, als der Wächter Alarm gab. Halil der Alte schlug sich in ein Dickicht von Tamarisken, das höher war als er. Auch der Hund kam und drängte sich an ihn. Der Wächter und drei andere suchten, sprangen über ihn hinweg und sahen ihn nicht. Er kraulte den Kopf des Hundes, der neben ihm lag, sich dicht an die Erde preßte und kaum atmete. Das muß der Hund eines Diebes sein, der schon manches Ding gedreht hat, fuhr es dem Alten durch den Kopf.

Die Männer suchten ohne Pause. Als Halil erkannte, daß sie ihn früher oder später entdecken würden, rutschte er aus dem Dickicht heraus zum Bach hinunter, und der Hund folgte ihm. Den Sack Baumwolle ließ Halil der Alte in den Büschen liegen.

»Ich sah, wie er die Baumwolle vom Haufen in den

Sack stopfte, und dachte mir, laß ihn erst einmal den Sack füllen, während ich meine Suppe esse, und dann schnappe ich ihn mir«, sagte der Feldwächter. »Wie konnte er nur den Sack so schnell vollstopfen und verschwinden? Ist der Kerl ein Mensch oder ein Geist? So einen Dieb habe ich noch nicht erlebt, und ich bin hier seit vierzig Jahren Feldwächter.« Fluchend und schimpfend entfernten sie sich.

Halil der Alte stieg die Böschung hoch und ging zum Gebüsch, wo er den Sack liegengelassen hatte. Doch der war weg. Er suchte überall, der Sack blieb verschwunden. So etwas war ihm noch nicht vorgekommen, seit er sich Halil der Alte nannte. Gemeinsam mit dem Hund begann er am Boden unter dem Gestrüpp zu schnuppern. Halil der Alte hatte eine unglaubliche Spürnase. Was er wohin gelegt hatte, fand er mit seinem Geruchsinn wieder. Dicht über der Erde waren die Sträucher faulig, von der Sonne ausgedorrt und hatten einen scharfen, brandigen Geruch. Doch nirgends roch es nach Baumwolle oder Jute. Auch der Hund witterte keinen Sack.

Es war zum Verrücktwerden. Vor dem Morgengrauen mußte er von hier weg sein, mußte er die Kreisstadt erreicht haben. Wenn sie ihn in der flachen Ebene erwischen, mit dem Sack auf dem Rücken... Dem Himmel sei Dank, bis jetzt war er noch nie geschnappt worden. Ihn schnappen! Mit Gottes Hilfe war er schließlich der, den sie Halil den Alten nannten!

Der Scheinwerfer eines Lastkraftwagens blitzte auf und erfaßte ihn. Er warf sich zu Boden, auch der Hund legte sich lang... Der Lichtkegel glitt nicht weiter. Schwer wie Blei blieb er auf ihm haften. Unter seiner Last wagte Halil der Alte nicht zu atmen. Einige Männer lachten auf. Das Echo hallte von den Anavarza-Felsen wider. Dann hörte er nahende Schritte. Er preßte sich eng an die Erde. Wie Schraubstöcke legten sich Hände um seine Gelenke und zogen ihn hoch.

Die Scheinwerfer blendeten seine Augen, und er konnte den Mann nicht erkennen, der ihn festhielt. Er mußte eine Zeitlang blinzeln, bis er ihn sah. Ein kräftiger junger Mann. Hinter ihm standen noch fünf. Der ältestete von ihnen sagte lachend: »Der Mann hatte sich wohl in einen Geist verwandelt. Zu dritt haben wir ihn gesucht und konnten ihn nicht finden. Ohne Scheinwerfer würden wir noch immer suchen. Und wie er am Boden klebte. Als wäre er zu Erde geworden.«

»Mann, ist der alt!« sagte der Junge, ohne ihn loszulassen. »Ich habe schon viele Baumwolldiebe gesehen, aber einen so alten noch nie. Mann, der ist ja älter als hundert Jahre!«

»Noch älter«, sagte Halil der Alte. »Kinder, laßt mich laufen!« Sogar sein langer weißer Bart schien sich zu schämen, so traurig hing er im grellen Licht über seine Brust. »Seit sechs Jahren habe ich nicht mehr gestohlen, und diesmal war es für eine gute Tat . . .«

»Wolltest du deinen Sohn verheiraten?«

Sie verspotteten ihn in einem fort. Bis in den Morgen bettelte Halil der Alte, sie möchten ihn doch freilassen, und bis in den Morgen machten sie sich über ihn lustig.

»Die Çukurova wird mit dir ihr großes Vergnügen haben«, sagten sie. »Die Çukurova hat schon viele Baumwolldiebe gesehen, aber einen so wildgewordenen Alten wie dich noch nie.« Mit erheiternden Kniffen und Püffen fesselten sie ihm Hände und Füße, stießen und rollten ihn zum Baumwollhaufen und legten seinen wohlgefüllten Sack dazu.

Mit gequälter Stimme wimmerte und flehte Halil der Alte in einem fort.

»Sei endlich still, du betagter Hund, und schlaf!« riefen sie. »Schlafe dich aus, denn morgen hast du viel zu tun, hast du einen aufreibenden Tag vor dir.«

Der Hund kam herbei und streckte sich neben Halil

386

dem Alten aus. Diesen überkam ein so schmerzhaftes Selbstmitleid, wie er es noch nie verspürt hatte.

Kaum graute der Morgen, kam der spitznäsige, sommersprossige, grünäugige Bursche Süllü mit seinen struppigen, von der Sonne gebleichten, an den Spitzen fast weißen Haaren, packte Halil den Alten bei den Schultern, stellte ihn aufrecht und ließ ihn so stehen. Halil des Alten Beine knickten ein, aber der betagte Mann hielt sich grade und ging nicht zu Boden. Der Jüngling band ihm die Hände los, knotete ihm ein Halfter fest um den Hals, legte ihm den Sack auf die Schultern, und sie machten sich auf den Weg.

Als sie das erste Dorf erreichten, stand die Sonne schon ein Minarett hoch über dem Horizont, und dünne Rauchsäulen stiegen senkrecht aus den Lehmhäusern weit in den Himmel.

Der Bursche zog und führte Halil den Alten, der sich unter der Last krümmte, am Halfter. In größerer Entfernung folgte ihnen mit der Schnauze am Boden der Hund. Kaum wurden sie im Dorf gesichtet, erhob sich ein Riesenlärm, stürzten sich sämtliche Kinder mit Geheul auf Halil den Alten und bewarfen ihn mit Steinen, Schafmist, getrocknetem Rinderdung und Erdklumpen. Danach spuckte jedes von ihnen ihm ins Gesicht. In diesem Tumult zerrte Süllü Halil den Alten am Halfter auf eine Holzbank unter einem riesigen Maulbeerbaum, dessen von Staub überzogene Blätter fast weiß waren. Dort saßen mit einigen Dörflern die Alten und tranken Tee. Als sie Halil erblickten, sprangen sie auf und spuckten ihm nacheinander ins Gesicht. Frauen strömten aus den Häusern, alte und junge, Kinder, Kranke und Bettlägerige, jeder, aber auch jeder eilte zum Maulbeerbaum und spie Halil dem Alten erst einmal ins Gesicht. Jedesmal zuckte es zusammen, legte sich in Falten, verzog sich die Haut über dem rechten Jochbein. In wenigen Augenblicken war es voll schaumigem Speichel, und Halil der Alte blickte verstört in die Runde wie ein gequältes Kind. Unter seinen buschigen Brauen blinzelten seine Augen ununterbrochen, als blendete sie grelles Licht.

Schimpfworte, Flüche, Verwünschungen – das Dorf war in Festtagsstimmung. Hin und wieder riefen einige: »Leute, hört auf, er ist alt, laßt ihn, es ist Sünde!« Aber niemand hörte sie.

Süllü zog mit Halil dem Alten am Halfter und den Kindern im Gefolge durch alle Dorfstraßen und dann, mit einem Siegerlächeln auf den Lippen, zum Dorf hinaus. Die Kinder gaben ihm bis zur Ulme am Dorfrand das Geleit. Von dort setzten Süllü, Halil der Alte und der traurige große gelbe Hund ihren Weg allein fort.

Halil des Alten Füße waren nackt und brannten im heißen Staub der Landstraße. Bei jedem Schritt hüpfte er, als trete er auf glühendes Eisen. Langsam begannen seine Knie zu zittern. Es war sehr heiß. Heute regneten Flammen vom Himmel. Und die Last auf Halil des Alten Schultern wurde immer schwerer.

Als sie ins nächste Dorf kamen, begann Süllü auszurufen: »Ein Baumwolldieb! Ein Baumwolldieb...«

Das Dorf war menschenleer. Jedermann hatte sich vor der Hitze in die Häuser geflüchtet. Doch als sie die Rufe hörten, kamen Kind und Kegel, jung und alt herausgelaufen. Halil der Alte verschwand in einer Staubwolke. Schreie, Flüche, Verwünschungen, Schläge.

Plötzlich kehrte Ruhe ein, verstummten die Schreie, hörten die Mißhandlungen auf. Langsam senkte sich die Staubwolke, tauchte Halil der Alte wieder auf. Er kniete wie zum Gebet. Der Sack lag neben ihm, er war aufgegangen, doch von der Baumwolle war nichts herausgefallen. Halil des Alten Zeug hing in Fetzen, besudelt von Schlamm, Rinderkot und Speichel. Der alte Halil ähnelte keinem Menschen, er sah aus wie ein fremdes Wesen aus

Erde, Schmutz, Speichel und Staub, ein Wesen, wie die Welt noch keines gesehen hat. In einem fort kniff er die Augen zusammen, die unter Schlamm und Speichel verschwanden. Täte er auch das nicht, würde ihn niemand für ein lebendes Geschöpf halten.

»Er ist ein Mensch, geht nicht zu weit«, riefen einige Alte und Frauen.

Ein siebenjähriges Kind weinte in einem fort und schrie: »Sie haben meinen Opa umgebracht, ich werde es meinem Vater sagen, wenn er kommt!«

Süllü zerrte am Halfter, Halil der Alte kippte vornüber, und sein langer, schlammiger Bart wälzte sich im Staub.

Es war sehr heiß, Feuer regnete vom Himmel.

Süllü zog Halil hoch und stellte ihn auf die Beine, doch der Alte konnte nicht mehr, so zitterten ihm die Knie. Aber noch hielt er sich aufrecht, wollte er sich vor diesen niederträchtigen Menschen der Çukurova nicht noch lächerlicher machen. Er wußte, daß sie ihn wie einen Hundekadaver weiterschleifen würden, wenn er zusammenbrach. Oft genug hatte er es bei ertappten Baumwolldieben erlebt und darüber gelacht.

Süllü und zwei andere Burschen hoben den Baumwollsack hoch und legten ihn auf Halil des Alten Schultern. Dieser verlor das Gleichgewicht und schlug samt Baumwollsack lang hin. Kaum lag er am Boden, brach dröhnendes Gelächter aus.

»Los, steh auf, alter Hund!« sagte Süllü. »Denkst du denn, es ist so leicht, in der Çukurova Baumwolle zu stehlen? Wir vergießen einen Napf Schweiß für eine Baumwollpflanze, und dann kommst du von den kühlen Quellen der Hochebene, um diesen Schweiß zu stehlen . . . Los steh auf, alter Knacker!« Er packte ihn bei den Schultern und hob ihn hoch. Dann legten sie ihm den Sack auf, und Süllü zog ihn am Halfter weiter.

»Du kannst mit diesem Knacker keine drei Dörfer mehr

schaffen. Der bricht zusammen und bleibt auf der Strecke«, sagten einige Dörfler.

»Der geht, soweit er kann. Dann schleife ich ihn«, antwortete Süllü.

Mit den Kindern im Gefolge zogen sie an Lehmhäusern in brütend heißer Sonne vorbei. Halil der Alte hatte aufgegeben. Er hüpfte auch nicht mehr, wenn seine Füße den brennenden Staub berührten.

Sie gingen noch durch zwei Dörfer. Halil der Alte blinzelte jetzt nicht mehr. Dann konnte er nicht mehr aufstehen.

Süllü stellte ihn auf die Beine, doch er schlug längelang wieder hin.

»Weißt du denn, wo dieser wildgewordene Halunke hingehört?« fragte der Dorfälteste.

»Ich weiß es«, antwortete Süllü, »er hat es mir gesagt.«

»Der Kerl kann nicht mehr. Wenn er dir unter der Hand stirbt, kannst du Ärger bekommen. Bring ihn zu seinen Leuten und lade ihn dort ab. Du kannst unser Gespann nehmen.«

»Ach«, bedauerte Süllü, »ach! Ich würde ihn noch durch zehn Dörfer schleppen. Und wie er seine Augen zusammengekniffen hat, und wie...«

Sie warfen Halil den Alten auf den Wagen. Er war so erschöpft, daß er dabei nicht einmal aufstöhnte. Im Galopp ging es zu dem Baumwollfeld, auf dem die Bauern aus Yalak pflückten. Der Tag ging schon zur Neige, die größte Hitze war vorüber.

Süllü ließ Halil den Alten vom Wagen herunter, der sackte zusammen und blieb am Boden liegen. Der Hund kam angelaufen, beschnupperte ihn, entfernte sich ein Stück, legte sich hin und schlug aufgeregt mit dem Schwanz.

»Sein Name ist Halil der Alte«, rief Süllü. »Wir haben ihn erwischt, als er Baumwolle stahl. Bitte sehr, da habt ihr ihn.« Dann gab er den Pferden die Peitsche und verschwand in einer Staubwolke.

Das ganze Dorf versammelte sich um Halil den Alten, und bei seinem Anblick stockte allen das Herz. Sie umarmten ihn und weinten. Dann wuschen sie ihn gründlich, und bald darauf öffnete er die Augen. Als er Ali den Langen erblickte, lächelte er.

»Diesmal haben wir es nicht geschafft«, sagte Halil der Alte mit schwacher Stimme. »Es sollte nicht sein, sie haben uns erwischt.« Dann wurde sein Gesicht ernst. »Hör zu, langer Ali, versprich mir, daß du Meryemce nichts davon erzählen wirst. Du wirst ihr nicht sagen, daß ich ihretwegen sterben mußte. Versprochen?«

»Versprochen!«

»Dann halte dich nicht länger auf und mach, daß du rechtzeitig bei meiner schönen Meryemce bist! Versprochen?«

»Versprochen!«

39

*Meryemce befallen Angst und Überdruß. Sie hört
weder von Taşbaşoğlu noch von Ahmet dem Umnachteten. Auch die Elfen kommen nicht vorbei.
Nicht einmal Räuber und Landstreicher besuchen
dieses unheilvolle Dorf. Seit vielen Tagen läuft sie
schon im Morgengrauen in den Wald und sammelt
Pilze, Hagebutten und Holzäpfel, die wie Rosen
duften.*

Im Schatten des Waldes war es dämmerig und feucht.
Weit im Osten zog sich ein schmaler Lichtstreifen quer
durch die Wolken. Die Sonne war noch nicht zu sehen.
Meryemce sammelte Pilze. Die Pilze des Waldes schmek-
ken köstlich. Gebraten in der Glut besonders. Meryemce
sammelte bis zum Vormittag, und der Korb in ihrer Hand
war voll großer Knollen.

Als ihr Kreuz zu schmerzen begann, mußte sie an die
Çukurova denken, kamen ihr die Pflücker unter der gelben Hitze in den Sinn. Und dabei spürte sie wieder ein
Ziehen im Kreuz. Die Tagelöhner in der Çukurova konnten sich vor Schmerzen jetzt nicht geradehalten. Wie Katzen mit gebrochenem Rückgrat schleppen sie ihre Beine
hinter sich her. Und von Mückenstichen sind ihre Körper
voller Wunden. Auch die Kuppen ihrer Finger müssen
schlimm aussehen. Da kannst du nichts anfassen. Und
dann die Hitze, oh, diese Hitze! Hasan und Ümmühan erschienen ihr, es tat weh, und eine unbändige Sehnsucht ergriff sie. Die Kinder kamen näher und stellten sich vor ihr
auf...

Als sie ins Dorf zurückkehrte, war es bis Mittag noch
lange hin. Sie hob den Kopf und erstarrte. Der Korb ent-
glitt ihrer Hand, und die Pilze kullerten über den Boden.

Meryemce wollte nicht glauben, was sie sah. Sie rieb sich die Augen. War das da ein Gespenst? Ein Traum? Sie schaute noch einmal hin und noch einmal. Nein, weder Gespenst noch Traum, was dort kam, war glattweg ein Mann.

Mein Taşbaşoğlu ist es, der da kommt, frohlockte sie. Dann dachte sie Ahmet der Umnachtete. Schließlich war sie sicher, daß es keiner von beiden war. Vielleicht ein Wegelagerer, ein Dieb oder Schmuggler. Wer auch immer, ob Feind oder Freund, ein Mensch war's, und er kam.

Hastig sammelte Meryemce die Pilze ein, ging zum Haus und stellte den Korb auf den Boden. Sie ging nicht hinein, sondern betrachtete von weitem den Mann und konnte sich an seinem Anblick nicht satt sehen. Vor Freude wußte sie nicht, was sie jetzt tun sollte. Sie lachte erst einmal eine Weile, dann schnippte sie mit den Fingern und schwang im Takt dazu dreimal die Hüften. Dabei ließ sie den Kommenden nicht aus den Augen.

Die Welt, diese leere Welt hatte sich im Handumdrehen mit Leben gefüllt. Die Bäume waren anders, die Vögel, die Blumen, sogar diese Ruinen von Häusern hatten sich verändert. Rundherum lachte sie alles an. Und der Hahn, der auf einem Busch hockte und den Mann auf der Landstraße beäugte, krähte vor Freude dreimal. Auch er wußte, daß die Welt sich belebt hatte, ausgefüllt war von *einem* Menschen. In Meryemces Augen, die den Umriß des Mannes streichelten, drückte sich ihre ganze Liebe aus.

»Komm«, sagte sie und lächelte. »Komm! Wer du auch sein mögest, komm! Ob Dieb, Heide oder blutbefleckter Mörder, wer du auch sein mögest, komm! Lieber Gott mit den schönen schwarzen Augen, strafe deine Diener nie mit Einsamkeit, laß keinen von ihnen das erleiden, was ich durchmachen mußte. Nicht einmal meine Feinde mögen Einsamkeit erdulden... Komm, geh schneller, mein Leben für dich! Wer weiß, woher du kommst, wie weit der Weg, den du zurückgelegt, wer weiß, wie müde du bist. Komm schnell, mein Leben für dich!«

Plötzlich erschrak sie und riß den Blick vom Wanderer dort auf der Landstraße los. »Meryemce«, schalt sie, »Meryemce mit dem schwarzen Schicksal, du stehst hier herum und guckst. Dein Löwe kommt, und du stehst wie erstarrt und gaffst, du törichtes Weib!«

Sie eilte ins Haus, holte ihr Festkleid aus grünem Baumwolltuch aus der Truhe und streifte es über. Sie hatte es nur dreimal in ihrem Leben getragen. Dann kramte sie noch Ohrringe, Nasenreif und Korallenkette hervor und legte alles an. Sie band noch ihr grünes seidenes Kopftuch um und zog ihre weißen Strümpfe an. Die Schuhe, ein Geschenk ihrer Schwester aus der Çukurova vor weiß nicht wieviel Jahren, jagten ihr wie immer Angst ein. Jedesmal hatte sie sich darin die Füße wund gelaufen. Doch jetzt, was immer auch geschehen mag, wird sie die Schuhe anziehen, denn mit seinen Gedanken bei Meryemce kam von da unten ihr Junge die Landstraße heraufgezogen.

Als sie wieder vor das Haus trat, war der Fremde schon ziemlich dicht herangekommen. Vor Aufregung konnte sie nicht länger warten und ging ihm schnellen Schrittes entgegen, mit geöffneten Armen, wie ein Sturm der Freude.

»Du lieber Gott, Herr mit den schönen schwarzen Augen«, murmelte sie dabei in einem fort, »strafe die Menschenkinder nie mit Einsamkeit. Einsam macht die Welt überhaupt keinen Spaß, überhaupt keinen Spaß.«

Als sie sich ihm näherte, kam ihr der Mann bekannt vor; aber wer war es? Ein kräftiger, hochgewachsener Jüngling, und da hatte sie ihn auch schon erkannt.

»Mein Junge, mein Recke Ömer!« rief sie und fiel ihm um den Hals. »Mein Junge, mein Recke Ömer, sei willkommen bei deiner Mutter Meryemce. Du bringst Freude und Glück. Sei Gast in meinem Haus und meinem Herzen!«

Sie wußte nicht, was sie noch tun und sagen konnte, und Ömer wußte nicht, wie er dieser überschwenglichen Liebe begegnen, was er antworten sollte. Er mochte Meryemce nicht in die Augen sehen. Seit er denken konnte, hatte sich ihm gegenüber noch niemand so verhalten, ihn noch niemand so gestreichelt und so von Herzen geküßt. Auch er hätte Meryemce gern geküßt, sie umarmt, aber er konnte sie weder anschauen, noch brachte er es zuwege, sich hinunterzubeugen und ihr die Hand zu küssen. Er war eigenartig ergriffen, ein Gefühl, das er bisher noch nie verspürt hatte, und etwas saß ihm wie eine Faust in der Kehle. Er konnte nicht einmal weinen.

Meryemce merkte nichts von Ömers sonderbarem Zustand; sie flog vor Freude, ergriff seine Hand und zog ihn ins Dorf hinein. Kaum im Haus, holte sie eine Matte, eine Decke und ein Kissen und breitete alles aus.

»Setz dich, mein Kind, meine Seele, mein kleiner Ömer«, sagte sie, »du einziger Sohn meiner Ayşe, mein Recke, setz dich! Du kommst von weit her.« Sie drängte ihn, sich zu setzen, dann brachte sie eine Kanne Wasser, Seife und Handtuch. »Zieh deine Schuhe aus«, sagte sie. »Du kommst von weit her, zieh sie aus, ich werde dir die Füße waschen.«

Ömer hatte sich noch nicht aufgerichtet, da hatte sie ihm schon die Schuhe abgestreift, seine Füße in die Schüssel gesetzt, eingeseift, abgespült und trockengerieben. Dann goß sie ihm Wasser in die Hände, und Ömer wusch sich sorgfältig das Gesicht.

Diese Meryemce ist immer schon so warmherzig, freundlich und liebevoll gewesen, dachte Ömer. Sie war schon immer und zu jedem so. Mich liebt sie allerdings ein bißchen mehr als alle anderen... Vor allem liebte sie meine verstorbene Mutter, liebte sie wie ihre eigene Tochter.

»Mach es dir bequem und ruhe dich aus!« sagte Meryemce. »Du mußt Hunger haben, ich werde Feuer machen.« Sie schichtete Holz in den Kamin und zündete es an. Als es lichterloh brannte, ging sie hinaus. Vor Hadschis Haus spazierte der Hahn. Meryemce warf die Schnur aus, und der Hahn schluckte sofort einige der aufgereihten Maiskörner.

»Blöder Kerl«, sagte Meryemce, »wie schnell du doch vergessen hast, daß ich dich unlängst genau so eingefangen habe.« Der Hahn schlug heftig mit den Flügeln, wie eine Wolke flogen die Federn. Schließlich konnte Meryemce ihn greifen. Sie drückte ihn an sich und brachte ihn ins Haus.

»Mein Ömer«, bat sie, »schlachte ihn, damit ich ihn dir braten kann. Du hast einen langen Weg hinter dir, hast Kraft verloren und bist hungrig.«

Ömer stand auf, nahm Meryemce den Hahn aus den Armen, zog seinen langen Tscherkessendolch aus dem Gürtel, stellte sich mit dem rechten Fuß auf die Beine, mit dem linken auf die Flügel des Vogels und trennte mit einem Schnitt seines scharfen Messers den Kopf vom Rumpf. Der Körper zappelte eine Weile, machte sogar noch einige Schritte ... Dann fiel er um.

Meryemce griff den Hahn, und im Handumdrehen hatte sie ihn gerupft, gesäubert und gesalzen. »Was die Vorsehung bestimmt, kann einem niemand nehmen«, sagte sie. »Heute morgen habe ich im Wald riesige Pilze gesammelt, einen Korb voll. Schau sie dir an, mein Junge, sie sind deines Gaumens würdig.«

Das Holz war zu Glut niedergebrannt, rubinrot. Meryemce schob sie auseinander und salzte die Pilze ein. Dann legte sie den Hahn und die Pilze nebeneinander auf die Glut. Das fette Fleisch zischte.

Zum ersten Mal konnte Ömer den Kopf heben und sah Meryemce an. Der Schein der Glut und das Licht der Abendsonne fielen auf ihr Gesicht, und es war wie verändert. Meryemce merkte nicht, daß Ömer sie beobachtete. Ihr Hals war spindeldürr und faltig. Ein Griff, und er bricht. Zum erstenmal an diesem Abend dachte Ömer daran, daß er diesen Hals zudrücken und würgen wird.

Er stöhnte. »Mutter Meryemce liebt mich, und meine Mutter liebte sie über alles«, murmelte er in sich hinein und wiederholte es immer wieder.

Das brutzelnde Fett räucherte und duftete in der Glut. Ömer spürte plötzlich einen schrecklichen Hunger.

40

Die Dörfler waren sehr stolz. Mit der ersten Ernte waren sie durch, und dieses Feld war so ergiebig gewesen, daß jeder genügend Baumwolle pflücken konnte. Sie hatten jetzt schon so viel verdient, daß sie ihre Schulden bei Adil Efendi bezahlen konnten.

Im allgemeinen hat die Baumwollkapsel vier oder fünf Fächer. Es gibt auch welche mit sechs oder sieben, auch manche mit nur drei Kammern. Zweifächerige Fruchtkapseln jedoch sind selten. Vielleicht eine auf tausend. So eine Kapsel bekommt den Namen Esel. Findet der Tagelöhner so einen Esel, strippt er die Baumwolle nicht, sondern bewahrt die Kapsel so auf wie sie ist. Dann wird der sogenannte Esel dem Grundbesitzer feierlich überreicht. Der Grundbesitzer wiederum gibt dem Finder dafür ein

Geschenk, manchmal auch den andern, oder er spendiert allen ein Essen. Das hängt von seiner Großzügigkeit ab.

Schon am dritten Tag nach ihrer Ankunft hatte die Zalaca so einen Esel gefunden und nicht gestrippt. Sie hatte die Kapseln in einen Zipfel ihres Kopftuchs eingebunden und wartete darauf, daß der Grundbesitzer vorbeikäme. Daß die Zalaca einen Esel gefunden hatte, der ihr Kopftuch leicht ausbeulte, wußte jedermann, und alle warteten ab.

Am Vorabend waren sie mit dem Feld durchgewesen, trotzdem wachten sie heute morgen sehr früh auf. Anstatt schmutziger Arbeitskleider zog sich jeder sauberes, auch neues Zeug an. Und die Frauen schmückten und behängten sich mit allem, was sie besaßen.

Mit dem Glücksgefühl, etwas geschafft zu haben, flanierten die Burschen und Mädchen stolz und träge zwischen den Baumwollhaufen und ereiferten sich darüber, wer mehr oder weniger gepflückt, wer am meisten Geld verdient hatte. Der größte Haufen war der von Ali dem Langen. Sie staunten immer noch über Alis schnelle Hand. Seit es die Çukurova gab, hatte man dergleichen nicht erlebt. Bald werden auf dem Feld die Waagen aufgestellt, und die Gewichtsprüfer werden nicht glauben, daß ein einziger Mann soviel Baumwolle pflücken konnte.

Wäre die Freude nach getaner Arbeit nicht so groß, die Dörfler würden vor Rückenschmerzen drei Tage und Nächte nicht auf die Beine kommen. Sie alle hatten wundgeriebene Fingerkuppen. Sobald sie irgend etwas auch nur berührten, zog ein stechender Schmerz bis zum Herzen, und sie waren wie benommen. Aber sie hatten die ganze Baumwolle gepflückt, und nur das zählte. Um ihre Schmerzen scherten sie sich nicht.

Zuerst hielt ein staubbedeckter schwarzer Mercedes. Er war nagelneu erst vor einem Monat aus Deutschland hergebracht worden. Ein kleiner Mann stieg als erster aus, dickbäuchig, von brauner Hautfarbe, mit rundem Gesicht, Tränensäcken und dunklen Ringen unter den Augen und ergrautem Haar. Er trug einen Anzug aus weißem Leinen, hielt einen Strohhut in der Hand, und über seinem Bauch baumelte eine goldene Uhrkette. Hinter ihm erschien ein schwarzäugiger junger Mann. Er hielt vor dem Dicken ehrfurchtsvoll die Hände verschränkt. Bei jedem von dessen Worten war er sofort zur Stelle.

Amtmann Sefer ging zu dem Dicken, verbeugte sich und stellte sich vor. Als der Mann den Namen hörte, lachte er auf. Auch Sefer hielt die Hände verschränkt, ließ beschämt und hilflos den Spott über sich ergehen.

»Also niemand spricht mit dir, ha? Da muß ein Mensch doch platzen. Bin ich jetzt ein Heide und stürze mich ins Verderben, weil ich mit dir gesprochen habe? Stimmt es, daß deine Frauen, deine Kinder und Verwandten auch nicht mit dir sprechen?«

»Es stimmt. Seit einem Jahr hat mir niemand auch nur ein einziges Wort gesagt.«

»Und dieser Heilige, dein Feind, der das Verbot über dich verhängt hat, ist auch gekommen, ha? Es gibt in der Çukurova keinen, der eure Heiligengeschichte noch nicht gehört hat.« Er hielt seinen Bauch und lachte mit schimmernden Augen aus vollem Hals.

Die Dörfler standen versammelt und beobachteten die beiden von weitem mit verständnislosen Gesichtern, aber auch mit einem Hauch freudigen Stolzes.

»Muttalip Bey«, hub Sefer an, »Besitzer all dieser Ländereien und größter Bey der ganzen Çukurova... Und unser aller Glück.«

»He, Bauern!« rief Muttalip Bey. »Warum sprecht ihr nicht mit diesem Armen? Hat es euch der Heilige verboten? He, Bauern, kann es denn in diesem Zeitalter Heilige geben? He, Bauern, seht ihr denn die Düsenjäger nicht, die vom Fliegerhorst Incirlik aufsteigen und über uns hin-

wegbrausen? He, Bauern, die Menschensöhne fliegen ins
All, kann es jetzt noch Heilige geben? Oh, ihr Bauern
ihr...«

Nachdem er den Dörflern eine lange Rede über die Zivilisation zum besten gegeben hatte, sagte er: »Ich habe
gehört, daß euer Heiliger zum Baumwollpflücken vom
Berge der Vierzig herabgestiegen ist und unter euch
weilt. Wer von euch ist es? Los, Bauern, ruft euren Heiligen her, damit ich ihn kennenlernen und ihm meine Auf-
wartung machen kann.«

»Geh und bring diesen Heiligen her«, sagte Sefer zum
Dorfwächter. »Sag ihm, das Gesetz ruft nach ihm; Muttalip Bey, der Parteivorsitzende.«

Unterwürfig gebeugt näherte sich da die Zalaca, ne-
stelte an ihrem Kopftuch und hielt Muttalip Bey den
»Esel« hin.

»Gesundheit, Frau, ich danke dir, lang sollst du leben!«
sagte Muttalip Bey und nahm die Kapsel aus ihrer Hand.

Zalaca beugte sich vor und zupfte ihn am Ärmel: »Ich
habe dich im Traum gesehen«, sagte sie, »in meinem
Traum. Du warst von Licht umflutet. Und vier grüne
Adler, ihre Flügel aus grünem Licht... Sie kreisten über
deinem Kopf. Nacheinander strichen sie mit ihren Flügeln über dein Haar. Überallhin versprühten sie grüne
Funken. Der größte der Adler setzte sich auf deinen
Kopf. Er schlug mit seinen grünen, funkensprühenden
Flügeln. Und eine Menschenmenge, eine Menschenmenge... Von allen Seiten umgab sie dich... Du warst
dieser Mann, niemand anders... Die Menschenmenge
war sehr fröhlich und klatschte. Und von den grünen
Flügeln des Adlers regneten grüne Funken auf die Menschenmenge...«

Muttalip stand hoch aufgerichtet da, mit einem spöttischen, ungläubigen Lächeln, womit er zeigen wollte, daß
ihm dieser Traum gefallen hatte und er an Träume nicht

glaubte. »Dein Traum möge zum Guten sein«, sagte er, nachdem er Zalaca bis zum Ende zugehört hatte.

»Ich hab's in meinem Traum gesehen, in meinem Traum, und ich habe es zum Guten ausgelegt, zum Guten«, antwortete Zalaca.

Bedächtig zog Muttalip Bey seine Geldbörse aus der Tasche, entnahm ihr mit spitzen Fingern einen Fünfziger und reichte ihn Zalaca. Dann wandte er sich an den schwarzäugigen Jüngling und sagte: »Mach dich sofort auf in die Kreisstadt, besorge für unsere Dörfler sieben Kisten frische Weintrauben und verteile sie unter ihnen.«

»Bey, du hast diese Sache nicht gut gemacht«, sagte Habenichts, als er den Fünfziger in Zalacas Hand sah.

»Welche Sache?« fragte befremdet Muttalip Bey.

»Diese Sache mit den fünfzig Lira. Jetzt wird Zalaca vierundzwanzig Stunden am Tag ihre Träume haben. Früher träumte sie nur nachts.«

Alle lachten.

In diesem Augenblick kam, zusammengekrümmt, als habe er Magenkrämpfe, mit verzerrtem Gesicht, klein geworden wie ein Kind, die Augen tief in den Höhlen, Taşbaşoğlu mit dem Wächter. Wie ein armer Sünder blieb er vor Muttalip Bey stehen. Dieser lachte und ging Taşbaşoğlu einen Schritt entgegen.

»Mensch, Oberheiliger, wie siehst du denn aus? Bist du krank?«

Taşbaşoğlu hielt den Kopf gesenkt und antwortete nicht.

»Mensch, Oberhaupt der Heiligen, Weggefährte der Vierzig Glückseligen ... Und du sollst es verboten haben? Daß niemand mit dem Amtmann Seter spreche? Ist das wahr? Aus welchem Grund?«

Taşbaşoğlu blickte noch immer nicht auf.

»Mann, Oberheiliger, dein Ruhm drang bis hinunter in die Çukurova und verbreitete sich von dort über die ganze

Türkei. Jede Nacht soll sich ein mächtiger Lichterbaum über deinem Haus aus dem Dunkel schälen, sich dort niederlassen und leuchten, stimmt das?«

Taşbaşoğlu beugte sich noch tiefer, erbleichte und errötete abwechselnd, und sein rechter Fuß zuckte.

»Mein Oberheiliger, kannst du nicht reden? Haben die Mäuse deine Zunge gefressen?«

Der Mann sah schließlich ein, daß Taşbaşoğlu nicht antworten würde. »Diese Heiligen, diese Glückseligen, diese Angehörigen der Vierzig reden nicht mit gewöhnlichen Geschöpfen, mit Sterblichen wie unsereiner«, sagte er, lachte gereizt und kehrte Taşbaşoğlu den Rücken.

Lastkraftwagen kamen, und Trecker mit Anhängern. Blaue, grüne, rote, orangefarbene und gelbe Lastzüge mit Pritschen aus Kunststoff. Sie waren staubbedeckt, der Lack bis zur halben Höhe der Wagen grau von der Landstraße.

Drei Waagen wurden von einem Laster heruntergelassen und an drei verschiedenen Plätzen aufgestellt. Drei junge Männer begannen sofort mit ihrer Arbeit. Die abgewogene Baumwolle wurde in große, härene Säcke gestopft und auf die Pritschen und Kunststoffanhänger gehievt.

Muttalip Bey und Amtmann Sefer hatten sich neben der kühlen Quelle unter der riesigen Platane niedergelassen. Der Grundbesitzer war gespannt darauf, von Sefer etwas über sein Abenteuer mit Taşbaşoğlu zu erfahren. Wie dieser zum Heiligen wurde, welche Wunder er vollbracht hatte und wie Sefer in diese klägliche Lage geraten war. Welche Macht ein ganzes Dorf dazu bringen konnte, mit einem Menschen, dazu noch mit dem eigenen Bürgermeister, nicht zu sprechen. Vor allen Dingen, und das war das wichtigste, zu welcher politischen Partei dieser Heilige stand. Im Laufe der Zeit könnte dieser Mann auf den ganzen Taurus, ja auf die ganze Çukurova Einfluß haben. Wie

konnte ·diese rotznäsige, gebeugte, halbtote Jammerge-
stalt ein Heiliger werden, das mußte er herausbekommen
und der Parteizentrale berichten. Und wenn dieser Heilige
Mitglied einer Gegenpartei war?

Sie saßen bei der Quelle, er fragte, Sefer antwortete.
Dieser hatte Muttalip Beys Partei bald erraten und aus
Taşbaşoğlu das militanteste Mitglied ihrer politischen
Gegner gemacht.

Als sie am Nachmittag zum Feld zurückkehrten, war
alles gewogen; ein Buchhalter mit zerknittertem Gesicht
und roter Krawatte verlas die Namen der Pflücker und
zahlte ihnen den Lohn aus.

»Der Lange dort hat am meisten gepflückt«, sagte der
Buchhalter, als er Muttalip Bey erblickte. »So etwas hat es
noch nie gegeben. Erst wollte ich es nicht glauben und
habe mich erkundigt. Er hat allein gepflückt und soll auch
nachts nicht heimlich gestohlen haben. Einmal hat er es
versucht, da haben die Dörfler ihm fast die Knochen gebrochen. Am wenigsten hat der Heilige da gepflückt. Sogar die Kinder hatten mehr.«

»Langer Kerl, komm her!« rief Muttalip Bey, griff zu
seiner Geldbörse, zog wieder mit den Fingerspitzen einen
Fünfziger heraus und hielt ihn Ali hin. Ali nahm Haltung
an, streckte seine Hand aus, griff das Geld und grüßte
stramm. »Danke, Kommandant«, sagte er, »leben sollst
du! Allah segne dich. Mit dem Segen Halil Ibrahims.
Deine Felder sollen von Baumwolle überquellen.« Dann
grüßte er zackig noch einmal und entfernte sich mit ge-
messenen Schritten.

»Wo ist der Heilige?«

Taşbaşoğlu hockte nicht weit in einem Graben. Die
Dörfler zeigten auf ihn.

»Komm her, Heiliger!«

Zögernd erhob sich Taşbaşoğlu, kam auf schwankenden Beinen ängstlich näher und blieb vor Muttalip Bey

stehen. Während dieser wiederum mit spitzen Fingern einen Geldschein hervorzog, sagte er: »Mensch, Oberheiliger, du hast ja gar nichts gepflückt. Nicht einmal soviel wie ein Kind. Was ist denn mit dir los? Oder pflücken Heilige keine Baumwolle? Hättest du nicht ein Wunder vollbringen und mit einem Zauberspruch in einem Augenblick das Feld abernten können?«

Er lachte, und die Dörfler lachten mit ihm.

»Heilig ist einer, der in einer Stunde ein Feld von tausend Morgen auf einmal leerpflückt, und nicht einer, der Winde läßt und das Volk betrügt.«

Er lachte, und die Dörfler lachten mit ihm. Taşbaşoğlus Gesicht verzerrte sich und lief blau an. Er ließ den Kopf noch tiefer sinken und preßte seine linke Faust, die in seiner rechten Hand lag.

»Mensch, Oberheiliger, wenn du schon einer der großen Glückseligen bist, hättest du doch deine Unsterblichen mit den grünen Turbanen herbeirufen und im Handumdrehen das Feld abernten lassen können. Nur großes Palavern macht noch keinen Heiligen . . .«

Er lachte aus vollem Hals. Und die Dörfler lachten auch, wohl hundertmal fröhlicher als er und aus ganzer Seele.

Er hielt Taşbaşoğlu den Fünfziger hin, den er schon eine Weile zwischen den Fingern hatte. Taşbaşoğlu sah auf das Geld und streckte seine Hand nicht aus. Er machte kehrt und entfernte sich mit schleppenden Schritten.

Muttalip Bey war verwirrt, beleidigt, in seinem Stolz verletzt und wußte nicht, wie er sich verhalten sollte. Da fiel ihm Halil der Alte in die Augen, und er klammerte sich an ihn als einen Retter in der Not.

»Du, du, Alter, wie ist dein Name?« fragte er ihn.

»Man nennt mich Halil den Alten.«

»Nimm das da, und es bringe dir Glück!«

Halil der Alte schnappte sich den Fünfziger im Sprung

und war außer sich vor Freude. »Leben sollst du!« rief er, lief humpelnd zu Ali dem Langen, denn seit jenem unglücklichen Tag humpelte er.

»Nimm das!« sagte er und reichte Ali den Fünfziger. »Und mach dich auf zu Meryemce. Noch ist sie nicht gestorben. Dieses Geld wird reichen. Und denk daran, du hast es versprochen. Sag Meryemce nicht, daß ich ihren Tod beweint habe. Und daß ich dir die fünfzig Lira gegeben habe. Dein Wort darauf!«

»Die Betrüger werden zu Heiligen«, sagte lachend Muttalip Bey, der sich schnell wieder gefangen hatte. »Die Betrüger werden zu Heiligen. Licht soll auf ihn herabregnen? Auf diesen Kerl? Rotznase! Seht euch diesen Räudigen an!«

»Seht euch diesen Räudigen an!« wiederholten einige Dörfler. »Diesen Räudigen . . .«

Und alle lachten.

»Der räudige Heilige, der Heilige, ein räudiger Hund!«

Selbstgefällig schaute Muttalip hinter Taşbaşoğlu her, überschüttete ihn mit Hohn und Spott.

Taşbaşoğlu schwindelte bei jedem Schritt. Gleich würde er zusammenbrechen. Doch vor so vielen Menschen, vor so viel Niedertracht wollte er nicht zu Boden gehen. Jedes Wort, jedes Auflachen wuchtete wie ein Hammerschlag auf ihn nieder. Aber er hielt sich mit letzter Kraft aufrecht, hielt durch bis zu seiner Laubhütte, dann konnte er nicht mehr und sackte zu Boden.

Es war sehr heiß, Feuer regnete vom Himmel.

Mädchen und Knaben, jung und alt waren zum Ceyhan hinuntergeeilt und nackt ins Wasser gegangen. Verharschte Wunden, ausgedörrte Körper, braungebrannt. Arme und Beine wie dürre Äste. Faltige Bäuche, geschrumpfte, schlaff hängende Brüste. Glänzende, pralle Haut junger Mädchen, auch sie mit schorfigen Wunden und Beulen. Braune, sehnige Körper junger Burschen. Voller Wunden...

Gegen Abend zogen über dem Mittelmeer weiße Quellwolken auf. Der Westwind fegte heran, und schimmernde Windhosen begannen zu kreiseln. Die Landstraßen entlang wirbelte der Staub und blieb in der Luft hängen.

Der Kahle Barde nahm seine Saz zur Hand, stimmte eine Tanzweise an, und die Burschen stellten sich zum Reigen auf. Kurz darauf kam ein Lastwagen mit einer Fuhre Weintrauben. Muttalip Bey hatte den Pflückerlohn für die verregnete Baumwolle nicht gekürzt. Für jedes Kilo hatte er wie immer zwanzig Kuruş gezahlt. Das stimmte die Dörfler noch fröhlicher, sie zündeten auf dem anliegenden Stoppelfeld Freudenfeuer an und tanzten den Sinsin.

Außer Taşbaşoğlu gab es im Dorf noch zwei, die lesen und schreiben konnten: Ali der Lange und Memidik. Ali der Lange hatte es bei den Soldaten gelernt. Kamen Briefe ins Dorf, mußte er sie vorlesen, wurden welche abgeschickt, mußte er sie schreiben. Und Memidik hatte lange üben müssen, bis er die drei Buchstaben A, B und C schreiben konnte. Jetzt zeichnete er sie immer wieder in den Staub der Lastwagen, wo sie rot und blau, grün und gelb leuchtend zum Vorschein kamen.

Es war sehr heiß, Feuer regnete vom Himmel.

Unter seinem Laubdach lag langgestreckt Taşbaşoğlu. Er zitterte, und seine Zähne schlugen aufeinander.

Und Memidik schwitzte. Wie Wasser troff es an ihm herab.

41

*Memidik ist Zorn vom Scheitel bis zum Zehenna-
gel. Er zittert wie eine gespannte Stahlfeder. Jeder
spürt seine Gereiztheit, seine Unrast. Er irrt durch
die Felder, dreht sich verzweifelt im Kreis.*

Blitzschnell zog Memidik sein Messer aus der Scheide;
die Klinge, rank wie das Blatt einer Weide, sauste dreimal
durch die Luft, blitzte jedesmal auf, zeichnete drei weite,
stahlblau glitzernde Bögen.

Hunderte Fliegen von metallenem Grün spannten ihre
Netze aus Licht. Die bebenden Flügel der gelben Wespen
und Honigbienen auf den Melonenschalen schimmerten,
und in der Ferne glänzten die dampfenden Stoppelfelder.
Flugzeuge flogen zum Mittelmeer, zogen Spuren wie geschmolzenes Silber, die kreuz und quer den ganzen Tag
am Himmel hingen.

Nach dem Regen war die Erde wie von einer weißen
Schicht überzogen, durchlöchert von Abertausenden
Spinnen, die ihre Netze woben. Memidik hatte sein Taschentuch um seinen Kopf geknotet. Wie ein pechschwarzer Kreis fiel sein Schatten um seine Füße, und bei jedem
Schritt zerbröselte knisternd die Erdkruste. Schmerzhaft
blendete die glitzernde Ebene seine Augen. Wie Millionen
Glasscherben spiegeln Stoppeln und Häcksel das glühende Sonnenlicht...

Er schritt weit aus, troff vor Schweiß, und der Staub,
der auf Gesicht und Rücken klebte, verwandelte sich im
Nu in eine dünne, schlammige Schicht. Memidiks Lippen
waren rissig vor Durst, doch er dachte nicht daran, haltzu-
machen und sich nach Wasser umzusehen.

Der einsame Adler am Himmel war in der Hitze noch
schwärzer und torkelte wie betrunken im geschmolze-

nen Silberblau des Himmels von einer Richtung in die andere. Seine Flügel waren noch länger geworden. Plötzlich begann er sich in weiten Kreisen mit derselben taumelnden Schnelligkeit hinaufzuschrauben, immer höher, bis er dort als ein kleiner Punkt stehenblieb, sich zusammenballte und mit rasender Geschwindigkeit im Sturzflug wieder herunterschoß.

Memidik vernahm ein sirrendes Rauschen, hob den Kopf und sah ihn wie eine pechschwarze Kanonenkugel zur Erde sausen. Minaretthoch über dem Boden öffnete er die Flügel und glitt in Richtung Dumlupinar davon. Memidik verfolgte ihn mit den Augen, bis er hinter den Anavarza-Felsen verschwand.

Memidik schritt wieder aus, drang ins Gehölz, schaute sich um und ging weiter bis zum Sumpf. Das Moorwasser brodelte und schäumte; er kehrte um. Vom Trockenen Ceyhan herüber hallte ein Gewehrschuß, Memidik ging bis zum Flußbett, schlug sich in das lila blühende Disteldickicht und wartete ab.

Der Mann mit dem Gewehr ging an ihm vorbei, ein Vogel mit langem Hals hing an seinem Gürtel, der Kopf baumelte trostlos. Ein zweiter Schuß dröhnte, und wieder ging ein Mann vorbei. Er hatte grünlich blaue Vögel geschossen, ihr Gefieder schillerte, die Beine waren zusammengebunden, und ihre Köpfe hingen herab.

Ringsherum knallten Gewehre.

Memidik hatte die Augen zusammengekniffen, sein Gesicht erschien noch kleiner, noch dunkler, in seinen Stirnfalten hatte sich Schlamm festgesetzt.

Er verließ das Disteldickicht und eilte im Laufschritt zum Ufer des Ceyhan. Der Adler kam vom Anavarza zurück, näherte sich ganz gemächlich mit weit gestreckten Schwingen und stieg ohne Flügelschlag immer höher. Vom Flußufer ging Memidik zum Akaziengehölz. Sein

Fuß knickte ein, der Schmerz kümmerte ihn nicht, die glühende Sonne sengte seine Haut wie ein Brandeisen.

Das Atmen wurde ihm schwer, er verschnaufte, setzte sich erschöpft hin und lehnte seinen Rücken an den Stamm einer Akazie. Eine leichte Brise kam auf, und in den Zweigen fiepten einige Vögel.

Als er die Augen öffnete, war die Sonne schon untergegangen. Er stand auf. Nach einer Weile sah er den Mond. Die Schatten wurden länger. Auch der Adler am Himmel war größer geworden, war um das Mehrfache gewachsen.

Memidik kam zur Quelle und hockte sich zwischen die Keuschlammsträucher. Der Platz lag verlassen da, öde und still. Gleich darauf setzte im nahen Maulbeerbaum das Zirpen der Grillen ein, erstarb und begann nach einer Weile von neuem.

Memidik merkte nicht, wann die Grillen verstummten. Er hörte Insekten summen und sah die langen Schatten dreier Männer, die den Hügel herunterkamen, gefolgt von drei riesigen Hunden.

Die Männer blieben stehen, sprachen miteinander, gingen weiter und setzten dabei ihre Unterhaltung fort. Standen sie, blieben auch die Hunde stehen, gingen sie weiter, folgten die Hunde den Spuren ihrer Stiefel. Memidik zählte: Genau acht Falken flogen über die Männer hinweg. Im Dunkel sah er weit oben das Blinklicht eines Flugzeuges. Dann vernahm er das Brummen der Motoren. Noch einige Maschinen kamen geflogen und zeichneten rote Linien in den mondhellen Nachthimmel. Bald darauf waren sie verschwunden.

Ein großer Fuchs huschte ganz nah vorbei, schwenkte seine Rute. Memidik brauchte nur seine Hand auszustrekken, um ihn zu greifen. Der Fuchs schnupperte einigemal und mußte wohl irgendeine Flegelei gewittert haben, denn er nahm plötzlich Reißaus. Kreischend zog ein

Schwarm Vögel vorüber. Eine kurze Zeit regneten wie zarte Schneeflocken Lichtschimmer herab. Wolken segelten am Himmel. Der Lichtkegel eines Lastkraftwagens strich über Memidik hinweg. Vom Himmel des Berges Hemite hing eine weiße Wolke bis hinunter in die Ebene.

Die drei Männer verschwanden mit ihren drei Hunden hinter dem Hügel. Der Weg lag wieder so hell und leer wie vorhin. Das Warten, diese Leere bedrückte Memidik. Er stieg hinunter zum Fluß. Am Ufer grub er seine Füße in den feinen, kühlen Sand. Bald darauf füllte sich die Vertiefung mit Wasser, es war eiskalt, er trank davon und war erfrischt. Die Nacht war wieder klebrig schwül, die Hitze nahm einem den Atem. Das Mondlicht wurde diesig.

Taşbaşoğlu fiel ihm ein, und Memidik stampfte dreimal mit dem rechten Fuß auf. Er dachte an den über und über mit Wunden bedeckten heiligen Hiob, der die Würmer, die aus seinen offenen Beulen herausfielen, dorthin zurückgelegt haben soll. Ob Allah auch Taşbaşoğlu auf die Probe gestellt hatte wie den heiligen Hiob? Nur um festzustellen, ob er sich auflehnt . . .

Denn mit keinem Wort muckt Taşbaşoğlu auf. Sie verspotten ihn, prügeln ihn, lachen über ihn, erniedrigen ihn, doch von ihm kommt kein Was-fällt-euch-ein. Wäre er der Taşbaşoğlu von früher und hätten sie ihn so behandelt, er würde ihnen das ganze Dorf einäschern. Dieser Mann ist in der Tat der von Licht umflutete Taşbaşoğlu, er hat sich nur verkleidet. Diese Dörfler werden noch was erleben. Denn immer noch folgen sie diesem Hund, diesem Hund, diesem niederträchtigen . . .

Er preßte den Griff seines Messers, daß das Blut in seiner Hand stockte. Dann kletterte er auf die Böschung und suchte mit den Augen die Gegend ab. Niemand ging des Weges, niemand kam. Er tobte den Hang hinunter, daß die Füße schmerzten. Unten lehnte er sich an den Stamm der Platane. Aber auch dort hielt es ihn nicht länger, und er schlug sich in das Stechginstergebüsch.

Der Adler, noch größer geworden, kreiste pechschwarz im Mondschein. Grellrotes Licht fiel auf das Wasser, leckte wie eine riesige Flamme darüber hinweg und verschwand.

»Nach Ali dem Langen habe ich am meisten Baumwolle gepflückt«, murmelte Memidik. »Aber was nützt es, wenn man so tot herumirrt! Memidik, du bist tot, bist tot, bist tot... Solange dieser Mann auf beiden Beinen steht und atmet... Niederträchtiger Memidik, dem Vögel Schrecken und Schatten Angst einjagen, feiger Memidik, der tatenlos zusieht, daß sein Heiliger beschimpft, daß Allahs geliebter Sohn verprügelt wird!«

Eine steile, schwarze Windhose rauschte vorbei, der wirbelnde Staub verdunkelte eine Zeitlang das Mondlicht. Auf dem Wasser blitzten Sandkörnchen auf, Libellen glitten über das stille Wasser unter den Weiden hin und her...

Ein Storch streckte seinen Hals immer weiter vor und schnappte einen Frosch. Er schluckte dreimal. Irgend etwas plumpste ins Wasser, und plötzlich zirpten die Zikaden, gleich darauf verstummten sie wieder.

Von einem Augenblick zum anderen wurde es stockdunkel. Tief aus der Erde kam ein dumpfes Grollen.

Memidik rannte über die Kiesel bis zum Hügel, der mit Poleiminze bedeckt war. Ganz außer Atem kam er dort an. In dieser Nacht wird der Mann bestimmt kommen, länger erträgt er das Warten nicht mehr. Der Mond ging schon unter, als er wieder zurücklief und sich erschöpft auf die Kiesel niederließ. Ein Fisch schnellte dreimal über das Wasser. Ein großer Fisch. Die bemoosten Steine schimmerten im Fluß, der Fisch trug seinen silbernen Glanz tief hinunter bis auf den Grund.

Memidik spannte sich wie eine Stahlfeder. Er war wild vor Wut. Sein Herz hämmerte, als wolle es den Brustkorb sprengen.

Als er sich umdrehte, standen sie sich gegenüber. Sefer war um das Zweifache, ja Dreifache gewachsen. Memidiks Zorn legte sich, schlug augenblicklich um in lähmende Angst, seine Glieder erschlafften, er konnte sich nicht von der Stelle rühren. Sefer betrachtete ihn kurz von oben herab, lächelte, brach schließlich in breites Gelächter aus. Genauso wie er über Taşbaşoğlu gelacht hatte. Kampflustig und stolz, kerzengerade und furchtlos schritt er zum Flußufer, steckte seine Füße ins Wasser und setzte sich hin. Er zündete sein Feuerzeug, es flammte auf, und das Klicken hallte durch die Stille. In kurzen Abständen glühte die Zigarette auf.

Memidik stemmte sein rechtes Knie auf die Erde. Der Fisch mit dem silbrigen Bauch sprang noch dreimal, und dreimal blitzten Lichtbogen über dem Wasser.

Sefer erhob sich, seine Schultern waren breit wie eine schwarze Wand. Mit Riesenschritten ging er zu den feuchten, dunklen Weiden und streckte sich unter den hängenden Zweigen rücklings auf der Erde aus.

Memidik, das Messer in der Hand, wartete auf den Augenblick, in dem er sich wieder bewegen und aufspringen kann. Wie der Blitz wird er hochschnellen und es hinter sich bringen, bevor seine Glieder wieder schwer werden.

Unter den Weiden erhob sich Sefer, kam zurück, setzte sich genau vor Memidik auf einen Erdhügel und streckte seine Füße in den Fluß. Sie wuchsen unter Wasser, zogen sich zusammen, brachen, trieben ab und wurden wieder riesengroß.

Memidik sprang, im selben Augenblick trabten die Reiter mit den breitrandigen Strohhüten herbei und zügelten vor ihm ihre ungesattelten Pferde.

»Wir haben Şevket Bey nicht gefunden«, sagte der mit dem Grauschimmel.

»Auch am Ufer des Mittelmeers haben wir ihn nicht gesehen«, sagte der auf dem Rotfuchs.

»Hm, hm«, ließ sich der auf dem Rappen vernehmen, »im Brunnen ist er auch nicht.«

»Außer dir weiß niemand, wo Şevket Bey ist«, brüllte der auf dem Grauschimmel. Seine Stimme hallte von den Anavarza-Felsen wider. »Niemand weiß es, niemand!«

»Wir haben das ganze Flußufer des Ceyhan abgesucht«, sagte der mit dem Rotfuchs, »das Flußbett bis hinunter zum Meer. Nichts, gar nichts. Zeig uns, wo Şevket Bey ist!«

»Şevket Bey ist tot«, sagte Memidik leise. »Der Arme.«

Scheppernd zog der mit dem Rappen Handschellen hervor. »Streck deine Hand aus«, sagte er und beugte sich über den Hals des Pferdes. »Uns ist diese Sache schleierhaft, erzähle du deine Geschichte der Regierung, den Männern mit Stern und Halbmond auf den Schulterklappen.«

Memidik streckte die Arme aus, die Handschellen klirrten.

»Laß es gut sein«, sagte der mit dem Grauschimmel. »Gott verfluche den da, das ist doch kein Mann, dieser rotznäsige, schlotternde Feigling ist die Handschellen nicht wert. Los komm, suchen wir Şevket Bey in diesem Gehölz.«

Sie gaben den Pferden die Schenkel und preschten mit den klappernden Handschellen davon. Die Pferde waren ungesattelt, mit hohem, langgestrecktem Widerrist alle drei, und ihre Kruppen dampften im Mondschein.

Sefer sprang auf, das Wasser wurde trüb, Fische schnellten empor, ihre silbrigen Bäuche blitzten und blendeten Memidiks Augen. Ein Stein sank auf den Grund des Wassers und blieb funkelnd neben einem großen Kiesel liegen.

Die Hitze klebte am Körper und nahm den Atem.

Memidik zog ein Messer, das rank war wie ein Weidenblatt, aus der Scheide und stieß mit aller Kraft zu. Die Klinge zog drei rote Lichtbogen mit silbrigem Rand durch die Luft, drei blitzende, stählerne Striche.

42

Sie ziehen auf ein anderes Feld. Auch dieses gehört Muttalip Bey und ist noch ertragreicher als das vorige. Jede Kapsel wie eine geballte Faust und voll quellender Baumwolle. Als der Kahle Barde das Feld erblickt, stimmt er ein sehr altes Lied der Freude an, das die Dörfler bisher nie gehört haben und das jeden von ihnen mitreißt. In dieser Nacht sind auch keine Mücken da, die Dörfler schlafen ungestört. Taşbaşoğlus ausgemergelter Körper zerfällt mehr und mehr, verfällt wie zum Tode. Taşbaşoğlu ist nicht gewillt, diese Zerstörung bis zum bitteren Ende zu ertragen . . .

Die Wolken ballten sich auf einmal über dem Mittelmeer zusammen, quollen wie weißer Schaum, Böen fielen von allen Seiten ein, und auch die silbernen Wolken über dem Taurus fingen an zu brodeln. Große und kleine Windhosen stiegen wie Säulen in den Himmel, begannen mit leichtem Glitzern zu kreiseln, schoben sich farbenprächtig von überall heran, kamen über Yumurtalik, von Dumlu, von der Kreisstadt Ceyhan, von Yılankale, aus der Gegend von Bodrum und den Berg Hemite herunter. Windstöße wirbelten Baumwolle durch die Luft, im Gehölz knarrten Äste und Sträucher, auf dem Ceyhan türmten sich Wellen, und das Wasser stürzte rauschend ins Flußbett zurück. Gräser, Sträucher, Bäume, verdorrte Blumen, das satte Grün der Reisfelder, Trecker, Laster, Pferde, Esel, Käfer, Bienen, Staub und Rauch, die ganze Çukurova verwischte sich in heillosem Durcheinander. Ähren und Kapseln schossen dahin, Windhosen rissen die Kopftücher der Frauen und die abgewetzten, fettigen Schirmmützen der Männer mit sich, die Ebene versank in einer riesigen, dichten Staubwolke.

Taşbaşoğlu, müde und zerschlagen, erhob sich mit Mühe und kroch unter dem Laubdach hervor. Er hatte einen bitteren Geschmack im Mund, als habe er Gift auf der Zunge. Er ging zum Feld und blieb mit den Händen in seinen Hüften ungefähr fünfzig Schritt vor den Pflückern stehen. Die Dörfler richteten sich auf und sahen zu ihm herüber. Er stand da wie damals im Dorf kurz vor seinen Zornausbrüchen. Und er war größer geworden, achtunggebietend, würdevoll. Viele spürten, wie sich Angst in ihren Herzen einnistete. Und wer sich bisher noch immer nicht sicher war, räumte auch die letzten Zweifel aus. Es waren ohnehin nicht mehr als fünfzehn oder zwanzig Dörfler.

»Wirklich und wahrhaftig, das ist unser Herr Taşbaşoğlu«, sagten sie. »Der heilige Mann hatte auch im Dorf die Gewohnheit, die Hand in die Hüfte zu stemmen und so zornig dazustehen.«

Taşbaşoğlu, von wilder Wut gepackt, schob den rechten Fuß vor, wollte zu reden beginnen, schluckte einigemal und verzichtete.

Die Tagelöhner hatten schon die Ohren gespitzt und waren auf seine Ansprache gefaßt. Halb ängstlich, halb spöttisch, voller Reue und Neugier starrten sie ihn an. Doch er sagte nichts. Eine Weile stand er so da und wartete. Dann ließ er seinen Blick über jeden einzelnen schweifen und sah ihn mit ausdruckslosem Gesicht an. Vielleicht mit ein bißchen Wohlwollen, ein bißchen Trauer, einer wehmütigen Traurigkeit, die aus tiefem Herzen kam. Am längsten ruhten seine Augen auf seiner Frau und seinen Kindern. Als er Hasan anschaute, huschte ganz im Verborgenen ein glückliches Lächeln über sein Gesicht. Auch Hasan lächelte ihn an.

Taşbaşoğlu senkte den Kopf, verharrte eine Weile, dann drehte er sich um und ging mit langsamen, schleppenden Schritten davon. Die Tagelöhner blickten eine Zeitlang hinter ihm her, wendeten sich dann wieder ihrer Arbeit zu, als wäre nichts geschehen.

Als Taşbaşoğlu das Feld verließ, holte Hasan ihn ein und ergriff seine Hand. »Geh nicht, Onkel«, sagte er, »wenn ich groß bin, werde ich deine Rache nehmen, am Klebrigen und an den Dörflern, bitte geh nicht, bleib hier!«

Taşbaşoğlu hob Hasan hoch, drückte ihn an seine Brust, küßte ihn, lächelte, setzte ihn auf die Erde und ging wortlos weiter.

Memidik schaute zum Adler hoch, der unbeeindruckt, seine weiten Schwingen gegen den Sturm gestemmt, ruhig dahinglitt. Auch Taşbaşoğlu sah zum Adler hinauf, es kam Memidik so vor, und ein Schmerz, den er noch nie verspürt hatte, und Wut packten ihn, setzten sich in seinem Herzen fest wie Gift.

Den Beutel mit den Streichhölzern, die Hasan ihm geschenkt hatte, hielt Taşbaşoğlu fest in der Linken. Er schwenkte ihn hin und her, als er zum Flußufer hinunterging und verschwand.

Der Orkan schaukelte den Boden, die Bäume, das Wasser, den Sumpf, das Gehölz und den Himmel wie eine Wiege. Er trieb das Wasser aus dem Flußbett und schob es wieder hinein, es tobte, rauschte und donnerte wie das stürmische Meer ...

Taşbaşoğlu ging flußabwärts. Herrliche Düfte, die er noch nie gerochen hatte, umgaben ihn, stark, betäubend, schwindelerregend. Halb war er in einer Traumwelt, halb in der Wirklichkeit. Er hatte alle seine Kräfte zusammengenommen und ging mit letzter Anstrengung weiter. Lichter flammten vor seinen Augen auf, in allen Farben und mit schwarzen Flecken. Das tobende, steigende Wasser kam immer näher. Die Wolken segelten in Fetzen, Gräser, Zweige, Stroh und Staub wirbelten, verschreckt flüchteten die Vögel aus ihren Nestern, verließen Insekten ihre Löcher, stürzten Fuchs und anderes Getier aus ihren Bauen. Auch am Himmel herrschte völliges Durcheinander. Mond und Sterne, Blau und Licht, Gelb und Grün flossen ineinander, die Sterne torkelten von einem Ende zum andern.

Taşbaşoğlu versank bis zu den Hüften im Wasser. Die Wellen erfrischten ihn. Er drehte sich um, sah, daß ihm ein großer Hund gefolgt war, und lächelte.

Das Wasser toste, Bäume und Böschung schwankten, der Grund rutschte ihm unter den Füßen weg. Spinnennetze, traumhaft grünes Gewebe, stählern schimmernde Fäden, Licht, Blumen und Blätter glitten dahin, schaumbedecktes Wasser und Sumpf, alles war in Bewegung. Die Sterne brodelten, rasten kreuz und quer. Erschöpft legte Taşbaşoğlu seinen Kopf auf die Wurzeln eines Keuschlammstrauchs, der in voller Blüte stand und einen durchdringenden Duft verströmte. Ein märchenhafter Traum... Wasser umspülte sanft seine Füße. Kühl und frisch.

43

Daß Taşbaşoğlu so von ihnen gegangen war, hatten sie nicht erwartet. Zuerst sprachen sie nicht darüber, kein Messer brächte ihre Lippen auseinander. Doch nach und nach löst sich ihre Verkrampfung. Aber der innere Zwiespalt bleibt.

Stell dich vor ein gutes Baumwollfeld hin, und du siehst ein Meer von grünen Blättern. Dazwischen die gespaltenen Kapseln mit schneeweiß quellender Baumwolle. Die Pflanzen in so einem Feld reichen bis zur Hüfte. Und die Kapseln zwischen den grünen Sträuchern sind groß wie eine geballte Faust. In einem minderwertigen oder mittelmäßigen Feld sind die Blätter abgefallen, und nur die Baumwolle hängt noch am Strauch. So ein Feld sieht aus, als sei es schneebedeckt, ein fleckenloses Weiß. Und keine Blüten. Ein fruchtbares, gutes Baumwollfeld dagegen ist wie ein großer Blumengarten mit Tausenden farbigen Blüten. Und so ein Feld schützt auch ein bißchen vor der Hitze.

Überall ist das Wasser warm wie Blut, nicht zu trinken und schlammig. In einem guten Feld kühlt es ein bißchen ab, und erschöpfte Tagelöhner, denen es zugeteilt wird, können hier wieder zu Kräften kommen. Und wäre das Feld, auf dem sie jetzt arbeiten, nicht so ein gutes, Taşbaşoğlus Fortgang ginge ihnen noch mehr an die Nieren, gerieten sie noch mehr aus dem Häuschen, würden sie sich noch zerschlagener fühlen, als sie es schon sind.

Die bunten Blütenblätter werden bald abfallen, die Kelche sich in runde Äpfel verwandeln, aufplatzen, und wie Wolken würde Baumwolle weiß und rein in das Licht des Tages quellen. Und wieder werden die Tagelöhner pflükken und sich freuen.

»Die zweite Ernte wird so gut wie die erste sein... und auch die dritte«, werden sie sagen, werden ihre Erschöpfung vergessen und Muttalip Bey in ihre Gebete einschließen.

Muttalip Bey kam schon früh in seinem schwarzen, staubbedeckten Mercedes angefahren. In jener Nacht hatte er nicht schlafen können, immer mußte er an den Heiligen im Baumwollfeld denken, der Abgang des zusammengekrümmten Mannes ging ihm nicht aus dem Sinn. Und wie er das Geld zurückgewiesen hatte... Erstaunliche Menschen waren sie schon, diese Heiligen. Er bereute es, ihn so grob behandelt zu haben. Konnte man denn einen Heiligen, der sich zudem einen Namen gemacht hatte, wie einen ungehobelten Bauern anfahren? Wie einen Dieb, einen Betrüger?

Kaum war er aus dem Auto gestiegen, rief er Sefer zu sich.

»Bring mich zum Heiligen«, sagte er, »ich muß ihn sprechen.«

Sefer gab keine Antwort. Auch die anderen Dörfler schwiegen. Da wurde Muttalip Bey sehr erregt, und ein Ausdruck von Angst überschattete sein Gesicht. »Was ist mit dem Heiligen?« fragte er.

»Es ist weggegangen«, sagte Hasan, »er war vergrämt und ist gegangen. Er ist euch allen böse. Und darum ging er zum Berg der Vierzig. Er hat es mir gesagt. Ich gehe dorthin, hat er gesagt. Sie brauchen keine Angst zu haben, ich werde ihnen nichts Böses tun. Das Böse, das sie mir antaten, sei ihnen belassen. Aber ich werde ihnen auch nichts Gutes tun, hat er gesagt. Ja, das hat er gesagt und ist gegangen.«

»In welche Richtung?«

Hasan zeigte zum Fluß hinunter: »Dorthin. Er machte sich auf und ging dorthin.«

Muttalip Bey dachte nach, wurde blaß und sprang in

seinen Wagen, ohne ein Wort zu sagen. Memidik hatte noch schnell sein A B C auf das Heck gemalt.

»Wir haben unseren Heiligen verpaßt«, sagte Muttalip Bey mit einem bedauernden Lächeln. »Wir haben ihn verpaßt. Ich bin gespannt, wo wir ihn wiedersehen, ihn wiedersehen und seine Wunder erleben werden.«

Kaum war Muttalip Bey fort, begann das Getuschel der Tagelöhner.

»Was hat Muttalip Bey gesagt?«

»O Gott, ich habe ihn verpaßt, unseren letzten Heiligen aller Zeiten. O Gott, o Gott!«

»Was hat Muttalip Bey gesagt, was hat er gesagt?«

»O Gott, o Gott, hat er gesagt, ich habe mit eigener Hand mein eigenes Haus zerstört, habe den letzten Heiligen aller Zeiten vergrämt, vor Gottes Augen wurde mein Gesicht schwarz vor Schande!«

»Was hat Muttalip Bey gesagt, was hat er gesagt?«

»Ich bin ein unglücklicher, törichter Mensch, der von sich stieß, was ihm geschenkt wurde.«

»Was hat er gesagt, was?«

»Bisher gaben meine Felder nicht die Hälfte, nicht ein Zehntel von dem, was ich geerntet habe. In diesem Jahr quollen sie über. Dank dem Heiligen aller Zeiten! Und ich blende meine Augen mit meinen eigenen Händen.«

»Was hat er gesagt?«

»Muttalip Bey hat gesagt: Wenn Taşbaşoğlu, unser Herr, mir noch einmal begegnet, wenn ich sein schönes Gesicht noch einmal sehen sollte, dann wird es mich schmücken wie eine Blumenkrone. Ich werde ihn auf Haupt und Händen tragen.«

Bis der Westwind aufkam, sprachen sie nur über Muttalip Bey. Während dieser Zeit kam er dreimal in seinem Mercedes vorgefahren, hielt am Feldrain, fuhr an den Tagelöhnern vorbei mit finsterem Gesicht und zusammengekniffenen Lippen.

Habenichts richtete sich immer wieder auf und reckte seinen mächtigen Oberkörper. »Er wird wiederkommen«, sagte er. »Die Heiligen sind den Menschenkindern niemals gram, werden niemals böse. Hört nicht auf Hasan, glaubt ihm nicht. Ein Volk von größeren Lügnern als die Kinder kam noch nie auf die Welt. Sie lügen immer. Unser Heiliger ist uns nicht böse.«

Sefer hielt sich heraus, sagte kein Wort. Und der Klebrige fluchte in einem fort. Er schlotterte vor Angst, und je mehr er zitterte, desto lauter schimpfte er auf Taşbaşoğlu, auf die Heiligen, auf Sefer, auf Bäume und Vögel und was ihm sonst noch in den Sinn kam. »Sollen sie mich doch töten. Los, sollen sie doch. Sollen sie mich doch vernichten, sollen sie mich doch in die Wüste schicken! Worauf warten sie noch? Mensch, wenn dieser Gott die Macht hat, hier bin ich, worauf wartet er, worauf wartet er?« Er trampelte, tobte, war schier von Sinnen, und der Speichel sprühte nur so von seinen Lippen. Sein Gesicht war verzerrt und aschfahl.

»Ich habe unseren Herrn im Traum gesehen«, fing Zalaca an.

»Zum Teufel mit deinen Träumen!« fuhren die anderen auf und brachten sie zum Schweigen.

Halil der Alte schlug sich auf die Brust. Zwei Augen, zwei Brunnen, jammerte er: »Wessen Mannes Wert haben diese Niederträchtigen jemals erkannt, daß sie den deinen wissen konnten, mein Recke, mein Junge, mein Taşbaşoğlu, mein heiliger Memet!« Die hinten in ganzer Länge aufgerissenen Pluderhosen bis zu den Waden aufgekrempelt, humpelte er von einem Pflücker zum andern und schrie ihm ins Gesicht: »Wessen Mannes Wert?«

Ökkeş Dağkurdu, sein Schloß im Paradies vor Augen, strich sich den grauen Bart, beugte sich zur Andacht, murmelte sein Gebet, blies die Nächststehenden an und sagte: »Gott bewahre, Gott bewahre! In unserem Glauben gibt es keine Zauberei und keine Wunder. Taşbaşoğlu Memet ist ein guter Mensch. Sie haben ihn dazu gebracht, an seinem rechten Glauben zu zweifeln, dann fügten sie ihm alles Erdenkliche zu und jagten ihn in die Berge. Gott bewahre, Gott schütze uns!«

Ali der Lange sagte nichts, er weinte still in sich hinein.

»Ich werde zu ihm gehen«, beschloß der kleine Hasan, »zu ihm auf den Gipfel des Berges Düldül.«

Und der spitze Gipfel des Düldül, seine schneebedeckten Hänge, erfrischend und schön anzusehen, hoben sich deutlich vom Blau des Himmels ab.

»Ihr habt ihn zur Verzweiflung getrieben«, sagte der Kahle Barde, der seit dem frühen Morgen das Für und Wider seiner zahlreichen Gedanken gegeneinander abwägte. »Ihr habt ihn zur Verzweiflung getrieben... Ob Heiliger oder nicht, ihr habt ihn ganz verrückt gemacht... Ohnehin war der Arme krank, konnte nicht mehr auf den Beinen stehen, konnte keine zwei Schritte tun. Vielleicht war er ein Heiliger, vielleicht war er einer wie wir. Sucht die Umgebung ab. Er kann nicht weit sein. Zusammengebrochen ächzt er irgendwo im Dikkicht. Geht und findet den Armen, eilt ihm zu Hilfe. Taşbaşoğlu hat so etwas nicht verdient. Ist er ein Heiliger, wird ein Licht euch den Weg weisen, und ihr werdet den Armen so leicht finden, als hättet ihr ihn selbst dort hingelegt. Los, beeilt euch! Ist er kein Heiliger, wird weder Licht noch Ähnliches euch führen... Aber ihr seid seine Verwandten, denen er früher nichts zweimal sagen mußte. Geht hin und sucht Taşbaşoğlu, das halbe Dorf ist mit ihm verwandt!«

Die Frauen und Mädchen hatten sich um Taşbaşoğlus Frau geschart.

»Hat Taşbaşoğlu, unser Herr, sich dir jemals genähert?« fragte Bekir des Krakeelers Weib. »Hat unser Herr, o welche Wonne, dir jemals beigeschlafen?«

Die Frau antwortete nicht, und die anderen redeten untereinander weiter.

»Taşbaşoğlu ist ein Mann, wild wie ein Stier«, sagte Zalaca. »Fällt eine Frau ihm in die Hand, und sei es auch die eigene, läßt er nicht locker, bevor er sie nicht gewalzt hat.«

»Wie ein Stier...«

»Von wegen Stier, der Arme konnte sich ja nicht mehr auf den Beinen halten!«

»Das sah nur so aus!«

»Wer weiß, wie Heilige lieben...«

»Jeder Heilige ist wie ein Stück Glut. Wenn du ihn nur mit der Hand berührst, wirst du ganz wild und verlierst den Verstand. Ich habe Taşbaşoğlu oft gesehen...«, sagte Bekir des Krakeelers Weib und brach in ein fröhliches, sehr helles Lachen aus.

Der Klimawechsler wälzte sich auf der Erde und wimmerte. Er war nur noch Haut und Knochen. »Nun hat er uns auch verlassen, er hat uns verlassen«, jammerte er in einem fort.

»Mein Leben für den Rand seines Fingernagels, den er abschneidet und wegwirft«, rief die Fatmaca. »Das Dorf, die Berge, die Çukurova, die ganze Welt dafür! Seht doch, wie er meine Tochter, die sieben Jahre daniederlag, wieder auf die Beine gebracht hat! Seht doch, seht sie euch an!«

»Nun erzähle schon, Gottes Plage von Weib, hast du dein Zunge verschluckt? Sag, hat Taşbaşoğlu mit dir geschlafen oder hat er nicht? Wenn ja, erzähl uns wie, wenn nein, erzähle uns warum. Erzähle Mädchen, erzähl!« Die Frau des Amtmanns, Ismail des Grauhaarigen Tochter, fragte immer wieder.

Schließlich wußte Taşbaşoğlus Frau sich nicht anders zu helfen: »Geh deiner Wege, Schwester, geh deiner Wege!« sagte sie. »Meine Sorgen reichen mir, ich habe davon übergenug. Kann ein Mensch denn mit einem Heiligen schlafen? Ein Heiliger ist wie der leibhaftige Zorn, er jagt einem so viel Angst und Schrecken ein, daß man Arme und Beine nicht bewegen kann, geschweige denn mit ihm schlafen.«

»Wollte er denn mit dir schlafen?«

»Geh, Schwester, geh, mir genügen meine Sorgen!«

»Ist er so wild geworden, daß er den Verstand verlor?« Ismail des Grauhaarigen Tochter zitterte. »Nahm er dich bei der Hand?« Sie öffnete weit ihre Arme und reckte sich. »Umarmte, umarmte, umarmte er dich?« Sie bückte sich, nahm eine Handvoll Erde und quetschte sie zusammen. Die Erde glühte. »Brach er dir die Knochen?« Ihr Gesicht wurde flammend rot, es brannte wie Feuer. Sie saß am Boden, und ihre Haut klebte an der glühenden Erde. Einen Augenblick war sie so benommen, daß sie die Augen verdrehte. »Berührte er dein Fleisch?«

»Geh, Schwester, geh, meine Sorgen wachsen mir über den Kopf!«

Plötzlich erhob sich heftiger Tumult. Eine große Menschenmenge hatte sich ineinander verkeilt, die Dörfler schlugen mit Steinen, Stöcken und Hacken aufeinander ein. Die Prügelei dauerte fast eine Stunde. Und außer Ökkeş Dağkurdu, Klimawechsler, Sefer, Taşbaşoğlus Frau und dem Kahlen Barden waren alle daran beteiligt.

Überall roch es nach Schweiß, und überall wirbelte der Staub.

Da streckte der Rinderhirte seinen langen Stock in die Höhe. Der Mann war sehr groß und stand kerzengrade da. »Von den Rindern, Schafen, Ziegen, Pferden und Eseln fehlt nicht ein einziges Stück. Sie sind alle da unten in der Senke. Warum streitet ihr euch also? Los, reißt euch zusammen!«

Die Bauern freuten sich, daß von den Tieren keines fehlte, und hatten im nächsten Augenblick Taşbaşoğlu vergessen. Und auch die Schlägerei...

»Wie ich hörte«, rief der Rinderhirte, »habt ihr euer Salz

im trockenen. Ihr sollt ein sehr gutes Feld erwischt, sehr viel Baumwolle gepflückt und guten Lohn bekommen haben. Die Rinder sind in diesem Jahr auch fein heraus. Ich fand eine saftige Weide. Sie sind so feist geworden, so feist, sage ich euch, daß ihr sie nicht wiedererkennt. Los, macht euch bereit!«

Was dieses Macht-euch-bereit bedeutete, wußte jeder. Sie nestelten eine Lira aus ihren Geldbeuteln und Taschen und legten sie einer nach dem anderen dem Rinderhirten in die Hand.

In jener Nacht war es sehr heiß, gab es viele Mücken. Bis in den Morgen hinein verbrannten sie die Stengel der Sesampflanzen, die sie herangeschleppt hatten. Wie die Sterne am Himmel leuchteten die Feuer auf dem Feld.

44

*Seit Tagen sind Ömer und Meryemce beisammen.
Sie essen und trinken, streifen durch den Wald und
sammeln Pilze. Ömer jagt Vögel und Hasen. Und
jede Nacht will er Meryemce töten. Doch wenn er
drauf und dran ist, sie zu erwürgen, sagt er: »Noch
eine Nacht soll Mütterchen Meryemce am Leben
bleiben, sie schläft gerade so schön«, beginnen seine
Hände zu zittern und, erstickt vor Rührung, gibt
er sein Vorhaben auf. Jede Nacht, aber auch jede,
spürt er diesen unglaublichen Aufruhr der Gefühle, durchlebt er die Wollust des Tötens und seines Verzichts bis zur Neige. »Heute noch nicht,
doch morgen nacht, daran besteht kein Zweifel,
werde ich das Mütterchen erwürgen.«*

Mütterchen Meryemce hatte sich zusammengerollt,
ihre schwarzen, dünnen Lippen wie ein schmollendes
Kind gekräuselt, und schlief. Es war schon hell und kurz
vor Sonnenaufgang. Ganz faltig war Mütterchen Meryemces Gesicht geworden, glücklich, als lache sie im
Schlaf. Wie Kinder lächeln, wenn sie schlafen, so lächelte
auch Mütterchen Meryemce.

Wieviel Liebe diese Frau doch in sich hatte. Seit Ömer
denken kann, hat er keinen so warmherzigen Menschen
erlebt, der soviel Liebe in jedem seiner Worte, in jeder
Bewegung, in jedem seiner Schritte verbarg. Niemand,
weder Mutter noch Vater, weder Geschwister noch
Geliebte konnten einen Menschen so lieben wie Meryemce.

Ömers Augen wurden feucht. Mütterchen Meryemces
Füße schoben sich unter der Decke hervor, die nackten
Sohlen rissig und voll tiefer Kerben. Ömer deckte sie zu.

»Diese Nacht, ja diese Nacht werde ich dich erwürgen, Mütterchen«, murmelte er, »was bleibt mir andres übrig, ich habe keine Wahl. Ich habe getan, was ich konnte, habe dir zuliebe die Sache hinausgeschoben, solange es ging. Heute werde ich für dich drei Rebhühner jagen, Mütterchen, werde besonders viel Kiefernrinde schälen, Mütterchen, damit du dich noch einmal so richtig satt essen kannst, bevor du diese Welt verläßt, Mütterchen. Gehe glücklich, meine Schöne! Du hast mich so gut behandelt, meine Mutter könnte mich nicht so herzlich lieben wie du, Mütterchen. Gott vergelt's tausendmal. Diese Nacht ist deine letzte. Nimm es mir nicht übel. Bald ist die Zeit der Baumwollernte in der Çukurova vorüber, werden die Dörfler in die Berge zurückkehren. Dann bekomme ich von Sefer das Geld nicht mehr. Diese Nacht ist deine letzte. Mit Steinen werde ich an meine schwarze Brust schlagen, doch was soll ich tun, Mütterchen. Verdammt sei die Armut! Wäre ich nicht so arm, besäße ich ein Gespann Ochsen und auch die Bedriye, wie könnte ich dich dann töten, dir ein Leid zufügen, Mütterchen, meine Rose? Ich nähme dich zu mir ins Haus und ließe nicht zu, daß du auch nur einen Finger rührst. Was soll ich tun, ich habe keine Wahl, und mir bleibt keine Zeit.« Zwei große Tränen rannen über seine Wangen den Hals hinunter, dann folgte eine nach der anderen.

Ömer kann sich an Meryemces Gesicht nicht satt sehen. »Morgen früh, morgen früh wird es nie wieder werden«, murmelte er, »die Engel werden sie in ihrem Schlaf nie mehr wie ein kleines Kind zum Lachen bringen.«

Da erwachte Meryemce. Kaum hatte sie die Augen aufgeschlagen, umarmte sie Ömer und sagte. »Ömer, mein Recke, was hast du? Mutter Meryemces Leben für dich, hast du etwas auf dem Herzen, das du mir nicht sagen willst? Sag's deiner Mutter, und sie wird einen Ausweg finden. Was hast du, daß du so früh am Morgen weinst?

Sag's deiner Mutter Meryemce, mein Kind, ich finde für alles eine Lösung. Erzähle, was dir fehlt, ich weiß Rat.«

Ömer weinte und wußte nicht, was er sagen sollte. Er fing sich schnell und lächelte. »Ich habe nichts, meine schöne Mutter«, sagte er, »ich war nur etwas bedrückt...« Und lächelnd wischte er sich die Tränen mit dem Ärmel ab.

Meryemce stand auf und kletterte eilig vom Dach herunter. Ihre Augen blickten streng. Sie wusch ihr Gesicht und ordnete ihre Haare.

Als Ömer herunterkam, ging sie zu ihm und ergriff den kleinen Finger seiner rechten Hand. »Nichts gibt es nicht«, sagte sie. »Du wirst mir jetzt sagen, was dich bedrückt, und wir werden gemeinsam einen Ausweg suchen. Du wirst es mir sagen, sonst lasse ich dich nicht los. Und wenn ich dir die Welt zum Kerker mache, ich bekomme schon heraus, was dich zum Weinen brachte. Sag, Junge, erzähl's deiner Mutter, damit sie's weiß und einen Ausweg findet. Sag es mir oder töte mich!«

Ömer lachte. »Heute nacht, Mutter, werde ich es dir erzählen. Jetzt gehe ich auf die Jagd. Laß mich los, heute um Mitternacht wirst du es erfahren.«

Er befreite seine Hand aus ihrem Griff und eilte im Laufschritt zum Wald.

»Bleib du hier, Mutter«, rief er, »bleib hier und mach ein schönes Feuer mit viel Glut. Drei Rebhühner werde ich dir bringen, einen Korb voll Pilze und Kiefernrinde. Und um Mitternacht wirst du alles erfahren.«

»Glück auf deinem Weg und Glück bei der Jagd!«

Und zum ersten Mal machte sie sich über Ömer Gedanken. Bisher hatte sie sich über seine Ankunft so gefreut, daß sie nicht ein einziges Mal darüber nachgedacht hatte oder es ihr eingefallen war, sich oder Ömer zu fragen, warum er hergekommen war. Ja, warum war dieser Junge hergekommen zu einer Zeit, in der die Baumwolle überquoll, was für Schwierigkeiten konnte er nur haben, in welche schlimme Sache hatte er sich eingelassen, war er vielleicht auf der Flucht vor der Regierung?

»Ach, verrücktes Weib«, sagte sie, »hast den Jungen nicht einmal gefragt, was er für Sorgen hat. Und er mochte auch nichts sagen, und jetzt ist er vergrätzt. Ist vergrätzt, weil du nicht einmal danach gefragt hast. Ja sollte er etwa nicht vergrätzt sein, wenn du während der ganzen Zeit kein einziges Mal fragst: Wie geht es dir, hast du etwas auf dem Herzen, mein Kind? Und jetzt sagt er nichts. Jedem an seiner Stelle ginge es gegen den Stolz, jetzt noch darüber zu sprechen. Törichtes Weib, törichte Meryemce!«

Lange Zeit haderte Meryemce mit sich selbst. Fast hätte sie sich vor Wut die Haare gerauft und die Haut zerkratzt. »Meryemce mit dem Herzen aus Stein, Herzen aus Stein, Herzen aus Stein!« schrie sie.

»Und ich werde ihn zum Sprechen bringen«, sagte sie schließlich wild entschlossen. »Und soll es ihm noch so gegen die Ehre gehen. Und ich werde einen Ausweg für ihn finden, und müßte ich mein süßes Leben für meinen Ömer opfern. Ich werde es opfern, ich werde es opfern!«

Mit drei Rebhühnern in der einen Hand kam Ömer gegen Nachmittag zurück. In der anderen ein Korb voll großer Pilze. Er lachte Mundwinkel am Ohr, wie man sagt. »Ich stellte ihnen eine Falle, und die Wachteln fielen hinein. Und die Pilze sind riesig. Dort unten am Felsen sind sie immer so groß. Los, Mutter, putze sie... Und hier noch Kiefernrinde... Du hast ja kein Feuer gemacht, Mutter, laß nur, ich zünde eins an.«

Meryemce stellte sich kerzengrade und sagte mit steinharter Stimme: »Ich rühre mich nicht vom Fleck, wenn du nicht sagst, was dich bedrückt.« Mit zwei Schritten war sie bei Ömer und faßte ihn am Kragen: »Sag mir, was dich bedrückt, und ich finde einen Ausweg aus deinen Schwierigkeiten, und sollte es mein Leben kosten. Ich werde eben meine süße Seele für meinen Ömer opfern. Wenn du mir nicht sagst, was dich bedrückt, rühre ich deine Rebhühner nicht an, sterbe ich eher vor Hunger, als daß ich auch nur einen Bissen zu mir nehme. Mein törichter Kopf, mein törichter Kopf, daß ihm nicht einfiel, du könntest Sorgen haben.«

Meryemce trotzte, fluchte, redete, die Rebhühner blieben auf der Erde liegen, die Pilze im Korb und die Rinde ungeschält. Und Ömer wußte nicht, wie er ihrem Drängen begegnen sollte. Meryemce gebärdete sich immer ungestümer und ließ ihm keine Ruhe.

So rangen sie miteinander, bis die Nacht anbrach. Als Ömer sah, daß Meryemce nicht nachgeben würde, lenkte er ein. »Halt ein, Mutter, halt ein«, sagte er, »ich werde dir erzählen, was mich bedrückt, aber du wirst daran nichts ändern können.«

»Ich kann es«, antwortete Meryemce bestimmt.

»Mutter«, begann er, »du kennst doch die Bedriye. Ich habe mich in sie verliebt. So verliebt, daß ich den Verstand verliere. Aber ihre Eltern wollen sie mir nicht geben. Ich war verzweifelt und habe mich in die Berge geschlagen. Plötzlich lag das Dorf vor mir, und wie ich genau hinsehe, erblicke ich dich. Unten in der Ebene hielt man dich für tot. Und du hast mich gerettet. Das ist alles. Und als ich heute morgen an Bedriye dachte, mußte ich weinen, weil ich sie niemals bekommen werde. Wer gibt einem Waisenjungen schon ein Mädchen ...«

»So wahr diese Mutter Meryemce noch lebt, so sicher wird Bedriye die deine«, sagte Meryemce stolz und sehr leise. »Wenn ihr Vater Vieh haben will, soll er's von mir haben, will er Geld, bekommt er Geld! Wenn er sich auf nichts einläßt, hole ich das Mädchen mit Gewalt. Denn du bist keine Waise, du bist Meryemces Sohn. Mach dir darüber keine Gedanken. Sowie die Dörfler zurück sind, beginne ich mit den Vorbereitungen für deine Hochzeit, und Bedriye wird dein.«

Ömer bebte vor Freude: »Ist das wahr, Mutter?«

Er zündete ein großes Feuer an, und bald darauf häufte sich die Glut im Kamin. Meryemce rupfte die Rebhühner, säuberte und salzte sie.

»Sieh dir den an, der hat Sorgen! Wenn doch jeder Kummer so leicht zu tragen wäre wie deiner. Ömer, mein Junge, die Sache mit Bedriye erledigt deine Mutter Meryemce so mühelos, als zöge sie ein Haar aus der Butter.«

Sie setzten sich hin und aßen mit Heißhunger Rebhuhn und Pilze. Dann stiegen sie aufs Dach und ließen sich auf ihr Nachtlager nieder.

Seit Ömer sich erinnern kann, hat er die Geschichte über seine Mutter und seinen Vater von jedem gehört. Auch die Ballade über seine Eltern hatte ihm jedermann irgendwann vorgesungen, sogar der Kahle Barde.

»Deine Mutter stammte aus dem Dorfe Kirkisrak, dem Dorf Weißgraue Stute, wo die schönen Pferde gezüchtet werden und das in den Binboğa-Bergen, den Bergen der Tausend Stiere, liegt. Die Forellen dort sind Labsal für die Kranken, und Arznei der Honig, der nach Heideblüten riecht. Blumen wachsen dort so üppig, daß die Binboğa-Berge immer duften. Ihre Hänge flüstern Wiegenlieder, und schönere Menschen gibt es nirgendwo auf der Welt, ob Frau oder Mann. Dein Vater stammte aus unserem Dorf. Er war ein tüchtiger Pferdeknecht. In den Bergen der Tausend Stiere begegnete ihm deine Mutter. Sie war die Tochter eines türkmenischen Beys, der edle Pferde besaß. Dein Vater soll diese so gut gepflegt haben, daß sie noch schöner wurden, als sie schon waren, und der türkmenische Bey schloß deinen Vater ins Herz. Dein Vater verliebte sich in deine Mutter, die Tochter des Beys, dieser kam dahinter und jagte deinen Vater fort. Aber dein Vater konnte sich nicht trennen und irrte hungernd und durstend in der Nähe des Dorfes umher. Eines Nachts kam das Mädchen zu ihm und sagte: ›Nimm mich mit! Gehe ich mit dir, wird mein Vater uns beide töten. Trotzdem, laß uns fliehen. Denn tot sind wir, ob ich jetzt bleibe oder fliehe, und wenn wir schon sterben müssen, dann eng umschlungen, nachdem wir zueinander gefunden haben.‹ ›Du hast recht‹, antwortete dein Vater, nahm das Mädchen bei der Hand und brachte sie in unser Dorf. Drei Jahre nachdem du geboren warst, erhob sich plötzlich ein heftiger Tumult, eilten die Dörfler schreiend zu eurem Haus. Ich lief auch hin. Als ich die Tür öffnete, sah ich deine Mutter und deinen Vater dort liegen. Ich ging hinein. Sie hatten ihnen die Köpfe vom Rumpf abgetrennt, und du, Gesicht und Hände blutverschmiert, hocktest zwischen den beiden und spieltest mit ihren Schädeln. Das Dorf kümmerte sich um dich, zog dich auf. Du hast keine schönen Tage erlebt, mein Junge. Balladen wurden gesungen, über deine Mutter und den grausamen türkmenischen Bey.«

Sterne wimmelten am Himmel, glitten stetig dahin. Und unter den Sternen zog ein Lied durch die Nacht, klang eine schöne Männerstimme über die weite Steppe...

Wir ließen uns nieder auf tausendjähriger Frühlingserde, erzählte das Lied, in tausendjähriger Liebe umarmten wir uns, einer Liebe so alt wie die Erde. Wir fanden uns in der Liebe, wir fanden uns im Tod, wir ließen uns nieder auf tausendjähriger Frühlingserde. Wir liebten uns, vermischten unser Blut, es lief ineinander... So erzählte das Lied, es dauerte an, und je länger es anhielt, desto weiter entfernte es sich.

Meryemce schlief ein, das Lied verhallte. Sie atmete sanft wie ein kleines Kind. »Mutter, Mutter«, murmelte Ömer, doch Meryemce antwortete nicht. Sie war fest eingeschlafen.

Ömer berührte Meryemces Hand, sie war warm. Wie dünn doch ihr Hals ist, dachte er, wenn ich einmal zudrücke, haucht sie ihre Seele aus.

Behutsam streckte er seine gespreizten Hände nach ihrer Kehle. Warme Haut, weich und faltig. Plötzlich bedeckt kalter Schweiß seinen Körper, seine Hände verkrampften sich, und sein Herz pocht so heftig, als wolle es die Brust zerreißen. Seine Finger umspannen Meryemces warmen Hals, und eine innere Stimme sagt immer wieder: »Los, drück zu, los, drück zu, drück zu und mach ein Ende! Drück zu, drück zu...« Und er schwitzte immer mehr.

Er nahm die Hände von ihrem Hals, von ihrer Wärme. Das beruhigte ihn, und die Verkrampfung löste sich. Er ließ sich auf das Nachtlager nieder. Sein Körper schmerzte, als wäre er zwischen Stößel und Mörser geraten.

»Auch heute, auch heute nacht hab ich's nicht über mich gebracht«, sagte er zu sich, »aber morgen nacht werde ich ihr ganz bestimmt die Kehle zudrücken. Sefer hält sicher schon nach mir Ausschau und wird ganz verrückt vor Ungeduld. Ich mache mich vor ihm lächerlich, na und?« Dann sagte er laut: »Soll Mütterchen Meryemce noch einen Tag leben, noch einen Tag. Wenn mein geliebtes Mütterchen noch einen Tag länger lebt, genießt sie einen Tag länger diese schöne Welt... Morgen werde ich für sie noch drei Rebhühner jagen, die soll sie essen und gut gesättigt in die andere Welt eingehen.«

Nach und nach kam Ömer wieder zu sich. Halb war er wach, halb träumte er.

45

Ein unerwartetes Ereignis verwirrt die Dörfler und versetzt sie in Angst und Schrecken. Dann, nach und nach, beruhigen sich die Gemüter wie ein Feuer, dessen Glut die Asche zudeckt.

Unten bei den Weiden hinter dem Gehölz schrie eine Frau. Der anhaltende schrille Schrei erfüllte die Ebene, hallte von den dunstigen Anavarza-Felsen wider, die wie eine Insel inmitten der Çukurova lagen, und ließ die Tagelöhner auf den Feldern schaudern. Ein durchdringender, langgezogener Schrei, wie sie noch keinen vernommen hatten.

Die Sonnenstrahlen drangen zwischen die Weiden; die Pluderhosen des Toten und die Riemen seiner Opanken hatten sich in den Ästen der Bäume verfangen. Ein Arm schlingerte im strömenden Wasser wie der gebrochene Flügel eines Vogels. Der andere lag fest auf der Brust, die Hand hielt den Plastikbeutel mit den Zündhölzern umklammert. Die Haare hingen strähnig im dahinfließenden Wasser. Seine Augen waren offen, sehr groß, wie lebend. Es schien, als öffneten und schlössen sie sich unter den Wellen. Der Tote lächelte auch, und es sah aus, als träume er im Halbschlaf.

Sein langer Schatten fiel auf die Kiesel am Grund und wiegte sich ganz leicht in der Morgensonne. Libellen flitzten wie Blitze vom Ufer zum Toten und wieder zurück. Eine große grüne Fliege kreiste über dem Leichnam, flog herab, und ihr Glanz spiegelte sich im Wasser. Doch es gelingt ihr nicht, an den Toten heranzukommen, wütend stößt sie sirrend auf ihn herab, und dicht über dem Wasser schießt sie wieder nach oben. Die Pluderhosen sind an den Waden des Toten zerrissen, die Fetzen schlängeln sich in der Strömung. Über dem schwingenden Schatten auf den weißen Kieseln schwimmt ein Schwarm junger, kleiner Fische, sie saugen sich eine Weile wie Egel an den Ohren, den Haaren, dem Gesicht des Toten fest, dann, bei einer kleinen Bewegung, stieben sie auseinander, sammeln sich, kommen zurück und schwärmen in heilloser Flucht wieder durchs Wasser.

Der schrille, lange, messerscharfe Schrei hallte noch dreimal über die Ebene, brach sich noch dreimal an den Felswänden des Anavarza.

Habenichts hatte die in Tränen aufgelöste Frau Taşbaş-oğlus am Arm gepackt und hinderte sie daran, sich über die Leiche ihres Mannes zu werfen. »Was das Schicksal uns aufbürdet, müssen wir tragen, Schwester«, rief er, »was das Schicksal uns aufbürdet, müssen wir tragen. Gott bewahre uns vor Schlimmerem, jaaa, es gibt noch Schlimmeres. Sieh, der Arme ist gestorben. Der Heilige der Erde und des Himmels, unser Herr Taşbaşoğlu, ist tot. Gott gebe dir Geduld, Schwester. Unser armer Taşbaş-oğlu starb schon, als er ein Heiliger wurde. Und jetzt ist er richtig tot.«

Die Frau schrie noch dreimal auf, schrie betäubend laut und versuchte, sich aus Habenichts' Griff zu befreien, um sich ins Wasser zu stürzen; aber der Mann hielt sie mit seinen kräftigen Armen fest.

»Mein Heiliger, mein Unsterblicher im Kreise der Vierzig, sie konnten dich nicht ertragen, waren neidisch auf dich, und das haben sie aus dir gemacht . . .« schluchzte die Frau immer wieder, weinte und stieß zwischendurch Schreie aus, die über die endlose Erde der Çukurova hallten.

Das ganze Dorf hatte sich am Fuße der Böschung eingefunden. Sie standen regungslos da und starrten auf den Toten, der sich im Wasser ganz leicht hin und her bewegte, beobachteten seinen langen Schatten auf dem

Grund des Flusses. Sie waren wie erstarrt. Weit ab, wohl dreihundert Schritt entfernt, stand Sefer auf dem Kieselstrand am Flußufer.

Er hatte sich zur Sonne gedreht, die schon eine Pappel hoch am Himmel stand. Sein Gesicht war aschfahl, alles Blut aus seinen Lippen gewichen. Düstere Gedanken ließen ihn mehr und mehr in tiefe Hoffnungslosigkeit versinken, und er konnte den Blick nicht von Taşbaşoğlus weit geöffneten, toten Augen lösen. So stand er da und wußte nicht, wie er sich in diesem Augenblick verhalten sollte.

Aber auch die Dörfler über ihm standen ratlos da. Und sie spürten in sich eine Angst, die immer größer wurde. So verharrten sie bis in den Vormittag.

Schließlich nahm Halil der Alte Durmuş beim Arm. »Komm«, sagte er, »komm mit mir, ziehen wir den Armen aus dem Wasser. Dem Lebenden habt ihr keinen guten Tag beschert, und jetzt fürchtet ihr den Toten. Und ihr habt guten Grund, ihn zu fürchten . . . Ginge es nach euch, würdet ihr vor Angst seinem Leichnam die letzte Ehre verweigern. Los, bewegt euch, ihr Hunde! Memidik, und du vor mir her!«

Die Burschen zögerten, fürchteten sich, aber sie konnten sich Halil dem Alten nicht verweigern und stiegen die Böschung hinunter zu den Weiden.

Halil der Alte krempelte seine Hosen hoch und watete als erster ins Wasser.

Zuerst wickelte er den Riemen von Taşbaşoğlus Opanken vom Ast und löste die Pluderhose, die sich an einem Knorren verhakt hatte.

Als der Tote losgebunden war, begann er stromabwärts wegzugleiten.

»Haltet ihn fest, Männer, verdammt, haltet den Toten fest!« brüllte aufgeregt Halil der Alte.

Memidik ging bis zu den Hüften ins Wasser, faßte Taşbaşoğlu am Arm, zog ihn ans Ufer und legte ihn auf die Kieselsteine.

In diesem Augenblick gelang es Taşbaşoğlus Frau, sich von Habenichts zu befreien. Sie lief herbei und warf sich über Taşbaşoğlus Leiche. »Mein Memet, mein Taşbaşoğlu, mein Recke, sie haben dich umgebracht«, schrie sie und umarmte den Toten.

Auch in die Dörfler kam Bewegung, sie stiegen die Böschung herab und bildeten um den Toten einen großen Kreis. Habenichts ging hin und zog die Frau von ihrem toten Mann herunter. »Beruhige dich, Schwester, beruhige dich! Mit den Toten soll man nicht sterben«, sagte er und gab ihr noch mehr so tröstende Ratschläge.

Der Kahle Barde schob sich durch die Menge und ging ganz langsam zum Toten. »Sein Körper liegt hier, aber er ist auf dem Berg der Vierzig. Das sollt ihr wissen, Brüder!« donnerte er mit seiner tiefen Stimme. Zu Füßen des Toten blieb er stehen und bedeckte ihn mit seinem Schatten.

Der Plastikbeutel mit den Zündhölzern, in den kein Wasser eingedrungen war, lag auf der Brust des Toten. Taşbaşoğlu hatte ihn mit der linken Hand fest an sich gedrückt.

Auch Hasan verließ den Kreis und blieb dicht vor dem Toten stehen. Seine Augen waren voller Tränen. Er bückte sich, sah dem Toten ins Gesicht und streichelte seine Hand.

Es wurde sehr heiß, und die Hitze trocknete den Leichnam. Taşbaşoğlu lag sehr einsam in der Sonne.

Seine Frau schrie noch dreimal auf, und als sie wieder zum Toten laufen wollte, hinderten sie die andern daran. Daraufhin hockte sie sich mit untergeschlagenen Beinen nieder und sang mit ihrer schönen, wehmütigen Stimme die Totenklage.

»Warum liegst du in der Hitze des Morgens, Liebster«,

sang sie, »ich warte auf dich, komm wieder zurück. So hell fällt das Licht herab auf dein Grab. Warum liegst du unter der Sonne in der Hitze des Morgens? Schwing dich auf dein grauscheckiges Pferd . . .«

Es kamen noch einige Frauen und nahmen an der Totenklage teil. Hatte eine ihre Klage beendet, sang die nächste ihr Leid.

Der große Adler kam vom Gipfel des Aladağ geflogen, zog über der Ebene einen großen Kreis, schwebte den Fluß entlang, und sein Schatten fiel auf den hellen Grund. Der Vogel wendete, kam zurück und kreiste im Sonnenlicht mit gespannten Flügeln über der Menschenmenge, schraubte sich in die Höhe und blieb regungslos im dunstigen Blau des Himmels stehen.

Und noch immer lag der Tote da.

»Der Leichnam muß nicht gewaschen werden«, sagte fachmännisch der Kahle Barde, »denn er kommt aus dem Wasser.« Die Hände über die Brust gekreuzt, sprach er in belehrendem Ton weiter: »Dieser Tote benötigt auch kein Leichentuch, denn er ist bekleidet, und wir haben keins. Ich werde die Totenandacht halten, und wir beugen uns hier zum Gebet. Und sein Grab heben wir dort auf dem Hügel aus. Ein Taşbaşoğlu bleibt ohnehin nicht dort. Heute nacht noch zieht er davon auf den Berg der Vierzig. Dieser Leichnam braucht überhaupt nichts.«

Er bestimmte sich selbst zum Imam, und die Gemeinde stellte sich hinter ihm in Reihe auf. Dann beugten sie sich zum Gebet.

»Hebt den Toten von der Erde auf eure Schultern, Männer. Memidik, los!«

Amtmann Sefer hatte sich nicht von der Stelle gerührt. Totenbleich stand er immer noch da.

Vier junge Burschen nahmen den Leichnam auf und trugen ihn wie einen Sarg mit ihren Händen den Hügel hinauf, der nach Poleiminze duftete. Das ganze Dorf folgte ihnen mit langsamen, schweren Schritten, ängstlich, zögernd, voll Trauer.

Das Grab war schnell ausgehoben. Noch auf dem Weg hatten die Dörfler armvoll Minze gepflückt; sie streuten die winzigen blauschimmernden Blüten um die Grabstätte und über Taşbaşoğlu.

Das alles geschah, ohne daß sie auch nur ein Wort sprachen. Und Sefer stand immer noch aufrecht am Flußufer.

An jenem Tag wurde keine Baumwolle gepflückt. Die Frauen bereiteten das Essen für die Totenfeier vor. Yoghurtsuppe und Grützpilav mit Tomaten... Einige hatten auf einem Feld Okra und Auberginen gepflückt, und Memidik brachte zwei Frankoline und drei Ringeltauben.

Am Nachmittag trugen sie das Essen zum Laubdach von Taşbaşoğlus Frau. Als der Tag zur Neige ging, wurde gedeckt. Frauen und Männer getrennt, hockten sie mit untergeschlagenen Beinen zum gemeinsamen Mahl nieder.

Bevor sie anfingen zu essen, und auch hinterher, betete der Kahle Barde für die Seele des Verstorbenen. Als die Zeit der Abendandacht kam, sprach er noch ein Gebet, an dem sich jeder beteiligte.

»Allah gebe dir Geduld, Schwester«, sagten sie dann zu Taşbaşoğlus Frau. »Mit den Toten soll man nicht sterben, Gott gebe ihm die ewige Ruhe, er war ein guter Mann, er hat niemandem ein Leid getan.« Dann entfernten sie sich einer nach dem andern.

Nach seiner Rückkehr konnte der erschöpfte Sefer bis zum Morgen nicht einschlafen. Er war bedrückt und verspürte eine Angst, die er sich nicht erklären konnte.

Noch vor Sonnenaufgang weckte sie des Kahlen Barden Lied. Sie setzten sich aufrecht und hörten ihm zu. Er sang mit seiner tiefen, kräftigen Stimme und spielte dazu auf seiner Saz.

Die Flüsse unterbrachen ihren Lauf, sang er, als hätte sie

ein Schwertstreich zum Stehen gebracht, sang er. Sie flossen nicht mehr und erstarrten, sang er. Auch die Brunnen und Quellen rannen nicht mehr. Als es geschah, wehten keine Winde, bewegte sich kein Blatt, flogen keine Vögel, rührte sich kein Flügel, wuchsen weder Halm noch Strauch, öffneten sich keine Blüten, und keine Welle stieg auf Seen und Meeren. Kein Licht strömte, die Nacht und auch die Finsternis standen still, senkten sich nicht herab, wichen nicht dem Tag. Die Sterne zogen keine Bahnen, sie strahlten und funkelten nicht, das Rauschen der Wälder verstummte, die Ameisen erstarrten, und auch die Herzen der Menschen hörten einen Augenblick auf zu schlagen. Alles im Himmel und auf Erden unterbrach seinen Lauf. Nichts regte sich. Die Knospen brachen nicht auf, kein Feuer brannte, die Berge erwachten nicht zum Leben, kein Nebelschleier zog herauf. In dem Augenblick, als Taşbaşoğlu, unser Herr, starb, als er seine schöne Seele aushauchte, schwieg das All voll Ehrfurcht, nichts rührte sich, man hörte keinen Laut.

Es wurde Nacht, tiefe Finsternis senkte sich wie eine schwarze Wand, durch die kein Auge, nicht eine Kugel drang. Aus weiter Ferne kamen kreischende Vögel herbei, winzige Vögel, nicht größer als ein Daumen. Sie waren aus Licht, Millionen und Abermillionen funkelnde Goldblättchen, und ihre Schreie hallten durch die Nacht. Sie strömten zum Grabmal Taşbaşoğlus und leuchteten bis in den Morgen, gleich einem Regen von Licht strömten sie, bis der Tag graute.

Als die Sonne aufging, glitt des Kahlen Barden Saz aus seinen Armen auf die warme Erde und fiel in ihrer ganzen Länge zwischen die Baumwollsträucher. Der Kahle Barde blieb kerzengerade auf seinem Platz sitzen und rührte sich nicht, bis die Sonne schon hoch am Himmel stand. Als wäre er zu Stein erstarrt. Und alle, die ihn sahen, bekamen es mit der Angst und erschauerten. Schließlich erhob er sich, hob seine Saz auf, brachte sie unter sein Laubdach und reihte sich in die Kette der Pflücker ein. Als er die Baumwolle aus der ersten Kapsel zog, erfüllte ihn eine tiefe Freude.

Millionen und Abermillionen funkelnde Goldblättchen strömten westwärts, wo der Tag sich neigte, und verschwanden mit ihm. Die Nacht stand still, das Licht, die Helle und das Dunkel standen still. Schrei auf Schrei und funkelnde Goldblättchen.

Im Gesicht des Kahlen Barden perlte der Schweiß, es war gelb, so gelb wie Safran.

46

Der große Adler zog drei Kreise am Himmel. Er flog in der Schräge, als liege er auf seinem linken Flügel.

Es war sehr heiß. Eine Hitze, bei der plumps! Vögel tot vom Himmel fallen, eine Hitze, die die Augen blendet. Schwerfällig pflückten die erschöpften Tagelöhner auf dem Feld. Es war früher Vormittag, als Sefer kam und vor ihnen stehenblieb. Das Gewehr hing über seinen Schultern, und er hatte sein schönstes und neuestes Zeug angezogen. Schaftstiefel, Reithosen, dunkle Jacke, weißes Hemd, roten Schlips und einen Hut. Die Peitsche in der Hand, die Hand in der Hüfte, steht er vor den Dörflern und versucht ein unbekümmertes Lächeln. Sein Gesicht ist eingefallen und gallengelb . . . Die Falten machen es bitter. Aus seinen Augen spricht die Angst, die blutleeren Lippen sind ganz weiß, und auf seinen Augenbrauen liegt grauer Staub. Er steht kerzengrade wie ein Standbild, und sein Schatten dehnt sich westwärts. Sein Gesicht verändert sich von Augenblick zu Augenblick: traurig, leblos, ruhig, grimmig, grausam, kindlich, erschöpft, ängstlich, beherzt. Mit einem breiten Lächeln versucht er das alles zu überdecken, hat den rechten Fuß vorgestreckt, steht da wie ein drohendes Standbild.

Jäh stocken Memidiks Hände, die eben noch Baumwolle pflückten, und er schießt wie der Blitz aus der Beuge, springt so schnell, daß niemand sah, woher und wann und wie er so plötzlich gekommen ist, und stürzt sich auf Sefer. Seine rechte Hand blitzte dreimal in der Sonne, stieß flammend nieder, hob und senkte sich, stieß wieder zu.

»Oh, Mutter, ich bin verloren!« brüllte Sefer, stürzte in seiner ganzen Größe zu Boden, zog einigemal seine Beine an den Bauch, zuckte, streckte die Glieder und rührte sich nicht mehr.

Die Dörfler standen wie erstarrt. Auch Memidik stand aufrecht neben dem Toten, das blutige Messer in der Faust. Dann schüttelte er seine blutverschmierte Hand über dem Toten aus, das Messer fiel neben den blauen Blüten einer Baumwollpflanze auf die weiche Erde. Memidiks Gesicht war schneeweiß, er kehrte den Dörflern den Rücken, ging mit schweren Schritten in die Richtung des Anavarza, stieg zum Trockenen Ceyhan hinunter und schlug sich in das violette Disteldickicht.

Aus Sefers Wunden troff noch immer Blut. Es bildete kleine Lachen und dampfte. Drei stahlgrüne Fliegen flitzten darüber hinweg.

Erst viel später, nachdem sie Memidik längst aus den Augen verloren hatten, lösten sich die Zungen der Dörfler.

»Warum hat Memidik Sefer denn getötet?« sagten sie.

»Warum hat Memidik . . .«

»Warum?«

Memidik hat Sefer getötet. Das Blut bildete Lachen auf der heißen Erde. Es begann in der Hitze zu schäumen, wurde schwarz und verkrustete. Der Tote blieb zwei Tage dort unter der Sonne liegen. Die grünen Fliegen, stahlgrün im Sonnenlicht, kamen wie Bienenschwärme zu Tausenden herbei und ließen sich auf den Toten nieder.

47

Außer den Feldern Muttalip Beys ernteten die Dörfler von Yalak noch fünf Felder des Kizir Ali Aga ab. Insgesamt pflückten sie die Baumwolle von vierzehn Feldern. Auch nach der zweiten und dritten Blüte stand die Baumwolle so üppig wie bei der ersten, und die Tagelöhner pflückten auch genausoviel. Während dieser Zeit regnete es zweimal. Memidik warf man ins Gefängnis. Die Tochter Ismails des Grauhaarigen, Sefers dritte Frau, heiratete Durmuş drei Tage nach dem Tod ihres Mannes. Die Dörfler mußten zweimal zum Gericht, um dort in Sachen Memidik auszusagen. Dreimal besuchte das Mädchen Zeliha Memidik im Gefängnis und brachte ihm fünfzehn Päckchen Zigaretten Marke »Landmann« und ein Halstuch voller frischer Trauben.

Es regnete. Einer dieser endlosen heftigen Herbstregen der Çukurova, als stürzten Meere vom Himmel.

Die Baumwollpflücker und die Tagelöhner der Reisfelder strömten über die schlammigen Landstraßen der Çukurova, zogen wie Ameisenzüge in die Berge zurück. In ihren Taschen unfaßliche Mengen Geld, denn in diesem Jahr ist die Ernte gut gewesen.

Über das holprige Kopfsteinpflaster und die Bürgersteige der Kreisstadt tappen große, nackte Füße, rissig und mit Schwielen überzogen. Das Regenwasser trieft an den Dörflern herunter, während sie von einem Laden in den anderen gehen und ihre Einkäufe machen. Ob Mann oder Frau, alle haben sie ihre Hosen bis zu den Knien hochgekrempelt.

Diese Menschen, wimmelnd wie Ameisen, krank, vom Sumpffieber geschüttelt, tief gebeugt, mit dampfenden Rücken, werden jetzt über Tage hinweg die Landstraßen bevölkern und in den Taurus ziehen. Aber sie sind glücklich. Sie haben Geld verdient. In diesem Jahr gibt es auch die Angst vor Adil nicht. Und in den Bergen da oben beginnen die Hochzeiten. Auch bei anderen Festen werden sie die billigen, bunten Kleider tragen, die sie sich jetzt auf den Marktplätzen kaufen. Und sie werden die Fliegen, die Hitze, das Fieber, das blutwarme verschlammte Wasser vergessen. Bis zum nächsten Jahr.

Ali der Lange hielt sich keinen Augenblick länger als nötig in der Stadt auf. Das durchnäßte Zeug klebte ihm am Körper, er sah weder nach links noch nach rechts, er eilte mit hochgekrempelten Hosen wie der Wind dem Taurus zu. »Mutter«, murmelte er, »meine Meryemce. Sollte ich dich lebend antreffen, dies eine Mal... Ich werde dich nie wieder aus den Augen lassen.«

Und er sah seine Mutter vor sich. Sie war vor der Tür in der Herbstsonne eingeschlummert. In ihren Armen ein junges Kätzchen. »Mutter, Mutter, wir sind da!« Und Meryemce fällt ihm um den Hals. Glücklich. »Mutter, Mutter, wir sind da!« Meryemce wird sich freuen, wieder lachen, aber sie wird nie wieder ihren Mund aufmachen und mit ihnen sprechen.

Und wieder sieht er seine Mutter vor sich. Er öffnet die Tür, ein Gestank... Zusammengekauert, aufgedunsen, Meryemce... In Verwesung. Der Gestank breitet sich über das ganze Dorf aus. Auf ihr wimmeln grüne Fliegen... Und die gelben Ameisen haben ihre Augen ausgehöhlt, haben ihre Nase und Lippen angefressen.

Fast ohnmächtig, hält Ali sich die Nase zu.

Anstelle eines Kätzchens hält die schlafende Meryemce ein junges Rebhuhn in den Armen, dessen Beine und Schnabel sich schon rötlich färben.

Ali der Lange spurtete und rannte keuchend weiter, so schnell er konnte...

Das Mädchen Zeliha ging vom Markt ins Gefängnis zu Memidik. Sie brachte ihm ein Taschentuch aus weißer Seide. Es war naß geworden. Sie hielt ihm noch einen Zehner hin. Auch der war naß. Den Schein nahm Memidik nicht an. Memidik beugte sich vor, ergriff Zelihas Hand, zog sie durch das Gitter und legte sie an seine Brust. Sein Herz pochte, und die Hand war warm. Sie sprachen nicht. Zelihas Augen wurden feucht, sie sah Memidik an und lächelte glücklich.

Als Zeliha ging, kam Hasan. Zelihas Kleider klebten an ihrem schlanken, hochgewachsenen Körper. In Memidiks Gedanken blieb das Bild einer schlanken, hochgewachsenen Frau haften.

Hasan lächelte, und er reichte Memidik einen Plastikbeutel mit drei Schachteln Zündhölzer. Darüber freute sich Memidik am meisten. Hasan stellt mich mit Taşbaşoğlu gleich, ging es ihm durch den Kopf.

Mit dem Gehabe eines erwachsenen Mannes sagte Hasan: »Ich hoffe, daß du bald freikommst!«

»Ich danke dir, Bruder«, antwortete Memidik.

»Ich werde dir wieder welche bringen«, sagte Hasan, »ich werde dich da drinnen nie ohne Zündhölzer lassen.«

»Leben sollst du, Bruder«, antwortete Memidik voller

Stolz. Dann, als handle es sich um ein großes Geheimnis:
»Ich muß dich etwas fragen, Hasan. Was tat Taşbaşoğlu
Efendi, unser Herr, nachdem ich fort war? Hast du Neuig-
keiten von ihm?« Bisher hatte er sich bei keinem der Dörfler, die bei ihm waren, nach Taşbaşoğlu erkundigt.

»Gut«, stotterte Hasan verstört. »Es geht ihm gut, er
liegt dort auf dem Hügel.«

Memidik wollte noch einige Fragen über Taşbaşoğlu
stellen, doch dann ließ er es sein.

Als Hasan gegangen war, humpelte Halil der Alte herein. »Du mögest es bald hinter dir haben, verrückter
Junge«, sagte er. »Segen deinen Händen, sie mögen leuchten.«

»Ich danke dir, Onkel«, antwortete Memidik.

Dann zeigte Halil der Alte in den Himmel. »Schau, Memidik, schau!«

Memidik blickte hinauf und lächelte glücklich.

Wie Ameisen, die ihren Bau verlassen, zogen in strömendem Regen die Tagelöhner mit aufgekrempelten Hosen, klebenden Kleidern und dampfenden Röcken über
Landstraßen und Pässe in ihre Berge zurück.

»Memidik, schau!« sagte Halil der Alte und zeigte wieder in den Himmel.

Memidik sah auf und lächelte.

Mit regennassen Flügeln flog der große Adler leicht geduckt, als klebe er am weiten Himmel, gemächlich zu den
fernen Bergen. Am Ende der Çukurova zog er drei Kreise,
wendete sich den Hängen des Aladağ zu und verschwand.

Unionsverlag Taschenbuch

Aitmatow, Tschingis: Dshamilja   **UT 1**

Kemal, Yaşar: Memed mein Falke   **UT 2**

Khalifa, Sahar: Der Feigenkaktus   **UT 3**

Rifaat, Alifa: Zeit der Jasminblüte   **UT 4**

Khalifa, Sahar: Die Sonnenblume   **UT 5**

Aitmatow, Tschingis: Du meine Pappel im roten Kopftuch   **UT 6**

Kemal, Yaşar: Der Wind aus der Ebene   **UT 7**

Machfus, Nagib: Die Midaq-Gasse   **UT 8**

Markandaya, Kamala: Nektar in einem Sieb   **UT 9**

Bugul, Ken: Die Nacht des Baobab   **UT 10**

Djebar, Assia: Die Schattenkönigin   **UT 11**

Kemal, Yaşar: Die Disteln brennen – Memed II   **UT 12**

Aitmatow, Tschingis: Der Richtplatz   **UT 13**

Emecheta, Buchi: Zwanzig Säcke Muschelgeld   **UT 14**

Alafenisch, Salim: Der Weihrauchhändler   **UT 15**

Aitmatow, Tschingis: Abschied von Gülsary   **UT 16**

Kemal, Yaşar: Eisenerde, Kupferhimmel   **UT 17**

Anand, Mulk Raj: Der Unberührbare   **UT 18**

Markandaya, Kamala: Eine Handvoll Reis   **UT 19**

Anar: Der sechste Stock eines fünfstöckigen Hauses   **UT 20**

Edgü, Ferit: Ein Winter in Hakkari   **UT 21**

Charhadi, Driss ben Hamed: Ein Leben voller Fallgruben   **UT 22**

Elçin: Das weiße Kamel   **UT 23**

Rivabella, Omar: Susana. Requiem für die Seele einer Frau   **UT 24**

Aitmatow, Tschingis: Der weiße Dampfer   **UT 25**

Tekin, Latife: Der Honigberg   **UT 26**

Machfus, Nagib: Der Dieb und die Hunde   **UT 27**

Fava, Giuseppe: Ehrenwerte Leute   **UT 28**

Chraibi, Driss: Die Zivilisation, Mutter!   **UT 29**

Aitmatow, Tschingis: Aug in Auge   **UT 30**

Bestellen Sie unseren kostenlosen Verlagsprospekt:
Unionsverlag, Rieterstrasse 18, CH-8059 Zürich

Unionsverlag Taschenbuch

Djebar, Assia: Fantasia   **UT 31**

Aitmatow, Tschingis: Die Klage des Zugvogels   **UT 32**

Anand, Mulk Raj: Gauri   **UT 33**

Rytchëu, Juri: Traum im Polarnebel   **UT 34**

Kemal, Yaşar: Das Unsterblichkeitskraut   **UT 35**

Machfus, Nagib: Die segensreiche Nacht   **UT 36**

Löwengleich und Mondenschön   **UT 37**

Hoffmann, Giselher W.: Die Erstgeborenen   **UT 38**

Aziz, Germaine: Geschlossene Häuser   **UT 39**

Bestellen Sie unseren kostenlosen Verlagsprospekt:
Unionsverlag, Rieterstrasse 18, CH-8059 Zürich